꽃땅

1판 1쇄 찍음 2014년 7월 9일
1판 1쇄 펴냄 2014년 7월 15일

지은이 | 공나
펴낸이 | 정　필
펴낸곳 | 도서출판 **뿔미디어**

편집장 | 이재권
기획 · 편집 | 주종숙

출판등록 | 2002년 9월 11일 (제1081-1-132호)
주소 | 경기도 부천시 원미구 상동로 117번길 49(상동) 503호
전화 | 032)651-6513 / 팩스 032)651-6094
E-mail | scarlets2012@hanmail.net
블로그 | http://blog.naver.com/dahyangs
홈페이지 | http://bbulmedia.com

값 9,000원

ISBN 979-11-315-2573-9 03810

※파본은 구입하신 서점에서 교환하여 드립니다.

※이 책은 (도)뿔미디어를 통해 독점 계약되었습니다.
저작권법에 의해 보호를 받는 저작물이므로 무단 전재와 무단 복제를 엄금합니다.

공나 장편소설

꽃맛

차 례

1부

2부

1부

혹독한 겨울이 가고 봄이 왔건만, 야속한 봄비는 이제 막 꽃을 틔운 벚나무를 속절없이 뒤흔들고 있었다. 봄비에 씻긴 벚꽃 잎은 눈처럼 강 위에 내려앉아, 강의 느린 유속을 따라 번지듯 천천히 떠내려갔다.

우산을 받쳐 들고 그 모습을 물끄러미 바라보던 영백(零白)은 살포시 눈을 감았다.

토도독거리며 우산을 두들기는 빗소리에 벚꽃향이 묻어나기라도 하는 것처럼 그녀는 봄비가 내리는 정취를 가만히 음미했다. 고개를 살짝 기울인 그녀의 입가에 꽃물이 지듯 희미한 미소가 번져 나갔다.

"어이, 저기 저 아가씨, 그분 아니야? 그 왜 말 더듬는……."

"누구? 아, 맞아! 그 저주받은 말더듬이 신부."

"쯧쯧쯧. 청승맞게 강가에서 저게 뭐하는 짓이래. 꼭 뛰어들기라도 할 것 같은 모양새야. 어휴, 으스스해. 저러니 매번 혼사가 그 모양이지."

"그리고 보면 저 집 나리들도 안됐어. 그간 쌓은 가문의 명성을 이런 식으로 욕보이게 되다니 무슨 팔자가 저리 기구한지."

"자네는 저쪽이 기구해 보이나? 나는 상대 집안이 더 기구하네. 생때같은 자식들이 혼사 한 번 잘못 맺었다가 다 비명에 갔지 않나."

봄비 내리는 날의 정취를 즐기던 영백은 뒤쪽에서 들려오는 소리에 우산을 바짝 끌어내려 얼굴을 가렸다. 비가 오면 밖으로 나다니는 사람이 적을 것이라 생각한 것이 오산이었다. 빗소리에도 전혀 묻히지 않는 날 선 말이 또렷이 들리자, 영백은 서둘러 자리를 뜨려 했다.

"왜요, 아가씨. 압화(壓花)할 벚꽃 가져가요."

영백과 함께 따라나선 남천이 그녀의 팔을 꼭 붙들며 걸음을 막았다. 영백은 입술을 깨물며 강가 둔덕 위에서 쑥덕대는 이들을 흘끔거렸다.

그들 때문에 여기 있는 것이 이제는 불편하다는 무언의 표시였다. 그 맘을 안다는 듯 남천이 팔짱 낀 영백의 손을 다독였다. 저들의 말이 거슬리기는 하지만 피하지 말라는 격려의 의미였다. 남천은 그녀를 강변 벚나무 아래로 데려가, 그나마 비에 쓸리지 않은 온전한 벚꽃을 함께 땄다. 그러자 다시 수군대는 소리가 들려왔다.

"어이구, 해괴해라. 이리 비가 오는데 꽃은 왜 꺾고 있데?"

"혹시 말이야. 저 아가씨가 저주를 받은 것이 아니라, 저주를 거는 것이 아닐까?"

가만히 듣고 있자니 갈수록 가관이었다.

울화가 치민 남천은 도끼눈을 하고 돌아서서 강 둔덕에서 쑥덕대는 이들을 향해 소리쳤다.

"할 말들 있음 이리 내려와 하시지요. 꽃물 지는 모습이 아주 장관이니, 비 맞은 개들처럼 뒤에서 달달대지 말고 여기서 얼굴 보며 이야기합시다."

남천이 새침하게 쏘아붙이며 이리 오라고 손짓하는데, 얼굴 표정이나 분위기가 흡사 머리 풀어헤친 처녀 귀신 같아 보였다. 사람들은 섬뜩하고 불길한 것이 제 상전과 똑 닮은 남천이, 자신들에게 저주를 내린다면서 서둘러 자리를 피했다.

남천은 달아난 그들의 모습이 보이지 않을 때까지도 씩씩댔다.

"저런 개소리에 신경 쓰지 말아요. 할 일 없는 작자들의 혓바닥 농간질에 상처받을 필요 없습니다."

남천의 위로에도 영백의 기분은 전혀 나아지질 않았다. 이미 봄날의 흥취를 돋우던 봄비는 세상을 음울하고 처량맞게 만드는 존재로 바뀌어 있었기 때문이다.

"그…그…그만…가…가…가자."

'그만 가자'는 짧은 말조차도 더듬대며 힘겹게 나온다. 그것이 오늘따라 너무도 싫은 영백이 혀를 이로 자근대며 우산을 깊이 눌러 썼다. 그리고는 또 누군가와 마주칠세라, 황급히 걸음을 재촉했다. 이를 지켜보던 남천의 얼굴이 침울해졌다.

집 안에만 칩거한 지 약 넉 달.

가까스로 용기를 내어 힘겹게 밖으로 발걸음을 떼었건만, 영백의 외출은 반시진도 되지 않아 그렇게 끝이 나 버렸다.

✽

영백은 어려서부터 말을 더듬기는 했지만 온화한 성정과 단아한 외모를 지닌 맑은 여인이었다. 거기에다 명문가에 구경*(九卿)의 벼슬을 지낸 아버지, 진관영의 명성이 말을 더듬는 흠결에도 불구하고 영백에게 혼담이 줄 잇게 만들었다.

많은 혼담이 들어오기는 했지만 애초에 진관영이 생각해 둔 사람은

*구경-아홉 개의 조정 요직을 일컫는 말.

따로 있었다.

일찍이 어린 나이에 관직에 오를 만큼 전도유망한 데다, 예전부터 집안끼리 서로 잘 아는 젊은이였다. 무엇보다 어려서부터 잘 알고 지낸 사이라, 그의 집안에서는 영백이 말을 더듬는 것을 개의치 않았고, 영백도 상대를 편안하게 느꼈다.

양쪽 집안이 서로 거리낄 것이 없으니 혼사를 진행하는 데 큰 문제가 없었다.

그런데 어느 날부터인가 그녀의 정혼자가 갑자기 시름시름 앓기 시작했다. 처음에는 며칠 요양하면 나을 것처럼 증상이 가벼워 크게 걱정하지 않았는데, 허망하게도 병석에 누운 지 얼마 안 가 그는 세상을 떠나 버렸다.

경사를 앞두고 정혼자가 죽어 버리자 영백과 진관영 일가는 기가 막히고 황망할 따름이었다. 그나마 다행인 것은 상대 집안에서 자식을 잃은 슬픔에도 불구하고 창창한 영백의 앞날을 생각해, 사주단자를 돌려보내고 정혼을 없던 일로 해 주었다는 것이다.

첫 번째 혼사가 본의 아니게 어그러진 후, 영백에게 혼인을 청한 이는 오라버니인 소백의 친구로 건장하고 호방한 무인(武人)이었다.

이전의 아픔을 잊게 해 줄 만큼 마음에 쏙 드는 사윗감이 나타나자, 진관영은 흔쾌히 그 혼사를 진행시켰다. 그런데 혼례를 며칠 앞두고 큰비가 내려 강이 범람하는 일이 벌어졌다.

진관영은 이러다 혹여, 혼인날 지장이 있으면 어쩌나 걱정했는데 그 걱정을 무색하게 만드는 더 어처구니없는 일이 일어났다.

영백의 정혼자가 불어난 강물에 휩쓸려 실종된 것이다. 평소 정의로웠던 성품대로 물에 빠진 이를 구하려다 그리되었다는 것이다. 강한 사람이고 좋은 일을 하려다 봉변을 당한 것이니 분명 하늘이 도와 무사히 돌아올 것이라고 한동안 희망을 품기도 했다.

하지만 비가 그치고 물이 빠진 뒤, 강 하류에서 그의 시신이 발견되었다.

연거푸 불행한 일로 혼사가 엎어지자 영백과 그녀의 가족은 망연자실했다. 사정이 어찌 되었던 혼사가 두 번이나 어그러진 것은 명문가 규수에게는 큰 흠결이 되는 일이라, 자칫하다가는 혼인하지 못하고 평생을 홀로 살아야 할지도 모르기 때문이다.

그러던 차에 한 매파가 진관영의 집으로 찾아왔다.

"저를 이곳에 보낸 분은 해주(海州)에서 대대로 부호(富豪)로 사신 분입니다. 허나, 부(富)는 많을지언정 집안에 높은 벼슬을 한 이가 없어 가문의 이름은 드높지 못합니다. 그런데 그 댁에 무척 총명하여 앞날이 기대되는 자제분이 있습니다. 그 댁에서는 대인의 따님과 그 자제분을 혼사를 맺고 싶어 하는데, 대인의 생각은 어떠신지요?"

"……저쪽 집에서 우리 애가 말을 더듬는 것은 아는가?"

"물론입지요. 별로 괘념치 않으십니다."

"제대로 성사되지는 못했지만 두 번이나 혼사가 있었던 것도 아는가?"

"예, 알고 계십니다. 재가하는 이도 많은데 그것이 무슨 흉이 되겠습니까."

딸의 앞날을 걱정하고 있던 진관영은 가문의 이름이 드높지 못하면 어떠랴 싶었다. 영백의 흠결을 알고도 상관없다는 것만으로도 그는 이 혼담에 호의적이었다. 그러나 영백이 이미 두 번이나 아픔을 겪은 만큼 조금 더 신중해야 했다.

"그리 괜찮은 젊은이가 구태여 두 번이나 혼사가 어그러진 우리 애에게 혼담을 넣은 이유가 무엇인가?"

진관영이 의심 어린 말투로 추궁했다.

"솔직하게 고하겠습니다. 그 댁 아드님께서 장차 관직에 나아가려 하는데, 대인의 명망과 이 댁 가문 덕을 보고 싶어 그럽니다."

직설적이고 속물적인 대답이었다. 그러나 진관영은 차라리 그 점이 더 마음에 들었다. 자신의 이름과 가문 덕을 보려고 하는 자들이라면 적어도 영백이 말을 더듬는 것과 지난 상처에 대해 트집 잡지는 않을 것이라 여겼기 때문이다.

"좋네."

숙고 끝에 진관영은 그 혼담을 받아들였고, 그렇게 영백은 세 번째 정혼자를 맞이하게 되었다.

상대 집안에서는 해주는 물론이고, 도성 영휘(永輝)에까지 인맥이 닿아 있는 대단한 진관영과 혼사를 맺게 된 것에 뛸 듯이 기뻐했다. 그들은 사주단자와 예물을 보내고 서둘러 날을 잡았다.

날이 잡히자 정혼자의 부모들은 혼례 당일 해주의 모든 사람들을 초대할 기세로 요란스런 잔치 준비를 했다. 해주에서 영백과 그 집 아들의 혼례를 모르는 이가 없을 정도로 말이다.

그런데……

혼례 전날, 그녀의 정혼자가 대들보에 목을 매어 자진했다.

처음은 기가 막혔고, 두 번째는 황망하며, 세 번째는 참담했다.

그리고 그런 슬픔을 추스르기도 전에 더 큰 시련이 영백과 진관영 일가를 덮쳐 왔다.

"아이고, 이런 세상에!! 아가, 미안하다, 미안해. 이 어미가 허명에 눈이 팔려 저주받았는지도 모르고 잘난 집 아가씨와 혼인한다고 좋아했구나. 에잇! 퉤! 퉤! 어쩐지 격이 차이 나는데도 흔쾌히 혼인하겠다고 받아들이더니만……. 다 이유가 있었던 것이야. 무슨 욕심으로 신랑 잡아먹는 저주를 받고도 또 혼인할 생각을 하셨소?! 아무리 잘나신 분들이라도 그러시는 것 아닙니다. 남에게 해악을 끼칠 몸이면 함부로 나다니지 마셔야지요."

아들을 잃은 슬픔에 정신 줄을 놓았는지 정혼자의 어미가 진관영 집 앞에서 악다구니를 퍼부었다. 자식 잃은 슬픔에 천지분간을 못한다 해도 그렇지, 모든 것을 다 알고 수용하겠다며 혼담을 넣을 때는 언제고 마치 진관영이 음흉한 속내를 감추고 속인 것처럼 욕을 해 댔다.

참다못한 소백이 밖으로 나가 없는 말을 지어 퍼트리지 말라고 호통을 쳤다. 하지만 그 호통에 여인은 더 악에 받쳐 대성통곡했다.

"세상 사람들 내 말 좀 들어 보시오. 한 번은 안됐다 하고 두 번은 불쌍하다 여기겠지만 세 번이나 혼례를 앞두고 정혼자가 죽는 것이 과연 우연이겠소? 불쌍한 내 자식이 이 댁 아가씨 저주로 죽는 것은 막지 못했어도, 다른 이들이 또 피해를 보아서는 아니 되지 않소. 그러니 나는 계속 말할 것이오. 이 댁 아가씨가 '저주받은 신부'라는 것을 말이오. 아이고! 아이고! 착하고 총명한 내 아들이 왜 목을 맸겠어! 다 그 신랑 잡아먹는 저주 때문이라고!!"

"이 사람이 말이면 다인 줄 아는가?!"

여인이 금방이라도 집 안으로 뛰어 들어가 영백의 머리채라도 휘어잡을 듯 눈을 부라리며 달려들자, 대문을 막아선 소백이 그녀를 밀쳤다.

아들이 자진한 걸 영백 탓으로 돌리고 있으려니, 소란에 몰려든 사람들은 바닥에 벌렁 나자빠져 처절한 울음을 토해 내는 여인의 편을 들었다.

"너무하네. 명망 있는 집이면 단가. 쯧쯧."

"그러게. 그렇게 권세를 뽐내고 싶으면 영휘로 가지 뭐 하러 이 해주 촌구석에 있는데."

미치고 팔짝 뛸 노릇이었다.

자식을 잃은 어미가 내뱉었던 악담은 그날 이후로 마치 사실인 양 해주에 퍼져 나갔다.

수많은 사람들의 입방아에 영백의 일이 오르내렸고, 그들의 혀끝에서 영백은 저주를 받은 해괴망측한 존재가 되어 버렸다.

「저주받은 말더듬이 신부」

영백의 이름 앞에 치욕스런 수식어가 붙기 시작한 것은 이때부터였다.

억울하고 분통 터지는 일이었지만 이를 불식시키기 위해 할 수 있는 일은 거의 없었다. 그렇게 아무것도 하지 못하는 사이, 일파만파 퍼져 나간 소문은 영백은 물론, 진관영 일가 전체를 불길하고 흉한 존재로 여기게 만들었다.

그 때문에 해주 지방 관리로 일하던 소백은 관직을 그만두어야 했고, 그의 처와 어린 아들은 사람들의 이목에 시달리다 못해 친정으로 피신을 갔다.

죄가 없음에도 불구하고 사람들의 모난 시선은 그녀와 그녀의 가족을 괴롭혔고, 진관영 일가는 사람들의 시선을 피해 은둔 아닌 은둔을 하며 살아야 했다.

손바닥으로 하늘 가리기

지긋지긋할 정도로 걷고 걸어 계현(癸玄)산성을 지나자 넓은 평야가 눈앞에 펼쳐졌다.

"와아아아!"

순간 병사들의 환희에 찬 함성이 울려 퍼졌다. 드디어 길고 긴 방어선 구축원정이 끝난 것이다. 병사들은 얼른 집으로 돌아가 가족들 품에 안기는 것을 상상하는지, 당장에라도 달음박질칠 것처럼 흥분해 웅성거렸다.

"오늘은 여기서 숙영*한다!"

그런 그들의 흥분을 단속하듯 행군사마(行軍司馬) 구운보(丘犟普)가 매정하게 숙영을 명했다. 원정은 끝이 났고 도성이 코앞인데도 운보는 흡사 일전을 앞두고 있는 것처럼 철두철미하게 숙영 준비를 지시했다.

구운보의 상관이며 남연의 대장군인 장륜(張侖)은 그 모습을 흐뭇하게 지켜보았다. 유능한 부하 덕에 할 일이 없어진 지휘관은 병사들이 일사불란하게 숙영 준비하는 것을 지켜보다, 멀리 평야가 내려다보이는 둔

*숙영: 군사작전 시, 병사들이 병영이 아닌 야외에서 머무는 것.

덕으로 말을 몰았다.

야트막한 둔덕임에도 그 위에 서니, 저 멀리 긴 평야 너머로 해 그림자가 늘어지는 것이 보였다. 장륜은 그 지평선 너머로 애틋하고 그리운 시선을 담아 보냈다. 그렇게 얼마나 있었을까. 조용히 그의 옆으로 다가온 운보가 앞으로의 일에 대해 보고하기 시작했다.

"큰 피해 없이 원정을 마치게 되어 천만다행입니다. 게다가 이번 원정을 통해 '이족(夷族)'들을 어느 정도 방비해 낼 수 있게 되었으니, 내일 개선의식에서는 어깨에 힘을 잔뜩 주셔도 될 것 같습니다."

장륜은 운보의 말을 듣는지 마는지 지평선 너머로 그윽한 시선만 보내고 있었다.

"허나, 전과 달리 '이족(夷族)'들의 움직임이 체계적이고 계획적이 된 것은 신경 써야 할 문제입니다. 예전 같으면 불특정하게 출몰해 마구잡이로 노략질을 하고 돌아갔었는데, 이제는 전략을 갖춰 원하는 것만 탈취한 뒤, 재빠르게 퇴각하는 모양새가 어쩐지 좀 꺼림칙합……."

"만약 내가 단기필마로 쉬지 않고 전속력으로 달리면 한 시진 안에 영휘에 이를까?"

자신의 말을 자르며 내던진 생뚱맞은 말에 운보는 영혼이 빨린 사람처럼 멍한 표정을 지었다. 그러다 이내 버럭 소리를 질렀다.

"허튼수작하지 마시죠. 어차피 내일이면 도성에 입성하는데 참으세요!!"

운보는 이미 네 수작이 뭔지 다 간파했다는 듯 그를 쏘아봤다. 그런데도 장륜은 놀라거나 머쓱해하는 기색 없이 입술을 실룩이며 한 시진이 될지 안 될지를 계산하는 듯했다. 장륜이 고집을 피울 것 같은 예감이 들자 운보가 먼저 치고 들어갔다.

"이족(夷族)들의 움직임이 변한 이유를 아시는 것이 아니라면 영휘로 먼저 갈 생각은 꿈도 꾸지 마시죠. 장군은 지금 이 군사들의 지휘관이란 말입니다! 지휘관이 병사들을 두고 부대를 이탈하다니 군법 회부감이라고요!! 거기다 만에 하나 도성에서 장군이 어슬렁거리는 것을 남들이 보기라도 한다면 방어선 구축을 위해 떠난 이번 원정의 진정성은 의심받을 겁니다. 그런데도 지금 도성에 가겠다는 소리가 나옵니까?"

"……음. 아니야. 아무래도 가야 할 것 같아."

기껏 안 되는 이유를 장황하게 설명했건만 전혀 먹히지 않았다. 운보가 허탈함에 손바닥으로 자신의 이마를 누르며 힘껏 화를 참았다. 그러고는 방법을 바꿔 억지웃음을 지으며 그를 회유하려 했다.

"뭐, 장군께서 신혼도 즐기지 못하고 이곳저곳으로 출정 다니셔야 했던 고충은 이해합니다. 하지만 저 병사들 중에도 자기 부인이 보고플 이가 있지 않겠습니까? 그런데도 다들 내일 황제 폐하께서 직접 준비하신 개선의식에 참여하기 위해 참고 있습니다. 그런데 상관이……. 하아……. 공과 사는 구분하셔야죠. 장군."

"혼례 치르고도 공무가 많아 같이 있었던 날이 손에 꼽힐 정도다. 거기다 원정으로 너무 오래 자리를 비웠어. 저들은 돌아가면 아내와 머물 시간이 충분하겠지만 나는 도성에 돌아간 뒤에도 산적한 일들을 처리하느라 집에 있을 날이 거의 없을 것 아니냐. 혼인을 했어도 잘해 준 것 하나 없이 외지로 떠도는 남편이라니……. 유치하다 비웃을 수도 있겠지만 이리 무모할 정도로 내가 그녀를 많이 아끼고 그리워한다는 것을 보여 주고 싶어서 그래."

정말 유치했다. 일을 내팽개치고서 여인에게 달려가는 것이 무슨 애정 표현이 된다는 것인지 운보로서는 도무지 납득이 가지 않는 말이었다. 헌데, 그것이 얼굴에 고스란히 드러났는지 장륜이 그럴 줄 알았다는 듯 피식 웃었다.

"게다가 어디 그분이 보통 아낙들과 같다더냐."

장륜이 살짝 우쭐한 표정을 짓자, 운보가 아니꼬웠는지 입술을 삐죽였다.

"그렇죠. 보통은 아니죠. 여러모로……."

몇 해 전, 반란이 일어나 황제가 시해되고 나라가 혼란에 빠졌었다. 그때, 장륜은 태자를 도와 반란군을 진압하고 그가 황위에 오를 수 있게 도움을 주었다. 그의 도움으로 황위에 오른 태자는 장륜에게 대장군의 직위와 함께 경국지색이라 칭송받는 자신의 여동생 효화공주(曉花公主)를 배필로 내려주었다. 물론, 그 밑바탕에는 장륜과 같은 유능한 인재를 확실한 자신의 사람으로 만들려는 정치적 의도가 깔려 있었다.

장륜을 옆에서 물심양면으로 도왔던 운보는 그가 대장군에 올랐을 때 무척 기뻐했다. 그러나 그가 효화공주와 결혼하여 부마가 된다 했을 때는 마냥 기뻐할 수가 없었다.

공주의 미색이야 남녀노소를 불문하고 타국에까지 널리 알려질 만큼 명성이 자자했지만 아버지인 선대 황제에 의해 떠받들어져 자라, 안하무인에 교만하고 제멋대로인 여자였기 때문이다. 그런데도 장륜은 제 아내랍시고 신의를 다해 그녀를 사랑하고 아껴 주려 했다.

"정말 이런 모습을 보이실 때마다 저는 장군께서 공주님과 혼인하신 것이 마음에 들지 않습니다. 장군이나 저나 고아로 자라, 군에 몸담은 뒤로 이 자리에 서려고 얼마나 많은 노력을 쏟아부었습니까. 그런데 공주님을 얻고 난 뒤로는 어쩐지 장군은 꿈도 야망도 없는……."

"원, 말 한 번 잘못했다가 별소리를 다 듣는구나. 알았다. 그만하자. 내가 잘못했어."

장륜은 구운보의 탄식에 없었던 일로 하자며 손사래를 치고는 체념한 듯 쓸쓸히 말머리를 돌렸다. 평소의 위풍당당한 모습은 어디로 갔는지 어깨를 축 늘어트리고 말이 움직일 때마다 휘적대는 꼴이 정말 보기 언짢았다.

사랑에 들떠 무모한 철부지처럼 구는 장륜의 모습도 싫었지만 상심해 의기소침한 꼬락서니는 운보를 더 짜증나게 만들었다. 그는 언제나 남연의 대장군다운 완벽한 모습이어야 했다. 그 자신의 능력이 유일한 자산인 만큼 누구에게도 약한 모습을 보여서는 안 되었다.

그런데 저런 몰골로 내일 개선식까지 흐느적댈 것을 생각하자 운보는 뒷골이 당겼다.

"갑옷과 검은 벗어서 어딘가에 숨겨 두시고, 내일 해가 뜨기 전까지 자향문(慈響門) 서쪽 평야로 오십시오. 새벽별이 뜨기 전에 병사들을 움직여 그곳에서 기다리겠습니다."

천천히 말을 몰아 둔덕을 내려가던 장륜은 운보의 말에 눈을 동그랗게 뜨고 그를 돌아봤다. 그런데 놀란 것은 운보도 마찬가지였다. 그는 자신도 모르게 튀어나간 말을 주워 담으려는 것처럼 양손으로 제 입을 틀어막고 고개를 흔들었다.

"그래, 고맙다. 늦지 않게 도착하도록 하마."

뒤늦게 아니라고 고개까지 흔들었건만 그것은 무시하고, 저 듣고 싶은 말만 주워 담은 장륜이 단숨에 말을 내달릴 준비를 했다. 이미 내뱉은 말을 주워 담을 수도 없고, 운보는 마지막으로 지휘관으로서의 책임감에 호소해 보기로 했다.

"하지만 이거 하나는 알아 두십시오. 장군의 사심 때문에 애꿎은 병사들은 이유도 모른 채, 새벽잠과 싸우며 행군해야 된다는 사실을 말입니다."

최후의 발악이었다. 그러나 그것이 얼마나 부질없는 짓이었는지를 깨닫는 데는 눈 깜짝할 새도 걸리지 않았다.

"알았다. 내 오늘 이 은혜는 잊지 않으마."

이미 운보의 말 따위는 귓등으로 흘러듣고 진심 같지도 않은 빈말만 던져 놓은 채, 장륜은 숙영지 반대쪽으로 말을 몰아 내려가고 있었다. 그 모습을 보니 어깨를 늘어뜨리며 힘없이 말머리를 돌렸던 행동이 계산된 것일 수 있겠다는 의심마저 들었다.

속았다 싶은 운보가 장륜이 사라진 방향을 향해 얼굴을 이죽거렸다.

"염병할! 저렇게 도성에 들어갔다가 얼굴이라도 팔려서 오기만 해 봐라. 아주 그냥, 대장군은 변방에서 활 맞아 죽어 버리고 저 새끼는 누군지 모르겠다고 말해 버릴 테니까."

운보의 속을 긁어 놓고 제 고집대로 도성으로 가고 있으면서도 장륜은 자신의 무모한 일면에 스스로 놀라고 있었다. 머리로는 자칫 이것이 황제와 자신을 곤란하게 만들 수 있다는 것을 알면서도 그는 마음이 이끄는 대로 끌려가도록 스스로를 놓았다.

혼례를 올리고 궁을 떠나던 날, 효화는 몹시도 많이 울었다. 오랫동안 살던 궁을 나와 서운해 그런 것도 있겠지만 그와 그녀의 혼례식은 일국의 공주치고는 참으로 초라했다.

그도 그럴 것이 반란을 진압했어도 정국은 여전히 뒤숭숭했고, 장륜을 대장군으로서 중용하기 위한 배경을 만들어 주려 황제가 서둘러 혼인을 결정했기 때문이다. 이를 두고 항간에는 황제가 인재를 얻으려 공주를 팔았다는 평을 하기도 했지만 장륜은 효화공주를 아내로 맞아들이게 된 사실이 믿기지 않을 만큼 기뻤다.

사내라면 한 번쯤 꿈꿨을 여인, 궁중의 보석이며 남연의 꽃이라는 찬사를 듣는 공주를 배필로 맞게 되었는데 사내로서 마음이 동하지 않았다면 그건 거짓말일 것이다. 장륜은 그녀와 같은 집에 머물고 가까이서 마주할 수 있다는 사실이 꿈만 같았고 가슴 벅차게 설레었다.

그렇게 늘 넘치게 제 마음에 품었음에도 장륜은 한 번도 그녀에게 애틋한 감정을 표현할 수가 없었다. 워낙 공무가 많아 바쁜 탓도 있었지만 그보다는 그녀 앞에 서면 입이 얼어붙고 몸 둘 바를 몰라 어수룩하게 구는 것이 문제였다.

천하에 적수가 없다며 사람들이 치켜세워 주면 뭐하겠는가. 효화 앞에 서면 천하의 약자가 따로 없는 것을…….

이대로는 안 되겠다 싶어 원정을 떠나기 전, 그는 효화에게 자신의 마음을 전하기로 결심했었다.

"이번은 원정은 좀 길어질 듯싶습니다. 오랫동안 집을 비우지만 저는 늘 공주님을……."
"그러시든가. 뭘 새삼스레……. 어차피 당신한테 중요한 건 폐하와 대장군 자리뿐이잖아. 뭣 하러 구구절절 설명하고 그래."

장륜이 채 말을 다 잇기도 전에 효화가 쌀쌀맞게 대꾸했다. 그리고 더는 여지를 주지 않겠다는 듯 매정하게 돌아서서 처소로 돌아갔다. 그 단호함에 또다시 얼어붙은 장륜은 결국, 제 마음을 전하지도 못하고 원정길에 올라야만 했다.

원정 내내 그것이 마음에 걸렸다. 끝내 말하지 못하고 돌아서야 했던 아쉬움이 앙금처럼 남아 있었다. 그러다 원정이 끝났음 알리는 병사들의 환호성이 끝내 전하지 못했던 그날의 아쉬운 감정을 자극했다. 그것이 그를 이토록 무모하게 만들었다.

쉬지 않고 말을 달렸더니 달이 한창 밝게 빛날 때쯤, 도성에 당도할 수 있었다. 장륜은 운보의 말대로 갑옷과 검을 벗어 도성 밖, 숲에다 말과 함께 숨겨 두고는 쓰개 옷을 머리 깊숙이 뒤집어써 얼굴을 가렸다.

그는 감시가 소홀한 틈을 타 도성 안으로 잠입해 곧바로 자신의 집이
자 집무처인 대장군부(大將軍府)로 향했다.

대장군이면서 도성 경비의 허술함을 파고들어 몰래 잠입을 하다니.
어처구니없고 민망하면서도 한편으로는 처음 해 보는 일탈에 어쩐지 묘
한 쾌감이 느껴졌다.

군부 안으로 몰래 들어선 장륜은 경비들의 움직임을 예의주시하다 효
화의 처소가 있는 안채의 뒷담을 넘었다. 그런데 벌써 잠이 든 것인지
효화의 처소는 불이 꺼져 있었다. 평소라면 그녀를 깨우지 않으려 그대
로 돌아섰겠지만, 지금이 아니면 다시는 이 마음을 전하지 못할 것 같아
장륜은 서슴없이 문고리를 잡아당겼다.

그런데 그때, 안에서 마침 문을 열고 나오던 시녀 계령과 마주쳤다.

난데없이 나타난 시꺼먼 그림자에 놀랐는지 계령은 대번 소리를 지르
려 했다. 깜짝 놀란 장륜이 황급히 그녀의 입을 막았다.

"놀라지 말고 조용히 하여라. 나다, 나야."

장륜은 천천히 그녀의 입에서 손을 떼며 계령을 안심시키려 했지만
그의 얼굴을 확인하고 나서도 계령은 겁먹고 놀란 표정을 지우지 못했
다. 그것이 못내 거슬렸지만 장륜은 그저 예상치 못한 자신의 등장에 놀
라서 그런 것이려니 치부해 버렸다.

"공주님은 안에 계시느냐? 아니면 혹, 벌써 잠자리에 드신 게냐?"

장륜의 말에 계령은 입을 틀어막고 벌벌 떨기만 할 뿐 도통 대답할
생각을 하지 않았다.

"내 말이 들리지 않느냐? 안에 공주님 계시느냐 묻잖아."

조용하지만 힘을 실어 옥박지르는 장륜의 말에 계령은 머뭇머뭇대다
무겁게 고개를 끄덕였다.

"공주님을 깜짝 놀라게 해 드리고 싶어 다른 이들보다 잠시 먼저 온 것이다. 아무 소리도 내지 말고, 다른 이들에게도 나를 보았다는 이야기도 하지 말거라."

차갑게 당부하곤 장륜은 효화의 방으로 들어서려 했다. 헌데, 계령이 난처한 목소리로 작게 탄성을 내지르며 그의 옷자락을 붙잡는 것이 아닌가.

"무슨 짓이야? 아무 소리 내지 말라던 내 말을 잊은 게냐?"

장륜은 이상한 행동을 하는 그녀를 매몰차게 쳐 내고는, 조용히 효화의 방 안으로 들어가 문을 닫았다.

방 안은 그가 생각한 것보다 훨씬 더 어두웠다. 싸하고 음산한 것이 저도 모르게 목덜미를 어루만지게 할 정도였다.

장륜은 효화의 방 구조를 떠올리며 책상 쪽으로 조심스럽게 발을 옮겼다. 그리곤 살며시 등잔에 불을 붙이자, 따스한 불빛이 일렁이며 방 안의 어둠을 밀어냈다. 그러자 살짝 불안했던 그의 마음도 조금은 진정이 되는 듯했다.

그는 곧바로 효화를 찾기 위해 몸을 돌리려 했다. 그런데 그전에 누군가가 먼저 그의 허리를 다정하게 감싸 안았다. 향긋하면서도 그리웠던 체취가 굳이 뒤돌아보지 않아도 허리를 감싸 안은 이가 누구인지를 말해주고 있었다.

효화의 향취와 온기가 자신을 감싸자 장륜은 정신이 아찔했다. 등 뒤에서 전해지는 따뜻한 체온과 콩닥거리며 뛰는 그녀의 심장 소리에 묘한 설렘이 온몸을 전율케 만들었다. 그는 자신의 허리를 감싼 효화의 손을 조심스럽게 매만졌다. 그러자 마치 따뜻한 봄 햇살 아래 늘어진 고양이처럼 그녀가 장륜의 등에 얼굴을 부비며 기분 좋은 숨소리를 냈다.

"왜 이리 오래 걸렸어……. 흐음."

교태를 부리듯 애교 섞인 그녀의 비음에 장륜은 숨이 막힐 것만 같았다. 자신이 그녀를 그리워한 것처럼 긴 원정 기간 동안 그녀 또한 자신을 그리워하고 있었던 것이다. 그 믿기지 않는 사실에 그는 세상을 다 얻은 것만 같았다.

장륜은 더는 참지 못하고 몸을 돌려 효화를 와락 끌어안았다. 평소답지 않은 자신의 행동이 혹여 그녀를 놀라게 하지 않을까 걱정했는데, 되레 그녀는 장륜의 품 안으로 더 깊이 파고 들어왔다. 서로가 맞댄 가슴을 통해 행진을 하는 것처럼 두 사람의 심장 소리가 콩닥대며 뛰는 것이 느껴졌다.

장륜은 자신의 품에 안긴 효화의 머리를 부드럽게 어루만졌다. 그리고 그녀의 고운 얼굴선을 따라 손가락을 움직이다, 슬며시 그녀의 턱 끝을 들어 올렸다.

긴 속눈썹을 내리깔고 수줍게 미소를 머금은 붉은 입술이 아련한 불빛 속에서 더욱 매혹적으로 빛나고 있었다. 효화가 살짝 내리깔았던 눈을 들어 올리며 아름다운 얼굴에 걸맞은 천상의 미소를 그에게 지어 보였다. 자신의 모습이 수정 같은 그녀의 눈망울에 비춰지자, 장륜도 그가 지을 수 있는 가장 따뜻하고 부드러운 미소를 지어 보였다.

효화의 얼굴이 싸늘하게 굳어진 것은 바로 그때였다. 그녀는 장륜의 얼굴을 확인하자 놀라움과 불쾌감이 섞인 표정으로 돌변하며 그를 세차게 밀쳐 냈다. 홑겹의 하늘하늘한 옷을 걸친 효화는 자신의 몸을 양팔로 감싸며 앙칼진 목소리로 소리쳤다.

"당신이 왜 여기 있어!"

장륜은 효화의 반응에 어리둥절했다. 그리고 그가 효화에게 왜 그러느냐 묻기도 전에 낯선 이의 목소리가 먼저 들려왔다.

"어? 어떻게 불을 붙이셨습니까? 아무리 찾아봐도 부싯돌이 보이질 않아서 밖에까지 나가 가져왔는데…….”

서글서글한 목소리의 청년이 부싯돌을 들고 방 안으로 들어서다 장륜을 보고는 숨이 멎은 것처럼 그 자리에 우뚝 섰다. 그의 발밑으로 툭 하고 부싯돌이 떨어지며 작은 파열음이 났다. 그것을 끝으로 방 안에 고요한 정적이 휘몰아쳤다.

장륜은 청년의 얼굴을 알고 있었다.

‘와! 장군 저놈 보이십니까? 장군이랑 진짜 똑같지 않나요?’

원정을 떠나기 전에 시행한 인사이동 때, 대장군부로 발령이 난 청년 교위(校尉)를 보며 운보가 이렇게 말했었다. 그때 봤던 그자가 분명했다.

자신과 비슷한 체격에 얼핏 비슷한 느낌의 얼굴을 가진 이여서 확실히 기억하고 있었다. 다만, 다른 것이 있다면 갖은 전장과 역경을 겪으며 그을리고 거칠어진 장륜과 달리 그는 좀 더 하얗고 곱상한 얼굴을 가지고 있다는 것이었다.

장륜은 불빛으로 환해진 방 안을 찬찬히 둘러보았다.

책상 밑으로 청년이 벗어 놓은 듯한 교위의 정복 상의가 보였다. 그리고 공주는 하늘거리는 홑겹의 옷만을 걸치고 있었다.

문 밖으로는 난처한 얼굴로 발을 동동거리는 계령의 모습이 보였다. 아마도 그가 방 안으로 들어가는 것을 저지하려고 애썼던 모양이다.

갑자기 나타난 자신을 보고 당황한 계령. 교태를 부리다 돌변한 효화. 그런 효화의 방에 아무렇지도 않게 들어와 정복을 벗어 둔 청년 교위.

정황상 그가 생각하고 싶지 않은 방향으로 자꾸 의심이 갔지만 장륜은 그것을 애써 부정하려고 했다. 다른 이유가 있을 것이다. 그는 그렇게 자신을 다독이며 멍하니 청년과 효화의 얼굴을 번갈아 바라보았다. 그러자 효화는 여보라는 듯이 청년 교위의 허리를 감싸 안으며 장륜을 향해 도도하게 턱을 들어 올렸다. 효화의 행동에 청년 교위도 용기가 났는지 그녀의 어깨를 감싸 끌어안으며 장륜 앞에 당당하게 섰다.

잔혹하기 그지없는 확인 사살이었다.

"하……하하……하하하."

장륜은 그 모습을 보자 하도 기가 막혀 저도 모르게 헛웃음이 터져 나왔다. 공허한 웃음이 무겁게 방 안에 울려 퍼졌다. 그럼에도 두 사람은 서로를 더 꼭 끌어안으며 그를 조롱했다.

장륜의 웃음이 천천히 잦아들었다. 그의 눈에 불꽃이 일며 그가 어떻게 대장군에 오를 수 있었는지를 증명하겠다는 듯이 살기가 번뜩였다. 좀 전까지 연정에 들뜬 사내의 모습은 어디에도 없었다.

장륜은 누구라도 금방 목을 떨구게 만들 것처럼 무시무시한 무장(武將)의 풍모를 내뿜으며 그놈을 향해 달려들었다.

"꺄악!"

장륜의 기세에 놀란 계령이 비명을 질렀다.

그렇게 고요하고 근엄했던 대장군부의 밤은 어그러졌고, 여느 날과 다를 바 없을 것 같았던 밤은 혼란에 빠져들었다.

✳

남연의 황제 은시우(銀施優)는 원정을 마치고 돌아오는 이들의 개선 의식을 앞두고 심한 두통에 시달리고 있었다. 그는 지금도 간밤의 일을 떠올리면 가슴이 벌렁거려 숨을 쉬어도 쉬는 것 같지 않았다.

벌써 며칠째, 격무에 시달렸던 그는 어젯밤 모처럼 황후의 처소로 가 그녀가 준비한 탕약을 마시고 이른 잠자리에 들었었다.

"폐하, 일어나셔야 할 것 같습니다."

황후가 다급한 목소리로 황제를 흔들어 깨웠다.

"으으…… 날이 밝으면 이야기합시다. 제발……."

"대장군이…… 장륜이 돌아왔답니다."

"음? 무슨 뚱딴지같은 소리인 게요. 그는 내일 개선하는데……."

"아내를…… 효화공주를 먼저 만나려고 몰래 입성했나 봐요. 그런데……."

효화라는 말에 황제는 벌떡 몸을 일으켜 세우며 황후의 뒷말을 기다렸다. 그런데 뭣 때문인지 황후는 계속 머뭇거리기만 할 뿐 쉽사리 말을 꺼내지 못했다.

가뜩이나 깔끔히 깨지 못해 기분이 썩 좋지 못한 황제가 미간을 찌푸리며 채근하자 황후가 그의 귓가에 대고 뭐라고 속삭였다. 잠자코 그것을 듣고 있던 황제의 눈이 점점 커지더니 이내 충격과 경악으로 입이 벌어졌다.

황제는 침상을 박차고 밖으로 나갔다. 이미 황후의 방 밖에서 태감이 그의 겉옷을 든 채 기다리고 있었다. 황제는 태감이 입혀 주는 옷을 걸치며 잰걸음을 걸었다.

"이 일을 알고 있는 자들은?"

"거의 대장군부의 사람들이기는 하나……."

"서둘러라. 무슨 일이 있어도 이 일이 밖으로 새어 나가는 것을 막아야 해."

"예, 알고 있습니다."

대장군부로 빨리 갈 수 있도록 이미 만반의 준비를 해 놓은 태감의 처신 덕에 그는 은밀하고 신속하게 대장군부에 도착할 수 있었다.

대장군부에 도착했을 때까지만 해도 황제는 부디 장륜이 어리석은 짓을 저지르지 않았기를 바랐다. 자칫, 이성을 잃고 살인이라도 저질렀다가는 온 나라에 효화의 치정 사건이 퍼져 나갈 것이기 때문이다.

황제가 도착했을 때, 방 안의 모습은 어떤 일이 일어났었는지 가히 짐작이 될 정도였다.

사납게 할퀴고 간, 날카로운 검의 흔적들이 방 안 이곳저곳에 남았고 책상 위의 물건들은 바닥에 너부러져 처참한 몰골을 하고 있었다. 하지만 어떻게 된 것이 효화와 그녀의 내연남은 꽤나 멀쩡해 보였다. 남자의 팔에 작은 생채기가 난 것이 그들이 입은 피해의 전부였다.

그리고 장륜의 모습은 보이지 않았다.

"대장군은 어디에 갔느냐?"

"······공주님께서 저자를 죽이려면 자신을 먼저 죽이라며 장군의 검에 목을 들이대시는 통에····· 저렇게 분기를 털어 내시고는 떠나셨습니다. 아마도 지금쯤이면 원정군이 있는 곳으로 돌아가시지 않았겠습니까."

황제가 참담함에 눈을 감았다. 그때, 황제의 귀에 철없는 효화의 말이 들려왔다.

"봤죠? 천하의 장륜도 날 건드리지 못해요. 그러니, 걱정할 것 없어요. 이 사람이 다 알아서 처리할 테니까······."

정말 걱정이라고는 하나 없는 당당한 목소리로 효화가 내연남의 손등을 토닥였다.

그 볼썽사나운 모습에 황제가 큰소리로 호통을 쳤다.

"이런 썩을!! 이게 뭐하는 짓거리야!!"

황제의 호통에 그곳에 있던 사람들은 모두 바닥에 엎드려 그를 배알했으나, 효화만은 콧방귀를 뀌며 황제를 외면했다.

철딱서니 없는 여동생의 행동거지에 황제는 더욱 화가 치밀어 올랐다. 안하무인에 제 생각만 하는 아이인 것은 알았지만 공주로서 체면과 황실의 명예마저 내팽개치고 이리 추태를 부릴 줄은 꿈에도 몰랐다. 아마 황제로서의 체신을 생각하지 않았다면 벌써 그의 입에서는 육두문자가 튀어 나가고도 남음직한 상황이었다.

그때, 황제의 눈에 효화의 내연남으로 추정되는 청년의 모습이 들어왔다.

"뭣들 하고 있어?! 저놈을 아직까지도 여기에 두고 있다니!! 당장 치워 버려!"

황제의 말에 이 상황을 정리하지 못하고 갈팡질팡하던 경비대장이 병사들을 시켜 냉큼 청년 교위를 밖으로 끌어내게 했다. 그러자 효화가 그 앞을 막아서며 악을 썼다.

"왜요? 어차피 폐하께 저는 근본도 모르는 거지 같은 놈에게 던져 줄 만큼 하찮은 존재가 아닙니까? 아무 놈이나 가질 수 있는 비루한 몸뚱이, 마음이나마 통하는 이가 좀 품어 주었기로서니 그것이 무슨 대수라고 이러십니까?"

황제는 뻔뻔스런 여동생의 손목을 거칠게 잡아채 놈에게서 떨어트린 뒤, 경비대장에게 그 청년 교위를 데리고 나가라고 명령했다. 공주는 극렬히 팔을 흔들며 황제의 손아귀에서 빠져나오려 했지만 황제는 힘을 더 꽉 주어 그녀를 내실로 끌고 가, 그 안에 처넣었다.

"공주가 저기서 한 발짝도 나오지 못하게 감시하여라."

대장군부 병사 한 명에게 이렇게 이르고는 황제는 이 치정문제가 밖으로 새어 나가는 것을 막을 방도를 궁리했다.

황제의 아버지인 선황(先皇) 은중선(銀重善)은 희대의 난군(亂君)이라 불렸던 사람이었다. 제멋대로인데다 교만했던 선황의 통치는 결국 반란의 빌미가 되었고, 결국 그 때문에 역도들에게 시해를 당하는 치욕을 겪어야 했다. 그리고 황가의 정통을 잇는 존엄한 존재로 떠받들어졌던 자신과 누이동생은 일순간 제거되어야 할 난군의 잔재가 되어 버렸다. 그런 참담한 현실 속에서 그들을 건져 준 은인이 바로 장륜이었다.

그런데 그런 장륜을 두고 효화가 정숙하지 못하게 외도까지 한 것이 알려지면 황실의 명예는 물론이고 자신들이 제거해야 할 난군의 잔재라는 것을 인정하는 꼴밖에 안 된다.

그리되어서는 안 되었다. 하루 한 시진 자며 일한 끝에 겨우 나라를 안정시키고 황제로서의 위엄과 권위를 세웠다. 그런데 그것이 이따위 추저분한 일로 물거품처럼 사라지게 할 수는 없었다. 날이 밝기 전까지 서둘러 이 일을 덮어야만 했다.

'변명 거리가 필요하다.'

이 일이 새어 나가도 발뺌할 수 있을 만한 방편이 필요하다고 계산한 황제는 궁에서부터 지금까지 효화의 시중을 들은 계령을 데려다 무릎을 꿇렸다.

"상전의 명을 따르는 것이 너의 본분이라고는 하나, 상전이 잘못된 선택을 하고 있음에도 그것을 방관하고 돕는 것은 죄가 된다. 하물며 너는 이제 대장군부에 소속된 몸이거늘 대장군을 기만하고 능멸하는 데에 일조하다니……. 짐이 여기서 네 목숨을 거둔다 해도 너는 할 말이 없을 것이야."

계령은 자신을 윽박지르는 황제의 말에 바닥에 엎드려 사시나무 떨듯 몸을 떨었다.

불같은 성격에 고집불통인 효화를 한낱 시녀가 막는다?

그것은 바닷물을 혼자서 다 들이켜는 것만큼이나 불가능한 소리라는 것을 황제도 모르지 않았다. 하지만 지금 이 상황에서는 저 불쌍한 여인을 이용하지 않고서는 마땅한 대책이 없었다.

"안심해라. 너를 죽이지는 않을 것이니……. 다만, 네가 오늘 밤 소동의 원흉이 되어 줘야 할 것 같구나."

아까까지만 해도 바로 목을 칠 것 같이 노기를 내뿜던 황제가 이번에는 부드럽게 어르자 어리둥절한 계령이 눈물과 콧물이 범벅된 얼굴을 들어 보였다.

"무…… 무슨 말씀이신지온지……."

"네가 평소 대장군부에 소속된 저 젊은 교위를 흠모하였고, 그를 유혹하기 위해 몰래 공주의 처소로 그를 끌어들였다가 이 소동이 일어났다는 이야기다. 알겠느냐? 이것이 오늘 밤 소동의 진실인 것이야."

무슨 뜻인지 이해하지 못한 것이 분명했지만 계령은 홀린 사람처럼 고개를 끄덕였다. 황제가 안타까움에 장탄식을 내뱉고는 주위에 명을 내렸다.

"자신의 본분을 망각하고 대장군부에서 소동을 일으킨 죄인이다. 옥사에 가두어라."

명에 따라 병사들이 계령을 옥사로 끌고 갔다. 끌려가면서도 계령은 아까 황제가 한 말의 뜻이 무엇인지 되묻는 것처럼 몇 번이고 그를 돌아보았다. 버거운 그 시선을 외면하려 황제는 대장군부의 경비대장을 불렀다.

"너는 이것에 관한 보고서를 작성하되, 굳이 상부에 올릴 필요는 없다. 보고서는 나중에 끼워 맞추기 쉽게 뭉뚱그려 간략하게 작성하고, 혹여 오늘 밤 소동에 대해 누군가 문의해 온다면 시녀가 연루된 사소한 치정 사건이라 답하여라. 알겠느냐?"

황제의 엄명에 경비대 대장은 비장한 표정으로 명심하겠다고 답했다. 그렇지만 결국 이것은 어디까지나 손바닥으로 하늘을 가리는 격밖에 되지 않았다. 뭔가 더 확실하게 이 일을 묻을 방도가 필요했다.

자신이 황위에 오른 것에 아직도 불만을 품은 세력들이 잔존해 있는데, 그들에게 명분을 줄 일을 만들어서는 안 되었다. 자신은 난군이었던 아버지와는 다르다는 것을 증명해야 하는 황제다.

그런데 이런 난잡한 치정 문제로 전혀 갱생되지 않은 난군의 잔재들이 황실에 남아 있다는 것을 보인다면 간신히 추스른 민심은 언제 등을 돌리지 모르는 일이었다.

❋

개선식은 순조로웠다.

대장군이 이끄는 원정군이 성 안으로 들어서자 백성들은 저마다 길에 나와 만세를 부르며 그들을 열렬히 환영해 주었다. 위풍당당한 기세로 도성 안을 가두행진한 끝에 대장군과 병사들이 황궁의 정문인 정안문(正安門)까지 당도하자 이 소식이 황제에게 전해졌다.

그는 몹시 기쁘고 반갑다는 기색으로 원정군을 마중하러 몸소 정안문으로 달려 나갔다. 그러면서도 속으로는 부디 이것이 과장된 연기라는 것을 다른 이들이 눈치채지 못하기를 바라 마지않았다.

황제의 뒤를 따라 수많은 문무백관들이 정안문으로 나와 장륜과 원정군을 맞이하자, 개선의식은 한층 더 그 위용을 자랑했다.

이윽고, 대장군과 병사들이 황제 앞에 도열해 절도 있는 몸짓으로 경의를 표하자 남연의 황제 은시우는 매우 만족스러운 표정으로 좌중을 둘러보며 외쳤다.

"그대들의 귀환을 환영하고, 노고를 치하하노라."

운보는 대장군부에 있는 장륜의 집무실에 앉아 다리를 떨었다. 그러고도 마음이 진정되지 않는지 자리에서 일어나 집무실 안을 서성였다.

'홍정주(洪晶株).'

그 이름을 읊조리다 말고 운보는 꽉 움켜쥔 주먹으로 강하게 벽을 쳤다.

효화를 만나러 몰래 영휘로 갔던 장륜이 어두운 얼굴로 숙영지로 돌아왔을 때부터 기분이 이상했다. 하지만 아무리 묻고 채근해도 그는 입을 꾹 다문 채, 아무 말도 하지 않았다. 그래서 운보는 대장군부 경비대장을 추궁한 끝에서야, 간신히 그날 밤에 무슨 일이 있었는지를 알게 되었다.

'외도를 하다니…….'

당돌하고 제멋대로인 사람인 것은 알고 있었지만 장륜을 이런 식으로 능멸할 줄이야. 게다가 그 상대가 대장군부 소속의 교위인 홍정주라는 사실이 그를 더 치 떨리게 만들었다. 장륜의 부하라고 할 수 있는 자와 그의 집이라 할 수 있는 대장군부에서 이따위 추저분한 짓을 저질렀다는 것이 마치 제 일인 것처럼 불쾌해 견딜 수가 없었다.

'장군과 참 닮지 않았습니까? 뭐, 저놈이 좀 더 곱상하기는 합니다만……'

홍정주가 처음 발령받아 대장군부에 왔을 때, 그를 두고 장륜에게 농담조로 이리 말했던 것이 운보는 새삼 후회스러웠다. 그딴 애송이 놈과 그를 비교하다니. 그러고 보면 선한 눈매의 장륜과 달리, 놈의 눈매는 좀 더 길게 옆으로 찢어져 음흉하고 엉큼스러웠던 것도 같았다. 그것을 눈치채고 경계했어야 했는데…….

이제 와 후회되는 것이 한두 가지가 아니었지만, 지금 그를 가장 분노케 하는 것은 황제의 처사였다. 어째서 효화와 내연의 관계를 맺은 그놈을 죽이지 않는 것인가! 하다못해 변방으로 내쫓아야 할 것을 오히려 황궁 성문교위로 차출해 가다니 도무지 납득할 수 없는 처사였다.

"차라리 이혼시켜 달라고 하십시오. 저는 장군께서 이런 대접을 받을 필요가 없다고 생각합니다. 반란을 진압하고 폐하의 황위를 공고히 해주는 데 혁혁한 공을 세운 이가 누군지 폐하께서 잊으셨답니까? 폐하께서 장군께 이러시면 안 되지요. 이건 모욕이라고요."

이 문제를 두고 황제를 알현하러 가는 장륜에게 운보는 절대 참지 말라고 당부했었다.

하지만 황제를 알현하고 돌아온 장륜은 딱 잘라 그럴 일은 없을 것이라고 말했다.

"어째서?! 그런 모욕을 당하고도 계속 부마 자리를 지키겠다는 것입니까?"

"어떻게……. 그럼 나도 같이 우스워질까? 대장군이 한낱 교위만도 못하다고 소문이 나돌게 해? 이미 공주님께 배신당한 마당에 내 자존심까지 바닥에 처박히게 둘 수는 없어. 이 자리까지 어떻게 올라왔는데……. 부마도 일종의 직위에 지나지 않아. 그렇게 생각할 거야."

"장군……."

냉랭한 그의 말투가 그냥 하는 소리가 아니었다. 모멸감이 엄청났을 텐데도 장륜은 이를 꼭 깨물며 이 모욕을 버티겠다고 했다.

운보는 그것이 단순한 권력욕이 아님을 잘 알고 있었다. 자신을 비롯해 장륜을 따르는 부하들 중 태반이 출신이 미천한 자들이었다. 만약 그가 공주와 이혼해, 대장군의 자리에서 물러나게 되면 장륜 덕에 무관직에 오른 그들 중 자리를 보전할 자들은 많지 않았다.

장륜이 모멸감을 느끼면서도 이 자리에 집착한 것은 그렇게 자신을 믿고 따라와 준 수많은 사람들에 대한 책임감 때문이라…….

부마가 되고 황실의 일원이 된 순간부터, 이미 그에게는 벗어날 수 없는 굴레가 쓰인 것이었다. 운보는 그 사실이 새삼스럽게 울적했다.

＊

"정신이 좀 드십니까?"

희뿌연 시야가 점점 밝아지더니 걱정스런 얼굴의 황후가 보였다. 시야는 좀 밝아졌지만 정신은 여전히 흐릿한 황제가 자신이 누워 있는 방 안을 둘러보았다.

"……무슨 일이 있었소?"

"기억나지 않으셔요? 집무실에서 갑자기 정신을 놓으셨습니다. 태의 말로는 옥체를 너무 혹사시켜서 그런 것이라 하니, 며칠 안정을 취하십시오."

눈을 몇 번 깜빡거리자 희미하게 집무실에서 효화와 장륜의 일로 골머리를 앓았던 것이 떠올랐다. 황제는 '젠장' 하고 낮게 중얼거리며 얼굴을 감싸 쥐었다.

　차라리 자신에게 화를 쏟아 내었다면 일은 더 편했을 것이다. 하지만
자신의 집무실로 불러들인 장륜은 냉랭하다 못해 무심한 얼굴로 황제의
시선을 피하기만 했다.

　"화가 많이 났겠지. 내 잘 아네. 짐의 여동생이지만 효화가 좀 별나야
지……. 그 아이가 경거망동할까 봐 홍정주 그자를 성문교위로 데려가,
짐의 감시하에 묶어 놓은 것뿐일세. 다른 뜻은 없어. 곧 이 일을 잘 처
리할 것이니 이만 마음을 좀 풀게."

　황제는 장륜을 달래려고 애썼지만 그는 내내 묵묵부답이었다. 이미
마음이 떠나고 없는 자라는 것이 온몸으로 느껴졌다. 황제는 나지막하게
한숨을 내쉬며 마지막으로 그의 책임감에 일말의 희망을 걸려고 했다.

　"짐이 황위에 오를 수 있었던 데에는 그대의 공이 지대했음을 잊지
않고 있네. 또 그것을 감사하게 생각하고 있어. 허나, 자네도 이 자리에
오르기까지 얼마나 많은 우여곡절이 있었는가. 고작 이런 문제로 그 모
든 것을 잃고 싶지 않겠지?"

　굳게 닫혀져 있기만 했던 장륜의 입이 처음으로 꿈틀거리자, 황제는
고삐를 늦추지 않고 계속해서 말을 이어 나갔다.

　"이 일이 소문나면 아마도 황실의 명예는 땅에 떨어지고, 짐의 통치
력 또한 많이 흔들릴 것이야. 하지만 힘들게 얻은 자네의 명성에도 금이
가는 것은 마찬가지일세. 그리돼도 괜찮은가? 자네를 여기까지 올리느
라 고생한 수많은 부하들은 어찌 될지 생각해 보았는가?"

　장륜이 눈을 가늘게 뜨고 슬쩍 황제를 돌아보았다. 가늘게 뜬 눈 사
이로 그가 보내는 눈빛에는 차가운 분노가 어려 있었다. 황제는 손을 끄
덕이며 그에게 화를 가라앉히라고 했다.

"화를 돋우고자 한 말이 아닐세. 명심하게나. 짐에게 자네가 없어서는 안 되듯이, 자네가 대장군의 자리를 지키고, 지금의 명성을 이어 나가기 위해서는 짐과 효화가 필요하다는 것을…… 마음? 연정? 이런 것은 다 하잘것없는 것이야. 정략적 관계였던 만큼 서로 정략적으로 이용하자고."

"……그래서, 이대로 이 일을 묻으시겠다는 겁니까?"

"당연히 외부에는 알려지지 않게 철저히 막을 것일세. 자네 부부 사이에는 아무런 문제가 없다는 것을 보여 줘야지. 하지만 걱정 말게. 홍정주, 그놈은 어떻게든 내 제거할 테니……."

황제의 말이 채 끝나기도 전에 벌컥 문이 열리는 소리가 들리며 앙칼진 목소리가 끼어들었다.

"누굴 제거한다고요?"

익숙한 그 목소리에 황제가 눈을 질끈 감고, 거친 숨을 몰아쉬었다. 그리고 그가 다시 눈을 떴을 때는 효화가 자신을 야멸치게 쏘아보고 있었다.

"감히, 허락도 없이 들어오다니. 무엄하구나!"

"이 사람과 관련된 일이 아니옵니까? 그런데 어찌하여 저를 두고 음흉하게 단둘이서 이 일을 처리하시려 합니까."

되바라진 효화의 태도가 기도 안 찼다. 장륜은 허무한 웃음을 입가에 머금더니, 무심하게 시선을 허공으로 돌렸다.

"어서 나가 있지 못해! 잘못을 빌어도 시원치 않은 판에 여기가 어디라고 끼어들어!"

"끼어들어야지요. 정인의 목숨이 위태로운 지경인데."

"네년이 정녕, 실성을 한 게야? 어디서 정인이라……."

"왜요? 근본도 모르고 자라, 살육만으로 이 자리에 선 피비린내 나는 저자보다 훨씬 더 이 사람을 잘 보듬어 주는 사람입니다. 그러니 저자를 위한답시고, 그 사람을 해하려고 해 보세요. 저도 가만히 있지 않을 것입니다."

"은효화!!"

"크크크크크……."

황제와 효화의 언성이 점점 높아 가는 와중에 낮고 차가운 웃음이 들려왔다.

장륜이 고개를 기울인 채, 이마에 손을 얹고는 건조한 웃음을 흘리고 있었다. 한참 동안 웃고 난 뒤에야 그는 자리에서 일어나 황제에게 말했다.

"폐하께서 하신 말씀, 잘 알아들었습니다. 소신이 대장군의 명예를 누리려면 부마의 직위를 굳건히 지켜야 한다고요? 그렇군요. 그럼, 어쩔 수 없지요. 소신 그 자리를 지킬 터이니, 폐하께서는 이 일이 밖으로 새어 나가지 않도록 해 주십시오."

말을 마친 장륜은 경멸 어린 눈으로 고귀한 황실의 혈통을 이어받은 두 남매를 잠시 바라보았다. 그리고 그런 저들과 얽힐 수밖에 없는 자신에 대한 자조 섞인 비웃음을 참아 내고 있는 것인지 목울대가 떨리고 있었다.

'잘 해결된 것이겠지……. 굳건히 하겠다고 했으니까……. 허나, 이 일이 절대 밖으로 새어 나가지 않게 하려면, 어떻게 해야 한단 말인가. 효화 고것이 앞으로 절대 홍정주를 만나지 않으리란 보장도 없는데…….'

얼굴을 감싸 쥐고 괴로워하는 황제의 모습이 안타까웠는지 황후는 그의 머리를 가만히 매만졌다.

"부디, 지금은 아무 생각 마시고 옥체 보존에 신경 쓰십시오. 폐하."

그것이 쉬웠다면 이리 쓰러질 일도 없었을 것이다. 선황이 시해당한 후, 불안정한 정국을 딛고 황위에 오른 그다. 그러니 매사가 늘 조급하고 초조할 수밖에 없었다.

그 같은 황제의 심정을 모르지 않기에 황후는 잠시나마 고민을 내려놓을 수 있도록 이러저러한 이야기로 그의 신경을 딴 곳으로 돌리려 했다.

"폐하, 신첩이 요 근래 희한한 이야기를 하나 들었답니다. 혼인날만 잡으면 신랑이 족족 죽어 버리는 여인에 대한 이야기였지요. 어떻게 된 것이 정혼만 했다 하면 상대가 사고로 죽든 병으로 죽든, 하다못해 자진까지 해서 죽는다는 겁니다. 박복한 것도 서러운데 사람들은 그 여인 때문에 남자들이 죽는다며 그녀를 「저주받은 신부」라고 부른다지 뭡니까. 처음에는 풍문으로만 나도는 거짓인 줄만 알았는데 말입니다. 얼마 전, 사가에 계신 언니가 찾아와 말하길, 그 여인이 예전 소부를 지냈던 진관영의 여식이라고 하더군요."

잡다한 이야기를 하다 보니, 규방에 나도는 풍문까지 말하게 되었다. 황후는 황제의 반응이 영 시원치 않자 곧 화제를 전환하며 다른 이야기를 꺼내려 했다. 그런데 황제가 얼굴을 감싸 쥔 손을 슬그머니 내렸다.

"그 말이 사실이오?"

"네? 무엇 말씀이십니까?"

"진관영의 여식과 정혼한 상대는 족족 죽어 나간다는 이야기 말이오."

"예. 믿기지 않으시지요? 신첩도 그리 생각했는데 언니의 시어른께서 진관영과 친교가 있답니다. 얼마 전, 진관영이 서신을 보내왔는데 거기에 여식에게 따라붙은 낭설 때문에 아들이 고충을 겪고 있다며 말단직이나마 자리를 마련해 달라 부탁했다는군요. 참으로 딱하지 않습니까?"

"정말 죽는다고 하오? 그 여인과 정혼을 하면?"

기구한 어떤 여인의 인생과 그로 인해 고통받는 가족들의 이야기를 꺼내고 있는데 황제는 집요하게 그 여인 때문에 정혼자들이 죽었는지를 캐물었다.

"지금까지는 그렇답니다."

"그 저주받은 여인이 진관영의 여식이라는 말도 영휘에 파다하게 알려진 것이오?"

"아닐 겁니다. 「저주받은 신부」 이야기도 아는 이만 아는 정도입니다. 그런데 하물며 그 여인이 진관영의 여식이라는 이야기가 알려졌겠습니까. 소첩 또한 언니의 시어른께서 진관영과 친분이 있었기에 알았을 뿐인걸요."

황제의 입꼬리가 의미심장하게 호를 그리며 올라갔다. 마치 지금까지 그를 짓누른 고민이 사라진 것 같은 모습이었다.

황제는 휴식을 취하라는 태의의 조언에도 불구하고 바로 자리에서 일어나 집무실로 향했다. 아무래도 그는 이 난관을 타개할 획기적인 방법을 찾은 듯했다.

✳

사람이 살기는 한가 싶을 정도로 적막했던 해주 진관영의 집에 모처럼 손님이 방문했다. 사람을 만나는 것 자체를 꺼렸던 진관영도 뜻밖의 손님을 대문 앞까지 나가 격하게 반겼다.

"신주경, 이 사람!! 여긴 어쩐 일인가!!"

진관영의 목소리에서 활기가 느껴진 것이 얼마 만인지 모른다. 오랜 친구의 방문에 진관영의 목소리가 들뜨자 집안에 활력이 돌았다.

"자네가 이 해주 촌구석에 박혀 나오지 않으니 나라도 찾아와야지. 하하하."

진관영을 얼싸안으며 신주경이 호쾌하게 웃음을 터트렸다. 그러면서 손님 마중을 위해 나온 소백과 영백의 얼굴을 넌지시 훑어보았다.

"그래, 네가 소백이구나. 아비 말대로 아주 총명해 보여. 허허. 그리고 네가……."

신주경이 소백과 인사를 나누다가 영백을 보며 말끝을 흐리자, 좀 전까지 활기를 폈던 집안 분위기가 일순 가라앉았다. 영백은 신주경의 그런 반응마저 자신의 잘못인 양 느껴졌는지 인사를 올리려고 숙였던 고개를 좀체 들지를 못했다.

"여기서 이러지 말고 안으로 들게. 오랜만에 만났으니 오늘 제대로 회포를 풀어야지."

진관영이 분위기를 바꿔 보려 밝은 목소리로 신주경을 자신의 방으로 안내했다. 소백은 그들의 뒤를 따라 들어갔고, 황 부인은 손님맞이 준비를 위해 부엌으로 갔다.

다들 제각각 흩어진 뒤에도 영백은 어디로 가야 할지 모르는 사람처럼 혼자 마당에 덩그러니 서 있었다. 그러자 누군가 다가와 슬그머니 그녀의 팔짱을 끼었다.

"아가씨, 졸아요? 다들 들어갔는데 여기서 혼자 뭐 하세요. 자기 집인데 왜 남의 집에 온 것처럼 쭈뼛대요. 들어가요. 오랜만에 집 안에서 기름 냄새가 폴폴 나니까 먹지 않아도 배가 다 부르네요. 안 그래요? 흐흐."

남천이 밝게 웃으며 농을 걸고는 기운차게 영백을 집 안으로 데리고 갔다.

사람들에게 「저주받은 말더듬이 신부」라 불린 뒤로 영백은 제 자신의

43

존재 자체를 죄스럽게 여겼다. 자신 때문에 오라비는 관직을 그만두고 처자식과 떨어져 살아야 했으며 부모님은 본의 아니게 은둔자의 삶을 살게 되었다. 집안은 늘 침울했고, 활기를 잃었다. 영백은 이 모든 것이 자신의 잘못 같아, 집에서조차 제대로 기를 펴지 못했다.

그것이 안쓰럽고 처연한 남천은 영백의 곁을 굳건히 지키며 그녀가 이 빌어먹을 저주에서 벗어나기를 바랐다.

간만에 집안에 활기를 불어넣어 주었던 손님은 그다음 날 바로 돌아갔다.

밤새 술잔을 기울이며 이야기를 나눈 것을 보면 진관영은 오랜만에 만난 친구와 진하게 회포를 풀었던 것 같다. 그래서 헤어질 때, 그 아쉬움이 더 진하지 않을까 싶었는데 진관영은 신주경을 배웅하고는 바로 심기 불편한 얼굴로 집으로 들어갔다.

대체 무엇 때문에 저러나 싶어 황 부인이 서둘러 남편의 뒤를 따라 들어갔다.

"별로, 기분이 좋아 보이지 않으십니다."

의자에 몸을 기대어 앉은 진관영은 아내의 말에 긴 한숨으로 대답을 대신했다. 황 부인은 남편의 한숨에 어쩌면 신주경의 방문이 단순히 친구를 만나기 위해 온 것이 아니라는 생각이 들었다.

"신 대인께서 뭐라고 하시더이까? 일전에 소백이의 일을 부탁한 것 때문이랍니까?"

황 부인의 물음에도 진관영은 말없이 의자 팔걸이를 손가락으로 두들기기만 했다. '톡톡' 손가락으로 팔걸이를 두들기는 소리가 방 안의 공기를 점점 초조하게 만들어 갈 때쯤 진관영이 조용히 입을 열었다.

"부인. 주경이 그 친구 말이, 황제 폐하께서 영백이에게 혼사를 주선하고 싶다고 하시오."

소백 때문에 왔으리라 짐작했던 황 부인은 남편의 대답에 어리둥절해했다. 얼마나 황당했는지 황 부인은 저도 모르게 속내를 읊조렸다.

"어째서……. 폐하께서……. 영백이를……. 왜?"

황제가 혼사를 주선했다는 이야기를 처음 전해 들었을 때의 진관영의 반응도 황 부인과 다르지 않았다. 그도 황제가 왜 갑자기 영백의 혼사를 주선하겠다고 나선 것인지 의문스러웠다.

"뭐? 폐하께서 영백이의 혼사를 주선하고 싶어 하신다고? 그게 무슨……. 폐하께서는 영백이에 관한 소문을 알고 계시는가?"

"그 때문에 이 혼사를 주선하려 하시는 것일세. 선황 시절에 있었던 일이 영백이에게 이런 불행을 안겨 준 것이 아닌가 하는 일말의 책임감을 느끼셨던 것 같으이."

"그런데 상대가 영백에 관한 소문을 알면서도 이 혼사를 받아들이려 하겠는가?"

"걱정 말게. 영백이 소문이야 해주에서나 유명하지, 영휘에서는 모르는 이가 더 많아."

"그럼 지금 상대에게 우리 애 과거를 숨기겠다 이 말인가? 어찌 그런……."

"허허, 이 사람. 설마 자네마저 영백이가 정혼자들을 죽이는 그 저주다 뭐다 하는 것에 걸렸다고 생각하는 것은 아니겠지? 모든 것이 다 지독한 우연에 불과하네. 좋지 않은 일을 겪어 진행 중이던 혼담이 깨진 적이 있다는 정도로만 말해 두면 돼. 게다가 그 누가 황제께서 주선하는 혼처를 마다하겠는가! 또…… 이제 소백이 생각도 해야지. 폐하께서 영백이만 생각해 이 혼사를 주선하는 것 같은가? 은둔한 자네 가족들과 그 때문에 날개를 펼치지 못하는 소백이까지 안타깝게 여기셔서 이러는

것일세. 이 혼사를 받아들이면 폐하께서는 소백이에게 그에 걸맞는 관직을 내려 주실 모양이야."

진관영이 지난밤, 신주경과 나누었던 대화를 부인에게 들려주었다. 가만히 이야기를 듣던 황 부인은 피로가 몰려오는지 남편 곁으로 가 앉았다.

"그래서 어쩌실 요량입니까?"

이마를 짚고 앉은 그녀는 몹시 혼란스러운 모습이었다. 내심 조언을 얻고자 꺼낸 이야기였는데 어째 자신보다도 더 난망해하는 아내를 보자, 진관영은 결정에 대한 부담이 더 커져 버렸다.

아마 영백이 하나만 걸린 일이었다면 결정이 보다 쉬웠을 것이다. 그런데 그간 여러모로 희생하며 고생한 소백이를 생각하면 선뜻 결정을 내릴 수가 없었다.

한참을 침묵 속에 앉아 있던 황 부인은 문득 지금 자신들에게 필요한 것은 변화라는 생각이 들었다.

영백에 관해 이상한 소리나 해 대는 이들에게서 벗어나 새롭게 출발할 수 있는 기회가 필요하다고 말이다. 그리고 그 기회의 배경에 권세를 가진 유력자가 있다면 함부로 혀를 놀려 유언비어를 퍼트리던 사람들도 더는 말을 옮기지 못할 것이다.

그렇게 시간이 가면 저주받았다는 영백에 관한 소문도 잦아들게 되지 않을까…….

의자 팔걸이에 이마를 짚고 기댄 황 부인이 슬쩍 남편에게 질문을 던졌다.

"그런데 폐하께서 주선하겠다는 상대가 누구랍니까?"

三.
기회 아니면 위기

사람들이 짐을 나르느라 부산한 가운데 영백은 새로 살게 된 집을 찬찬히 둘러보았다.

해주의 집도 작은 편은 아니었지만 영휘에 새로 마련한 집은 뭔가 더 세련되고 기품 있어 보였다. 아마도 저주받은 자신을 향한 음울한 시선이 몰리지 않아서 그런 것 같았다.

"이리로, 이리로 가져오게. 아! 그 짐은 별채로 가져가요."

분주히 짐을 나르는 일꾼들 사이에 선 소백을 보며 영백은 입가에 엷은 미소를 띠었다.

오라비의 저토록 기운차 하는 모습을 본 것이 얼마 만이던가.

소백은 영휘로 이거하면서 처가에 머물던 아내와 아들을 불러들였다. 드디어 떨어져 살던 가족과 함께 살게 되었던 것이다. 거기다 그토록 꿈꾸던 중앙관직에까지 오르게 되어서 그런지, 그의 얼굴은 희망과 기쁨으로 가득 차 있었다.

해주에서 가져온 물건들을 정리하느라 부산한 어머니도 정신은 없어 보였지만 생기가 넘쳐 보였고, 영휘로 이거했다는 소식에 찾아온 친우들과 재회한 아버지도 몹시 즐거워 보였다.

'그래. 이거면 됐어……. 모두 행복해하니까. 그것으로 된 거야.'

영백은 그간 자신으로 인해 드리워진 그늘에서 벗어나 즐겁고 행복해 보이는 가족들의 면면을 살피며 만족스러워했다. 그러나 단 한 사람, 남천만은 못내 불만스러운 얼굴이었다.

짜증스레 방 안과 가구의 먼지를 닦아 내던 남천은 제 성질에 못 이겨 걸레를 집어 던졌다. 번화한 영휘의 공기도, 새집도, 다 마음에 안 드는 것처럼 그녀는 사소한 것까지 하나하나 다 트집을 잡았다.

"마루가 왜 이리 삐걱거려. 문지방 턱은 또 왜 이리 높데. 가다 걸려 넘어지겠어. 어머머, 정원 관리는 이게 또 뭐야! 나무가 창을 다 가려서 햇빛이 전혀 안 들어오잖아."

"왜…왜…괘…괜한…트…트…트…트집이야."

함께 방을 정리하던 영백이 뭐가 그리 불만이냐 타박하자 남천이 화를 삭이듯 허리춤에 손을 얹고 메마른 숨을 내뿜었다.

"솔직히 말씀드려서요, 저는 나리와 마님의 결정에 실망했습니다. 이런 식으로 아가씨에게 또 혼인하라 하신 것이 마음에 들지 않는다고요. 혼처를 제안한 분이 아무리 황제 폐하라도 그렇지 그것을 거절 못 할 것도 없지 않습니까? 게다가 아가씨가 혼사를 받아들이자 작은 나리께서 곧장 중앙관직에 나가신 것도 꼭 뭔가 뒷거래가 있는 것 같아 떨떠름합니다. 저는……."

영백의 네 번째 혼인이 결정되었다. 세 번의 모진 인연 탓에 저주받았다는 소리까지 들었던 영백이다. 그런데 이제 와 또 혼인을 하라니…….

남천은 그것이 너무 잔인한 것 같았다.

"왜…왜…왜? 이…이…이…이번에도…또…또…또…주…주…죽을 것 같아서?"

남천의 푸념을 영백이 더듬거리며 되받아쳤다. 하지만 그것은 남천을 타박하는 느낌보다는 자신을 향한 비웃음에 가까운 느낌이었다.

영백의 자조 섞인 말에 남천은 가슴이 아렸다. 그녀는 걸레를 다시 집어 들어 가구의 먼지를 닦아 냈다. 자신이 여기서 더 진관영과 황 부인의 선택을 책망하면 그것은 영백이 저주받았다는 것을 인정하는 것과 다를 바 없었기 때문이다. 이미 결정된 일을 가지고 왈가왈부해 봐야 상처받는 것은 영백일 뿐이라는 이야기다.

남천은 할 말 많아 보이는 입술을 굳게 여미며 날 선 신경을 걸레질에 하는 데에 쏟았다. 그것을 가만히 지켜보던 영백도 멈췄던 손을 다시 움직였다.

"이⋯이⋯이건⋯기⋯기⋯기회야. ⋯나⋯나⋯나나⋯가⋯가⋯가족⋯모⋯모⋯모두에게⋯."

영백의 느닷없는 말에 남천이 뒤를 돌아보았다. 영백은 남천 쪽에 눈길도 주지 않고 책장만 닦고 있었다. 그래서 그것이 남천에게 한 말인지, 혼잣말인 것인지 모호한 느낌이었다.

"그⋯그⋯그러니⋯제⋯제⋯제발⋯또⋯또또⋯위⋯위⋯위기가⋯되⋯되⋯되지는⋯마⋯말⋯말아 줬으면 해⋯."

아까보다 훨씬 작은 목소리였음에도 불구하고 어쩐지 그 말은 좀 전의 것보다 훨씬 더 명확하게 남천의 귀에 들려왔다. 그것은 부디 이번까지 불운이 이어지지 않기를 바라는 영백의 염원이었을 것이다. 한숨이 흘러나오는 남천은 속으로 그 염원에 제 바람도 보탰다.

'예, 저도 이렇게 부탁합니다. 듣고 계십니까? 하늘님.'

이번 혼사만큼은 꼭 무탈하기를 남천도 걸레질하는 손에 힘을 주며 기원했다.

진관영 일가가 그렇게 영휘로 이거하여 한창 집 정리를 하고 있을 때, 무례하게도 황제의 집무실 문을 벌컥 열어젖힌 자가 있었다.

황제는 문을 열고 들어선 자를 보고 이맛살을 찌푸렸다. 궁인들이 황망한 표정으로 황제의 집무실로 뛰어든 사람의 옷자락을 잡으며 말리려 했지만 그자는 매몰차게 옷자락을 잡아 빼며 그들을 쏘아보았다.

착잡하게 입맛을 다신 황제가 궁인들에게 됐으니 나가 보라는 손짓을 했다.

"무슨 짓이야?!"

적반하장도 유분수지 자신이 할 소리를 효화가 먼저 꺼내자 황제는 기가 막혔다.

원래도 안하무인인 아이기는 했지만 집무실에 둘만 남게 되자 최소한의 예의마저도 집어 던져 버린 모습이었다. 효화는 황제에게로 성큼성큼 걸어가 그가 앉아 있는 책상을 쾅 하고 내려쳤다.

"폐하의 통치 기본은 '정략결혼'입니까? 정략결혼이 아니면 나라를 이끌어 갈 능력이 없으신가요?"

"어이가 없구나. 기껏 아량을 베풀었더니……."

"아량? 어떤 아량?"

"찢어 죽여도 시원치 않을 놈의 목숨을 부지시켜 주고, 편장군(偏將軍)으로 승진시켜 명문가 규수를 배필로 내려 줬으면 감지덕지할 줄도 알아야지. 욕심이 과하구나."

"후후, 명문가 규수? 누구? 그 말더듬이 년?"

영백을 두고 효화가 가시 돋친 말을 비아냥거렸다. 그녀는 홍정주가 혼인을 한다는 사실보다 그 상대가 영백이라는 사실에 더 화가 나 있는 것 같아 보였다. 그것을 눈치챈 황제가 조소를 띠며 그녀의 본심을 찔렀다.

"왜? 홍정주가 진영백에게 홀딱 빠질까 봐 걱정이라도 되느냐?"

효화는 비교 자체가 불쾌하다는 듯 입술을 샐그러뜨렸지만 그러면서도 정말 그런 일이 일어날까 신경 쓰이는 듯했다.

이를 눈치챈 황제는 효화가 또다시 생떼를 부리기 전에 다른 방향으로 그녀의 분노를 돌리려 했다.

"서로 죽고 못 사는 사이라면서, 생각보다 신뢰가 깊지 않은 모양이구나? 홋, 천하절색이라 칭송받는 효화공주 말더듬이 진영백에게 열등의식이 있을 줄은 아무도 모를걸."

"누가?! 누가 그딴 말더듬이에게 열등의식이 있다는 겁니까? 두고 보세요. 폐하께서 아무리 이런 식으로 우리 둘을 갈라놓으려 해도 소용없다는 것을 보여 드리죠."

예상대로 자존심을 건드리는 말을 하자 황제와 힘겨루기를 하려던 효화가 그 화를 진영백에게로 돌렸다. 그녀는 앞뒤 재지 않고 영백에 대한 경쟁심을 불태우며 제 감정만 파르르 풀어 버리고는 황제의 집무실 밖으로 나가려 했다.

그녀가 밖으로 나가려고 문을 열자, 문밖에 장륜이 상소를 들고 홀로 서 있었다.

안에서 들려오는 소리가 꽤 컸는지 집무실 밖에 서 있던 궁인들을 그가 바깥으로 물린 듯했다. 장륜이 살짝 고개를 숙여 효화에게 인사를 건넸지만 그녀는 콧방귀를 뀌며 무시했다.

쌀쌀맞은 걸음새로 자신을 지나쳐 가는 효화를 장륜도 무심히 흘려보냈다. 그러고는 황제의 집무실로 들어섰다.

극성스런 여동생과 벌인 설전으로 좀 지쳤는지 황제가 이마를 짚고 책상에 기대어 앉아 있었다. 그는 효화에 이어 장륜이 바로 안으로 들어서자, 저도 모르게 비아냥거렸다.

"서로 말 맞춘 것도 아닌데, 어째 늘 행동반경이 비슷해. 이런 것을 보면 딱 천생연분인데 어째 일은 이리 꼬였나 몰라."

하지만 장륜은 무뚝뚝하게 상소를 황제 앞에 내려놓았다.

"요 근래 이족(夷族)들의 움직임을 토대로 실행된 성벽 보수와 병력 재배치에 관한 보고내용입니다. 확인해 보십시오. 그리고 또, 일전에 말씀드린 그들의 움직임을 좀 더 면밀하게 관찰할 척후병* 부대 양성도 차질 없이 진행되고 있습니다."

효화와의 일이 있은 후, 장륜은 사람이 좀 변했다. 형식적으로 예의를 갖춘 딱딱한 말투에, 일적인 것 외에는 퍽 무심한 얼굴을 하고 다니는 것이 살아 있는 사람 같지 않은 느낌이었다.

"밖에서 짐과 그대의 처가 싸우는 소리를 들었는가?"

황제가 상소를 읽어 내려가며 물었다. 지금 장륜의 심중이 어떤지 슬쩍 떠보려는 심산이었다. 장륜은 '그대의 처'라는 말을 외면하듯 살짝 시선을 돌렸다. 그리고 '예' 하는 말이 짧고 감정 없는 목소리로 이어져 나왔다.

시큰둥한 반응이 이미 그의 마음에 효화의 자리는 없다 말하는 듯했다. 허나, 황제에게 중요한 것은 그의 마음이 효화에게서 떠났느냐 따위가 아니었다. 그가 자신에게서 등을 돌리려 하느냐 마느냐가 몇 백배는 더 중요했다.

"자네도 들어 알고 있을 테니, 자세한 설명은 않겠네. 곧 홍정주를 혼인시키고 편장군으로 삼아 자네 예하에 집어넣을 것일세. 그러면 그놈은 자네의 감시하에 놓이겠지. 또 배우자가 생기면 보는 이목이 많아 몸을 좀 사리지 않겠는가. 자네의 신경을 거슬리게 하는 일은 더는 없을 것이야."

---

*척후병-전장에서 적에 관한 첩보, 정찰을 맡은 병사.

황제는 자신이 장륜을 배려해 이 같은 조치를 취했노라 설명하면서도 정혼자를 죽인다는 영백의 저주에 대해서는 말하지 않았다. 그따위 허황된 것에 기댈 정도로 자신이 치졸하다는 인상을 주고 싶지 않았다.

그저 자신은 여전히 그를 신뢰하며 중용코자 한다는 점만 강조하려 했다.

"글쎄요. 과연 말씀처럼 될는지……."

한숨을 내뱉듯 흐릿한 장륜의 말투가 황제의 그 같은 조치가 모두 공허하다 말하는 것 같았다. 허공을 응시하는 것처럼 살짝 돌린 고개가 불손해 보이기까지 하자, 황제는 이맛살을 찌푸렸다.

"짐의 이러한 조치가 자네 마음에는 별로 들지 않는가보이?"

"들고 말고 할 것이 뭐 있겠습니까. 소신에게는 이제 대장군으로서의 직위만 남아 있을 뿐입니다. 다만……."

"……다만 뭔가?"

"홍정주 같은 자와 혼인할 그 여인이 안타까울 뿐입니다. 또, 폐하께서 사람의 마음을 목적에 따라 너무 쉽게 이용하는 것 같아 걱정스러울 따름이고요."

장륜의 답에 황제는 어처구니가 없었다. 고심한 끝에 기껏 황실의 추문을 덮고 명예를 지킬 최선의 방도를 찾아냈건만, 그의 반응은 가시 돋치다 못해 비난조에 가까운 것처럼 들렸기 때문이다. 황제의 심기가 불편해졌다.

"그건 자네가 걱정할 바가 아니야. 어차피 그 여인도 그다지 편치 않은 인생을 산 사람이라, 마음 없는 상대와 혼인해 사는 것쯤은 신경 쓰지 않을 것이네. 또, 짐이 그만한 보상도 해 주었고 말이야. 그래도 정히, 걱정이 되면 홍정주와 그녀가 행복하게 잘 지내도록 자네가 좀 도와주든가. 혹시 아나? 그렇게 해서 결국, 그 둘이 금슬 좋은 부부가 될지."

비난받았다는 생각이 들자 황제의 말도 까칠해졌다. 물론, 의도가 불순하기는 했지만 둘이 혼인해 살면서 앞으로 어찌 될지는 아무도 모르는 것이 아닌가. 그런데 이 일을 해결하기 위해 자신이 들인 노력은 생각도 않고, 그저 나쁘게만 보는 장륜의 말은 그를 섭섭하게 만들었다.

'심한 말더듬이라고 하던데요. 그 때문에 혼사가 여러 번 좋지 않게 끝난 모양입니다. 부친인 진관영은 한때, 소부의 자리에 올랐던 사람인데 옛날에 무슨 일이 있었는지 일가가 갑자기 영휘에서 해주로 낙향했었습니다. 그 뒤로 어찌 지냈는지에 대해서는 알려진 것이 없고요. 아마도 그놈과 공주님에 대해 전혀 모를 사람을 고르느라 영휘에서 멀리, 또 오래 떨어져 산 사람을 고른 것이 아닐까?'

황제의 집무실을 나서면서 장륜은 운보에게서 들었던 이야기를 떠올렸다. 그는 황제가 홍정주를 혼인시키려 한다는 이야기를 듣고는 운보에게 그와 혼인할 여인에 대해 알아보게 했다.

운보는 그 혼인이 공주의 추문이 밖으로 새어 나가지 못하게 차단하는 연막에 불과하다며 심드렁해했지만, 장륜은 그런 의도 따위는 궁금하지 않았다.

그는 자신의 어그러진 결혼생활로 인해 엄한 여인의 인생이 엉망이 될지 모르는 것이 더 신경 쓰였다. 그 자신이 결정한 바도 아니고, 이런 일이 진행되고 있다는 사실도 몰랐지만 죄책감이 드는 것을 막을 수가 없었다.

황제의 말대로 정략결혼이라고 해서 모두 불행한 것은 아니다. 많은 사람들이 지위와 형편에 맞춰 배필을 고르지만, 처음부터 다른 사람을 마음에 품고 있는 자와 혼인하는 것은 이야기가 좀 다르다.

'마음 없는 상대와 사는 것을 그 여인은 신경 쓰지 않을 것이라고?

말을 더듬는 것 때문에 그간 혼사가 여러 번 좋지 않게 끝나서 그런가? 아무리 그래도 다시 생각해 보라 말은 해 줘야 하는 것이 아닐까? 나처럼 아무것도 모르고 있다, 뒤늦게 고통을 당하느니 그 편이 나을 것 같은데…….'

찜찜한 마음이 영 가시지 않아 장륜은 그 여인에게 넌지시 귀띔이라도 해, 이 혼인을 재고케 할 여지를 줘야 하는 것이 아닌지를 고민했다.

❋

머리를 부드럽게 매만지는 손길과 입술 끝에 살짝 와 닿다 사라지는 촉촉한 감촉이 온몸을 기분 좋게 간질이는 느낌이다. 잘록한 허리를 감싸 쥐며 그녀의 향긋한 체취를 더 강하게 품 안으로 끌어당겼지만 이상하게 가슴은 더 애가 달아올랐다.

이렇게 강하게 안고 있어도 여전히 부족하고 아쉽건만 효화가 몸을 비틀며 정주의 품에서 빠져나왔다. 보일 듯 말 듯 한 미소마저 어딘지 애잔해 보이는 그녀의 얼굴에 정주가 탄식을 내뱉었다.

"이렇게 아름다운 여인이 날 사랑하는데 그런 당신을 두고 다른 이와 평생을 함께해야 하다니……. 함께 도망이라도 칠까요?"

효화는 대답 대신 까르르 웃으며 다시 그의 품으로 가 안겼다.

"왜 도망을 쳐요. 도망친다고 해도 다른 이들에게 우리 관계를 떳떳하게 드러낼 수 없는 것은 매한가지인데. 어차피 누구의 남편이니, 아내니 하는 것은 그저 허울에 불과해요. 서로의 마음만 변치 않으면 되는 거예요. 아님, 예쁜 아내를 얻게 된다고 하니까 마음이 바뀔 것 같아 그러나요?"

홍정주는 세차게 고개를 흔들었다. 아직 보지는 못했지만 자신과 혼인할 여인이 아무리 곱다 해도 효화만 하겠으며, 그녀만큼 자신을 이리 애달게 할 수 있겠는가. 더군다나 말더듬이인 여인과 무슨 말이 통한다고…….

"제 마음이 변하는 일은 결코 없을 것입니다. 제 마음은 언제나 공주님을 갈망하느라 다른 곳에 눈 돌릴 틈도 없을 테니까요."

"정말요? 믿어도 돼요?"

효화가 의미심장한 눈웃음을 치며 손가락으로 정주의 입술을 매만졌다. 자신의 턱밑으로 비단결 같은 효화의 숨이 어른댈 때마다 심장이 두근대며 몸이 화끈거렸다.

빨려 들어가듯 정주가 숨을 몰아쉬며 그녀의 입가로 얼굴을 기울였지만 효화는 픽 웃으며 그것을 밀어냈다.

"정말 당신이 변치 않으리라 어찌 믿느냐고요?"

"눈길 한 번 주지 않을 것입니다. 다정한 말 한 마디 건네는 법 없을 것입니다. 없는 사람인 척 무시하며 곁을 내주지 않을 것입니다. 아니, 아무리 황제 폐하께서 절 죽인다고 협박하셔도 이 혼인을 받아들이지 않을 겁니다."

효화를 흡족하게 해 주려 정주는 밑도 끝도 없는 호언장담을 늘어놨다. 그런데도 성에 차지 않는지 효화는 입술을 내어 주려 하지 않았다. 그러자 정주는 어떻게 해야 그녀가 자신의 변치 않을 진심을 믿어 줄까 싶어 입이 바짝 타들어 갔다.

효화가 애가 타 보채는 듯한 정주의 얼굴을 양손으로 감싸며 그를 그윽하게 바라보았다. 그녀의 눈짓이, 살짝 여민 입술 끝이 어찌나 고혹적이던지 정주는 넋을 놓고 바라만 보았다.

"마음을 주지 않는 것이야 너무 당연한걸요. 그러니 이렇게 해요."

효화가 눈을 반짝이며 제 생각을 그에게 일러 주었다.

"황제 폐하의 명을 거스르지 말고, 이 혼인을 잠자코 받아들여요. 그리고 당신의 아내가 될 여인에게 다정하게 대해 줘요. 물론 겉으로만요. 그 애는 말을 더듬을 정도로 아둔하니까, 조금만 다정하게 대해 줘도 기만당하는지도 모르고 당신한테 빠져 버릴 거예요."

나긋한 효화의 말에 홀리기라도 한 것처럼 정주가 반사적으로 고개를 끄덕였다.

"그러면 당신의 골칫덩이를 떠맡겨도 좋다고 받아들일걸요. 또, 나하고 당신이 몰래 만나는 것도 전혀 눈치채지 못할 테고요. 그사이 당신은 내가 왜 장륜이 아닌 당신을 택했는지를 폐하께 보여 줘요. 장군의 자리에 오를 만큼 능력이 있다는 것을, 당신이 장륜보다 뛰어난 사내라는 것을 증명해야 해요. 알았죠?"

효화가 주문을 걸듯 이리 말하며 그의 가슴 언저리를 손가락으로 간질였다. 그녀가 한 말의 속뜻을 과연 이해하기는 했을까? 효화에게 푹 빠진 정주는 습관적으로 고개를 끄덕였다. 그제야 만족스러운 효화가 그에게 진한 입맞춤을 해 주었다.

'진영백. 그 말더듬이에게 무엇 하나 주지 않을 테다. 그년이 날 조롱했듯이 나도 그리해 줄 것이야. 네년의 주제가 어찌 되는지 알려 주고 말겠어.'

효화가 자신의 정혼자와 만나 이러고 있는 것도 모르고 영백은 남천과 함께 영휘의 저자를 구경 다니고 있었다.

곁에 있으면 불길한 것이 옮겨 붙기라도 하는 것처럼 영백을 흘끔대며 피해 다니던 해주와 달리, 넓고 번화한 영휘의 저자는 수많은 사람들이 오고 감에도 딱히 그녀에게 관심을 두는 사람이 없었다. 있어 봐야 물건 사 달라고 조르는 잡상인들 정도였다.

영백이나 남천에게는 그 모든 것이 즐겁고 재미있었다. 흘끔대거나 쑥덕대는 사람들의 이목에서 벗어나 거리를 활보하고 다닌 것이 얼마 만인지…….

모처럼 느껴보는 홀가분함에 영휘로 이거한 뒤로 내내 불평불만이었던 남천조차 아이처럼 들떠서 영휘의 저자를 빨빨거리며 돌아다녔다.

영백도 어렸을 적에 살던 영휘를 거닐며 생동감 넘치는 저자의 분위기를 만끽할 수 있는 것이 좋아서 저주받은 자신의 삶도, 또 곧 닥쳐올 혼인에 대한 부담도 떨쳐 버릴 수 있었다.

"어머나, 세상에! 여기에는 저런 것도 팔아요. 아가씨, 저기 가 봐요. 네?"

한껏 신이 난 남천이 연과 대나무 날개, 가면 같은 애들 장난감을 파는 노점상으로 뛰어갔다. 이것저것 만져 보고 놀려 보며 저 혼자 낄낄거리고 웃는 그녀를 보자 영백도 해맑게 따라 웃었다. 그러다 저잣거리를 바람이 스치고 지나갔다. 그 순간, 영백은 점포 밖에 내건 색색이 고운 물을 들인 옷감이 하늘대는 것을 보았다.

언젠가부터 어두운 무채색의 옷만 입게 된 영백이었다.

유폐당하다시피 살던 해주와 달리 모난 시선이 쏠리지 않자 심경의 변화가 일었는지, 영백은 색색이 고운 옷감을 쓸어 보며 그것으로 화사하게 옷을 지어 입은 자신의 모습을 상상했다. 상상 속의 자신이 화사하고 고운 옷을 걸치며 그 자태를 뽐낸다.

단지 상상일 뿐인데도 그녀는 뽐내는 제 자신이 민망스러워 수줍게 함소를 머금었다. 그런데 그때, 낯선 남자의 목소리가 들려왔다.

"혹시 진관영 대인의 영애 되십니까?"

영백은 저를 알아보는 목소리에 흠칫 놀라 고개를 돌렸다.

점포에 내걸린 옷감 사이에 서서 모습을 가린 어떤 남자가 보였다. 바람결에 날리는 옷감 사이로 언뜻언뜻 모습이 보이는 듯도 했지만 자신을 알아보는 사람이 나타나자 덜컥 겁이 난 영백은 그 모습을 똑바로 보지 못하고 고개를 숙였다. 혹여, 해주에서의 자신이 어떠했는지 아는 이인가 싶어 영백은 초조했다.

"혼사를 앞두고 계신다 들었습니다. 주제넘은 말이지만……. 지금이라도 이 혼인을 거절하시는 것이 좋을 것 같습니다."

후두부를 강타당한 것처럼 영백은 눈앞이 아찔했다. 해주에 나돌던 자신에 관한 소문을 아는 사람이 분명했다. 점잖게 권고하고 있었지만 영백에게는 그것이 또 엄한 사람 잡지 말고 포기하라는 소리로 들렸다.

잠시 잊고 있었던 자신의 처지를 새삼 깨닫자 가늘게 몸이 떨려 왔다. 그러면서 평범한 일상의 행복을 만끽하던 가족들의 모습이 빠르게 눈앞을 스쳐 지나갔다. 영백은 저주에서 벗어난 삶을 잠시나마 누리고 나자 그것을 도무지 버릴 수가 없었다.

"죄…죄…죄송해요…. 저…저 같은…사…사람이…이…이…이렇게…요…욕…욕심을…부…부리면…아…아…안 되지만…이…이번…하…한…한 번…한 번만…요…요…욕심부릴게요…. 그…그…그러니…제…제…제발…."

불안하고 초조한 마음에 계속 지껄이기는 했지만 스스로도 무슨 소리인지 알아들을 수 없을 정도로 말은 몹시 떨리고 더듬거렸다.

영백은 그에게 자신을 비롯해 가족 모두가 평범한 일상을 가질 수 있는 마지막 기회를 빼앗지 말라고, 제발 제 과거에 대해 모르는 척해 달라고 사정하고 있었다. 하지만 마음대로 움직이지 않는 혀는 그것을 제대로 설명해 내지를 못했다.

마음은 급하고 둔탁한 혀는 입 안에서 거치적거리기만 하자 영백은 답답해 눈물이 핑 돌았다. 어떻게든 마음을 진정시키며 남자에게 자신에 대해 모르는 척해 달라고 사정하려는데 낭랑하게 그녀를 부르는 목소리가 들려왔다.

"아가씨, 거서 뭐 해요? 왜요? 옷감 사시려고요?"

장난감 구경이 끝났는지 남천이 자신에게 다가오자 영백은 남자에게 짧은 말 한마디를 던지고 도망치듯 자리를 떴다.

"부…부…부탁합니다."

앞뒤 맥락도 없이 부탁한다는 말만 퍽 간절하게 남기고 떠난 영백을 남자는 물끄러미 바라보았다. 서둘러 저자를 벗어나려 애쓰면서도 그녀는 남자가 자신을 따라올까 걱정인지 자꾸 뒤를 흘끔거렸다.

영백의 모습이 저자에서 완전히 사라질 때까지 응시하던 장륜은 제 앞에 늘어져 있던 옷감을 살짝 비껴 걷었다.

그는 영백이 남긴 부탁한다는 말의 의미를 이해하지 못해 어리둥절한 표정이었다. 소문대로 말을 너무 더듬어, 그녀가 애를 쓰며 전하려 한 말이 무슨 뜻인지 제대로 알아듣지 못했다. 그러나 딱 한 가지만은 확실히 알 것 같았다.

"……되게 하고 싶나 보네……. 이 혼인이……."

四.
잘못 봤습니다

　걱정한 것이 무색하게 황제가 주선한 홍정주와 진영백의 혼사는 물 흐르듯 진행되었다.

　대장군 휘하로 예속되어 장륜 밑에서 일하게 되었음에도 홍정주는 고분고분 명을 따르며 착실하게 일을 했다. 또, 혼사 문제를 두고는 제 발로 영백의 집을 찾아가 예의 바르게 이에 대해 진관영과 의논하기도 했다.

　"마땅히 집안의 어른이신 저의 어머님께서 혼례 준비를 맡아 보셔야 하겠지만, 안타깝게도 제 어머님께서 몸이 성치 않으십니다. 하여, 부득이 예의가 아닌 줄 알면서도 제가 직접 나서 혼례 준비를 해야 할 것 같으니 결례를 용서하십시오."

　"아닐세. 아니야. 자네가 꾸릴 가정인데, 직접 혼례 준비를 하는 것이 무슨 결례가 되겠나. 괘념치 말게. 허허허."

　강단 있는 풍채에 준수한 외모, 예의 바르고 정중한 태도를 갖춘 홍정주를 보자 진관영 내외는 금세 그에게 호감을 가졌다.

　황제의 말에 따르면 평소 그를 흠모한 궁녀의 자잘한 소동으로 문제가 생겨 그에 대해 이상한 소문이 돌았다고 했다. 그래서 평판이 떨어지자 이를 염려한 황제가 영백과 그의 혼사를 주선해 소문을 불식시키려 한다고 했다. 그 정도로 자신이 아끼는 인재이며 괜찮은 사내라는 것을 황제는 강조했었다.

황제의 제안을 받아들이기는 했지만 내심 예비 사윗감에 대한 불안을 가지고 있었던 진관영 내외는 번듯하고 훤칠한 그를 보자 불안했던 마음이 봄눈 녹듯 사라졌다. 비록 집안 형편이나 가문이 대단치는 않아도 황제의 말대로 성실함과 뛰어난 능력을 갖춘 젊은이 같아 이 혼사를 받아들이기를 잘했다는 생각이 들었다.

"혼례는 제가 장군으로 승차한 지 얼마 되지 않아 어느 정도 자리를 잡은 후에 올렸으면 합니다. 그래서 일단 약혼을 먼저 하였으면 합니다만 어떠신지요?"

시종 미소를 띠며 홍정주의 말을 경청하던 진관영 내외가 그 제안에는 어색한 표정을 지으며 눈치를 보았다.

정주는 약혼 기간을 갖는 것은 명망 있는 가문에서는 일반적인 관례인데 뭘 저리들 주저하나 싶었다. 어쩐지 영백이 말을 더듬는 것뿐만 아니라 다른 문제도 있는 것이 아닌가 하는 의심마저 들었다. 예를 들어 얼굴이 박색이라든가, 사지가 불편한 것이 아닌가 하고 말이다. 하지만 진관영 내외가 머뭇댄 이유는 뻔했다.

그들은 약혼 기간이 길어지면 길어질수록, 혹여나 하는 불안감에 시달리며 살아야 한다. 영휘로 이거하면서 모든 것이 새롭게 시작되었다. 모든 것이 순조로운 이때에 서둘러 혼례를 치러 혹시나 하는 불안감을 지워 버리고 싶은 것이 그들의 솔직한 속내였다. 하지만 그렇다고 사정이 있다는 홍정주를 재촉해 혼례를 서두르면 이상타 여길까 싶어 진관영은 마지못해 그의 뜻을 따르기로 했다.

혼례에 관한 논의를 마치고 정주가 집으로 돌아가려 하자, 그들을 창 너머로 훔쳐보던 남천이 후다닥 영백의 방으로 뛰어 들어갔다.

"아가씨! 아가씨 낭군 되실 분 지금 가시려나 보오. 그러니 눈, 코, 입 제대로 달렸는지 확인하러 배웅 나갑시다."

별생각 없이 앉아 있던 영백은 난색을 표했지만, 남천은 아랑곳하지 않고 그녀를 잡아끌어 밖으로 데리고 나왔다. 나와 보니, 홍정주가 부모님의 배웅을 받으며 떠나려 하고 있었다. 그런데 마침 밖으로 나온 영백을 그가 발견하고는 진관영에게 뭐라고 이야기를 했다.

"어라? 저분이 아가씨를 만나 보고 싶다고 했나 봐요. 이리로 걸어오는데요?"

성큼성큼 자신들을 향해 걸어오는 정주를 보고 남천이 히죽거리더니, 자신의 뒤에 숨다시피 서 있는 영백을 잡아당겨 떠밀었다.

"처음 뵙겠습니다. 홍정주라고 합니다. 어떤 분인지 한 번 꼭 보고 싶었는데 이렇게 뵙고 가네요. 생각한 것보다 훨씬 더 아름다우십니다."

처음 만났음에도 전혀 어색함 없이 칭찬을 앞세우는 홍정주의 태도에 사뭇 당황한 영백이 얼굴을 붉히며 고개를 내리깔았다.

"혹시, 제가 마음에 들지 않으셔서 그러십니까?"

고개를 내리깔았던 영백은 자기 모습이 그리 해석될 수도 있겠다 싶어 아니라며 손사래를 쳤다. 그러자 정주가 나긋하게 '다행이다.' 하고 읊조렸다.

생각보다 서글서글한 그의 성격에 좀 긴장했던 영백의 마음도 한결 편안해졌다. 그런데 뒤이어 그의 입에서 나온 말은 영백의 귀를 의심케 했다.

"그런데 말은 왜 안 해요? 얼마나 더듬나 한번 보고 싶었는데……."

잘못 들은 것인가 싶어 어안이 벙벙한 얼굴로 그를 바라보았다. 완만한 호를 그리고 있는 그의 입술이 어쩐지 냉소 같아 보였다.

"다음에는 좀 더 이야기를 나눌 수 있었으면 좋겠네요."

말의 저의가 무엇인지 파악하기도 전에 정주가 싱긋 웃으며 작별인사를 전하자, 순간 당황했던 영백도 황급히 허리를 굽히며 그를 배웅했다. 하지만 그 모습이 그녀를 조금 어수룩하고 얼뜨게 보이게 만들었다.

진관영의 집을 나선 홍정주는 좀 전까지 얹고 있던 호감 어린 얼굴을 순식간에 일그러트리며 혀로 이를 찼다.

"말을 더듬는 것이 아니라 멍청해서 말을 제대로 못 하는 것 아니야? 쯧."

자신을 배웅하며 어벙한 표정을 짓던 영백을 떠올리던 정주는 분통을 터트렸다. 그러자 문득 황제가 자신에게 저따위 아둔하고 멍청한 여인을 배필로 붙이려 한 것이 혹, 조롱하기 위함이 아닌가 싶었다. 제 어머니의 상태를 알고선 말이다…….

효화의 언질이 있어 참기는 하겠지만 제 입맛에 맞지 않는 여인의 약혼자 노릇을 하려니, 기분이 더러워 그는 신경질적으로 땅을 찼다.

✻

"이거 예상 밖인데요?"

황제에게 보고할 것이 있어 궁으로 가려는 장륜을 보며 운보가 어깨를 으쓱했다. 그의 한 손에는 깔끔하고 일목요연하게 작성한 보고서가 들려 있었다.

장륜이 운보에게서 그것을 건네받아 찬찬히 읽어 내려갔다. 그것은 각 부대의 훈련 현황과 향후 방향성 제시까지 일목요연하게 적힌 깔끔한 보고서였다. 그리고 마지막에는 작성자 홍정주의 이름이 적혀 있었다.

"뻗댈 것이라 생각했는데, 생각보다 꽤 성실한데요? 군말 없이 주어진 일을 다 해내는 것을 보면요. 듣자 하니, 혼인 준비도 본인이 직접 나서서 하고 있다 하고……. 처음에는 그놈을 혼인시키려는 폐하의 방책이 부질없다 여겨졌는데, 그 생각이 틀렸나 봅니다. 놈이 이렇게 공주님을 향한 마음을 빨리 접을 줄 몰랐습니다. 허허. 폐하께서 혼사를 주선하신 여인이 공주님 못지않은 미인인가 보네요."

미인? 미인이었던가?

운보의 말에 장륜은 지난번 저자에서 봤던 영백의 모습을 떠올렸다. 그녀의 외모가 어떠했는지는 잘 생각나지 않았다. 몹시도 더듬으며 절박하게 이 혼인을 하고 싶어 제게 '부탁한다.'고 했던 말만 뇌리에 강하게 남아 있었다.

"잘됐네. 되게 하고 싶어 하는 것 같았는데……."

홍정주가 이 혼인을 진심으로 대하고 있다면 영백은 적어도 자신과 같은 상처를 입을 일이 없겠다 싶어 장륜은 저도 모르게 이렇게 중얼거렸다.

"누가요? 누가 되게 하고 싶어 했다는 거예요?"

혼잣말로 작게 중얼거렸건만 귀신같이 알아들은 운보가 따지고 들었다. 아무리 절친한 운보라도 자신이 이 혼사를 거절하라고 영백에게 귀띔하러 간 이야기는 할 수 없었다.

"아니, 그냥 잘됐다고. 이렇게라도 마무리되었으니 다행이잖아. 폐하께서도 더는 속 썩지 않아도 되고……."

"다행은 무슨……. 장군은요? 장군은 어떠신데요? 장군은 껍데기뿐인 부마 자리를 유지하는 것이 괜찮으십니까?"

"새삼스레 뭘 물어. 전에 말했잖아. 나는 출세가 목적이라고. 더 이상 여기서 노닥거릴 시간 없다. 황궁으로 그만 들어가 봐야 해."

장륜은 슬쩍 제 왼쪽 귓불을 쓸어 당겼다. 그러고는 운보가 다른 말을 꺼내기 전에 서둘러 보고서를 챙겨 들고 문 밖으로 나갔다. 그가 귓불을 당기는 것을 보고 운보는 옅은 한숨을 내쉬었다. 다른 사람이 괜찮으면 자신도 괜찮다 여기는 저 한심한 작자가 언제고 그 때문에 무너지지 않을까 걱정이 들어서였다.

황제를 알현코자 그의 집무실에 들어서니, 그가 장륜을 향해 거만스레 의자에 기대어 앉아 있었다. '어때? 봤지?' 하고 으스대는 듯한 모습이었다.

"현재 영휘 내에 주둔 중인 부대의 훈련 현황과 앞으로의 계획입니다."

장륜이 황제가 보기 편하게 보고서를 펼쳐 그가 앉은 책상 앞에 놓았다. 그는 흡족하게 보고서를 읽어 내려가다 작성자 이름에 '홍정주'가 적힌 것을 보고는 입꼬리를 슬며시 끌어 올렸다. 그리고 눈만 들어 장륜의 표정을 살폈다.

"자네가 보기에 요즘 홍정주는 어떠한가?"

말썽을 부리지 않느냐 묻는 것 같지만, 실상은 일전에 이 혼사에 대해 부정적으로 말했던 그의 의견이 틀렸음을 인정하라는 소리였다. 장륜이 아무 대꾸도 못 하고 어색한 헛기침만 하자 황제의 입꼬리가 한껏 더 치켜 올라갔다.

애초의 목적은 영백의 저주로 홍정주를 죽이는 것이었지만, 그가 저주로 죽지 않더라도 지금처럼 영백과의 혼인에 호의적이라면 그의 골치를 썩게 만드는 문제는 해결된 것이나 마찬가지였다. 황제는 그런 것조차 처음부터 자신의 계산에 들어갔던 것처럼 혼자 우쭐했다.

"홍정주는 아슬아슬한 줄타기에서 빠질 모양인데 자네도 효화의 지난 잘못을 용서하고 포용해 주면 안 되겠는가?"

"소신에게 지금보다 더 많은 것을 바라지는 마시옵소서."

장륜이 굳은 얼굴로 확실한 선을 그었다. 황제는 자신이 원하던 대답 대신, 흔들림 없는 그의 마음만 재확인한 셈이었다.

"알았네. 알았어. 그나저나, 짐은 그 두 사람의 약혼식에 참석할 생각 이네. 주선자로서 내가 그 자리에 참석한다면 그 둘이 혼인할 사이임을 모르는 이가 없을 것이야. 그리되면 효화와 그놈의 사이가 수상쩍다 생각하는 사람도 없겠지. 효화와 홍정주의 일은 이렇게 마무리하면 될 것 같네."

마무리라……. 홀가분한 황제의 말투가 장륜은 살짝 거슬렸다. 자신 은 그때 뜯겨져 나가며 공허해진 마음이 하루하루를 무미건조하게 만들 고 있는데, 황제는 이로써 모든 것이 해결되었다 말하고 있었다.

장륜이 마른 입술을 혀로 쓸자, 혀끝에 아리고 씁쓸한 느낌이 감돌았 다.

진영백과 홍정주의 약혼식에 황제의 참석이 결정된 뒤로는 약혼 준비 가 더 빠르게 진행되었다. 이 모든 것의 준비를 맡은 황 부인은 그 와중 에도 혹여나 있을지 모르는 흉사에 대비코자 하루가 멀다 하고 예비사 위가 무탈한지를 살피러 다녔다. 그러다 무슨 근심이 생긴 것인지 심각 한 표정으로 영백의 방으로 찾아왔다.

"영백아, 아무리 홍 서방이 괜찮다 하지만 약혼식이 다가오는데도 시어머니 되실 분을 한 번도 뵙지 않는 것은 좀 그렇지 않니? 보아하니 홍서방은 약혼식에도 어머님을 모시지 않을 기세던데……."

황 부인은 사돈 될 이에 대한 문제로 영백의 의견을 물었다. 몸이 성치 않다고 하니 병이라도 앓는가 싶어 몇 번 찾아가 보려 했지만, 그럴 때마다 홍정주는 펄쩍 뛰며 그것을 극구 말렸다. 그러더니 이제는 약혼식에도 어머니를 모시지 않으려 하는 것이 아닌가.

황 부인은 혹 그에게 남모를 속사정이 있나 싶어 여간 신경이 쓰이지 않을 수 없었다.

"그…그럼…제…제…제가…가…가 볼게요."

황 부인은 딸의 대답에 시름을 덜었다. 아직 혼인을 한 것은 아니지만 무사히 혼례만 치르면, 영백은 그 집 식구가 될 사람이다. 그러니 자신보다는 그녀가 그의 집을 찾아가 보는 것이 더 나을 것 같았기 때문이다.

황 부인은 그 길로 선물로 가져갈 것들을 이것저것 싸서 영백에게 들려 보냈다.

남천과 함께 선물을 가지고 홍정주의 집으로 향한 영백은 영휘에 있는 다른 여타의 집과 사뭇 다른 그 집 분위기에 눌려 들어갈 생각도 하지 못하고 장승마냥 우뚝 섰다.

"으으…… 어째 썰렁하다 못해 을씨년스럽기까지 한데요. 여기 사는 것이 맞아요?"

물에 젖은 솜처럼 무거운 침묵만 감도는 집 분위기에 남천이 몸을 떨며 말했다. 그 말에 동감하는 영백이었지만 그녀는 침을 꿀꺽 삼키는 것으로 용기를 불어넣고는 조심스레 대문을 두들겼다. 하지만 안에서는 아무런 대답도 들려오지 않았다.

남천은 잘못 찾아온 것이 분명하다며 돌아가자고 했지만 영백은 뭔가 이상한 것을 들었는지 대문에 귀를 대고 한참 동안 있었다.

"아…안…안에…누…누가 있어."

무슨 소리가 들린다며 와서 들어 보라고 영백이 손짓했지만 남천은 정색하며 고개를 저었다. 그런데 갑자기 안에서 '아얏!' 하는 비명 소리가 들리자 두 여인은 움찔했다.

겁먹은 남천은 얼른 돌아가자고 발을 굴렀지만 영백은 정주의 어머니가 몸이 성치 않다는 말을 떠올리고는 실례를 무릅쓰고 대문 고리를 잡아 흔들어 댔다. 다행히 대문 걸쇠가 느슨했는지 몇 번 힘을 줘 흔든 것으로도 문이 열렸다.

영백이 안으로 발을 내딛자 갑자기 누군가 그녀의 앞으로 휙 하고 모습을 드러냈다.

깜짝 놀란 영백이 뒤로 물러서려다 균형이 흐트러지며 넘어지려 했다. 그러자 갑자기 나타난 정체불명의 사람이 그녀의 손을 잡아 일으켰다.

"색시는 누구야?"

희끗희끗한 머리카락이 마구 헝클어진 중년의 여인이 호기심 가득한 눈으로 영백을 바라보며 물었다. 머리에서 관자놀이를 타고 붉은 피가 흐르는데도 어찌나 티 없이 맑은 웃음을 짓고 있는지 살짝 섬뜩한 느낌이 들 정도였다.

찬찬히 살펴보니 그 여인의 뒤편에 위치한 별채의 방문은 굳게 잠겨 있었고, 높게 달린 창문이 곧 떨어져 나갈 것처럼 열려 있는 것이 보였다. 아마도 그 창을 넘다가 머리를 다친 것 같았다.

"어머머, 아가씨 괜찮으세요? 아주머니는 누구세요? 우리 아가씨 손 놔요."

갑자기 튀어나온 괴이한 여인에게 영백이 붙잡히자 식겁한 남천이 달려와 그녀를 떼어 놓으려고 안간힘을 썼다. 그런데 자그마한 체구에서 어찌 그런 힘이 나는지 그녀는 영백의 손을 꼭 잡고는 놓지 않으려 했다.

"괘…괘…괜찮아. …그…그…그냥 둬."

좀 이상한 여인이기는 했지만 자신을 해할 것 같지 않아 영백이 남천을 말렸다.

"괘…괘…괜찮아.…그…그…그…그냥 뒤. 헤헷, 바보 같아. 말을 왜
그렇게 해?"

괴이한 여인이 말을 더듬는 영백을 따라 하며 깔깔거렸다. 딱 봐도
정신이 온전치 못하다는 것을 알 수 있음에도 남천은 그 말에 분통을 터
트리며 씩씩댔다.

"괜찮아! 괜찮아! 나도 바보야. 우리 정주가 만날 나보고 바보라고 그
러거든. 우리 아들은 똑똑해서 그 애 말은 다 맞아. 암! 그런데 정주는
내가 바보라서 같이 안 놀아 준대. 그러니까 이제 네가 나랑 놀아 줘.
너도 바보잖아. 응?"

분통을 터트리던 남천도, 그녀에게 손이 붙들린 영백도 말을 잇지 못
했다. 그녀들 앞에서 아이처럼 경중대는 이 여인이 바로 홍정주의 어머
니인 송 부인이었던 것이다.

"거기서 뭐하는 거예요!?"

사나운 바람처럼 노기를 한껏 품은 말이 멀거니 서 있던 남천과 영백
의 정신을 흔들어 깨웠다. 경중대던 송 부인도 깜짝 놀라 후다닥 영백의
뒤로 가 숨었다.

빛을 등지고 대문간에 서 있는 남자의 얼굴은 잘 보이지 않았지만,
곧 폭발할 것처럼 어깨가 들썩이는 것만큼은 매우 잘 보였다.

홍정주가 성큼성큼 집 안으로 들어와 영백의 뒤에 숨은 자신의 어머
니를 잡아당겼다.

그녀가 '아야야' 하며 애처롭게 울부짖었지만 정주는 아랑곳하지 않
고 그녀를 방으로 끌고 가 안으로 밀어 넣고는 문을 잠갔다. 안에서 '잘
못했어요.' 하는 소리가 희미하게 흘러나왔지만 정주는 문을 발로 쾅 하
고 차 그 소리마저 닫치게 만들었다.

눈으로 보고도 믿기지 않는 광경에 영백과 남천은 얼어붙었다.

일전에 자신의 집으로 찾아와 예의 바르고 정중하게 굴던 온화한 그의 모습은 온데간데없었다. 악귀처럼 얼굴을 일그러트리며 살벌하게 이를 드러낸 모습이 두려움마저 자아내게 만들었다.

"마…말…말…말없이…차…찾…찾아와서…미…미…미안해요…다…단지…어…어머님이　모…몸이…어…어…어떠신지…거…걱…걱정이 돼서…."

선후관계가 어찌 되었던 간에 자신들이 말없이 방문한 것은 잘못이라여겨 영백은 더듬대며 그에게 사과하려 했다. 그러자 아까까지 흉포한 표정을 짓고 있던 정주가 금세 웃는 낯짝을 해 보이며 영백에게 바짝 다가섰다. 그 모습이 분기를 터트리던 아까보다 더 무서워 영백은 말을 잇다 말고 눈을 돌렸다.

"병신 같은 게 오지랖은……. 재수 없어."

영백은 자신의 귀를 의심했다. 아주 작은 소리이기는 했지만 자신의 귀에 대고 한 마디씩 또박또박 한 그 말들은 결코 잘못 들을 수가 없었다.

과민반응이라고 치부할 수도 없을 만큼 적나라한 욕설이었다. 영백이 미간을 찌푸리며 그를 돌아봤다. 슬쩍 고개를 옆으로 기울이며 입을 이죽거리는 모습이 분명 자신을 하찮게 여기고 있었지만 이내 언제 그랬냐는 듯 얼굴을 예의 온화한 표정으로 바꾸었다.

"별로 보이고 싶지 않은 모습이라서, 과격하게 굴었네요. 어머님이 정신이 온전치 않은 분이라 통제가 되지 않거든요. 다음에는 저에게 미리 말하고 오셨으면 좋겠습니다. 어머니 때문에 멀리 배웅해 드리지는 못하니 살펴 가십시오."

영백에게 욕을 할 때는 언제고 홍정주는 보란 듯이 남천에게 자신의 행동을 정중히 설명했다. 그러고는 놀랐을 그녀가 걱정이라며 남천에게 영백을 부탁한다는 말까지 했다. 영백에게 욕하는 것을 듣지 못한 남천은 아마 그런 그를 퍽 자상하다 생각했을 것이다.

영백은 겉과 속이 다른 정주의 태도에 대해, 누구에게도 이야기하지 않았다. 마침내 평범한 일상의 행복을 되찾은 가족들이 다시 자기 때문에 은둔자처럼 살던 때로 돌아가게 하고 싶지 않아서였다.

영백이 홍정주의 이중적인 태도를 함구하면서 그들의 약혼식은 무탈하게 열렸다.

황제가 친히 그들 약혼식에 행차해 혼인할 그들의 앞날을 축복해 줬고, 약혼의 증표로 한 덩어리의 옥을 연마해 만든 두 개의 팔찌를 선물로 주었다.

두 개의 팔찌는 연이어 붙이면 짙은 녹색 바탕에 연한 초록빛 물결이 요동치는 문양이 나타났다. 본래 하나의 덩어리였던 옥의 질감을 그대로 살려 만든 것이기에, 그런 문양이 나오는 것이었다.

"짐이 그대들의 결합을 축복하며 주는 것일세. 따로 떨어진 팔찌지만 본디 하나의 옥에서 나왔듯, 각기 다른 부모 밑에서 태어났으나 그대들은 처음부터 하나가 될 운명이었다는 뜻으로 주는 것이니 이 뜻을 잊지 말거라."

제법 그럴듯한 의미가 부여된 황제의 선물을 증표로 하여 진영백과 홍정주의 약혼이 성사되었다. 황제까지 참석한 이상 그들이 혼인하는 것은 그저 시간문제인 반드시 이루어질 일이 되어 버린 것이다.

"말만 더듬는 것이 아니라, 머리도 멍청한 것 같더라고요. 참다못해 대놓고 욕까지 했건만 끝까지 약혼식을 감행하더군요."

약혼식이 있은 지 며칠 후, 은밀히 효화를 만난 정주가 영백을 두고 이렇게 비아냥거렸다. 그의 약점이라 할 수 있는 정신 나간 어미를 보인 것이 짜증이 나, 욕지거리를 했음에도 약혼을 감행한 것을 보면 그녀도 제정신은 아닌 것 같다고 말이다.

"폐하의 명이라 어떻게든 감내하려 했으나 이미 지상 최고의 여인이 주는 행복을 맛본 제게 그런 아둔한 여인이 성에 차겠습니까."

효화는 영백은 비난하면서 자신은 추켜세워 주는 정주의 말에 빙그레 웃었다. 그리고 다정히 그의 허리를 끌어안았다.

"그렇게 아둔하다고 하니, 어느 정도인지 궁금하네. 후후, 우리 한번 시험해 볼래요?"

반달 모양으로 웃는 눈매가 새치름한 것이 몹시 아름다웠지만 살짝 입가에 드리워진 미소는 퍽 비열해 보였다.

✻

황제의 탄신일을 맞아, 그날 저녁에 황궁에서 성대한 축하연회가 열렸다. 요란한 정도는 아니었지만 문무백관이 건네는 축하인사와 흥을 돋우는 무악(舞樂)으로 인해 조금 번잡한 느낌이 드는 연회였다.

"참나, 이게 뭐람. 하하……."

연회장 한 켠에서 운보가 팔짱을 낀 채, 허한 웃음을 남몰래 내뱉었다.

한쪽엔 효화와 함께 참석한 장륜이, 다른 한쪽엔 영백과 함께 참석한 홍정주의 모습이 고스란히 그의 눈에 들어왔다. 운보는 그것을 지켜보는 것이 기가 막혔다. 이미 그들은 이 연회장에서 몇 번이나 마주쳤고 그때마다 서로 웃으며 친근한 척 연기를 펼쳤다. 마치 그들 사이에 아무 일도 없었던 것처럼.

물론, 요즘 홍정주의 모습을 보면 마음을 정리한 것 같기는 했지만 그렇다 해도 그와 효화가 장륜에게 모욕을 준 것은 변함이 없지 않은가. 자신을 능멸한 이들과 아무렇지도 않게 어울려야 하는 장륜의 속이 어떨지 생각하면 마음이 착잡했다. 거기다 아무것도 모르고 순진하게 홍정주의 곁을 지키는 저 여인은 또 무슨 죄인가.

"촌극이 따로 없네. 높으신 분들처럼 살라 했더니 그것도 꽤 피곤하군."

운보가 빈정거리며 연회장을 빠져나가려 하자, 곁에서 술을 마시던 현강초(玄康礎)가 따라나섰다.

"가시려고요? 아직 연회가 끝나지 않았는데."

"이 연회에서 나 하나 빠진다고 뭔 차이가 있겠냐. 먼저 대장군부로 가서 일이나 봐야겠으니 넌 나중에 대장군을 모시고 오너라."

운보가 자신은 연회와 맞지 않는 것 같다며 고개를 절레절레 저었다. 강초가 알겠다며 그를 배웅하고 돌아서려는데, 갑자기 뭔가 떠올랐는지 운보가 그를 불러 세웠다.

"강초야, 홍정……. 아니다. 대장군을 잘 살펴보아라. 내가 가고 난 뒤에 혹시 무슨 일이 일어나면 즉시 알리고. 알았지?"

"에이, 참. 그럼 가시지 마시고 여기서 같이 지켜보시면 되잖아요."

강초가 일도 적당히 하라며 운보에게 연회장에 남으라고 권했지만 그는 얼굴을 찡그리며 말했다.

"눈꼴이 시려서 그런다. 눈꼴이……."

"왜요? 다른 분들과 달리 혼자 오시니 외로우십니까? 흐흐, 이거 사마 어른께서도 얼른 장가가셔야겠네요."

그의 속도 모르고 농을 걸었다가 강초는 눈앞이 번쩍이고, 얼얼한 통증이 밀려오는 고통을 맛보아야 했다. 아픈 머리를 감싸 쥐며 신음하던 강초가 원망스레 제 머리를 때린 운보를 흘끔거렸지만 그는 미안한 기색 하나 없이 매정하게 돌아섰다.

'혼인하면 외롭지 않다고 누가 그래? 지랄! 함께 있어도, 함께 있는 것 같지 않은 이가 저기 있다고.'

운보는 밖으로 내뱉지 못한 말을 속으로 주워 삼키며 이를 꼭 깨물었다.

그런데 그와 같은 생각을 하는 사람이 연회장 안에도 있었다. 아마 그의 말을 직접 들을 수 있었다면 영백은 격한 공감을 보냈을 것이다.

약혼식 이후, 홍정주는 그날 자신에게 욕지거리를 했던 것이 착각이 아니었을까 싶을 만큼 시종 예의 바르고 정중하게 굴었다. 확실히 그때는 잠시 화를 못 이겨 실수한 것인지도 모른다. 자신에게 다정하게 대해주는 홍정주의 모습을 보면 말이다. 그런데 이상한 것이 그러면 그럴수록 영백은 그가 더 멀고 낯설게만 느껴졌다.

정확히 말하자면 그의 곁에 있으면 어쩐지 자신이 무(無) 존재가 되는 듯한 기분이었다. 마치 보이지 않는 투명한 공기 같았다. 마음이 허전하고 공허했다.

'마음이 허전해? 그게 무슨 대수야. 배부른 소리를 하고 있구나. 이 혼사가 깨져 버리게 되면 그때는 또……. 이건 가족들에게 평범한 일상을 돌려준 소중한 기회야. 참아야 해.'

절대 「저주받은 말더듬이 신부」 시절로 돌아가서는 안 되었다.

그녀의 곁에서 무희들이 추는 화려한 춤을 감상하고 있던 정주가 내내 멍한 표정을 짓고 있는 영백을 보며 작게 눈썹을 찡그렸다.

"아까부터 별로 기분이 좋지 않으신 것 같던데, 이거 제가 괜히 같이 연회에 오자 청한 건 아닌지……."

영백이 연회에 집중하지 못하는 이유가 내키지 않는 것을 억지로 따라와 그런 것이냐고 정주가 돌려 말했다. 잠시, 상념에 빠져 있던 영백이 그 말에 정신을 차리고 어색하게 웃었다.

"아…아…아닙니다. …저…저도…즈…즐…즐겁습니다."

더듬거리는 영백의 말에 정주의 얼굴에 희미한 냉소가 스치고 지나갔다. 너무 순식간이라 영백이 그것을 눈치채지 못할 정도였다.

"별로 번잡한 곳을 좋아하시지 않는 듯한데, 황궁에 아름다운 후원이 있습니다. 지금이라면 사람도 별로 없을 테고 하니, 한번 구경하러 가시겠습니까? 달빛이 비치는 작은 못이 꽤나 운치 있답니다."

후원이 있는 곳을 가리키며 그가 팔을 들자, 소매 사이로 황제가 증표로 주었던 팔찌가 눈에 들어왔다. 영백은 제 손목에도 있는 그 팔찌를 조용히 매만지다, 초탈한 표정으로 고개를 끄덕였다.

"네…네. 꼬…꼭…하…한…한번 보…보…보고 싶네요."

"그럼 잠시 뒤에 연회장 뒤편의 길을 따라오십시오. 길만 잘 따라오시면 바로 후원이 나올 것입니다. 저는 먼저 가서 달구경 할 자리를 마련하도록 하지요."

정주가 화색을 띠며 먼저 자리에서 일어났다.

운보에게 연회장의 동태를 부탁받은 강초는 입 안의 음식을 우물거리며 연회장 외곽에서 장륜과 효화, 홍정주와 영백의 모습을 살폈다.

홍정주가 약혼녀와 이야기하다 말고 자리를 뜨자 장륜 옆에서 하하, 호호 하던 효화도 슬그머니 자리에서 일어나 연회장을 나섰다. 그리고 잠시 뒤에는 홍정주의 약혼녀도 자리에서 일어나 연회장을 나갔다. 이상한 것은 그들 모두 연회장 뒤로 난 길로 따라 걸어갔다는 것이다.

다른 사람들과 담소를 나누느라 효화가 연회장을 빠져나갔는지도 몰랐던 장륜은 그녀를 찾아 주위를 두리번댔다. 연회장을 돌아보니 홍정주의 모습 또한 보이지 않았다. 뭔가 불길한 예감이 엄습해 왔다.

"혹시, 공주님이나 홍정주를 보지 못하였느냐?"

연회장 외곽에 서 있던 강초를 발견하고는 장륜이 다가가 물었다.

"아까 연회장을 빠져나가셨습니다. 혹시, 홍 장군과 그분의 약혼녀랑 그곳에서 만나기로 약속이라도 하신 겁니까? 모두 연회장 뒷길로 나간 것을 보면 후원에서 만나기로 하셨나 봅니다. 흐흐, 대장군께서는 약속에 좀 늦으신 것 같네요."

아까 눈치 없이 굴다 운보에게 맞아 놓고도 정신을 못 차린 강초가 장륜에게 너스레를 떨었다. 그는 단순하게 홍정주와 영백, 그리고 공주가 모두 후원 쪽으로 향했고, 장륜이 그들의 행방을 물으니, 필시 서로 만나기로 약속한 것이라 여긴 듯했다.

이럴 때는 그가 눈치 없는 것이 다행이다 싶은 장륜이었다.

"그래, 내가 약속에 늦었구나. 후원이라? 어서 가 봐야겠는걸."

장륜이 정말 약속이 있었던 것처럼 말하자 강초는 그럴 줄 알았다면서 그를 살펴보라는 운보의 당부를 잊고 뒤를 쫓지 않았다.

연회장을 나온 장륜은 후원으로 서둘러 걸음을 재촉했다.

효화와 홍정주, 그리고 진영백.

이 세 사람이 후원에서 따로 만날 일이 무엇이 있다고…….

장륜은 자꾸 그날 밤의 일이 무지근하게 떠올라 초조했다.

초조함은 후원으로 가는 그의 걸음을 서두르게 만들었다. 그가 마침내 후원에 이르러 고운 달빛이 눈부시게 부서지는 연못가로 다가가자, 영백의 모습이 눈에 들어왔다.

수면 위에서 보석처럼 빛나는 월광을 황홀하게 바라보는 영백의 청아한 모습은 다급했던 그의 걸음을 저도 모르게 멈춰 서게 만들었다.

장륜은 평온해 보이는 그녀를 보며 안도의 한숨을 내쉬었다. 그리고 지금처럼 그녀가 상처받는 일 없이 쭉 행복했으면 좋겠다는 바람이 들었다.

헌데, 그녀가 여기 있다면 홍정주와 효화공주는 어디로 간 것이지? 강초 말에 의하면 다들 같은 곳으로 향했다고 했는데…….

이런 의문이 들자 장륜의 마음속에서 다시 불안이 고개를 쳐들었다. 그가 찬찬히 후원을 돌아보는데, 영백이 선 연못가 너머의 어둠 속에서 서로 엉켜 있는 두 그림자가 보였다. 장륜은 눈을 가늘게 뜨고 그것을 유심히 살펴보았다. 은은한 달빛이 천천히 후원을 흐르며 여리게 그 그림자를 비추자, 얼굴을 맞대고 있는 두 남녀의 모습이 드러났다.

해괴한 그림자의 정체는 격렬하게 서로의 입술을 탐하는 홍정주와 효화였던 것이다.

장륜은 가슴에 천불이 일었다. 어떻게든 좋게 해석해 보려 해도 이것은 그들이 진영백에게 자신과 같은 능욕을 주려는 의도로 볼 수밖에 없었다. 자신들의 애정을 과시하려 다른 이에게 잔혹한 그들의 행각에 장륜은 분노가 일었다. 장륜은 이를 꼭 깨물며 분노가 괴성이 되어 입 밖으로 튀어 나가는 것을 막았다.

그때, 연못의 월광을 바라보던 영백이 고개를 들어 후원 주위를 살폈다. 그녀가 고개를 조금만 더 돌리면 효화와 홍정주가 서로를 감싸 안고 열렬히 입을 맞추는 것을 볼 것만 같았다.

그 순간, 장륜의 발이 날듯이 땅을 챘다.

그녀의 맑은 눈에 저들의 천박한 몸짓이 담기게 하고 싶지 않았다. 그 일념 하나로 장륜은 손을 뻗어 영백의 눈을 가린 뒤, 그대로 제 품 안으로 끌어당겼다.

얼마나 놀랐는지 그녀는 소리를 지르거나, 저항할 생각조차 하지 못하고 장륜의 품 안에 폭 안겨 왔다. 그러고는 뒤늦게 그의 품 안에 안겨 가볍게 몸을 떨었다. 황망한 영백의 감정이 가슴으로 고스란히 전해져 오자 장륜은 말로 설명하기 힘든 애잔함에 절로 목소리가 부드러워졌다.

"여기 계셨습니까? 한참을 찾았습니다."

"누…누…누구세요?"

자신의 귓가에 소곤대는 남자의 목소리에 영백이 더듬거리며 묻자, 장륜은 화들짝 손을 떼며 몹시 당황한 척을 했다. 그와 동시에 저들이 난잡한 짓을 벌이고 있는 쪽으로 등을 지고 서서, 영백의 시야를 막았다.

"이…이런 죄송합니다. 제가 잘못 봤습니다. 소저께서 제 아내인 공주님인 줄 알고……. 다시 한 번 사과드립니다. 정말 죄송합니다."

장륜은 그녀에게 자신이 이런 행동을 하게 된 이유에 대해 변명 아닌 변명을 했다. 그가 난처한 얼굴로 여러 번 사과를 전하자, 영백은 괜찮다며 미안해 어쩔 줄 몰라 하는 장륜을 말렸다.

"그런데 소저께서는 여기서 뭐하고 계셨나요?"

"그…그…그러는…대…대…대장군께서는…어…어인 일로?"

"네? 아, 공…… 공주님과 이곳에서 산보를 하기로 했었는데……."

하필 효화를 핑계로 대다니……. 그러다 같이 찾아보자고 하면 어쩌려고…….

장륜이 제 왼쪽 귓불을 매만지듯 당겼다 놓았다.

"저…저도…마…만…만나기로…하…한 분이 있었는데…어…어…어긋났나 봅니다. …고…공주님도…그…그러신 것이…아…아…아닐까요?"

"그랬을 수도 있겠네요. 그럼 같이 연회장으로 돌아가실까요?"

차라리 연회장으로 돌아가 그녀가 저들을 볼 여지를 아예 차단하는 것이 낫겠다 싶어, 장륜은 영백을 연회장 쪽으로 안내했다.

다행히 영백은 큰 의심 없이 그를 따라 후원을 나섰다.

장륜이 본 영백은 말을 더듬기는 했지만 차분해 보이는 인상과 수수하면서도 은은한 매력을 지니고 있었다. 마치 지금 자신과 그녀를 비추는 달빛처럼 말이다.

"약혼자를…… 홍정주를 많이 좋아하십니까?"

흘끔대며 그녀의 얼굴을 훔쳐보던 장륜이 무의식중에 담아 둔 말을 꺼냈다.

영백이 홍정주를 좋아하면 할수록 더 괴로울 것은 자명한 일이었다. 그런 그녀가 염려스러워, 장륜은 혹여 수줍은 표정으로 좋아한다고 말하면 어쩌나 걱정했다.

"조…좋…좋고…마…말고…하…할…주…주제가 못 돼요. …어…어…어떻게든…겨…견…견뎌야만 하는 거죠. …가…가족…가족들을…위…위해서…….."

영백이 무미건조한 어투로 천천히 말했다. 천천히 조심스럽게 말해서인지 더듬거림에도 이번에는 잘 알아들을 수 있었다. 장륜은 허무 속에도 책임을 짊어지려는 듯한 그녀의 말에 왠지 모를 애잔함과 미묘한 동질감을 느꼈다.

五.
그럴 일은 없을 겁니다

　황제 탄신일 기념 연회가 있고 난 뒤, 장륜은 운보에게 해주에서 영백이 어찌 살았는지, 황제가 그녀를 홍정주의 배필로 선택한 이유가 무엇인지를 알아보게 했다.

　그때까지도 장륜은 홍정주의 마음이 바뀌지 않았으며, 효화와의 관계도 지속되고 있다는 사실을 누구에게도 말하지 않았다. 대신 그 자신이 은밀히 홍정주의 행동을 예의주시했다.

　그즈음, 장륜을 비롯한 홍정주와 대장군부 산하의 부대가 훈련을 위해 섬랑(纖瑯) 지역으로 이동해야만 했다. 훈련은 두 달여라는 긴 시간 동안 이루어졌기 때문에 각 부대의 대장들을 비롯해 많은 장병들이 집을 떠나 있게 되었다. 대신 섬랑이 영휘에서 멀리 떨어지지 않은 지역이라 특정일에는 가족들과의 면회가 허용되어 면회일이면 많은 사람들이 섬랑으로 찾아들고는 했다. 진영백도 그때마다 홍정주를 만나러 오는지 그는 면회가 허락되는 날만 되면 꼬박꼬박 그 핑계로 군영을 비웠다.

　"꼭 보면 진 소저와는 잠시 만나고 배웅을 핑계로 군영 밖으로 나가던데요. 밖에서 더 만나는지 어쩌는지 모르겠지만, 홍 장군은 그렇게 밖으로 나가 해가 저문 후에나 돌아오십니다."

눈치는 없지만 기억력 하나는 좋은 강초에게 홍정주를 살펴보라 지시했던 장륜이, 그 보고를 받고 미간을 찌푸렸다. 이미 눈으로 확인한 바가 있으니 홍정주의 그런 행동조차 의심스러울 수밖에 없었다.

그는 곧바로 대장군부에 있는 부하를 불러 자신이 섬랑으로 훈련을 나온 동안 공주가 어찌 지냈는지를 물었다.

"요즘에는 일주일에 한 번씩 휴양을 위해 수정궁(綏靖宮)으로 가셔서 이삼 일 정도 머물다 오십니다."

더 들어 볼 것도 없었다. 수정궁이라면 섬랑에서 멀지 않은 곳에 있는 황실의 이궁(離宮)이었다. 아마도 홍정주는 진영백을 배웅한다면서 군영을 나가 수정궁에서 효화를 만났을 것이다. 장륜의 눈이 무섭도록 싸늘해지며 날카롭게 빛났다.

홍정주는 장륜이 자신을 예의주시하고 있다는 것도 모르고 효화의 말대로 아둔한 자신의 약혼녀를 골려 먹는 것을 즐기고 있었다.

제 눈앞에서 다른 여자와 입을 맞추고, 끌어안고 있는데도 뭣도 모르고 면회일만 되면 꼬박꼬박 자신을 찾아오는 것이 한심스러워 절로 비웃음이 튀어나왔다. 거기다가 꼴에 약혼녀랍시고 자신이 훈련을 나온 동안 제 반편이 어미까지 보살피고 있다니 정말 멍청하고 눈치 없는 여자였다.

"이렇게 얼굴 봤으니 잘 있는 것을 확인하셨지요? 그러니 이만 돌아가 보세요. 군영 밖까지 배웅해 드리겠습니다."

제 어미가 자신의 안부를 궁금해한다는 영백의 말을 그는 대뜸 끊어 버리며, 그녀를 서둘러 돌려보내려 했다. 만약 남천이 영백을 따라왔다면 그가 이렇게까지 행동하지는 않았을 것이다. 남천이 자신의 어머니인 송 부인을 돌보기 위해 영휘에 남을 수밖에 없다는 것을 알자, 그는 더 노골적으로 영백을 무시했다. 자신이 그녀를 이렇게 대해도 그녀는 멍청해 아무 감정도 느끼지 못하리라고 업신여겼던 것이다.

정말로 그런 것인지 영백은 정주가 자신을 어찌 대하든 항시 차분하고 덤덤했다.

그날도 이만 돌아가라며 내몰다시피 영백을 군영 밖으로 데리고 나가 배웅이랍시고 손 한 번 들어 보이고는 곧바로 어딘가로 가 버렸다. 그러나 영백은 여느 때처럼 별다른 감정을 내보이지 않았다. 그저 할 일을 끝마친 사람처럼 홀가분하게 집으로 돌아가려고 했다.

그때, 저 멀리서 말을 타고 달려오는 일단의 무리들이 보였다. 희미했던 모습이 가까워지며 또렷해지자 영백은 걸음을 멈춰 섰다.

"아! 진 소저 아니십니까?"

무리의 선두에 선 장륜도 영백의 얼굴을 알아보고는 고삐를 잡아당겼다. 영백이 살짝 고개를 숙여 인사를 전하자 그가 말 위에서 내렸다.

"편 장군을 만나고 가시는 길입니까?"

영백이 말없이 고개를 끄덕였다. 장륜은 그 끄덕임 하나에도 많은 것을 읽어 냈는지 살짝 힘겨운 숨을 내쉬었다.

"제가 진 소저께 죄송하다 말씀드려야겠군요. 홍정주 그 사람이 워낙 유능한 인재다 보니 제가 이것저것 맡기는 일이 많습니다. 그래서 약혼자를 만나러 이리 찾아오셔도 그 사람이 짬을 내기가 쉽지 않네요. 혼례 올리시기 전까지 약혼자와 오붓하게 지내고 싶으실 텐데 본의 아니게 그 시간을 빼앗은 것 같아 송구합니다."

난데없는 장륜의 사과를 받게 되자 영백이 난망해하며 손사래를 쳤다.

"아…아…아닙니다…. 벼…벼…별…별…별…마…마…말씀을…다…

다…당…당연히…….”

뜻밖의 상황에 꽤 당황했는지 그녀가 말을 심하게 더듬거렸다. 혀가 입 안에서 꼬이기라도 한 것처럼 음절 사이사이가 삐걱거렸다. 그러자 장륜이 영백의 손목을 살짝 두들기며 그녀를 진정시켰다.

“천천히 말씀하셔도 됩니다. 말씀 중간에 어디 딴 데로 도망가거나 하지 않을 테니까요.”

장륜이 온화하게 웃으며 가벼운 농으로 그녀가 침착할 수 있게 유도했다. 짧은 말임에도 생각보다 더 더디게 나오자 당황했었던 영백은 그의 말에 차분히 숨을 골랐다.

“아…아닙니다. …나…나라의…노…녹을 받는데…다…당연히…공… 공무가…우…우선이지요. …저…저는…꽤…괘념치 않습니다.”

걸음마를 시작한 아이를 보듯 영백의 말 한 마디에 고개장단을 맞추던 장륜은 그녀가 말을 매듭짓자 환하게 웃었다.

“그리 생각해 주신다니 감사합니다. 헌데, 걸어서 돌아가시는 것입니까? 아무리 영휘와 가깝다 해도 도보로는 시간이 걸릴 텐데요. 이보게, 가서 소저를 모셔다 줄 수레를…….”

“아…아닙니다. …저…저는…거…걷는 것을…조…좋…좋아해서요. …서…섬랑…마…마을에…가…가면…저…절 데려갈…수…수레가… 기…기다리고 있습니다.”

영백이 호의는 고맙지만 자신은 이것이 편하다며 손가락으로 길을 따라 걸어가는 모양을 해 보였다. 아까에 비해 제법 명확히 말하고 있는데도 그녀는 혹 장륜이 자신의 말을 잘 못 알아들을까 봐 걱정인지 표정과 손짓을 다해 열심히 설명했다.

어딘가 세상과 거리를 두고 있는 것처럼 무심하고 처연해 보였던 영백의 또 다른 모습을 발견한 장륜은 저도 모르게 피식 웃음이 났다. 그가 소소하게 웃음을 터트리자 영백도 그때서야 자기 꼴이 너무 우습다는 생각이 들어 애꿎게 치맛자락만 매만졌다.

"그러하시다니 더는 강권하지 않겠습니다. 부디, 살펴 들어가십시오."

장륜과 작별 인사를 나눈 뒤에 영백은 유유히 길을 따라 섬랑 마을을 향해 걸어갔다.

군영이 마을 외곽에 위치해 길가에 있는 나무나 풀들은 볼품이 없었고, 그 주위에 볼만한 산세나 풍광 같은 것도 없었다. 그럼에도 발걸음마다 자연의 정취를 음미하는 듯한 영백의 뒷모습을 장륜은 물끄러미 바라보았다.

"먼저들 들어가 보거라. 나는 잠시 들를 데가 있으니……."

여전히 영백에게 시선을 고정한 채, 장륜이 부하들에게 일렀다. 그들이 군영 안으로 들어가고 나자 장륜은 말을 몰아 수정궁으로 향했다.

그가 수정궁에 나타나자 궁지기의 얼굴은 사색이 되었다. 그가 궁 안에 들어가는 것을 막으려 말을 돌리고, 주위를 돌리는 모양새가 '그날 밤' 계령이 취한 모습과 별반 다르지 않았다. 장륜은 그를 한쪽으로 거세게 밀치며 경고했다.

"더는 내 앞을 막지 않는다면 폐하께 네놈 이야기는 고하지 않도록 하마."

궁지기가 허망한 얼굴로 장륜을 붙들려 하던 손을 거뒀다.

장륜이 궁 안쪽 내실로 들어가 벌컥 문을 열어젖히자, 긴 의자 위에서 몸을 비스듬히 누인 채, 정주의 가슴에 기대어 앉은 효화의 모습이 보였다.

갑자기 들이닥친 장륜의 모습에 정주가 놀라, 황급히 자리에서 일어나려 했다. 하지만 그전에 장륜이 그의 목덜미를 낚아채 바닥에 내팽개쳤다. 그리고 허리춤에 찬 검을 뽑아 들어 그에게 겨눴다.

"왜 이래?! 저 사람한테 손끝 하나만 대 봐! 내가 가만두지 않을 거야."

효화가 되레 큰소리쳤지만 장륜은 얼음처럼 차갑고 냉정하게 그녀를 돌아보며 나지막하게 읊조렸다.

"제가 그런 것에 겁먹을 것처럼 보이십니까?"

실망과 분노조차 느껴지지 않는 그의 말투에는 경멸만이 남아 있었다. 자신의 예상과는 다른 장륜의 태도에 효화의 입이 멈췄다.

장륜은 효화에게서 시선을 거둔 뒤, 자신과 사뭇 비슷하게 생긴 홍정주의 얼굴에 검 끝을 살며시 가져다 대었다. 날카로운 검의 시린 감촉이 정주의 몸을 소름 돋게 만들었다.

그가 부들거리는 손으로 장륜의 검을 치우려 하자 소매에 가려졌던 그의 팔찌가 보였다. 영백의 것과 마주하면 물결무늬가 드러나는 그 약혼의 증표가…….

'좋고 말고 할 주제가 못 돼요. ……그냥 견뎌야 해요. ……부탁해요.'

그 팔찌를 보자, 장륜은 그간 영백이 했었던 말들이 떠오르며 홍정주를 겨눴던 검 끝에 힘을 풀었다.

"네놈은 자중이라는 말의 의미를 전혀 모르는구나. 여기서 네 얼굴을 짓이기고 숨통을 끊어 놓고 싶은 것이 솔직한 심정이지만 네 약혼녀를 봐서 참도록 하마. 내일 당장 서북쪽 변방에 위치한 강계(姜堺) 초소로 가거라. 그곳에서 내가 부를 때까지 숨죽이며 있도록 해."

그는 자신이 할 말을 다 전하고 나자, 볼 장 다 본 사람처럼 뒤도 돌아보지 않고 수정궁을 빠져나갔다.

홍정주가 영백의 눈에 아예 띄지 않는 곳에 있으면 적어도 이런 광경을 목격할 일은 없을 것이다. 거기다 다른 이들에 의해 발각되어 자신의 정혼자가 부정을 저지르고 있음을 알게 될 확률도 적어질 것이다. 죽이지 못한다면 그를 딴 곳으로 멀리 보내 버리자. 그러면 그녀가 상처받을 일이 일어날 가능성도 줄어들 것이다.

그렇게 생각한 장륜은 지체 없이 정주를 영휘에서 가장 먼 강계로 발령 보내 버렸다.

✳

섬랑에서의 훈련이 마무리되기도 전에 홍정주는 강계로 갔다. 그리고 장륜이 섬랑에서의 훈련을 끝내고 영휘로 복귀하자, 해주에서 영백과 진관영 일가에 대해 조사하고 온 운보가 그를 기다리고 있었다.

운보는 홍정주가 강계로 발령 났다는 소식에 곧바로 공주와 그의 관계가 끝나지 않았음을 알아챘다. 그는 손에 땅콩을 한 움큼 쥐고는 그것을 하나씩 으적대며 분을 삭였다. 그러면서도 중간중간 황소처럼 콧김을 내쉬었다.

"일이 이렇게 되니, 어처구니없다 생각했던 폐하의 의도에 수긍하고 싶어지는군요."

"그게 무슨 소리야? 폐하의 의도라니."

땅콩 하나를 공중에 높이 던졌다 입으로 받아 먹으며 운보가 던진 말을 놓치지 않고 장륜이 물었다. 운보는 입 안에 든 땅콩을 씹어 삼키며 자신이 해주에서 알아온 이야기를 그에게 털어놓았다.

"부탁하신 대로 해주에서 진영백과 진관영 일가에 대해 알아봤습니다. 황제 폐하께서 무슨 손이라도 쓰셨는지 그곳 사람들에게 진관영 일가에 대해 물으면 다들 입을 꾹 다물더군요. 그래서 돈만 주면 뭐든 하는 작자들을 구워삶아 알아봤습니다. 그런데…… 하하."

다시 생각해도 기가 찬지 운보가 말을 멈추고는 고개를 뒤로 젖혔다. 뒷말이 자못 궁금한 장륜이 그에게로 몸을 바짝 기울이자 운보가 말을 이었다.

"진영백은 홍정주와 정혼하기 전에 세 명의 정혼자가 있었답니다. 모두 혼례 날까지 받아 놨는데 첫 번째는 병사, 두 번째는 사고에 의한 익사, 세 번째는 혼례를 앞두고 자진을 했다는군요. 그런 그녀를 두고 해주에서 돌았던 말이 「저주받은 말더듬이 신부」랍니다. 그래서 사람들이 저주받았다며 그녀를 멸시하고 꺼려해 본의 아니게 은둔 아닌 은둔을 해야 했고요. 그러다 갑자기 영휘로 떠났대요. 그들이 떠나고 해주 자사는 헛된 풍문을 퍼트리는 자들을 엄히 단속하겠다고 으름장을 놓았고, 영휘로 온 그녀의 오라비는 곧장 상서가 되었지요. ……뭔가 감이 좀 오십니까?"

감이 오기는 했지만 황제가 그렇게까지 했으리라 믿고 싶지 않은 장륜이었다.

그가 미동도 하지 않자 운보는 마지막 남은 땅콩을 입에 털어 넣었다. 그러고는 제대로 이해시켜 주려는 것처럼 자세한 설명을 덧붙였다.

"저주를 이용해 증거를 남기지 않고 그 자식을 제거할 생각을 하신 겁니다. 폐하께서는……. 영민하시다 해야 하나, 어리석다 해야 하나…… 하하……. 폐하께서도 어지간히 급하셨나 봅니다. 그런 허언에 기댈 정도로 말입니다. 하지만 그 자식이 아직도 공주님과의 연을 끊지 못했다 하니, 폐하의 생각처럼 진영백의 저주로 그놈이 죽어 버렸으면 좋겠네요. 후후."

영백의 저주가 발현되기를 고대한다는 듯이 운보가 눈을 가늘게 뜨며 비아냥거렸다. 그러자 계속 굳어 있던 장륜의 눈썹이 실룩거렸다.

"네가 지금 얼마나 잔인한 소리를 하고 있는 것인지 알아? 너한테 이

득만 된다면 다른 이의 감정 따위는 아무렇지도 않은 것이냐?! 진영백의 저주로 홍정주가 죽어 버렸으면 좋겠다니? 저주받았다며 사람들에게 손가락질받던 여인에게 평생을 그 오욕 속에 살라고 떠미는 것이거늘!"

불같이 화를 내는 장륜을 보자 운보는 땅콩을 씹어 댔던 입 안이 까끌까끌해진 기분이었다. 자신의 생각이 짧았다고 사과했지만 장륜은 아무 대꾸도 없이 그대로 집무실 밖으로 나가 곧바로 말에 올라타고는 황궁으로 향했다.

훈련지에서 이제 막 돌아온 만큼 오늘은 쉬고 내일 황제를 알현할 계획이었지만 운보에게서 영백에 관한 이야기를 듣고 나자 장륜은 가만히 있을 수가 없었다.

황제 또한 내일 올 것이라 생각했던 장륜이 급작스레 알현을 청하자 좀 당황했다. 하지만 그도 자신에게 보고도 없이 홍정주를 강계로 보낸 것에 의문을 가진 터라 흔쾌히 갑작스런 알현을 허락했다.

"그렇지 않아도 그대에게 물어보고 싶었던 것이 있었는데 알아서 먼저 찾아와 줬구려."

"그간 강녕하셨습니까? 계속 올려 보낸 훈련 보고서는 잘 받아 보셨는지요?"

그런 것이나 확인하자고 이렇게 갑자기 찾아온 것은 아닐 텐데, 장륜은 계속 업무 이야기만 했다. 결국, 성질 급한 황제가 먼저 말을 꺼냈다.

"그나저나 홍정주는 왜 갑자기 강계로 보낸 것인가?"

정중하게 훈련 성과를 보고하던 장륜의 눈빛이 변한 것은 그때였다. 그는 잠시 시선을 돌려 숨을 고르더니 높낮이 없는 억양으로 말했다.

"섬랑에서의 훈련 기간 동안 홍정주와 공주님이 수정궁에서 만나고 있었습니다."

황제는 아무 대꾸도 하지 않고 눈만 끔벅였다. 홍정주의 마음에 다시 변화가 찾아왔다는 소리인지, 아니면 그동안 그 망할 자식이 자신을 기만했다는 소리인지 파악하는 듯했다.

"두 사람은 그 후로도 줄곧 만나 왔던 것입니다."

장륜이 혼란스러워하는 황제를 대신해 현 상황을 깔끔히 정의 내려 주었다. 그간 홍정주가 보여 왔던 행동은 황제와 자신을 기만한 것에 불과하다는 사실을.

황제가 폭발한 것은 그다음이었다. 그는 책상을 마구 내려치며 욕지거리를 내뱉었다. 그렇게 분기를 토해 내고도 진정이 안 되는지 황제는 그 뒤로도 한참을 씨근덕거렸다.

"이대로 홍정주와 진 소저의 혼인을 감행해 봐야 달라질 것은 없을 듯합니다. 그러니 폐하께서 그들이 혼인하는 것을 막아 주시지요."

"그럴 수는 없어. 이미 약혼까지 한 마당에 뭘 하러!!"

"차라리 그것이 낫지요. 자신의 남편이 다른 여인을 품고 있다는 것을 알고 상처 입는 것보다는 훨씬 낫습니다."

"걱정 마! 그런 일은 일어나지 않을 것이야."

분노가 치밀어 경황이 없음에도 불구하고 황제는 단호하게 그런 일은 없을 것이라고 단정지었다. 그러자 무표정했던 장륜의 얼굴 위로 차가운 빛이 스치고 지나갔다.

"무엇을 믿고 그리 확신하시는 것입니까? 폐하, 진 소저의 저주가 반드시 홍정주를 죽이리라 믿고 계신 것입니까?"

"꼭 그뿐만은 아니지만, 일이 이리되니 그것을 아니 기대할……."

흥분해 장륜의 물음에 씩씩대며 대답하던 황제가 놀란 눈을 들어 그를 바라봤다.

아주 찰나였지만 장륜의 눈에 실망과 슬픔이 공존하는 빛이 어렸었다. 그러다 이내 냉정하고 이성적으로 황제에게 간언했다.

"그런 허황된 헛소문에 휘둘리지 마시옵소서, 폐하. 사람들이 지껄이는 풍문으로 상처 입어 기댈 곳 없는 이를 이런 식으로 이용하시는 것은 옳지 않사옵니다."

"자네 눈에는 이게 우스워 보인다는 거 아네. 그러나 단순히 홍정주를 죽이기 위한 이유로 진영백을 선택한 것이 아니야. 그놈과 효화의 관계를 다른 이들에게 들키지 않기 위한 위장이 필요했어. 그래서 홍정주를 혼인시켜야겠다고 생각한 것이지. 하지만 자네의 말대로 엄한 규수를 속여 데려다 그놈에게 찍어 붙여 줄 수는 없지 않은가."

"그러면 진 소저는 그런 일을 당해도 된다는 뜻이십니까? 폐하?"

장륜이 너무도 기가 막혀 무례를 무릅쓰고 황제 앞에 놓인 책상에 손을 얹고 따지듯 물었다. 황제는 자신을 비난하는 듯한 그 눈빛이 싫었다.

그는 자신의 신하이고 그를 신임해 중용코자 벌인 일이기도 한데, 어째서 이리 제 뜻을 몰라주는 것인가 섭섭했다. 그는 자신의 선택이 잘못되었다는 것을 인정하기 싫었다.

"그럼 자네는 세 번이나 혼례를 앞두고 정혼자가 죽는 것이 단순한 우연이라고 생각하나? 그런 전력을 가지는 것이 흔하다고 보느냐 이 말이네. 짐은 그런 과거 전력으로 인해 고통받던 진영백을 구제해 준 것일세. 난 혼인하라 강요한 적 없어. 애초에 싫었다면 거절하면 될 일이었어. 하지만 보게! 그들이 어떤 선택을 했는지. 진영백도 그녀의 가족들도 저주받았다는 굴레에서 벗어나고 싶어, 짐이 내민 손을 잡지 않았는가? 진영백 또한 이 혼사가 엎어지는 것을 원치 않는단 뜻일세. 또다시 혼사가 깨져 버리면 모처럼 새롭게 시작할 기회를 놓치게 될 테니까! 알겠나? 이번 혼사가 깨지면 가장 큰 피해를 보는 것은 바로 그 여인이라고."

청산유수가 따로 없었다.

장륜은 자신을 합리화시키려 막힘없이 열변을 토하는 황제를 보며 입을 다물지 못했다. 결국 황제가 진영백을 홍정주의 배필로 선택한 이유는 저주뿐만이 아니라, 그녀가 홍정주와 효화의 관계를 알아도 거절치 못할 처지라는 점을 이용하려 한 것이다.

그 전말을 알고 나자 자꾸만 달빛 아래서 더듬거리며 견뎌야 한다 말하던 영백의 모습이 어른거렸다. 그리고 자신에게 '부탁한다.' 말했던 이유가 무엇인지 그제야 이해가 되었다. 가련한 여인. 그녀의 심정이 어떠했을지 장륜은 상상이 가고도 남음직했다.

그녀도 자신처럼 덫에 걸린 줄 알면서도 빠져나갈 수 없는 사람이었던 것이다.

"……그럴 일은 없을 겁니다."

황제가 토해 낸 열변을 듣던 장륜이 갑자기 낮게 중얼거렸다. 낮고 조용하게 말했지만 그의 소리에는 결연함이 담겨져 있었다. 의미심장한 말투에 황제의 눈이 가늘어졌다.

"무슨 뜻으로 하는 말인가?"

"진 소저에게 저주 같은 것은 없습니다. 그러니 홍정주는 죽지 않고, 진 소저와 무사히 혼례를 치를 것입니다. 또한, 더는 저주받았다는 소리를 듣지 않을 것입니다. 그리고 홍정주나 공주님과 상관없이 평온하게 살게 될 것입니다."

"후훗, 자네 점쟁이라도 된 것인가?"

"앞날을 예측할 필요는 없습니다. 제가 그리되게 만들 것입니다."

자신이 신도 아니고 무슨 수로 그리하겠다는 건지 황제가 빈정거리듯 입술을 비틀었다. 하지만 몹시도 진지하고 결의에 찬 장륜의 눈빛은 기필코 그리해 보이겠다는 의지를 담고 있었다.

감정적으로 그냥 한 말이 아니었다.

황제가 지껄인 대로 이미 그들의 약혼이 영휘 내에 쫙 퍼진 마당에 혼사가 깨지면 영백의 과거가 들춰지고 불명예스런 꼬리표가 또다시 나붙게 될지도 모른다.

그녀가 홍정주와 혼인을 깰 수 없는 사정이라면, 이 혼인은 하는 수밖에 없다.

세월이 지나 홍정주가 진영백과 정이 든다면 다행이겠지만 끝까지 그가 그녀에게 정을 주지 않는다면 다른 것에서 행복을 찾게 해 줄 것이다. 좋아하는 것을 즐기고, 타인과 교류하며 일상적인 행복을 누릴 수 있는 평온한 삶을 말이다.

그러니, 절대로 알지 못하게 할 것이다. 자신이 황제의 계획에 이용되었으며 그의 정혼자가 부정한 연정을 품은 채, 그녀를 기만하고 있다는 사실을 끝까지 모르게 해 줄 것이다.

장륜은 그렇게 영백을 옭아맨 덫에서 조금이나마 자유롭게 해 주고 싶었다.

※

홍정주가 섬랑으로 훈련을 떠난 뒤로 영백은 그의 어머니인 송 부인을 자주 찾아가 돌보았다. 남에게 반편이 어미를 보이고 싶지 않아 늘 그녀를 홀로 집 안에 가둬 두는 것이 마뜩지 않았던 영백은 홍정주가 강계로 발령 나자 그 뒤로는 아예 그 집에 상주하다시피 했다.

영백은 자신과 처지가 비슷한 것 같은 송 부인에게 연민을 느끼고 있었다.

말더듬이라 하여 사람들에게 얕잡혀 보이고, 저주받았다며 꺼려져 집

안에만 머물러야 했던 자신의 처지와 반편이라는 이유로 사람들에게 무시당하고, 자식에게조차 외면받아 집 안에 갇혀 있어야 하는 그녀의 처지가 퍽 닮아 보였기 때문이다.

지능이 모자란 만큼 송 부인은 말도 함부로 하고 행동도 거칠었지만 영백은 아이를 돌보는 심정으로 그녀를 보살폈다. 그렇게 송 부인을 돌보다가 모처럼 본가로 돌아온 영백은 뜻밖의 손님이 찾아온 것을 보고 눈이 휘둥그레졌다.

"…대…대…대장군께서…어…어인 일로……."

요즘 그녀가 홍정주의 어미를 돌보느라 그의 집에서 머문다 하기에 만나지 못할 것이라 생각했는데 예상치 못하게 얼굴을 보게 되자 장륜은 어색하면서도 사뭇 반가워 저도 모르게 새물거렸다.

"응. 그래, 영백이 네가 때마침 돌아왔구나. 여기 대장군께서 네 혼례 문제로 의논할 것이 있으셔서 찾아오셨느니라."

대관절 장륜이 자신의 혼례 문제로 아버지와 의논할 무엇이 있다는 것인지 영백이 고개를 갸웃하며 그를 돌아봤다. 그 이유를 묻듯 빤히 자신을 바라보는 영백의 맑은 눈망울에 적잖이 당황한 장륜이 제대로 말을 꺼내지 못하고 멋쩍어만 했다.

"글쎄, 고맙게도 대장군께서 정신이 온전치 못한 송 부인을 대신해 혼주를 맡아 혼례 준비를 해 주시겠다는구나. 부하를 가족처럼 여기시는 마음이 참으로 하해와도 같으시지 않느냐. 이런 분을 상관으로 모시게 된 것도 홍 서방에게는 큰 복이야."

"별말씀을요. 되레 송구스러워 그럽니다. 혼례로 다망할 이에게 중책을 맡겨 혼례 준비할 시간도 없게 만들었는걸요. 당연히 제가 도와야지요."

자신을 대신해 진관영이 이유를 설명해 주자 장륜이 잽싸게 말을 받았다. 그러시냐며 고개를 끄덕였지만 어째 그것이 별로 탐탁지 않은지 영백은 손으로 목을 부자연스럽게 어루만졌다. 그녀의 반응이 부정적인 듯하자 장륜이 망설이다가 사과를 했다.

"제가 진 소저의 입장을 생각하지 않고 너무 의욕만 앞세웠나 봅니다. 아무래도 잘 알지 못하는 이와 혼례 준비를 해야 하는 것이 껄끄러우시겠지요. 저로 인해 혼례가 늦춰지는 것을 원치 않다 보니 그리되었습니다. 다른 방도를 찾아보도록 하지요."

그러자 영백이 고개를 세차게 흔들며 또박또박 말하려고 작고 도톰한 입술을 오물거렸다.

"아…아니요. …저…전…괜…괜…괜찮습니다. …대…대장군의… 고…공무에…크…큰…지장이…어…없으시다면…호…혼례 준비를… 마…맡아 주십시오. ……그…그리…해…해 주신다면…오…오히려… 이…이쪽이…가…감사할 따름입니다."

영백은 말을 더듬느라 수없이 입술을 달싹대야 하는 것이 싫을지도 모르겠지만 장륜은 이상하게도 그 모습이 좋았다. 말은 더뎠지만 항상 작은 말 한 마디라도 입 밖에 내기 위해 심혈을 기울이는 모습이 도리어 그에게는 더 진정성 있게 다가오고는 했다.

장륜의 얼굴 위로 따스한 기운이 퍼져 나갔다.

"그것참, 다행이군요. 이것으로 홍정주 그 사람에게 제 면이 서겠습니다. 하하하. 앞으로 혼례식 문제로 마주칠 일이 잦을 터이니, 너무 어려워 마시고 지금처럼 의견을 전해 주십시오. 저는 들을 준비가 되어 있습니다."

호쾌한 장륜의 웃음에 영백의 얼굴에도 싱그러운 미소가 따라 지어졌다.

六.
그의 집

　장륜이 혼례 준비를 맡겠다고 했지만 사실 그다지 할 일은 많지 않았다. 영백이 지금 홍정주와 그의 어미가 살고 있는 집에서 살 것이라 하니 신접살림을 꾸릴 곳을 알아볼 필요도 없었고, 예물과 예단에 바라는 것도 없어 까다롭게 구할 것도 없었다.

　'원래 집에서 산다 해도 신접살림을 꾸리려면 수리는 좀 하는 것이 좋겠지?'

　이런 생각에 장륜은 홍정주의 집을 찾아가 보았다. 가서 살펴보고 어떻게 수리하게 할지를 구체적으로 정하기 위해서였다.

　홍정주의 집은 생각보다도 많이 허름했다. 대문은 낡아서 그런지 걸쇠가 느슨해져 있었고, 지붕과 담벼락은 낡아 해진 데다 살짝 부서져 금이 간 곳도 있었다. 하지만 그중에서도 가장 압권은 정원이었다.

　대문을 지나면 가장 먼저 마주하게 되는 공간인 만큼 그 집의 인상을 좌우하는 것이 바로 정원이었다. 그런데 그 집 정원은 무성하게 자란 잡초들이 바닥을 점령하고 있었고, 정원에 심어진 나무마다 질긴 덩굴들이 똬리 틀고 앉아 그것들을 질식시키는 모양새를 하고 있었다. 이 집 주인이 얼마나 이곳에 애정과 관심이 없는지 알조였다.

장륜은 한숨보다도 어떻게 하면 집을 이 지경으로 놔둘 수 있는지에 대해 탄성이 나왔다. 그가 입을 벌린 채 넋을 잃고 구경할 때 누군가의 경계 어린 목소리가 들려왔다.

"거기 누구십니까?"

풀이 잔뜩 담겨진 광주리를 든 여인이 의심스런 눈초리로 장륜을 훑어보고 있었다. 대문이 열려져 있기에 그냥 들어왔던 장륜은 자신의 결례를 사과하고 본인 소개를 하려고 했다.

"대…대장군…아…아니십니까?"

흙투성이가 된 앞치마에 조금 흐트러진 머리 매무새의 영백이 광주리를 든 여인의 뒤를 따라오다, 그를 알아보았다. 반가움에 장륜은 저도 모르게 그녀를 향해 작게 손을 흔들었다. 그러다 너무 주책없이 굴었나 싶어 머쓱해지려는데 영백이 작게 웃으며 고개를 숙여 그의 인사를 받아 줬다.

그녀들의 안내로 방으로 들어간 장륜은 외관과 달리 제법 정돈된 방 안을 보고 조금 안심했다. 남천이 차를 내오자 그것을 한 모금 마신 장륜이 혼잣말처럼 속내를 중얼댔다.

"그래도 다행히 안은 쓸 만하네……."

어떤 답을 듣고자 꺼낸 말이 아닌데도 남천은 알아봐 줬으면 좋겠다는 티를 팍팍 내며 지난 시간 동안 자신들이 이 집에 쏟은 노고에 대해 떠들어 댔다.

"사람 살 만한 집구석을 만드느라고 얼마나 고생했는데요. 이 안을 쓸고 닦으면서 만났던 징그러운 벌레들과 쥐새끼들. 그리고 그것들의 배설물을 치우느라……. 어휴, 다시 생각해도 끔찍합니다."

남천이 몸서리를 치며 소름이 돋은 오른팔을 요란스럽게 문질렀다.

그러고도 속이 다 안 풀렸는지 그녀는 이렇게 쇄빠지게 일했는데도 아직도 할 일이 천지라며 푸념을 늘어놓았다.

"그처럼 일이 많으신데 어찌 여인 두 분이서 이런 일을 하십니까? 제가 내일 사람을 보내어 집안 수리와 정원 관리를 당부해 놓겠습니다."

"그렇죠? 그렇죠? 거봐요, 아가씨. 다른 사람이 봐도 우리 둘이 하기에는 벅차다니까."

왜 굳이 힘들게 이 고생을 하는지 모르겠다는 장륜의 어투에 남천이 반색을 했다. 보아하니 영백이 그리하겠다 고집을 피우는 바람에 고생을 사서 한 것이 억울한 표정이었다.

"그…그…그렇지만…."

영백이 입술을 지그시 깨물며 슬쩍 고개를 문가로 돌렸다. 그러자 남천이 이제 더는 못 하겠다고 항의하는 것처럼 의자에 몸을 늘어트리며 '아이고, 삭신이야'를 반복하자 영백도 더는 고집을 부리지 않았다.

장륜은 다음 날로 목수와 정원사, 그리고 일꾼들을 대동하고 나타났다.

그는 목수와 정원사에게 집 외관을 수리할 견적과 정원 관리를 어찌할지 살펴보게 했다. 그리고 다른 일꾼들에게는 무너진 담벼락 잔해나 처분하지 못하고 쌓아 놓은 부서진 문짝, 낡은 가구 같은 것들의 잔해를 치우게 했다. 흉가처럼 적막강산이던 집 안이 모처럼 사람으로 북적댔다.

그때였다.

"훠이! 훠이! 물러가라! 물러가! 우리 집에서 썩 나가라고. 이 잡것들아!"

"아얏! 뭐…… 뭡니까. 왜 이러세요."

희끗희끗한 머리가 얼굴께로 흘러내린 나이 지긋한 여인이 독살스럽게 빗자루를 휘둘러 대며 집 안 수리 견적을 내던 목수를 두들겨 패고 있었다.

장륜은 그날 처음으로 말로만 듣던 정신이 온전치 않은 홍정주의 어미를 보았다.

"어머나! 송 부인! 그거 내려놓으세요. 이런, 저 방으로 가시지 말라고 이야기하는 것을 깜빡했네."

남천이 송 부인의 뒤를 졸졸 따라다니며 그녀를 막으려고 했지만 송 부인은 집 안에 수많은 사람들이 들어선 것을 보고는 비명을 지르며 더 날뛰기 시작했다.

"아악! 안 돼! 안 돼! 날 보면 안 돼! 다른 사람들이 날 보면 정주가 창피해 죽는다고 했어. 다른 사람을 집에 들인 것을 알면 날 가만 안 둘 거야. 안 돼! 아악! 어떡해! 어떡해!!"

발을 동동거리며 자신의 얼굴을 가리더니 이내 짓이기까지 했다. 그 몸짓이 안쓰럽다 못해 무서울 지경이었다. 그 때문인지 남천은 물론이거니와 그 집에 있는 수많은 사람들 중, 그 누구 하나 송 부인의 곁으로 다가가지 못했다.

보다 못한 장륜이 그녀를 진정시키려 나섰다. 그는 스스로의 얼굴을 짓이기는 송 부인의 손을 잡아 말리며 이 상황을 차근하게 설명했다.

"진정하세요. 부인, 나쁜 사람들이 아닙니다. 집을 수리하려고 온 사람들이에요."

"히익! 아들. 난 모르는 일이야. 저들이 맘대로 들어왔어. 눈에 띄지 말라고 그래서 방 안에 얌전히 숨어 있었는데 저놈들이 맘대로 들어온 거야. 미안해! 미안해, 정주야. 내가 잘못했어."

장륜의 얼굴을 본 송 부인은 그를 정주라고 부르며 몸을 둥글게 말더니 연신 잘못했다고 빌었다. 불현듯 그는 자신과 홍정주의 생김이 비슷

하다고 했던 운보의 말이 떠올랐다. 하지만 그렇다고 해도 이렇게 지근
에서 보고 헷갈릴 정도는 아닌데…….

아마도 송 부인에게 있어 홍정주는 자식이면서도 공포의 대상인 듯했
다.

그때, 다른 곳에서 일꾼들과 있던 영백이 안채로 뛰어 들어왔다. 그녀
는 몸을 심하게 떨며 겁먹은 송 부인을 감싸 안아 진정시켰다. 영백이
그녀의 등을 다정하게 쓸며 어떤 가락을 흥얼대자 송 부인의 떨림이 잦
아들었다. 그러고는 천천히 고개를 들어 영백을 향해 히죽 웃더니 그대
로 쓰러졌다.

송 부인의 무게에 밀려 영백이 휘청하자 장륜이 재빨리 그녀의 등을
받쳤다.

"아…안…안으로… 오…옮…옮기게…조…좀…도…도와주시겠습니
까?"

영백이 송 부인을 눈짓으로 가리키며 장륜에게 부탁했다. 장륜이 송
부인을 들어 올리자 영백이 그를 방으로 안내했다.

송 부인을 침상에 옮기고 나자 영백은 발작하느라 마구 헝클어진 그
녀의 머리와 이마를 애처롭게 어루만졌다.

"이분 때문에 다른 이들 도움 없이 집안 정리를 하신 겁니까?"

장륜은 영백이 고생을 자처하며 남천과 둘이 일한 이유가 무엇인지를
알 것 같았다. 그리고 한편으로는 말이 통하는 상대도 아니고, 혈연으로
묶인 것도 아닌데도 그녀가 살뜰하게 송 부인을 보살피는 이유가 궁금
하기도 했다.

"홍정주, 그 친구가 복이 많군요. 약혼자를 아끼는 마음이 그 부모에
게까지 향하는 소저 같은 분을 내자(內子)로 맞게 되다니 말입니다."

말하다 보니 정말로 부러운 생각이 들어 장륜은 쓴웃음을 지었다. 그

런데 쓴웃음을 지은 것은 장륜만이 아니었다. 잠자코 그의 말을 듣고 있던 영백도 씁쓸한 미소를 지었다.

"그…그런…대…대…대단한 마음 같은 건 없어요. …그…그저…이…이…분을 보면…나…날…보…보는 것 같아서…그…그래서…츠…측…측은해서…그…그럽니다."

영백은 자신이 송 부인을 특별하게 생각하는 이유를 더듬대며 말했다.

"……그러지 않으셨으면 좋겠습니다. 저분도, 소저도 자신들이 다른 이들에게 환영받지 못하는 존재라 생각하지 않았으면 좋겠습니다."

본의 아니게 넋두리를 한 것 같아 시선을 내리깔았던 영백은 근심스런 장륜의 목소리에 고개를 들었다.

"생각이 더딘 것도, 말이 더딘 것도 불편한 일이기는 하지만 죄는 아닙니다. 총기 어린 두뇌를 가지고 있어도 그것을 음흉하게 사용하는 사람이 있는가 하면, 달변가이면서도 사특하게 사람을 속이는 자들도 있습니다. 그런 자들이 만인 앞에서 떳떳하지 못해야 하는 것입니다. 두 분은 지금보다 더 당당하셔도 됩니다."

자신을 바라보는 영백의 눈동자가 흔들리자, 장륜은 너무 주제넘게 나섰나 싶었다. 하지만 곧이어 영백이 환하게 빛나는 시원한 반달웃음을 그에게 선사했다.

"고…고맙습니다."

많은 전장을 누비며 수많은 이들에게서 수차례 감사의 인사를 받아본 그였지만 영백이 전한 감사의 말이 그를 가장 뿌듯하게 만들었다.

그날 이후, 장륜은 목수와 일꾼들을 순차적으로 불렀다. 그 인원이 어지간하면 5명 이상이 되지 않게 하였고, 때때로 공사가 클 때는 송 부인을 외따로운 곳으로 데려가 자신이 함께 놀아 주었다.

핑그르르 돌아가는 팽이를 따라 고개를 돌리던 송 부인이 팽이가 회전을 멈추고 옆으로 쓰러지자 냉큼 집어 장륜에게 내밀었다.

"아저씨, 또! 또!"

역시 그날은 흥분해서 그런 것이었는지 송 부인은 장륜을 더는 정주라고 부르지 않았다.

장륜이 팽이를 채에 감아 던지자, 쌩하고 날아간 팽이가 힘차게 돌기 시작했다. 몇 번 더 채로 쳐 속력을 붙인 뒤, 그것을 감아 공중에 띄웠다. 그러자 송 부인의 입에서 탄성이 터져 나왔다. 그녀는 정말 대단한 사람을 만난 것처럼 경탄해 마지않는 표정으로 장륜을 바라보며 박수를 쳤다.

무공을 세우고, 이름을 떨쳐야만 존재 가치를 인정받던 그였는데 참 별것 아닌 것으로도 이렇게 감탄을 사고 즐거움을 줄 수 있다는 사실은 묘했다.

"이…이거…어…어…어쩌죠. …시…시…시간을…너…너무…빼…빼앗아…송구하네요."

지붕과 집 내벽 수리를 보고 온 영백이 송 부인과 놀아 주고 있는 장륜을 보며 미안해했다. 그간 무리를 좀 했는지 앓아누운 남천을 대신해, 진관영이 송 부인을 돌보게 할 다른 하인을 보내 주겠다 했지만 장륜은 부득불 자신이 봐 주겠노라 나섰다.

"어차피 집수리 진척이 어느 정도인지 확인할 필요도 있고, 남천 소저도 곧 돌아올 것이니 괜찮습니다. 왜요? 대장군이 너무 한갓져 이상합니까? '저렇게 농땡이를 피우면서 녹은 있는 대로 다 처받겠지?' 하는 표정이십니다."

농을 건 것인데 영백은 정색을 하며 손을 내저었다. 그러고는 더듬거리는 말로 그런 뜻으로 한 말이 아니라며 해명하려 애썼다. 큰 잘못이라도 저지른 듯 영백이 당황하자 장륜은 너털웃음을 터트렸다.

"뭐든 너무 진지하게 받아들이시니, 이거 농 한 번 잘못했다가 뭔 사달이라도 날까 싶어 겁이 다 납니다. 하하."

그가 장난으로 한 말임을 알자 당황했던 영백도 멋쩍게 미소를 지었다. 그러면서도 한편으로는 또 장륜의 말처럼 자기가 너무 고지식한지 골몰하고 있었다. 장륜은 영백이 또 별 뜻 없이 던진 말을 신경 쓰고 있자 이보라는 듯이 웃었다. 그러자 곁에 있던 송 부인도 무슨 내용인지 모르면서 영백을 가리키며 깔깔대고 웃었다.

"그나저나 앞으로 남은 곳은 어디, 어디 입니까?"

분위기가 나쁜 것은 아니었지만 영백을 더는 무안하지 않게 하려 장륜이 재빨리 화제를 바꾸었다. 겸연쩍게 얼굴을 붉히던 영백은 그 물음에 얼른 대답하고 나섰다.

"거…거…거의 다…되…된…된 것 같아요. …사…사…나흘 후면…지…지붕과…벼…벽 공사는…어…얼…얼추 끝날 것…가…같…같답니다."

"그럼 이제 정원 손질만 남은 건가요? 정원사 말에 의하면 안채에 있는 뜰이 볕이 좋아 꽃이 피기 좋을 것 같다더군요. 그래서 지금 있는 단풍나무를 베고 꽃나무를 심을까 하던데 어떠십니까?"

단풍나무가 정원수로 많이 쓰이기는 하지만 이 집의 단풍나무는 제대로 손질을 해 주지 않아, 훌쩍 웃자라 버린 까닭에 정원수라기보다는 시야를 가리는 장애물처럼 되어 버렸다. 정원사는 이것 때문에 안채의 창을 가려 방 안으로 볕도 잘 안 들고, 정원 풍경도 망친다며 자르는 것이 좋겠다고 했다. 그리고 모란이나 배롱나무 같은 것을 심는 것이 어떻겠느냐고 제안했지만 영백은 강하게 도리질 쳤다.

"그…그…정원은…제…제가…꾸…꾸미고…시…싶어요."

"그래도 전문가에게 맡기는 것이 낫지 않겠습니까?"

"…꼬…꼭…꼭…해…해 보고…시…싶은 것이…이…있어서 그럽니다."

본인이 살 집에, 본인이 머물 공간을 꾸미고 싶다는데 말릴 이유가 없었다. 장륜이 어깨를 으쓱하며 하고 싶은 대로 하시라 하자 영백이 해맑은 얼굴로 몹시 좋아했다.

"그…그…저…정…정원 손질이…다…다…끝나면…어…어…어떤지… 보…보여 드릴게요."

"예, 기대하지요."

집 공사가 끝나도 다시 이곳에 들를 명분이 생긴 것 같아 장륜은 흐뭇한 표정을 지었다.

짬을 내 홍정주의 집에 다녀온 장륜이 대장군부로 돌아오자, 그의 집무실에 구운보가 떡하니 버티고 앉아 있었다. 책상에 턱을 괸 채, 자신을 뚫어져라 쳐다보는 그의 시선을 외면하며 장륜은 평소처럼 행동하려 했다.

"요즘 어딜 그러고 다니시나요? 대장군 나리."

"원래 섬랑 훈련이 끝나면, 병사들을 비롯해 두어 달 휴식기가 있잖아. 할 일이 많지 않은 시기에 쉬는 것이 잘못이냐?"

"누가 뭐래요? 그냥 물어본 것인데 거, 되게 까칠하네."

"그냥 묻는 것 아니잖아. 뭔데? 무슨 말이 하고 싶은 건데."

장륜이 삐딱하게 서서 따지듯 물었다. 강하게 나오니 그것이 더 수상쩍어 보였는지 운보가 눈을 게슴츠레하게 떴다. 그는 턱을 괬던 손을 풀어 팔짱을 끼었다.

"물어보라 하시니 말씀드리지요. 장군께서 홍정주의 혼주를 자처해 혼례 준비를 나서는 것 말입니다. 공주님 때문입니까?"

"뭐?!"

"그렇지 않습니까? 홍정주와 진 소저가 혼인하는 것은 어차피 정해진 일. 장군께서 이리 서두르지 않아도 어차피 성사될 일인데 굳이 혼주를 자처하고 나서서 서두르는 연유가 공주님에게서 빨리 홍정주를 떼어 내시려고 그러는 것인지 아니면……."

운보가 의미심장한 눈빛을 보내며 말꼬리를 흐렸다.

해주에서의 영백의 과거를 알아보라고 운보를 보내는 것이 아니었다. 머리 회전이 빠른 녀석이라 이미 이러저러한 상황을 끼워 맞춰 장륜의 속내를 파악했을 것이다. 그리고 지금 그것을 확인하려고 저러는 것이 분명했다.

"그래, 네 생각대로다. 진 소저 때문에 그러는 것이다. 폐하께서 그 불쌍한 여인의 이력을 가지고 이용하려 하시는 것이 맘에 들지 않아. 게다가 엄밀히 따지면 나와 공주님의 관계 때문에 엄하게 끌어들여진 여인이 아니더냐? 미안하기도 하고 안타까워서, 적어도 이제는 「저주받은 말더듬이 신부」라는 오명 속에 벗어나 평범하게 살았으면 해서 나섰다. 왜?"

"홍정주는요? 그치는 어떻게 할 건데요?"

"혼례를 치르면 그자를 계속 내 옆에 두고 허튼짓 못 하게 감시할 것이다. 진 소저를 아끼고 연모하라 강요는 못 해도 죽을 때까지 그녀의 남편으로 정실(正實)하게 살도록……."

"정말 그뿐입니까? 다른 마음은 전혀 없고요?"

"무슨 마음? 대체 뭘 말하고 싶은 건데?"

신경질적인 반응을 보이며 장륜이 운보의 시선을 피하지 않고 똑바로 쳐다보았다. 시선을 피하지 않는 장륜을 한참 동안 응시하던 운보의 굳게 다문 입이 서서히 부드러워졌다.

"영휘 번화가에 화련(和聯) 상점이라는 곳이 있습니다. 구하기 힘든 진귀한 보석에서부터 질 좋은 비단까지 없는 것이 없죠. 더군다나 뛰어난 직공(職工)들과 연계해 옷이나 장신구등 원하는 것을 주문해 살 수도 있습니다. 그곳 주인인 방태경(芳兌慶)이 좀 별난 인물이기는 하지만 속이지 않고 정직하게 물건을 취급하니, 진 소저에게 보낼 예물은 그곳에서 맞추세요. 제가 그곳에 안면이 좀 있으니 미리 말을 넣어 놓겠습니다."

이 말을 남기고 운보가 자리에서 일어나 유유자적 밖으로 나갔다.

"화련 상점이라고……."

운보가 나가자, 장륜은 상점의 이름을 읊조리며 가볍게 왼쪽 귓불을 잡아당겼다.

집무실을 나온 운보는 장륜이 영백에게 갖고 있는 감정이 연민 정도인 것을 확인하자 내심 안심이 되었다.

그가 진영백의 과거를 알아보라 시켰을 때, 자신이 그녀의 저주로 홍정주가 죽었으면 좋겠다고 말을 했을 때, 등등, 요즘 그의 반응을 보면 영백에게 미묘한 감정을 느끼는 것 같았다. 거기다 혼주를 자처한 뒤로는 혼례 준비랍시고 매일같이 영백을 만나러 그 집으로 드나드니, 눈치는 없는 강초가 이렇게 말할 정도였다.

"요즘 대장군 표정을 보면 말입니다. 꼭 새장가 드는 사람 같습니다. 헤헤."

물론, 그 말을 하고 여지없이 운보에게 정강이를 까이기는 했지만 강초 말이 아주 틀린 소리는 아니었다. 단순히 연민과 미안함에서 영백을 챙겨 주는 것이라고 보기에는 본인이 너무 즐기고 있는 듯한 모양새였다.

저주를 받았다며 사람들에게 꺼려지고, 그로 인해 사는 게 사는 것이 아니었던 여인. 그것에서 벗어나고자 뭣도 모르고 받아들인 이 혼사를 무를 수도 없는 여인. 또, 그런 여인을 이용해 치졸하게 명예를 지키려는 자들······.

이것이 안타깝고 미안해 이 혼사에 끼어든 것이라면 모르겠지만 멍청하게시리 연민과 연심의 차이를 몰라 나선 것이면 일은 골치 아파진다.

'저 빙충이도 그 정도는 구분하겠지. 연모하는 여인이 딴 놈이랑 뻔히 혼인하는 것을 좋다고 도와줄 정도로 멍청하지는 않을 거야.'

돌이켜 보면 그는 효화와 혼인할 때도 후다닥 치르는 바람에 혼례 준비 과정에서 느끼는 설렘 같은 것을 경험해 보지 못했다. 운보는 장륜이 아마도 그때 해 봤어야 할 것을 뒤늦게 경험해 보고 즐거워한 것이리라 여겼다.

✳

운보의 추궁도 있고 해서 장륜은 그 후로 홍정주의 집으로 가는 발걸음을 삼갔다. 저는 모르고 있었는데 남들 눈에도 보일 정도 들떠 있었다니, 자중해야 했다. 그래서 섬랑에서의 대대적 훈련이 끝나 휴식기라 할 수 있는 때인데도 굳이 하지 않아도 될 일까지 미리 시작하면서 집무실에 머물렀다. 그 덕에 밑의 부하들까지 일이 늘어나 버렸다.

"왜 요즘은 홍 장군 댁에 가시지 않으십니까?"

쉬어야 될 시기에 각 국경 초소의 병력 상황 및 필요물자 사항을 조사해야 하는 강초가 울상을 지으며 물었다. 얼마 전까지만 해도 히죽대며 자리를 비우기 일쑤이던 장륜이 이제는 내내 대장군부 안에 버티고 있는 통에 한가로이 낮잠을 자지도, 저자에 나가 주전부리를 즐기는 것도 못하게 되자 아쉬운 그가 퉁퉁거렸다.

"집수리가 끝났으니까 그렇지. 새삼스레……."

"그렇습니까……."

강초가 꿈과 희망을 잃은 사람처럼 시무룩해했다.

기껏 일을 하면서 잊고 있었건만 강초 녀석이 괜스레 물어보는 통에 문득 가 보고 싶다는 생각이 불쑥 고개를 쳐들자, 붓을 잡고 글을 써 내려가던 장륜의 손이 멈춰 섰다.

"흠, 그러고 보니 그 후에 문제가 없는지 모르겠네. 빠른 시간 안에 몰아쳐서 고치는 바람에 하자가 있을 수도 있는데 말이야. 그것을 확인해 보기는 해야겠지?"

넌지시 말을 꺼내며 장륜이 그 집에 갈 구실을 내깔았다. 그런데 강초 녀석이 갑자기 손을 번쩍 들더니 흥분한 어조로 말했다.

"어! 어! 제가 다녀오겠습니다. 어디 부족한 데는 없는지, 더 수리가 필요한 곳은 없는지 물어보고 오도록 하지요. 걱정 말고 맡겨 주십시오."

그리하라는 말도 안 했건만 강초는 벌써 밖으로 뛰쳐나가 버렸다. 대장군부에서 홍정주의 집으로 가려면 저잣거리를 지나야 했다. 분명 가는 길에 제 놈이 좋아하는 주전부리를 사 먹을 요량이었을 것이다. 장륜은 책상에 턱을 괴고 앉아 허탈하게 웃었다.

한 시진이 지나 강초가 입가에 콩가루를 묻히고 나타났다. 필시 저잣거리에서 파는 조청에 콩가루를 묻힌 경단을 사 먹은 것이렷다. 정말이지 한 치의 예상도 빗나가지 않은 녀석의 행동에 장륜은 기가 차, 대뜸 물었다.

"맛있었냐?"

그러고는 닦으라는 시늉을 하며 입가를 가리켰다. 남들이라면 놀라 입가를 털거나 시치미를 뗄 텐데 강초 녀석은 입가에 묻은 콩가루까지 알뜰히 혀로 핥으며 고개를 끄덕였다.

"맛있었다니 다행이네. 그래, 다녀온 일은 어찌 되었느냐?"

입가에 묻은 미량의 콩가루만으로도 경단의 맛이 다시 떠오르는지, 강초는 장륜의 말에 답할 생각은 않고 멍하게 입맛만 다셨다. 저놈 꼴을 보면 대체 그 집에서는 뭐로 경단을 만드는 것인가 하는 궁금증마저 생길 정도다.

"현강초! 행군사마 구운보와 함께하는 국경 초소 순방이라도 시켜 주랴?"

운보의 이름이 들리자 강초가 곧바로 정신을 차리고는, 홍정주 집에 다녀온 일을 빠짐없이 이야기했다.

"갔다 와 보니 집수리는 다 끝났습니다. 대문에서부터 지붕 외벽까지 깔끔한 것이 새집 같더군요. 정원도 다 정리했는데 꽃은 진 소저께서 직접 심으시겠다고 했답니다."

"……그래. 진 소저를 만나 보았다고?"

집수리도 다 끝났다고 하니 그 집으로 찾아갈 명분이 더는 없게 되었다. 그나마 남았던 마지막 기회를 날름 빼먹은 데다, 영백까지 만나고 왔다 하자 장륜은 강초를 얄망궂게 바라보았다.

하지만 그렇다고 이 일로 뭐라 할 수는 없는 노릇이라, 장륜은 강초에게 그만 가서 일 보라는 표시를 해 주었다.

"아, 맞다!"

강초의 외침에 아쉬움을 접고 각 지방 새외도위(塞外都尉)들에게 보낼 명령서를 쓰던 장륜이 다시 고개를 들었다.

"진 소저께서 안채의 정원을 다 정리했으니 한번 구경 오시라던데요. 근데 별로 구경 갈 정도로 대단치는 않습니다."

장륜은 운보가 어째서 그렇게 강초를 닦달하고 꾸중하는지 알 것만 같았다. 강초가 집무실에서 나가고 나자, 채신머리없이 웃음이 비죽대며 나오려고 했다. 장륜은 입가에 손을 가져다 대어 그것을 막아 보려 했지만, 기대감과 설레는 마음까지 막을 수는 없었다.

바로 다음 날 영백을 만나러 갈 수 있었으면 좋았겠지만, 변방에서 이족(夷族)들의 출몰이 늘어나고 있다는 보고가 들어와 그에 관한 대책을 마련하느라 한동안 분주했다.

아직까지는 무력 충돌 없이 출몰만 목격되는지라, 초소의 경계를 강화하라는 것 말고는 마땅한 방책이 없었다. 하지만 백성들은 그런 이족(夷族)들의 움직임에 불안감을 느끼고 있었고, 황제는 장륜과 함께 불안한 민심을 안정시킬 방법을 강구하느라 애썼다.

"경계를 강화하는 것 말고는 지금은 딱히 할 것이 없습니다. 국경 관문을 열고 이족의 땅으로 짓쳐 들어갈 수는 없지 않사옵니까."

"하지만 백성들이 동요가 심해지는 것은 어찌하겠는가?"

"성벽 보수에 힘쓰고 순찰을 강화하는 모습을 보인다면 어느 정도 안심들 할 것입니다."

"정말 저들이 성벽을 넘어오지 않을 것 같은가?"

"물론, 장담할 수는 없습니다. 그간 훈련시켰던 척후 부대를 국경으로 옮겨 그들의 동태가 어떤지 살펴보도록 하겠습니다."

황제와 방책을 논의하고 대장군부로 돌아가던 장륜은 대로변에 접어든 수레의 창 너머로 익숙한 골목길이 보이자 수레를 멈추게 했다. 그는 자신을 수행하던 이들에게 먼저 돌아가라 명하고는 골목길로 접어들어 홍정주의 집으로 향했다.

황제를 알현하기 위해 관복을 차려입은지라 차림새가 과하기는 했지만 따로 시간을 내서 찾아가는 것보다는 공무를 보고 돌아가는 길에 슬쩍 들렀다고 하는 것이 덜 이상할 것 같았다.

"와아! 아저씨 왜 그동안 안 왔어?"

장륜을 가장 격하게 반긴 것은 송 부인이었다. 외모에 걸맞지 않게 어리광을 부리며 그녀는 장륜에게 팽이를 돌려 달라고 졸랐다. 황궁에 들렀다 오는 길이니 장륜이 팽이를 따로 챙겼을 리가 없었다. 그런데 그가 팽이를 가져오지 않았다는 사실을 알게 된 송 부인은 하늘이 무너지기라도 한 것처럼 갑자기 광분해 날뛰기 시작했다.

갑작스런 송 부인의 변화에 장륜이 난처해하자 곁에 있던 영백이 그녀를 달랬다. 늘 그랬던 것처럼 송 부인을 안고 등을 쓸어 주며 어떤 노래를 흥얼거리자 씨근덕대던 그녀가 천천히 숨을 고르며 영백의 품으로 파고 들어가 안겼다.

"나 졸려. 잘 거야."

남천이 송 부인을 재우기 위해 그녀를 부축해 방으로 데려갔다. 송 부인이 들어가는 것을 지켜보던 영백은 모처럼 찾아왔는데 봉변부터 당한 장륜에게 걱정스런 눈빛을 던졌다. 일순간 일어난 일에 혼이 쏙 빠졌는지 그는 꼼짝 않고 서 있었다.

"노…놀…놀라셨죠? …그…그래도…소…송…송 부인께서…자…장군을…마…많이 기다리셨어요."

"좀 놀라기는 했습니다. 그런데 솔직히 절 기다리신 것이 아니라 팽이를 기다리신 것 같습니다. 허허…….."

간만에 본 데다 난동으로 분위기가 서먹해질 것 같아 장륜이 농을 걸듯 너스레를 떨자 걱정스러워하던 영백의 얼굴도 온화해졌다.

"정원…… 정원을 다 꾸미셨다고요."

장륜이 이곳을 찾은 목적을 꺼내자, 영백은 자신이 그에게 정원을 구경시켜 주겠다던 약속을 떠올렸다. 그녀는 생긋생긋 웃으며 그를 안채로 안내했다. 영백을 따라 안채에 들어선 순간, 장륜은 머리를 빠르게 굴렸다.

'구경할 정도로 대단치는 않던데요.'

눈치 없이 해 댄 소리인 줄 알았는데 강초의 말대로 정원은 뭐 특별히 볼 것이 없었다. 너저분했던 덩굴들과 잡초는 정리됐지만, 여전히 크게 웃자란 단풍나무는 정원과 어울리지 않았다.

하지만 장륜은 입에 발린 말을 해서라도 그녀의 정성과 노력을 칭찬해야 할 것만 같았다. 다만, 문제가 있다면 도무지 마땅한 말이 떠오르지가 않는다는 것이었다. 혀로 이를 쓸고 마르는 입술을 축이며 장륜이 머뭇대자 영백이 '큭' 하고 나지막한 웃음을 터트렸다.

"구…구…구경하러…오…오라…하…한…한 것치고는…벼…별…별것 없지요."

본심을 들켜 뜨끔했지만 장륜은 훨씬 훤해져 보기 좋다는 형식적인 칭찬을 했다. 그러면서도 간간이 왼쪽 귓불을 매만졌다.

"다…다…다과를…내…내올게요. …나…나…나무 밑에…가…가 계세요."

영백이 장륜에게 단풍나무 밑에 가서 앉아라 말하고는 부엌으로 향했다.

운치 있는 풍경의 정자도 아니고 멀대같이 키만 큰 나무 밑에서 다과를 갖는 것이 좀 그렇지 않나 싶었는데 그리하라니 어쩌겠는가. 장륜은 영백의 말을 따랐다.

나무 밑에 홀로 앉자 더 어색한 장륜은 괜스레 뒷목만 어루만졌다. 그러다 영백이 소반에 차와 다식을 담아 내오자, 어떻게든 자신이 감탄하고 있다는 것을 보여 주려고 맘에도 없는 말을 쥐어짰다.

여유로운 분위기를 풍기는 것 같다, 여름에는 그늘 밑이 시원해서 좋겠다, 등등…….

영백은 그 말에 어떤 대꾸도 하지 않고, 차향을 맡으며 천천히 맛을 음미하고 있었다. 자꾸 입에 발린 소리를 내뱉으면 오히려 놀리는 것 같아 장륜도 그만 입을 다물었다. 왜 그리 조바심이 난 것인지, 입에 발린 칭찬으로나마 그녀의 마음을 흡족하게 하려 한 자신의 행동이 스스로도 잘 이해가 되지 않았다.

나무 밑에서 적막하게 앉아 각자의 찻잔에나 신경을 쓰고 있을 때, 바람이 볼을 어루만지며 스치듯 지나갔다. 그리고 뒤이어 더 강하게 바람이 부는지 나뭇잎들이 서로 몸을 비비며 내는 소리가 시원하게 귓가에 울렸다.

"지…지…지금이에요."

침묵 끝에 영백이 장륜의 어깨를 두들기며 나무 위를 가리켰다.

손짓을 따라 장륜이 눈을 들어 보니, 나뭇잎들 사이로 바람이 산산이 부서지는 경쾌한 소리와 함께 하늘을 가린 연녹색 단풍잎이 머리 위에 드리워져 있었다. 쪽빛 바다에 가라앉아 수면 위를 바라보는 것처럼 청량한 그 빛에 장륜은 숨이 멎었다. 그리고 또다시 너울 치듯 바람이 불어와 나뭇잎을 흔들자, 잎 사이로 반짝이는 황금빛이 쏟아져 내리며 얼굴을 간질였다. 구원을 받는다는 것이 이런 것이 아닐까 싶을 정도로 마음이 평온해지는 순간이었다.

"와아……!"

그것은 만들어진 것이 아닌 진심에서 우러나오는 탄성이었다. 장륜이 황홀한 광경에 취해 어깨를 늘어트리고 평안한 웃음을 지었다. 그와 함께 나무 위를 바라보던 영백은 장륜의 탄성에 흐뭇한 미소를 지었다.

"꼬…꼭…이…이런 나무가…이…있는…저…정…정원을…가…갖…갖고 싶었어요. …이…이렇게…오…올…올려다보면…내…내가…트…특별해지는 것…가…같…같거든요."

어렸을 때부터 말을 더듬는 것에 열등감을 가지고 있었던 영백은 나뭇잎 사이로 새어 들어오는 빛을 느끼는 것에 위안을 받고는 했다. 얼굴과 머리를 따스한 빛이 어루만질 때마다 누군가 '괜찮아'라고 말해 주는 것 같아서였다.

「저주받은 말더듬이 신부」 시절에는 이런 위안마저 받을 수 없어 마음이 삭막해졌었다. 자신을 향한 사람들의 시선에 쫓겨 본의 아니게 집 안에만 머물러야 했었고, 일반적인 정원수는 아기자기하게 재단을 하기 때문에 집 안에 있는 정원수로는 이런 호쾌한 맛을 느낄 수가 없었다. 그래서 영백은 그때부터 큰 나무를 둔 정원을 갖고 싶어 했었다.

"장관이네요. 정말 좋은 것을 가르쳐 주셨습니다."

"도…도…도움 주신 것에…대…대…대한…제…자…작은 성의입니다."

나뭇잎을 투과한 햇살이 옥빛으로 변하는 것처럼 영백이 싱그럽게 웃자, 장륜은 그녀의 얼굴에서 눈을 뗄 수가 없었다. 오래도록 그의 시선이 자신의 얼굴에 머물자 영백이 수줍게 눈썹을 내리깔았다.

"기왕지사 말입니다. 성의를 보이신 김에 하나 더 부탁드려도 되겠습니까?"

영백이 머리를 귀 뒤로 쓸어 올리며 눈을 동그랗게 떴다. 장륜이 자신에게 부탁할 것이 있다는 사실 자체에 기대하는 모습이었다.

"송 부인을 진정시킬 때마다 흥얼거리시는 가락 말입니다. 어떤 노래 같던데, 그것을 제게도 들려주실 수 있는지요?"

작게 흥얼대는 것만 들었을 뿐인데도 늘 마음에 청아하게 울리던 가락이라, 장륜은 그 노래를 곁에서 가까이 듣고 싶었다. 그런데 그것이 무리한 부탁이었을까? 온화했던 영백의 얼굴에 당황한 기색이 역력했다. 순간 장륜은 아차 싶었다. 영백이 말을 더듬는 것을 전혀 의식하지 않다

보니, 말을 더듬는 이에게 노래를 부탁하는 것이 무례일 수도 있겠다는 생각을 미처 하지 못한 것이다.

"무례를 범하려고 한 말이 아닙니다. 죄송합니다. 그냥 못 들은 것으로 해 주십시오. 어쨌든 심기를 불편하게 해 드린 것은 사과드리겠습니다."

장륜이 몇 번에 걸쳐 정중히 사과하자, 영백은 손을 내저으며 아니라고 말했다. 하지만 그러면서도 끝내 자신과 얼굴을 마주하려 하지 않자 장륜은 자신이 괜스레 영백의 약점을 공격한 것 같아 마음이 무거웠다. 말없이 고개를 떨구고 앉아 있는 그녀를 보고 있자니, 미안하면서도 안쓰러워 그녀의 머리를 어루만지고 싶어 손끝이 움찔댔다. 장륜은 번다하게 퍼지는 제 감정을 다스리듯 움찔대는 손을 꽉 움켜쥐었다.

그런 일이 있은 후로 한동안 영백을 보지 못한 장륜은 서먹하게 헤어진 그때의 일이 내내 마음에 걸렸다. 그러던 차에 남천이 그를 찾아 대장군부로 왔다.

"영백 아씨께서 항상 신경 써 주시고 도움을 주셨는데 일전에는 마음 불편하게 보내 드린 것 같아 죄송하다는 말씀을 전하라 하셨습니다. 이건 별건 아니고, 아가씨께서 장군께 드리는 작은 선물입니다."

영백의 말을 전하면서 남천은 비단보를 접은 것 같은 물건을 내밀었다. 가운데가 매듭으로 묶여져 있었는데 그것을 풀어 젖히자 장륜의 입가에 환한 꽃웃음이 피어올랐다.

그것은 압화한 꽃으로 그림을 그려 비단에 장황(裝潢)*한 화첩이었다.

그 안에는 작고 노란 꽃을 압화해 달을 그리고, 그 아래로 흐드러진 노란 꽃물결이 너울대는 모습을 나타낸 그림이 있었다.

어딘가 청초하고 고아한 것이 영백을 닮아 있는 듯했다.

---

*장황- 비단이나 두꺼운 종이를 붙여 화첩이나 족자를 만듦.

"과분한 선물을 받았다고 전해 주시게. 정말 마음에 든다고."

그림에서 눈을 떼지 못하는 것이 진심으로 그것을 마음에 들어 하는 것이 느껴졌다.

"마음에 드신다니 다행입니다. 이게 별것 아닌 것처럼 보이지만 꽤 정성이 많이 들어가는 것입니다. 우리 아가씨께서 압화하시는 것이 취미지만 그걸 누구한테 선물해 준 적은 이번이 처음입니다. 그 정도로 장군께 감사하는 마음을 가지고 계시다는 것을 알아주십시오."

"그런가?"

남천은 제가 이 압화 그림을 만들어 선물하기라도 한 것처럼 이것이 얼마나 특별한지를 강조해서 설명했다.

누구한테도 준 적 없는 선물을 자신에게 주었다니…….

장륜의 입꼬리가 하늘로 날아갈 것처럼 더 높이 솟구쳤다.

七.
대단한 착각

걱정과 달리 이족(夷族)들의 움직임은 더 이상 큰 변화가 없었다. 그럼에도 불구하고 장륜은 척후 부대를 보내어 그들의 동태를 관찰하고, 군사 경보 체계를 재정비하려 했다.

"봉수대 관리는 제대로들 하고 있는지 확인해."

"이미 알아보고 있습니다. 가는 길에 직접 들러 눈으로 확인할 테니 걱정하지 마십시오."

확인하지 않아도 제 할 일은 알아서 잘하는 운보가 이번 척후 부대를 이끌고 갈 책임자였다. 그가 가장 믿음직하다는 것을 알면서도 장륜의 당부가 길어졌다.

"가서 너무 욕심부려 이족의 땅까지 들어가지는 말아라. 명심해. 척후 활동은 한 달간이다. 그 뒤에는 꼭 회군하도록. 알겠지?"

워낙 한 번 파고든 일은 끝장을 보는 성격이다 보니, 장륜은 운보가 좀 더 많은 정보를 알아내기 위해 욕심을 부릴까 걱정이 되었다. 자신을 걱정해 주는 장륜의 말에 감동이라도 한 것인지, 운보가 촉촉한 눈을 들어 그를 지그시 바라보았다.

"고양이 쥐 생각해 주네. 내가 이리 일에 치여 살게 된 것이 누구 덕인데, 등 치고 배 만져 주냐. 새삼스레 걱정은……. 생색이야? 미안하면 일을 벌이지를 말든가."

오랜 친구였지만 관직에 오른 뒤로는 그에게 꼬박, 꼬박 존대를 해왔던 운보가 모처럼 장륜에게 반말을 지껄이며 야살스럽게 코웃음을 쳤다. 반박할 말이 없는 장륜은 어색하게 웃기만 했다. 그러고 보면 가장 믿을 만하다는 핑계로 새로운 계획을 시작할 때마다, 늘 운보에게 그것을 맡기고는 했다. 결국, 운보가 일에만 매달려 살게 된 데에는 장륜의 일조가 제일 컸다.

"그래, 내가 너한테 빚진 게 많다. 후일 그 값은 제대로 치러 줄 테니 고생 좀 해라."

장륜이 미안한 마음을 담아 운보를 토닥이자 그도 덩달아 장륜의 어깨를 토닥이며 씩 웃었다.

"그 빚 안 갚아도 되니까, 나 없는 동안에 다른 일이나 벌이지 마라. 특히 강초 놈 앞에서는 괜한 말 꺼내지 말고. 그놈은 뭐든 다 진심으로 아니까 잘못 말했다가는 일 꼬인다."

떠나는 자신보다 남기고 갈 너희들이 더 걱정이라는 듯 운보가 짧은 한숨을 내쉬었다. 운보가 그렇게 척후 부대를 이끌고 영휘를 떠난 뒤에도 장륜은 영휘에 남아 이족(夷族) 침입에 대비한 여러 가지 방책을 마련하느라 분주했다. 그런 노력 덕분인지 이족 출몰로 불안에 떨던 백성들의 동요도 금세 가라앉았다.

평온을 되찾은 영휘 번화가는 오늘도 많은 사람들이 분주히 오갔고, 상인들은 물건을 파느라 여념이 없었다. 그런 번화한 영휘의 거리를 객잔에 앉아 못마땅하게 지켜보는 사람도 있었다.

잘 차려입은 옷차림에 품위 있어 보이는 외모와 말투를 가진 중년의 남자에게 마른 몸집에 나이 지긋한 남자가 말했다.

"그다지 동요하는 기색들이 없습니다."

마른 남자가 무심한 얼굴로 찻잔을 입에 가져가자, 중년의 남자가 심드렁하게 턱을 괬다.

"그만큼 수면 밑에서 열심히 발을 내젓고 있다는 뜻이겠지."

"그럼 두 발 중에 하나만 분질러도 금세 기울겠군요."

마른 남자가 문제 될 것이 없다는 투로 말하자, 중년의 남자가 섬뜩할 정도로 히죽 웃어보였다.

"애초에 한 번쯤 가라앉았다 떠올랐어야 했는데, 어울리지 않는 옷을 걸친 미천한 놈 때문에 그간 용케도 버틴 것이지."

"후훗, 어쨌든 머지않아 둘 다 제 분수를 알 날이 올 것입니다."

중년의 남자가 마른 남자의 말에 입꼬리를 날카롭게 세웠다. 그러고는 이제 볼일이 끝났으니 돌아가자며 자리에서 일어났다. 마른 남자는 아직 남아 있는 차에 미련을 좀 보이다, 말없이 그의 뒤를 따라나섰다. 그들이 객잔을 나서서 영휘 번화가를 오가는 인파에 묻힐 때까지도 그들에게 누구 하나 관심을 갖지 않았지만, 아무래도 눈코 뜰 새 없이 바쁜 사람은 황제와 장륜뿐만이 아닌 듯했다.

※

국경으로 향하면서 운보는 지나는 주요 관문과 성벽, 봉수대의 상태와 관리 등을 꼼꼼히 적어 보내 왔다. 황제에게 그것을 보고하고 돌아오던 장륜은 피곤했는지 수레에서 깜빡 잠이 들었다.

그러다 수레가 덜컹 하고 흔들리며 잠에서 깼다. 지금 어디쯤 온 것인가 확인하기 위해 수레에 걸린 휘장을 슬며시 들어 올리니, 뉘엿이 지는 해가 드리운 나른한 햇살이 영휘의 번화한 상점가를 비추는 것이 보였다.

'화련(和聯) 상점'

상점가에 늘어선 점포 중에 익숙한 이름이 적힌 현판을 보자 장륜이 눈을 번쩍 떴다. 잊고 있었는데 운보가 일전에 말했던 그 상점이었다. 장륜은 자신을 수행하고 있던 강초에게 수레를 멈추게 했다.

강초와 함께 화련 상점에 들어선 장륜은 일반적인 점포와 다른 구조에, 잠시 어리둥절했다. 보통의 상점들은 입구에 들어서면 곧장 진열대가 보이는 구조인데, 화련 상점은 아담한 정원이 나왔던 것이다. 그때, 정원석이 늘어선 길을 따라 체격이 작고 비리비리해 보이는 남자 점원이 생글거리며 다가왔다.

"어서 오십시오. 무슨 일로 찾아오셨습니까?"

이것은 누가 봐도 어떤 물건을 찾느냐는 인사치레이거늘, 그것에 대꾸하는 강초의 말이 가관이었다.

"여기는 그 이름도 유명한 대장군 장륜 공이시오. 공께서 이곳에서 친히 물건을 구입하시고자 하니, 어서 가게 안으로 안내하시오."

무슨 시찰이라도 나온 것처럼 강초가 자신을 거창하게 소개하자 장륜은 민망해 얼굴을 들 수가 없었다. 이건 마치 위세를 거들먹거리려 안달난 벼슬아치 같지 않은가.

"이런 결례를 범했습니다. 대장군께서 오늘 행차하실 줄은 몰랐사옵니다. 그렇지 않아도 구운보 사마께서 조만간 대장군께서 다녀가실 것이니, 잘 살펴 달라는 당부를 해 놓고 가셨습니다. 자, 어서 안으로 드시지요."

다행히 뭣 하나 허투루하는 법이 없는 운보의 처신이 장륜을 도왔다.

"그럼 자네가 방태경인가?"

"아휴, 무슨 말씀을요. 저는 이곳의 일개 점원인 소학천(小鶴千)이라고 합니다. 단주님께서는 역마살이 있는 분이시라 이곳저곳 돌아다니시기를 좋아하셔서 영휘에는 거의 계시지 않습니다. 하지만 그 덕에 저희 화련 상점에는 별의별 진귀한 것들 많이 있습지요. 그래서 특별한 절차를 통해 거래를 트신 분들만 이곳에 출입하실 수 있습니다."

점원의 설명을 들으며 정원을 지나, 여러 문을 거쳐 진짜 점포 안으로 들어서자, 그곳에 별천지 세상이 펼쳐져 있었다. 또 다른 상점가가 그 안에 존재하는 것처럼 넓은 점포 안은 구역을 나누어 여러 가지 물건들을 팔고 있었다.

비단, 장신구, 보석 같은 것은 물론이거니와 희귀한 동식물과 무기인지 장난감인지 알 수 없는 이상한 것들, 요상한 글자로 적힌 서적 같은 별의별 물건들을 팔고 있었다.

영휘에 산 지도 꽤 되었건만 장륜은 이런 곳이 있는 줄은 미처 몰랐다. 그는 처음 영휘에 왔었을 때처럼 눈을 휘둥그레 뜨고, 독특한 물건으로 가득 찬 화련 상점을 둘러보았다.

"이쪽입니다."

점원이 어느 곳의 휘장을 걷어 올리자 탁상 앞에 앉아 있는 한 여인이 보였다. 점원이 그녀에게 장륜을 소개하자, 여인은 대번 운보의 이름을 들먹이며 기다렸다는 듯이 뒤 켠에서 여러 함들을 가져다 탁상 위에 올려놓았다.

"제 이름은 보은(譜殷)이라고 합니다. 저는 손님들이 원하는 물건을 찾아, 구매하실 수 있도록 도움을 드리고 있지요. 구운보 사마께서 미리 일러두신 바가 있어 제가 물품을 미리 좀 뽑아 놨는데 한번 보시겠습니까?"

보은은 신이 나서 함의 뚜껑을 하나씩 열었다. 정갈하게 분류된 비단

121

과 보석을 박지 않은 장신구 걸대와 갖가지 보석들이 함마다 가지런히 놓여 있었다.

안목이 없는 장륜이 보기에도 꽤 최상질의 제품들인 것 같았다.

"돈은 대장군께서 모두 지불하실 것이니 예산 생각하지 말고 최고급으로 꼽으라 하셨기에 그리했습니다. 웬만한 귀부인들도 하기 힘든 것들이에요. 황실의 격에 어울릴 만한 것들이라 해도 무방합니다."

보은은 생글생글 웃으며 좋아했지만 대금은 모두 자신이 지불한다는 소리에 장륜은 저도 모르게 앓는 소리를 냈다. 이것이 과연 운보가 자신을 도와주고자 한 것인지 골려 주려 파 놓은 함정인지 애매한 기분마저 들었다.

그것도 잠시, 보은이 색색이 고운 비단을 늘어트리며 보여 주자 장륜은 맨 처음 천이 내걸렸던 저자 점포에서 영백을 봤던 때를 떠올렸다. 그러고는 그녀의 외모에 걸맞은 비단 색을 고르려 찬찬히 그것들을 살폈다.

보은은 비단을 보여 주면서 치마는 무슨 색으로 할 것인지, 자수는 어떤 무늬로 할 것인지를 물었다. 또, 장신구를 보여 주면서 금으로 할 것인지, 은으로 할 것인지, 보석은 어떤 것을 박을 것이며, 세공은 어찌할 것인지 등등을 세세하게 물어보았다.

"어떤 것을 선택하든 상관없습니다. 저희 상단과 연계된 직공들이 빼어나게 만들어 드릴 테니까요. 말씀만 하십시오. 옷에 넣을 자수 같은 경우도 영휘에서 가장 이름난 장인이 맡을 것이니, 어떤 무늬라도 원하는 대로 새겨 드릴 수 있습니다."

"……어떤 모양이라도 말인가?"

쉴 새 없이 떠드는 보은의 말에 정신이 하나도 없으면서도 장륜은 '어떤 무늬'라는 말에 뭔가를 떠올리며 빙긋 웃었다. 그 뒤로도 장륜은 한참을 더 보은의 설명을 들어야 했다. 그때마다 그것들을 걸친 영백의 모습을 하나씩 눈앞에 그리니 이것도 좋고, 저것도 좋은 것 같았다.

"강초야, 네가 보기에는 어떠냐? 어떻게 하는 것이 진 소저에게 잘 어울릴 것 같으냐?"

"글쎄요. 전 다 거기서 거기 같은데요."

강초는 영백에게 보내질 예물 선정보다는 휘장 밖의 다른 것들을 구경하고 싶은 눈치였다. 그가 고개를 빼고 휘장 밖을 힐끔힐끔대다, 그것으로는 성에 차지 않는지, 결국 휘장을 들어 올리고 서서 밖을 구경했다.

시녀와 함께 화련 상점에서 물건을 사 가지고 돌아가던 효화공주가 강초를 본 것은 그때였다.

'현강초 아니야? 저 얼뜨기가 이런 곳에 왜…….'

강초는 별세계에 세상모르고 정신 팔려 효화를 보지 못했다. 효화는 강초의 눈에 띄지 않게 천천히 걸음을 옮겨 휘장 안쪽을 들여다보았다. 그러자 어느 여인의 설명을 들으며 연신 벙싯대는 장륜의 모습이 보였다. 싸움과 군대밖에 모르는 자가 비단이니, 보석이니 하는 사치품을 두고 저리 좋아하는 것을 효화는 본 적이 없다. 거기다 가만 보니, 그가 고르고 있는 비단과 장신구가 하나같이 젊은 여인을 위한 것이 아닌가.

"여자라도 생겼나 보지……."

효화가 새치름한 표정을 지으며 나지막하게 중얼대자 곁에 선 시녀가 아는 척을 하고 나섰다.

"공주님, 잊으셨습니까? 대장군께서 홍정주 장군의 혼주를 맡아 혼례 준비를 하고 계시지 않습니까. 아마도 혼례 예물을 마련코자 오신 것이겠지요."

제 말에 끼어든 것이 불쾌하다는 듯 효화가 눈썹을 치켜세우자, 시녀가 식겁해 고개를 숙였다. 효화는 쌀쌀맞게 옷자락을 채며 상점 밖으로 나갔다.

효화는 홍정주를 강계로 발령 보내고, 장륜이 혼주를 자처해 그의 혼례를 준비하는 이유가 자신과 홍정주를 어떻게든 갈라놓으려고 그러는 것인 줄 알았다. 참으로 여러 가지로 용을 쓰는구나 싶어 속으로 비웃었건만 오늘 그의 모습은 뭔가 좀 이상했다.

시녀의 말대로 그가 화련 상점에서 고르고 있던 물건은 진영백을 위한 예물이 맞을 것이다. 하지만 그 표정은 무엇인가? 왜 그가 곧 맞이할 신부를 위해 예물을 고르는 것처럼 헤죽대는 것인지 효화는 생각할수록 신경에 거슬렸다.

효화가 같은 상점에 있었다는 것도 모르고 장륜은 한참이나 보은과 이야기를 나누었다.

"다 좋아 보여서 뭘 골라야 할지 모르겠소."

"그럼 다 하셔도 되는데."

투철한 상인정신에 입각해 비싼 물건을 팔려는 보은이 그러라고 장륜을 부채질했다. 영백의 성격을 생각하면 이런 값비싼 것을 잔뜩 줘 봐야 좋아하기보다는 난처해할 것이 틀림없다. 오히려 값은 비싸지 않아도 의미가 있는 것을 더 좋아할 그녀였다.

"데려와서 직접 고르라고 해야 하나……"

"그게 낫지요. 가질 사람이 직접 고르는 것이."

상점을 나서며 한 장륜의 혼잣말에 강초가 맞장구를 쳤다. 장륜은 영백에게 걸맞은 것을 고르기 어렵다는 투로 한 말이었건만, 강초는 진짜 데려오는 것이 옳겠다며 그것을 곧이곧대로 받아들였다. 원래 눈치 없고 엉뚱한 소리를 잘하다 보니 장륜은 강초의 그 말을 크게 염두에 두지 않았고, 그 뒤로도 장륜은 며칠이나 화련 상점을 오갔다.

그러던 어느 날, 대장군부로 영백이 찾아왔다.

"진 소저께서 어인 일로 이곳까지 오셨습니까?"

그녀가 자신을 찾아 대장군부까지 오리라고는 전혀 예상치 못한 장륜이 반가우면서도 놀랐다. 그런데 영백은 장륜의 반응에 더 당황한 눈치였다.

"요…용…용무가 있어…대…대장군께서…저…절…차…찾…찾으셨다고…혀…현…현강초…조…종사관께서…."

영백과 장륜이 동시에 강초를 바라보았다. 그는 그 시선들을 멀뚱히 받아 내며 말했다.

"일전에 그러시지 않으셨습니까? 진 소저를 직접 데려가 고르라고 해야 하는 것 아니냐고 말입니다."

장륜이 얼굴을 쓸었다. 이놈 앞에서는 괜한 소리 말라던 운보의 조언을 귀담아들었어야 했다. 영백도 예물을 직접 고르라고 자신을 불렀다는 소리에 당혹스러워했다.

정신이 온전치 않은 송 부인을 대신해 장륜이 혼주를 맡고 있으니, 신부에게 보낼 예물을 마련하는 것이 이상한 것은 아니었지만 그와 함께 고르러 가는 것은 모양새가 좀 그랬다.

"저…전…전…예…예물 같은 건…아…아무래도…사…상…상관없어요. …그…그냥…대…대장군께서…펴…편하실 대로……."

영백이 난처해했다. 장륜은 그녀를 곤란하게 만든 것이 미안했지만 한편으로는 내심 같이 가 곱디고운 비단과 장신구를 직접 대어 보고 싶은 마음이 들었다.

"왜요? 예물이 왜 아무래도 상관없습니까? 대장군께서 값을 치를 귀한 물건들인데 기왕이면 소저 마음에 드는 것이면 더 좋잖습니까. 장군 편할 대로 고르면 그게 무슨 의미가 있겠습니까. 오죽 선택이 어려우셨는지 대장군께서 그 바쁘신 와중에도 소저 예물을 고르겠다고 거의 매일을 화련 상점에 다니셨는데요. 그런데도 당최 결정을 모…… 읍!"

떠벌떠벌대는 강초의 입을 장륜의 손이 틀어막았다. 어색한 미소를 지으며 장륜이 무안한 이 상황을 모면하려 하자, 머쓱하게 주저하는 기색을 보이던 영백이 조심스럽게 고개를 끄덕였다.

"그…그…그러면…하…한…한번 같이…가…가서…보…봐…봐도 되겠습니까?"

강초는 입이 틀어막힌 가운데에도 그것 보시라, 어려운 일이 아니지 않느냐 항변하듯 장륜을 향해 눈을 돌렸다.

강초까지 해서 세 명이 다시 화련 상점을 찾았다.

보은은 오늘도 투철한 상인정신에 입각한 현란한 입담으로 영백의 혼을 빼놓았다. 그녀는 영백의 몸에 색색이 비단을 걸쳐 보며 옷으로 완성되었을 때의 모습을 상상케 했다.

실물을 놓고 보니 보은의 말은 더 구체적이고 또렷했다. 그동안 장륜과 함께하면서는 심드렁했던 강초조차 이것이 낫네, 저것이 낫네, 거들 정도였으니 말이다.

영백은 크게 흥분하거나 좋아하는 기색을 드러내지 않았다. 그렇지만 비단이나 장신구를 걸쳐 볼 때면 수줍어하면서도 부드럽게 그것들을 어루만지는 것이 싫지 않은 듯했다.

"이 탁월한 감촉 좀 보세요. 몸에서 미끄러지듯 스르륵 흘러내리는 것이, 살결이 보드라운 것 같은 착각을 불러일으키게 만든다니까요. 보통 새신부들이 붉은색 계열의 비단으로 옷을 많이 지으니 치마는 이 비단으로 하시고……."

며칠을 다녀 봤지만 물건을 팔기 위한 보은의 열정은 대단했다. 올 때마다 새로운 제안을 꺼내 놓으며 그들의 구매를 이끌어 내려고 했다.

열정을 다해 상품 설명에 열을 올리는 보은에게서 영백이 슬며시 물러나 작게 말했다.

"왜…왜…왜…겨…결정이…어…어려우셨는지…아…알 것 같네요."

"그렇지요. 다 소저에게 잘 어울려 도통 선택하기가 쉽지 않더군요."

보은의 상술이 대단하다는 의미로 한 말이었는데 장륜이 제멋대로 해석하고는 영백을 보며 해맑게 웃었다. 갑자기 얼굴이 화끈거리는 것이 느껴지자 영백은 손으로 제 볼을 매만졌다.

"어떠십니까? 마음에 드시는 것이 있으세요?"

약간 숨을 헐떡일 정도로 열정적인 보은의 설명이 끝났다. 그녀는 장륜과 영백의 선택을 기다렸지만 장륜과 영백은 물론 제 뜻을 말하는 데 거리낌 없는 강초조차 말없이 눈치만 봤다. 어쩐지 오늘도 결정을 보지 못하고 돌아설 낌새였다.

그때, 휘장이 들리며 낭랑한 목소리가 들려왔다.

"저고리는 그 상아색 비단으로 하고 치마는 다홍으로, 그리고 그 연분홍빛 비단으로 반비를 하는 것이 좋겠네요. 장신구는 화려한 것이 어울리지 않는 소저니, 은과 호박, 아니면 진주로 장식한 것이 좋을 같아요."

다들 어려워하던 선택을 일거에 해결해 준 이가 나타났건만, 오히려 방 안에 무거운 침묵이 감돌았다. 장륜의 미간에는 주름이 잡혔고, 영백은 그 사람의 시선을 피해 슬쩍 뒤쪽으로 몸을 숨겼다.

"효화공주님께서도 오시는 줄은 몰랐습니다. 역시 공주님 안목은 대단하셔요."

금방 상인의 자세로 돌아온 보은이 생글거리는 얼굴로 효화에게 아부했다. 효화는 당연하다는 듯이 도도하게 콧대를 세우고는 자신만만하게 장륜에게로 가, 그의 팔짱을 꼈다.

"당신도 참! 이런 일은 저에게 맡겨도 될 것을 왜 사서 고생을 하십니까."

장륜의 미간이 더욱 깊게 패였지만 효화는 아랑곳하지 않고 그의 팔을 다정하게 어루만졌다. 그러고는 넌지시 장륜 뒤에 선 영백을 바라보며 기품 있게 말했다.

"진 소저, 이 사람의 '지아비'가 그대 '약혼자'의 혼주를 맡았음에도 그간 당신과 홍 장군의 혼례 준비를 같이 나서서 돕지 못한 점 사과할게요. 아무래도 외간 남자보다는 같은 여자끼리 준비하는 것이 심적으로 편했을 텐데 말이에요."

효화의 목소리가 부드럽고 나긋한데도 불구하고, 영백은 그녀를 피하듯 고개를 돌렸다. 효화를 똑바로 보지 못하고 안절부절못하는 것이 안쓰러워 보였다. 효화는 한쪽 입꼬리를 슬며시 올리다가 짐짓 '어머나!' 하고 탄성을 내지르며 영백에게 다가가 그녀의 손목을 들어 보였다.

"이것이 폐하께서 약혼의 증표로 하사하셨다는 옥팔찌군요. 옥의 문양도 독특하고 세공도 기가 막힌 것이, 솔직히 이것으로도 예물은 충분할 것 같네요. 그렇지 않아요? 서방님?"

혼인 후, 처음으로 듣는 말이었다. 항상 너 아니면 당신으로 불렸던 효화가 '서방님'이라 부른 의도는 명확했다. 분노로 근육이 꿈틀대는 장륜의 경직된 얼굴이 나긋한 효화의 말과 무척 대비되었다.

서로 지지 않고 노려보던 장륜과 효화의 눈빛 속에 팽팽한 긴장감이 방 안에 감돌았다.

강초에게 영백을 바래다주라고 이르고는 장륜은 효화를 데리고 대장군부로 돌아갔다.

같은 수레를 타고 오는 내내 장륜은 단 한 마디도 꺼내지 않았다. 그리고 대장군부로 돌아와서도 효화보다 먼저 수레에서 내려 제 처소로 그냥 들어가 버렸다.

하지만 그런 냉랭한 장륜의 태도를 효화는 같잖아 했다. 그래서 그간 발길도 하지 않았던 그의 처소에까지 따라 들어갔다. 효화가 처소까지 따라 들어온 것에 장륜은 기가 찼다. 얼굴 붉히고 기분 상하고 싶지 않아 피해 들어온 참이거늘, 구태여 처소까지 발걸음을 하다니, 꺼내는 말에 절로 날이 섰다.

"어인 일로 예까지 따라오시는지 모르겠군요."

"낭군의 처소에 부인이 오는 것이 이상한 일은 아니지 않나?"

장륜은 눈썹을 일그러뜨리며 효화를 쏘아보았다. 그런데 그것이 우스운지 효화는 큭큭거리며 소매로 입가를 가렸다. 아름다운 외모에 입을 가리는 손짓조차 우아한 효화였지만 장륜은 그녀에게서 질식할 것 같은 독기를 느꼈다.

"대체 이러시는 이유가 무엇입니까?"

더는 같이 있고 싶지 않으니 나가 달라는 투로 장륜이 묻자, 효화는 그가 잠을 자는 침상으로 걸어가 걸터앉았다. 그러고는 깔끔히 정돈된 이불을 야릇한 손짓으로 매만지며 그를 흘끔거렸다. 하나같이 장륜의 신경을 거슬리게 할 만한 행동들이었다.

"뭐가? 내가 뭘 어쨌는데?"

효화가 그의 침상 위에 살짝 몸을 기울이며 장륜의 얼굴을 빤히 올려 봤다. 고혹적인 매력을 풍기는 묘한 웃음이 그녀의 입가에 묻어났다.

"적당히 하십시오. 사람을 기만하는 것도 정도가 있으신 겁니다. 좀 전 상점에서 제게 다정하게 구신 것이나, 진 소저를 챙겨 주는 척하며 비아냥거리신 행동을 삼가시라 이 말씀입니다."

"왜? 내가 홍정주와 그렇고 그런 사이라서?"

제 말에 장륜의 눈에서 불꽃이 튀자 효화는 갑자기 폭소를 터트렸다.

그 모습이 불쾌하면서도 웃는 이유가 일면 당황스러웠다.

요란하게 방 안을 울리던 효화의 웃음소리가 천천히 잦아들었다.

"예전이면 모르겠지만 지금의 당신은 날 나무랄 자격이 없어 보이는 데?"

"무슨 뜻으로 하시는 말씀입니까?"

자격이 없다는 말에 장륜이 발끈했다. 그러자 효화가 웃느라 삐져나온 눈물을 닦아 내며 도도한 표정으로 조소를 그렸다.

"뭔가 대단한 착각을 하고 있는 것 같아서……. 무슨 의도로 홍정주의 혼주를 자처했는지는 모르겠지만 지금 네가 벌이고 있는 일, 그것도 그 말더듬이 년을 기만하는 행동이라는 뜻이야. 나나, 홍정주, 그리고 폐하가 그런 것처럼."

효화가 침상에서 일어나 장륜의 곁으로 걸어갔다. 그리고 고개를 기울여 굳은 그의 얼굴을 감상하듯 그 주위를 천천히 맴돌았다.

"뭔가 이상하더라고. 난 처음에 당신이 혼주를 자처한 것이 빨리 둘을 혼인시켜 나와 홍정주를 떼어 놓으려고 그런 것인 줄 알았어. 그런데 그게 아닌 것 같더라. 어째선지 혼례 준비를 하는 당신 모습이 무척 즐거워 보이는 거야. 마치…… 자신이 진영백과 혼인하는 것이라 착각하는 것처럼."

심장이 쿵 하고 내려앉았다. 가슴 깊은 곳에서부터 따끔대며 올라오는 저릿한 통증에 숨소리마저 거칠어졌다. 찔러나 본 것인데 기대한 반응이 돌아오자 효화는 기가 찬 짧은 웃음을 내뱉었다. 그녀는 손가락으로 장륜의 가슴께를 스치듯 훑으며 그를 향해 빈정거렸다.

"세상에! 정말 그런 거야? 어머나, 후후후. 그런데 그거 알아? 당신이 아무리 그 말더듬이를 불행의 구렁텅이에서 건져 줄 구원자처럼 행세해도 결국 당신도 우리랑 한통속이야. 당신도 추악한 진실을 알면서도 그것을 감추고 위선을 연기하는 자들 중 하나라고."

입 안이 바싹 말라 고이지도 않는 침을 억지로 삼키며 장륜은 침착하려 애썼지만 시야가 흐려지고 가슴이 터질 것처럼 답답했다. 앞섶을 잡아당겨 숨통을 좀 트여 보려고도 해도 충격에 몸이 가늘게 떨리기까지 했다.

"그러니 이쯤에서 당신도 적당히 선을 그어. 네 환상을 충족시키자고 그 가련한 여인에게 헛된 기대 같은 것을 주지 말라고. 걔는 홍정주의 약혼녀야. 아님, 당신도 나처럼 남의 배우자와 정분이라도 나고 싶어서 그래? 후후후. 부마 신분으로 남의 약혼녀를 탐내서 어쩔 건데? 폐하께서 놓아주시지 않는 한, 당신은 죽을 때까지 부마이고 내 남편일 것을."

"……대체……. 대체 왜 이리 잔인하신 겁니까? 단 한 번도 곁을 내주지 않으실 정도로 절 싫어하시면서 왜……."

"남몰래 연심을 품지도 못하게 환상을 깨 놓느냐고?"

장륜을 한심스럽게 바라보며 효화가 이죽댔다.

"난 말이야 내 것은 절대 다른 사람에 안 뺏겨. 그것이 좋든 싫든 간에……."

효화가 말꼬리를 흐리며 매몰차게 돌아서더니 장륜에게 들리지 않게 중얼거렸다.

"특히 그 말더듬이 년에게는 절대 안 뺏긴다고."

八.
혼돈의 끝

효화가 들춰낸 차디찬 진실은 장륜을 무너트렸다.

그녀가 쏟아 낸 야멸스런 말은 하나하나 비수처럼 꽂혀 그의 가슴을 멍들게 했다.

정말 대단한 착각을 하고 있었다.

선의로 그랬다고는 하나 그 자신도 영백을 기만한 황제의 혼인계획에 편승한 것이 맞다. 그녀를 위한다면서 혼례 준비를 하고, 그 핑계로 그녀 곁에서 어슬렁거린 것도, 함께 있고 싶어 그런 것이 맞다. 연민이 어느덧 연심이 되었는지도 모르고, 부마이면서 남의 약혼녀에게 호의를 베푸는 척하며 환상을 충족하고 있다는 효화의 지적이 틀리지 않았던 것이다.

장륜은 자신 또한 효화나 홍정주와 다를 바 없는 인간이라는 것을 깨닫자 자아가 붕괴되는 것만 같았다. 추한 자신의 모습으로는 더는 영백의 얼굴을 마주할 면목이 없었다.

자괴감과 무력감에 빠져 허우적대느라 멍하니 자리만 지키는 일이 다반사가 되자 부하들 사이에서도 그에 대해 걱정하는 말들이 나왔다.

"아무튼 요즘 상태가 그러셔서…… 쩝쩝……. 그 뒤로도 진 소저에게 보낼 예물은 아직도 정하지도 못하셨습니다. 쩝쩝."

저자에서 영백과 남천을 우연히 만난 강초가 장륜의 안부를 묻는 영백의 말에 콩고물 묻은 경단을 빼 먹으며 이렇게 답했다. 입은 경단을 먹느라 우물거리고 있었지만 어벙한 그의 얼굴에도 걱정하는 기색이 역력히 보일 정도면 장륜의 상태는 꽤 심각한 것 같았다.

영백이 입술을 깨물었다. 그 뒤에 무슨 일이 있었는지 확실히 알 수는 없지만, 그날 화련 상점에서 자신과 장륜이 함께 있었던 것이 단초가 된 것이 아닐까 생각했다.

"예…예물…예물…가…같은 건…시…신…신경 쓰지…아…않…않으셔도…되…된다고…지…지…지금까지…바…받은…받은…거…걸…걸로…추…충…충분하다…저…전해 주세요."

자신 때문에 장륜이 곤란해질까 근심스런 영백이 강초에게 말을 전해 달라고 부탁했다. 그녀는 자기 때문에 장륜의 삶에 지장이 가는 것을 원치 않았다.

'나 때문에 고통 속에 살던 가족들이 드디어 저주받은 삶에서 벗어나 새로운 기회를 잡았어. 그것이면 충분하잖아……. 그렇지? 그래 그거면 돼.'

영백은 두 손을 꼭 쥐며 이 정도면 만족스럽지 않느냐고 스스로를 위로했다.

그러나 며칠 뒤, 이 정도면 만족한다는 영백과 안락한 생활을 즐기던 진관영 일가에게 청천벽력 같은 소식이 전해져 왔다.

"아버님, 이족(夷族)이 국경 방어선을 무너트리고 경소관(境素關)을 지났다 합니다. 그런데 이를 막고자 출병했던 홍 서방이……."

조정에서 소식을 듣자마자 헐레벌떡 집으로 달려온 소백이 사색이 된 얼굴로 진관영의 서재로 들어섰다. 그러다가 말간 얼굴을 한 여인을 보고는 갑자기 말을 멈추었다. 이제는 홍정주의 집에서 송 부인을 돌보는 것이 일상이 된 영백이 그 자리에 있을 줄은 미처 생각지 못했던 것이다.

곁에 있는 영백의 눈치를 살피면서도 그 뒷말이 궁금해 참을 수 없었던 진관영이 아들을 채근했다.

"그…… 그래. 그래서 어쨌다는 것이냐?"

아버지의 채근에 입을 달싹이면서도 소백의 눈동자는 영백을 향하고 있었다. 이미 그의 눈은 빛을 잃은 것처럼 생기가 하나도 없었고 입술이 가늘게 떨리고 있었다.

"……소…… 소식이 끊겨 행방이 묘연하답니다."

서재 안에 숨 막힐 듯한 적막이 그들을 짓눌렀다. 진관영은 애써 평정심을 찾으며 자기 곁에 앉은 영백의 손을 다정하게 두드렸다.

"걱정 말거라. 아직 전령을 보낼 사정이 되지 않아 그렇지, 무슨 일이 있는 것은 아닐 것이다. 강계의 병력이 적은 것도 아니고 유능한 사람이니 별일 없을 게야."

말은 그렇게 했지만 진관영이나 서재에 있는 다른 이들은 전에도 이런 말을 했었던 것 같은 기분을 느꼈다. 그것이 그들을 더욱 불안하게 만들었다. 그나마 희망적인 이야기를 전해야겠다 싶었는지 소백은 누이동생 곁으로 가 그녀를 다독였다.

"그래, 아버님 말씀이 옳다. 대장군께서 홍 서방을 구원하고 이 사태를 수습하시기 위해 직접 출병하셨단다. 그러니 너무 심려치 말거라. 황제 폐하께서 극구 말리시는데도 기어코 나서신 것을 보면 그를 무척 아끼시는 것이 틀림없어. 천하에 적수가 없는 대장군이 아니시냐. 이족들도 그분이라면 무서워 피한다는데, 기필코 홍 서방을 무사히 데려올 것이야."

안심시키려 한 말이건만 영백의 눈동자는 아까보다도 더 격하게 흔들렸다. 두려움에 쫓기는 사람처럼 그녀는 급히 자리에서 일어나려다 몸을 휘청였다. 놀란 소백이 재빨리 그녀를 부축해 다시 자리에 앉혔지만, 영백은 제대로 서지도 못하는 다리를 억지로 움직여 자꾸 밖에 나가려고만 했다.

영백의 입이 소리 없이 벙긋거렸다. 연신 움직이는 입술 사이로 아무런 말도 흘러나오지 않았지만, 그 모습만으로도 그녀의 심정이 어떤지 알기에는 충분했다.

❋

강계 부근에는 중건(仲楗)이라는 군사 요충지가 있다. 국경 방어선이 무너지고 강계까지 위태로워지면 이곳이 도성의 최전방 방어선이 된다. 적이 도성으로 진입하지 못하게끔 길목을 막는 최후의 보루 같은 곳이다.

그런 곳에 장륜이 기병을 이끌고 들어서자, 중건 군영은 술렁였다. 척후 부대를 이끌고 먼저 이곳에 도착한 운보도 그가 도착했다는 소식에 밖으로 나왔다.

모처럼 만났지만 운보의 얼굴에는 반가운 기색 따위는 없었다. 어리둥절하다 못해 잔뜩 찌푸린 얼굴이 이 상황자체를 납득하지 못하고 있었다.

"여긴 왜 오셨습니까?"

"상황은 어떤가?"

장륜은 대답 대신 심각한 어조로 운보에게 상황을 물었다. 그 말에 중건 군영의 병사들이 웅성거렸다. 그전까지는 별거 아니겠지 싶었던 상황이 실은 심각한 것이 아닌가, 두려워하는 분위기였다.

운보가 이 사이로 한숨을 갈아 쉬며 장륜을 군영 안 막사로 끌고 가다시피 데려갔다.

"제가 도성으로 보낸 전령이 현재 상황이 심각하다고 보고했습니까?"

화를 내기에 앞서 운보는 혹여 중간에 혼선이 있는지를 먼저 확인했다. 하지만 장륜은 운보의 물음에 답변하지 않고 자신이 궁금한 것부터 물었다.

"홍정주의 부대가 연락 두절된 곳은 어딘가? 생사는 확인되었어?"

이족의 이동 방향이나 그들의 목적보다 홍정주의 생사 확인이 더 다급한 장륜의 표정을 보고 운보의 눈이 커졌다. 그는 다물어지지 않는 입 안으로 혀를 굴리다, 황망하게 머리를 쓸어 올렸다.

"좀 더 기다리시지 그러셨습니까. 그럼 중건까지 달려올 필요 없이 그 자식을 찾았다는 소식을 도성에서 받아 보셨을 텐데 말입니다."

"사…… 살아 있다는 것이지? 그러니까."

끝까지 그의 생사 여부를 따지는 것이, 누가 보면 무척 애정이 남다르다 생각할 정도였다. 운보가 착잡하게 입맛을 다시며 고개를 끄덕이자 장륜은 그제야 안도의 한숨과 함께 긴장되어 있던 몸을 의자에 기대었다.

"장군께서 그렇게 홍정주에게 정이 깊으셨는지 미처 몰랐습니다."

운보가 막사 한쪽에 놓인 탁상에서 물을 따라다가 장륜에게 가져다주었다.

"……악연이 있다 해도 일단은 이 나라 장수이니까. 게다가 내가 개인적인 감정 때문에 그를 강계로 보냈는데 혹여 잘못되기라도 하면……."

"앞으로 진 소저를 어찌 보나 싶어서 그러십니까?"

물을 받아 마시던 장륜은 훅 치고 들어온 운보의 일격에 목구멍으로 넘어가던 물을 코로 쏟아 낼 뻔했다. 하지만 당황한 기색을 보이지 않으려고 그는 일부러 더 태연하게 입가에 흐른 물기를 닦아 냈다.

"그런 마음도 없지 않아 있겠지만 단지 그 때문에 여기 왔겠느냐. 이족을 다시 국경 너머로 밀어내기 위해 온 것이다."

"저 병력으로요?"

운보가 밖에 장륜이 끌고 온 기병들을 가리키며 말하자 장륜이 멋쩍게 목덜미를 긁었다.

이족은 수많은 부대가 여러 곳에서 난립해 공격해 들어온다. 언제나 의도도, 목적도 확실치 않아, 그들의 움직임을 예측하고 타격하는 것은 극히 어려운 일이었다. 그것을 가능케 하려면 많은 병력과 물자를 동원해 확실한 계획을 수립해야 한다.

그러나 그가 이끌고 온 부대는 아무리 봐도 즉흥적이고 순간적으로 뛰쳐나온 것이 분명한 병력이었다. 즉, 이족을 밀어내기 위해 왔다는 것은 새빨간 거짓말이다.

"그토록 찾으시는 홍정주는 반나절 후면 여기에 도착할 것이니, 그때 버선발로 나가 맞아 주십시오."

운보가 쌀쌀맞게 쏘아붙이며 막사 밖을 나갔다. 홍정주가 살아 있다니 장륜은 그때서야 운보에게도 황제에게도 미안한 생각이 슬금슬금 들었다. 하지만 그보다는 영백에게 불운의 그림자가 닥치지 않게 되어 다행이라는 생각이 더 앞선 것은 어쩔 수 없었다.

그날 저녁 홍정주가 자신의 부대를 이끌고 중건 군영으로 왔다.

어둠이 내리깔려서 그런지 그가 이끌고 온 부대는 더욱 지치고 무력해 보였지만 사상자는 없는 것 같았다. 장륜은 일단 그들에게 먹을 것을 주고 쉬게 했다.

홍정주를 찾아 중건으로 인도해 데리고 온 척후 부대 부장이 홍정주를 대신해 운보와 장륜에게 상황을 설명했다.

"이족과의 전투는 없었다고 해도 무방합니다. 지레 겁먹고 도망만 다닌 데다, 길을 잃어 헤맨 것뿐이니까요. 일개 부장으로서 편 장군을 평가하는 것이 송구스럽기는 하지만 어떻게 한 나라의 장수가 부대 주둔지 지리도 모른답니까. 그러면 자신이 막겠다고 출병이나 하지 말든가 말입니다. 헌데, 이족이 경소관을 넘었다는 소식을 듣자마자 명이 떨어지기도 전에 자기가 막겠다며 나섰다는군요."

팔짱을 끼고 듣고 있던 운보는 기가 막혀서 헛웃음만 흘렸고, 장륜은 눈살을 찌푸리며 관자놀이를 문질렀다. 영휘에서 태어나 영휘에서만 산 홍정주다. 그래서 강계에 대해 아는 것도 없었겠지만, 장륜에 의해 억지로 보내진 자리이다 보니 그곳에 대해 파악하는 것 또한 게을리했을 것이다. 그러면서도 제가 먼저 나서 출병을 하다니……. 전공 세울 기회를 꽤나 잡고 싶었던 모양이다.

"그를 수행한 부관이 얼마나 속이 탔는지 제게 불만을 다 토로하지 뭡니까. 몇 번이나 지리를 알려 줘도 이런 이유, 저런 이유를 들어 그것을 거부하는데 하극상을 부려 지휘권을 빼앗고 싶은 욕구가 다 치밀었다고 하더군요."

"이족들의 동태는 어떤가?"

"강계로 이동하다, 그 부근에 있는 옥윤(沃潤) 평야에 진지를 구축했습니다. 좀 더 알아봐야 할 것 같기는 하지만, 어쩐지 이번에는 그들이 돌아가지 않고 눌러앉을 심산인 것 같습니다."

"눌러앉아? 점령이라도 하려 한다는 것이야?"

운보가 놀라 묻자 척후 부대 부장은 아직은 추측 단계에 불과하다고 말했다.

약탈이 끝나고 나면, 자신들의 땅으로 돌아가는 그들이었다. 헌데, 요 1, 2년 사이에 이족의 행보가 조금씩 이상해지고 있었다.

계산이 서지 않는 약탈자이자 무자비한 야만인 같던 이들이 언젠가부터 조직적이고 체계적으로 움직였다. 약탈을 위해 단순무식하게 공격하던 것과 달리 견제를 하고 도발을 걸어 이쪽의 사정을 파악하더니, 이제는 영토를 넓히려는 듯한 행보를 보이고 있다. 통제되지 않던 야만의 종족이 누군가의 통제 속에 확고한 지배 체계를 만들어 가고 있는 듯했다.

"이건 주시해 봐야 할 변화인 것 같구나. 일단 서둘러 강계 군영으로 돌아가 진지를 구축하고 저들이 어떤 행보를 보일지 살펴야 할 것 같다."

상황이 이렇게 되자 장륜은 자신의 돌발적인 행동이 그다지 나쁘지 않은 선택이 아니었음을 강조하듯 운보를 돌아보며 빙그레 웃었다. 그 모습이 어찌나 얄밉스러운지 운보가 입술을 비쭉댔다.

"퍽도 좋으시겠네요. 당위성이 생겨서. 일단, 대장군께서 영휘로 돌아가 황제 폐하와 이 문제를 논의하십시오. 제가 먼저 병력을 이끌고 강계 군영으로 가서……."

"아니, 영휘에는 네가 가거라. 네가 홍정주를 데리고 영휘로 돌아가 폐하와 이 일을 의논하여라. 그사이 내가 강계 군영으로 가 진지를 구축하고 적의 동태를 살피마."

장륜이 다급히 운보의 말을 끊으며 자신이 강계로 갈 것이라고 했다. 이것이 향후 남연에 중대한 영향을 끼칠 일일지도 모르지만, 지금 대장군이 할 일은 그에 대한 여러 가지 대책을 강구하는 것이지 최전선에서 적의 동태를 살피는 것이 아니었다.

"이거 지금 누가 봐도 반대로 해야 하는 거 아시죠?"

운보가 반대하는 기색을 내비치자, 장륜이 머쓱해하며 운보에게 작게 속삭였다.

"일이 좀 꼬였다. 만약 내가 지금 돌아가면 황제께서 문책하려고 기다리실 게야."

"설마…… 윤허도 받지 않고 출병하신 겁니까? 반역자라고 낙인이라도 찍히고 싶으세요?"

운보는 심각한데 장륜은 겸연쩍게 웃기만 했다. 운보는 그가 자신에게 영휘로 가라 한 것이 황제에게 이 출병의 당위성을 설명하라는 뜻임을 깨달았다. 게다가 홍정주를 데리고 돌아가라니…….

'아! 이 화상……'

운보가 순간 욱하고 화가 올라 부하들이 있다는 것도 잊고 장륜의 볼을 꼬집어 당기는 하극상을 보였다. 그러고도 화가 풀리지 않았는지 부하에게 나가 있으라고 일렀다. 부하가 밖으로 나가자 운보가 손을 놓으며 퉁명하게 반말지거리를 했다.

"영휘로 가기는 하겠는데 홍정주는 못 데리고 가겠다."

"왜?"

"영휘로 돌아가면 나도 이 일 때문에 여러모로 바빠서 저놈 살필 여력이 없다. 너도 없는데 그사이 저치랑 공주님이랑 좋구나, 엉겨 붙었다가 진 소저가 알게 되면 어쩔 건데? 일단 네가 데리고 있다 적당한 때가 되면 보내."

장륜이 씁쓸한 감정으로 가득 찬 제 얼굴을 쓸었다. 홍정주는 죽어서도 안 되었지만 그자와 효화의 은밀한 관계를 영백이 알아서도 안 되었다. 결국, 자신이 데리고 다니며 그자를 죽지 않게 살피다가 무사히 혼례를 시키는 것이 최선의 방도였다.

"알겠다. 홍정주는 내가 데려가지."

머리가 아픈 것인지 장륜은 복잡한 심경의 얼굴을 찡그리며 계속 관자놀이를 문댔다. 착잡함이 한껏 묻어나는 그의 모습을 물끄러미 바라보던 운보가 그의 이름을 불렀다.

"……장륜."

자신의 이름을 의미심장하게 부르는 운보의 목소리에는 묘한 긴장감이 담겨 있었다. 그래서인지 관자놀이를 문대던 장륜의 손이 멈춰 섰다.

"헷갈려 죽겠지? 저 망할 놈에게 주기는 싫은데 저놈이 없어지면 고통받을 그녀의 삶이 가엽고……. 그래서 도와주고 싶고, 보듬어 주고 싶고…… 애틋하고……. 그런데 그런 사람에게 진실을, 네 마음을 감춰야만 하는 이 상황이 죽을 맛이고……. 네 기분이 지금 어떨지 모르는 것은 아닌데 이쯤에서 그만하자. 어차피 너와는 안 될 사람이잖아."

단 한 번도 이름을 거론하지 않았지만 운보가 영백을 향한 제 마음을 꿰뚫기라도 한 것처럼 정확히 집어내자 고개가 무겁게 내려앉았다. 효화에게도 그렇고 운보에게도 그렇고 안 될 사이라는 현실을 확인받을 때마다 그는 가슴이 먹먹했다.

눈과 고개를 내리깐 모습이 퍽 쓸쓸해 보이는 장륜을 운보도 안타깝게 바라보았다. 차라리 전처럼 그런 것 아니라고 펄쩍 뛰기라도 하지 빙충맞은 놈…….

그는 장륜의 어깨에 손을 올렸다.

"그 사람을 행복하게 해주고 싶은 네 마음은 알겠는데, 여기서 더 질척대면……."

"……알았어. 네 말 무슨 소리인지 알았으니 그만하자."

장륜이 점점 무거워지는 운보의 말을 막아섰다. 그리고 억지로 미소를 지어 보이며 자신의 어깨에 얹힌 운보의 손을 두들겼다.

"여기서 한 세월 있을 거냐. 서둘러 가 봐. 이족(夷族)이 어떻게 나올지 모르는 마당에 빨리 대책을 세워야지."

"……알겠습니다, 대장군."

더 말하는 것은 그에게 너무 잔인한 것 같아 운보는 다시 제 직분으로 돌아와, 군례(軍禮)를 올리고는 막사를 떠났다.

운보가 영휘로 떠나고 난 뒤, 장륜도 홍정주를 데리고 강계로 향했다.

강계 군영에 도착한 장륜은 성벽을 중심으로 주요 길목에 진지를 구축해, 적의 침입에 방비케 했다. 하지만 장륜과 함께 강계로 돌아온 홍정주는 불만이 많았다. 강계에 온 뒤로 그에게 맡겨진 임무는 군량 배급과 병영 내의 자잘한 사무나 돌보는, 전투와 무관한 일뿐이었기 때문이다. 가뜩이나 부하 장병들에게 자신의 무능한 모습만 보인 것이 낯부끄러운데, 장륜은 그것을 만회할 기회조차 주지 않으니 그의 신경은 더욱 날카로워져만 갔다.

수일 뒤, 영휘와 강계를 오가며 연락을 담당하기로 한 강초가 조정에서 결정된 사항을 가지고 강계로 왔다.

"대장군께서는 지금처럼 적이 영휘로 진군하지 못하게 막으라는 전갈입니다. 구운보 사마는 그사이 병력을 충원할 계획이십니다. 충원한 병력의 훈련이 끝나는 대로 옥윤 평야에서 저들을 몰아낼 계책을 시행할 것이랍니다."

"그러니까, 내게 저들을 평야에 가둬 두고 시간을 벌라는 것이군."

"예. 이족의 부대가 더 성벽을 넘을 것인지, 그들이 다른 지역도 넘보는 것인지 아직 확실치 않아서 좀 더 알아봐야 할 것 같답니다. 그래서 척후 부대가 그것에 대해 지금 알아보고 있습니다."

남연의 병력 수급은 그다지 좋은 상태가 아니었다. 그래서 장기전을 택한 것 같았다. 장륜은 잘 알겠다며 현재 옥윤 평야에 머무는 적의 동태와 강계의 방어 현황을 작성한 문서를 강초에게 전달했다.

들을 말도, 할 말도 다 끝났건만 강초는 문서를 받고도 돌아갈 생각은 않고 입만 삐죽대었다. 왜 그러느냐고 묻자, 그제야 강초가 품에서 서신 뭉치를 꺼내어 들었다. 그런데 대체 어떻게 갖고 온 것인지 그것들이 구깃구깃해져 있었다.

"제가 이리로 오기 전, 진 소저께서 꼭 좀 전해 달라고 한 서신인데……."

영백의 서신이라는 말에 장륜은 저도 모르게 가슴이 두근댔다.

"홍 장군께서 살아 계시다는 소리에 안부를 묻는 서신을 쓰셨나 봅니다. 그런데 전할 길이 요원하여 못 보내고 계시다가 제가 강계로 간다는 것을 알고는 그간 쓴 서찰을 전해 달라며 맡기셨습니다. 그런데 홍 장군께서는 이것을 받기는커녕…… 어휴! 화만 내더라고요. 게다가 보십시오. 이렇게 구겨서 바닥에 집어 던지는데……. 진짜 얼마나 걱정을 하셨는지 진 소저는 얼굴이 핼쑥해졌건만 답장은 못 하더라도 이러면 안 되죠. 홍 장군께서는 사람이 참 너무하십니다."

강초는 제 일처럼 분하고 속상한 듯이 구겨진 서신을 펴려고 했다. 그 모습을 망연히 바라보던 장륜은 무슨 생각이 들었는지 넌지시 강초에게 물었다.

"진 소저가 이 서신이 홍정주의 것이라고 말했느냐?"

"말해야 압니까. 당연히 홍 장군 것이겠지요. 척하면 척 아닙니까."

보통은 강초처럼 약혼자에게 전하는 것이 당연하다 여길 것이다. 장륜은 고개를 끄덕이다, 불쑥 손을 내밀었다.

"내가 전해 주도록 하마. 진 소저께는 그냥 홍정주에게 잘 전해 주었다 말씀드려라."

강초는 상관인 장륜의 말이라면 저 싸가지도 받아 들겠지 싶어 군말 않고 서신을 넘겨주었다. 영백의 서신을 넘겨받고 강초를 배웅한 뒤에 장륜은 자신의 막사로 돌아왔다. 서신들을 탁상 위에 올려놓고 그는 한참 동안 바라만 보았다.

하얀 서신 봉투 겉면에는 '진영백'이라는 이름 석 자만 적혀 있었다.

강초는 이것이 홍정주에게 보내는 것이라고 했지만 봉투에 그의 이름이 아닌 영백의 이름만 적혀 있는 것이 장륜에게 오만 생각을 들게 만들었다. 초조하게 탁상을 두드리며 잠시 머뭇대던 그의 손이 봉투에서 서신을 꺼내었다.

『요즘 들어 볕이 좋은 날이 계속되고 있습니다.
곧 나뭇잎들도 하나둘 물이 들어가겠지요.
여기는 모두 잘 있습니다. 송 부인께서는 이따금 누구를 기다리시는지
대문간에 서서 하염없이 밖을 내다보고는 하십니다.
돌아올 수 없는 이를 기다리는 것이라면 그 모습이 안타까웠겠지만,
무사히 돌아오실 것을 알기에 제게 그 모습은
다가올 희망을 기다리는 것처럼 보입니다.』

서신의 내용은 특별할 것이 없었다. 언뜻 보면 홍정주의 무사귀환을 바라는 듯한 문구였다. 하지만 홍정주의 이름은 봉투는 물론이고 서찰 어디에도 적혀 있지 않았다. 전후 사정을 모르는 이라면 그 대상이 누구인지 모를 정도로 내용은 모호했다.

그래서일까? 장륜은 자꾸 그 서신이 자신에게 보내진 것처럼 읽혀졌다. 아마 서신의 한 귀퉁이에 장식된 압화 그림 때문에 그런 것인지도 모른다. 자그마한 노란 꽃들이 옹기종기 모여 있는 것이 일전에 영백이 장륜에게 선물해 주었던 비단 화첩의 꽃물결과 닮아 있는 듯했다.

생각이 거기에까지 미치자 장륜은 영휘에서 가져온 자신의 짐에서 영백이 선물로 주었던 비단 화첩을 꺼내어 보았다.

서신에 있는 것과 비교하니, 화첩과 서신에 이용된 꽃이 모두 같은 것이었다. 장륜은 다른 서신들도 모조리 꺼내어 하나씩 대조해 보았다. 역시 서신들마다 압화된 꽃들은 모두 같은 것이었다. 장륜은 입가를 쓸며 말없이 꽃들을 바라보았다.

마치 그것들이 제게 무슨 말이라도 건네는 것처럼…….

❋

이족은 거의 한 달이 다 되어 가도록 옥윤 평야에 머물렀지만 강계로 밀고 들어오지는 않았다. 척후에 의하면 점점 그곳으로 유입되는 이족의 수가 늘어나고 있고, 진지 안에 임시 가옥을 건설하면서 부락이 형성되고 있다고 했다.

운보는 이 같은 상황을 황제에게 보고했다.

"약탈이 아니라 점령이 목적이었던 듯싶군."

"예, 들어오는 척후 내용을 종합해 보면 이족들이 옥윤 평야를 친 것은……."

"농경을 위해서…… 라는 건가? 이제는 약탈이 아니라 저들 손으로 거둬 먹으려고?"

황제가 어처구니없는 일을 당한 사람처럼 기막힌 헛웃음 터트렸다.

이족의 땅은 황량하고 척박했고, 그나마 물이 있는 곳은 대부분 산지라 농사가 적합하지 않았다. 그래서 수렵과 약탈로 연명하던 자들이었는데 그런 그들이 변화하려 하고 있었다.

그들이 옥윤 평야를 공격한 것은 가을걷이할 곡물을 약탈하기 위해서

가 아니라, 아예 그 땅을 가질 심산이었던 것이다.

"현재 이족을 이끌고 있는 자가 누군가?"

황제는 약탈을 일삼던 야만족에게 변화를 이끌어 낸 지도자가 누구인지 궁금했다. 하지만 그것만은 알아낼 수 없었는지 운보가 말없이 고개를 저었다.

"그간 이족들이 미개하고 야만하다 치부만 했지, 그들에 대해 자세히 알려 하지 않았습니다. 그 덕에 저들에 대해 아는 것이 너무 적고 이제 와 알아보기도 여간 쉽지 않습니다."

운보의 말대로 그간 남연의 조정은 그들을 한낱 모기와 같은 약탈꾼쯤으로 여겼다.

'그래, 한 번 뜯기고 말자, 그러면 또 물러가겠지. 저것이 저놈들 수준인 게야.'

그런 나태와 오만이 나라를 세우고 정착하려는 그들의 거대한 움직임을 등한시하게 만들었고 오늘날에 이르게 만든 것이다.

"장륜에게서는 연락이 왔는가?"

"예, 아직 옥윤 평야에 있는 이족들과는 무력 충돌이 없습니다만, 시간을 더 지체했다가는 평야를 되찾는 데 많은 손실이 따를 것이라 하셨습니다."

"그래서 대장군은 어찌하겠다든가?"

"일단, 대장군께서는 옥윤 평야를 지속적으로 공격하여 그들을 도발하실 생각이랍니다. 그러나 도발은 하되, 전투는 벌이지 않고 도망만 치실 것입니다. 그렇게 도발과 후퇴를 반복하여 적의 피로감을 높이면 그들은 우리 병사들이 나타나도 그다지 경계하지 않게 될 것입니다. 그사이 소신이 붕오(鵬烏)를 거쳐 옥윤 평야로 진군할 것입니다. 그리고 또 다른 이가 북쪽 평산(平山)을 돌아 강계로 진군해 그들을 포위할 것입니

146

다. 그렇게 모두가 강계에 모여 옥윤 평야에 있는 이족 진지를 급습, 협공하여 일거에 소탕할 생각이시랍니다."

황제는 모아 쥔 손에 얼굴을 기대어 한참을 고심하다 그 작전을 받아들이기로 했다. 윤허가 떨어진 이상, 이제는 옥윤 평야와 강계에서의 전투는 피할 수 없는 상황이 된 것이다.

"아! 그리고 또 하나. 미리 말씀드릴 것이 있사온데, 곧 홍정주가 돌아올 것입니다. 시국이 흉흉하기는 하지만 그가 돌아오는 대로 진 소저와 혼례를 올릴 테니 그리 아십시오. 이는 진 대인께서도 허락한 바입니다."

한참 이족을 몰아낼 계책에 대해 의논하다 말고 운보가 뜬금없이 홍정주와 진영백의 혼례를 통보하자 황제가 눈썹을 얄긋거렸다.

"그건 자네 생각인가?"

"예, 그렇사옵니다. 소신은 이제 이 모든 것이 지겨워졌사옵니다. 그래서 빨리 끝내 버리고 싶어졌습니다. 공주님, 홍정주…… 가련한 말더듬이 여인 진영백……. 저는 대장군을 이 복잡한 관계에서 빼내고 싶습니다. 이 혼돈을 끝낼 것입니다."

황제가 이맛살을 찌푸리며 불쾌한 기색을 내 보였지만 운보는 개의치 않았다. 어쩌다 일이 이렇게 되었나, 돌아보고 싶지도 않았다. 끝낼 것이다. 그는 그것을 강조하며 황제의 집무실에서 조용히 물러났다.

한편, 혼례 날을 받아 든 영백은 기분이 묘했다.

이족은 아직도 남연 땅에 뭉개고 있고, 그들을 몰아내려 대장군을 비롯해 남연의 중추 병력들이 강계에 몰려 있건만 자신은 한가하게 혼례나 올린다니 기분이 싱숭생숭했다. 그녀의 기분이 어떻든 가족들은 홍정주가 죽지 않고 무사하다는 소식에 기뻐하며 안도했다.

"홍 서방이 무사하다니 이 얼마나 다행이니. 그래, 하늘이 매번 너한테 그리 모질게 굴지는 못하지."

황 부인은 수척해진 딸의 귀밑머리를 넘기며 토닥였다. 홍정주가 행방불명되고 장륜이 출병한 뒤부터 영백은 입도 벙긋하지 않고 지냈다. 또다시 지난날의 악몽이 되살아날까 두려워 저런다고 여긴 가족들은 가슴만 타들어 갔다.

그런데 홍정주 살아 있다 하지 않는가! 안도하고 기뻐할 일이건만 어째서인지 영백은 그 소식을 듣고도 그다지 밝은 낯빛을 하지 않았다. 그리고 여전히 입을 닫고 넋이 나간 사람처럼 하루하루를 보냈다.

"아가씨, 대체 왜 그래요? 혼례 날이 잡히니 긴장되어서 그래요?"

남천은 자신에게조차 속을 터놓지 않을 정도로 영백이 근심하는 것이 답답했다. 황 부인은 원래 날을 잡으면 여러 생각들로 마음이 번다한 것이라 했지만 그런 것치고는 너무도 음울한 영백의 모습이었다.

"안녕하세요. 그간 잘 지내셨습니까?"

어느 날, 화련 상점의 보은이 고운 보자기에 싼 함을 가지고 영백을 찾아왔다. 생글생글 웃으며 그녀가 영백에게 가져온 것은 혼례 예물이었다. 보은은 보자기를 풀고 함을 열어 그 안에 든 것들을 황 부인과 남천, 그리고 영백에게 하나하나 보여 주었다.

곱게 지어진 비단 옷과 값비싸 보이는 비녀와 가락지 같은 장신구들이 정갈하게 들어 있었다.

"어머, 곱기도 해라. 출정하시면서 정신도 없으셨을 텐데 대장군께서 언제 이런 것까지 신경 써 주셨을꼬. 참으로 감사하신 분이야."

황 부인은 화사한 예물들을 하나씩 꺼내고 어루만져 보며 혼주로서 혼례를 진행시키고, 살뜰히 예물까지 장만한 장륜에게 고마움을 표했다.

"헤헤, 사실 이것은 다 구운보 사마께서 마련하신 것에요. 대장군께서는 의외로 이런 것 고르시는 데는 우유부단하시더라고요. 이것도 좋고, 저것도 좋구나 하시면서도 정작 뭐 하나 고르신 것이 없다니까요."

보은이 너스레를 떨다, 아까부터 영백이 쥐고 뚫어져라 보고 있는 것을 가리켰다.

"아! 그거 하나만 빼고요. 그 비단 손수건 딱 하나만 대장군이 주문하신 겁니다. 사실, 예물에 손수건을 넣어 달라는 분은 처음 봤습니다."

보은의 말에 방에 있던 황 부인과 남천이 영백의 곁으로 가 그녀가 쥔 비단 손수건을 보았다. 정말 솜씨 좋은 이가 정성껏 놓은 것이 분명한 수준급의 자수가 생동감 있게 손수건에 장식되어져 있었다.

"와! 이건 그림이네요. 그림. 그런데 왜 단풍잎이래요? 게다가 노랗고 푸른 단풍잎이라니. 보통 단풍하면 붉은색 아닌가? 아니 그보다 신부 예물은 꽃무늬를 많이 쓰지 않나요?"

"그러게……. 그런데 아무렴 어떠니 이렇게 아름다운 자수는 처음 보는구나."

황 부인의 말에 보은이 영휘에서 최고로 자수를 잘 놓는 장인에게 맡겼다며 자랑을 늘어놓았다. 그러면서 다른 예물들에 관해서도 하나하나 설명해 주었다. 황 부인과 남천은 그런 보은의 말에 열심히 귀를 기울였지만 그들이 무슨 이야기를 하든 말든 영백은 황금실과 짙은 녹색의 실로 단풍잎을 수놓은 비단 손수건을 가만히 어루만졌다.

❋

옥윤 평야에서 이족들을 몰아내기 위한 장륜의 계책이 윤허되고, 운보에 의해 계획이 구체화되자, 그 내용을 알리러 강초가 강계로 왔다.

"구운보 사마께서는 남쪽에 있는 붕오에서 병사들을 이끌고 올라오실 것이고, 손대경 위장군께서 평산(平山)을 돌아 북서쪽으로 옥윤 평야를 향해 내려오실 것입니다. 그 두 부대가 옥윤 평야에 이르러 적들을 포위하면 그때……."

"그래, 알겠다. 작전대로 그들이 당도할 때까지 내가 적들의 진을 빼 놓으마."

장륜이 작전을 다시 한 번 꼼꼼히 검토했다. 그러자 뭔가가 퍼뜩 떠 올랐는지 강초가 느닷없이 손뼉을 치며 그의 시선을 끌었다.

"아, 참! 이거 진 소저가 전하는 서신입니다. 이상하죠? 이제 홍 장군 은 영휘로 돌아갈 테고, 곧 혼례도 올릴 건데 뭐 하러 굳이 서신을 쓰셨 는지……."

"……혼례를 올려?"

장륜은 강초가 건네는 서신을 받으면서 떨리는 목소리로 물었다. 그 런데 강초는 그가 모르는 것이 더 의외라는 표정이었다.

"전 당연히 대장군께서 지시한 일인 줄 알았는데요. 구운보 사마께서 영휘로 돌아오자마자 예물 마련 및 혼례 날 선정까지 일사천리로 마치 시기에……."

운보가 나섰다니 상황이 어떤 것인지 대충 짐작이 갔다.

장륜은 입술을 지그시 깨물었다.

"……그래…… 그렇구나. 그런데 이 서신 말이다. 이번에도 홍정주가 안 보겠다며 성을 내서 내게 가져온 것이냐?"

"아니요. 진 소저께서 '일전에 서신을 건네 드린 분' 께 전하라고 하 셔서……."

역시 말을 있는 그대로 받아들이는 것이 강초다웠다. 하지만 영백의 어법도 이상했다. 서신 어디에도 홍정주의 이름을 쓰지 않더니, 심지어 강초에게 서신을 부탁하면서도 그녀는 홍정주의 이름을 꺼내지 않았다.

장륜이 이런 생각을 하고 있을 때, 제 할 일을 마친 강초가 떠날 채비를 했다.

장륜이 강초를 배웅하기 위해 밖까지 따라나섰는데, 갑자기 그가 군영 옆에 있는 잡풀 같은 것을 보고 반색했다. 노란 꽃이 필락 말락 하는 것이 잘못 보면 꼭 시들은 것처럼 보였다.

"어? 달맞이꽃이네. 여름도 다 갔는데 아직도 피나? 허허허."

"네놈이 꽃 같은 것에도 관심 있었느냐?"

의외라는 듯한 장륜의 말에 강초가 머쓱하게 머리를 긁적였다.

"그게 사실은 예전에 홍정주 장군 댁에서 진 소저가 화단에 심는 것을 봤습니다. 소저께서 이것의 이름을 알려 주셨지요. 이게 특이하게 해가 질 무렵부터 피는 꽃이랍니다. 그런데 그때도 그렇고 오늘도 그렇고 아직 해가 남아 있어 그런지 완전히 핀 것은 또 못 보네요. 헤헤. 참! 그거 아십니까? 꽃과 나무에도 의미가 있다는 것을 말입니다. 진 소저가 알려 주셨는데 이 꽃에도 그런 숨은 의미가 있다더군요. 그 뭐라더라……."

강초가 돌아간 뒤에도 장륜은 한참 동안 달맞이꽃 앞에 서서 그것을 지켜보았다. 날이 서서히 어두워지자 강초의 말대로 나비가 젖은 날개를 펼치듯 노란 봉오리가 꽃잎을 펼쳤다. 그것을 보며 장륜은 속에서부터 깊게 치밀어 오르는 떨림에 강초가 전해 준 영백의 서신을 꼭 움켜쥐었다.

그는 꽃봉오리를 연 달맞이꽃 한 송이를 꺾어 막사로 돌아왔다.

네모반듯한 서신 봉투의 겉면을 손가락으로 따라 그리며 장륜은 두근대는 가슴을 잠시 진정시켰다. 그리고 천천히 봉투를 열었다.

그녀가 보낸 서신에는 방금 꺾어 온 달맞이꽃과 똑같은 노란 꽃 한 송이가 덩그러니 압화되어 있었다. 전에 보냈던 서신에도, 비단 화첩에도, 그녀는 줄곧 그에게 '달맞이꽃'을 보내왔다.

장륜은 압화된 달맞이꽃을 가만히 자신의 입으로 가져다 대었다. 그리고 아련한 그녀의 얼굴과 희미하게 느껴지는 그녀의 향기를 하나하나 기억했다.

그는 영백을 가슴에 품듯 그녀가 보낸 서신들과 화첩을 하나의 끈으로 묶어 갑옷 안쪽에 넣었다. 그리고 냉철하고 강인한 무장의 풍모로 돌아가 갑옷의 끈을 단단히 조였다. 하지만 그간 수없이 조였던 끈이라 그런지 나긋해진 끈은 어딘지 불안했고, 혹여 끈이 풀리면서 품에 넣은 것을 잃어버릴까 싶어 장륜은 몇 번이나 그것을 다시 여몄는지 모른다.

"싫습니다."

홍정주가 눈썹을 치켜뜨며 단칼에 장륜의 명을 거절했다. 아직 전투를 치르고 있지는 않지만 지금은 전시이다. 총지휘관인 대장군에게 항명을 하면 당장에 목을 친다 해도 할 말이 없는 상황이거늘, 치기 어린 자존심만 그득한 것이 무서울 것이 없어 보였다.

"중요한 일전을 앞두고 있는 이때에 저만 영휘로 돌아가라니 납득할 수 없습니다. 다른 이들이 전공을 세울 기회를 잡고 있을 때, 저만 굴욕적으로 영휘로 돌아가 한가하게 혼례나 치르라고요? 장난하십니까?"

이족을 이 땅에서 몰아낼 일전을 앞두고 있는 때에 자신더러 영휘로 돌아가라니, 홍정주는 그것을 도무지 받아들일 수가 없었다. 그는 장륜이 자신을 영휘로 보내려는 것이 어떠한 무공도 세우지 못하게 하려는 수작이라고 생각했다. 변변한 전투 한 번 치르지 못하고 전공도 없이 길만 죽도록 헤맸다는 사실이 알려지는 것도 창피한데, 그것을 회복할 기회도 잡지 못하고 영휘로 돌아가면 효화를 볼 낯이 없었다.

그는 장륜이 효화가 자신을 좋아하는 것에 앙심을 품고 이러는 것이라 생각했다. 자신을 비웃음거리로 만들려고 말이다. 자신에게 장륜을 뛰어넘으라 했던 효화에게 우스운 꼴을 보일 수 없어, 홍정주는 극렬하게 영휘 귀환을 거부했다.

장륜은 그가 아무리 날뛰어도 무심했다. 그는 홍정주가 날뛸 대로 날뛰게 내버려 두고는 잠시의 재고도 없이 잘라 말했다.

"영휘로 가. 가서 혼례를 치러."

"그깟 혼례가 뭐가 그리 중요하다고 적을 앞에 둔 현 시점에……."

"중요해. 아주 많이. 그러니 가서 혼례를 치르고, 아무것도 하지 말고 얌전히 살아라. 죽지 않고 돌아가 혼례를 올리는 것, 그것이 네 유일한 임무다. 그 외에는 내게 넌 아무런 쓸모가 없어."

바늘 하나 들어갈 것 같지 않는 완고한 표정으로 장륜이 그를 노려보고는 무심히 돌아섰다. 그리고 제 부관에게 홍정주를 영휘까지 데려갈 몇 명의 병사를 차출하라고 일렀다. 홍정주는 분노에 차, 치를 떨었지만 강계에서 그가 할 수 있는 일은 더 이상 없어 보였다.

부득불 가지 않겠다고 우기던 홍정주를 보내고 나자, 장륜은 계획대로 소수의 병력을 이끌고 옥윤 평야에 터를 잡은 이족들을 도발하기 시작했다.

드디어 올 것이 왔다고 생각했는지 그들은 장륜이 이끈 부대가 나타나자 즉각적인 반응을 보이며 대응해 왔다. 그러자 장륜은 전투가 벌어지기 직전에 병사들을 데리고 퇴각했다. 이러한 일을 여러 날, 몇 번씩 반복하자 그들도 점점 무뎌지는지, 나중에는 장륜의 부대가 옥윤 평야 깊숙이 들어와야만 반응을 보이고는 했다.

'이 정도면 포위해 들어오는 병력을 발견해도 별다른 반응을 보이지 않겠어.'

큰 피해 없이 일이 계획대로 진행되어 가자 장륜은 마음을 놓았다. 이제 이 상태로 포위해 들어오는 원군들을 기다리기만 하면 되었다.

정해진 계획에 따라 운보도 붕오에 주둔 중인 병력을 데리고 옥윤 평야로 향했다.

그즈음 장륜은 옥윤 평야에 주둔한 이족의 병사들을 상대로 도발과 퇴각을 지속하고 있을 것이었다. 그렇게 예상했건만 운보의 부대가 붕오를 떠난 지 얼마 되지 않았을 때, 전령이 급하게 그를 찾았다.

"사마 어른, 계획이……. 헉헉…. 작…… 작전이 틀어졌답니다."

"그게 무슨 말인가? 적들이 눈치채기라도 했다는 말이야?"

계책을 본격적으로 시행하기도 전에 틀어지다니 운보는 눈앞이 아찔했다. 어찌 된 일인지 빨리 듣고 싶었건만 전령은 숨을 몰아쉬느라 말을 잇지 못하고 있었다. 그사이 운보의 머릿속에는 별의별 생각이 다 들었다.

적을 도발해 피로하게 만들려던 계획이 탄로 난 것인가? 그것이 아니면 자신이나, 북서쪽에서 내려올 손대경의 움직임을 저들이 안 것인가? 아니, 그보다 장륜은 무사한 것인가?

심장이 어찌나 벌렁대던지 운보는 숨을 몰아쉬는 전령보다도 얼굴이 더 하얗게 질려 있었다. 그리고 마침내 거친 숨을 몰아쉬던 전령의 입에서 말이 떨어졌다.

"대장군께서 옥윤 평야에 있는 이족의 주둔지를 차지하셨습니다."

'좋은 이야기가 아닌가?! 역시 장륜이구나. 이 괴물 같은 놈.'

하고 안심하며 기뻐해야 할진데 운보는 어째서인지 숨이 멎는 것만 같았다. 사색이 된 전령의 얼굴과 급박하게 달려온 정황이 이미 좋지 않은 상황임을 말해 주고 있었기 때문이다.

"그…… 그래서?"

"그런데 옥윤 평야에서 물러난 이족들이 되레 강계를 공격하여 차지하였고, 그 뒤에 국경을 넘은 다른 이족 부대까지 합세하여 대장군께서 옥윤 평야에 포위당한 상태입니다."

억지로라도 숨을 쉬어 보려 그가 가슴을 두들겼다. 이런 역경은 많이 있었고, 그때마다 그것을 이겨 낸 장륜이 아닌가. 그에 대한 믿음으로 운보는 침착함을 되찾으려 했다.

"어째서 대장군께서 작전대로 도발만 하시지 않고 옥윤 평야를 공격하여 적의 진지를 차지하신 것이냐?"

"이족 진지로 쳐들어간 편 장군 홍정주를 구원하시려다⋯⋯."

"젠장!! 망할 새끼!! 등신! 빙충이 같은 놈!!"

그 밉살스럽고 지긋지긋 이름이 전령의 입에서 나오자마자 운보는 듣기 민망한 욕설을 쏟아 냈다. 그러고도 분이 풀리지 않는지 허공에 주먹을 날리며 고함까지 질러댔다.

그것은 홍정주에 대한 분노 표출이기도 했지만, 끝까지 접지 못한 안타까운 연정을 위해 사리분별 없이 뛰어든 장륜에 대한 화풀이이기도 했다. 상대가 알아주든 말든 우직스럽게 자신의 진심을 보이는 그의 미련함에 운보는 화가 났다.

"진군을 서두른다! 대장군을 구원하려면 시간이 촉박해."

한껏 고함을 지르고 나자, 닥친 상황이 어떤 것인지 명확해진 운보가 서둘러 부대를 옥윤 평야 쪽으로 이동시켰다. 이족들이 장륜을 공격하기 전에 그를 구원해 내야 했다.

병사들을 채근해 강계로 가는 걸음을 재촉하는데, 또다시 전령이 왔다.

"이족들이 옥윤 평야를 재점령하였으며, 전투는 패배했습니다. 대장군께서는 옥윤 평야와 강계를 포기하고 패잔병들과 백성들을 데리고 고천(固穿)으로 향하실 것이니, 두 분 장군께서도 그곳으로 오라는 전갈입니다."

전투에서 패배하고 영토를 잃었다니 억장이 무너질 일이었지만 그나마 다행인 것은 장륜이 무사하다는 사실이었다. 그러나 얼마 뒤, 먼저 고천에 도착한 손대웅이 보낸 전령은 절망적인 소식을 전했다.

"대장군께서 맡으신 후발대가 강계를 탈출하던 도중 이족의 습격을 받아 대장군과 홍정주 장군이 부대를 이탈, 행방이 묘연하다는 보고입니다. 손대웅 장군께서 그들을 찾고자 이족을 맞아 분전 중이시지만 상황이 여의치 않습니다."

다급해진 운보는 서둘러 군을 몰아 고천으로 향했다. 그곳에서 손대웅의 군사와 합류해 강계를 탈환하고 장륜을 찾기 위해 수차례 공격을 퍼부었지만 결과는 처참했다.

남연은 강계는 물론이고, 그 인근 지역까지 이족들에게 빼앗겼으며 영토를 잃은 남연의 국경선은 뒤로 물러나게 되었다. 그리고 강계에서 도망쳐 나온 자들에게 장륜과 홍정주의 행방에 대해 물었지만 그들의 생사와 행방에 대해 아는 이는 아무도 없었다.

2부

사방이 돌산으로 둘러싸인 고세(高世)협곡의 겨울은 혹독하기 그지없다.

겨울의 모진 추위는 협곡을 지배했고 그로 인해 사람들의 발길이 끊기면, 이곳에서 노략질을 해 먹고 사는 우리는 초인적인 인내를 발휘해야 했다.

올해도 어김없이 추위가 꺾이기도 전에 비축한 식량이 먼저 바닥을 드러냈다.

지금으로서는 동면하는 짐승들처럼 몸을 웅크리고 앉아 숨만 쉬는 것이 최선의 방법이었지만 허풍선이 양설(佯舌)은 굶어 죽느니, 나가서 사냥이라도 하는 것이 낫다며 호기롭게 밖으로 나갔다. 협곡의 겨울이 어떤지 잘 아는 만큼, 그의 허풍 또한 잘 알기에 우리 중 누구도 그에게 기대를 거는 사람은 없었다. 역시나 예상대로 그는 빈손으로 돌아왔다. 헌데, 빈손으로 돌아왔음에도 그는 이상하리만치 우쭐거렸다.

"내가 뭘 봤는지 알아? 놀라지들 마! 손님이다. 그냥 손님도 아니고 대상(大商)이라고!"

도적들에게 있어 이만큼 구미가 당기는 말이 또 어디 있겠는가마는 산채 사람들의 반응은 시큰둥했다. 다들 그가 소득 없이 돌아온 것이 무안해 허풍을 치는 것이리라 여겼던 것이다. 반응이 미적지근하자 양설은 몇 명을 데리고 나가 눈으로 직접 확인을 시켜 주었다.

"양설이 뻥친 것이 아니야! 진짜야. 손님이라고!!"

양설의 말이 사실임이 판명되자, 시들했던 산채 사람들 얼굴에 대번 화색이 돌며 누가 먼저라고 할 것도 없이 저마다 밖으로 달려 나갔다.

정말로 혹독한 협곡의 추위를 견디며 대규모 행렬이 지나고 있었다.

수레마다 잔뜩 실린 궤짝과 그것을 호위하는 자들의 위용을 보면, 그 안에는 필시 값나가는 물건들이 들어 있는 듯했다.

배고픔은 사람을 용감하게 만들었다. 우리는 그들의 정체가 무엇인지 잘못하다가는 어찌 되는지 따위는 전혀 생각하지 않고 곧바로 행렬로 뛰어들었다. 그리고 늘 하던 대로 미끼가 호위의 주의를 끌고, 그사이 다른 이들이 궤짝을 훔쳐 내어 달아났다.

일반적인 평야지대였다면 물건을 훔쳐 내기도 전에 미끼들이 호위들에게 잡혔겠지만 우리는 고세협곡의 산세와 지형을 잘 알았고, 험한 산비탈길을 잘 내달릴 줄 알았다. 그래서 그날도 우리는 궤짝을 훔쳐 안전하게 산채로 돌아올 수 있었다.

성과는 믿기지 않을 정도였다. 궤짝을 열 때마다 금은보화와 비단, 귀한 약재 같은 것들이 쏟아져 나왔다. 암시장에 내다 팔아 식량과 교환하면 몇 년은 밥걱정 없이 지내도 될 정도였다. 뜻밖의 횡재에 산채는 흥분과 희열로 후끈하게 달아올랐다. 끝 모를 웃음이 흘러나오고 흥에 겨워 절로 어깨춤이 들썩였다.

"이 정도면 밥이 문제가 아니라, 우리 모두 작은 밭뙈기 하나쯤 가질 수 있지 않겠소?"

홍에 취한 어떤 이가 금덩이 하나를 쥐고 순박한 웃음을 짓자 너도나도 고개를 끄덕였다. 금은보화를 손에 쥐고 비단을 몸에 걸치니, 다들 나라님이 부럽지 않고 산채가 구중궁궐 못지않다는 표정이었다. 그렇게 모두가 환희에 젖어 협곡의 혹독한 추위조차 잊어버리고 있을 때, 나는 자그마한 나무함 안에 든 것을 보고 어쩔 줄 몰라 하고 있었다.

마치 거기에 엄청난 보물이라도 든 것처럼 내가 주위의 눈치를 살피자, 양설이 슬쩍 다가와 무엇이 들었느냐고 물었다.

"아무것도. 그냥 빈 함이야. 뭐 넣어 두면 좋을 것 같아서."

별것 아니라고 둘러대자 양설도 더는 관심을 두지 않았다. 보잘것없는 나무함보다는 산채 사람들에게 오늘의 횡재가 자신의 덕임을 자랑하는 것이 그에게는 더 중요했기 때문이다.

나는 서둘러 그것을 품안에 넣고, 대산채(大山寨) 밖으로 나왔다. 사람들의 열기로 후끈했던 산채를 나오자 싸늘한 겨울바람이 더욱 차갑게 느껴졌다. 그럼에도 흥분과 묘한 기대로 달뜬 얼굴은 붉게 상기되어 식을 줄 몰랐다.

나는 잔가지로 지붕을 얹은 조악한 내 움막을 향해 달려갔다.

움막에 들어서자마자 등잔에 불을 붙이고, 무슨 짐승인지 모를 털가죽 안으로 몸을 들이밀었다. 여전히 입에서는 허연 입김이 뿜어져 나오고 추위에 손은 빳빳이 굳었지만 나는 그런 것에 아랑곳하지 않고, 얼른 품 안에서 함을 꺼내 들었다.

지그시 그것을 내려다보며 잠시 뜸을 들이던 나는 스스로에게 용기를 북돋듯 입술을 앙다물며 뚜껑을 열어젖혔다.

나무함 안에는 살짝 색이 바랜 서신봉투들이 다소곳이 놓여 있었다. 그리고 봉투 겉면마다 쓰여진 낯익은 세 글자. 그것이 내 입가를 움실거리게 만들었다.

아마 어떤 이의 이름인 듯한 그 세 글자가 왜 그리 반갑고 애틋하던 지…….

나도 모르게 입술을 달싹여 조용히 그 이름을 불러 보았다. 그리고 손대면 곧 바스러져 버릴 것 같은 존재를 다루듯 서신을 조심스럽게 어루만지자, 익숙하면서도 그리운 느낌이 손끝에서 시작해 온몸으로 번져 나갔다.

나는 의식이라도 치르는 것처럼 봉투 안에 든 서찰을 조심스럽게 꺼내어 펼쳐 들었다.

서신을 쓴 종이 한쪽에는 아직도 꽃향기를 간직하고 있을 것 같은 압화(押花) 그림들이 장식되어 있었고, 그 곁에는 완곡하고 부드러운 필체의 글자들이 나긋나긋 속삭이는 것처럼 쓰여 있었다.

서신의 내용은 특별할 것이 없었다. 소소한 일상의 이야기와 안부를 묻는 내용이 대부분이었지만 그럼에도 그것을 읽는 동안 내 입가에는 미소가 떠나지를 않았다. 마치 공허하고 메마른 사막에 단비가 내려 오래 묵은 갈증을 해소시켜 주는 그런 기분이었다.

함에 든 서신들을 거의 다 읽고 마지막 봉투를 집어 들었을 때, 나는 함 밑바닥에 깔린 곱게 접힌 비단보 같은 것을 발견하였다. 그것을 꺼내어 매듭을 풀자, 비단에 장황(裝潢)한 압화 그림이 모습을 드러내었다.

아담한 노란 꽃들로 달을 그리고, 그 달빛 아래 너울대는 꽃물결을 표현한 그림이었다. 그것을 보고 있자니 아련한 설렘이 내 가슴에도 너울치기 시작했다.

허전하여 공허하기만 했던 내 마음에 찾아온 그 미지의 감정이 나는 당황스럽기만 했다.

처음 말을 떼고, 걸음을 떼는 아이처럼, 갑작스레 찾아온 그 감정이 나는 낯설면서도 즐거웠다. 도무지 설명할 수 없는 묘한 감정이 싫지가 않았다.

갑자기 찾아든 감정에 심장이 두근대며 진정이 되지 않자, 나는 그것을 가라앉히려 마지막 남은 서신을 꺼내어 읽었다.

『'두 눈이 먼다 해도 멈출 수가 없네.

걷잡을 수 없이 커져 버린 열망을 거스를 수도, 막을 수도 없어

해님을 잡겠노라, 해님을 잡겠노라 끝없이 달리고, 달렸네.

이것은 시련, 이것은 고난. 아니로세. 그것이 아니로세.

해님을 따르다 이 몸은 위대한 운명의 길에 들어섰도다.

옳다구나. 이 모든 것이 태초부터 그대와 하나가 되기 위해

정해진 하늘의 뜻, 나의 사명이었노라.'

일전에 들려 달라 부탁하셨던 노랫말입니다.

그리고 이것이 제 마지막 욕심입니다.

부디 무사히 돌아오십시오. 전 그것이면 됐습니다.』

수수께끼 같은 노랫말은 무슨 내용인지 이해가 가지 않았지만, 어쩐지 작별을 고하는 듯한 마지막 글귀가 코끝을 시큰하게 만들었다. 그러자 안개처럼 눈앞이 희뿌예져 가며, 어떤 여인의 모습이 아스라이 피어올랐다. 누군지도, 어떤 얼굴인지도 확실히 모르겠는데 괜스레 그립고 설레는 감정이 왈칵 솟구쳐 올라 눈가를 적시게 했다.

현실이 아니다. 이것은 내가 그려낸 환상이다. 스스로 그리 말하면서도 나는 아른대는 그 여인을 만지고 싶고, 말을 붙여 보고 싶어 팔을 내뻗었다.

그때였다.

히이잉.

갑자기 울려 퍼진 긴 말 울음소리에 악몽 같은 기억이 불길처럼 솟구쳐 오르며 아련히 피어오르던 그녀의 모습을 완전히 불태워 버렸다. 화

들짝 놀란 나는 벌떡 몸을 일으켜 세웠다.

'꿈이었나? 내가 깜박 잠이 들었던가?'

어리둥절하고 몽롱한 기운이 남아 있던 가운데 나는 멀거니 눈만 깜박였다. 그때, 다시 내 귓가에 긴 말 울음소리가 들리며 병장기 부딪치는 소리와 사람들의 비명 소리가 협곡의 바람을 타고 울려 퍼졌다.

움집 밖으로 나와 밖을 살피니, 엄청난 광경이 눈앞에 펼쳐지고 있었다.

좀 전까지 사람들의 흥취로 가득 찼던 대산채가 엄청난 열기를 내뿜으며 불타고 있었던 것이다. 그리고 그 앞으로 무장한 병사들이 산채를 점거한 채, 찬섬 어린 칼날을 들어 사람들을 위협하고 있었다.

'도적떼 소탕을 위해 인근 국가에서 보낸 토벌대인가?!'

주춤주춤 뒤로 물러서다, 도망가라는 본능에 따라 나는 곧장 몸을 돌려 달아났다. 하지만 몇 걸음 가지 않아 뭔가를 떠올리고는 나는 다시 움막으로 방향을 돌렸다.

서신들을 가져와야 했다. 그저 종이 쪼가리에 불과할 것들에 내가 왜 목을 매는지 설명할 수 없었지만 나는 황급히 움막으로 돌아가 서신과 비단 화첩을 집어 들고 나왔다. 그리고 다시 죽을힘을 다해 대산채의 반대편으로 도망갔다.

그런데 갑자기 발이 옴짝달싹 못하더니, 몸이 앞으로 꼬꾸라졌다.

유성추*였다. 유성추가 내 발목에 감겨져 있었다. 어떻게든 그것을 풀어 보려고 했지만 그전에 먼저, 산채를 급습한 침입자들에 의해 잡히고 말았다.

그들은 나를 다른 사람들처럼 불타는 산채의 붉은 빛과 그들의 서슬 퍼런 칼날이 드리워진 곳으로 끌고 가 내동댕이쳤다. 그 바람에 서신과 비단 화첩도 나와 같이 땅바닥 위로 나뒹굴었다.

*유성추양쪽에 추가 달린 무기. 추를 돌려 던져 먼 거리에 있는 것을 포박할 수 있음.

상황이 이러할진대 통제할 수 없는 감정에 지배당한 나는 우스꽝스런 자세로 바닥에 떨어진 서신들을 허겁지겁 주워 담았다. 서신을 줍느라 땅바닥을 훑고 다니던 그때, 내 눈앞에 위협적으로 땅을 구르는 말의 발굽이 보였다.

마른침을 삼키며 고개를 들자 말 위에 앉아 나를 내려다보고 있는 젊은 사내의 모습이 불길한 빛 그림자 속에 흉흉하게 일렁이고 있었다. 시리도록 파란 눈에 무심한 표정을 가진 그는 말 위에 앉아 있기만 할 뿐인데도, 냉혹한 위압감을 자아내고 있었다.

흡사 사신(死神)과도 같은 모습이었다.

바닥에 흩어진 서신들과 그것을 줍는 나를 바라보던 그가 무엇을 발견했는지, 슬쩍 고개를 기울였다. 그와 동시에 신비스런 그의 파란 눈동자가 반짝였다.

그의 시선이 향한 곳은 소매 사이로 드러난 내 손목이었다. 그는 말에서 내려와 내 손목을 낚아채 손목에 채워져 있는 것을 보며 슬쩍 입술을 실룩였다. 그러더니 이번엔 내 턱을 잡아 이리저리 돌리며 얼굴을 구석구석 살폈다.

그러다 내 눈이 그의 파란 눈과 마주쳤다. 빨려들어 갈 것처럼 신비한 그의 파란 눈동자에 내 모습이 비치자 나는 최면에 걸린 것처럼 오묘한 기분에 사로잡혔다. 불길해 보이기만 했던 그의 눈동자가 어쩐지 낯이 익는 것만 같았다. 안개 너머에 갇힌 희미한 기억이 어둔 등불처럼 머릿속에서 아른아른거렸다.

그 순간, 밤처럼 차갑고 사신처럼 섬뜩한 목소리가 내게 물었다.

"너는 누구냐?"

一.

수상한 남자

제양(濟梁)은 대륙에서 가장 작은 영토를 가진 도시 국가였다. 그러나 대륙의 모든 상인들이 모여든다 해도 과언이 아닐 만큼 교역과 무역이 발달한 부국이었다.

그들은 누구에게나 호의적이었고 모든 문물을 받아들였지만, 그 점을 이용해 제양을 공격하거나 그들을 자신들의 세력하에 두려는 나라는 없었다. 많은 나라 사람들이 모이는 만큼 잘못 공격했다가는 자칫 수많은 나라를 적으로 돌릴 위험이 있기 때문이다. 그러다 보니 자연 이곳은 대륙의 중립국 같은 성격을 띠게 되었다.

"이게 뭔 일이래요?"

제양의 번화한 거리를 걸으며 소학천은 더위를 식히기 위해 짜증스레 옷섶을 펄럭였다. 절기상 아직 초여름이라 하기도 뭣한데, 뭔 더위가 벌써부터 기승을 부리는지 가만히 있어도 땀이 흘러내렸다. 본디 제양의 날씨가 따뜻한 것도 이유겠지만 거리에 수많은 사람으로 북적대는 것 또한 한몫 거들었다.

"1년에 딱 한 번 거래를 트는 손님이 어쩐 일로 몇 달 만에 또 거래를 하자고, 연락을 했을까요? 이상하지 않습니까?"

그가 툴툴대며 푸념을 해 댔지만 앞서 걷는 여인은 비단보에 싼 함을 안아 든 채, 어깨만 으쓱해 보였다.

"우리 단주님이 이상한 사람인 것이야 모르는 바가 아니지만, 그렇다고 거래를 트는 손님들까지도 이상한 사람일 필요는 없지 않습니까. 언제고 이러다 뒤통수 한 번 맞을 날이 올 것입니다."

종알대는 말이 점점 악담으로 번져 가자 여인이 걸음을 멈춰 서서 뒤를 돌아보았다.

"따…따라오지…아…않아도 된다니까…구…굳이…따…따라와 놓고…뭔…뭔 불만이 그리 많아요? 호…혼자서도…괘…괜찮다니까."

소학천이 더위에 약한 것을 알고 있기에 그냥 객잔에 머물라 했었다. 그런데 그가 고집을 피워 기어이 따라와 놓고는 푸념만 해 대자 영백이 마침내 타박을 했다. 그것이 무안했는지 소학천은 멋쩍게 웃었다.

"에이, 제가 무슨 불만이 있다고. '겨울손님'이 혹여나 사기꾼이나 불한당 같은 놈일까 봐 걱정이 돼서 그럽니다."

"제…제가… 마…말더듬이라…어…어리바리하게…무…물건만 뜯길 것…가…같아…거…걱정되어 그러십니까? 후후."

영백이 비단보에 싼 함을 들어 보이며 장난스럽게 말하자, 그가 농담인 것을 알면서도 정색하며 대꾸했다.

"농담이라도 그런 말씀 마십시오. 화련 상단의 행수 자리가 어디 쉬운 자리입니까? 상단에서 행수님 능력을 의심하는 사람 아무도 없습니다. 제 말은 그저 저쪽에서 여인이라고 행수님을 우습게 여길까 걱정이다 이 뜻이지요. 게다가 이래 보여도 저도 사내인데 곁에서 행수님을 지켜 드려야하지 않겠습니까?"

소학천의 넉살 좋은 말에 영백이 가는 눈웃음을 지어 보였다. 하긴 원치 않는 길에 동행했으니 짜증이 날 법도 할 것이다. 본디 상점에서 손님을 맞고, 물건을 파는 것을 더 좋아하는 소학천인데 단주 방태경의 지시로 영백을 따라 제양까지 오게 되었으니 힘들기는 할 것이다.

그 정도 푸념은 받아 줘도 됐는데 신경이 곤두서 있다 보니 저도 모르게 발끈해 버려 미안한 영백이었다. 하지만 지금 그녀의 정신은 온통 '겨울손님'에게로 가 있어 다른 것을 돌아볼 여유가 전혀 없었다.

영백이 화련 상단에서 일하게 된 것은 뭐든지 수집하기 좋아하는 단주 방태경의 성격 덕분이었다. 그는 영백을 찾아와 압화에 일가견이 있다는 소문을 들었다며, 몇 년에 한 번 핀다는 귀한 난초의 꽃을 압화해 달라고 부탁했다. 그것을 계기로 방태경은 꽃과 나무에 박식한 영백에게 자기 상단에서 일해 줄 것을 청했다.

별의별 것을 다 취급하는 화련 상단에서 영백이 맡은 일은 희귀한 식물을 수집하거나 우수한 종자를 선별하고 그것을 묘목과 종묘로 키워 되파는 것이었다. 영백은 상단에서 하는 이 일을 무척이나 좋아했고, 그러다 보니 세월이 흘러 자연스레 상단의 행수 자리도 꿰차게 되었다.

"진 행수, 자네가 보기에 이거 어떤 것 같나?"

어느 날인가, 방태경이 영백에게 뭔가를 보이며 어떤지 평가해 달라고 했다.

조금 나긋해지고 색이 바래기는 했지만 곱게 접힌 비단보처럼 보이는 그 물건의 정체를 영백이 잊을 리가 없었다. 그녀가 놀라서 아무 말도 못 하고 멍하니 바라만 보자, 방태경이 재밌는 것을 보여 주겠다는 듯 매듭을 풀어 비단을 열어젖혔다. 그러자 자그마한 노란 꽃을 압화해 달과 꽃물결을 표현한 그림이 나타났다.

세월의 때가 좀 묻기는 했지만 그것은 분명 자신이 만든 것이었다. 영백이 떨리는 손으로 그것을 조심스럽게 어루만졌다.

"이…이…이것을…어…어디서…구…구하셨습니까?"

"자네도 알지? 내가 겨울마다 만나 거래를 트는 그분. 그분께서 그간 지켜 준 신의에 대한 증표라며 내게 선물로 주신 것일세. 신의의 증표로 받은 선물이라 원래는 아무에게도 보여 주지 않으려 했는데 자네가 압화에 조예가 깊지 않은가? 모양새가 특이해, 값어치가 어떤가 해서 자네에게만 특별히 보여 주는 것일세."

신의의 증표로 받았다니 그것을 달라 할 수는 없었지만, 영백은 희망이 움트듯 가슴이 두근대었다. 실로 오랜만에 느껴보는 설렘에 이것을 준 사람을 만나게 해 달라고 간청했다.

"진 행수, '그분' 께서 주신 것이라니까. 알지 않는가? 그분이 얼마나 비밀스런 분인지."

영백이 여러 차례 간청했지만 비밀손님에게 신의를 지키려는 방태경은 끝내 그녀의 청을 들어주지 않았다.

그 비단 화첩을 방태경에게 준 사람이 바로 '겨울손님' 이었다.

'겨울손님' 이란 오직 단주인 방태경하고만 거래를 트는 비밀손님을 일컫는 말이었다. 그는 보통 교역이 제일 적은 겨울, 딱 한 차례만 제양에서 방태경과 만나 거래를 했기에 상단 내에서는 그를 '겨울손님' 이라고 불렀다.

그런데 무슨 바람이 들었던 것일까? 만날 수 없는 사람이라고 잘라 말하던 방태경이 얼마 지나지 않아, 영백을 불러 이렇게 말했다.

"진 행수, 나 대신 제양으로 가 주겠나? '겨울손님' 이 일전에 특별히 주문한 것이 있어 가져다주어야 하는데 일이 있어서 말이야. 그쪽에는 미리 양해를 구해 놨네."

지금은 겨울도 아니었고, 방태경이 아닌 자에게서 물품을 전해 받겠다니…….

겨울손님이 갑자기 행동 방식을 바꾼 것이 의아할 법도 한데, 비단 화첩을 어디서 구했는지 물어볼 생각으로 가득한 영백은 이를 개의치 않아했다.

그녀는 주저 없이 방태경의 부탁을 받아들였다.

그녀가 가져다줄 물건은 화련 상점과 연계된 장인이 특별 맞춤 제작한 값비싼 금 세공품이었다. 영백은 그것을 '겨울손님'에게 주고 대금을 받아 오면 되었다. 방태경이 소학천을 딸려 보낸 것은 그 물품의 대금을 현물로 받아 올 시를 대비하기 위함이었다. 그래서 마음은 급한데 불만을 토로하느라 걸음이 더딘 학천 때문에 영백은 속이 탔던 것이다.

끝이 보이지 않을 것 같았던 제양의 거리를 지나, 영백은 드디어 약속했던 객잔에서 '겨울손님'을 만나게 되었다.

"글쎄요. 저는 잘 모르겠군요. 저도 다른 사람에게서 받은 것이라……."

비밀스러운 사람치고는 외모도 말투도 무척 평범한 '겨울손님'이 비단 화첩에 관해 묻는 영백의 말에 시큰둥하게 대답했다. 그에게 일말의 기대를 걸었던 영백은 그 대답에 가슴 가득 품고 왔던 기대가 와르르 무너지는 기분이었다.

"그보다 제가 주문했던 물건은 가져오셨는지요?"

자신이 장륜에게 선물했던 화첩을 어디서 어떻게 얻었는지 알면, 그의 생사라도 알 수 있지 않을까 기대했건만…….

영백은 실망감을 감추지 못하고 어두운 낯빛으로 물건을 건네주었다. 물건을 확인한 '겨울손님'은 그것의 상태가 무척 흡족한지 가만히 고개를 끄덕였다.

"정말 고급스럽군요. 아주 마음에 듭니다. 아, 그리고 물건 대금은……."

'겨울손님'과의 만남으로 그에 관한 정보를 얻지 않을까 기대했건만 원하는 소식은 듣지 못하고, 그가 물건 대금으로 치른 현물의 정체는 영백을 기함하게 만들었다.

"이게 뭐람. 정말 이걸로 줬어요? 이거 원, 골탕 먹이는 것도 아니고."

영백이 거래를 하는 동안 객잔 내의 다른 탁상에 앉아 숨을 돌리던 소학천도 '겨울손님'이 지불한 현물 대금에 혀를 내둘렀다.

그것은 아주 잘 무두질된 고급 가죽원단이었다. 대금으로 부족한 것은 아니었지만 문제는 그 수량이었다. '겨울손님'은 현물로 준 것이 미안하다며 대금보다 훨씬 더 많은 수의 가죽을 금세공예품의 값으로 지불했다.

"이걸 어쩌죠? 행수님. 이럴 줄 모르고 짐꾼이나 수레꾼은 하나도 안 데려왔는데. 그냥 여기 제양에다 모두 처분하고 갈까요?"

제양으로 올 때야 지니고 온 물품이 금세공예품 하나였기에 상단 행렬 자체를 꾸릴 필요가 없었다. 그렇다고 이것을 영백과 학천 둘이 가져간다는 것은 말도 안 되는 일이었다. 소학천은 차라리 가죽원단을 여기 제양에서 처분하고 가자고 했지만 영백은 그게 무슨 소리냐 반문하듯 눈썹을 실룩였다.

"파…팔아요? …이…이걸? …이…이런…가…가죽원단이…가…가장 많이…쓰…쓰이는 곳이…어…어딘지 잊었습니까?"

"끄응. 영휘입지요."

대륙에서 가장 뛰어난 직공 장인들이 모여 있는 곳이 남연의 영휘다.

화련 상점은 대륙 각지에서 사 모은 원재료로 상단과 계약한 장인들의 손을 거쳐 더 값비싼 물건으로 만들어 되팔았다. 특히, 가죽은 신발이나 의류 같은 단순한 가죽제품 뿐만 아니라 악기, 가구, 고급 서책 제

171

본 등 다양한 곳에 쓰였고 그것을 가장 많이 사용하는 곳이 영휘였다. 영백의 말뜻은 즉, 이것을 이용해 사치품으로 만들어 되팔면 원재료의 수십 배가 넘는 이문을 챙기는데 뭐 하러 푼돈이나 만지자고 이것을 여기다 파느냐 따지는 것이었다.

"지···짐···짐꾼을 수배하죠. 그···그···그리하는 것이···훠···훨···훨씬 이득이에요."

원하던 정보를 얻지 못해 실망할 때는 언제고, 영백은 금세 상인 본연의 자세로 돌아와 이문을 따지고 있었다. 처음 상단에 들어왔을 때만 해도 약간은 수줍고 조심스러웠던 영백이, 이제는 이문을 위해서라면 적극적으로 나서는 천생 상인다운 모습을 갖추게 되었다.

소학천은 영백의 그런 모습을 보고 있자니, 새삼 그간 7년여의 세월 변화가 느껴지는 것 같았다.

남연이 이족에게 옥윤 평야와 강계를 잃은 지도 어느덧 7년이 훌쩍 지났다.

그사이 이족과 남연의 경계는 강계를 사이에 두고 고착화되었고, 남연은 여러 혼란을 거친 끝에 영토를 되찾을 생각을 하는 대신 그 상태를 인정하고 방어를 공고히 하는 데 주력했다. 그러는 와중에도 장륜과 홍정주의 생사는 여전히 알 수가 없었다. 물론, 대부분의 사람들은 행방조차 알 수 없는 그들의 죽음을 기정사실로 받아들였다.

그리고 그 때문에 영백은 또다시 힘겨운 나날들을 보내야만 했었다.

혼례를 앞두고 신랑이 죽는 영백의 옛 이력이 흉흉한 소문들에 섞여 영휘로 흘러들었다. 혼란한 나라 정세에 불안해진 탓인지, 사람들은 그 응어리를 풀려고 전쟁의 패배를 엄한 영백의 저주 탓으로 돌렸다. 정혼자를 죽이는 저주 탓에 홍정주가 죽었고, 그래서 전쟁에서 졌다는 말도 안 되는 이유를 붙여 그녀를 헐뜯었다. 때론 대놓고 그녀에게 혐오감을 드러내는 사람도 있었지만 영백은 그런 자신에게 쏟아지는 시선과 험담을 덤덤히 견뎌 냈다.

그녀는 남들이 저를 뭐라 하건, 송 부인을 봉양하며 상단에서 일도 시작했다. 그렇게 7년의 시간이 지나자, 이제는 그녀를 저주받았다 손가락질하는 사람은 아무도 없었다.

정신 나간 약혼자의 어미를 돌보고, 말더듬이라는 약점을 극복하고 상단의 행수가 된 그녀의 노력과 진심을 인정한 것이다.

영백은 그렇게 7년의 시간을 누구보다 열심히 살며 스스로 「저주받은 말더듬이 신부」가 아닌 「화련 상단의 행수 진영백」으로 탈바꿈시켰던 것이다.

한편, 영백과 소학천이 짐꾼을 수배하기 위해 제양의 인력시장으로 향할 때, '겨울손님'은 슬며시 그들의 뒤를 눈으로 좇았다. 그러고는 객잔 2층의 제일 안쪽에 있는 방으로 갔다.

문 앞에는 험상궂게 생긴 사내가 우두커니 서 있었다. '겨울손님'이 그 앞으로 가 고갯짓을 하자 사내가 문을 열어 주며 그를 안으로 들여보내 주었다.

방 안으로 들어서자 휘장이 드리워진 안쪽 내실에 사람의 그림자가 어리었다.

"만나 보았느냐?"

"예."

"그래, 어찌하더냐?"

"예상대로 인력시장으로 향하였습니다."

그림자가 고개를 끄덕이며 살짝 휘장을 들어 올리자 '겨울손님'의 눈에 사람을 단숨에 홀릴 것만 같은 신비스런 파란 눈동자가 보였다. 파란 눈동자는 자신과 함께 내실에 있던 다른 두 사람을 돌아보며 일렀다.

"이제 너희가 나설 때인 것 같구나."

"걱정 마십시오. 잘할 것입니다."

양설이 헤헤거리며 아부하듯 말했지만 신비스런 파란 눈동자의 시선은 양설의 옆에 선 사내를 향해 있었다. 그는 얼굴의 반을 복면으로 가리고 있었지만 깊고 선한 눈매가 인상적이었다. 남자는 살짝 긴장했는지 자신의 손목에 찬 특이한 무늬의 옥팔찌를 연신 손으로 매만졌다.

✴

이문을 남기기 위해 어떻게든 가죽원단을 영휘로 가져가려던 영백은 인력시장에서 그것을 포기해야 하나 심각하게 고민했다.

"어디요? 영휘요? 거기 남연 아니오? 에이, 안 돼요, 안 돼."

제양은 나라 전체가 하나의 교역도시이다 보니, 전문적으로 짐꾼과 수레 몰이꾼을 교역상들과 연계시켜 주는 업자들이 존재했다. 이것도 일종의 사업인지라 그들은 신원이 확실한 제양 사람들만 전문적인 짐꾼과 수레 몰이꾼으로 고용해 썼다. 그 때문에 대부분의 국가에서는 이들의 입·출입을 자유롭게 허가해 주었는데 남연은 좀 달랐다.

이족에게 영토를 빼앗기고 그들과 지금까지 대척하고 있다 보니, 남연은 외지에서 오는 이들에 대한 입·출입을 까다롭게 심사했다. 관문마다 몇 번에 걸쳐 신원을 확인하고 검문까지 해, 남연에 한 번 가면 다른 곳보다 훨씬 오랫동안 짐꾼들의 발이 묶이거나 심지어는 구금되는 일까지 벌어지고는 했다. 그러니 자연 제양에서는 남연으로 가는 교역상에게 짐꾼 내어 주기를 꺼려했다.

"저…저희 상단에서…보…보증을 서서라도…꼬…꼭…빠…빨리 돌려보낼 테니…어…어떻게 안 되겠습니까?"

영백이 화련 상단의 이름을 걸고, 짐꾼들의 귀환에 책임을 지겠다고 하자 짐꾼을 연계해주는 업자도 갈등이 되는지 망설이는 눈치였다. 이족 침입 후, 외부인의 입·출입에 까다로운 남연이지만 화련 상단이라면 제양 내에서도 제법 큰손으로 통하는 상단이었기 때문이다.

그는 긴 갈등 끝에 결정을 봤는지 머리를 긁적이며 사람을 내어 주겠 다고 했다.

"하지만 많이는 내 드릴 수 없습니다. 그나마 이것도 제가 화련 상단 이기에 믿고 내어 드리는 겁니다."

그래도 내어 주겠다는 것이 어디냐 싶어 영백은 감사의 인사를 표했 다.

가까스로 짐꾼들을 고용하기는 했지만 그 수는 확실히 좀 모자랐다. 소학천은 차라리 짐을 실을 수레를 수배하는 것이 어떻겠느냐 했지만 영백은 고개를 저었다.

"제…제양은…기…길이 잘 닦여서…상…상관없지만…여…여기서 영 휘까지…가…가려면…사…산과 강을 몇 번이나 건넙니까?"

학천이 금세 고개를 끄덕였다. 확실히 수레가 물건을 더 편히, 그리고 많이 옮기기에는 유리하지만 그것은 어디까지나 길이 평탄한 도시에서 나 통하는 이야기다. 국경을 넘나드는 교역은 이동하는 동안 여러 험지 를 지나고, 급작스레 변하는 날씨에 길이 끊기거나 진창이 되는 일이 빈 번했다. 그리되면 물건도 상할뿐더러 망가진 수레가 오히려 짐이 되는 결과를 초래하기도 한다. 그래서 대부분의 교역상들은 말이나 낙타 혹은 짐꾼을 더 선호하는 편이었다.

"나…나귀라도…며…몇 마리…사…사야 하나……."

모자란 짐꾼을 메우기 위해 영백은 당나귀라도 몇 마리 사야 하는 것 이 아닌지를 고민했다. 그러나 그것도 썩 내키지는 않았다. 좀 더 편할 수도 있겠지만 이런 동물들을 능숙하게 다루고 통제할 만한 사람이 없다면 돌발변수에 대처하는 것이 까다로워 길이 지체될 수도 있었다. 이럴까 저럴까 고심하느라 쉬이 인력시장을 빠져나가지 못하고 있는데 능글맞은 목소리가 영백과 학천을 불렀다.

"나리님들, 혹시 짐꾼을 찾으시나요?"

가식적이라는 것이 금방 읽혀지는 눈웃음을 지으며 낯선 사내가 다가오자 학천이 영백의 앞을 막아섰다.

"댁은 누구요?"

소학천이 이렇게 경계한 이유는 꼭 능글맞은 사내 때문만이 아니었다. 오히려 그의 뒤에 선 다른 남자가 학천을 더 경계하게 만들었다. 방갓을 쓴 것이야 그렇다 쳐도 이 더운 날씨에 강도처럼 복면으로 얼굴의 반을 가린 것은 누가 봐도 수상쩍지 않은가. 거기다 단단하고 훤칠해 보이는 기골이 범상치 않아 보였다.

"그렇게 경계하시지 않아도 됩니다. 저희는 그저 일을 찾는 노역자입니다. 인력 사무소에서 연계해 주는 뛰어난 짐꾼만은 못하지만 힘깨나 쓰는 자들이니 고용하시지 않으렵니까?"

"쯧쯧, 인력 사무소를 통해 짐꾼을 고용하는 이유가 무엇이겠나? 그들의 신원이 보증되기 때문일세. 안심할 수 있다는 이야기지. 그런데 돈 몇 푼 아끼자고 뭐하는 놈들인지도 모르는 자네들을 고용하라고? 뭘 믿고? 괜한 소리 말고 썩 물러가시게."

소학천이 되도 않는 소리 말라며 손을 내저었다. 하지만 능글맞은 남자는 그것에 지지 않고 더 비식비식 웃으며 학천 뒤에 선 영백에게 가까이 다가가 느물거렸다.

"뭘 그리 걱정하십니까? 저희가 물건을 가지고 도망갈까 봐요? 아니면 잠자는 와중에 칼침이라도 놓을 것처럼 보이십니까? 저희 말고 고용한 다른 짐꾼들 있을 텐데 그들을 두고 저희 두 놈이 무슨 엄한 짓을 할 수 있다고……. 소저께서는 딱 보아도 교역을 하루, 이틀 하신 분이 아닌 것 같은데 제 말이 무슨 뜻인지 아시지요? 이리 배포가 작으셔 가지고 그간 어떻게 물건을 사고 파셨는지 모르겠네요."

점점 자기에게 얼굴을 들이미는 그의 능글맞은 웃음이 불쾌해 영백이 슬쩍 손을 좀 뻗어 거리를 유지하려 했다. 그러자 영백의 소매 사이로 물결무늬가 보이는 옥팔찌가 드러났다. 그 순간, 방갓과 복면으로 얼굴을 가린 남자의 눈이 반짝였다.

그는 능글맞게 웃으며 영백에게 들이대는 남자의 뒷덜미를 낚아채 제 곁으로 끌어당겼다.

"그만해……. 불편해하시잖아."

복면의 사내가 능글맞은 남자에게 그러지 말라고 꾸짖었다. 헌데, 말은 그렇게 해 놓고 정작 그 자신이 복면과 방갓 사이로 영백을 뚫어져라 쳐다보았다.

솔직히 말하자면 영백은 능글맞은 남자보다 복면 사내의 시선이 더 신경 쓰였다. 왜 이리 자신을 쳐다보나 싶어, 민망함에 고개를 돌렸지만 어째선지 눈은 자꾸 그를 흘끔거리게 되었다.

"일자리 부탁하는 자들이 뭐 이리 방자하담?! 썩 꺼지시오!!"

소학천은 복면 사내의 시선이 영백에게 꽂히는 것이 꼭 그녀에게 음흉한 생각을 품고 있는 것 같아 냉큼 그 사이를 막아서며 그를 밀쳐내려 했다. 그런데 방갓의 사내가 몸을 비스듬히 비틀어, 밀치는 학천의 손을 피했다. 그 덕에 중심을 잃은 학천의 몸이 기우뚱하고 기울어지자 복면의 사내가 그의 허리를 감아 들어 올렸다.

그렇지 않아도 작고 비실비실한 학천의 몸이 공중에 떠, 짐짝처럼 그 자의 허리춤에 대롱대롱 매달렸다. 능글맞은 사내는 그 모습에 폭소를 터트렸고 학천은 귀까지 빨개져서는 어서 내려놓으라고 발버둥을 쳤다.

영백은 놀라 손으로 입을 가린 채, 어쩔 줄 몰라 했다. 그런 영백의 모습을 지그시 바라보던 복면의 사내가 학천을 내려놓고는 갓을 벗고 허리를 굽혀 사과했다.

"능력을 보이고 싶어 무례를 범했습니다. 기회를 한 번 주시면 신의를 배신하지 않고, 성실히 일하겠습니다."

학천은 뭐라 말도 못 하고 씩씩댔지만 영백의 얼굴에는 미묘한 감정이 스치고 지나갔다.

"아…알겠습니다. …고…고용하지요."

"예? 행수님?!"

소학천은 그리해서는 안 된다고 영백을 말리려 했지만, 영백은 아랑곳하지 않고 그들에게 출발일과 모이는 장소를 세세히 설명해 주었다.

"그…그런데…이…이름이…무…무엇인가요?"

영백이 넌지시 복면의 사내에게 시선을 던지며 물었다.

"저는 양설이고 이쪽은 유사라고 합니다."

먹이를 낚아채듯 양설이 중간에서 질문을 가로채 날름 대답했다. 영백은 복면 사내의 선한 눈매를 가만히 응시하며 '유사'라는 그의 이름을 나지막하게 불렀다. 그러자 복면의 사내가 잔잔하게 미소를 지었다. 저도 모르게 따라 지을 정도로 편안한 미소를 말이다.

잠깐? 그것은 말이 안 된다. 복면을 하고 있어 눈밖에 보이지 않는데 잔잔하고 편안한 미소를 짓고 있는지 어찌 안단 말인가?

영백은 스스로도 그것이 이상하다고 느꼈지만, 어째서인지 그가 웃고 있다는 것을 알 수 있었다. 그가 절대 나쁜 사람이 아니라는 것을 확신하는 것처럼…….

영백에게 짐꾼으로 채용되고 나자, 양설은 큰일을 해치운 사람처럼 안도의 한숨을 크게 내쉬었다.

"어휴, 채용 안 되는 줄 알고 식겁했네."

"입만 열면 조절이 안 되는 네 탓이잖아."

"아무려면 어때. 다 잘됐잖아. 계획대로 됐으면 됐지. 좀 대범하라고."

따지고 보면 유사가 이 일을 성사시킨 것이고, 양설의 세 치 혀는 오히려 일을 망칠 뻔했음에도 그는 되레 유사에게 핀잔을 주었다. 그러고는 당당한 걸음걸이로 유사보다 앞장서서 걸어갔다.

유사는 '파란 눈'이 어째서 양설 같은 놈을 이 계획에 동참시킨 것인지 도통 이해가 가지 않았다. 그가 영 마뜩지 않는지 유사의 미간이 잔뜩 찌푸려졌다.

✻

소학천은 자꾸만 뒤를 흘끔거렸다.

줄지어 걸어오는 짐꾼들 속에서도 유독 눈에 띄는 복면의 사내를 보며 그는 입술을 샐쭉거렸다.

"도…돈 떨어졌어요? 왜…왜…자…자꾸…뒤…뒤돌아봐요?"

학천과 함께 행렬 앞에 선 영백이 그가 자꾸 뒤를 돌아보자, 놀리듯이렇게 말했다.

"행수님, 정말 저자들을 이대로 데려갈 겁니까? 뭐하는 놈들인지 신원도 모르잖아요."

아직도 그날 겪었던 굴욕에 앙금이 남았는지 학천은 이를 갈며 유사를 노려봤다. 영백이 조용히 다독이며 뿔이 난 그를 달래주었다.

"다…다른 짐꾼들보다…가…갑…값은 적게 받고…이…일은…비…비

179

숫하게 하는데…나…나쁠 것 없잖아요. …조…좋게 생각해요."

"끄응. 그렇기는 하지만……. 어휴, 보십시오. 이렇게 더운데 답답하게 저 복면은 뭐랍니까? 보는 것만으로도 숨이 막혀서, 원. 다른 짐꾼들 사기도 생각하셔야지요."

"…여…여기까지 왔는데…이…이제 와 어째요. …지…짐 여기다 두고…가…가라 할까요? …그…그리고 그 짐을 저와 소 전인(廛人)*이…나…나눠 지고…가요? …그…그래요?"

어떻게든 유사와 양설을 쫓아 버리고 싶은 소학천이 별별 이유를 갖다 대며 투덜대자, 어르고 달래던 영백도 짐짓 화난 표정을 지어 보였다. 여전히 화가 가시지 않았지만 저 무거운 가죽 원단을 지고 더위와 싸우며 영휘까지 갈 생각을 하는 것만으로도 소학천은 머리가 아찔했다.

그가 입맛을 다시는 것으로 길고 긴 불평불만을 끝내자, 영백도 어깨가 들썩일 정도로 한숨을 몰아쉬었다. 그러고는 슬쩍 뒤를 돌아 복면을 쓴 유사의 얼굴을 바라보았다.

헌데, 하필 그 순간 그와 눈이 딱하니 마주쳐 버렸다. 화들짝 놀란 영백은 재빨리 고개를 돌렸다. 마주칠 수도 있는 것이지 뭘 그리 놀라고 그랬을까. 제 자신이 이상한 영백이 다시 슬며시 고개를 돌렸다. 그런데 또다시 그와 눈이 마주치자 영백은 가슴이 두근대고 살짝 볼이 붉어졌다. 어쩐지 그가 자신을 계속 뚫어져라 쳐다보고 있는 것만 같았다.

착각일지도 모른다. 그냥 앞을 보며 걷는 것을 물색없게 오해한 것이리라.

그리 여기고 괘념치 않으려 했는데 마음은 그것인 아닌지 자꾸 다시 확인해 보려, 고개가 뒤를 향했다. 계속 흘금대면 모양새가 경박스러워 보일까 싶어 영백은 돌아가려는 제 고개를 잡아 두기 위해 무진 애를 써

*전인가게를 차리고, 물건을 파는 사람.

야 했다.

영백이 그러고 있을 때, 양설은 무거운 짐을 짊어지고도 묵묵히 걸음을 옮기는 유사를 타박했다.

"야! 저 여자 뒤통수 뚫어지겠다. 그만 좀 봐."

양설이 유사의 옆구리를 쳤지만 그는 잠깐 그를 흘겨봤을 뿐, 다시 앞서서 가는 영백의 뒷모습에 시선을 고정했다. 그것이 기가 막힌지 양설의 혀가 공연하게 입천장만 차 댔다.

유사와 고세협곡에서 그리 친하게 지내지는 않았지만 그래도 그가 어떤 놈인지 정도는 안다. 그간 양설이 봐 온 유사는 뭔가에 집착하는 놈이 아니었다. 도적질로 연명해 살기는 했지만 욕심을 내는 법이 없었고, 크게 감정을 드러내는 법도 없었다.

그런데 그런 유사가 이토록 갈구하는 눈빛을 하고 있다니 그것을 보는 양설은 신기했다.

'설마, 파란 눈이 말한 유사의 목적이란 것이 저 여자인 건가……?'

양설은 산채가 불타던 날 밤, 시퍼런 눈동자가 제게 했던 말을 상기했다.

"너는 유사와 함께 영휘으로 가거라. 그리고 유사가 그의 목적을 성취하는지 보고 내게 소상히 알려라. 그리고 이것은 나를 만나게 해 줄 증표이다."

파란 눈이 금덩이 하나와 함께 기묘하게 생긴 나무패를 양설에게 던져 주었다. 양설은 그것을 냉큼 챙기면서도 궁금한 점을 스리슬쩍 물었다.

"그 유사의 목적이라는 것이 무엇입니까?"

양설의 물음이 끝맺자, 파란 눈이 시리게 그를 노려봤다.

"쓸데없는 호기심은 화를 부르지. 너는 네게 주어진 일을 완수하는 데만 신경을 써라."

양설은 순간적으로 파란 눈을 마주한 것처럼 몸서리를 쳤다.

그날의 일을 회상하느라 잠시 정신을 빼고 있던 양설은 다른 짐꾼들의 발이 멈춘 줄도 모르고 계속 걷다가, 앞에 선 짐꾼을 밀고 말았다. 양설에게 떠밀린 짐꾼이 험상궂은 얼굴로 그를 돌아보자 양설은 연신 굽신대며 미안하다 사과를 해야 했다.

뭔 일로 괜한 사과까지 하게 만드나 싶어 양설이 짜증스레 고개를 뺐다. 제양의 짐꾼들 중 가장 연륜이 오래된 이와 영백이 심각하게 이야기를 나누고 있었다. 연륜이 오래된 짐꾼이 잔뜩 흐린 하늘을 손가락으로 가리키며 뭐라 이야기하자, 가만히 듣고 있던 영백이 심각한 얼굴로 소학천과 대화를 나누었다.

대화가 길어지자 짐꾼들은 잠시 짐을 내려놓고 휴식을 취했다. 이를 본 양설도 휴식을 취하려고 냉큼 짐을 내려놓고 바닥에 철퍼 주저앉았다.

고세협곡에서 도적질을 하며 짐깨나 들고 뛰어 다녔었지만, 이렇게 메고 장거리를 걷는 것은 처음인지라 확실히 몸이 지쳤다. 거기다 날은 덥고 습해 땀에 흠뻑 젖은 몸은 꿉꿉하고 불쾌했다.

그때, 영백이 짐꾼들을 향해 소리쳤다.

"이…이…아…앞에…크…큰 비가…오…올 것 같다 하니…워…원래 계획했던…마…마을이…아…아니라…다…다…다른 곳으로…이…이동하겠습니다."

생각지도 못한 상황에 당황했는지 영백은 평소보다 더 말을 더듬었다.

어쩐지 공기가 습하다 했더니 비가 올 모양이었다. 가죽이 물에 젖으면 안 되니 비를 피할 곳을 찾아야 했다. 짐에 영향이 있을지 몰라 항시 날씨에 주의를 기울이는 제양의 숙련된 짐꾼들은 이미 예상했다는 듯이 얼른 일어나 내려 뒀던 짐을 들어 올렸다. 하지만 양설은 이제 엉덩이를 붙였는데 또 이동한다는 것이 짜증이 나 꿍얼꿍얼 투덜댔다.

"뭐라는 거야? 비야 아무 데서나 피하면 되지. 뭘 이동경로를 바꾼다는 건지. 그나저나, 무슨 말 하는지 하나도 못 알아듣겠네. 어떻게 말도 제대로 못 하는 이가 행수랍시고 교역을 다니는 것인지. 말 좀 똑똑히 못 하나……. 쯧."

짜증스레 짐을 짊어진 양설이 영백을 험담하며 걸음을 옮기려 하자, 유사가 갑자기 그의 발을 걸었다. 난데없이 발을 채인 양설은 곧 넘어갈 것처럼 공중에서 팔을 허우적댔다. 간신히 몸을 가누어 넘어지지는 않았지만, 양설은 또 앞서 걷던 짐꾼을 밀어 버리고 말았다.

"허, 거참! 왜 자꾸 밀고 그러시오? 조심성 없게."

제양의 짐꾼이 신경질을 내자 양설은 또 연신 미안하다 고개를 숙여야 했다. 제양의 짐꾼이 한 번 더 주의를 주며 걸음을 옮기자, 유사가 그 뒤를 따라 양설의 곁을 스윽 스치고 지나가며 말했다.

"남 흉볼 시간에 너는 똑바로 걷는 연습이나 하지 그래."

양설은 자신의 귀를 의심했다. 저 유사가 빈정댈 줄도 알고 세상 오래 살고 볼 일이다. 뜻밖의 광경을 본 것이 놀랍기는 했지만 그렇다고 해서 유사가 저를 넘어트린 것이 기분 나쁘지 않은 것은 아니었다.

"저 새끼가 귀신에라도 홀렸나? 대체 왜 저래?"

저만치 앞서 걷는 유사의 뒤통수를 보며 양설은 데퉁스럽게 투덜댔다.

二.
나는 누구입니까?

이채명(李採明)은 한때, 화련 상단의 행수를 지냈던 사람으로, 그는 남연의 인접국인 한주(韓宙) 사람이었다. 외국인이었지만 골동품과 미술품에 조예가 깊어 단주 방태경과 깊은 신뢰관계를 맺고 화련 상단의 행수까지 맡았었다.

그런데 남연이 이족의 침입으로 영토를 잃은 뒤로 외국인에 대한 경계가 심해지는 쪽으로 정책기조가 바뀌자, 그는 상단 일을 그만두고 고향으로 돌아가 좋아하는 고미술품을 모으며 살았다.

상단에서 나가기는 했지만 방태경과의 관계는 여전해 지금도 이따금씩 골동품과 미술품을 교역할 때는 그의 조언을 받고 있었다.

영백은 큰 비구름이 다가오고 있다는 말에 이채명의 저택을 떠올렸다. 소학천도 원래 계획했던 마을보다 이채명의 저택이 좀 더 가까우니 그곳에 가서 신세를 지자고 했다.

"계십니까? 이 대인! 저, 소 전인입니다."

학천이 굳게 닫힌 이채명의 저택 대문을 두들겼다. 그는 한주에서도 남연과 가장 인접한 지역에 살고 있었다. 고즈넉한 분위기를 좋아하는 이채명은 마을에서 좀 떨어져 있는 산등성이 밑에 호수를 끼고 저택을 지었다. 영백도 몇 번 와 보기는 했었지만 그때는 고즈넉하면서도 여유가 느껴졌는데 지금은 어쩐지 음침한 기분만 들었다.

몇 번이나 두들겼는데도 아무 대답이 없자 사람이 없는 것인가 싶어 소학천은 발걸음을 돌리려 했다. 그때, 이채명의 저택 문이 열렸다.

"거기 누구십니까?"

웬 청년이 대문간에 나와 영백 일행을 의심스럽게 훑어보았다. 그러자 소학천이 특유의 영업용 미소를 띠며 그의 의구심을 풀어 주려 했다.

"저희는 화련 상단 소속의 교역상들입니다. 저는 소학천이라고 하고 저분은 진영백 행수이십니다. 영휘로 돌아가는 길에 잠시, 이 대인께 문안이나 여쭙고자 왔는데 대인께서는 안에 계시나요?"

학천이 호감 어린 말투로 성심껏 말하고 있음에도 청년은 그의 말을 듣는 둥, 마는 둥 했다. 그의 관심은 학천의 어깨너머로 보이는 영백과 짐꾼들이 짊어진 짐짝에 가 있었다. 그가 희미하게 입꼬리를 올리더니 잠시만 기다리라며 안으로 들어갔다.

그리고 얼마 지나지 않아, 삼십 대의 건장한 체격을 가진 남자가 나타났다. 그도 대뜸 영백 일행을 슥 훑어보더니, 이내 낯빛을 바꾸며 정중하게 인사를 했다.

"어서 오십시오. 화련 상단 이야기는 많이 들었습니다. 저는 이 집의 조카입니다. 숙부께서 안에서 기다리시니 안으로 드시지요."

이채명의 조카라는 자가 환대를 하며 영백 일행을 저택 안으로 들였다. 저택은 넓은 부지를 담으로 둘러치고 그 안에 여러 채의 가옥과 정원을 마을처럼 옹기종기 모아 놓은 호가사(好家舍)*였다.

집은 더할 나위 없이 화려했지만 이상한 것이 있다면 그런 호가사치

*호가사 화려하게 지은 저택.

185

고 안에서 일하는 자들이 몇 없을뿐더러, 그나마 있는 자들도 거칠고 투박해 보이는 남정네들뿐이었다.

"짐꾼들께서는 여기서 쉬시고, 행수 어르신은 저를 따라오시지요. 숙부님께서 기다리십니다."

영백이 온후하게 고개를 끄덕이며 소학천에게 짐꾼들이 쉴 자리를 살펴보라 이르고는 이채명의 조카 뒤를 따랐다. 그의 안내를 받아 저택 제일 안쪽에 있는 별채에 들어서자 탁상 앞에 앉은 이채명과 두 명의 낯선 남자가 그의 뒤에 서 있는 것이 보였다.

"이…이 대인. 그…그간…아…안…안녕하셨습니까?"

영백이 다정하게 이채명에게 다가가 그의 손을 맞잡자, 이채명이 조카의 눈치를 살피며 어색한 미소를 지었다. 그러자 이채명의 조카가 그들을 떼어 놓으며 자리에 앉게 했다.

"상단 사람은 오랜만에 만나셨지요, 숙부님? 그간의 격조를 푸시려면 시간이 좀 걸리시겠습니다. 아! 이런, 손님께 차 내어 드릴 생각도 않고 뭘 하고 있었던 건지……. 죄송합니다."

이채명의 조카가 영백 앞에 찻잔을 놓으며 수상한 눈빛으로 그녀를 흘겨보았다. 영백은 그것을 아는지 모르는지 태평하게 그가 내놓은 찻잔을 받아 들며 감사의 인사를 전했다.

이채명은 조카와 영백의 모습을 불안하게 지켜보다 떨리는 목소리로 말했다.

"조카, 오랜만에 손님과 나눌 이야기가 있으니 자리를 좀 비켜 주겠나?"

그의 조카가 스르륵 이채명을 향해 고개를 돌리는데 대체 뭘 본 것인지, 이채명의 얼굴이 사색이 되었다.

"섭섭하네요, 숙부. 저도 남연과 영휘 소식을 좀 듣고 싶은데, 소생이 여기 있는 것이 그리 불편하십니까?"

"아…… 아니다. 아니야. 진 행수. 내 조카가 이 자리에 있어도 괜찮 겠나?"

이채명이 다급하게 말을 바꾸며 영백에게 양해를 구하자 그녀는 자신 은 괜찮다며 고개를 끄덕여 보였다. 그러고는 이채명의 조카를 향해 여 유로운 표정으로 말했다.

"제…제가…마…말을…조…좀…더…더듬어서…워…원하는…소…소 식을…드…들으시려면… 마…많이…부…불편하실 텐데…그…그래도… 괘…괜찮겠습니까?"

말을 더듬는다는 소리에 그의 입술 사이로 피식 바람 새는 소리가 나 왔다. 그는 영백과 이채명 사이에 의자를 끌어다 앉았다.

"전혀요. 문제 될 것이 아무것도 없습니다."

그가 영백을 향해 눈빛을 번뜩였다. 그것을 아는지, 모르는지, 영백은 유유자적 찻잔을 들어 한 모금 마셨다.

"차…차가 조…좀…뜨…뜨겁네요."

차가 뜨거우면 목으로 넘기기 힘들 텐데도 영백은 꽤 만족스런 표정 을 지었다. 그러고는 방 안을 잠시 두리번대다 이채명에게 물었다.

"…허…헌데…부…부인께서는…어…어디 계십니까?"

영백의 물음에 이채명은 조카의 눈치부터 살폈다. 그의 조카는 영백 의 질문이 심기 불편했는지 탁상에 팔을 올리며 위협적인 태도로 영백 을 노려봤다. 하지만 그녀는 그가 보이지 않는 것처럼 무시한 채, 이채 명의 눈만을 똑바로 응시했다. 그러자 그는 없는 용기를 억지로 쥐어짜 듯 마른침을 집어삼키며 이렇게 답했다.

"딸네 집에 갔네. 진 행수도 알지? 내 딸 '여화' 말이야."

영백은 '그러시구나.' 하며 찻잔을 들어 한 모금 입 안을 축였다.

그때, 쾅 하고 탁상 위에 뭔가 내리꽂아졌다. 시퍼런 살기를 내뿜는 칼이 탁상에 박혀 가늘게 검신을 떨고 있었다. 이채명의 조카가 그 칼을 다시 잡아 빼, 영백과 이채명 사이에서 흔들어 댔다.

"이것들이 누굴 병신으로 아나. 네놈한테 딸이 어디 있어? 자식 없는 거, 이 한주 바닥에 모르는 이가 없는데. 그리고 이 말더듬이 년 보소? 어리바리한 척 굴면서 이딴 얕은 수로 감히 나를 농락하려고 하다니. 생각보다 간덩이가 크네. 크큭."

놈이 칼날로 영백의 얼굴에서부터 목까지를 쓸어내리며 이죽거렸다. 보다 못한 이채명이 그의 팔을 잡아 말리며 애걸했다.

"이보시게. 그만하게. 내…… 내, 그대가 원하는 것 다 들어줄 테니 저이들은 풀어주게나. 웅? 부탁하네."

"홋, 화련 상단 방태경이 네놈보다 몇 갑절은 부자라지? 이 저택도 그가 지어 준 것이라며? 생각해 봐, 이 양반아. 내가 이놈들을 잡아 몸 값을 요구하면 당신이 갖고 있는 알량한 미술품들보다는 훨씬 더 큰 재물을 만질 수 있다고."

놈이 팔을 잡아 빼며 그를 밀치자 방 안에 있던 놈의 부하들이 이채명을 의자에 앉혀 움직이지 못하게 어깨를 짓눌렀다.

"여기에 우리 행수님이 계시다고요?"

벌컥 문이 열리며 다른 놈에 의해 별채로 안내받아 온 소학천이 방으로 들어섰다. 그는 자신의 눈앞에 펼쳐진 광경을 보고 얼빠진 얼굴로 우두커니 멈춰 버렸다. 하지만 멈춰 선 것은 소학천만이 아니었다.

그의 갑작스런 등장에 이채명의 조카인 척했던 놈과 그의 부하들의 시선이 문 쪽으로 쏠렸다. 영백은 그때를 놓치지 않고 찻주전자를 들어 두목 같은 놈에게 끼얹었다.

"으악! 뜨거워."

놈이 펄쩍 뛰자 영백은 탁상을 뒤집었다. 깜짝 놀란 그놈의 부하들이 이채명의 어깨를 누르던 손을 놓았다.

"지…지금이에요."

영백이 손짓하며 외치자, 이채명이 자리에서 일어나 그녀를 따라 문으로 내달렸다. 학천을 방으로 데리고 온 놈이 도망치려는 영백과 이채명을 막으려 칼을 뽑아 들자, 어리바리하게 서 있던 학천이 놈을 힘껏 밀쳐 바닥에 나뒹굴게 만들었다. 그러고는 영백과 이채명을 따라 달리기 시작했다.

"이 행수…부…부인…서쪽…별채…여화…저…전시실. …붙잡혀…."

말을 부드럽게 만들고 자시고 할 시간이 없었다. 영백은 나오는 대로, 되는대로 지껄이며 학천에게 어쩐 일인지를 설명했다.

처음 저택에 들어서면서부터 뭔가 이상하다는 것을 알았다. 아마도 그들은 이 일대에서 부호로 소문난 이채명의 재산을 노린 도적떼임이 틀림없었다.

그들의 정체를 진즉에 눈치채기는 했지만 섣불리 그들을 자극했다가는 자신들은 물론, 이채명의 안위 또한 어찌 될지 몰라 영백은 애써 침착함을 유지하려 했었다. 그리고 이채명을 만나 그가 무사한 것을 확인했으니 이제는 빠져나갈 방도를 궁리해야 했다.

그의 부인이 보이지 않는 것으로 봐서는 아마도 그들이 부인을 인질로 잡고 이채명을 겁박하고 있는 것 같았다. 그래서 영백이 넌지시 부인의 안부를 물으며 어디에 잡혀 있는지를 물었던 것이다.

영백의 질문이 무슨 뜻인지 알아챈 이채명은 그래서 있지도 않은 딸네 집에 갔다는 답을 했다. '여화'는 그가 모은 수집품 중에서 가장 아끼는 그림으로, 천상의 여인을 찬연하게 그려 낸 미인도(美人圖)였다. 이채명이 그것을 얼마나 아꼈는가 하면 '딸'이라고 부르며 고작 그림을 위해 따로 작은 별채까지 지을 정도였다.

"지…짐꾼들을…데…데리고…서…서쪽 별채로 가…부…부인을…."

"예, 알겠습니다."

말이 끝나기도 전에 소학천이 짐꾼들이 쉬고 있는 곳으로 빠르게 달려갔다. 그러자 영백은 곧 쓰러질 것처럼 숨을 헐떡대는 이채명을 붙잡고 물었다.

"시…신호탄. …다…단주께서…신호탄…주…주셨지요?"

가쁘게 숨을 몰아쉬는 와중에도 이채명이 고개를 끄덕이며 어딘가를 손가락으로 가리켰다. 방태경은 마을에서 떨어져 사는 이채명 부부에게 무슨 일이 생길 때를 대비해 '불꽃 신호탄'이라는 것을 주었었다. 원래는 군사용으로 많이 쓰이는 것인데, 잡아당기면 불꽃과 함께 연기가 공중에 솟구쳐 올랐다. 방태경은 만일의 사태에 대비해 그 신호탄을 이곳의 위급함을 알리는 용도로 사용하게 했다.

그것을 터트리면 누군가 도움을 주러 찾아오거나, 관아에 이를 알릴 것이었다. 영백은 이채명과 함께 그가 가리키는 곳으로 신호탄을 터트리기 위해 걸음을 재촉했다.

"이 육시랄 년이!"

영백이 몇 발자국 내딛기도 전에 험악한 말과 함께 그녀의 머리채가 우악스런 손에 붙잡혔다. 이채명의 조카라고 거짓말을 했던 그놈이었다. 영백이 뿌린 차를 뒤집어써서 그런지 그의 얼굴은 빨갛게 일어나 있었다.

"뭐하고 있어? 저 영감탱이 잡아!"

그가 이들 도적떼의 두목이었는지, 그의 명에 따라 졸개들이 이채명을 잡으려고 했다. 영백이 머리채가 잡힌 채로 거칠게 몸을 비틀며 소리를 질렀다.

"어…어서 가요!!"

머뭇대지 말고 어서 가서 신호탄을 터트리라는 영백의 절규에 이채명은 늙은 몸을 힘껏 몰아붙여 내달렸다. 불한당들이 그런 이채명을 잡으려고 뒤를 쫓았다.

영백은 팔꿈치로 자신의 머리채를 잡고 있는 자의 복부를 힘껏 쳤다. 정타로 맞지는 못했지만 그것을 피하기 위해 놈은 영백의 머리채를 놓아야만 했다. 머리를 잡아끌던 힘이 풀리자 영백은 냅다 몸을 날려 이채명의 뒤를 쫓는 이의 바짓가랑이를 붙잡고는 그의 정강이를 깨물었다.

"아악!! 내 다리. 내 다리."

이채명을 쫓던 자들이 자기 동료 비명 소리에 걸음을 영백에게로 돌렸다. 그들은 동료에게서 영백을 떼어 내려고 그녀의 머리채며 옷이며 잡히는 대로 거칠게 잡아 뜯었지만, 그럴수록 그녀는 더 떨어지지 않으려고 온 힘을 다해 이를 악물었다.

"저년이 진짜 죽고 잡나. 오냐! 죽여 달라 하니, 죽여 주마!"

불한당들의 두목이 허리춤의 검을 뽑아 들며 정말 죽일 기세로 영백에게 걸어갔다. 섬뜩한 기운을 풍기며 두목이 다가오자 영백을 떼어 내려던 그의 부하들이 뒤로 물러섰다.

포악스런 그자의 손이 다시금 영백의 머리채를 휘어잡으려고 하는 순간, 뭔가가 그의 손목을 날카롭게 내려쳤다. 뒤이어 묵직한 발길질이의 그의 옆구리를 통타했다.

'윽' 하는 소리와 함께 놈이 몸을 움츠리자, 이번에는 그의 턱밑으로 기다란 막대가 '슥' 하고 나타나 빠르게 위로 솟구치며 놈의 턱을 걸어 올렸다. 고개가 뒤로 젖혀지고 피가 섞인 침이 공중에 튀어 올랐다.

자신에게 무슨 일이 일어난 것인지 미처 깨닫기도 전에 바람을 가르는 소리와 함께 회초리 같은 무언가가 그의 몸을 마구 난타했다. 온몸이 욱신거리는 통증에 눈을 뜰 수도, 몸을 가눌 수가 없어, 놈은 쥐고 있던 검마저 떨어트렸다.

그의 부하들은 두목이 맞고 있는 것을 보면서도 방금 눈앞에서 일어난 일에 어안이 벙벙해 꼼짝할 수가 없었다. 분명, 조금 전까지만 해도 두목이 칼을 빼 들고 말더듬이 년의 머리채를 잡으러 걸어오고 있었다. 그것을 지켜보다 잠시잠깐 눈을 깜빡였을 뿐인데, 그 찰나의 순간에 '확' 하고 인영(人影)이 지나가더니 복면을 두른 사내가 두목을 난타하고 있었다.

처음에는 그의 움직임이 너무 빨라 뭘 휘두르고 있는 것인지 잘 보이지도 않았다. 헌데, 점점 기다란 막대기 한쪽 끝에 무성하고 펑퍼짐한 것이 달린 게 눈에 들어왔다. 틀림없는 빗자루였다. 마당을 쓰는 싸리를 엮어 대나무에 매단 빗자루 말이다.

빗자루를 들고 빠른 몸놀림으로 정확하게 두목의 급속만 가격하는 그 사내의 솜씨를 놈의 부하들은 홀린 듯 쳐다보았다.

"넌 뭐하는 놈이냐?"

그중에서 그나마 정신을 차린 한 놈이 칼을 빼 들며 달려들자, 놈들의 두목을 두들겨 패고 있던 유사가 빗자루를 들어 막았다. 뎅강 빗자루 머리가 떨어져 나갔지만 그는 당황하는 기색이 없었다. 오히려 움직이기 편해 맘에 든다는 표정이었다.

놈의 부하가 다시 칼을 휘두르자 그는 무릎을 굽혀 그것을 피하고는 빗자루대로 그자의 다리를 걸어 넘어트렸다. 그리고 대를 고쳐 잡아 벌렁 나자빠진 그자의 천돌혈*을 빠르게 찍어 내렸다.

도적의 정강이를 물고 있던 영백도 어느새, 유사의 움직임을 좇고 있었다. 영백에게 다리를 물린 놈조차도 제 다리 아픈 것도 잊어버리고,

*천돌혈- 쇄골 사이 오목한 곳.

바닥에 몸을 웅크린 채 신음하는 두목과 잔뜩 겁먹은 모습으로 유사를 둘러싼 동료들을 바라보았다.

유사는 저를 둘러싼 불한당을 천천히 돌아보더니 천돌혈을 찔러 쓰러트린 놈의 칼을 빗자루대로 튕겨 올려 잡았다. 그리고 자기 다리를 문 영백을 떼어 내려고, 그녀의 뒷머리를 잡고 있던 자에게 날카로운 눈빛을 쏘아 보냈다.

그가 움찔하며 영백의 머리를 놓고 그 곁에서 물러났다. 유사는 영백에게 이리로 오라고 말하듯 눈짓하며 손을 내밀었다. 그 손을 잡으려고 영백이 천천히 몸을 일으키자, 그녀에게 다리를 물렸던 놈이 제 주위에 선 동료들을 향해 소리쳤다.

"다들 뭐하고 섰어. 저년을 잡아서, 놈을 막아야지!"

영백을 잡아 유사를 협박하라는 그의 외침에 넋을 빼고 있던 놈의 동료들이 칼을 뽑아 들고 덤벼들었다. 자신을 잡으라는 고함 소리에 놀란 영백이 뒤쪽으로 고개를 돌리려는데 거칠고 큰 유사의 손이 그녀의 눈을 가로막으며 제 품으로 끌어당겼다.

'슈욱' 하고 바람 가르는 소리가 귓가를 스쳤다. 그리고 비명과 함께 물방울 같은 것이 어깨께로 흩뿌려졌다. 희미한 피비린내가 코끝에 느껴지자 영백은 보지 않아도 무슨 일이 벌어지고 있는지를 알 수 있었다. 긴장감에 몸이 경직됐다.

자신의 품에 안긴 영백의 몸이 경직되자 유사는 슬쩍 그녀를 내려다보았다. 놀라 몸이 경직되기는 했지만 그의 품에 폭 기댄 영백은 유사의 옷 앞섶을 꼭 움켜쥐고 있었다.

"너 이 새끼!!"

유사가 휘두른 검에 순식간에 목이 베어 쓰러진 제 동료를 보고 남아 있던, 잔당들이 욕지거리를 내뱉었다. 사실, 그들이 그렇게 욕을 해 대는 것은 화가 난 것도 있겠지만 이렇게라도 하지 않으면 자기들 앞에 있는 이 귀신같은 놈이 무서워 견딜 수 없었기 때문이다.

유사의 실력을 눈으로 확인한 불한당들은 그를 공격하기 위해 신중하게 자세를 잡고, 한꺼번에 덤벼들 태세를 취했다.

"제 허리를 꼭 붙드십시오."

유사가 영백의 눈을 가렸던 손을 풀고 그녀를 제 등 뒤로 돌려세웠다. 그리고 그녀가 제 허리를 감싸게 하였다. 영백이 유사의 허리를 끌어안고 그의 등에 얼굴을 묻자, 그는 검을 양손으로 단단히 부여잡았다.

영백은 유사의 등에 매달려 그의 움직임에 따라 부지런히 발을 옮기려 했다. 싸우는 것에 방해가 되고 싶지 않았고 자기 때문에 그를 다치게 하고 싶지 않았다. 하지만 유사는 같은 자리에서 두 보 이상 걸음을 옮기지 않았다. 간간이 팔을 뒤로 돌려 등 뒤에 있던 영백을 품으로 안았다가 다시 등 뒤로 보내는 등, 그녀를 방어하기 위한 동작 말고는 큰 움직임조차 없었다.

그러나 그와는 반대로 머리카락이 곤두설 정도로 날카로운 금속 파열음과 칼날이 바람을 가르는 소리, 사람들의 비명 소리가 끊임없이 들려왔다. 거기다 등 뒤로 전해지는 유사의 가쁜 숨소리와 심장 소리가 더해지자, 영백 또한 심장이 터질 듯한 긴박감에 저도 모르게 그의 허리를 더 꼭 끌어안았다.

영백을 떼어 놓을 수 없어 이런 방법을 택하기는 했지만 확실히 몸을 자유롭게 쓸 수 없다 보니, 방어 일색인지라 적을 해치우는 데 시간만 길어지고 있었다.

"여자를 공격해라! 여자를!!"

유사에게 얻어맞고 바닥에 널브러졌던 도적떼 두목이 비틀거리며 일어나 소리쳤다. 그의 말에 부하들이 일제히 함성을 지르며 덤벼들었다.

유사는 그들의 칼끝이 영백을 향하고 있자 제 허리를 감싼 영백의 손을 풀어 그녀를 밀쳤다.

영백은 바닥에 풀썩 쓰러졌지만 아픔 따위를 느낄 새가 없었다. 그녀는 재빨리 고개를 들어 유사를 바라보았다. 옷이 찢겨져 나가고 몸 여기저기에 상처가 난 데다 얼굴을 가렸던 복면은 어느새 너덜너덜해져 벗겨져 있었다. 그럼에도 피를 더 많이 흘리고 쓰러져 있는 쪽은 도적떼들이었다. 그들은 한꺼번에 공격을 몰아쳤음에도 되레 자신들이 더 많은 피해를 입고 쓰러지자 당혹스러운 표정이었다. 이제 남아 싸울 이는 도적 두목뿐이었다.

"너…… 너, 이 새끼 정체가 뭐야?"

도적떼 두목이 겁먹은 떨리는 목소리로 말했다. 불꽃에 타들어 간 것처럼 살이 엉긴 흉측한 흉터의 얼굴은 그를 악귀처럼 보이게 만들었다.

싸움이 잠시 소강상태에 접어들자, 유사는 숨을 몰아쉬며 검을 고쳐 잡았다. 좀 힘들기는 했지만 이 싸움을 이제는 정리할 수 있을 것 같았다. 그의 견고한 몸이 꿈틀대며 공격할 태세를 잡자 두목은 슬금슬금 뒤로 물러났다.

퍼버벙!

갑자기 요란한 소리와 함께 잔뜩 흐려 어두워진 하늘 위로 붉은 연기와 함께 불꽃이 터졌다. 이채명이 드디어 신호탄을 쏘아 올린 것이다.

그것을 보자 영백은 안도의 웃음을 터트렸고, 도적 두목의 얼굴은 더욱 사색이 되었다.

그런데 이상한 것은 유사의 반응이었다. 그는 불꽃이 터지는 것을 보자, 눈동자가 아득해지는 것처럼 초점이 흐려지더니 검을 쥔 손이 가늘게 떨렸다. 좀 전까지 도적들을 겁먹게 하던 풍모는 어디로 가고, 놀라 벌어진 입을 어찌할 줄을 몰라 벙긋거리기만 했다. 그러더니 종국에는 검을 떨구며 양손으로 머리를 쥐고 괴로워했다.

쨍그랑 검이 떨어지는 소리에 하늘을 수놓는 불꽃을 보던 도적 두목과 영백의 시선이 유사에게로 향했다.

"이게 다 너 때문이야. 이 괴물 새끼야!!"

도적 두목은 유사가 검을 놓친 것을 발견하자 바로 칼을 치켜세우며 그를 공격해 들어갔다. 놈의 칼끝이 자신을 향하고 있는데도 유사는 여전히 머리를 감싸고 있느라 꼼짝하지 않고 있었다. 다급한 영백이 힘껏 땅을 지쳐 도적 두목을 향해 제 몸을 내던졌다. 그의 옆구리를 어깨로 밀치며 영백과 그가 뒤엉켜 바닥에 나뒹굴었다. 눈앞에 뭐하나 제대로 보이는 것이 없고 거친 숨소리만 귀에 쟁쟁했지만 영백은 그의 손에서 칼을 빼앗으려고 몸을 버둥거렸다.

"이…… 이, 미친년이!"

기를 쓰고 덤벼드는 영백의 행동에 당황했는지 도적 두목은 그녀를 밀쳐 낼 생각은 하지 않고, 칼을 빼앗기지 않으려 버둥거리기만 했다. 그렇게 두 사람이 뒤엉켜 흙바닥에서 몸싸움을 벌이고 있을 때, 난데없이 누군가의 발이 나타나 도적 두목의 칼을 지르밟았다.

"어이구, 창피하게 여인과 이러고 싸우고 있어요?"

양설이 특유의 능글맞은 웃음을 지으며 도적 두목을 놀렸다. 그사이, 소학천이 영백에게 달려가 그녀를 일으켜 세웠다. 바깥채에서도 난전이 한바탕 있었는지 학천을 따라온 짐꾼들도 옷이 찢어지고, 머리가 헝클어진 데다 다쳐서 피를 본 자도 있었다.

"이…이…이 대인의…부…부인께서는?"

"괜찮으십니다. 구출하느라 다툼이 있었지만 지키는 자들의 숫자가 많지 않았고 함께 갇혀 있던 이 집 하인들이 도와주어서……. 그런데…… 제가 좀 늦었지요."

소학천이 엉망이 된 영백의 몰골을 보고 너무 미안해하자 그녀는 웃으며 고개를 흔들었다. 그러다가 퍼뜩 유사를 떠올리고는 그를 돌아보았다.

여전히 머리를 감싸 쥔 채 몸을 웅크리고 있는 그의 모습은 마치 혼자 다른 시간을 사는 사람처럼 보였다.

영백이 냉큼 그에게 달려가 얼굴을 들어 올려 안색을 살폈다.

처음에는 얼굴 중앙에서부터 불이 번져 나간 것 같은 흉측한 흉터 때문에 흠칫했지만 초점이 풀린 채 불안스레 흔들리는 눈동자를 보자, 흉터 따위는 눈에도 들어오지 않았다. 그녀는 유사의 볼을 가볍게 손으로 두들기며 그가 괜찮은지를 살폈다.

"괘…괜찮아요? …어…어디…다…다쳤어요?"

불안스레 흔들리던 눈동자의 움직임이 잦아들며 그의 눈에 영백의 얼굴이 비춰졌다. 안정을 찾아가는 것 같아 영백이 다시 한 번 괜찮으냐고 묻자, 유사가 천천히 손을 들어 올려 영백의 얼굴을 감쌌다.

"나…… 나는 누구입니까?"

헛소리 같았지만 그의 표정은 무척 진지해 보였다. 유사가 제 얼굴을 감싼 낯부끄러운 자세임에도 불구하고 영백은 민망함을 느낄 새도 없었다. 진지한 그의 물음에 뭐라고 답해 줘야 할 것만 같은데 그 답을 몰랐다. 그들이 말없이 서로의 눈을 응시하고 있던 그때, 양설이 유사의 목을 감아 당겨 그를 영백에게서 떼어 놓았다. 그러고는 장난스런 얼굴로 유사의 머리를 헝클었다.

"누구긴 누구야! 유사지. 유사! 촌스런 놈이 불꽃 신호탄을 보고 놀랐나 보네. 하하."

양설이 갑작스런 유사의 이상행동을 이리 해명하자 영백이 어색하게 입술 끝을 올렸다. 하지만 그 뒤로도 그녀의 시선은 유사에게 떠날 줄을 몰랐다. 그런 영백에게 소학천이 다가와 놀란 얼굴로 바닥에 널브러진 도적떼들을 바라보며 물었다.

"이걸 저 둘이 다 해치운 겁니까? 히야. 상단 호병(護兵)으로 삼아도 되겠는데요."

"아…아니요. …야…양설은…소…소 전인과 함께 왔잖아요."

"네? 아닌데요. 제가 짐꾼들 숙소에 위급 상황을 알렸을 때, 유사는 바로 마당에 있던 빗자루 들고 행수님 있는 곳으로 뛰어갔고, 양설은 자기 둘이 행수님을 도울 테니 저더러 이 집 마님을 구하라고 해서 그리했는데요."

유사가 난투극을 벌이고 있었을 때에 양설의 모습은 어디에도 없었다. 오히려 영백이 봤을 때는 그와 학천이 거의 비슷한 시간에 나타났다. 무슨 곡절인지는 모르겠지만 말과 행동이 맞지 않는 양설을 영백은 의문스럽게 바라보았다.

✻

이채명 저택을 장악하고 그를 협박했던 도적떼 두목은 놀랍게도 이 집의 경비 책임자였다. 그와 몇몇 경비들이 도적 무리와 결탁해 이채명의 재산을 약탈하려고 계획을 짠 것이었다. 그러던 차에 계획에 없던 영백 일행이 저택으로 찾아왔고, 더 큰 돈을 벌 욕심에 그들을 저택 안으로 끌어들였다.

화련 상단의 단주 방태경은 돈이 썩어 날 정도로 많다고 하니 이들을 인질로 삼아 몸값을 받아 내자는 심보였던 것이다. 게다가 무리를 이끄는 행수는 여자였고 말도 더듬는 것이 꽤나 아둔해 보였는지라, 힘깨나 쓰는 짐꾼들은 바깥채에 묶어 두고 영백만 이채명이 있는 곳으로 데려갔던 것이다. 하지만 결과적으로는 그것은 오판이었고 실수였다.

영백과 유사에 의해 계획이 수포로 돌아간 그들은 이채명이 쏜 신호탄을 보고 달려온 관병들에게 잡혀 끌려갔다.

"너 싸움 꽤나 하더라."

잔뜩 찌푸렸던 하늘이 결국 비를 쏟아 냈다. 문간에서 서서 시원하게 비가 쏟아지는 것을 보던 양설이 유사에게 슬며시 말을 들이밀었다. 싸우느라 찢어진 옷을 벗고 칼에 가볍게 베인 곳을 닦아 내던 유사는 양설을 흘끔 돌아보았을 뿐, 어떤 대꾸도 하지 않았다.

영백 일행의 도움으로 위기를 모면한 이채명은 짐꾼들마다 새 옷과 좋은 방을 내주어 상처를 치료하고 편히 쉴 수 있게 해 주었다. 그래서 유사와 단둘이 있을 수 있게 된 양설은 오늘 목격한 그의 또 다른 일면에 대해 추궁했다.

"그렇게 잘 싸우면서 왜 고세협곡에서는 도망만 다녔냐?"

"훔치는 것이 목적이지, 죽이는 것이 목적이 아니니까."

"참나, 이건 또 뭔 소리야. 도적질이든 상해든 나쁜 건 어차피 둘 다 똑같은데 이제 와 무슨 성인군자 같은 소리냐?"

"……좋은 사람은 못 되도, 인간이기를 포기할 수는 없잖아."

같은 도적 주제에 고결한 척하는 유사가 불만족스러웠는지 양설이 혀로 입 안을 쓸었다. 상처를 다 닦아 낸 유사가 새 옷을 걸치자 양설은 같은 옷을 갈아입었음에도 불구하고 어쩐지 그와 자신 사이에 엄청난 괴리감이 느껴졌다.

문간에 서서 사뭇 이질적인 유사의 모습을 심기 불편하게 바라보던 양설은 그들의 방으로 누군가 다가오는 기척을 느끼고는 밖으로 고개를 뺐다. 엉망이 되었던 몰골을 다시 깔끔히 정리한 영백이 작은 단지 같은 것을 가지고 대저택의 긴 처마 밑으로 비를 피해 걸어오고 있었다.

"어이구, 행수님!"

양설이 유사 들으라는 듯, 일부러 큰소리로 외치며 그의 눈치를 살폈다. 그 소리에 유사는 새 옷에 어울리지 않은 너덜너덜한 천 떼기로 손목을 둘둘 감았다.

"모…몸은…괘…괜찮나요?"

"어휴, 저야 뭐 아무렇지도 않죠. 저 친구가 문제지."

유사의 상태가 심각한 것처럼 짐짓 걱정스런 표정을 짓자 영백은 체면 불구하고 문간을 기웃댔다. 그 모습에 양설의 한쪽 입꼬리가 슬쩍 올라갔다.

"그건 뭡니까?"

양설이 일부러 문간을 기웃대는 영백 가까이 얼굴을 들이대며 그녀가 가져온 작은 단지에 대해 물었다. 양설의 얼굴이 제 얼굴 가까이 다가오자 영백이 흠칫 놀라 뒤로 몸을 뺐다.

"야…약을…조…좀 가져왔어요. …사…상처에…바…바르면…도…도움이 될 거예요."

놀라서 그러기는 했지만 제 행동이 너무 무례했다 싶어, 영백이 미안한 마음에 양설에게 먼저 약 단지를 내밀었다.

"에이, 저 줄라고 가져온 것 아니시면서……. 어차피 제게는 필요 없을 것 같습니다. 유사에게는 꼭 필요할 듯하니 직접 전해 주십시오. 전 잠깐 가 볼 데가 있어서 이만."

양설은 영백의 마음을 다 안다는 것처럼 능글맞게 웃고는 문간에서 내려와 유유자적 다른 곳으로 발걸음을 옮겼다. 자신이 둘을 위해 자리를 비켜 주는 것이라는 티를 내면서 말이다.

처마 끝을 돌아 그의 모습이 보이지 않게 되자 영백은 조심스럽게 방안으로 들어섰다. 그러자 깨끗한 옷으로 갈아입은 유사의 모습이 보였다.

"흠…음…조…좀 어때요? …마…많이…다…다쳤나요?"

영백이 어색한 공기를 무마하려 헛기침을 하면서 괜찮은지를 물었지만, 퍽 쑥스러웠는지 그녀의 다리는 문간 근처에서 더 나아가지를 못했다. 헌데, 대체 뭘 보는 것인지 유사는 살짝 고개를 기울여 영백의 얼굴을 요리조리 뜯어보고 있었다.

"이…이…이거…사…상…상처에…조…좋아요…하…한…한번…바…발…발라 봐요."

민망함에 눈도 제대로 못 맞추는 영백이 불쑥 약 단지를 내밀자 유사는 영백에게 슬금슬금 다가와 그녀가 내민 약단지로 손을 뻗었다. 하지만 그의 손은 약 단지를 지나쳐 그녀의 얼굴로 향하더니, 이내 그의 엄지가 영백의 입가를 슥 매만졌다. 깜짝 놀라 영백이 몸을 움찔하자 그제야 제 행동을 의식한 유사가 미안하다며 얼른 손을 뗐다.

"저는 괜찮습니다만, 행수님께서야말로 괜찮으십니까? 입가가 찢어지신 것 같은데……. 다른 데도 그렇고……."

유사가 입가를 가리키며 안쓰러운 표정으로 말했다. 아까 도적의 정강이를 물고 놓지 않으려 발악을 하다 보니 입가가 찢어지고, 도적 두목과 몸싸움을 벌이느라 얼굴 여기저기에 생채기가 나고 멍이 들어 있었다. 유사의 표정을 보고 나자 영백은 자신의 몰골이 말이 아니라는 것을 깨닫고는 민망함에 양손으로 볼을 감싸 쥐었다.

"…어…엉…엉망이죠. …제…제…모…몰골이. …더…더듬대는…이…이 말처럼."

영백은 오늘따라 더 더듬는 자신의 말을 엉망인 얼굴에 빗대어 자조적으로 이야기했다. 그러자 나지막한 웃음소리가 들려왔다. 영백이 웃음소리를 좇아 고개를 들자 유사가 낮게 웃음을 끌며 조용히 미소 짓고 있었다.

"아무렴, 저만 하시겠습니까."

영백의 눈에 유사의 도드라진 흉터가 보였다. 그녀는 자신이 분별없이 내뱉은 말이 그를 조롱한 모양새가 된 것 같아 난망했다.

"다…다른…다른 뜻으로…하…한 말이 아니라…그…그게…."

좀처럼 따라 주지 않는 혀로 영백이 열심히 변명을 하려 나서자 그 모습에 유사가 아까보다 더 활짝 웃으며 진정하라는 손짓을 했다.

"농입니다! 농! 불쾌해서 한 소리가 아닙니다. 행수께서는 예전에도 그러시더니……. 무엇이든 항상 진지하게 받아들이시어, 뭔 사달이라도 날까 겁이 다 납니다."

그는 영백이 너무 진지한 반응을 보이기에 가볍게 농을 걸었다. 하지만 막상 말을 뱉고 보니 뭔가 잘못 말한 것 같았다. '예전에도' 라니……. 그녀가 오늘 말고 언제 또 그랬다고….

영백도 그 말이 거슬린 것인지 얼굴 표정이 딱딱하게 굳어 있었다. 자그마한 것에도 움실움실 반응하는 영백을 보는 것이 즐거워, 저도 모르게 툭 튀어나온 말이었다. 그 때문에 잠시 유쾌했던 분위기가 경색되자, 유사는 영백의 눈치만 살폈다.

수많은 감정이 담긴 복잡하고 혼란스런 영백의 얼굴이 미묘하게 일그러지자 유사의 불안은 점점 더 극에 달했다.

"기분 상하셨습니까? 농으로 건넨 말입니다. 저는 다만, 행수님께서 자신이 말 더듬는 것에 연연하시지 않았으면 해서……. 제 이 흉측한 상처나, 행수님께서 말을 더듬는 것이나 다 작은 약점에 지나지 않는데 그 하나로 자신의 가치를 판단해 버리면 다른 좋은 점들을 놓치게 되지 않겠습니까. 그래서……."

유사는 자신이 무슨 소리를 하고 있는지 정확히 몰랐다. 그녀와 이대로 틀어지기 싫다는 생각으로 가득 차 오해를 풀려 계속해서 변명을 해 대고 있었지만 그럴수록 영백의 고개는 더 무겁게 가라앉았다. 그리고 마침내 그녀가 손을 들어 유사의 말을 막았다.

"쉬…쉬세요. ……그…그만 가 볼게요."

영백은 두 번 다시 보지 않을 사람처럼 재빨리 몸을 돌려 그대로 유사를 두고 방을 나갔다. 잠시 잠깐 영백과 함께 하며 화기애애해졌던 분위기는 빗소리에 씻기어 허망하게 사라졌다.

유사는 허탈하게 의자에 기대어 앉아 고개를 들어 올렸다.

"역시, 얼굴 때문일까?"

답답한 유사가 허공을 바라보며 나지막하게 읊조렸다.

이채명의 저택에서 하룻밤을 머물고 다시 길을 떠난 영백 일행은 영휘로 가는 발걸음을 재촉했다. 한주 땅을 지나 남연의 땅에 들어서자 국경 관문에서부터 경계가 삼엄했다. 그러나 다행히 영백 일행이 화련 상단 소속이고, 짐꾼들 대부분이 제양 사람이라 그런지 양설과 유사 또한 큰 의심 없이 관문을 통과할 수 있었다. 물론, 파란 눈이 마련해 준 가짜 신분증명서가 있기는 했지만 그것을 쓸 필요는 없을 것 같았다.

관문을 지나 영휘에 이르기 전, 마지막으로 범소(范蘇)라는 도시에서 머물기로 했다. 범소로 향하던 영백 일행은 한낮의 더위가 심해지자 그늘을 찾아 휴식을 취하기로 했다.

작은 내가 흐르는 곳에서 짐꾼들은 목을 축이고, 나무 그늘 밑으로 가 눈을 붙였다. 소학천을 비롯해 다른 짐꾼들 모두 잠시 잠을 청하며 체력을 보충하는데, 누군가 자리에서 일어나 걸어가는 기척이 느껴져 유사 눈을 떴다. 저만치에 영백이 냇가로 걸어가고 있는 모습이 눈에 들어왔다.

때 이른 더위에 꽤나 지쳤는지 영백은 손으로 물을 떠 입술을 축이고는, 손수건에 물을 묻혀 땀이 흐르는 이마와 목덜미를 닦았다. 그러던 차에 따가운 햇볕이 내리쬐던 등 뒤로 어느 순간, 그늘이 드리워졌다. 뒤를 돌아보니 유사가 손을 들어 내리쬐는 볕을 막으며 그녀를 내려다보고 있었다.

아무리 손이 크다 해도 손바닥 하나로 만들어 내는 그늘이 얼마나 크겠는가마는 영백은 그런 배려가 고마워 희미하게 미소를 지어 보였다.

이채명의 저택에서 서먹하게 나온 뒤로 말 한 번 섞지 않고, 여기까지 온 것이 마음에 걸렸던 유사는 영백의 미소에 간극이 좀 좁혀진 것 같아 마음이 놓였다.

"왜…왜…쉬…쉬지 않고요."

영백이 굽혔던 다리를 펴며 자리에서 일어나자 유사가 그녀의 머리 위쪽에 드리웠던 자신의 손을 치웠다.

"행수님께서는 괜찮으십니까? 많이 지쳐 보이시는데."

"조…좀…더…더워서 그래요."

덥기는 하지만 걱정할 정도는 아니라고 답했는데도 유사는 다시 그녀의 머리 위로 손을 드리우며 작은 그늘을 만들었다. 영백이 그러지 않아도 된다고 그의 손을 잡아 내리려는데 유사가 빙긋이 웃으며 말했다.

"그거 아십니까? 이렇게 손가락 사이로 햇살을 받아 보면 어쩐지 자신이 굉장히 특별해지는 기분이 든답니다. 한 번 해 보십시오."

그러고는 그가 손가락을 부드럽게 움직이자, 영백의 얼굴 위로 물 위에 반짝이는 햇살처럼 빛이 아른거렸다. 영백의 얼굴이 또다시 굳어졌다. 일전에 이채명의 집에서 보았던 얼굴로 그녀가 유사를 똑바로 바라보았다.

그때는 미처 몰랐었는데 오늘 다시 보니, 영백의 그 표정은 화가 난 것이 아니라 어찌할 바를 몰라 혼란스러워하는 것 같았다.

"다…당신…누…누구예요?"

장난스럽게 영백의 머리 위에서 움직이던 유사의 손가락이 멈춰 섰다.

"행수님께서 말씀해 주십시오. 나는…… 누구입니까?"

부드러운 바람이 햇볕으로 달궈진 영백의 붉은 볼을 다정하게 쓸었다. 그와 함께 영백은 희미해졌던 그리운 목소리를 기억해 냈다.

"왜…왜…그…그렇게 물어봐요?"

금방 울음이 비집고 나올 것 같은 입으로 영백이 손을 가져가자, 스르륵 내려간 소매 사이로 옥팔찌가 드러났다. 유사는 그 팔찌를 가만히 응시하며 천으로 감겨진 제 손목을 매만졌다. 그리고 크게 숨을 고르며 조용히 물었다.

"그 팔찌는 행수님께 소중한 것입니까?"

유사가 아련한 눈빛으로 영백의 손목에 걸린 팔찌를 가리키자 그녀가 황급히 소매를 내려 팔찌를 가렸다. 점점 더 의혹이 깊어지는 유사의 말과 행동에 영백은 저도 모르게 그와 거리를 벌리려 했다. 유사가 눈을 내리깔며 아까부터 매만지던 손목의 천을 풀었다.

"저는 과거의 기억이 없습니다. 아무런 기억이 없는 가운데 내 과거를 말해 줄 것이라고는…… 이 팔찌밖에 없더군요."

유사가 손목을 감았던 천을 풀고 영백이 갖고 있는 것과 완벽한 한짝을 이루는 팔찌를 내보이자, 그녀의 몸이 덜덜 떨려 왔다.

"이 팔찌를 알아본 사람이 제게 말해 줬습니다. 약혼의 증표라고요. 제가 행수님의…… 당신의 약혼자입니까? 그렇습니까?"

유사는 그 어떤 것보다도 영백의 확인이 필요했다. 자신이 갖고 있던 이 팔찌도, 괜스레 그녀를 보면 들뜨던 마음도 그에게 확신을 주지 못했다. 지금 그에게 무엇보다 절실히 필요한 것은 자신이 그녀의 약혼자라

205

는 영백의 확인이었다.

"제가…… 홍정주라는 사람입니까?"

오랫동안 두 사람 사이에 말이 없었다. 뜨겁게 내리쬐는 햇볕 아래서 여인은 답하기를 주저하느라, 사내는 답을 듣고자 오래도록 멈춰서 있었다.

유사가 조바심과 초조함에 몸과 마음이 녹아내릴 것 같을 때, 그의 시선을 피해 눈썹을 내리깔고 있던 영백의 입술이 쫑긋거렸다.

"아…아니요."

뜨거운 볕 아래서 익어 가던 유사의 몸이 순식간에 차가워졌다. 그는 메마른 입술을 자근대다 자신의 얼굴에 난 흉물스런 흉터를 어루만졌다.

"혹시…… 얼굴이 달라져서……."

얼굴의 흉터 때문에 못 알아보는 것이 아니냐며 유사는 마지막 희망을 걸어 보았지만 영백은 작게 고개를 가로저으며 그 가능성마저 잘라버렸다.

"어…어째서 그렇게…새…생각하셨는지 모르겠지만…다…당신은…호…홍…홍정주가…아… 아니에요."

유사는 그 말을 믿고 싶지 않았다. 산채가 불타던 날, 파란 눈은 '홍정주'가 그의 진짜 이름이라고 했다. 그리고 그 이름보다 그의 마음을 더 잡아끌었던 또 다른 이름…….

"진영백. 네 약혼녀의 이름이지. 그리고 그 팔찌가 약혼의 증거다."

그는 분명 그렇게 말했었다. 내 마음도 그러길 이토록 바라고 있는데 어째서…….

"그럼…… 저는 당신한테는 아무 의미 없는 사람인 것입니까?"

기억도 나지 않는 '진영백'이라는 이름에 끌려 자신이 왜 마음을 썼는지, 그것이 궁금해 여기까지 온 유사였다. 자신이 누구인지 모른다는 사실을 깨달았을 때만큼이나 자신이 영백과 아무런 관계가 없다는 사실은 그를 허무하게 만들었다.

아무 의미가 없느냐는 유사의 말에 영백이 황급히 고개를 들어 무슨 말을 하려 했지만 어느새 눈가에 차오른 울음 때문에 입술이 떨려 와 아무 말도 꺼낼 수 없었다. 눈물이 볼을 타고 흘러내렸다. 뭘 어쩌지 못해 옷 앞섶만 가득 거머쥔 영백의 모습이 보기 애처로울 정도로 괴로워 보였다.

"……괴롭게 해 드리려 그런 것은 아닌데…… 본의 아니게 그렇게 됐네요."

유사의 말에 영백이 얼굴을 감싸 쥐었다. 그런 영백의 모습을 더 볼수도 없고, 뭐라 더 말 할 수도 없어 유사는 '확' 돌아서 짐꾼들이 쉬는 그늘 밑으로 갔다.

아니다. 아니었다. 자신은 홍정주도 아니고, 진영백의 약혼자도 아니었다. 자신은 그저 고세협곡의 도적 유사일 뿐이었다. 실망스런 현실의 냉혹함이 끝도 없이 밀려와 유사의 마음을 들쑤셨다.

자는 척하며 슬쩍 실눈을 떴던 양설은 머리를 감싸 쥔 유사의 어깨가 들썩이는 것을 보자 조용히 제 품에 넣어 뒀던 기묘한 모양의 나무패를 어루만졌다.

三.
망자의 귀환

영백 일행은 범소에 당도해 객잔에 짐을 풀고 하룻밤을 머물렀다.

내일 날이 밝는 대로 출발해 부지런히 걸음을 옮기면 해가 지기 전에 영휘에 당도할 수 있을 것이었다. 그래서 모두 일찍 잠자리에 들어 여독을 풀고, 이번 여정의 마지막이 될 내일을 준비했다.

어슴푸레한 새벽빛이 객잔 창가에 드리워졌지만 짐꾼들이 머무는 방은 여전히 코고는 소리와 잠에 취한 숨소리로 가득 차 있었다. 잠의 기운이 만연한 가운데 누군가 몸을 일으켜 신을 고쳐 신었다. 조심스레 방을 나온 그자는 곧바로 객잔 밖으로 나갔다.

아직 새벽빛이 어둠을 완전히 내몰지 못한 범소 거리를 그가 홀로 걷는데, 뒤에서 누군가가 그의 어깨를 붙잡았다.

"야! 너 어디 가?"

양설이 유사의 어깨를 잡아당기며 물었다. 유사는 그가 자신을 쫓아나온 것에 불쾌하다든가 의아해하는 기색 하나 없이 범소 거리에 내려앉은 적막처럼 다시 몸을 돌려 걸었다.

'파란 눈'의 말에 따르면 영휘에 성취할 목적이 있다던 유사였다. 그런데 유사는 영휘 반대쪽으로 길을 잡고 있었다.

"어디 가? 영휘에 안 갈 거야?"

"……갈 이유가 없어졌어."

양설은 문득 어제 냇가에서 영백과 유사가 대화를 나눴던 모습이 떠올랐다. 상심한 유사의 모습이 말이다. 그들이 무슨 대화를 나눴는지는 자세히 듣지 못했지만, 강아지 마냥 말더듬이 행수 뒤를 졸졸 따라다니던 녀석이 영휘에 갈 이유가 없어졌다고 한 것을 보며 아마도 그녀에게 원하는 답을 얻지 못한 듯했다.

사실, 양설은 파란 눈이 영백의 짐꾼이 되라고 했을 때만 해도 경계가 삼엄한 남연에 들어가기 위해 그녀를 이용하라는 뜻인 줄 알았다. 하지만 이곳까지 오는 동안 쭉 지켜보니 그녀를 대하는 유사의 태도나 눈빛이 사뭇 남달랐다. 특히, 이채명 저택에서 있었던 일은 놈이 그 말더듬이 여인에게 특별한 마음을 가지고 있다는 것을 여실히 보여 주었다.

결정적으로 그 팔찌. 도적인 그의 눈썰미가 틀리지 않다면 유사와 영백이 각각 하나씩 차고 있던 그 팔찌는 서로 연관이 있는 것 같았다. 파란 눈이 말한 유사의 목적이란, 필시 저 말더듬이 여행수와 관련이 있을 것이다. 하지만 어제 일을 비춰 보면, 유사는 그 목적을 성취하는 데 실패한 것이다. 양설은 한껏 희망에 부풀었던 유사가 전처럼 공허해진 것을 보며 흡족해했다.

양설은 '파란 눈'이 기억이 없어 과거는커녕 저 자신에 대해서도 모르는 유사가 대단한 일을 해낼 것처럼 말하는 것이 마뜩지 않았다. 그래봐야 그 또한 자신과 같은 도적이거늘. 거기다 말없이 늘 겉돌기만 했던 유사도 여행수를 만난 후로는 애초에 너와는 격이 다르다고 말하는 것처럼 고고한 척 구는 것이 거슬렸다.

역시, 그에게는 저 모습이 걸맞다. 수많은 이와 당당하게 맞서 멋지게 여인을 구하고, 연심에 들떠 시도 때도 없이 흐뭇해하는 것은 저놈 분수에는 걸맞지 않는다. 아무것도 가지지 못해 기억조차 없는 공허한 모습이 그에게 더 잘 어울린다.

"그래, 잘 생각했다. 가자! 원래 있던 곳으로. 확실히 이런 세상은 너에게 안 맞아. 사람이 분수를 알아야 하잖아."

상대의 기분은 아랑곳하지 않고, 양설이 히죽거리며 말했다. 침울해 있는 유사로서는 그것이 화가 날 법도 한데 그는 묵묵히 걸음만 옮겼다.

그들이 사라진 것도 모르고 먼동이 터 올 때쯤이 되자 영백은 영휘로 떠나기 위해 옷을 차려입고 머리를 매만졌다. 어제 유사와 있었던 일이 계속 머릿속에 맴돌아 밤새 속을 끓이며 고민한 그녀의 미간에는 수심 가득한 주름이 잡힌 채, 펴질 줄을 몰랐다.

머리를 매만지던 영백의 손이 힘없이 떨어졌다. 복잡한 심경에 무거워진 머리를 벽에 기대며 영휘에 도착하기 전까지 유사를 어떻게 마주하고, 어떻게 말을 붙여야 할지를 근심했다. 그런 때에 방 밖에서 다급한 발소리가 들려왔다.

"행…… 행수님!! 일어나셨습니까?"

소학천의 목소리에 수심에 잠겨 있던 영백이 머리를 들었다. 지금쯤이면 짐꾼들에게 떠날 채비를 시키고 있어야 할 그인데 어쩐 일인가 싶어, 영백은 서둘러 문을 열었다. 그러자 황망한 소학천이 얼굴을 드밀며 말했다.

"행수님, 그놈들이 말입니다. 제양서 데려온 이상한 그 두 놈이 도망쳤습니다."

"도…도…도망가다니요? …지…짐…짐을…가…가지고…사…사라졌습니까?"

"아니요. 그건 아닙니다. 하지만 품삯도 받지 않고 사라지다니 수상쩍지 않습니까. 아무래도 놈들은 남연으로 들어오기 위해 우리를 이용한 것 같습니다. 화련 상단 행렬에 끼면 관문을 통과하기 쉬울 테니까요."

소학천의 말은 그들이 짐을 가지고 달아난 도둑은 아니더라도 음흉한 속내를 가지고 접근한 것이 틀림없다는 투였다. 하지만 영백은 단호하게 고개를 흔들었다.

"그…그…그랬다면…이…이대인…지…집에서…나…날 버려두고… 도…도망갔게죠."

영백은 혼잣말처럼 그렇게 중얼거리고는 밖으로 뛰쳐나갔다.

답변을 했어야 했다. 어제 머뭇거리지 말고, 어떤 말이라도 해서 잡았어야 했다.

영백은 뒤늦게 후회를 하며 유사를 찾아 무작정 범소 거리로 나갔다.

❈

양설은 성문 앞에 쪼그리고 앉아 요기하려고 산 만두를 으적댔다. 예상대로라면 해가 뜨기 전에 이 범소 성문 밖으로 나가야 했다. 어제 들어올 때만 해도 이 정도까지는 아니었는데 갑자기 무슨 일인지 범소 성문의 경계가 무척 삼엄해져 있었다.

"지금이라도 돌아가서 가짜 신분증 갖고 나올까?"

양설이 아까부터 껍데기만 남은 듯한 유사의 옆구리를 쳤지만 그는 멍하니 자신의 손목에 찬 팔찌만 어루만졌다.

양설은 대꾸 없는 유사를 향해 신경질적으로 혀를 차며 남은 만두 조각을 입 안에 쑤셔 넣었다. 어차피 저놈에게는 기대할 것이 없었다. 멍청스레 여자 하나 때문에 정신을 뺀 놈이 아닌가. 양설은 유사를 내버려 두고 제 스스로 이 상황을 타개할 방법을 찾으려 성문 주위를 살피고 다녔다.

가만 살펴보니, 객잔으로 돌아가 가짜 신분증을 가지고 온다 해도 바로 성문을 나가기는 그른 듯싶었다. 성문을 지키는 관병들의 움직임은 경계를 삼엄히 하는 것을 넘어 사람들의 입·출입을 아예 통제하고 있었다. 그래서 밖으로 나가지 못하는 수많은 사람들이 성문 가에 쪼그리고 앉아 자신들처럼 문이 열리기를 기다리고 있었다.

양설은 주위를 두리번대다, 더위를 쫓으려고 부지런히 부채질을 하는 후덕한 남자에 슬며시 다가갔다.

"나리, 대체 뭣 때문에 성문 경계가 이리 삼엄합니까? 오늘 안에 여기서 나가게는 해 준답니까?"

양설은 특유의 능글거리는 말투에다 적절히 아부를 섞어 물었다. '나리'라고 불릴 만한 지체가 아님에도 '나리'라는 소리를 듣자 기분이 좋아진 남자가 짐짓 근엄한 체하며 의미 없는 헛기침을 날렸다.

"아, 자네 영 소식이 감감하구만? 지금 남연 사람이라면 모르는 이가 없는 일인데. 허허. 가현주(暇炫州) 지방의 절도사인 당재영(唐材營) 대인께서 이번에 효화공주님과 혼례를 올리신다네. 그래서 국혼을 치르러 영휘로 오고 계시는 중이지. 그전에 이곳 범소를 지날 예정인데, 혹여 경사를 앞두고 안 좋은 일이 생길까 싶어 경계를 삼엄히 하고, 출입을 까다롭게 하는 것일세. 하긴, 국혼을 치르고 나시면 이제는 절도사가 아니라 가현주를 다스릴 제후의 자리에 오르실 텐데 그에 상응하는 대접을 받으셔야지. 대장군께서 돌아가신 후에 절도사님이 아니었으면 남연은 진즉에 이족에게 먹혔을 테니까."

양설은 '그렇군요.' 하고 맞장구를 치기는 했지만 뭔 소리인지 도통 알아들을 수가 없었다. 고세협곡에서 도적질이나 하던 그가 남연의 국내 사정을 알 턱이 없었다. 그저 대단하신 양반이 공주님이랑 결혼하려고 도성으로 가나 보다 생각했다.

"몇몇 사람들이야 이러한 처사가 과하다고들 하지만 당재영 절도사는 7년 전, 강계와 함께 대장군마저 허망하게 잃으면서 위기에 놓였던 남연을 구한 영웅이라네. 이족들이 지금까지 잠잠한 것도 다 절도사 어른 덕인데, 이 정도 대접은 받아 마땅하시지."

후덕한 인상의 남자가 당재영이라는 자를 실컷 치켜세워 주자, 옆에 있던 노인이 피식하고 비웃었다.

"이보게, 말은 바로 해야지. 장륜 대장군께서 이족과의 싸움에서 허망하게 가시기는 했지만 애초에 이족들은 강계 점령 후, 더 짓쳐 내려올 기미도 보이지 않았어. 혼란한 정세를 틈타 거병하여, 황제 폐하를 압박하고 실권을 틀어쥔 자를 치켜세워 줘도 너무 세워 주는구먼."

"어허, 이 노인장 큰일 날 말씀. 노인장 말씀대로면 당재영 절도사께서 뭐 하러 가현주에서 이족들을 감시하고 있겠소? 영휘에 앉아 국정을 좌지우지했겠지."

"흐흐, 그래서 오지 않는가. 영휘로. 남편을 잃은 미망인을 얻어 제 권세를 더 불려 보려고. 제깟 것이 뭐라고 사람들이 성문을 드나들지도 못하게 막아 놓고 행차를 지켜보라, 마라, 이 난리야. 생계로 바쁜 사람들 발을 여기 묶어 두고선 말이야."

"이런 정말 큰일 날 양반이로세. 관아에 끌려가고 싶소?"

"이 나이에 무서울 것이 뭐 있다고 내 입 가지고 하고픈 말도 못 해. 너 가현주 사람이지? 음흉스레 숨죽이고 있다가 나라가 어지러워지니 반란으로 권세를 틀어잡은 역당을 영웅인 양 추켜세우는 것 보면 가현주 놈이 틀림없어."

"뭐라고?! 이 늙은이가 정말 미쳤나!!"

양설에게 당재영에 대해 설명해 주던 남자는 그를 제쳐 두고 노인과 설전을 벌였다. 그들의 설전은 점점 격화되어 가더니 이내 성문가에 앉아 기다리던 다른 이들에게까지 번져갔다. 고성이 오가고, 핏대를 세우며 자기들이 옳다 싸우느라 성문가 일대는 곧 소란스러워졌다.

이족 때문에 외부에서 들어오는 자들에게 호의적이지 않은 남연이라 하더니, 이건 이족이 문제가 아니라 저들끼리 분열되어 싸우는 모양새가 더 심각해 보였다.

양설은 슬그머니 유사 곁으로 다가가 속삭였다.

"여길 빨리 떠야 할 것 같다. 뭔 소동이 나도 나겠어. 괜스레 여기 있다 휘말리면 골치 아파지니 얼른 피하자. 뭐하는 놈인지는 모르겠지만 높으신 양반 행차가 있을 것이라는데 이럴 때 소동이 나면 관병들도 더 깐깐하게 잡아낸다고."

정신은 어디 땅에 묻어 놨는지 흐리멍덩한 유사를 양설이 잡아끌었지만 그는 축 처져 움직일 생각을 안 했다. 과연, 양설의 예감은 틀리지 않았다. 설전을 벌이던 이들 간에 주먹다짐이 오고 가자, 이른 아침부터 성문 경계를 삼엄히 하던 관병들이 그 소요를 진정시키고자 몰려들었다.

잡혀 관아로 끌려가기 전에 얼른 도망가야 하는데 유사가 움직일 생각도 하지 않자, 양설은 할 수 없이 그를 내버려 두고 혼자 달아났다. 홀로 도망가면서 슬쩍 뒤를 돌아보니 설전을 주도했던 남자와 노인을 필두로 성문가에 있던 사람들이 관병에게 잡혀 끌려가고 있었다. 그리고 거기에는 멍하니 넋 놓고 있는 유사도 있었다.

'등신 같은 놈. 이대로라면 시퍼런 눈깔한테 가는 것도 의미가 없겠군. 에라, 모르겠다.'

양설은 일단 나라도 살고 봐야겠다 싶어 뒤도 돌아보지 않고 범소 골목길로 달아났다.

＊

무작정 범소를 헤매 봐야 유사를 찾을 수 있는 것도 아닌데 영백은 걸음을 멈출 수가 없었다. 짐꾼들에게는 객잔에 대기하라 이르고 소학천은 영백의 뒤를 따랐다.

이채명의 저택에서 도움을 받기는 했지만 학천은 고작 짐꾼을 찾으러 일정까지 미루고 범소 바닥을 헤매는 영백을 이해할 수가 없었다.

"행수님, 도둑맞은 물건도 없고 하니 그만 영휘로 발길을 옮기시죠. 무뢰배 같은 그놈들이 뭐가 그리 중요하다고……."

"주…중요해요. …아…아주 많이."

범소를 두리번거리느라 자신에게 눈길 한 번 주지 않는 영백이 소학천은 낯설었다. 어떤 연유로 그들을 저토록 찾으려 하는 것인지, 짐작도 가지 않았지만 필사적인 영백을 보면 그만한 이유가 있을 것 같았다. 결국, 학천도 적극적으로 그녀를 도와 사라진 이들을 찾으러 다녔다.

"행수님, 그러고 보면 그들이 지금 꼭 범소에 있다고 할 수는 없지 않습니까? 범소를 떠났을 수도 있습니다. 성문으로 가서 확인해 보시죠."

그를 찾겠다는 일념만 남았지, 경황이 없었던 영백은 소학천의 말에 귀가 번쩍 뜨였다. 그녀는 학천의 의견을 좇아 서둘러 범소 성문으로 향했다.

대관절 무슨 일이 일어났었던 것인지, 범소 성문에는 창을 비켜 세운 관병들이 사람들의 접근을 막아서며 살벌하게 도열해 있었다. 그리고 많은 사람들이 섣불리 그곳으로 다가가지 못하고 웅성거리며 근처에 모여 있었다.

"저기요, 무슨 일 있었습니까?"

소학천이 지나던 이를 붙잡고 무슨 일인지 묻자 그가 냉소를 지으며 답했다.

"당재영 절도사께서 곧 행차하실 예정인데 그에 앞서 몇몇 사람들이 여기서 싸움 좀 했나 보오. 그랬다고 저 난리들이니. 참나, 절도사 위세가 어찌나 대단하신지 황제 폐하보다도 더 하는구려. 아침부터 성문을 막고 오도 가도 못하게 하니, 사람들이 불만이 쌓여 싸움이 날 수밖에……. 에잉."

"아침부터 성문이 막혔어요?"

"그렇소. 그 때문에 앞에서 죽치고 기다리던 사람들끼리 말싸움이 나서 소동이 빚어진 모양이오. 그런데 글쎄, 싸움에 직접 연루되지 않고 옆에 있었다는 이유만으로도 죄 잡아갔다지 뭐요. 지금도 이 정도인데 공주님이랑 혼인해 부마가 되면 어떨지 훤하지 않소? 예전 부마이셨던 장륜 대장군은 그러지 않았는데 말이야. 쯧."

영백과 학천이 서로의 얼굴을 바라보았다. 아침부터 성문을 막았다면 유사와 양설도 밖으로 나가지는 못했을 것이다. 하지만 이곳에서 일어난 소동으로 많은 사람들이 잡혀갔다는 소리는 못내 신경 쓰였다.

"자…잡…잡혀간…사…사람들은…다…다…과…관아로 갔나요?"

"그러지 않겠소. 아무래도 오늘 범소 관아가 꽉꽉 메워 터지겠구려."

더 지체할 것도 없이 영백은 관아로 발걸음을 돌렸다. 만약 유사가 잡혔다면 그는 자신의 신원을 확실하게 증명하지 못할 수도 있다. 현재 남연 정책기조로 비추어 볼 때, 신원을 확실히 증명하지 못하면 어떤 봉변을 당할지 장담할 수 없는 상황이었다.

영백이 범소 관아로 들어서자 성문 앞에 있던 남자가 말한 대로 그곳은 그야말로 아수라장이었다. 성문 앞에서 싸워 끌려온 사람들의 신원을 확인하고, 싸움을 벌인 이유를 추궁하느라 관원들은 정신이 하나도 없어 보였다.

자신은 억울하다는 사람, 그냥 말만 몇 마디 섞었다는 사람, 난 맞기만 했다는 사람 등등, 많은 사람들의 말로 관아는 소란스러웠지만 그래도 상황은 어느 정도 마무리되어 가는 듯했다. 신원이 확인되어 관아를 나서는 사람들도 보였고, 옥사에 구류되기 위해 끌려가는 자들도 있었다.

영백은 분주히 오가는 사람들 중 아전 한 사람을 붙잡았다.

"시…실…실례합니다. 나리. 오…오늘…서…성문에서…이…있었던…."

영백이 말을 더듬거리자 바빠 죽겠는데, 뭐하는 것이냐 따지듯 아전이 그녀를 위아래로 흘긋거렸다. 눈치 빠른 소학천이 잽싸게 나서서 특유의 영업용 미소를 지었다.

"저희는 화련 상단 사람들입니다. 이쪽은 진영백 행수시고, 저는 소학천이라고 합니다. 실은 저희가 사람을 찾고 있는데, 오늘 성문 앞 소동에 휘말리지 않았나 싶어서요. 어떻게 확인할 방도가 없겠습니까?"

화련 상단이라는 말에 고까워하던 아전의 표정이 슬쩍 풀렸다. 그러더니 찾는 사람의 이름이 무엇이냐고 물었다. 학천이 유사와 양설의 이름을 대자 그는 사람들의 신원을 확인하고 분류하던 서기에게 가 몇 마디 대화를 나눴다. 그런데 무슨 이야기를 들은 것인지 좀 풀렸던 아전의 표정이 다시 고까워졌다.

"찾는 사람 중 한 놈의 이름이 유사라고 했던가?"

"예, 그렇습니다. 나리."

"그들과 관계가 어떻게 되는가?"

"저희 짐꾼입니다."

"화련 상단쯤 되는 데서 어찌 신원이 불분명한 자들을 고용하는지 이해가 안 되는구려."

아전이 못마땅하다는 듯 쓴소리를 내뱉었다.

"아이고, 나리. 신원이야 저희 상단 자체가 확실한 보증 아니겠습니까. 그놈들이 벽지서 오래 생활한 촌뜨기들이라 뭘 잘 모릅니다. 저희 상단을 믿고 좀 풀어주시지요."

"어허, 이 사람! 큰일 날 소리를 하는군. 제 아무리 화련 상단이라 해도 이처럼 신원이 불분명한 자들을 함부로 고용했다가는 언제고 큰코다칠 것일세. 자네가 말한 그 촌뜨기라는 것들이 이번 소동의 주동자일 가능성이 높다고. 웬 놈이 사람들을 선동해 소동을 벌이고 도망쳤다는데, 그놈이 유사라는 놈과 한패라는 증언들이 있네."

학천은 아전의 말을 듣고 소동을 일으킨 놈이 양설이겠구나 싶었다. 그냥 휘말린 것이라면 모를까 소동의 주동자로 몰려 조사를 받아야 한다니, 난감함에 다년간 물건을 팔며 단련된 그의 말문도 막혀 버렸다.

"그자를 추궁해 달아난 놈의 신원을 파악하고, 놈들이 당재영 절도사에게 위해를 가할 의도가 있었는지 아니면 이 나라에 분란을 만들려는 의도가 있었는지 조사해야 하니, 이만 돌아가게. 화련 상단도 이 일에 얽혀 봐야 좋을 것 없지 않나."

아전이 소매를 떨치며 돌아서려 하자 영백이 덥석 그의 팔을 잡았다. 그녀는 날카롭게 눈을 빛내며 입술을 몇 번 달싹이다 천천히 말했다.

"그…사람. …시…신원. ……제가 증명할게요. …절…절대 수상한…사람 아니에요. …오…오해가…이…있…있었던 것뿐입니다."

"이보시오. 행수 양반 말로 다 되면 안 되는 일이 어디 있겠소. 채근하지 말고 조사 끝날 때까지 기다리시오."

영백이 고집을 부리고 있다 생각한 아전이 혀를 차며 다시 돌아서려 했지만 영백은 그의 팔을 잡고 놓아주지 않았다. 아전이 눈을 부라리며 뭐하는 짓이냐 꾸짖었지만 영백은 절대 물러서지 않을 기세였다.

"새…생떼 피우는 것…아…아닙니다. …그…그 사람 제 약혼자예요."

소학천은 정신이 아찔했다. 아무리 유사를 빼내고 싶어서라도 그렇지 어째서 이런 무리수를 두는 것인가. 그는 입안이 바짝 타들어 갔다.

"훗, 이게 무슨. 좀 전까지 짐꾼이라 하지 않았소. 그런데 이제 와 약혼자?"

"그…그럴…사…사정이 있습니다. …하…하지만…즈…증명할 수 있으니…그…그 사람 만나게 해 주십시오."

아전은 확신에 가득 찬 영백의 눈을 보자, 마냥 안 된다고 밀어내기가 뭣했다. 그는 영백을 유사가 갇힌 옥사로 데려갔다.

유사는 세상 다 산 사람처럼 머리를 옥사 벽에 기대어 앉아 있었다.

아전이 옥사 문을 열자 영백은 다른 사람 시선 따위는 아랑곳하지 않고 달려가 그의 목을 끌어안았다.

유사는 지금 자신을 끌어안은 여인이 환상인지 아닌지를 확인하려는 것처럼 그녀의 등을 더듬었다. 그러고는 어깨로 흘러내린 그녀의 머리카락을 매만지며 자신을 품은 온기가 실재하는 것임을 확인했다.

"어떻게 여기에……."

유사의 목소리가 귓가에 어리자 영백이 애련(愛戀)한 눈을 들어 그의 얼굴을 마주했다. 가녀린 손으로 그의 얼굴에 자리한 상처를 가리며, 선하고 깊은 눈을 빤히 응시하던 영백의 입술이 여울졌다. 금방이라도 터져 나올 것 같은 감정을 목 뒤로 밀어내듯 크게 숨을 들이쉬며 영백이 아전을 돌아보았다.

"이…이 사람은…제…제 약혼자입니다. …그…그리고 이것이…그…즈…증거입니다."

영백은 유사의 소매를 걷어 팔찌를 드러내고는 자신의 것을 그 옆에 가져다 대었다. 아전은 그것이 뭐 어쨌다는 것이냐며 눈만 멀뚱하게 떴지만, 소학천은 비명에 가까운 탄성을 내질렀다. 그러고는 눈을 가늘게 뜨며 유사의 얼굴을 유심히 살폈다.

"정말…… 정말…… 이분이 홍정주 장군입니까?"

멀뚱하게 서 있던 아전이 '홍정주'라는 이름에 눈빛이 변했다. 영백이야 누구인지 몰라도 7년 전, 이족 침입으로 대장군 장륜과 함께 죽은 홍정주의 이름은 그도 들어 알고 있었기 때문이다.

"무슨 말인가? 저자가 그 강계에서 대장군과 함께 실종되어 죽었다던 홍정주 장군이라는 건가? 저 팔찌가 그것을 증명한다고?"

"저 팔찌는 황제 폐하께서 저희 행수님과 장군의 약혼 증표로 선물하신 것입니다."

소학천이 영백과 유사에게 양해를 구한 뒤, 두 사람의 팔찌를 빼 마주 대었다. 그러자 물결이 치는 듯도 하고 수려한 산세가 그려진 것 같기도 한, 하나로 연결된 옥 무늬가 드러났다. 틀림없는 황제가 선물한 약혼의 증표였다. 세상에 단 하나뿐인 한 쌍의 팔찌 말이다.

7년 전, 강계에서 장륜과 함께 홍정주가 사라지면서 한 쌍이던 이 팔찌 한짝도 사라졌었다. 그런데 그것이 여기 나타났으니, 이것을 가진 이가 홍정주일 수밖에 없다. 더군다나 약혼자가 사라지고 난 뒤로도 줄곧 그의 정신 나간 모친을 부양하며 정절을 지킨 약혼녀가 그가 맞노라 주장하고 있었다. 그러니 그 누가 이를 아니라 부정할 수 있겠는가.

강계 전투서 대장군과 함께 사라졌던 이가 돌아왔다!

이제는 그가 성문 앞 소동의 주동자와 일행이었느냐, 아니냐를 따지는 것은 중요치 않게 되었다. 아전은 여기서 잠시만 기다리라며 현령에게 이 일을 알리러 달려갔고, 소학천은 여전히 믿기지 않는 표정으로 유사의 얼굴을 요리조리 뜯어보고 있었다.

그러나 지금 가장 믿기지 않는 사람은 유사였다. 분명 일전에 자신이 홍정주냐 영백에게 물었을 때는 아니라고 답했었는데……. 그래서 떠나려 했던 것인데…….

"내가 누구라고요?"

유사가 자신의 곁에 앉은 영백을 돌아보며 다시 한 번 물었다. 그러자 영백이 유사의 손을 자기 얼굴로 가져가, 부드럽게 쓸며 빙그레 웃었다.

"홍…홍정주. …내…내 약혼자죠."

영백이 주저하거나 머뭇거리는 기색 없이 답하자, 유사는 그녀의 얼굴을 어루만지며 부디 그 사실이 변치 않기를 바랐다.

❋

효화공주와의 혼례를 앞두고 있고, 곧이어 가현주의 제후로 책봉받을 날도 머지않았건만, 절도사 당재영의 심기는 영 불편했다. 그래서 진즉에 영휘에 입성했어야 함에도 불구하고 그는 계속 범소에 머물며 영휘로 가는 것을 미루고 있었다.

거병 전부터 그를 따랐고, 지금은 상서령(尚書令)으로서 조정에서 그의 눈과 귀가 되어 주고 있는 순후경(舜厚硬)이 그런 당재영을 달래러 범소로 찾아왔다.

"기껏 공무도 내버려 두고 이 늙은이가 예까지 마중 나왔는데 계속 이러실 겁니까?"

백발이 성성한 머리에 몸은 늙고 여위었지만, 눈은 여전히 총기가 넘치는 순후경이 차를 홀짝이며 투정을 부렸다. 그러자 그 곁에 앉은 중후하고 귀족적 외모의 당재영은 말없이 턱수염만 쓸었다.

'범소에 도착해서 들은 이야기가 어지간히도 거슬렸는가 보군.'

말없는 당재영의 표정에서 그 같은 감정을 읽은 순후경이 연신 홀짝대느라 비워진 찻잔을 다시 채웠다.

"이대로 영휘에 가시지 않을 작정입니까? 지난 7년에 가까운 기다림은 대인께는 그다지 길지 않았나 보군요. 별것 아닌 일로 혼례와 책봉을 미루려 하다니 말입니다. 선황의 폭정으로 가문이 와해되는 아픔을 겪고, 이날을 위해 절치부심하셨던 대인입니다. 그런데 무엇 때문에 이리 주저하시는지 이해가 되지 않는군요. 뭐가 두려우신 겁니까?"

당재영이 고집을 부리는 이유가 무엇인지 알면서도 후경은 일부러 그의 신경을 자극하는 말만 골라 했다.

"두려워? 내가 두려워 이러는 것 같은가? 후후, 기다려 보는 것이야. 과연 황제가 어떻게 나오는지를 보려고 말이야."

내내 턱수염을 쓸던 당재영의 입꼬리가 날카롭게 올라갔다.

현재, 남연에서 위세 꽤나 떨치는 당재영이 국혼을 위해 영휘로 가려면 반드시 범소를 지나야만 했다. 이곳의 현령은 그에게 잘 보이고 싶어 축하 겸 환영의 의미로 그를, 자신의 집으로 초대해 만찬을 베풀었다. 그리고 한껏 분위기가 고조되어 가자 현령은 당재영이 도착하기 전에 자신의 관아에서 있었던 믿기지 않는 이야기를 들려 주었다.

"오늘 기억을 잃어 자기가 누군지도 모르던 사내가 약혼녀와 재회하는 감격적인 일이 있었답니다. 어떤 불행한 일을 겪은 것인지 얼굴에 흉측한 흉터가 생겨, 외모가 달라졌는데도, 글쎄, 약혼녀는 그를 알아보더라고요. 들어 보니 무려 7년여를 정신 나간 약혼자의 어미를 봉양하며 기다렸다더군요. 참으로 애틋한 모습이었습니다."

당재영은 현령의 말을 흔한 미담쯤으로 여기며 가벼이 흘려들었다. 하지만 그 뒤를 이은 현령의 말은 그의 심사를 뒤틀리게 만들었다.

"그런데 그 사내가 누군지 아십니까? 강계전투에서 장륜 대장군과 함께 사라졌었던 홍정주 편 장군이었습니다. 놀라운 일이지요. 그분이 살아 돌아왔으니 어쩌면 장륜 대장군께서도 어딘가에……."

흥분해 떠들던 현령은 당재영의 표정이 싸늘해지는 것을 보고 급히

222

입을 다물었다. 물색없이 떠들다 보니 제 앞에 앉은 이가 효화공주와 혼례를 올릴 남자라는 사실을 잊고 말았던 것이다. 현령의 그 말은 이제 곧 부마가 되고, 제후가 될 경사를 앞두고도 당재영의 심기가 불편하도록 만드는 시발점이 되었다.

딱히, 현령의 말이 거슬려 영휘로의 입성을 미루는 것이 아니었다.

장륜이 행방불명된 지도 어느덧 7년이나 지났고, 저 또한 그사이 남연에서 이름 꽤나 떨쳤건만 민심은 여전히 자신보다 그에게 더 호의적이었다. 당재영은 그것이 불쾌했다. 그리고 궁금했다. 황제는 이를 어떻게 받아들이고 있을까?

"아마 속이 쓰릴 테지. 장륜만 살아 있었어도. 이런 굴욕은 당하지 않았을 테니까. 크크크. 그래서 궁금하더라고. 홍정주가 살아 있다는 것을 알면 황제도 이곳 현령처럼 장륜의 생존에 기대를 걸며 그를 찾으려 할지 말이야. 장륜만 살아 있다면 효화공주와 내 혼인은 자연스레 없던 일이 될 것이고, 날 제후로 삼을 명분도 없어질 테니까."

"그래서 이렇게 영휘로 가시지도 않고 범소에 눌러앉아 계신 겁니까? 황제가 어떻게 나오나 살펴보려고요? 그냥 영휘로 가셔서 서둘러 혼례를 올리시고 제후의 자리에 오르십시오. 그러면 장륜이 살아 있든, 말든 무슨 상관입니까."

순후경은 안 해도 될 짓을 왜 굳이 하고 있느냐며 혀를 찼다. 늙은 순후경이 심통스럽게 입을 삐죽 내밀자 그것이 우스웠는지 당재영이 호방하게 웃었다.

"뭐, 꼭 굳이 황제의 반응만 궁금한 것은 아니야. 공주가 어찌 나올지도 궁금하거든. 죽은 남편이 살아 있기를 바랄지, 아니면 나랑 재혼하는 것을 바랄지."

"네? 당연히 더 젊은 장륜이 좋겠지요. 아무렴 저보다 열세 살이나 많은 남자가 더 좋겠습니까. 그런 가당치도 않은 것에 욕심을 내시다니. 쯧쯧."

"응? 그게 왜 욕심인가? 그 '누구' 랑 비교해 내가 꿀린다고 생각하지 않는데."

당재영은 그 '누구' 인 장륜을 은근히 질투하면서도 제 자신이 더 낫다는 자신감을 당당하게 드러내었다. 그러고는 턱을 괴며 넌지시 물었다.

"그래서 말인데, 영휘에서의 반응은 어떻던가? 홍정주가 살아 돌아왔다는 사실에 도성 백성들도 장륜을 이야기하며 술렁이던가?"

"어떤 반응을 기대하셨는지 모르겠지만 일단은…… 조용합니다. 장륜이라면 모를까, 홍정주의 이름값이 그에 비해 떨어지니 아무래도 관심이 덜하지요. 되레 그의 약혼녀인 진영백의 평판이 더 회자되고 있습니다. 약혼자의 모친을 부양하며 기다린 그녀의 정절을 칭송하면서요."

영휘의 반응이 자신이 예측한 것과는 다른 쪽으로 흘러가자, 당재영은 자신이 장륜이라는 존재를 너무 의식했나 싶었다. 그런 당재영의 마음을 읽은 순후경의 입꼬리가 교묘히 올라갔다.

사실은 당재영의 예상대로였다.

홍정주가 살아 돌아왔다는 사실에 영휘 내, 백성들은 장륜 또한 홍정주처럼 어딘가에 살아 있을지 모른다는 기대를 가졌다. 또한, 흉측한 흉터와 함께 기억이 없는 채로 돌아온 홍정주를 보며 과연 그들에게 무슨 일이 있었는지를 궁금해했다.

하지만 정작 황제는 홍정주의 귀환에 별다른 관심을 보이지 않았다. 진영백과 홍정주의 약혼을 직접 주선하고, 약혼 증표까지 선물해 줄 정도로 각별했다면서 귀환을 축하하는 축전이나 선물 같은 것도 없었다.

아마도 그것은 필시 황제가 당재영의 존재를 상당히 의식하고 있다는 소리일 것이다.

즉, 설사 백성들 사이에서 새삼 장륜의 이름이 회자된다 해도 당재영의 위상이 달라질 일은 없다는 뜻이다. 순후경은 그렇게 판단해 거짓말을 해서라도 그를 영휘로 데려가, 예정되어 있던 국혼과 제후 책봉을 성사시킬 생각이었던 것이다.

그 무렵, 영백과 함께 영휘로 돌아온 유사도 홍정주라는 이름과 삶을 다시 되찾기 위해 여러 가지로 힘든 나날을 보내고 있었다.

"괴물이야! 괴물!! 에비! 에비! 어서 내보야 돼. 괴물이라고."

머리가 희끗한 노부인이 유사의 얼굴을 보자 오두방정을 떨었다. 뭐, 제 얼굴이 흉측하다는 것을 모르지는 않지만 면전에 대고 괴물이라는 소릴 듣는 것은 그다지 유쾌한 일은 아니었다. 하지만 그보다 더 충격인 것은 자신을 괴물이라 부르는 그 여인이 제 어머니라는 사실이었다.

"송 부인, 아드님이시잖아요. 그러지 마세요. 힘들게 집으로 돌아오셨는데……."

"아니야. 우리 정주는 저렇게 생기지 않았다고!! 아악! 아악!"

자꾸 유사에게 물건을 집어 던지며 나가라는 송 부인을 남천이 말렸지만 소용이 없었다. 어머니가 자식을 못 알아볼 정도로 자기 얼굴이 엉망이라는 것을 깨닫자 그는 집으로 돌아와 기쁘다든가 안락하다는 느낌 같은 것이 없었다. 게다가 이따금씩 밖에 나갈 때에는 알지도 못하는 사람들이 보내는 의혹 어린 시선과 수군거림도 견뎌야 했다.

그리고 예전의 홍정주를 아는 몇몇 사람들이 예전 기억 속의 그와 지금의 그를 비교하며 목소리도 그렇고 얼굴도 조금 달라진 것 같다고 하면 영백은 이렇게 말했다.

"흉…흉터를 입으면서…이…인상이…다…달…달라져서 그래요. …모…목소리도요."

무엇보다 황제가 준 약혼 팔찌를 가지고 있었고 자신은 그가 홍정주라는 것을 확신한다고 하면, 의심하던 이들도 더는 뭐라 하지 못했다. 누가 뭐래도 영백은 7년이나 약혼자의 어미를 봉양하며 기다린 지고지순한 여인이었으니까 말이다.

하지만 유사는 영백의 그 같은 믿음에도 불구하고 자신이 홍정주라는 확신이 들지 않았다. 아무리 봐도 자신은 이곳과 어울리지 않는 낯설고 이질적인 존재인 듯했다.

"저리 가!! 왜 우리 집에 있어!! 언니, 언니 저 사람 쫓아내야 해요."

"아이참, 송 부인, 홍정주 나리잖아요."

"아니에요. 아니에요. 우리 정주는 저렇게 생기지 않았어요. 악! 아악!"

또다시 자신을 보며 발작에 가까울 정도로 발악하는 송 부인을 보자, 유사는 손으로 얼굴을 가리며 자리를 피하려고 했다. 그런데 그때 송 부인의 소란을 듣고 달려온 영백이 자리를 피하려던 유사의 손을 붙잡았다.

"아…앞으로…쭈…쭉…가…같이 지낼 거잖아요. …피…피하지 마요."

영백은 유사를 송 부인 곁으로 데리고 간 뒤, 그녀를 다독였다. 영백은 송 부인을 안고 어떤 노랫가락을 흥얼거렸다. 그리고 유사를 가리키며 저기 있는 사람은 괴물이 아니라 많이 아팠던 사람이라며 미워하지 말고 함께 놀아줘야 한다고 했다. 그러면서 일절 유사가 홍정주라든가, 당신의 아들이라는 소리는 꺼내지 않았다.

영백의 품에서 그녀가 흥얼거리는 노래를 들으며 송 부인은 멍하게 유사를 바라보았다. 그리고 작게 고개를 끄덕였다.

송 부인을 진정시키고 나자 영백은 송 부인 손을 유사의 흉터 위로 가져갔다. 순간, 흠칫 놀라며 손을 빼려던 송 부인은 유사가 작게 미소를 짓자, 살살 그의 흉터를 어루만졌다.

"아팠어?"

"잘 모르겠어요. 기억이 안 나서…….."

"기억이 안 나? 너도 머리가 나쁘구나. 우히히."

유사의 흉터를 어루만지던 송 부인이 낄낄대며 웃었다. 흉터를 어루만지는 그녀의 손길이 점차 살가워지더니 송 부인은 주문을 외듯 빨리 나으라는 말을 반복했다.

기분이 묘했다. 어린애 같고 자신을 알아보지도 못하는데도 그 손짓 하나에 유사는 송 부인에게서 어떤 유대감을 느꼈다. 이는 혈연으로 연결되어 있기에 느낄 수 있는 것이라고 유사는 믿고 싶었다. 그 느낌에 기대어 유사는 '홍정주'라는 자기에 대해 확신을 가져 보려고 노력했다.

그날 이후, 송 부인은 유사더러 나가라든가 괴물이라든가 하지 않았다. 되레 그의 흉터를 만지작거리며 왜 빨리 낫지를 않는지 걱정스러워하고는 했다.

"너 이거 할 줄 알아?"

어느 날, 송 부인이 유사에게 뭔가를 불쑥 내밀었다. 기대에 가득 찬 눈을 반짝이며 해 달라고 조르니, 할 줄 모른다고 뺄 수만도 없어 유사는 멋쩍게 그것을 받아 들었다.

식사 준비를 하던 남천은 광에서 재료를 구비해 갖고 부엌으로 돌아오다가 그와 송 부인이 함께 노는 모습을 발견하였다. 그녀는 얼른 부엌으로 갈 생각은 하지 않고 송 부인과 놀아 주는 그의 모습을 의아한 표정으로 바라보았다.

"아가씨, 예전에 홍정주 나리께서 팽이를 잘 돌리셨던가요?"

부엌으로 돌아온 남천이 아리송한 표정으로 영백에게 물었다. 뜬금없이 소리에 재료를 다듬던 영백이 얼굴을 들었다.

"아까 마님이랑 놀아 드리는 나리를 봤는데, 글쎄, 팽이를 이렇게, 이렇게 하면서 돌리는데. 와! 완전 묘기던데요."

남천이 팽이가 공중에 떠올랐다, 내려갔다 하면서 줄타기하는 모습을 흉내 내며 말했다. 그 이야기를 들은 영백은 다 다듬은 채소의 겉대를 애꿎게 더 뜯어냈다. 그것을 아는지 모르는지 남천은 의외라는 듯 계속 고개만 갸웃했다.

　"시간이 지나서 좀 가물가물한데요. 팽이를 잘 돌렸던 것이 나리가 아니라, 대장군……."

　"무…무…무슨! 그…그…그렇지 않아! …워…원래 …자…잘…도…돌리셨어. …네…네가…모…못 봐서 그래."

　영백이 새침하게 말을 잘랐다. 그녀가 홍정주도 팽이를 잘 돌렸으며 그 때문에 송 부인이 팽이 돌리는 것을 좋아한 것이라고 설명하자 남천은 별 의심 없이 그녀의 말을 수긍하고 넘어갔지만, 영백이 다듬던 채소는 요리에 쓸 수 없는 지경이 되어 버렸다.

❋

　강초는 해가 저물어 깜깜해진, 집 앞에서 한참을 서성이고 있었다.

　소식을 듣자마자 연락을 보냈는데 생각보다도 그의 도착이 더뎠다. 오늘이면 올 텐데, 이때쯤이면 올 텐데, 하고 기다렸었건만 도통 나타나지를 않았다.

　날은 더 더워졌는데 초조해서 그런가, 강초는 살짝 몸이 떨려 왔다. 몸을 한 번 부르르 떨고 나자, 그의 집 저편에서 누군가 걸어오는 것이 보였다. 넝마 같은 것을 두른 모습이 꼭 거지꼴이 따로 없었지만 강초의 얼굴에는 웃음이 번졌다.

　"사마 어른!!"

　강초가 두 팔 벌려 그에게로 달려갔다. 그러나 구운보는 단박에 그의 정강이부터 걷어찼다. 얼마 만에 맞아 보는 것인지 눈물이 찔끔 날 정도로 아팠지만 그 아픔마저도 반가운 강초였다.

"현강초! 내가 벼슬 버린 지가 언젠데 아직도 사마 어른이야."

"헤헤, 그럼 뭐라고 부르나요? 형님이라고 부를까요?"

"……아, 몰라, 몰라. 맘대로 불러. 중요한 건 그게 아니잖아."

운보가 쓸데없는 말은 생략하라며 손을 내저었다. 그러자 반가움에 그를 불러들인 이유가 무엇인지 까맣게 잊고 있던 강초가 손뼉을 치며 진지한 표정을 지었다.

"그렇죠. 이게 중요한 것이 아니지요. 홍정주! 홍정주가 살아 있습니다. 형님."

말을 액면 그대로 받아들이는 것은 여전한 강초가 바로 운보를 형님이라 불렀다. 예전 같으며 너랑 핏줄로 연결되는 것 같아 꺼림칙하니 형님이라 부르지 말라고 질색했을 텐데, 운보는 지금 그딴 시답지 않은 호칭 문제를 신경 쓸 겨를이 없었다.

홍정주가 살아 돌아왔다.

괜한 객기로 계획을 그르치게 만들고 그로 인해 장륜을 사지로 몰아붙인 그 개자식이 살아 돌아왔단다. 제 놈 때문에 장륜은 살았는지 죽었는지, 생사조차 모르는데, 일의 원흉은 뻔뻔하게 영휘로 돌아와 안락하게 지내고 있다니 운보는 분노로 이가 갈렸다.

"자세한 이야기는 안에 들어가서 마저 들으시지요, 형님. 할 이야기가 많습니다."

강초는 장륜이 사라진 뒤, 벼슬을 버리고 방랑길에 올랐던 운보를 제 집으로 안내했다.

四.

지금 이대로……

　유사는 영백의 도움으로 어느 정도 새로운 생활에 적응하게 되었다. 하지만 여전히 '홍정주'라는 이름으로 불리는 것은 어색하기 그지없었다. 걸맞지 않은 자리에 앉은 듯, 크기가 맞지 않은 신발을 신은 듯, 그 이름으로 불리는 것이 부자연스러웠다.

　영백의 가족들을 만났을 때만 해도 '홍 서방' 하며 다정하고, 친절하게 대해 주는데 어째선지 그 소리를 들을 때마다 썩 마음이 편치 않았다.

　조금은 낯설었지만 환대를 받은 진관영 일가와의 저녁 식사를 마친 뒤, 유사는 영백과 함께 정원을 산책했다. 나란히 정원을 거닐다 연못 앞에 이르자, 둘은 누가 먼저라고 할 것이 걸음을 멈추었다.

　수면에 비친 월광이 은빛으로 반짝이며 눈가를 간질이자 영백이 잔잔한 미소를 지었다. 순간, 유사는 지금 그녀의 모습 위로 좀 더 앳되고 수줍어 보이는 영백의 모습이 겹쳐지는 것을 느꼈다.

　"혹시…… 우리 전에도 이런 적 있지 않았나요?"

　팔찌와 영백의 확신 말고는 마땅히 자신을 증명할 것이 없었던 유사가 뭔가 기억이 나는 듯하자 살짝 들뜬 표정으로 물었다. 그런데 어째선지 영백의 표정은 조금 복잡해 보였다.

"그…글…글쎄요. …그…그럴 수도…이…있…있겠죠."

"아, 하긴 시간이 좀 많이 지나 그런 자잘한 것까지 기억나지 않겠죠? 그러고 보면 꼭 나만 기억 못 하는 건 아니네요."

유사가 말을 돌리며 분위기를 환기시키자, 영백도 수줍은 눈웃음과 함께 머리를 쓸어 넘겼다. 그리고 둘은 잠시, 달빛 아래 조용히 서 있었다.

"뭐…뭐…하…하나…무…물어봐도 돼요?"

영백이 먼저 슬쩍 입을 떼자, 얼굴의 흉측한 흉터가 무색해 보일 정도로 유사가 밝게 웃으며 고개를 끄덕였다. 오히려 그 해맑은 웃음에 말하기 저어됐는지 영백은 입술을 자근대며 잠시 시간을 끌었다.

"어…어떻게…자…자신이…호…홍정주라는 걸…아…알…알았어요?"

"전에 말하지 않았든가요? 이 팔찌를 알아본 사람이……."

"아…아니요. …다…당신이…호…홍정주라고…화…확…확신한 것이…어…언제예요?"

그의 존재를 의심하는 것처럼 말했나? 환하게 웃던 유사의 얼굴이 무표정해지자 영백이 어깨를 살짝 움츠렸다.

"믿지 않을지 모르겠지만, 제양에서 처음 봤을 때요. 짐꾼으로 고용해 달라고 당신 앞에 나타났을 때 확신했어요."

"가…같…같은…파…팔찌를…차…차고 있어서요?"

무표정했던 유사의 입에서 피식 웃음이 새어 나왔다. 그는 살짝 눈썹을 내리깔며 예전에 입고 다니던 것과는 질적으로 다른 비단 옷의 소매 끝을 들어 올렸다. 그러자 손목에 찬, 옥팔찌가 달빛을 받아 반짝였다.

"기억이 없었을 때도 이 팔찌만은 굉장히 소중한 기분이었어요. 이걸

만지면 때때로 밀려오는 뜻 모를 그리움을 달랠 수 있었거든요. 그래서 언젠가는 이 팔찌가 내 뜻 모를 그리움의 대상이 누구인지 알려 줄 것이라 생각했어요. 그런데 제양에서 당신을 처음 봤을 때 말이죠, 그때 보고 바로 알았어요. 내가 뭘 그리워했는지……. 팔찌 같은 것을 확인할 필요도 없었어요. 믿을 수 있겠어요? 거짓말 같죠? 후후."

진지하게 말하다 말고 유사가 겸연쩍게 웃었다. 본의 아니게 속마음을 여실히 고백한 것 같아 쑥스러웠다. 그런데 영백이 부드럽고 가녀린 그녀의 손을 유사의 거칠고 투박한 손 안으로 살며시 들이밀었다.

설핏 놀라기는 했지만 항상 자신을 기분 좋게 만드는 그 느낌에 유사가 다정한 눈길을 들어 영백을 돌아보았다. 복잡 미묘했던 그녀의 표정은 여느 때처럼 편안하고 온화하게 돌아와 있었다.

"미…믿어요. …그…그 말이…사…사실이라는 것을."

고개를 살짝 숙인 그녀의 얼굴이 퍽 수줍어 보였다. 유사는 자신의 손 안에 들어온 영백의 손을 꼭 쥐며 장난스럽게 물었다.

"그럼, 당신은 언제 내가 홍정주라는 것을 알았어요? 처음에는 아니라고 했잖아요."

"다…당신이…기…기억이…어…없다는 것을…아…알았을 때요."

묘한 대답이었다. 얼굴이 달라져 헷갈렸다든가, 범소에서 말없이 사라졌을 때에 비로소 깨달았다고 할 줄 알았는데 기억이 없다는 것을 알았을 때라니. 영백의 대답이 의외인지 유사가 의문스런 고갯짓을 하자 영백이 그의 손을 더 꼭 붙들며 말했다.

"…저…전…다…당신…기…기억이…도…돌아오지 않으면…조…좋겠어요."

유사는 영백의 말이 무슨 의도인가 싶어 혼란스러웠다. 그러나 제 손을 애절하게 붙잡은 영백의 손은 그것에 어떠한 악의도 없다고 말하고 있었다. 그는 영백에게 무슨 뜻이냐고 되묻거나 따지지 않았다. 그녀의 손끝에서 느껴지는 따스한 체온이 이미 그녀의 진심을 전해 주고 있었기 때문이다.

유사는 기억을 하든 못하든, 진실이 어떤 것이든지 간에 자신은 홍정주이고 영백의 약혼자라는 사실을 스스로 받아들이고 그 자리를 지켜야겠다고 결심했다.

'그러려면 홍정주라는 이름에 익숙해져야겠지.'

그동안 영휘에 적응하지 못하고 겉돌던 자신처럼, 좀체 익숙해지지 않던 그 이름을 더 적극적으로 받아들이자고 유사는 다짐했다. 이제 자신은 홍정주라고 말이다.

※

제양에서 돌아온 뒤로 소학천은 한동안 몸져누워 있었다. 그런 그가 드디어 상점으로 복귀한다는 소식에 영백은 화련 상점으로 향했다. 정주가 돌아온 뒤로, 당분간 교역을 떠날 생각이 없었던 영백도 모처럼 만에 상점으로 발걸음을 한 것이었다.

정주도 영백을 따라 화련 상점으로 가 영휘에 온 뒤, 처음으로 소학천을 만났다. 아직 정주가 짐꾼 '유사'와 혼동되는지 그를 대하는 학천의 언행이 어색하고 부자연스러웠다.

"괜히 따라왔나 보네요. 절 신경 쓰느라 소 전인께서 다시 쓰러지시겠습니다. 저는 요 앞 객잔에서 간단히 요기하고 있을 테니 편히 말씀들 나누십시오."

자신이 빠져 주는 것이 소학천에게 좀 더 편할 것 같다고 말했지만, 사실 정주는 자신이 더 불편한 감이 없지 않았다. 화련 상점에는 고위

계층의 사람들이 많이 오고 간다. 그래선지 그곳 사람들이 저를 보며 수군대는 말은 여느 때보다 훨씬 매서운 느낌이었다. 정주는 특히, 그들 입에서 흘러나오는 귀에 거치적거리는 이름이 신경에 거슬렸다.

"저 사람이지. ⋯⋯대장군과 함께 강계전투에서 행방불명됐던 사람. 저 사람이 살아 있다면 그분도⋯⋯ 그렇다면 공주님은 어떻게 되는 것이지?"

류운? 장련? 하여간 그 대장군이라는 사람과 자신이 어떤 전투에 함께했는지 기억나지 않지만, 정주는 사람들이 저를 보며 그자의 행방을 연관 지으려는 것이 껄끄럽고 불편했다.

'내가 꼭 기억해 내지 않으면 안 될 사람인가?'

그자의 행방을 저에게 묻는 듯한 사람들의 시선은 그자를 꼭 기억해 내야 할 것만 같은 강박관념을 들게 했다.

정주가 객잔에 앉아 국수 가락을 젓가락으로 뚝뚝 끊으며 이런 상념에 잠겨 있을 때, 그가 앉은 탁상 위로 '턱' 하고 뭔가가 올라왔다. 진흙이 덕지덕지 묻은 더러운 신발이 그의 국수그릇을 위태롭게 하고 있었다.

정주는 그릇을 제 앞으로 당기며 무례하게 밥 먹는 탁상에 발을 올린 작자의 면상을 확인했다. 발을 탁상 위에 올리고 의자에 비스듬히 몸을 기댄 남자의 얼굴을 보자, 정주는 저도 모르게 웃음이 터져 나왔다.

살짝 위협을 줄 생각으로 패기 있게 탁상 위로 발을 올렸건만, 운보는 저를 보고 웃음을 터트린 그놈에게 배알이 뒤틀렸다.

'기억이 없대요. 제양에서 짐꾼으로 일하고 있던 것을 진 행수가 알아보고 데려왔답니다. 저도 아직 직접 본 적은 없지만 약혼 팔찌를 가지고 있었다는 것을 보면 놈이 맞겠죠?'

강초에게서 들었던 이야기를 상기하며 운보는 눈을 가늘게 뜨고 정주의 얼굴을 자세히 뜯어보았다. 얼굴 중앙서 불꽃이 폭발해 번져 나간 것처럼 흉물스럽게 자리한 흉터는 눈살을 찌푸리게 만들었지만, 그자의 눈만은 퍽 선해 보였다. 운보는 그 눈매가 낯익어 저도 모르게 패기 있게 올렸던 발을 내려놓고 그의 눈을 빤히 쳐다보았다.

그런데 그 밉살스런 녀석이 마치 따라 하는 것처럼 고개를 기울이며 자신을 주시하고 있는 것이 아닌가 비식비식 웃기까지 하면서.

"왜 웃어?"

기분 나쁜 티를 여실히 내며 운보가 따져 묻자 홍정주는 고개를 흔들었다.

"모르겠어요. 근데 되게 반갑네요. 우리 아는 사이 맞죠?"

그를 보자 왈칵 치솟는 반가움에 정주는 잃어버린 기억의 편린이라도 되찾은 것처럼 손을 내밀었다. 운보는 그놈이 내민 손을 노려보며 코웃음을 쳤다. 아는 사이기는 하지만 이렇게 반가운 척할 사이는 아니거늘, 그것을 정말 모르는 것인지 모르는 척하는 것인지 운보는 의심스러웠다. 만약 이것이 연기라면 그는 엄청난 재능을 가지고 있는 것이다.

"그럼 당신이 홍정주요?"

운보가 정주의 손을 탁 하고 쳤다. 그는 운보가 친 자신의 손과 그의 얼굴을 번갈아 바라보다 머쓱하게 손을 거뒀다. 아무래도 자신이 잘못 짚었다고 생각했는지 좀 전까지 입가에 걸었던 웃음을 치웠다.

"예, 제가 홍정주입니다."

"정말로 네가 홍정주야?"

"예, 맞습니다. 대체 무엇이 궁금해서 이러시는지 모르겠네요."

"내가 알던 놈과는 영 다른 것 같아서 말이야."

"아마도 제가 기억을 잃어서 그럴 겁니다."

"그 이야기는 들어 알고 있어. 근데 나는 그 소리가 왜 이리 웃기지?

기억 안 난다며 자기한테 따라붙는 의혹은 모두 피해 가는 것이 꼭 책임을 회피하려는 수작 같잖아."

운보의 빈정거림에 시종 예의 바르게 굴었던 정주도 불쾌한 기색을 담아 그를 흘겨봤다. 그 표정이 되레 마음에 드는지 운보가 탁상에 팔을 올리고 깍지 낀 손을 입가로 가져갔다. 가까이에서 보니 흉터로 일그러진 부분을 빼면 어째 그 녀석 얼굴이랑 비슷한 것 같았다.

'하긴, 둘이 좀 닮기는 했었지.'

운보가 착잡한 심정을 감추지 못하고 씁쓸하게 입 안에 혀를 굴렸다.

"제가 무슨 책임을 회피한다고 이러시는 것인지 모르겠지만 기억 없다는 것은 거짓말이 아닙니다."

"푸흡, 기억이 없다······. 정말 편리한 변명이지. 하지만 네놈이 기억하지 못해도 다른 이들은 다 기억하고 있다는 걸 잊지 마라. 네가 기억 못 한다고 해서 네 잘못이 가려지는 것이 아니라는 것을 말이야."

처음 그를 보고 느꼈던 호감이 적의로 바뀔 만큼 정주는 화가 났다. 대체 자신이 과거에 뭘 어쨌다고 이렇게 날 선 비판을 해 대는 것인지 그 무례함에 기분이 나빴다. 성질 같아서는 내 잘못이 뭐냐고 따져 묻고 싶었지만 또, 한편으로는 차마 진실을 듣는 것이 두렵기도 했다.

"훗, 이쯤 되면 내가 뭘 그리 잘못했느냐 따져 물을 법도 한데 차마 묻지 못하는 것을 보면 둘 중 하나일 거야. 진실을 아는 것이 두렵든가, 아니면 이미 알고 있든가."

불신 가득한 비아냥거림에 속이 부글부글 끓어올랐지만 정주는 괜스레 대거리를 했다가 혹여 자신이나 영백의 꼴이 우스워질까 싶어 입을 다물고 화를 삭였다.

"이 개자식은 대체 뭐길래, 나한테 시비인가 싶지? 한 방 갈기고 싶어 주먹이 근질근질할 거야. 그치?"

운보는 일부러 성질 돋우는 말만 골라 했다. 그는 과연 홍정주가 진짜 기억을 잃은 것인지 시험해 보려고 했다. 전투 계획을 망치고, 장륜을 사지로 몰아간 것에 대한 책임을 회피하려고 일부러 기억을 잃은 척하는 것 아닌지 확인해 보려 한 것이다.

그런데 이놈 생각보다도 꽤나 인내심이 강했다. 모욕에 가까운 언사에도 불구하고 끝까지 예의를 차리며 그것을 참아 내고 있었다. 예전, 뻔뻔스런 놈의 성격을 생각하면 이쯤에서 성질이 폭발해 제 본 모습을 드러낼 텐데도 말이다.

정말로 기억이 없는 것일까? 깐족대며 홍정주를 자극하던 운보도 점점 기억이 없다는 말이 사실이라는 것을 인정하지 않을 수 없었다. 그런데 그것은 또, 그것 나름대로 짜증났다. 놈이 기억이 없다면 장륜의 생사에 대한 단서를 물을 수 없다는 이야기가 아닌가.

"참을 것 없어. 너도 화나면 화나는 대로 내게 성질을 내. 솔직히 너도 열 받잖아."

"아닙니다."

홍정주가 슬쩍 시선을 돌리며 왼쪽 귓불을 당겼다.

"아니긴 뭐가 아니야. 내가 뭐 때문에 이런 놈에게 모욕을 당해야하나 생각하면서. 한 주먹거리도 안 되는 것이 쇠파리처럼 귀찮게 구네, 싫잖아."

"그렇게 생각하지 않습니다."

차분하게 대구하면서도 그는 슬쩍 슬쩍 왼쪽 귓불을 쓸었다. 속사포처럼 쏴 대는 운보는 그마저도 신경에 거슬렸는지 얼굴을 응그렸다.

이놈 때문에 함께 고생하며 같은 이상을 품었던 친구는 절망에 빠졌었고, 지금은 생사불명이 되어 어디에 있는지도 모른다. 새삼 그 사실이 가슴 깊이 저며 오자 운보는 울분이 치밀어 올랐다. 이제 그가 내뱉는 날 선 말들은 그가 기억이 있는지 없는지 따위를 떠보기 위함이 아니라, 정말 한바탕 싸움을 벌이기 위한 시비가 되어 갔다.

"기억을 잃은 것이지, 성질이 죽은 것은 아니잖아? 왜 참고 있어. 넌 배알도 없냐?! 아! 기억이 없어진 것이 아니라 멍청해져서 돌아온 것이군. 아니지, 아니야. 원래 그렇게 똑똑한 놈은 아니었어. 분수도 모르고 날뛸 때는 언제고 왜 이리 겸양이실까? 저놈 주둥이를 틀어 버릴까 벼르고 있으면서……. 그러니 참지 말라고."

"그만하시지요. 저는 그런 생각하지 않습니다."

홍정주가 살짝 짜증났는지 왼쪽 귀 전체를 손바닥으로 쓸어 넘겼다. 놈의 성질을 돋운다는 것이 제 성질만 치달을 대로 치달아 버린 운보는 홍정주의 그 같은 행동에 결국 화가 폭발했다. 그는 자꾸 매만져 붉어진 귀에서 홍정주의 손을 낚아챘다.

"작작 좀 해라!! 뻔히 거짓말하고 있는 것 다 보이니까!!"

정주가 눈을 휘둥그레 뜨고 침을 꼴깍 삼켰다. 이 악물고 참고 있었던 것이 그렇게 티가 났나 싶어 당황하는 눈치였다. 그런데 어째 소리친 운보의 얼굴이 더 놀란 듯했다.

일순간 화를 폭발시켰던 운보는 그와 함께 넋마저 뺐는지, 갑자기 멍한 표정을 지었다. 기분이 이상한 정주는 자신의 손목을 잡은 운보의 손을 빼내려 했지만 그는 그것을 더 움켜쥐며 얼굴을 들이밀었다.

운보는 화를 돋우려 퍼부은 독설에 왜 제 성질이 더 났는지 이제 이해할 것 같았다.

놈이 자신의 독설에도 의연하고 침착해서 화가 난 것이 아니라 그가 거짓말을 하고 있다는 것을 알아서였다. 뻔히 거짓말을 하고 있으면서 참는 꼬락서니가 누군가를 떠올리게 했기 때문이다.

미련스레 답답한 놈. 저 하나 참으면 세상이 편안한 줄 알았던 빙충이 같던 놈 말이다.

정주는 좀 전까지 자신을 잡아먹을 듯 몰아치던 운보의 얼굴 위로 환하게 웃음꽃이 피어오르려는 것처럼 눈가가 움실거리는 것을 보았다. 그러면서도, 눈동자만은 물기가 어린 듯 촉촉했다.

"너……."

입술이 완만한 호를 그리며 들뜬 목소리로 운보가 뭐라 운을 떼려 하자, 갑자기 희고 가녀린 손이 운보와 정주 얼굴 사이에 끼어 들었다. 그제야 운보는 정주의 얼굴에 고정했던 시선을 돌려 손의 주인을 확인했다.

"제…야…약혼자…어…얼…얼굴 닮겠습니다. …그…그…그만 보시지요. …구…구 대인."

"흐흐, 구 대인은 무슨. 그냥 구가라고 부르시오. 오랜만이외다. 진 행수."

자신을 괴롭히던 자가 영백과 친근히 인사를 나누자, 이건 또 무슨 상황인가 어리둥절한 정주의 눈동자가 두 사람 사이를 부지런히 오갔다. 영백이 자신의 옆에 와 앉자 정주가 그녀의 귓가에 대고 소곤댔다.

"아는 사람입니까?"

영백이 묘한 표정을 짓더니, 운보와 정주를 오늘 처음 만난 사람처럼 서로 소개시켰다.

"이…이쪽은…구…구…구운보 대인이십니다. …예…예전에…다…당신과…하…함께…조…조정에서 일…일하셨던 분이에요. …그…그리고…구…구 대인…이…이쪽은……이…이쪽은……."

"홍정주 장군이지요. 진 행수의 약혼자. 제가 모를 리가 있겠습니까? 이래 봬도 제가 두 분 혼례 준비를 도왔던 사람 아닙니까. 하하하."

아까 차갑게 손을 쳐 낼 때는 언제고 운보는 반갑게 정주의 손을 잡고 흔들었다. 정신이 어떻게 된 자가 아닌지 의심스러울 정도였다.

"아까의 무례는 용서하십시오. 혹시나 못된 놈이 기억 상실을 핑계로 진 행수에게 접근해 악랄한 짓이라도 꾸미는 것이 아닌가, 의심스러워 그런 것입니다. 하지만 이렇게 만나 보니 확실하군요. 진 행수의 약혼자가 확실해요."

운보가 정주가 아닌 영백을 향해 의미심장한 눈짓을 보내며 말했다. 영백의 입가가 희미하게 떨렸다. 정주는 운보가 자신이 '영백의 약혼자'가 확실하다 말해 준 것이 그리 흐뭇할 수가 없었다. 현재 자신의 자리가 제 것이 아닌 것 같아 내심 불안했던 정주에게 작게나마 자신의 존재에 대한 확신을 갖게 해 주었다.

"앞으로 자주 만나 이렇게 담소를 나눌 수 있었으면 좋겠습니다. 아무래도 7년 만의 귀환이시라 교류할 친우들이 적어 적적하실 테니 말입니다."

정주는 좀 전까지 운보 때문에 불쾌했던 것도 잊고 천진하게 웃으며 그리하자고 답했다. 운보는 그 모습을 지그시 바라보다, 싱긋 웃으며 자리에서 일어났다.

"그럼, 오늘은 이만 일어나겠습니다. 아! 진 행수, 조만간 드릴 말씀이 있어 상점으로 찾아가 뵙도록 하겠습니다. 꼭 시간 좀 내 주십시오."

한시름 놓던 영백의 몸이 운보의 말에 다시 경직됐다. 하지만 이내 담담히 맞서기로 결정한 것처럼 조용히 고개를 끄덕였다.

그렇게 답을 받고 객잔을 나서려던 운보는 몇 발자국 가다 말고 멈춰 섰다. 그리고 빙글 돌아서서 정주에게로 다시 걸어가 그를 얼싸 안았다. 그는 호탕하게 웃으며 정주의 등을 힘차게 두들겼다.

"이렇게 살아 돌아와, 정말 기쁩니다. 잘 돌아왔어요."

갑작스런 포옹에 얼떨떨해하던 정주의 손도 어색하게 운보의 등을 다독였다. 영백은 그 모습을 애잔한 미소로 바라보면서도 근심 어린 기색을 감추지 못했다.

운보가 영백을 찾아 화련 상점으로 온 것은 그로부터 이틀 후였다.

영백은 조용한 곳으로 가 천천히 이야기를 나누자고 했지만, 운보는 자신은 그저 한 가지만 확인하면 된다고 말했다.

"이러쿵저러쿵 따지려고 온 것이 아닙니다. 딱 한 가지 대답만 들으면 됩니다. 그 대답 여하에 따라 앞으로 제 행보가 결정될 것입니다."

역시나…….

영백은 황망히 고개를 떨구며 치맛자락을 쥐었다.

"대체 뭐하시는 겁니까?"

강초가 불만 가득한 눈을 흘기며 오늘도 밖으로 나가려는 운보의 소매 깃을 붙잡았다.

"왜 시비를 걸고 그래?"

"홍정주 만난 지가 언제인데 어째서 그에게서 대장군의 행방에 대해 추궁하지 않으십니까? 요즘 형님 모습 보면 그치하고 그냥 놀러 다니는 것 같습니다."

영휘로 돌아온 뒤로 운보는 강초의 집에 머물렀다. 그런데 그는 날만 밝으면 하루가 멀다 하고 홍정주의 집으로 찾아갔다. 처음에는 장륜의 행방을 묻기 위해 그런 것인 줄 알았는데, 가만 보니 마냥 그랑 어울려 놀기만 했다.

운보는 장륜과 혈육 같은 사이라 해도 과언이 아니었다. 그런 운보가 작전 계획을 망치고, 장륜을 사지로 내몬 홍정주와 격 없이 지내다니…… 아무래도 수상쩍었다. 그래서 운보의 의중이 무엇인지 캐내려고 그동안 별렀던 말을 꺼내 따져 물었지만 돌아온 답은 실망스러웠다.

"응, 맞아. 놀러 다니는 거야. 기억이 없어졌다더니 속까지 말끔히 변해 와서 사람이 아주 괜찮아졌던데. 어울려 놀기 참 좋은 친구가 됐어."

"형님!! 대체 왜 그러세요? 대장군께서 어찌 되었는지 궁금하지도 않습니까?"

"너야말로 7년 동안 우리만 속 태운 것이 열 받지도 않냐? 그 새끼는 남겨질 우리는 생각도 안 하고 제멋대로 사지로 뛰어들었는데 왜 우리만 계속 그놈 걱정해야 되는데? 벌써 애저녁에 죽은 놈한테 너도 그만 미련 거둬."

"형님!! 진심이세요?"

"아! 안 되겠다. 그냥 듣고 있으려고 했는데 더는 네 형님 소리 낯간지러워 못 듣겠다. 앞으로는 나리라고 불러라. 그럼, 난 간다."

"나리!! 자꾸 이리 나오시면 제가 그를 직접 만나 대장군에 대해 따져 물을 겁니다."

"오냐, 명심하마."

운보가 손을 휘적거리며 느긋한 걸음을 옮겼다. 팔자 좋게 놀러 나가는 그의 모습을 지켜보며 강초는 답답함에 장탄식을 내쉬었다.

"현강초?"

들어 본 듯도 하고 아닌 듯도 한 이름에 정주가 기억을 더듬어 봤다. 그의 맞은편에 앉아 차를 마시던 운보가 자못 심각한 표정을 지으며 그에게 단단히 주의를 주었다.

"음흉한 놈입니다. 예전부터 홍 형(兄)과는 사이가 좋지 못했으니 상종하시지 않는 것이 좋습니다. 혹여 말이라도 섞을라치면 얼굴부터 가리고 도망치십시오. 아니, 뭔 꼬투리를 잡을지 모르는 놈이니 만나는 것

자체를 꺼리세요."

운보는 혹여 강초가 불쑥 찾아올 것을 대비해 정주에게 그와 마주치지 말 것을 경고했다. 그러자 이제 서로의 이름 뒤에 '형'이라는 호칭을 붙일 정도로 운보와 꽤 친해진 정주는 그 말을 철석같이 믿었다.

"그나저나, 혼례 날은 잡았습니까?"

운보가 화제를 바꾸자 정주가 겸연쩍게 고개를 끄덕였다. 그러면서도 연신 헤헤거리는 그의 입가에는 행복이 묻어났다.

"혹시나 해서 묻는 건데 말입니다. 기억이 없어 서먹하다고 진 행수에게 애정 표현하는 것을 주저하거나 그러시는 것 아니지요?"

눈썹을 찡긋거리며 운보가 음흉스러운 말투로 물었다.

"흐음…… 기억이 없어서라기보다는…… 혼례식도 올리지 않았는데 벌써 그러기는 좀……."

정주가 짐짓 점잖게 목소리를 깔며 난색을 표했다.

"이거, 이거. 진 행수가 섭섭하겠습니다. 예전에는 그렇지 않았거든요. 아무리 기억이 없어도 그리 표현을 안 하시면 진 행수는 홍 형의 연심이 식었다고 여길 겁니다. 7년이나 님 그리며 기다린 약혼녀에게 너무 박하게 굴지 마세요. 어차피 이제 곧 혼인할 사이인데 겸양 떨 것 있나요. 손도 좀 잡아 주시고, 다정하게 안아도 주시고, 또 가끔은……."

운보가 뒷말을 흐리며 배시시 웃더니, 손가락을 입술에 가져다 대며 '쪽' 소리를 냈다. 운보는 그가 얼굴을 붉히며 정색할 것을 예상하며 일부러 더 능글맞게 말했다. 그런데 정주는 얼굴을 붉히기는커녕 주먹을 불끈 쥐며 한다는 소리가,

"그…… 그래도 됩니까?"

이란다. 운보가 허리가 끊어지도록 웃는데도 그는 사뭇 진지한 표정을 잃지 않았다. 웃느라 눈가에 고인 눈물을 닦아 내며 운보가 그의 어

깨에 손을 걸쳤다.

"이거, 이거. 가만 보니 은근 그때를 기대하고 있었구먼. 흐흐흐. 그렇게 좋소?"

"아니, 기…… 기대하기는 뭘 기대했다고……."

그새를 못 참고 정주가 또 귓불을 은근슬쩍 잡아당겼다. 이를 본 운보가 또 한 번 폭소를 터트렸다. 그리고 기운을 불어넣어 주듯 그의 양어깨를 힘차게 붙잡으며 말했다.

"뭘 주저해요. 기억을 잃고 헤매면서도 진 행수에게 향한 마음은 한 번도 길을 잃은 적이 없었으면서."

그가 쑥스러워하면서도 환하게 웃는다. 그 모습에 운보는 또다시 살짝 눈물이 새어 나올 것만 같았다.

❉

범소에 머물며 간보기를 하던 당재영은 순후경의 성화에 못 이겨 영휘로 입성하기로 결정했다. 내일 정오쯤 도착할 것이라는 연통을 넣으면서 당재영은 황제에게 도성 문 앞으로 마중 나올 것을 요구했다. 자신의 신부가 될 효화공주와 함께 말이다.

황제는 기가 막혔다. 엄연히 신적(臣籍)인 절도사 주제에 황제를 대하는 행동거지가 상전이 따로 없었다. 화가 끓어오를 대로 오른 황제는 그가 보낸 연통을 집어 던졌다.

강계전투에서 지지 않고 장륜이 살아만 있었어도 이런 굴욕을 당하지는 않았을 것이다. 그런데 그런 장륜 대신에 찢어 죽여도 시원치 않을 홍정주가 살아 돌아왔다고 하니, 황제는 속이 더 뒤틀렸다.

당재영이 거병해 영휘를 점거한 순간부터 이런 굴욕은 이미 예정된 것이나 다름 없는 일이었다. 힘이 없는 황제일수록 굴욕을 당할 때마다 분노하면 꼴이 더 비참해진다. 지금은 언젠가 이 굴욕을 갚아 주겠노라 벼르며 참는 것이 옳다.

"가현주 절도사 당재영이 내일 정오면 영휘에 도착한다는군. 효화에게도 내일 그를 마중 나갈 준비를 하라고 이르게."

"……말씀을 전하기는 하겠사오나, 공주님께서 과연 따르실까요?"

황제의 말에 토를 단다는 것이 송구스러웠는지 태감이 허리를 더 깊이 숙였다. 그러자 황제는 태감의 말에 깊은 공감을 표하듯 긴 한숨을 내쉬었다. 예나 지금이나 다루기 힘든 효화였다. 그녀가 자신의 명을 어떻게 받아들일지는 안 봐도 훤했다.

"싫어!"

황제의 명을 다 전하지도 않았는데, 당재영의 이름이 나오자마자 효화는 가차 없이 싫다며 말을 잘라 버렸다. 그녀는 긴 의자 위에 낭창낭창한 몸을 옆으로 누이고는 나른하게 자신의 애완견을 쓰다듬었다. 주인의 손길에 기분이 좋아진 애완견이 배를 드러내고 그녀에게 애교를 피웠지만 효화의 얼굴은 퍽 짜증스러워 보였다.

"공주님의 심정을 이해 못 하는 바는 아니나, 폐하의 심중도 고려해 주십시오. 당재영 절도사께서 신부의 마중을 받고 싶어 하십니다."

효화의 고운 눈썹이 신경질적으로 꿈틀댔다. 그녀는 모로 누웠던 몸을 일으키며 몸서리를 쳤다.

"신부? 마중? 웃겨, 정말. 폐하께서는 잘도 이런 굴욕을 참아 내시는군요."

태감은 제 몸 안에 쌓인 답답함을 모두 다 긁어 낼 것처럼 '끙' 하는 신음 소리를 내었다. 아무리 철없고 안하무인인 효화라도 그 신음 소리가 뭘 의미하는지 모르지 않았다. 그녀는 다 귀찮다는 것처럼 짜증스레 손을 내저으며 그에게 나가 보라고 했다.

태감이 나가고 나자 효화는 지끈거리는 머리에 손을 대고 기대어 앉았다.

공주라는 자리가 그렇다. 화려해 보이지만 선물처럼 누군가에게 보내지는 존재이며, 정치적 이해관계에 이용되는 자리이다. 그것을 모르지 않지만 또다시 그런 신세가 되자 효화는 신물이 올라왔다. 그나마 장륜은 여인에게 무르고 출신 배경도 미천해, 그를 상대로는 마음껏 위세를 부리며 살 수라도 있었지만, 당재영은 다르다.

그는 가현주 지방의 토호(土豪)로 명망있는 가문 출신이었고, 그 집안을 따르는 가신 또한 적지 않았다. 그런 데다 지금은 황제를 쥐락펴락할 권세까지 틀어쥐었으니, 그와 혼인하게 되면 제 뜻대로 사는 것이 쉽지 않을 것이었다. 또, 무엇보다 마음에 들지 않는 것은 그가 저보다 열세 살이나 많았고, 혼인한 후에는 그가 가현주 제후로 책봉되기 때문에 자신도 영휘를 떠나 그곳에서 살아야 한다는 사실이었다.

'그 촌구석으로 가서 살아야 한다니.'

손톱을 물어뜯으며 효화는 이것을 모면할 마땅한 수가 없는지 머리를 굴려 보았다. 하지만 뾰족한 수는 떠오르지 않고, 짜증만 치밀어 올랐다. 속이 터져 나갈 듯이 답답해진 효화는 자리에서 일어나 시녀에게 나갈 채비를 하라고 일렀다. 기분 전환을 위해서라도 번화한 영휘 거리를 거닐어야만 할 것 같았다.

너울을 쓰고 시녀만 대동한 채, 효화는 영휘 거리를 걸었다. 사람들이 북적대고 즐비하게 늘어선 상점들과 잘 정돈된 거리의 풍경을 보며 그녀는 마음을 달래려 했다. 그러나 그럴수록 당재영과 혼인하면 이곳을 떠나야 한다는 현실만 뼈저리게 느끼게 되었다.

"공주님, 화련 상점에 들르시겠습니까?"

거리를 걷다 화련 상점이 보이자 시녀가 그녀에게 기분도 풀 겸 가지 않겠느냐 물었다. 멋지고 신기한 것들로 가득 찬 그곳을 효화는 좋아했었지만, 그곳에 가지 않게 된 지는 좀 오래됐다. 바로 영백이 그곳의 행수가 된 이후였다.

"됐어. 내키지 않아."

효화는 새침하고 도도하게 고개를 쳐들고 그 앞을 지나갔다. 그녀가 막 상점을 지나가는데, 그녀의 눈앞에 얼굴에 자리한 흉물스런 흉터를 아무렇지도 않게 드러내 놓고 걸어오는 남자가 보였다.

순간 너무 징그러워 효화는 자신도 모르게 옆으로 비켜서서 그가 자신의 곁을 완전히 지나갈 때까지 기다렸다. 그러고는 못 볼 걸 봤다는 듯 몸서리를 치며 돌아서는데, 어떤 이의 말이 그녀를 잡아끌었다.

"어라? 홍정주 나리 아니십니까? 진 행수님 만나러 오신 것이지요?"

상점 앞까지 손님을 배웅하고 들어가려던 소학천이 정주를 발견하고는 반갑게 인사를 건넸다.

홍정주? 진 행수?

효화는 쓰고 있던 너울을 들어 올렸다.

'저게 홍정주라고?'

그가 살아 돌아왔다는 이야기는 들었지만 7년이라는 세월이 지나면서 이미 효화에게 그는 지나간 사람이 되었고 별다른 감정도 남아 있지 않았다. 그래서 그가 기억을 잃고 돌아 왔다는 사실을 들었을 때도 자신에 대한 것도 싹 잊었을 테니, 옛일을 빌미로 애정을 구걸하거나 치근덕댈 일이 없겠다 생각했을 정도였다.

"7년이나 지났으니 몸도 변했을 것이라며, 혼례 때 입을 옷을 다시 손봐야 한다고⋯⋯."

"안 그래도 그 일로 보은이가 행수님을 꽤나 채근했죠. 허허, 걔가 7

년 전에도 나리와 행수님 예물을 봐 줬던 애라 좀 더 각별하게 생각합니다. 자, 안으로 드시지요."

흉물스런 얼굴을 하고도 혼례에 대한 기대감에 들떠 행복에 겨운 웃음을 짓는 그를 보자, 애틋한 감정 따윈 남아 있지 않음에도 효화는 속이 뒤틀렸다.

'기억을 잃었다더니만 자신이 말더듬이 년을 혐오했던 것도 잊어버렸나 보네. 아니면 그 맹랑한 년이 그가 기억이 없는 것을 이용해, 과거에 저와 그의 관계가 꽤나 살가운 사이였던 것처럼 속였든가.'

증거도 없이 영백의 심중을 혼자 곡해하며 효화는 아니꼬워했다.

당재영이 내일 정오에 도성에 입성하면 본격적으로 국혼 준비가 시작되어 십오 일 뒤, 혼례를 올리게 될 것이다. 그때까지는 도성에 어느 누구도 혼례를 올리지 못한다. 그 이야기는 진영백과 홍정주의 혼례도 그 뒤에나 이루어진다는 뜻이다.

효화는 문득 재미있는 발상이 떠올랐다.

당재영과의 혼인을 물릴 수 없다면 그것을 견딜 낙(樂)이라도 만들자는 생각이었다.

아무리 기억을 잃었다고는 해도 과거 자신에게 헤어 나오지 못해 뭐든 시키는 대로 했던 홍정주다. 조금만 여지를 주면 또 예전처럼 자신에게 빠져들어 저를 갈구할 것이 분명했다.

국혼이 있기까지 15일. 그사이 그를 다시 자신에게 푹 빠지게 만든 후, 당재영과 함께 가현주로 갈 때 데려가는 것이다.

"그러면 진영백은 또다시 신랑 없는 혼례 날을 맞이하겠지?"

효화의 고혹적인 입술이 저열한 미소를 그렸다.

한편, 소학천의 안내를 받아 보은의 방으로 간 정주는 거기서 영백을 만났다. 그녀들은 비단보에 싼 함을 열고 그 안의 것을 보며 뭔가 이야기를 나누고 있었다.

"오⋯오셨어요?"

나뭇잎 사이로 비추는 햇살같이 상쾌한 영백의 미소에 정주가 따라 웃었다. 그것을 본 보은이 닭살 돋는다는 듯이 입을 일그러트렸지만 그들은 아랑곳하지 않고 서로를 흐뭇하게 바라보았다.

정주는 영백의 옆에 서서는 함 안에 든 물건들을 찬찬히 살펴보았다.

"이것들이 다 뭐예요?"

"아, 예전에 나리께서 우리 행수님께 보냈던 예물이에요. 그런데 아무래도 7년 동안 묵혀 놨던 것이다 보니, 옷과 보석의 색이 좀 바래고, 장신구 모양도 촌스러워진 것 같아 손 좀 볼까 해서 가져오시라고 했어요."

"이미 다 만들어져 있는 것인데 그게 돼요?"

"어허! 저희 화련 상점에 소속된 장인들을 우습게 보시면 안 됩니다. 나리 혼례복도 그렇게 고칠 것이에요."

말 한 번 잘못 꺼냈다가 보은의 상점 자랑이 또 시작되었다. 같은 상단 소속이니 알 것 다 아는 영백인데도 보은의 입은 멈출 줄을 몰랐다. 그렇게 영백이 보은의 말에 장단 맞춰 주고 있을 때, 정주는 자신이 보냈던 영백의 예물을 하나씩 살펴보았다.

바래고 촌스러워졌다는 보은의 말과 달리 정주가 보기에는 아직도 정갈하고 화려한 것이 예물다운 차림새였다. 그런데 그중 하나가 정주의 눈길을 사로잡았다.

손바닥만 하게 접은 연녹색 비단 쪼가리 같은 것이었다. 옷을 만들고 남은 것인가 싶어 펼쳐 보는데 그 순간 정주의 눈이 아득해지며 과거의 일이 떠올랐다.

'단풍잎 사이로 빛이 스미는 것 같은 모양도 자수로 놔 줄 수 있는가?'

'되게 구체적이시네요. 뭔가 굉장히 난해하기도 하고요.'

'크게 만들지 않아도 되네. ……손수건 같은 것에 놔 줘도 되고. 그래, 차라리 그게 낫겠어. 언제나 꺼내 볼 수 있도록…….'

정주는 보은에게 이 자수를 놓아 달라 부탁하며 흐뭇하게 웃던 자신을 떠올렸다. 그리고 곧이어 단풍나무 아래서 올려다본 나뭇잎 사이로 찬연하게 빛나는 햇살이 얼굴을 간질이던 것이 생각났다. 그때, 부드럽게 볼을 스치며 지나는 바람에 실린 향취는 지금 그의 곁에 서 있는 이 여인의 것이 분명했다.

기억의 끝에 또다시 영백이 있자, 그는 참한 영백의 옆모습을 살포시 제 눈에 담았다.

온몸이 전율하는 것 같았다. 다른 이들에게서 과거의 자신이 이러했다, 저러했다는 말들은 많이 들었지만 그것만으로는 영백에게 느끼는 자신의 감정을 설명하기에 충분치 않았다. 그러나 방금 생각난 그 기억은 어떻게 이 감정이 시작되었고, 어떻게 자신의 마음에 자리하게 되었는지를 알려 주었다.

스스로 제 존재와 감정을 확신할 수 있는 기억이 떠오르자 정주는 몹시 흥분했다.

"이거! 이거! 제가 이렇게 만들어 달라고 부탁한 것 맞죠?!"

장한 일을 했으니 칭찬해 달라고 조르는 아이처럼 정주가 보은에게 손수건을 들어 보이며 큰 소리로 말했다. 그러자 보은의 주도로 한창 진행되던 그녀들의 이야기가 끊겼다.

"어? 아닌데요. 그거는 나리가 아니라 다른 분이……."

"정말 아니에요? 확실한 기억 같았는데. 왜 단풍나무 밑에서 우리 둘이 이렇게 올려다본 적 있지 않아요? 그걸 보고 내가 이걸 주문한 것 같은데."

영백의 얼굴에 핏기가 가셨다. 그녀의 손이 안정을 찾지 못하고 부산하게 이곳저곳을 헤매고 있었다.

"아…… 아니에요?"

"네, 그럴 리 없어요. 제가 확실히 기억하는데 그건 장……."

"자…자…잠깐!!"

영백이 황급히 보은의 말을 막아서며 고개를 저었다. 깜짝 놀란 보은은 왜 그리 정색을 하나 의아해했는데 돌이켜 보니 정주는 장륜과 함께 전장에 있다 돌아온 사람이지 않은가. 아마도 영백은 함께 싸우다 죽은 자의 이름을 듣고 정주가 그때의 상흔을 떠올리면 어쩌나 걱정한 것이 틀림없었다. 보은은 그렇게 여기고 입을 꾹 다물었다.

"확실한 것 같았는데……. 내가 착각한 건가?"

그것이 진짜 기억이기를 바랐던 정주가 못내 아쉬운지 표정이 시무룩해졌다. 그러자 영백이 정주의 손끝을 잡아끌며 살짝 흔들었다.

"아…아…아무려면 어때요."

영백이 기억이 나지 않는 것에 너무 연연치 말라며 그를 위로했지만 어쩐지 그것이 그냥 이대로 있어 달라 애원하는 것만 같았다.

정주는 더는 자신이 떠올린 기억의 진위에 대해 따지려 하지 않았다.

화기애애했던 분위기가 서먹해진 가운데 보은에게 철 지난 예물과 예복의 수선을 맡기고 영백과 정주는 화련 상점을 나섰다. 영휘 번화가를 벗어나, 일부러 작은 내가 흐르는 호젓한 길을 돌아 집으로 가면서도 그들은 아무 말도 하지 않았다.

영백은 자신보다 조금 앞서 걸어가고 있는 그의 뒷모습을 물끄러미 바라보았다.

노을이 지며 내는 불그스름한 빛 그림자가 그의 등에 어리는 것이 어쩐지 자신에게 화를 내고 있는 것만 같았다. 마음이 무거워지니 발걸음도 느려지고, 그와의 거리도 점점 벌어져 갔다. 눈앞에 걸어가는 것이 보임에도 멀어지는 것이 못내 초조한 영백이 손을 뻗으며 다리를 재촉했다.

정주는 자신의 기억이 돌아오는 것을 영백이 원치 않는다는 느낌을 지울 수가 없었다. 영백과 자신이 서로에게 느끼는 감정은 의심할 바 없이 진실한데, 그녀는 때때로 자신에게 뭔가를 숨기고 있는 것처럼 굴었다.

그것이 그를 불안하게 만들었다. 그래서 노을이 지는 호젓한 길을 영백과 단둘이 걸으면서도 그는 그녀와 걸음을 맞춰 걸을 수도 없었고, 그에 대해 물을 수도 없었다. 그녀가 자신에게 몰래 감췄을지 모르는 불편한 진실을 아는 것이 그 또한 두려웠기 때문이다.

그때였다. 영백이 등 뒤에서 그의 허리를 감싸 안았다. 마치 자신의 등에 업힌 것처럼 머리와 몸을 바짝 기댄 그녀가 그의 등에 보드랍게 얼굴을 비비자, 멈췄던 심장이 다시 뛰는 것처럼 몹시 두근댔다. 그리고 이내 자신을 감싼 영백의 따뜻한 체온이 야울야울 번지며 남아 있던 일말의 불안과 두려움을 녹여 버렸다.

"미…미…미안해요. …하…하지만…나…난…지…지금 이대로가…너…너무 행복해서……."

말을 더는 잇지 못하고 영백이 그를 더 꼭 안았다. 정주는 자신의 허리를 감싼 영백의 손을 다정하게 어루만졌다.

'그래, 기억이야 아무려면 어떠냐. 그녀 말대로 지금도 이렇게 행복한 것을…….'

정주는 그렇게 한참 동안 자신의 허리를 감싼 영백의 손을 어루만졌다.

"그게 다예요?"

운보가 샐쭉하니 입을 잡아 빼며 실망스런 표정을 지었다. 그와 함께 낚싯줄을 드리운 정주는 그 반응에 고개를 갸우뚱했다. 운보는 이마를 치며 안타까운 탄성을 내질렀다.

"세상에 이런 한심한 작자를 봤나. 진 행수의 의도를 그리 눈치채지 못하다니."

"의도요?"

"여인이 부끄럼을 무릅쓰고 그렇게 먼저 애정 표현을 했으면 입은 맞춰 주지 못하더라도 애틋하게 품에 안아 줄 수도 있건만, 고작 손이나 쓸었다니 실망이오. 홍 형."

정주는 자신이 기억을 찾는 것을 영백이 별로 원치 않는 것 같다고, 슬쩍 운보에게 제 고민을 이야기했다. 그랬더니, 그는 오히려 이상한 것을 꼬투리 잡았다.

"진 행수가 홍 형을 7년이나 기다렸소. 그러니 그동안 얼마나 애가 끓었겠느냔 말이오. 그런데 홍 형은 자꾸 과거만 바라보는 것 같으니 지금의 나를 좀 어여삐 봐 달라, 애정을 쏟아 달라 눈치를 주는 것 아니오. 쯧쯧쯧."

"그…… 그런가?"

"틀림없다니까요. 부디, 다음에는 이렇게 눈치 없이 굴지 마시오. 홍 형."

운보의 현란한 말재간에 정주는 자신이 그에게 털어놓았던 고민의 본질을 잊었다. 그의 말대로 영백이 그런 여지를 보여 준 것 같기도 해, 약간 상기된 얼굴로 어떤 생각을 하며 입술 끝을 실룩댔다.

운보와 헤어지고 나서도 정주는 그가 해 준 말을 곱씹느라 낚싯대에 매달은 텅 빈 바구니가 떨어질 듯 위태롭게 흔들리는 것도 몰랐다. 그래서 길 뒤편으로 화려한 수레가 달려오는 것 또한 알아채지 못했다.

강변을 낀 길이라 가뜩이나 폭이 좁은데 그 가운데를 정주가 정신을 빼놓고 걸어가자, 수레는 속도를 줄여 그의 뒤를 천천히 따라가야만 했다. 정주가 뒤쪽의 기척을 느낀 것은 수레가 그의 뒤를 따른 지 한참이 지난 후였다.

느릿한 그의 보폭에 맞추느라, 뜨거운 여름 햇살 아래 수레를 몰아야 했던 마부가 정주를 쏘아보았다. 그제야 자신 때문에 수레가 지나가지 못했다는 것을 깨달은 정주가 서둘러 길가로 비켜섰다. 수레가 속도를 올리며 쌩하니 자기 앞을 지나쳐 가리라 예상했는데, 길을 비켜 준 후에도 수레는 좀체 속도를 올리지 않았다. 오히려 그의 앞에서 멈춰 섰다.

"어머나, 이게 누구십니까?"

간드러지는 목소리와 함께 수레의 발이 오르며 한 여인이 내렸다. 선녀가 있다면 저렇게 생겼구나 싶을 정도로 아름다운 여인이었다. 그녀가 자신을 향해 눈웃음을 치며 인사를 건네자 정주가 살짝 경계하는 빛을 보였다.

"절 아십니까?"

"기억을 잃으셨다더니 정말이었나 보군요. 이 몸을 잊으셨다니 조금 섭섭하기까지 합니다. 우리는 아주 각별한 사이였거든요."

효화는 사근사근한 손짓으로 그의 옷깃을 어루만지더니 미풍처럼 그의 턱밑으로 얄궂은 숨결을 토해 내며 야릇한 시선을 보냈다. 그러자 효화의 애완견이 수레에서 뛰어내려 묘한 분위기가 흐르는 두 사람 사이를 앙증맞게 꼬리를 흔들며 맴돌았다.

자극적이고 매혹적인 향을 풍기는 효화가 긴 속눈썹을 슬쩍 들어 발그레한 제 얼굴을 그에게 가까이 가져갔다. 하얀 치아를 살며시 드러낸 붉은 입술이 요염하게 꼬리를 말며 올라가는 것이 대놓고 그를 유혹하는 듯했다. 그러자 정주의 입술이 살짝 벌어지며 그녀의 미색에 홀린 것처럼 황홀한 표정을 지었다. 기억을 잃기는 했어도 몸에 내재된 본능이 자신을 기억하고 있다는 사실에 효화는 약간 우쭐했다.

"안…… 안아 봐도 됩니까?"

그가 또 자신의 매력에 빠져 헤어 나오지 못할 것이라 확신하기는 했지만, 이렇게 빨리 그리고 또 이토록 저돌적으로 나올 줄은 몰랐다. 효화는 수줍은 표정으로 고개를 끄덕이며 살짝 팔을 벌려 그를 맞아들일 준비를 했다.

그가 머뭇거리는 팔을 들어 효화에게 천천히 몸을 기울였다. 그러더니 효화의 곁을 지나쳐 발발거리며 돌아다니는 그녀의 애완견을 번쩍 들어 올렸다. 사람에게 얼마나 호의적인지 꼬리를 아즐아즐 흔들며 애교를 부리는 것이 무척 귀여운 놈이었다.

"정말 똘똘하게 생겼네요. 애교도 많은 것 같고. 이놈을 보니, 저희 어머님께 이런 강아지를 한 마리 선물해 드려야겠습니다. 이런 녀석이면 적적치 않게 하루를 보내시겠네요."

그는 송 부인에게 애완동물을 마련해 줄 생각을 왜 진즉에 하지 못했는지 후회하는 표정이었다. 그가 애완견을 품에 안고 보드랍게 쓰다듬어 주는데 효화의 얼굴이 붉으락푸르락해졌다.

"잘 알지도 못하는 이가 함부로 쓰다듬어 화가 나셨나 보군요. 죄송합니다."

정주는 서둘러 강아지를 내려놓았다.

"잘 모르는 이가 아니라니까요!! 정말 기억 안 나요? 우리가 얼마나 각별한 사이였는데."

자존심에 금이 간 효화가 자신을 정말 모르겠느냐며 정주의 손을 잡아채 그것을 제 얼굴에 가져다 대었다. 효화의 갑작스런 행동에 놀란 그가 흠칫해 손을 잡아뺐다.

"죄송합니다만 정말 기억이 없습니다. 그리고 저는 곧 혼례를 올릴 여인이 있는 사람이니, 아무리 절 잘 아시는 분이라도 이런 행동은 삼가 주셨으면 좋겠군요. 그럼."

정주가 불쾌한 기색을 띠며 낚싯대와 바구니를 챙겨 서둘러 자리를 떠났다.

효화는 하도 기가 막혀 이 현실을 부정하고 싶었다. 자신에게 흠뻑 빠져 시키는 것은 무엇이든 하던 홍정주였다. 심지어 후원에서 영백을 옆에 두고 자신과 애정행각을 벌이던 그가 아닌가. 그런데 이제는 영백과 혼례를 치른다며 자신을 거부하다니……. 믿기지가 않았다.

'틀림없어. 진영백 고것이 기억이 없는 것을 이용해 과거에 대해 속였을 것이야. 둘 사이가 아주 살갑고 애틋했던 것처럼 거짓말을 해 홍정주를 속였을 것이라고.'

효화는 그가 자신을 밀어낸 이유를 그런 식으로 합리화시켰다. 그러지 않고서는 그딴 말더듬이 년 때문에 그가 자신을 밀어낸다는 것이 말이 안 됐기 때문이다.

부아가 끓는 것을 간신히 참아 내며 궁으로 돌아왔더니, 그녀의 처소에서 당재영이 기다리고 있었다.

"영휘에 입성한 첫날, 마중을 받은 것 말고는 그 이후로 좀체 얼굴 보기가 힘들군요. 공주님."

"사지육신 멀쩡한 사람이 잘 돌아다니는 것이 뭐 문젠가요? 그보다 주인도 없는 처소에 마음대로 들어와 있다니 무례하네요."

좀 전의 일로 자존심에 상처가 나, 잔뜩 예민해진 효화가 쌀쌀맞게 쏘아붙였다. 그런데도 당재영은 불쾌해하거나 화를 내지 않았다. 그보다는 철없는 아이의 투정을 받아 주는 것처럼 눈썹을 치켜뜬 효화를 찬찬히 훑어보았다. 그 시선에 효화는 소름이 돋았다.

효화가 소름이 돋은 이유는 그가 자신보다 훨씬 나이가 많아서라든가, 외모가 못생겨서라든가 하는 이유 때문이 아니었다. 그의 앞에 있으면 제 자신이 맹수 앞에 놓인 사냥감 같은 느낌이 들어서였다.

"후후. 뭐, 지금이라도 마음껏 즐겨 두십시오. 혼례를 마치고 가현주로 가게 되시면 이 모든 것이 추억이 될 테니까요."

비스듬히 몸을 기울여 효화를 바라보던 당재영이 자리에서 일어났다.

이것이다. 그의 이런 점이 효화를 소름 돋게 만들었다.

포획한 먹이를 잡아먹기 전에 실컷 괴롭히며 가지고 노는 맹수 같이, 자신을 길들일 수 있다 자신감을 드러내는 그의 저런 점이 효화를 숨 막히게 했다. 누구에게 억압당하는 것을 가장 싫어하는 효화에게 저항할 수 없는 위압감으로 다른 이들 위에 서려는 이 남자는 그녀와 가장 상극에 위치하고 있었다.

차라리 장륜이 나았다. 답답하리만치 우직한 점이 재미없기는 했지만 그에게는 배려라는 것이 있었고, 그 때문에 나름 자유로울 수 있었다.

그러나 당재영은 다르다. 그가 한 말처럼 혼례를 올리고 가현주로 가게 되면 효화의 남은 생은 암흑이라고 해도 과언이 아닐 것이다.

당재영이 나가고도 그의 서늘한 기운이 자신의 처소 곳곳에 남아 있자, 효화는 어깨를 감싸 쥐었다. 그녀는 차라리 장륜이 살아 돌아왔으면 하는 생각이 이렇게 간절히 든 것은 처음이었다.

✳

정주는 요사이 자신을 주시하는 듯한 불편한 시선에 문득문득 주위를 살피게 되었다.

오늘만 해도 영백과 함께 장을 보러 저자에 나왔다가, 그녀가 생선을 고르는 동안 잠시 다른 곳을 구경하고 있는데 또 그 불편한 시선이 느껴졌다.

'착각이겠지. 이렇게 많은 사람들이 모인 곳에 있다 보면, 그중 내 흉터를 보고 놀라서 쳐다보는 이도 있을 거야. 그것을 감시당하고 있다고 느끼는 것인지도 몰라.'

정주는 제 얼굴의 흉터를 어루만지며 감시받는 듯한 기묘한 느낌을 자격지심으로 해석하려 했다. 그런데 그 순간, 불쑥 어떤 그림자가 그의 옆으로 드리워졌다. 순간적으로 놀란 정주가 몸을 돌려 그림자의 정체를 확인하니, 뚱한 얼굴을 한 남자가 그를 뚫어져라 바라보고 있었다.

"뭐…… 뭡니까?"

"강계전투에서 살아 돌아오셨지만 기억은 없다는 홍정주 전(前) 편장군 맞으십니까?"

자신의 이름 앞에 뭐 이리 구체적인 수식어를 붙여 묻는지…….

정주는 대답 대신 눈만 끔벅였다. 그러자 남자는 맹하고 뚱한 얼굴에 어울리지 않는 매서운 눈초리를 만들려고 눈에 과하게 힘을 주는지 눈가가 부들부들 떨리고 있었다.

"제 이름은 현강초라고 합니다. 장군과는 한때 같이 일하기도 했고 몇 번 뵌 적도 있었지요. 기억을 잃으셨다고 하니, 절 기억하시지는 못하겠지만 아무튼 그런 사이입니다."

현강초?! 운보가 말했던 그자였다. 음흉한 속내를 가졌으니 만나면 얼굴부터 가리고 도망가라던 그 사람이었다. 외모만 봐서는 운보의 그같은 말이 믿겨지지 않았지만 정주는 일단 손을 올려 얼굴부터 가렸다.

"글쎄요. 무슨 말씀인지 모르겠군요. 사람 잘못 보셨습니다."

정주가 잰걸음으로 그 자리를 피하려고 했다. 그런데 생김과 달리 강초는 끈덕지게 따라붙으며 좋알좋알댔다.

"그 얼굴의 흉터! 손목의 그 팔찌! 홍정주 전 편 장군 맞지 않습니까? 왜 거짓말하시죠? 제가 몇 가지 여쭙고 싶은 것이 있어 그럽니다. 잠시 멈춰 제 말을 좀 들어 주시지요."

느릿한 말투에 맹한 표정을 짓고 있으면서도 그는 지독하리만치 집요하게 물을 것이 있다며 뒤를 쫓았다. 안 되겠다 싶었는지 정주가 냅다 달리기 시작했다. 달리다 보니, 저 앞에서 커다란 생선 한 마리를 두고 생선 장수와 이야기를 나누는 영백이 보였다. 정주는 다짜고짜 그녀의 손목을 낚아챘다.

"어서 돌아갑시다."

"가…갑…갑자기…왜…왜 그래요?"

"구 형(兄)이 조심하라던 자가 따라옵니다."

운보가 조심하라는 자? 어리둥절해하던 영백이 뒤를 돌아보니 멀리 강초의 뚱한 얼굴이 보였다. 쫓아오는 이가 강초임을 확인하자 엉겁결에 따라 달리던 영백도 다리에 속도를 붙였다. 그런 두 사람의 모양새는 꼭 쫓기는 사람들 같았지만, 영백은 그의 손을 잡고 사람들 사이를 요리조리 비켜 가며 저자를 달리는 것이 재미있었다. 숨이 턱까지 차고 심장은 터질 것처럼 쿵쾅댔지만 그마저 즐거웠다.

영백의 손을 잡고 달리던 정주는 여름날 한줄기 바람 같은 청량한 영백의 웃음소리를 들었다. 굳이 돌아보지 않아도 싱그러운 그녀의 표정이 눈앞에 그려지는 듯하자, 정주의 입에서도 바람에 흔들리는 풍경처럼 맑은 웃음이 흘러나왔다.

그에 반해 강초는 죽을 맛이 따로 없었다. 여름날, 대낮에 저자를 질주하자니 땀이 비 오듯 흐르며 온몸이 소금에 전 배추마냥 되어 갔다. 하지만 그럴수록 강초는 그자가 장륜의 행방을 알고 있다는 확신이 들었다. 그는 의지를 다지듯 거센 콧김을 내뿜으며 몸을 곧추세웠다.

지금 그의 오른편에는 그늘막이 쳐지고 시원한 물과 달달한 음료를 사 먹을 수 있는 객잔이 있었지만, 그는 강하게 그 유혹을 뿌리치고 홍정주를 쫓아 다시 걸음을 옮겼다.

"가…갔…갔어요."

객잔의 가장 안쪽에 앉아, 이마 위를 손으로 가리며 몸을 바짝 숙였던 영백이 슬그머니 고개를 들며 말했다. 그러자 탁상 아래서 정주의 얼굴이 쑥 하고 올라왔다.

"생긴 것과 다르게 꽤나 끈질긴 사내군요."

정주가 진땀 뺀다며 이마를 훔치자, 영백이 물이 든 잔을 내밀었다. 그가 물을 들이켜며 정신없이 뛰다 더위로 쓰러질 뻔했다는 엄살을 떨었지만 그나 영백의 입가에는 시종 빙글거리는 웃음이 사라지지를 않았다.

"다시 되돌아오기 전에 그만 돌아갈까요?"

정주가 시원한 물 한 잔에 한숨을 돌렸는지 자리에서 일어나 그녀에게 손을 내밀었다. 그의 손을 잡고 자리에서 일어서던 영백이 의자를 뒤로 빼자, 음식을 가지고 나오던 점원이 거기에 걸려 넘어졌다. 점원이 넘어지면서 그가 들고 가던 음식이 허공을 가로질러 객잔에 앉아 있던 다른 손님 머리 위로 쏟아졌다.

"쌍! 이게 뭐야!"

우악스런 목소리와 함께 싸움 꽤나 할 것 같은 남자가 자리에서 벌떡 일어나 점원을 죽일 듯이 노려봤다. 얼굴이나 말투, 행동거지가 시장 통에서 상인들을 괴롭히는 왈짜 같았지만 그가 차려입은 옷차림이나 옆에 찬 검은 특정집단에 소속되어 있는 사람 같았다.

"나한테 뭐 불만 있냐? 어디 감히 당재영 절도사의 친위대인 이 몸의 옷을 더럽혀. 이게 어떤 옷인지 알고!! 이건 절도사님 친위대의 정복이고, 이 옷을 더럽힌 것은 그분을 모욕한 것이나 다름없어. 알아?"

"죄…… 죄송합니다. 일부러 그런 것이 아니에요."

점원이 연신 미안하다 사과했지만 그 작자는 점원의 멱살을 틀어쥐고 위협적인 말들을 쏟아 냈다. 그러자 객잔 한쪽을 몽땅 차지하고는 있던 그자와 같은 옷을 입은 무리들이 겁먹은 점원의 표정을 보며 키득거렸다.

영백은 자신의 실수로 그 점원이 난처하게 되자, 그 앞에 나서 이를 수습하려 했다.

"제…제…제 잘못입니다. …제…제가…조…조…조심성 없게…구…구는 바람에…이…이분께서…시…실수하신 것이에요. …죄…죄송합니다."

영백이 허리를 굽혀 진심 어린 사과를 전했지만 그놈들은 되레 그녀의 말투를 비웃었다.

"푸헤헤, 영휘 놈들 도성에 산다고 뻐기더니 순 겁쟁이에, 허약한 놈에, 말더듬이까지? 여긴 병신들만 모여 있는 곳이구먼. 이러니 우리 절 도사 어른께서 나서셨지. 우리 가현주의 병사들이 아니었으면 진즉에 이 족들에게 쓸려 모두 죽고 없어졌을걸."

"아무렴!"

"맞아, 맞아! 우리한테 고마워해야 한다고."

왈짜의 말에 당재영의 친위대들이 동조하며 와자지껄 떠들어 댔다. 객잔 안에 있는 다른 사람들은 그들의 말에 눈살을 찌푸렸지만 그러면서도 당재영이라는 이름이 갖는 위세에 눌려 아무 말도 하지 못했다. 왈짜는 그것에 더 우쭐해졌는지 영백의 손목을 잡으며 말했다.

"자, 그런 의미에서 사과와 감사를 담아 노래 한 곡조 불러 봐! 어디 말더듬이는 노래할 때도 더듬는지 한번 보자."

놈의 말에 그의 동료들이 '와하하' 하고 웃었다. 화가 난 영백은 그 자의 무례하고 불쾌한 언사에 대한 답으로 뺨을 올려붙이려 했다. 그런데 그녀가 치기도 전에 갑자기 왈짜의 고개가 뒤로 휙 젖혀지더니 이내 '쿠당당' 소리를 내며 객잔에 놓인 탁상 위로 벌렁 나자빠졌다.

한껏 웃어젖히던 당재영의 친위대원들은 일순 침묵에 잠겼다.

그들은 말더듬이 여인 뒤에 섰던 남자가 덩치도 적지 않은 제 동료를 일격에 나자빠트린 것을 보고 말문이 막혔다. 거기다 불꽃처럼 일렁이는 흉측한 흉터와 서슬 퍼런 칼날처럼 번뜩이는 눈빛이 주는 위압감이 그들의 입을 다물게 했다.

"이…… 이 새끼가!"

왈짜 같은 놈이 탁상 위로 고꾸라졌던 몸을 주섬주섬 추켜세우며 정주를 향해 칼을 빼 들었다. 정주는 재빨리 영백을 안전한 뒤 쪽으로 보내고, 포악한 괴성과 함께 달려드는 왈짜를 향해 옆에 있던 의자를 발로 힘껏 밀었다.

의자가 빠른 속도로 바닥을 미끄러지며 그에게 달려들자, 왈짜는 의자를 피하려고 엉거주춤 허리를 뒤로 뺐다. 정주는 그 순간을 놓치지 않고 몸을 날려 밀어 던졌던 의자를 지르밟고 올라가 왈짜의 얼굴을 무릎으로 가격했다.

퍽!

칼 한 번 휘둘러 보지 못하고 또 나자빠진 왈짜의 코와 입에서 피가 흘러나오더니, 그는 정신을 잃었다.

"네 이놈! 우리가 누군 줄 알고!?"

이 상황을 어리둥절하게 지켜보던 당재영의 친위대원들이 동료가 쓰러진 것을 보고 뒤늦게 분기탱천해 일어났다.

"너희들이 누구냐고? 이족보다도 못한 야만인들이지. 자신들이 맡은 직분에 대한 존중도 없는 한낱 쓰레기들이기도 하고. 감사와 칭찬은 제자리에서 맡은 바를 충실히 다했을 때 저절로 따라오는 것이다. 공치사를 하고 싶어 허리에 검을 차고 있다면 하루빨리 다른 일들을 찾아봐. 그런 놈들이 무기를 들어 봐야 남을 해하기만 할 뿐, 무엇 하나 지켜 내지 못할 테니까."

당재영의 친위대를 꾸짖는 정주의 모습을 보며 사람들은 위엄이라는 것이 무기를 들고 힘으로 겁박한다 하여 생기는 것이 아님을 새삼 느꼈다.

객잔이 소란스러워지자, 저자를 지나던 많은 이들이 그 앞으로 몰려들어 안을 흘긋거렸다. 그리고 그 무리에는 강초도 섞여 있었다. 그는 익숙하고도 그리웠던 한 남자의 위엄을 직접 눈으로 확인하고는 눈가에 넘실대는 물기를 슥 훔쳤다.

"미친……. 혀에 기름칠이라도 했나? 말이 아주 번지르르하네. 어디서 싸움 좀 했다고 우쭐한가 본데, 그래 봐야 이족들이 쳐들어오면 무서워 꽁무니를 뺄 놈이 허세는."

친위대 중에서 가장 검을 잘 쓰는 이가 거들먹거리며 다가왔다. 정주보다도 한 뼘 정도 더 큰 꺽다리가 기선제압을 하려는지 눈을 부라리며 그를 노려봤다. 그러나 정주는 그것이 가소롭다는 듯이 빙긋이 입꼬리를 말아 올렸다.

비웃음이 분명한 정주의 반응에 모욕을 당했다 생각한 꺽다리가 분기를 참지 못하고, 검을 뽑아들려고 했다. '스르릉' 검이 빠져나오는 소리가 분명 들렸건만 이상하게도 그의 손은 허공을 맴돌 뿐, 칼자루가 손에 잡히지가 않았다. 대체 언제 빼 간 것인지 꺽다리의 허리춤에서 빠져나온 검은 정주의 손에 들린 채, 꺽다리의 목 밑에 드리워져 있었다.

"이리 손이 느려, 누구와 싸우겠다고. 솔직히 말해 보아라. 네놈들 전장에 나가 싸워 본 적이 한 번도 없지?"

"이이익……. 너 뭐하는 놈이야?"

정주와 꺽다리가 대치하던 모습을 보고 있던 사람들은 자신이 본 신기에 가까운 손놀림에 혀를 내둘렀다. 정주가 눈 깜짝할 사이에 상대의 허리춤에서 검을 빼 들어, 빙글 한 바퀴를 돌더니 원래 주인의 목에 검을 겨눈 것이다.

당재영의 친위대들은 이제 더 이상 좀 전의 기세등등하던 모습이 아니었다. 지금까지 본 것만으로도 자신들 중에 흉터를 가진 저 남자를 꺾을 사람은 없었다. 야코가 죽은 그들의 모습에 객잔 안 손님들은 물론, 객잔 밖에 있던 사람들도 속이 다 시원한 표정이었다.

정주가 꺽다리를 한심스럽게 바라보며 그의 볼을 검등으로 툭툭 쳤다.

"사람의 겉모습만 가지고 능력을 속단하지 말거라. 특히 군인이라면 적이 어떤 자인지 제대로 파악해야 전장에서 죽지 않을 수 있는 것이다.

너희의 상관은 이런 기본적인 것도 가르쳐 주지 않더냐?"

"네 이놈! 우리가 모시는 분이 감히 누구인 줄 알고 그렇게 지껄이는 것이야?"

정주는 꺽다리가 호통을 치면서도 자신의 어깨너머로 부산스럽게 눈동자를 돌리고 있는 것을 발견했다. 피식 웃음이 흘러나왔다. 그들의 같잖은 계획이 보지 않아도 눈에 훤했다. 아마도 친위대원 중 한 놈이 칼자루에 손을 얹고 슬금슬금 자신의 등 뒤로 다가오고 있을 것이었다.

싹둑.

뒤에서 정주를 공격하려던 자는 틀어 올렸던 자신의 머리카락이 잘려 부스스 떨어지는 것을 보았다. 순식간에 머리 위를 지나간 서늘한 검기가 아직도 정수리 부근에 시리게 남아 모골을 송연하게 만들었다.

그리고 그자의 머리카락을 베어 버린 검은 어느새 다시 제자리로 돌아와 꺽다리의 목을 겨누었다. 정주가 조용히 혀를 찼다.

"네놈들이 모시는 상관이 누구인지는 잘 모르겠다만, 너희들을 보니 어떤 자일지 가히 짐작이 가는구나. 쯧쯧쯧."

수준이 맞지 않아 상대하기도 귀찮다는 것처럼 정주는 손수 검을 다시 꺽다리의 검집에 꽂아 주며 그자의 어깨를 두들겼다. 그리고 별일 없었다는 듯이 영백에게 이만 돌아가자며 손을 내밀었다.

영백과 그가 손을 잡고 객잔을 나오니, 사람들이 경탄과 찬사의 시선으로 정주를 보며 수군거렸다. 그런데 그때, 인파 속에서 누군가 튀어나왔다.

"장군!"

강초가 영백과 정주의 앞을 가로막고 서서, 곧 울음을 터트릴 것처럼 정주의 손을 잡고 어깨를 들썩거렸다.

틀림없었다. 상대를 압도하는 뛰어난 무예 실력과 꺾은 상대를 더욱 초라하게 만드는 훈계 실력까지 그분이 틀림없었다.

"살아 계실 것이라고 믿었습니다. 흐윽…… 흐윽……. 뭔가 이상하다고 생각했는데……. 설마하니 이런 착각을 하고 계셨을 줄이야. 잘 들으세요. 장군. 당신은…… 당신은…… 장…… 흡!"

눈물과 함께 강초의 입에서 슬픔과 기쁨이 교차하는 말이 떨어질 때마다 영백은 움찔움찔했다. 그리고 마침내 그의 입에서 정주의 실체에 대해 말이 나오려던 순간 숨이 멎었다.

강초의 숨이 말이다.

"홍정주 장군이지요. 홍정주 장군. 아직도 이리 무예가 출중하시니, 다시 현직에 복귀하셔도 되겠습니다."

운보가 강초의 뒤에서 그의 입을 손으로 틀어막으며 헤실헤실 웃었다. 강초가 고개를 저으며 발버둥을 치자 운보가 뒤에서 그의 오금을 무릎으로 찍었다.

"이놈이 오랜만에 장군의 솜씨를 보고 감탄했나 봅니다. 하하하. 아무래도 감정이 격해진 것 같으니 제가 데리고 가서 달래도록 하지요. 진행수, 홍 형과 함께 이만 집으로 돌아가 보세요."

영백은 황급히 고개를 끄덕이며 정주와 함께 집으로 돌아갔다.

"대체 왜 막으신 겁니까? 나리는 다 알고 계셨던 것이죠?"

운보에게 잡혀 집으로 끌려온 강초가 격앙된 목소리로 그에게 따져 물었다. 하지만 운보는 그를 자리에 앉히고, 차 두 잔을 따라 하나를 강초에게 건네었다.

"일단, 앉아라. 할 말이 많다. 그것을 다 듣고 나면 형님이라고 부르게 해 주마."

방안에 은은한 다향(茶香)이 번져 나갔다. 그 씁쓸하고도 깊은 향이 어쩐지 할 말 많은 운보를 대신해 먼저 운을 떼는 것만 같았다.

정주와 함께 집으로 돌아온 영백은 혹여, 그가 강초의 반응을 두고 뭔가를 물어올까 싶어 저녁을 해야 한다며 남천을 데리고 서둘러 부엌으로 향했다. 그러나 마음이 번다하고, 정신이 하나도 없어 좀체 요리에 집중할 수가 없었다.

"어머!"

부엌에서 재료를 다듬고 칼질하던 영백의 손가락에서 선혈이 떨어졌다. 헌데, 손을 베인 본인보다 남천이 먼저 발견하고는 소리를 쳤다.

"어디에 정신을 팔고 계셨기에 손가락이 베인 줄도 모르셨어요. 어휴, 안 되겠다. 저녁은 제가 준비할 테니 가서 지혈하세요."

남천이 영백을 등 떠밀어 부엌 밖으로 내보내자, 그녀는 번다한 마음을 달래기 위해 안채로 걸음을 옮겼다. 그녀는 누군가에게 위로받고 싶을 때면 잎 사이로 하늘하늘 비치는 햇살을 받으러 안채 정원에 있는 단풍나무를 찾고는 했다.

그녀가 단풍나무가 있는 안채 정원에 들어서자, 나무 밑에 정주가 기대어 앉아 가만히 그 위를 올려다보고 있는 것이 보였다. 일전에 화련 상점에서 이 나무와 관련된 기억을 찾은 뒤로 그는 종종 저러고는 했다.

"여기서 뭐해요?"

슬그머니 그의 곁으로 가 앉으며 영백이 묻자, 정주가 그녀를 반기듯 자리를 내어 주었다.

"그냥 여기 있으면 마음이 편해져서요."

그와 나란히 앉은 영백은 새삼 감회가 새로워 나무에 기댄 그의 옆모습을 물끄러미 바라보았다. 시선을 느낀 그가 영백을 돌아보며 멋쩍게 웃었다.

"왜 그렇게 쳐다봐요?"

"오…오…오늘…고…고마웠어요. …저…절…구…구해 줬잖아요. …그…그래서…머…멋있어서…쳐…쳐다 본 거예요. 후훗."

영백이 장난스럽게 말하며 짧은 웃음을 털어 냈다. 예전 같으면 쑥스러워하거나 멋쩍어했을 텐데 그가 '흠흠' 하고 헛기침을 하더니 짐짓 진지한 목소리로 말했다.

"그럼, 내 부탁 하나 들어주겠어요?"

그녀가 부탁이 뭔지 궁금하다는 표정을 짓자 그가 의미심장하게 입꼬리를 올렸다.

"노래 불러 줘요. 어머니 진정시킬 때마다 귓가에 흥얼거렸던 그 노래 말이에요."

영백의 표정이 아련하게 젖어 들어가더니, 이내 입술 끝을 살포시 여몄다.

"그…그…그럼. 누…눈…눈감아요. …보…보면…쑥…쑥스러우니까."

수줍게 붉어진 뺨을 한 영백이 눈썹을 내리깔며 말했다. 그 모습을 사랑스럽게 바라보던 그의 눈이 감겼다.

"됐죠. 어서 불러요."

눈을 감고 자신의 노래를 기다리는 그를 향해 영백이 노래하기 시작했다.

『두 눈이 먼다 해도 멈출 수가 없네.

걷잡을 수 없이 커져 버린 열망을 거스를 수도, 막을 수도 없어』

바람에 흩날리듯 가녀린 목소리가 천천히 가락을 탔다. 애절하고 간절하게 갈망하는 바를 실은 곡조에 그는 가슴이 떨려 왔다. 나무함에 있던 서신들 중, 유독 이 노랫말에 감정이 치밀었던 이유가 무엇인지 이제야 알 것 같았다. 가슴 가득히 그녀를 향했던 열망은 이 노래로 더욱 충만해진 기분이었다.

꽃잎이 사락사락 떨어지듯 그녀의 노래가 끝을 맺었지만 그는 눈을 뜰 수가 없었다. 지금도 충분히 설레어 심장이 주체할 수 없이 뛰는데, 눈을 떠 영백의 얼굴을 마주하면 심장이 터질 것만 같았다.

"왜…왜…누…눈…안 떠요? …노…노래가…벼…별…별로였어요?"

노래가 끝났는데도 그가 눈을 뜨지 않자 영백이 좀 더 그의 곁으로 다가가 앉으며 물었다. 그녀의 싱그러운 향이 좀 더 가깝게 느껴지자 그는 영백이 자신의 바로 곁에 있음을 느끼고는 혀로 입술을 축였다.

"아니요. 지금 당신을 보면 심장이 터질 같아서요."

그가 새물거리며 그녀의 노래가 자신을 행복하게 만들었음을 전했다. 그러자 그의 귓가에 영백의 나긋한 목소리가 들려왔다.

"그…그럼…조…조금만…조금만 더…가…감고 있어요."

그와 함께 여린 숨결이 입술 끝에 닿더니 이내 부드럽고 촉촉한 감촉이 살포시 그의 입술에 와 닿았다. 처음에는 놀라 몸이 잠시 경직됐지만, 이내 따뜻한 온기가 제 입술을 포근히 감싸 오자 희열에 가득 찬 뜨거운 피가 온몸을 돌며 경직된 몸을 녹아들게 만들었다.

그는 달보드레한 그 감촉을 좀 더 느끼고자, 영백의 허리를 끌어당겼다.

귓가에 나뭇잎이 바람에 흔들리며 내는 경쾌하고 시원한 소리가 단풍나무 아래를 온전한 그들만의 세상으로 만들어 주고 있었다.

六.
그의 이름은……

영휘 저자에 있는 객잔에서 당재영의 친위대가 홍정주에게 당했다는 소식을 전해 듣고 황제는 모처럼 기분이 좋아졌다. 그놈이 살아 돌아온 것이 처음으로 기껍게 받아들여질 정도였다.

'그저 입만 살은 놈인 줄 알았는데, 저 당재영의 친위대를 묵사발로 만들 정도라면 실력이 나쁘지 않은 모양이군.'

황제는 똥 씹은 얼굴로 제 친위대를 나무라던 당재영의 모습을 상기하며 흐뭇한 미소를 지었다.

당재영은 객잔에서 행패를 부린 이들을 따끔히 혼낸 후, 그에 걸맞은 벌을 내렸다. 그는 자신의 친위대가 홍정주라는 자에게 혼쭐이 나, 친위대의 명성을 떨어트린 것보다 국혼과 제후 책봉을 앞두고 민심을 자극해 자신의 평판을 떨어트린 것을 더 용납할 수 없었다.

"꽤나 잘난 척한 거에 비해, 당신 병사들도 별것 아닌가 보네요. 일대 다(多)로 싸우고도 이기지를 못하다니. 호호호."

효화가 비아냥거리며 당재영을 자극하자 그는 입을 한 일자로 굳게 다문 채, 그녀를 흘겨봤다. 대단한 반응은 아니었지만 그것만으로도 효화는 오만한 당재영의 속이 부글부글 끓고 있다는 것을 알 수 있었다.

한 번쯤 오만한 저 남자의 콧대를 꺾어 주고 싶었는데 생각지도 않게 홍정주가 대신 그리해 주자 효화는 괜스레 그가 더 애틋하게 느껴졌다. 혹시 그가 당재영의 친위대와 싸운 것이 자신을 위해 그런 것이 아닐까 하는 망상마저 들었다.

망상에 젖다 보니 예전에 홍정주와 함께 했던 추억들이 하나, 둘 피어올랐다. 그러자 효화는 당재영을 좀 더 곤혹스럽게 만들 재미있는 생각이 떠올랐다.

"그이가……. 아직도 연회를…… 좋아할까 모르겠네."

효화가 요염하게 입술을 모으며 그것을 손가락으로 매만졌다.

✽

"상릉(祥陵)이요? 갑자기 거긴 왜?"

정주는 며칠 영휘를 떠나 있어야 할 것 같다는 영백의 말에 눈꼬리를 샐그러뜨렸다.

이제 혼례 날도 얼마 안 남았는데 어딜 간다는 것인지……. 그것이 썩 내키지 않았다.

"부…부탁했던…꽃…꽃모종을…드…드디어 얻을 수 있게…되…되어서요."

상단의 일이었다. 그녀는 백리향(百里香)이라고 향이 짙고, 약재로 많이 쓰이는 이 야생화를 화단이나 화분에 옮겨 관상용으로 활용하고 싶어 했다. 그래서 그 꽃이 많이 자생하는 상릉에다 모종을 구해 달라는 부탁을 해 놨는데 그것이 드디어 구해진 모양이었다.

영휘에서 상릉까지는 거리가 얼마 되지 않아 하루면 돌아올 수 있을 곳인데도, 그는 영백이 어디 가는 것이 못마땅한 듯했다.

"뭐…뭐가…마…마음에 안 들어요?"

"아니에요. 그런 것 없어요."

영백이 직접적으로 뭐가 불편한지 물었지만, 그는 애써 무심하게 그런 것 없다 답하면서도 왼쪽 귓불을 스리슬쩍 잡아당겼다. 영백이 실눈을 뜨며 그것을 보다 방긋 웃었다.

"왜…왜요? …하…하루라도…모…못 보면…누…눈이 배길 것 같아…그…그러십니까?"

그는 영백의 입에서 이런 낯간지러운 말이 뻔뻔스레 나올 것이라고는 생각지도 못했는지 눈을 휘둥그레 뜨고는 어색하게 헛웃음만 내뱉었다.

"허허, 허참. 나를 뭐로 보고……. 그런 것 아니올시다. 그냥, 혼례 날도 얼마 안 남았는데 어딜 간다니까 무슨 일이 생길까 봐 걱정이 돼서 그런 것뿐이오. 애도 아니고, 나를 하루 이틀 못 본다고 보채는 한심스런 사내로 보면 곤란하외다."

주저리주저리 변명을 늘어놓으면서도 그는 멋쩍게 왼쪽 귀를 매만졌다. 이를 본 영백이 희미한 미소를 지으며 살며시 다가가, 그의 가슴에 머리를 기대었다. 그러자 이런저런 말을 늘어놓느라 부산하던 그의 입도 멈추었다. 대신 콩닥대며 뛰던 그의 심장이 더 빠르게 뛰며 그 울림이 영백에게 고스란히 전해졌다.

"이…이제…그…금방이에요. …사…상릉에…다…다녀오면…곧…곧 혼례를…오…올리게 되겠죠. …그…그날이…빠…빨리 왔으면 좋겠네요."

그녀가 말을 할 때마다 초근초근한 숨결이 그의 가슴에 와 녹아들었다. 그는 다정하게 영백의 어깨를 감싸 안았다.

"그러네요. 시간은 멈추는 법이 없으니 조바심 낼 필요 없겠지요. 조바심 내지 않아도 당신은 이틀 후면 돌아올 테고, 곧 혼례 날도 돌아올 테니."

그의 말처럼 이 시간들이 무사히 지나고 나면 모든 것이 순탄할 것이다. 영백은 꼭 그리되기를 바라고 바랐다. 하지만 영백의 바람은 하루도 못 가 깨지고 말았다.

밖으로 일을 보러 집을 나서던 운보는 헐레벌떡 뛰어 들어오던 강초와 마주쳤다.

"형님! 형님! 큰일 났소. 헉, 헉."

"무슨 일인데 이리 숨이 넘어가나?"

"황제 폐하께서 오늘 밤, 국혼을 앞두고 축하연회를 여시는데 거기 명단에…… 명단에……홍…… 홍정주 이름이."

"뭐? 거기에 왜 그놈이?!"

"정확하지는 않지만 홍정주 장군의 생환을 환영하는 의미라고……."

말도 안 된다. 그가 영휘에 온 지도 좀 되었는데 지금껏 외면한 황제가 이제 와서 환영한답시고 그를 황궁으로 부른다? 그것도 한때 홍정주와 깊은 관계를 맺었던 효화의 국혼을 축하하는 자리에? 이상한 일이다. 너무 이상해 불길하기까지 했다.

운보는 황제의 심중이 의뭉스러워 적잖이 당황스러웠다. 아니, 그보다 더 큰 문제는 황제와 그의 대면이었다.

운보는 머리가 복잡해 미칠 것만 같았다. 핑계를 대고 거절하라고 하고 싶었지만, 국혼을 축하하는 자리면 황족 위주에 고관대작들만이 참석하는 자리이다. 그렇다면 딱 초대받은 인원만을 위한 특별한 맞춤 상차림과 연회가 준비될 텐데, 그것을 거절하기란 결코 쉬운 일이 아니었다.

운보는 오늘 같은 일이 생길 줄 알았으면 울분을 좀 참고 강초처럼 관직에 남아 있을 걸 하는 후회가 밀려들었다.

"너는? 너도 연회에 참석하느냐?"

"직접 참석은 못 해도 연회장 경계를 맡을 것이니 그 주변을 배회하기는 하겠죠."

"그럼, 네가 잘 살펴보아라. 어떻게든 그가 폐하와 가까이하지 못하게 하여야 한다."

고개를 끄덕이기는 했지만 강초의 낯빛은 자신 없는 것처럼 보였다. 하긴, 황제를 호위하는 낭중(郎中)이더라도 반드시 황제의 지근을 지키는 것이 아니었기 때문이다.

운보는 그래도 강초에게 잘 살펴보라 당부하고는 그 길로 홍정주의 집으로 향했다. 가는 것을 막지는 못하더라도, 조심하라는 당부는 전해야 할 것 같아서였다.

"벌써 갔다고요?"

걸음을 재촉해 왔건만 아직 해도 지지 않은 시간에 홍정주는 벌써 황궁으로 갔단다. 운보가 땀을 비실비실 흘리면서 황망해하자 송 부인을 돌보기 위해 집에 남아 있던 남천이 어찌 된 일인지 자세히 설명해 주었다.

"그럴 수밖에 없었던 것이 연회에 참석하라는 전갈과 함께 나리를 태워 갈 수레가 같이 왔습니다. 나리께서도 잠시 주저하셨는데 궁에서 나온 사람이 워낙 보채서……. 왜요? 무슨 안 좋은 일이 있습니까?"

운보에게는 지금 그 물음에 답해 줄 정신이 없었다. 그는 손톱을 깨물며 홍정주의 집 앞을 서성이다 어딘가로 급히 발걸음을 돌렸다.

그 시각, 황궁에서 보내온 수레를 타고 가던 홍정주도 불안함을 느끼고 있었다.

영백이 상릉에 간다 할 때부터 불안했다. 그녀한테는 아니라고 큰

소리를 쳤지만 정주는 이제 단 하루라도 영백을 볼 수 없으면 불안한 것이 사실이었다.

7년. 영백과 떨어져 고세협곡에서 헤맨 지, 다들 7년이라고 말하지만, 옛 기억을 모두 잃은 그에게 있어 그 기간은 7년이 아니라 영겁의 세월과도 같았다. 그 세월은 의미 없이 시간을 흘려보내던 공허한 나날들이었다. 그런 자신에게 '진영백'이라는 삶의 의미가 다시 찾아들었다. 그런데 그 삶의 의미를 또 놓치게 될까 봐 그는 두려웠다.

그녀가 상릉에 간 사이에 예상치 못한 황궁 연회에 자신이 초대를 받은 정주는 어쩐지 그 불안이 현실이 될 것만 같아 더 긴장되었다.

'혼자서 황궁에 가도 될까? 기억나는 것도 별로 없는데, 황제 폐하를 만나 뭐라 하지. 영백과 내 혼사를 주선해 주시고, 약혼의 증표까지 선물로 주셨다는데 그런 것이 하나도 기억이 안 나니. 그런데 어째서 같이 부르지 않고, 영백이 없을 때 나만 따로 부르신 것일까?'

복잡한 생각과 불안한 감정에 서서히 잠식당하던 그의 몸이 살짝 떨려 왔다.

연회가 열리기 한참 전인 시간에 정주는 황궁에 도착했다. 황궁에 도착한 정주는 어찌해야 할지를 몰라 황망하게 시선을 떨궜다. 안내를 받아 들어간 황궁이 낯설어 그런 것도 있지만, 자신을 데려오라 사람을 보낸 이가 예전에 낚시하고 돌아오던 길에서 만난 여인이었기 때문이다.

그녀가 공주였다니……. 정주는 효화 앞에 무릎을 꿇었다.

"고…… 공주님이셨습니까? 일전에는 무례를 범하였나이다. 소인의 불찰을……."

"우리 사이에 무슨 그런 딱딱한 말을……."

그가 효화의 정체를 알고 일전의 무례를 사과하자, 그녀가 정주의 곁으로 깃털처럼 사뿐히 내려 앉아 그의 등을 부드럽게 어루만졌다. 몰랐을 때야 이러지 말라고 꾸짖을 수 있었지만, 황궁에서 그것도 공주에게 그럴 수는 없으니 정주는 몸을 꿈틀거리며 그 손길을 피하는 것에 만족해야 했다. 그러자 효화의 미간에 실금 같은 주름이 잡혔다.

"죽은 줄 알았던 이가 이리 살아 돌아와 기쁘기 한량없어 그러는 것인데, 어째 이 사람의 손길이 자긋자긋한 것처럼 꺼림칙해하십니까?"

효화가 섭섭함을 토로하자 정주가 난감함에 뭐라 말은 못하고, 입술만 단단히 여몄다. 그러면서도 무던히 그녀와 거리를 벌리려고 몸을 움찔거렸다.

딱 집어 뭐라 설명할 수는 없지만 정주는 그녀가 그냥 싫었다. 머리에서 이유를 찾기도 전에 이미 몸이 먼저 반응해 그녀를 피하려고 했다. 아름다운 외모로, 사근사근한 목소리로 아무리 달콤하게 속삭여도 정주에게 효화의 말은 간악하게 느껴졌고, 그녀의 아름다움은 독기 품은 꽃처럼 위험해 보였다.

"공주님, 절도사께서 공주님과 함께 연회장에 드시기 위해 좀 이따 모시러 오시겠답니다. 어떻게 이제 슬슬 준비할까요?"

"아니, 나는 따로 같이 갈 사람이 있으니 절도사께서는 알아서 혼자 오시라고 전하여라."

그러고는 정주의 손을 잡으며 눈웃음을 짓자 정주는 기가 찼다. 절도사라면 공주와 결혼한다던 그 사람일 텐데 어째서 곧 남편 될 이를 내버려 두고 자신과 함께 연회장에 가겠다는 것인지 황당할 따름이었다.

머릿속이 잔뜩 엉킨 실타래처럼 점점 복잡해졌다. 이 상황을 어떻게든 모면하고 싶어 죽을 지경이었지만, 정주는 뭐라 말도 못 하고 입속에 혀만 소리 없이 놀려 댔다.

그 시각, 효화에게 거절당한 당재영은 그녀에게 자신의 불편한 심기를 드러내려 일부러 미적거리며 연회장에 나가지 않고 있었다.

"민폐도 이런 민폐가 없습니다. 공주님 말에 아이처럼 토라져서 행짜를 부리시면 다른 대신들은 물론이고, 공주님께서도 대인을 어찌 보겠습니까?"

"누가 우위에 있나 보여 줘야 할 필요가 있어서 그래."

"글쎄요. 지금 제가 보기에는 공주님이 대인보다 우위에 있는 것 같은 모양새인데요?"

순후경은 여기서 더 고집을 피워 봐야 그의 인상만 나빠질 뿐이라며 어른답게 굴라고 조언했다. 그 말이 먹혔는지, 당재영의 질긴 엉덩이가 드디어 떼어졌다.

그가 연회장에 들어서자, 여기저기서 그를 반기는 소리가 들려왔다. 그가 정말 반가웠을 수도 있겠지만 대부분 드디어 연회가 시작되겠구나 하는 안도에서 나온 말들이었다.

"많이 늦으셨구려. 짐과 다른 이들이 주빈을 기다리다 지쳐 먼저 술을 들었소이다. 양해해 주시오."

황제가 주빈(主賓)인 그 없이 먼저 연회를 시작한 것에 대한 사과를 전했다. 하지만 당재영은 황제가 지금 무슨 말을 하고 있는지 전혀 듣고 있지 않았다. 그는 효화를 가자미눈으로 쏘아보느라 다른 곳에 한눈팔 여유가 없었다.

"주빈은 소신 혼자가 아닐 텐데요. 어째서 공주님께서는 주빈석에 계시지 않고 그곳에 앉아 계시는 것입니까?"

연회장을 쩌렁쩌렁하게 울리는 당재영의 호통에 사람들의 시선이 일제히 효화에게로 쏠렸다. 그녀는 황제 옆에 마련된 주빈석이 아닌 그 아래쪽에 위치한 대신들 자리에 앉아 있었다. 얼굴에 흉측한 흉터가 남아 징그러운 사내를 옆에 끼고서 말이다.

"뭘 그리 화를 내시나요. 이쪽은 홍정주 장군이십니다. 이 사람과는 전부터 알고 지내던 사이지요. 강계전투에서 사라지신 후, 7년 만에 돌아오셔서 반가운 마음에 이곳에 자리를 청한 것뿐입니다. 절도사께서 하도 안 나타나시기에 기다리다 지쳐 그리한 것인데, 본인이 늦으셔 놓고는 이 몸을 탓하시다니……. 제 낭군 되실 분의 배포가 이 정도밖에 되지 않는다는 사실이…… 적잖이 실망스럽습니다."

순후경은 이마를 감싸 쥐었다. 이건 완벽한 당재영의 패배다.

그렇지 않아도 연회에 늦어 다른 참석자들에게 고깝게 보였을 텐데 효화의 말로 인해, 그는 쪼잔하고 배포가 작아 질투나 하는 소인배처럼 비춰지게 되었다. 그런데도 당재영은 정주를 쏘아보는 눈빛을 거두지 않았다. 오히려 분노로 더 이글거렸다.

'저자가 홍정주라고? 내 친위대를 꺾은 그놈이, 저놈이라고?'

어깨를 움츠리고 시선을 가만두지 못하는 것이 딱 겁쟁이처럼 생겼건만 그가 자신의 친위대를 제압했다니, 도무지 믿기지가 않았다. 그도 그럴 것이 정주는 지금 대혼란에 빠져 있는 중이라 지금 제 모습이 어떤지 돌아볼 여유가 없었다.

"어라? 저 사람 홍정주?"

"소문처럼 저 흉측한 흉터가 있는 것을 보니 맞는가 보군. 근데 왜 저 친구가 여기에 왔지?"

황제는 연회장에 모인 사람들의 수군거림을 들으며 술을 들었다. 씁쓸한 뒷맛이 그렇지 않아도 착잡한 마음을 더 심란하게 만들었다. 그도 저 흉측한 흉터를 가진 이가 홍정주라는 것을 모르지 않았다. 하지만 그 또한 어찌하여 홍정주가 여기에, 어떻게 온 것인지 알지 못했다. 아니다. 효화가 그를 데리고 이 연회장으로 들어왔을 때부터 이미 어찌 된 것인지 확인하지 않아도 알 만했다. 황제는 한쪽 눈을 일그러트리며 효화를 노려보았다.

"폐하께서 약혼식에 참석할 정도로 각별히 생각하신 사람 아닙니까. 제 국혼이 먼저이기는 하지만 폐하께서 짝을 지어 주신 이 두 사람의 혼례도 뒤이어 이뤄질 것이니, 함께 축하를 받았으면 해 제가 특별히 불렀나이다."

효화의 되도 않는 변명에 황제는 코웃음을 쳤다.

자신이 윤허한 연회의 참석자 명단에 제멋대로 손을 대놓고 말은 퍽 그럴싸하게 해 댔다. 하여간 일을 복잡하게 만드는 그녀의 재주 덕에 연회는 흡사 위태로운 줄타기와 같았다.

대체 누구를 위한 자리인지 헷갈릴 정도로 효화는 계속해서 홍정주를 챙겼고, 당재영의 얼굴은 분노로 굳어지다 못해 건드리기만 해도 폭발할 것 같은 표정이었다.

연회장에 들어선 뒤에야 자신이 불청객이었음을 깨달은 정주는 더 이상 그 자리에 앉아 있는 것이 곤혹스러웠다. 그는 눈치를 살피다, 살며시 연회장을 빠져나왔다. 진즉에 해가 져 어두운 황궁 안을 말간 달빛이 은은히 비추고 있었다.

정주는 이대로 집에 가 버리고 싶은 마음이 굴뚝같았지만, 그리해도 뒤탈이 없을까 염려되어 선뜻 그러지 못했다. 일단은 당혹스럽고 불편한 자리에 잠시 벗어나 어수선해진 머릿속을 차분히 정리하는 수밖에 없었다. 어차피 이 연회도 오늘 안에는 끝나지 않겠는가. 이런 것들도 어차피 한 번쯤은 겪어야 할 고역이라며, 그는 스스로를 위로했다.

어수선한 마음을 정리하려 연회장 주변을 거닐던 그는 어느새 후원에 이르게 되었다. 후원에 이르자 달빛이 부서져 반짝이는 연못이 그의 눈에 띄었다. 물에 반사된 달빛이 그의 눈가에 어리자 그는 잊고 있던 기억 저편에서 뭔가가 아스라이 떠올랐다.

좀 더 앳된 얼굴의 영백이 이곳에서 서서 지금 자신처럼 물가에 비치는 달빛을 바라보던 모습이었다. 기억 속에서 그녀가 달빛을 보며 잔잔한 미소를 짓자, 심란하여 딱딱하게 굳었던 그의 얼굴에도 봄볕 같이 따스한 기운이 번져 나갔다.

그러고 보면 모든 것이 불확실한 그의 기억에서 오로지 그녀만은 늘 확신을 주었다. 낯설기만 하던 이 황궁도 예전에 영백과 함께했었던 적이 있다는 기억이 떠오르자 조금 마음이 편안해졌다.

'내일이면 돌아오겠지……. 어서 오늘이 갔으면 좋겠구나.'

이런 생각을 하며 정주는 고즈넉한 후원의 밤공기를 가슴 깊이 들이마셨다. 여름임에도 밤공기는 제법 선선해 들이마신 숨이 청량했다.

그때, 누군가 뒤에서 그의 허리를 부드럽게 감싸 안았다. 바람결에 옷깃이 흩날려 착각한 것이 아닐까 싶을 정도로 기척도 느껴지지 않았다. 그래서 당황하기 보다는 얼떨떨한 기분이었다. 정주는 자신의 등에 누군가 살포시 이마를 기대는 것이 느껴지자 저도 모르게 영백을 떠올렸다. 상릉에서 예상보다 일찍 돌아와, 자신을 쫓아 여기까지 온 것이 아닐까 하는 기대가 들었다.

고작 하루 못 봤을 뿐인데, 벌써 그녀의 단아한 얼굴이 눈앞에 그려지며 가슴이 콩닥거렸다. 영백이다. 영백일 것이다. 그러한 생각이 들자 정주는 살며시 몸을 돌려 자신의 등에 기댄 이를 품으로 끌어당겼다. 그러자 아련한 달빛이 내려앉을 정도로 길게 늘어진 속눈썹을 가진 고운 여인의 자태가 그의 눈에 들어왔다.

정주는 심장이 덜컹 내려앉았다. 화들짝 놀라 황급히 그녀를 제 품에서 밀어내며 그가 말했다.

"여…… 여긴 어쩐 일이십니까?"

당황한 기색이 역력한 그가 주춤주춤 물러서자, 효화가 그의 손을 잡아끌었다.

"당신이야말로 여긴 어쩐 일이에요? 혹, 옛 기억이 조금 났나요? 예전에 진영백을 여기에 두고 당신과 내가 저쪽에서 함께 밀회를 즐겼잖아요. 아둔한 그 여자는 끝내 눈치채지 못하고 여기서 멍하니 서 있기만 했고요."

눈웃음을 지으며 효화가 그의 어깨를 야릇하게 쓸었다. 하지만 그는 불쾌한 낯빛으로 그 손을 피하며 고개를 저었다.

"그럴 리 없습니다. 어째서 그런 말도 안 되는……."

단호하게 그럴 리 없다고 말했지만 문득 그의 눈앞에 효화와 격렬히 입맞춤을 나누는 자신의 모습이 떠올랐다. 그는 하도 황당한 말을 들어서 자신의 기억에 착각이 일어났다고 생각했다. 하지만 착각이라 여겼던 기억 속에서 영백의 모습이 보였다. 좀 전에 떠올렸던 연못가에 서 달빛을 보던 영백의 모습이 말이다.

아니다. 이것이 사실일 리 없다. 효화와 입을 맞춘 것이 자신이라면 연못가에 선 영백의 모습과 그 너머로 자신과 공주가 추저분한 행각을 벌이는 모습이 한눈에 들어올 리 없지 않은가.

"거짓말. 그럴 리 없어. 당신과 여기서 입 맞췄던 이는 내가 아니야."

"우리가 여기서 입을 맞췄던 것을 기억하잖아. 그런데 왜 부정해? 그 말더듬이 년이 당신에게 뭐라 거짓말했는지 모르겠지만, 당신은 그 여자를 좋아한 적이 없어. 날 좋아했단 말이야. 그걸 잊었어?"

효화가 그의 손을 잡아 제 볼에 가져갔다. 그리고 그에게 바짝 다가가 아련하게 올려다보았다. 그는 혼란스러웠다. 극구 아니라, 부정하고 싶었는데 전에도 이런 적이 있었던 것만 같았다. 소름 끼치게 무서운 이 여인과 이런 적이 있었던 것 같았다.

가슴 벅차게 설레었던 감정이 일순간 절망의 나락으로 떨어지던 느낌을 그의 몸이 생생하게 기억해 냈다. 이렇게 애정을 갈구하며 안겨 왔던 여인이 갑자기 혐오스레 자신을 밀어내고 어떤 사내의 팔짱을 다정히 낀 채, 조롱하던 일이 말이다. 그런데 이상한 것이 그녀가 팔짱을 낀 남자가 나다. 지금처럼 흉측한 상처가 없는 잘생긴 청년의 모습을 한 나다.

아니다. 그는 내가 아니다. 나와 사뭇 비슷한 듯했지만 그는 내가 아니었다.

이게 무슨 소리지? 이것은 누구의 기억인가?

효화와 은밀한 관계이면서 나를 조롱하던 그 사내는 누구인가? 그들이 영백을 여기에 세워 두고 추저분한 짓으로 그녀를 농락하던 것을 본 나는 누구인가?

"기억해 봐요. 정말, 날 기억 못 하겠어요? 우리 서로 좋아했잖아요……."

서로 사모했던 사이라는 효화의 말에 그는 흉터가 도드라져 보일 정도로 얼굴을 일그러트렸다. 자신에게 그녀가 내뱉었던 매몰찬 말이 또렷이 떠올라, 지금 자신을 애틋하게 대하는 그녀의 모습이 가증스러웠기 때문이다.

'근본도 모르고 자라, 살육만으로 이 자리에 선 피비린내 나는 자가 아닙니까!'

'난 말이야 내 것은 절대 다른 사람에 안 뺏겨. 그것이 좋든 싫든 간에…….'

그는 거칠게 효화를 밀어냈다.

"거짓말……. 공주님은 한 번도 날 좋아한 적이 없습니다! 근본도 모르는 놈이라면서요? 살육만 아는 피비린내 나는 놈이라면서요? 저는 공주님께 그저 멋대로 굴기 편한 상대였을 뿐이었습니다. 한 번도 곁을 내준 적도, 마음을 준 적도 없으면서 남 몰래 간직하려고 했던 제 순수

한 연정까지 불결한 것처럼 매도하고 짓밟지 않으셨습니까? 그런데 절좋아했다고요? 거짓말하지 마십시오! 공주님께 전 누군가에게 빼앗기기 싫은 소유물에 불과했을 뿐입니다!"

감정이 격해졌는지 그는 격하게 숨을 몰아쉬며 효화에게 울분과 분노를 토해 냈다. 그러자 주마등처럼 마구 떠오른 기억들이 제대로 정리되지 못한 채, 머릿속을 들쑤시며 그를 혼란하게 만들었다.

의식하지 못한 눈물 한 줄기가 그의 볼을 타고 흘러내렸다. 더는 기억해 내고 싶지 않은 것처럼 그가 한 손을 들어 얼굴을 감싸 쥐었다. 손에 의해 상처가 가려지고 손가락 사이로 그의 눈만 오롯이 드러나자 효화의 눈이 커졌다. 그녀는 달려들다시피 양손으로 그의 얼굴을 잡고 바짝 끌어당겨, 그 얼굴을 자세히 뜯어보았다.

'어째서 알아보지 못했을까? 그래서 진영백에게 그리 매달린 것이냐? 그렇게도 갖고 싶어 제가 누구인지도 잊어버린 것이냐?'

수많은 의문점들이 그제야 하나씩 이해가 되는 듯했다. 기가 차, 독살스런 말들이 입 안에서 꿈틀거렸지만 굳이 그것을 다 내뱉을 필요는 없었다. 효화는 그 모든 것들을 응축한 짧은 질문을 그에게 던졌다.

"너 장륜이지?"

은은했던 달빛이 섬뜩하게 느껴지는 말이었다. 그는 빠르게 숨을 몰아쉬며 그녀의 손아귀에서 벗어나려 했지만 효화는 기필코 답을 듣겠다는 것처럼 그의 얼굴을 놓지 않았다. 그것은 마치 필사적으로 벗어났던 굴레가 다시금 자신의 목을 조여 오는 것 같은 느낌이었다.

그는 떨리는 손을 들어 제 머리를 감싸 안았고 효화는 그 모습을 보며 냉소를 지었다.

"그럴 줄 알았어. 홍정주가 말더듬이 년은 기억하면서 날 몰라볼 리 없잖아."

득의양양하게 콧대를 세우며 그녀가 빈정거렸다. 그러다 일순 뭔가가 떠올랐는지 눈을 빛내며 괴로움에 머리를 감싸 쥔 그의 목을 감싸 안았다.

"그리고 보니 네가 홍정주가 아니라, 장륜인 것이 내게는 오히려 다행이구나."

그 순간, 그는 모든 것이 무너져 내린 듯했다. 바람결에 흔들리는 나뭇잎 사이로 반짝이던 햇빛같이 곱디고운 나날들이 사라져 버리는 것만 같았다.

그때였다. 누군가의 손이 그의 목덜미를 거칠게 잡아당겨 효화에게서 떼어 냈다.

그의 몸이 요란스레 바닥에 널브러졌다. 통증이 있을 법도 한데 그에게서는 어떠한 신음도, 미동도 없었다. 심지어 몸을 일으킬 의지조차 없어 보였다. 차가운 검 끝이 그의 코끝에서 시린 검광을 발했지만 그의 눈은 초점을 잃은 채, 멍하니 허공만 응시하고 있었다.

"가만히 두고 보고 있자니, 네놈이 방자하기 이를 데가 없구나."

당재영이 말 하나하나에 분노를 담아 내뱉으며 그를 죽일 듯이 노려봤다.

연회장에서 이놈이 사라지고 난 뒤, 어느 순간 효화의 모습도 보이지가 않았다. 자기와 함께 연회의 주빈으로서 자리를 지켜야 할 이가 다른 사내와 함께 사라지다니…….

그는 눈에 불을 켜고 효화를 찾으러 다녔다. 그리고 후원에서 이놈의 목을 끌어안고 있는 그녀의 모습을 발견했다.

자신과 효화의 국혼을 축하하기 위해 마련된 자리이다. 그런데 그런 곳에서, 다른 이의 이목이 따를지도 모르는 이런 곳에서, 이따위 되먹지 못한 행동을 하다니 이는 자신을 능멸하는 것이나 다름없었다.

"국혼을 앞둔 공주님께 불경한 마음을 품고 이런 짓을 하다니. 죽고 싶은 게냐?"

"당신이야말로 눈이 어떻게 되었나요?"

"무슨 뜻으로 하시는 말씀입니까?"

"봤으면 알 거 아니에요. 이 사람이 날 안은 게 아니라, 내가 이 사람을 안고 있었다는 것을 말이에요. 그런데 왜 엄한 사람한테 화를 내요? 나한테 뭐라 하지."

당재영을 비웃듯 입술을 비틀며 효화는 바닥에 쓰러진 그에게 다가가려고 했다. 그러자 당재영이 그녀의 손목을 강하게 잡아당겨 자기 옆에 세웠다.

"자꾸 잊으시는 모양인데, 공주님께서는 조만간 저와 혼례를 올리실 몸입니다. 아무리 그것이 싫으셔도 그 사실은 변하지 않을 것이니 이런 유치한 도발은 그만하시지요."

당재영이 그녀를 위압하려 했지만 효화는 밤처럼 차가운 미소를 지으며 그의 뺨을 살짝 어루만졌다.

"어머……. 그런데 이를 어쩌나. 난 이미 남편이 있는 몸인데."

"이 사람을 능멸하는 것은 이쯤 하시지요. 홍정주와 공주님이 어떤 관계이든 저자가 공주님의 낭군이 되는 일은 없습니다."

당재영의 눈썹이 솟구치며 미간이 잔뜩 찌푸려졌다. 효화는 그것을 개의치 않고 매정하게 당재영의 손을 잡아 뺐다. 그러고는 아직도 바닥에 너부러져 있는 그를 일으켜 세웠다. 마치 영혼 없는 인형처럼 늘어트린 그의 어깨에 머리를 기대며 효화가 말했다.

"당연하지요. 이 사람의 낭군은 여기 이 장륜뿐인걸요."

일이 이렇게도 돌아갈 수 있구나 싶어 효화는 심장이 간질거리는 것처럼 짜릿했다.

장륜이 살아 있다. 그 말은 곧 그녀는 미망인이 아니며, 당재영과 재혼할 수 없는 사이가 된다는 이야기다.

저 오만한 남자의 일그러진 얼굴을 보라. 이토록 통쾌했던 적이 얼마만인가.

효화는 여름의 열기를 슬며시 밀어내는 소슬한 밤바람에 기분이 좋은 것처럼 그의 어깨에 제 뺨을 쓸었다.

✻

늦은 밤, 집 앞에서 운보가 돌아오기를 노심초사하며 기다리던 강초가 어스름한 인영(人影)이 보이자, 일단 무작정 등불을 들고 달려가 보았다. 다행히 그 인영은 운보였다.

"어디에 가 계셨습니까? 한참을 기다렸잖아요."

"무슨 일인데 그래? 너야말로 오늘 연회장 경계 근무는 어찌 된 게냐?"

"당재영의 친위대와 낭중들의 일이 분할되면서 밀려 버렸습니다. 그래서 연회장 경계를 서는 동료에게 무슨 일이 있으면 알려 달라고 간신히 부탁했는데……."

강초가 턱을 부르르 떨며 말끝을 흐리자 운보가 그의 어깨를 붙잡았다.

"왜? 무슨 일인데?"

"……당재영 절도사와 홍정주가 후원에서 싸움을 벌였답니다. 싸운 이유에 대해서는 내부방침이 있어 쉬쉬하고 있지만, 아무래도 공주님이 얽힌 다툼 같답니다. 그런데 거기서 정신을 잃은 홍정주를…… 폐하께서 내궁으로 데려가셨답니다."

운보는 눈앞이 깜깜했다. 부디 일어나지 않았으면 했던 최악의 상황이 일어날까 봐 마음이 다급해졌다.

"이제 어찌할까요? 형님."

"그러지 않아도 상단에 부탁해 진 행수에게 연락을 해 놓고 오는 길이다. 하지만 상릉에서 여기까지 거리가 있으니……. 강초야, 네가 한 가지 해 줘야 할 일이 있다."

입술을 자근거리며 고민하던 운보가 고심 끝에 결심이 선 사람처럼 강초에게 한 가지 부탁을 했다.

황제로서는 지난밤의 일만으로도 충분히 골치가 아팠다. 아닌 밤중에 홍두깨도 아니고, 효화가 홍정주를 장륜이라 주장하고 나서면서부터 어젯밤은 혼돈 그 자체였다.

당재영은 당장에 이것을 조사해, 명확히 판별해야 한다고 날뛰었지만 황제는 그것을 무시하고 홍정주를 내궁으로 데려가 외부와 접촉하지 못하게 했다.

"그는 분명, 제가 장륜에게 했던 말들을 기억해 냈습니다. 게다가 흉터를 가리고 눈을 자세히 보시면 그가 장륜이 맞다는 것을 폐하께서도 아실 겁니다."

황제는 자신만만한 효화의 그 말에 희망을 걸었다. 장륜이 살아 있을지 모른다는 사실 하나만으로도 많은 것을 얻을 수 있었다. 국혼을 늦추고, 당재영에게 제후의 직위를 주는 것을 미룰 수 있는 명분이 생기며, 다시금 자신의 권력을 공고히 해 줄 인재를 얻는 것이다. 그래서 정신을 잃은 그자가 깨어나는 대로 장륜인지 알아볼 생각으로 황제는 날이 밝자마자 내궁으로 향했다. 하지만 그곳에서 황제는 별로 마주치고 싶지 않은 사람을 먼저 만나야만 했다.

"이것이 어찌 된 것이냐?"

황제의 냉엄한 목소리에 현강초가 바닥에 납작 엎드렸다. 그러나 그 곁에 선 운보는 의연하게 황제를 향해 안부 인사를 건넸다. 황제는 그것이 같잖다는 듯이 코웃음을 쳤다.

"흥! 짐을 비난하며 조정을 떠날 때는 언제고, 이제 와 쥐새끼처럼 황궁으로 숨어든 이유가 무엇인가?"

황제는 강초의 도움으로 내궁에 은밀히 숨어들려던 운보를 꾸짖었다.

"진영백 행수를 대신해 그의 약혼자를 데리러 왔습니다."

가당치도 않은 변명이었다. 황제는 천하의 구운보가 이런 어수룩한 방법을 썼다는 것이 우스웠다.

"자네가? 홍정주를? 후훗, 변명도 그럴싸하게 하는 것이 어때? 이건 뭐, 확인해 보기 전 에 그의 정체가 무엇인지 알려 주는 꼴이군. 하하."

승리감에 도취된 자신만만한 미소를 지으며 황제가 운보를 가만히 응시했다.

"폐하께서는 달라진 것이 하나도 없군요."

무심한 얼굴과 책망 어린 목소리가 호탕하게 웃던 황제의 가슴에 시리게 와 박혔다.

달라진 것이 하나 없다는 운보의 말은 마치 작금의 남연을 혼란하게 만든 이유라고 꼬집는 듯했다.

간밤에 운보의 전갈을 전해 받은 영백은 상릉에서 영휘로 곧바로 돌아왔다.

가깝다고는 하지만 날이 어두울 때 출발해서 그런지 이동 속도도 더뎠고, 그 때문에 아침나절이 좀 지나서야 영휘에 도착할 수 있었다. 전갈을 통해 대충 어떤 상황인지는 들었지만 지금은 일이 어찌 돌아가고 있는지 알 수 없어, 영백은 도착하는 대로 강초의 집으로 달려갔다. 그러나 운보와 강초는 그곳에 없었다.

"행수님! 여기 계셨습니까?"

소학천이 어찌 알았는지 강초의 집으로 걸어오다, 영백을 발견하고는 몸이 휘청거릴 정도로 헐레벌떡 달려왔다.

"상단에서 전갈을 보냈으면 상점으로 오시지 않고 어째 여기 와 계십니까. 올 때가 됐는데도 안 오셔서 걱정하던 참입니다. 구운보 대인께서 제게 말을 남기셨습니다. 유사…… 아니, 홍정주 나리께서 아직도 황궁에 계신답니다. 구 대인께서 폐하와 담판을 지어 데리고 나올 터이니 그 때까지 잠시 댁에서 기다……. 행수님?!"

영백은 소학천의 말이 끝나기도 전에 황궁으로 발걸음을 옮겼다. 제 아무리 아버지가 구경의 자리에 있었었고, 오라비가 나라의 녹을 먹고 있다 해도 황궁은 아무나 들어갈 수 있는 곳이 아니었다. 그럼에도 영백의 발걸음은 거침없었다.

"드…들…들어가게…해…해 주시오."

"실성한 여인네요? 이곳이 어딘 줄 알고. 여기는 들어가게 해 달란다고 들어갈 수 있는 데가 아니란 말이오."

수문병들이 키득거리며 영백을 미친 여자 취급했다. 하지만 영백은 아랑곳하지 않고 차분하게 말을 이으려 했다.

"제…제 약혼자가…화…황…황궁에 있습니다. 그…그…그를 …마… 만나야 하니…기…길을 열어 주세요."

마음이 급해서인지 영백의 말은 두서가 없었다. 전후 사정을 다 빼고 핵심만 집어 이야기하니, 생떼를 부리는 것만 같았다. 결국, 보다 못한 소학천이 나섰다.

"이분은 화련 상단의 행수이면 전(前) 편 장군이신 홍정주 장군의 약혼녀이십니다. 아시죠? 강계전투에서 7년 만에 돌아오신…….."

잠시 수문병들의 반응을 살피니 그들이 '야' 하는 탄성과 함께 손가락으로 얼굴을 빙글빙글 돌렸다. 분명 그의 흉터를 이야기하는 것이렷다. 학천은 격하게 고개를 끄덕이며 그 사람이 맞다 맞장구를 쳤다.

"어제 연회에 참석하신 뒤로 연락이 되지 않아, 저희 행수님 걱정이 이만저만 아니십니다. 다른 분들은 모두 집으로 귀가하셨건만 홍정주 나리께서만 돌아오시지 않는 이유가 무엇인지 궁금해서요. 듣자 하니, 아직 황궁에 계시다는데 대관절 어찌 된 연유인지 꼭 좀 알았으면 합니다. 저희 행수님께서 7년이나 기다려 만난 약혼자이십니다. 궁에 가신 분이 소식도 없고 집에도 돌아오시지 않는다면 걱정되고 궁금하지 않겠습니까?"

그러자 그들은 저들끼리 뭐라 쑥덕대더니 잠시 기다리라며 안으로 들어갔다.

원체 넓은 황궁이고 그 지위 체계 또한 복잡하니, 수문병의 마음을 움직였다 하여 곧바로 들어갈 수 있거나 홍정주를 만날 수 있는 것은 아니리라. 그럼에도 생각보다 시간이 길어지자 영백과 함께 기다리던 소학천은 좀 초조해졌다.

헌데, 이상한 것은 앞뒤 말을 다 잘라먹을 만큼 아까까지 초조해하고 조바심 냈던 영백은 시간이 지날수록 수없이 단련된 칼날처럼 침착해졌다는 것이다.

"진영백, 화련 상단 행수이십니까?"

무뚝뚝한 얼굴을 한 남자가 나왔다. 차림새나 언행이 제법 고상한 사람이었다. 그는 영백을 확인한 뒤, 이렇게 말했다.

"혼자 따라오시지요. 안에서 기다리고 계십니다."

영백은 차분한 표정으로 남자를 따라 나섰다. 커다란 황궁의 복잡한 길을 걸어들어 가던 영백은 처음에는 남자가 그가 있는 곳으로 안내하지 않을까 기대했었다. 하지만 이내 그 기대가 부질없었다는 것을 깨닫게 되었다.

"모셔 왔습니다, 공주님."

남자를 따라 한참을 걸어 들어간 전각에서 영백은 효화를 만났다. 그녀가 자신을 보며 싱긋 웃었지만 영백은 무덤덤했다.

"놀라지 않네? 장륜을 만날 거라고 생각하고 왔을 텐데."

효화의 입에서 홍정주가 아닌 장륜의 이름이 나왔음에도 영백은 전혀 당황하는 기색이 없었다. 어쩐지 시치미를 떼고 있는 듯한 느낌마저 주었다. 효화는 그것이 아니꼬웠는지 승리감에 도취되어 빙글댔던 낯빛을 고쳐 잡았다.

"무슨 생각으로 남의 낭군을 제 약혼자라 거짓말을 했나 몰라. 옛날부터 순진한 얼굴을 하고선 은근슬쩍 남의 것을 가로채는 꼬락서니가 역겨울 지경이야. 그래서 난 네가 마음에 안 들어. 차라리 빼앗겠다고 발톱을 세우는 것들은 솔직하기라도 하지⋯⋯."

효화가 야기죽거리며 자신을 비판하자 영백의 입가에 실낱같은 미소가 스치고 지나갔다. 그 미소가 불편한 감정을 드러내지 않기 위해 지은 것이라면 차라리 효화의 기분이 한결 나아졌을지 모른다. 하지만 그것은 마치 이렇게 말하는 듯했다.

'아직도 그 이야기야?! 대체 언제 적 일을 아직도 마음에 담아 두고 있는 거야. 유치하게.'

영백의 사소한 행동을 또 제멋대로 해석한 효화가 성을 내며 긴 속눈썹을 파르르 떨었다.

"명심해. 나는 너에게 무엇 하나 빼앗기지 않아. 장륜은 죽을 때까지 내 남편이야."

"당⋯당연한 말씀입니다. ⋯그⋯그리고 저는⋯호⋯홍정주의 부인이 될 것입니다."

내 것을 탐하지 말라, 쐐기를 박는 말이었는데 영백은 당연하다며 고개를 끄덕였다. 그리곤 저 자신은 홍정주의 아내가 될 것이란다.

'이 말더듬이 년, 정말 장륜을 홍정주로 알고 있는 거야? 멍청하게⋯⋯.'

업신여기는 것이 확연히 보일 정도로 효화가 영백을 향해 야멸찬 조소를 지어 보였다. 그런데도 영백은 말간 얼굴로 잠자코만 있었다.

"내가 지금까지 한 말이 무슨 뜻인지 이해가 안 돼? 네가 지금 홍정주로 알고 있는 그 사람은 장륜이라고. 알겠어? 7년 만에 강계에서 살아 돌아온 사람은 이 나라의 부마인 내 남편 장륜이란 말이야."

"그…그…그럴 리가요. …그…그 사람은…호…홍정주가 맞습니다. …소…소인의 약혼자인 홍정주가 틀림없습니다."

"말만 더듬는 줄 알았는데 너 정말 멍청하구나. 하긴, 저리 천치같이 구니, 나와 홍정주의 관계가 어땠는지도 모르고 그 어미를 돌보며 7년이나 기다렸겠지. 약혼이라는 허울과 팔찌 하나로 연이 이어졌다고 생각하면서……. 쯧쯧쯧."

효화가 영백을 한심스럽게 바라보며 헛웃음을 터트렸다.

'나와 홍정주의 관계를 눈치채지 못할 정도였으니, 장륜이 저에게 연심을 품었던 것도 몰랐을 테지. 저 미련한 것이라면……. 그러니 저에게 살갑게 대해 주는 지금의 약혼자가 장륜인 줄도 모르고 그를 홍정주라고 믿고 싶어 하는 걸 거야.'

효화는 지금 영백의 태도를 그렇게 보았다. 눈치도 없고 자존심도 없는 모자란 인사라고 말이다. 그리고 영백은 앞날을 생각하면 효화가 자신을 그렇게 보는 것이 차라리 나았다.

※

사람들은 말더듬이라고 하면 으레 생각도 더디다고 단정 짓고는 한다. 그래서 머리도 나쁘고 행동도 굼뜨리라 지레짐작하고 얕잡아 본다. 아마 효화공주 또한 그리 생각했기에 아직도 그날의 일을 잊지 못하고, 매번 자신이 나보다 우위에 있다는 것을 확인하려고 했다.

남연은 나라를 건국한 승양황제(昇陽皇濟)를 기리는 시조제를 매년 열었다.

이때, 황실 주도하에 여러 행사가 열리고는 했는데 그중 가장 인기

293

있는 것이 승양황제가 나라를 건국하는 이야기를 담은 가극(歌劇) 공연
이었다.

줄거리는 신화적인 내용이 태반이었지만, 웅장한 규모로 행해지는 만
큼 볼거리가 풍성한 공연이었다. 하지만 무엇보다 사람들이 이 공연을
좋아한 이유는 가극을 이끌어 가는 선창자(先唱者)를 공주와 같은 황족
여인들이 맡았기 때문이다.

선창자로 선출되는 것은 굉장히 명예로운 일이기는 했지만, 몇 달에
걸쳐 길고 긴 서사시를 외워야 했고, 그와 함께 출 춤 또한 익혀야 했
다. 그 뒤로는 합창대원들과 호흡을 맞춰, 한 치의 오차도 없이 극을 이
끌어 나가야만 하는 어려운 자리였다.

워낙 방대한 내용의 서사시를 담은 가극인지라 선창자가 이것을 완주
했을 때는 거의 탈진하기 일보 직전까지 가고는 했다. 하지만 그러한 열
정과 노력이 깃들어 있기에 많은 사람들이 이 가극에 열광했던 것이다.

나도 어렸을 적에는 아버지의 손을 잡고 매년 시조제 때마다 그 가극
을 보러 천단 광장에 가고는 했다. 내용은 항상 같았지만, 그럼에도 멋
진 노래와 춤으로 가득한 그 가극을 나는 너무도 사랑했다. 그것을 보고
온 날이면 가슴이 콩닥거려 밤새 잠을 이루지 못할 정도였다. 게다가 가
극을 이끌어 가는 선창자는 모두 '공주님'이라 하니, 어린 계집의 눈에
그것이 얼마나 환상적으로 보였겠는가.

가극에서 나를 가장 매료시킨 부분은 시조 승양황제와 태양이 벌인
내기 속 진실을 노래하는 부분이었다.

『두 눈이 먼다 해도 멈출 수가 없네.

걷잡을 수 없이 커져 버린 열망을 거스를 수도, 막을 수도 없어

해님을 잡겠노라, 해님을 잡겠노라 끝없이 달리고, 달렸네.

이것은 시련, 이것은 고난. 아니로세. 그것이 아니로세.

해님을 따르다 이 몸은 위대한 운명의 길에 들어섰도다.

옳다구나. 이 모든 것이 태초부터 그대와 하나가 되기 위해

정해진 하늘의 뜻, 나의 사명이었노라.』

태양과 내기를 하며 겪은 시련들이 사실은 건국이라는 위대한 운명을 찾기 위한 여정이었음을 나타낸 노래였지만 어린 내게는 이것이 일종의 연가(戀歌)처럼 들렸다.

두 눈이 멀게 되더라도 좇을 수밖에 없는 이를 향한 연가 말이다.

어린 마음을 달뜨게 할 정도로 그 노래에 심취한 나는, 내가 공주님이 되어 가극에 나아가 이것을 부르는 상상을 하고는 했다. 제가 말더듬이라는 사실도 잊은 채…….

솔직히 가극의 노래는 어린아이가 다 외우기에는 너무 길고 어려웠다. 하지만 당시 이것을 너무 좋아했던 나는 아버지를 졸라 가극의 서사시가 적힌 서적을 구하고, 그것을 늘 옆에 끼고 살며 통째로 외우다시피 했다.

그러던 어느 해의 일이었다.

당시 황제였던 은중선이 자신의 딸, 효화공주를 시조제의 선창자로 지명하는 사건이 벌어졌다. 성인 여성도 탈진할 만큼 감당하기 힘든 대서사시를 당시 십여 세에 불과한 공주가 해낸다는 건 무리였다. 누구나 다 아는 그 사실을 무시한 채, 황제는 자신의 결정을 밀어붙였다.

많은 사람들은 과연 이번 시조제에서 열릴 가극이 무사히 치러질 수 있을지 걱정했다. 하지만 그들과 달리, 나는 효화공주가 선창자로 선정된 사실을 몹시 기뻐했다.

공주의 연령에 맞춰 합창대원 또한 그녀와 비슷한 또래의 아이들을 뽑았기 때문이다. 그리고 거기에 내가 포함되었다. 그것이 너무 좋아 남몰래 방 안을 폴짝폴짝 뛰어다니기까지 했었다.

그러나 기쁨도 잠시, 말더듬이라 노래 부르는 것에 문제가 있지 않겠

느냐는 지적이 잇따랐다. 그 때문에 합창대원에서 빠지라는 소리를 들을까 싶었던 나는 밤낮으로 노래 연습을 했다. 그 덕에 그나마 노래는 더듬지 않고 부를 수 있게 되었다.

그리고 마침내 꿈에 그리던 시조제 가극 공연이 열리는 날.

선창자인 효화공주님은 늘 내가 꿈에서 그렸던 것처럼 아름답고 고운 자태로 멋지게 극을 이끌어 나갔다. 나는 내 목소리가 다른 이들의 것과 함께 어우러져 맑게 퍼져 나가자, 그것에 전율했다. 이 환상적인 공연에 내 목소리가 보탬이 되고 있다는 사실이 하늘을 나는 것처럼 날 들뜨게 했다.

그것이 화근이었다.

한참 극을 이끌어 가던 효화공주님이 가사를 잊으셨는지 갑자기 멈춰섰다. 그리고 울상을 지으며 악사장을 돌아보았다. 이 같은 상황에 당황한 것은 합창대원들도 마찬가지였다. 모두 나이가 어렸기에 공주가 노래를 멈추자, 따라 멈추는 이들이 속출했다. 노래는 엉성해져 갔고, 극은 무너지기 일보 직전이었다.

한껏 기분이 고조되어 있던 나는 내가 참여한 이 가극을 망치고 싶지 않았다. 그래서 흥분한 나머지 공주님이 놓쳐 버린 부분부터 이어받아 노래를 불러 나갔다. 그간 열심히 노력한 덕인지, 나는 끝까지 노래를 불러 나갈 수 있었고 그렇게 내 선창으로 공연은 무사히 끝마쳐질 수 있었다.

당시 어렸던 나는 공연이 무사히 끝났으니, 모두 잘된 것이라고 여겼다.

그러나 그것은 큰 오산이었다. 선창은 황가의 혈통을 이은 황실의 여인들만이 할 수 있는 것이었다. 그런데 그것을 황실과는 아무 연관도 없는 내가 불러 버린 것이다.

공주님은 내가 일부러 노래를 빼앗아 부르는 바람에 망신을 당했다며 길길이 날뛰었고, 그녀의 아버지이자 당시 황제였던 은중선은 황실 모독죄와 불경죄를 들어 아버지와 가족들을 압박했다. 견디다 못한 아버지는 결국, 관직을 그만두었고, 가족들은 도망치다시피 해주로 가게 됐다.

내가 들뜬 마음을 다스리지 못해 가족들에게 큰 피해를 준 것이다. 나는 그것이 너무 미안해 그 뒤로, 거의 입을 닫고 홀로 사색하는 것을 즐겼다.

자연을 벗 삼게 된 것도 그즈음이었다.

해주는 풍광이 수려한 곳이라 큰 나무와 여러 가지 꽃이 많이 자라는 지역이었다. 사람 대신 이런 꽃과 나무를 벗 삼다 보니 자연 그들의 이름과 생육방법에 호기심을 가지게 되었고, 그에 대해 공부하게 되었다. 그러다 꽃과 나무에는 '꽃말' 이라 하여 각자 어떤 의미들을 내포하고 있다는 것을 알게 되었다.

압화를 시작하게 된 것도 그때부터였던 것 같다. 처음에는 식물들의 이름과 모양을 좀 더 잘 기억하기 위해서 시작했지만 점점 남몰래 간직할 말들을 '꽃말' 로 남기기 위해서 즐기게 되었다. 그렇게 해주 생활에 적응하면서 나에게도 다시금 평온한 나날들이 찾아왔다.

'저주받은 말더듬이 신부' 라 불리기 전까지 말이다.

나와 혼인을 약속한 정혼자들이 연달아 죽음을 맞으며 나와 가족들의 삶은 또다시 최악으로 치달았다. 세 번이나 혼례가 초상으로 돌변하는 황망한 일을 겪은 것은 나인데, 사람들은 어느 순간부터 그들의 죽음이 내 책임인 것처럼 이야기했다.

'어째서? 내가 뭘 어쨌다고?'

처음에는 억울함에 화도 났다. 그래서 내가 저주받았다는 소문에 화도 내고 거세게 저항도 해 봤었다. 하지만 그럴수록 세간의 시선은 더 매몰차졌고, 저주를 받았다는 나에 대한 의혹은 소문을 거쳐 점점 진실이 되어 갔다.

'존재 자체가 불길한 여자.'

나를 그렇게 여겼던 사람들은 내가 하는 사소한 행동에도 꺼림칙해하고 불길해했다. 숨만 쉬어도 내 불운이 그들에게 옮아가기라도 할 것처럼 호들갑을 떨었다.

그런 나날들이 이어지자 겨우 안정을 찾았던 가족들의 삶은 또다시 피폐해져 갔다. 힘겨운 인고의 날이 계속되자, 날 보듬어 주고 위로해 주던 가족들의 따스했던 시선도 점차 무미건조해졌다. 그때서야 비로소 나는 내가 저주받았다는 세간의 말이 틀리지 않았음을 깨달았다. 그 저주로 인해 내 가족들이 불행해졌으니 말이다.

그러던 차에 황제가 아버지의 지인을 통해 뜻밖의 제안을 건넸다.

혼인이었다. 또 혼인이었다. 혼인이라는 것은 내게 있어 진절머리 나는 일이었지만, 나는 그것을 내 사명처럼 담담하게 받아들였다.

마지막이다. 이번이 마지막 기회라며 나는 질척대고 머뭇대던 마음을 독하게 몰아붙였다. 나야 어떻게 되든 아무래도 상관없지만, 내 저주로 인해 모진 삶을 살아야 했던 가족들은 내 저주에서 구제해 주고 싶었다. 그러니 황제가 주는 이 기회를 놓치면 안 된다고 나는 스스로를 을렀다.

황제의 비호 아래 새로 시작한 영휘에서의 새 삶은 가족들에게 행복을 주었다. 내 혼인으로 그들에게 행복을 줄 수 있다면 그것만으로도 만족스러웠고 그래서 참을 수 있었다.

홍정주는 이중적이고 진실되지 못한 사람이었다. 또한 그는 내가 말을 더듬으니 생각도 더디리라 얕잡아 보는 부류 중 하나였다. 그런 사람에게 내가 무슨 기대를 갖겠는가?

애초부터 내 목적은 나로 인해 불행해진 가족들의 삶을 원래대로 돌리는 것뿐이었다. 그것을 제외하면 내 삶에서 욕심부릴 것은 아무것도 없었다. 그래서 그 남자가 날 좋아하든 말든 관심이 없었고, 그가 날 조롱하고 멸시해도 덤덤할 수 있었다.

그가 하고 싶은 대로 하게 내버려 두었다. 어차피 나도 그에게서 딱히 애정을 바라는 것은 아니니까. 다만, 혹여 흠이라도 잡혀 또 가족들에게 누가 될까 싶어 그의 약혼녀 노릇만은 최선을 다했다. 물론, 그 사람은 그 책임감마저 어리석고 우유부단한 것으로 보았지만 말이다.

그러던 어느 날인가, 그가 날 황궁 연회에 데리고 갔다. 그러고는 황궁의 후원을 구경시켜 주겠다며 나를 꾀어 놓고, 그곳에서 보란 듯이 효화공주님과 한데 엉켜 격렬한 입맞춤을 나누었다.

내가 어떤 반응을 해 주기를 바란 것일까?

솔직히 말하자면 좀 우스웠다. 남의 애정 행각을 우연찮게 발견했을 때처럼 살짝 놀란 것 말고는 별다른 느낌이 없었다. 내게 자신들의 애정을 과시하려는 것인지 과하게 서로의 몸을 훑는 그들의 몸짓이 딱하다 싶을 정도였다.

그들이 내연의 관계든, 그래서 날 조롱하기 위해 눈앞에서 애정행각을 벌이든, 난 이 혼인을 포기할 생각이 없었다. 그동안 나 때문에 숨죽여 살았던 가족들이 지금처럼 하고픈 대로 살 수만 있다면 그것만으로도 내게 이 혼인은 할 가치가 있는 것이었다.

어차피 나는 내 앞날에 대한 어떤 희망도, 기대도 없었으니까…….

새통스럽게 그런 생각이 들자 연못에 비치는 달빛이 퍽 서글퍼 보였다. 추접스런 그들의 몸짓 대신 달빛에 시선을 고정하며, 얼마나 있었을까?

나는 문득 언제까지 내가 여기서 이러고 있어야 하나 싶었다. 슬슬 지루한 감이 없지 않아, 그들이 어쩌고 있나 확인하려 슬쩍 고개를 돌리려는데 순간 눈앞이 깜깜해졌다.

갑작스레 누군가 내 눈을 가리며 잡아끌었다. 깜짝 놀란 나는 소리를 지르려 했지만, 어쩐지 눈가에 와 닿는 그 온기가 퍽 포근하여 그만 그 손길이 이끄는 대로 따라가고 말았다.

"이런, 제가 잘못 봤습니다. 소저께서 제 아내인 공주님인 줄 알고……."

여린 달빛에 비친 남자의 얼굴을 처음 보았을 때, 나는 그가 홍정주인 줄 알았다. 하지만 그보다 선한 눈매에 자상한 말투를 가진 남자는 부마이자, 대장군인 장륜이었다.

'나 말고도 저들에게 농락당하는 이가 여기 또 있었구나.'

그들의 조롱에 덤덤하고 무심했던 내 마음에 조용한 파장이 일었다. 뭣도 모르고 아내를 찾아 여기까지 온 그가 짠했다. 혹여, 어둠 속에서 저들이 벌이는 귀접스런 짓을 볼세라 나는 그 사람이 건네는 질문마다 애써 꼬박꼬박 대답하며 시선을 내게 묶어 두려 했다. 이상하게도 홍정주와 공주의 관계가 내 삶에 어떤 영향을 줄지는 관심이 없었는데, 이 딱한 양반은 앞으로 어쩌나 싶은 걱정이 들었다. 그리고 그 염려는 섬랑 지역으로 홍정주가 대규모 훈련을 떠났을 때, 더 깊어졌다.

홍정주는 내가 면회를 갈 때면 늘 훈련지 밖으로 나와 이 핑계, 저 핑계를 대며 서둘러 나를 영휘로 돌려보내려 했다. 그래 놓고서는 바로 훈련지로 돌아가지 않고 늘 다른 곳으로 발길을 돌렸다. 심증이기는 했지만 아마도 공주를 은밀히 만나러 가는 것이리라.

뻔뻔한 것도 정도가 있지, 상관과 같은 곳에서 훈련을 하면서도 그의 아내와 추저분한 짓을 벌이다니……. 그들의 행태에 내 속이 다 쓰렸다.

"제가 진 소저께 죄송하다 말씀드려야겠군요. 혼례 올리시기 전까지 약혼자와 오붓하게 지내고 싶으실 텐데 본의 아니게 그 시간을 빼앗은 것 같아 송구합니다."

'참, 대책 없이 다정한 사람이구나. 남 걱정해 줄 때가 아니에요. 난 당신이 더 걱정입니다.'

그는 섬랑에 홍정주를 면회하러 올 때마다 헛걸음 아닌 헛걸음하는 나를 위로해 줬다.

제 처지가 더 가련하거늘, 그 와중에도 내 걱정을 해 주다니. 그 마음 씀씀이가 애잔했다. 그러다 보니 말을 더듬어 어지간하면 낯선 이 앞에 서는 입 열기 싫어하는 내가 그에게는 말을 붙이려 애쓰게 되었다. 물론, 그럴수록 내 무딘 혀는 더욱 더듬거려 말하는 중간중간 지금 내가 뭐하는 짓인가 하는 후회를 들게 하기도 했다.

그런데 그가 내 손을 두들기며 말했다.

"천천히 말씀하셔도 됩니다. 말씀 중간에 어디 딴 데로 도망가거나 하지 않을 테니까요."

정말 그랬다. 하다못해 가족들조차 나와 긴 대화가 필요할 때는 붓을 먼저 들려 줄 정도인데 그는 어떤 말이든 내가 더듬거려도 끝까지 기다려 주었다.

그것은 참 기분을 묘하게 만들었다.

"대장군께서 너와 홍 서방의 혼례를 준비해 주신다는구나."

처음 그 말을 들었을 때, 어떻게 반응해야 할지 몰랐다.

혼례를 앞둔 이를 부득이하게 강계로 발령 보내 미안하다며 그가 자신이 혼주로 나서서 혼례를 준비하겠단다. 홍정주를 퍽 아끼는 모양인데 그런 부하가 자기 아내와 부적절한 관계를 맺고 있다는 것을 알면 얼마나 충격을 받을까……

이대로 그가 혼례 준비를 하도록 내버려 두는 것은, 나 또한 그를 속이고 능욕하는 것 같았다. 그래서 마음이 무거워 표정이 좋지 않자 그가 대번 난처해했다.

"제가 진 소저의 입장을 생각하지 않고 너무 의욕을 앞세웠나 봅니다. 아무래도 잘 알지 못하는 이와 혼례 준비를 맞춰야 하는 것이 껄끄러우시겠지요."

'아니야. 그것 때문이 아니라고. 나도 남 말할 처지는 아니지만 당신은 너무 심해.'

답답할 정도로 다른 사람을 배려하느라 정작 자기 자신을 돌보지 않는 그 사람을 보는 것이 나는 애잔하다 못해 마음이 무지근했다. 그리고 그가 본격적으로 혼례 준비에 나서 주면서 이런 내 마음은 더욱 복잡하고 미묘하게 바뀌었다.

그를 내 혼인에 아니, 그를 속이고 능멸하고 있는 홍정주라는 인간과 얽히게 하고 싶지 않아 준비할 것이 별로 없다, 괜찮다며 신경 쓰지 않게 하려 했는데 그의 다정하고 따뜻한 성정은 늘 세심한 곳까지 두루두루 살펴서 내 마음을 더 아리게 했다.

"생각이 더딘 것도, 말이 더딘 것도 불편하기는 하지만 죄는 아닙니다. 총기 어린 두뇌를 가지고 있어도 그것을 음흉하게 사용하는 사람이 있는가 하면 달변가이면서도 사특하게 사람을 속이는 자들도 있습니다. 그런 자들이 만인 앞에서 떳떳하지 못해야 하는 것이지, 두 분은 떳떳하지 못할 이유가 없습니다."

내 평생 저런 말을 들어 본 적이 있었던가? 그동안 날 아끼고 보듬어 주었던 가족들도 내가 말을 더듬는 것을 딱하게 여기기만 했지, 잘못된 것이 아니라고 말해 주지는 않았다. 말을 더듬는다 하여 떳떳하지 못할 이유가 없다는 그의 말은 공허하고 음습했던 내 마음에 한 줄기 빛을 드리우게 해 주었다.

그때부터였던 것 같다. 말하는 것이 두렵지 않게 된 것이.

그렇다고 해서 갑자기 더듬거리지 않고 말이 유려해진 것은 아니지만 더듬거릴 것이 걱정이 되어 의사 표현을 주저하거나 망설이는 일은 없어졌다. 무엇보다 말하는 것이 좋아졌다. 그 사람과 시답지 않은 농담을 주고받는 것도 좋았고, 내가 보고 느낀 것을 말로 전달해 공유할 수 있는 것도 좋았다.

그래서 내가 좋아하는 빛이 스미는 나무 밑 풍경을 그가 진심으로 좋
아해줬을 때, 나는 가슴 벅찬 희열을 느꼈다. 남들에게는 하찮은 것일
수 있는 내 경험과 느낌을 누군가가 존중하고 공감해 준다는 것은 정말
로 기분 좋은 것이었다.

"도…도…도움 주신 것에…대…대…대한…제…자…작은 성의입니다."

"기왕지사 성의를 보이시는 김에 송 부인을 진정시킬 때마다 흥얼거
리시는 가락을 제게도 들려주실 수 있겠습니까?"

생각지 못한 그의 청에 나는 입을 굳게 다물었다. 내가 무척 난처해
하자 그는 그것이 부르기 싫어 그런 줄 아는 것 같았다. 하지만 사실은
부를 수가 없었다.

내가 송 부인을 진정시킬 때마다 흥얼거렸던 노래는 내게 있어서는
연가(戀歌)인 시조제 가극 노래였기 때문이다.

『두 눈이 먼다 해도 멈출 수가 없네.

걷잡을 수 없이 커져 버린 열망을 거스를 수도, 막을 수도 없어』

몇 번을 되짚어도 그 노랫말이 그간 몰래 담아 두었던 내 진심을 고
백하는 것 같아 차마 부를 수가 없었다. 조용히 쌓이던 감정이 어느새
연정이 되었다는 것을 그제야 깨달은 것이다.

몰래 간직한 마음을 털어놓을 수 없어 고개만 숙이고 있다, 그와 서
먹하게 헤어진 지 얼마 뒤의 일이었다. 송 부인이 느닷없이 내게 이렇게
말했다.

"색시, 팽이 아저씨 좋아하는구나?"

생각지도 못한 사람에게 내 속마음을 들켜 깜짝 놀랐지만, 다행히 곁
에 남천이 없다는 사실은 날 안도케 했다. 나는 방바닥에 주저앉아 자꾸
쓰러지는 팽이를 돌리려 애쓰는 송 부인 곁으로 가 앉았다.

"어…어…어떻게…아…알았어요?"

"색시는 팽이 아저씨랑 있을 때만 진짜로 웃잖아. 지금처럼 억지로 웃는 것 말고."

송 부인이 내 볼을 살짝 꼬집으며 헤헤 웃었다. 이런 것을 보면 그녀가 정말 반편인가 싶기도 했다. 송 부인은 다시 혀를 날름대며 팽이를 돌리려고 애썼다.

"근데 팽이 아저씨도 색시 좋아해."

생각 없이 마구 꺼낸 말일지도 모르는데 나는 일순간 심장이 폭발하는 것만 같았다. 송 부인의 말이 마치 그가 한 말인 것처럼 달떠서 얼굴이 화끈댔다.

"왜…왜…왜…그…그렇게 생각해요?"

"여기 오면 만날 색시만 요레 쳐다보는걸. 나랑 놀 때도 보면 꼭 문열고 놀잖아. 팽이 돌리면서 문가로 요레 고개 빼고, 색시가 이리로 지나가나, 안 지나가나 확인한다."

송 부인이 그가 나를 지켜보던 모습을 흉내 내 보였다. 내가 고개를 살짝 숙이며 입가에 형형한 미소를 머금자 송 부인이 히죽 따라 웃었다.

"진짜로 웃네. 지금 기분이 좋아?"

말없이 고개를 끄덕인 뒤, 나는 손가락을 입으로 가져갔다.

"이…이거는…우…우…우리…두…둘만의…비…비밀이에요."

비밀이라는 말에 송 부인은 엄청난 것을 얻은 것처럼 숨을 한껏 들이쉬더니, 제 입을 틀어막고 고개를 크게 끄덕였다. 절대로 말하지 않겠다는 결연한 의지가 보이는 듯했다.

직접 들은 것도 아니고 그런 확신을 가질 만한 물증도 없지만, 나는 송 부인의 그 말에 마음이 흔들렸다. 그로 인해 주체할 수 없이 들뜬 감정을 참지 못하고 나는 그에게 선물 하나를 보내기로 했다. 말로는 전하지 못할 비밀을 꽃에 담아서 말이다.

그러나 얼마 지나지 않아, 나는 내가 큰 착각을 하고 있었다는 사실을 깨달아야만 했다.

"진 소저, 이 사람의 '지아비'가 그대 '약혼자'의 혼주를 맡았음에도 그간 당신과 홍 장군의 혼례 준비를 돕지 못한 점 사과할게요."

효화공주가 다정스레 그의 팔짱을 끼고 있었다. 그리고 공주의 멸시 어린 눈빛과 그의 팔을 부드럽게 쓰다듬는 손짓이 내게 현실을 직시하라고 일갈했다.

그렇다. 사실대로 고백하자면 그와 함께하는 것이 즐겁고 행복해 잠시 잊고 있었다.

그는 공주의 남편이었고, 나에게는 황제가 점지해 준 약혼자가 있다는 사실을 말이다.

애초에 이뤄질 수 없는 헛된 희망을 품은 것인데, 왜 이리 좌절하느냐며 스스로를 나무라도 봤지만 아무리 해도 먹먹해지는 마음을 다잡을 길이 없었다. 다시금 내 속은 텅 비어져 갔고, 기댈 것 없는 앞날에 절망한 나는 속절없이 시간만 흘려보냈다.

그런데 얼마 뒤, 홍정주가 이족(夷族)과 전투를 벌이다 실종되었다는 소식이 전해져 왔다.

가족들은 또다시 내 저주에 대한 악몽이 되살아날까 걱정했지만 나는 다른 것을 신경 쓰느라 내게 쓰인 저주의 굴레 따윈 눈에도 들어오지 않았다.

"황제께서 극구 말리시는데도 홍 서방을 구원하러 대장군께서 직접 출병하셨다."

왜? 왜 그가 직접 간 것이지? 폐하께서 말렸다는데 왜 그렇게까지 홍정주를······.

홍정주의 생사 여부로 내 앞날의 운명이 어찌 될지보다, 그 사람이 전장으로 향했다는 것이 더 걱정이 되어 아무것도 할 수 없었다.

'나라를 수호하는 것이 대장군으로서의 책무라지만 이번 사안은 황제 폐하께서도 만류했다는데 어쩌자고 홍정주를 구원하러, 자신을 기만하는 자를 구원하러 출병한 것입니까!'

괜스레 그에게 화가 났고, 그에게 진실을 말하지 않고 숨겼던 내 선택에 화가 났다.

차라리 말을 해 줄걸…… 그와 같이 있는 것이 좋아서, 그가 상처받지 않길 바라서 그런 것인데, 내가 진실만 말해 줬다면 그가 자신을 기만한 자를 구하기 위해 무모하게 전장으로 뛰어드는 짓은 하지 않았을 텐데…….

"약혼자를…… 홍정주를 많이 좋아하십니까?"

그에게 진실을 말하지 않았다는 것에 자책을 하고 있을 때, 불현듯 예전에 그가 내게 황궁 후원에서 물었던 말이 생각났다. 왜 그때, 그런 것을 물어봤을까? 그 이유를 생각해 보려는데, 갑자기 살랑살랑 고운 천들이 내 눈앞을 스치던 기억이 떠올랐다.

"혼사를 앞두고 계셨다 들었습니다. 주제넘은 말이지만…… 지금이라도 이 혼인을 거절하시는 것이 좋을 것 같습니다."

그때, 포목점에 내걸린 천 사이로 살짝 비춰지던 인영(人影)이 그때서야 낯이 익었다.

혹시나, 혹시나 하는 생각에 가슴이 빠르게 두근거렸다. 그러다 예전에 송 부인이 내게 했던 말이 덜컥 심장에 내려앉았다.

"근데 팽이 아저씨도 색시 좋아한다. 여기 오면 만날 색시만 요레 쳐다보는걸."

그는 홍정주를 아껴서 황제의 만류에도 불구하고 출병한 것이 아니었다. 홍정주를 섬랑에서 강계로 보낸 것도 진짜 임무를 주어서가 아니었다. 나와 홍정주의 혼례 준비에 그리 신경을 썼던 것도 그자를 위해서가 아니었다.

'그러지 않으셨으면 좋겠습니다. 저분도, 소저도 자신들이 다른 이들에게 환영받지 못하는 존재라 생각하지 않았으면 좋겠습니다.'

단지 말더듬이인 것을 의미하는 줄 알았는데…….

어쩌면 그는 처음부터 모든 것을 다 알고 있었는지도 모른다. 「저주받은 말더듬이 신부」였던 나와 홍정주와 공주의 부적절한 관계까지 모두를 말이다.

왜 그가 모를 것이라고 생각했을까? 황궁 후원에서 그가 날 공주로 착각했다며 눈을 가렸던 것도 내가 그들의 모습을 못 보게 하려는 것이었구나…….

난 정말로 눈치 없고 아둔했다.

그가 저자에서 이 혼례를 다시 생각해 보라 했을 때, 그 말을 들었다면 지금 상황이 달라졌을까? 그가 홍정주를 좋아하느냐 물었을 때, 좋든 싫든 견디지 않으면 안 된다고 말하지 않았으면 그가 홍정주를 구하러 나서지 않았을까?

'뭐 때문에 그런……. 왜 그랬어요.'

안타까움에 저미는 가슴을 치며 후회스런 한탄을 내뱉었다. 따스한 눈길과 다정한 말투, 위안을 주던 온후한 미소가 새록새록 떠오르더니, 이내 눈물이 되어 방울방울 떨어졌다.

아마, 그도 나와 같은 마음이었을 것이다.

'나보다 당신이 더 행복하기를…….'

설사, 이 모든 것이 나 혼자만의 착각이라 해도 상관없었다. 그를 향한 내 마음만큼은 그 어느 것보다도 명확해졌으니까…….

으슥한 어둠이 깔린 창 너머로 이지러진 달빛이 새어 들어왔다. 그 아래로 잔잔한 노란 꽃물결이 바람에 흔들리자 내가 그에 주었던 비단 화첩이 떠올랐다. 운명에 이끌리듯 슬픔과 절망에 주저앉아 있던 나는 자리에서 일어나 노란 꽃물결이 치는 밖으로 향했다.

다행인지, 불행인지 얼마 지나지 않아 그가 홍정주를 찾아 중건이라는 곳에서 이족과 대치하고 있다는 소식을 전해 들었다.

나는 그가 무사하기를 바라며 그간 적어 내려간 서신들을 챙겼다.

서찰에는 누구에게 보내는 것인지 알 수 없게 내 이름 말고는 상대의 이름을 적지 않았다. 내용 또한 꽤나 일상적인 내용들만 적었다. 그리고 정말 전하고 싶은 말은 꽃에 담았다. 내 비밀스런 고백을 담고 있는 그것들을 가지고 나는 현강초를 찾아갔다.

"이 서신을 중건으로 가져다주시겠습니까?"

그에게 이 서신을 전해 달라 부탁한 것은 그 사람이라면 내 생각대로 움직여 줄 것이라고 믿었기 때문이다. 누구라고 집어서 말하지는 않았지만 현강초는 내가 홍정주의 약혼녀이니, 서신을 그에게 전해 줄 것이다. 하지만 홍정주 그자가 내 서신을 곱게 받아 들 리가 없다. 뚱한 얼굴을 하고 있기는 하지만 마음이 여린 현강초는 어찌할지를 모르고 그에게 이 서신을 어찌 처리해야 할지에 대해 상의할 것이다.

'그가 자신에게 보내는 서신임을 알아챌까? 꽃이 무엇을 의미하는지 이해할 수 있을까?'

그의 대답이 어떤 것이든 나는 그저 내 고백이 그에게 잘 전달되기만을 바랐다.

그의 대답을 듣기 전에 중건에서 돌아온 구운보가 그를 대신해 나와 홍정주의 혼례 준비를 마치고, 날을 잡았다. 그와 달리 속전속결로 일을 진행시킨, 구운보는 곧바로 예물을 보내왔다.

"와! 이건 장식이네요, 장식. 그런데 왜 단풍잎이래요?"

어머니와 남천은 휘황찬란한 예물을 보며 들떴지만 내게는 그런 것들이 하나도 눈에 들어오지 않았다. 딱 하나, 그 속에서 유일하게 내 눈에 들어 온 것은 바로 단풍잎을 수놓은 비단 손수건이었다.

'그렇지요. 다 소저에게 잘 어울려 도통 선택하기가 쉽지 않더군요.'

도통 선택할 수 없다던 그가 유일하게 선택한 것이 이 손수건이었다는 이야기를 듣자, 나는 그에게서 답을 받은 기분이 들었다.

─단풍나무의 꽃말은 '사양'과 '은둔'.─

그가 꽃말을 알고 이를 준비하지는 않았을 것이다. 그러나 내가 이렇게 해석할 수밖에 없었던 것은 어차피 답은 이미 정해져 있었기 때문이다.

일말의 아쉬움을 남긴 채, 나는 마음을 정리했다. 그리고 마지막 이별을 고하는 서신에 그가 들려 달라 했던 노랫말과 함께 끝까지 변하지 않을 내 비밀스런 고백을 덧붙여 보냈다.

✳

영백의 속을 긁으려 일부러 여기까지 불러, 네가 약혼자라고 생각한 사람이 사실은 장륜이라고 폭로했건만 믿기 싫은 것인지, 부정하고 싶어 발악하는 것인지 영백은 죽어도 아니라며 고개를 가로저었다.

"그…그는…호…홍정주가 맞습니다."

"어떻게 그렇게 확신해? 그는 장륜이 맞아. 내 앞에서 옛 기억을 찾았다고."

효화도 확신 어린 어조로 단언했다. 기억을 찾았다는 말에 잠시 얼굴이 굳기는 했지만 영백은 이내 함소를 지었다.

"그…그 사람이…저…절 먼저 알아봤습니다. …야…약혼 팔찌도…

가…가지고 있었고요. …무…무엇보다…다…다른 기억은 없어도…제…
제가…약혼녀라는 것은…기…기억하고 있었습니다."

"하하, 그게 제일 이상하지 않아? 홍정주가 널 기억하고 알아본다고?
그게 말이 돼?"

"…왜…왜요? …야…약혼자가…야…약혼녀를…아…알아보는 것이…
이…이상한가요?"

"어머, 꼴사나운 착각이네. 홍정주가 너따위를 기억할 것이라고 믿다
니. 홍정주에게서 살가운 애정 표현 한 번 받아 본 적도 없으면서. 어쨌
든 그 사람은 장륜이 맞아. 옛날에 내가 그에게 했던 말을 고스란히 기
억하고 있었거든. 그러니 그만 포기해."

"그…글쎄요. …그…그건 어디까지나…고…공주님 말씀이시고…제…제
가 직접 들은 것이 아니라…미…믿지 못하겠네요. …그…그럼 그것이 사
실인지…제…제가 확인할 수 있게…그…그이를 만나게 해 주시겠습니까?"

한 치의 흔들림 없이 되레 그를 만나게 해 달라는 영백의 태도에 계
속 빈정대던 효화의 낯빛이 웅그려졌다. 말로는 만나게 해 달라고 부탁
하는 투였지만, 시건방진 영백의 눈동자는 내 사람이니 그만 내어 달라
요구하는 듯해 언짢았다.

서로의 눈을 똑바로 응시하며 둘은 조용한 힘겨루기에 들어갔다. 누
구 하나 물러서지 않는 가운데 방 안에 팽팽한 긴장감이 돌았다. 그러던
차에, 밖에서 어떤 남자의 목소리가 들려왔다.

"공주마마, 들어가도 되겠사옵니까?"

황궁 성문 앞에서 영백을 이 방으로 데리고 온 남자였다. 효화가 이
마를 살짝 찌푸리며 무슨 일이냐 묻자, 그자가 영백을 흘끔거리더니 효
화의 귓가에 뭐라고 소곤댔다.

"당재영, 이 작자가!!"

말을 전해 듣자마자 효화가 버럭 성을 내며 자리에서 일어났다. 효화는 아주 잠시 영백의 눈치를 보았다. 그러다 이내 그녀를 내버려 둔 채, 방을 나가 버렸다. 저들이 자꾸 제 눈치를 보던 것이 영백은 미심쩍었다. 그녀는 어쩐지 저들의 뒤를 따르면 그가 있는 곳에 갈 수 있을 것 같았다. 이런 예감이 들자 영백은 주저 없이 그 뒤를 따랐다.

　사정은 잘 모르겠지만, 얼마나 급한 일인지 효화는 자신의 뒤로 혹여 영백이 따라오고 있지 않을까 확인 한 번 해 볼 생각조차 안 했다. 앞만 보고 바삐 걸음을 옮기는 것이 아무래도 상황이 급박한 모양이었다. 조용히 효화의 뒤를 쫓던 영백도 불안한 걸음을 더욱 재촉했다.

　황궁의 내궁으로 들어서자 황실 경비병들이 당재영의 친위대와 대치하고 서 있었다.

　경비병들은 창을 그들에게 겨눌 듯 말 듯 움찔거렸고, 당재영의 친위대도 황궁 경비대를 노려보며 칼자루에 손을 얹고 있었다.

　일촉즉발의 긴장감이 내궁 안에 맴돌았다.

　영백은 까치발을 들고 각각의 무리가 대치하고 선 가운데를 넘겨보았다.

　경비병 앞쪽에는 황제와 구운보, 그리고 현강초가 있었고, 당재영이 그 맞은편에서 제 친위대를 배경으로 자못 위세를 자랑하며 '그'의 팔을 붙잡고 서 있었다.

　당재영에게 난폭하게 팔을 붙들려 있음에도 그는 어깨를 축 늘어트리고 멀거니 서 있기만 했다. 마치 영혼을 잃어버린 사람처럼 초점 없는 눈은 삶의 의욕마저 없어 보였다.

　"방자하기가 이를 데가 없구나. 당재영, 여기가 어딘지 알고 감히…….."

　황제가 이를 꾹 깨물며 차근차근 말했지만 말의 마디마디마다 분노가 서려 있었다. 그의 위세에 관한 이야기는 익히 들어 알고 있었지만, 제 친위대를 이끌고 황궁의 내궁까지 들어올 정도로 방약무인한 당재영의 태도는 운보가 보아도 기가 찼다.

"무례를 범하여 송구스러우나, 소신은 폐하의 의중을 확인할 필요가 있었습니다."

"그게 무슨 뜻인가?"

"소신 간밤에 이 일을 곰곰이 생각해 보았사온데, 아무래도 폐하께서 이 사람을 능멸하시고자 음모를 꾸미신 것이 아닌가 하는 생각이 들었습니다. 그래서 그것을 확인코자 이리하는 것입니다."

"뭐라!? 음모? 네놈이야말로 어디까지 짐을 능욕할 셈이냐?! 짐이 무슨 이유로, 어떤 음모를 꾸몄다는 것이야?"

"이자가 소신의 친위대를 공격하여 망신을 주었고 저와 공주님의 국혼을 축하하는 연회에 참여해 사람들의 이목을 끌었으며, 종국에는 장륜이라고 우기는 공주님의 말만 믿고, 이자를 내궁으로 데려가 국혼까지 미루시려 하는데 소신이 이것을 어떻게 받아들여야 하겠습니까?"

그의 입장에서 보면 오해할 만한 상황이기는 했다. 일견 그가 의혹을 가질 만한 상황임을 이해한 황제가 분기를 누르며 그를 달랬다.

"자네가 오해할 만한 상황인 것은 아네. 하지만 자네도 확실히 하는 것이 좋지 않은가? 효화와 자네가 국혼을 치른 뒤, 장륜의 존재가 밝혀지게 되면 일이 더 복잡해지지 않겠나. 짐은 그 때문에 이자가 장륜이 맞는지 확인하려 내궁으로 데려간 것뿐이야."

황제는 흥분한 당재영을 어르려 했지만 그는 완고했다. 여기서 황제의 확답을 받겠다는 기세로 눈에 힘을 줬다.

"그래서요? 그래서 이자가 장륜이라면 어쩌시겠다는 겁니까? 접니까? 장륜입니까?"

옆에서 가만 듣고 있던 운보가 어처구니가 없어 실소가 나왔다. 이건 정말 상식 수준을 벗어나는 말이었다. 저것은 설사 장륜이 살아 있다는

312

것이 밝혀진다 해도, 자신이 효화공주와 혼인해야 한다고 황제를 겁박하는 것이나 다름없는 말이었다.

"당연히 장륜이지요. 버젓이 지아비가 살아 있는 여인이 어찌 또 다른 지아비를 섬긴단 말입니까?"

황제가 답을 머뭇거리는 사이 뒤쪽에서 효화의 앙칼진 목소리가 들려왔다. 그녀가 내궁의 경비병들을 헤치고 나와 당재영 앞에 당당히 섰다. 그러고는 당재영이 잡고 있는 그의 팔을 보며 미간을 구겼다.

"정말 무례하군요. 아직 몸과 마음을 추스르지 못한 사람에게 이게 무슨 짓입니까?"

효화가 그를 제 쪽으로 데려오려 손을 뻗자, 당재영이 재빨리 그를 제 뒤로 끌어당겼다. 당재영의 우악스런 손길에 그가 바람에 나부끼는 풀잎처럼 몸을 흐느적거리며 끌려갔다. 이를 본 영백이 조심스럽게 경비병들 사이를 뚫고 조금씩 앞으로 나아가기 시작했다.

"훗, 정말 이자가 장륜이 맞기는 합니까? 처음에는 홍정주라고 하지 않았었나요?"

"기억을 잃었다고 했잖아요. 그래서 자기가 누군지 착각했고, 나도 헷갈렸어요. 하지만 나와 있으면서 옛 기억을 찾았고, 그는 장륜이 맞아요. 7년 만에 돌아온 이 사람의 낭군이란 말입니다. 그러니 함부로 대하지 마시지요."

"하하하. 꽤나 애틋한 척하십니다만, 어찌 그런 지아비의 얼굴과 목소리를 지금껏 알아보지 못하신 겁니까? 사실대로 말씀하시지요. 이 혼인을 물리고 싶으셔서 엉뚱한 자를 데려다 장륜이라고 억지를 부리시는 것이 아닙니까?"

"아…… 아니요. 그런 거 아니에요. 얼굴에…… 얼굴에, 큰 흉이 생겨서 선뜻 못 알아본 거예요. 게다가 다른 여인이 제 약혼자인 줄 착각해서 데려가는 바람에 만날 기회가 적어, 확인이 어려웠던 것뿐이라고요. 이 사내는 틀림없는 장륜!! 이 사람의 지아비입니다!!"

효화가 당재영의 손에서 거칠게 그의 팔을 빼냈다. 그러자 당재영 또한 지지 않고 그의 다른 한쪽 팔을 잡고 놓아주려 하지 않았다.

"그래서 그것이 맞는지 알아보려고 데려가는 것입니다. 폐하와 공주님께서 저를 능욕하시기 위해 죽은 자를 산 자로 꾸며 농간을 부리신 것이 아닌지 알아보려고 말입니다."

"네놈이 뭔데 그걸 판단해. 부인인 내가 맞는다면 맞는 것이지!!"

효화가 바락바락 소리를 지르며 그의 팔 한쪽을 양손으로 잡아당겼고, 당재영은 그런 그녀와의 힘겨루기에서 지지 않으려 그를 잡고 있는 손에 힘을 더 줬다. 저들 장난감처럼 그의 팔을 한쪽씩 잡고 싸우는 꼬락서니에 결국, 황제가 호통을 쳤다.

"무엄하도다!! 둘 다 그만두지 못할까! 감히 어느 안전에서 이따위 꼴사나운 모습을 보이는 게야!! 네놈들 눈에 짐이 그토록 우습고 하찮아 보이더냐?! 당장 둘 다 손을 떼어라!"

서로 잡아당기는 힘이 느슨해지기는 했으나, 둘은 상대보다 먼저 손을 놓을 생각이 전혀 없어 보였다. 운보가 슬쩍 강초에게 눈치를 주자, 강초가 그를 잡은 두 사람의 손들을 떼어 냈다. 그러고는 그를 황제에게로 데려가려는데, 당재영이 그의 어깨를 잡으며 휙 돌려 세웠다. 당재영은 넋이 나간 그의 턱을 틀어쥐고 억지로 눈을 맞추려 했다.

"너는 누구냐? 네가 정말 장륜이냐?"

아주 살짝 그의 입술 끝이 달싹이다, 회피하듯 고개를 돌리려 했다. 그러자 당재영이 그의 턱을 더 꽉 잡아, 그리하는 것을 용납지 않았다.

"저 자식이 진짜……."

관직에서 물러난 몸이기에 화가 치밀어도 가만히 참고 지켜보던 운보

314

가 발끈했다. 그런데 그보다 먼저 누군가가 당재영의 손목을 매몰차게 쳐 냈다.

"호…홍정주. …이…이 사람…이…이름은 홍정주입니다."

강단 있는 표정으로 영백이 당재영을 마주하고 섰다. 당재영은 여인의 서늘한 기운이 칼끝처럼 자신을 향하자, 저도 모르게 주춤대며 물러났다.

※

그가 사라졌다. 강계전투에서 그가 홍정주와 함께 행방불명이 되어 사라졌다.

이족(夷族)의 습격으로 부대에서 떨어져 내몰렸다는데, 그들의 생사에 대해 확답을 해 줄 이가 아무도 없었다. 몇 번이나 그들의 흔적을 쫓아 강계로 군사를 몰았지만 작전은 번번이 실패했고 그들의 행방은 더욱 오리무중이 되어 갔다.

그렇게 시간이 지나자 사람들은 그들이 죽었다고 여겼다. 나라의 기둥이었고 버팀목이었던 대장군의 죽음은 백성들에게 큰 충격이었고, 그에 대해 이야기하지 않는 사람이 없었다. 그리고 그와 동시에 홍정주와 나에 관한 이야기도 나돌았다.

"무섭지 않아? 진짜로 또 죽었잖아."

"헛소문이라고 치부하기에는 대단한 우연이지. 저주받았다는 것이 사실인가 봐."

사람들에게 그와 홍정주의 죽음이 기정사실화되자, 마침내 봉인되었던 내 과거에 관한 이야기가 해주에서 시작되어 영휘로까지 흘러들었다.

'저주받은 말더듬이 신부.'

그 악몽의 그림자가 영휘에서 새롭게 둥지를 튼 가족들에게 다시 드리워졌다. 그들의 얼굴에는 수심이 드리워졌고, 집안도 적막강산이 되었다. 다시 찾아온 악몽에 가족들은 말을 아끼고 시선을 피하며 혹여나 터져 나올지 모르는 원망의 소리를 참아 냈다.

하지만 그런데도 나는 아무런 느낌이 없었다. 멍하니 있다 보면 시간은 잘도 가 있고, 잠시 눈을 붙이고 나면 하루가 금방 지나가 있었다. 숨을 쉬고, 걸음을 걷고, 손을 펴고, 눈을 들어 하늘을 봐도 그것이 내가 하고 있는 것이 맞는지 실감이 나지 않았다. 마치 내가 내뱉는 허망한 숨결에 서서히 익사당하고 있는 것만 같았다.

그러한 나날이 계속되던 어느 날, 부슬부슬 비가 내렸다. 한낮임에도 날은 어둡기만 했고 비마저 음산하게 내리자 집안은 끝 모를 우울함에 잠겨들었다. 그런데 음울하고 적요한 집 안으로 낯익은 목소리가 새어 들어왔다.

"색시, 말 더듬는 색시!"

"이게 무슨 소리야? 아가씨, 송 부인 마님 아니에요?"

남천이 넋을 빼고 목각인형처럼 앉아 있던 나를 흔들었다.

비가 제법 차게 내리는데도 홑겹의 옷만 입고 송 부인은 우리 집 대문간에 서서 바들바들 떨고 있었다. 그간 누가 제대로 챙겨 주지도 않았는지 헝클어진 머리에 야윈 얼굴로 나타난 송 부인은 나를 보자 울음부터 터트렸다.

"어흐흑. 색시, 사람들이 자꾸 우리 정주가 죽었다고 그래. 잘 알지도 못하면서. 안 죽었는데……. 자꾸 죽었다고 그래. 아무것도 모르면서……. 어흐흐흑. 그치? 안 죽었지?"

살갑게 말 하나, 손 한 번 내밀어 준 적 없는 아들인데도 송 부인은 처절하게 울며 그의 죽음을 부정했다. 어미이기에 자식의 죽음을 부정하려 한 것도 있겠지만, 한편으로는 그런 아들마저 없으면 세상에 자기 혼자뿐이라는 두려움에 그녀는 겁을 먹고 있었다.

나는 턱까지 다다닥거리며 격하게 몸을 떠는 송 부인을 안았다.

"네…아…안 죽었어요. …부…분…분명…아…안 죽었을 거예요."

말을 마치기도 전에 내 눈에서도 눈물이 흘러내렸다. 송 부인은 내 말이 진실이라도 되는 것처럼 와락 나를 끌어안고 엉엉 울었다. 대문간 에서 서로를 얼싸 안고 우는 우리 모습은 홍정주의 안위를 염려하는 것 처럼 보였을 것이다. 하지만 실상 난 다른 이를 위해 울고 있었다. 그를 위해 울고 있다는 것을 밝힐 수도 없는 사람을 위해…….

그 뒤로 나는 홍정주의 집에 들어가 살며 송 부인을 보살폈다. 그렇 게 함으로 해서 내게 쏟아지는 곱지 않은 시선들을 가족들에게서 떨어 트릴 수가 있어 마음이 편했다. 몇몇은 송 부인과 함께 사는 나에게 위 선이라며 비난하기도 했지만 난 괘념치 않았다. 그들이 날 뭐라 부르고, 뭐라 욕하건, 잘못한 것이 없다면 떳떳하지 못할 이유가 없다는 그의 말 을 믿었다.

더 열심히 살았다. 화단을 가꾸고, 송 부인을 데리고 산과 들을 다니 며 꽃의 씨앗을 채취하고 모종을 만들었다. 그렇게 하고픈 일을 하며 하 루하루를 알차게 보내려 애쓰다 보니 나를 비웃고 뒷말하던 사람들의 입도 하나둘 다물어져 갔다.

그런 가운데 화련 상단에서 일할 수 있게 된 것은 정말 운이 좋았다. 상단의 단주인 방태경은 꽃과 나무에 관한 내 지식을 높이 사, 자기 밑 에서 일하지 않겠냐는 제안을 했다. 부모님과 오라비는 말도 더듬는 아 이가 어찌 장사를 하느냐며 만류했지만 난 그 제안을 받아들였다.

희귀한 꽃과 나무를 찾아 구입하고, 그것들을 상품화할 방법과 판매할 활로를 모색하는 일는 재미있었다. 물론, 처음에야 낯선 상단 일이 힘에 부치고 어려울 때도 많았지만 주어진 일을 하나씩 해결하다 보니 언젠가부터 내 이름 앞에 '말더듬이' 대신 '행수'라는 수식어가 붙었다.

또, 내가 상단에 들어갈 결심을 한 이유 중 하나가 교역을 핑계로 타국과 다른 지방을 다니기 용이하다는 것이었다. 여인이니 교역을 다니는 것보다 상점에 머무는 것이 낫지 않겠느냐는 주위의 조언도 있었지만 혹여, 이족의 땅 부근을 지나다 그를 만나거나 본 사람을 찾을지 모른다는 기대로 교역 길에 올랐다. 수없이 많은 교역 길에 올랐지만 그를 찾을 만한 단서조차 얻기 힘든 것이 현실이었다.

그런데 마치 하늘에서 뚝 떨어진 것처럼 내가 그에게 선물했던 비단 화첩이 나타났다.

그것을 단주에게 선물했다던 '겨울손님'을 좇아 나는 제양으로 갔고, 그곳에서 요상한 짐꾼 두 명을 만났다. 신원이 보증된 제양의 짐꾼도 아니고 어딘지 수상쩍은 자들이었지만 나는 묘하게 낯익은 눈매의 복면 사내가 마음에 걸려 그들을 행렬에 넣는 도박을 감행했다.

그가 얼마나 신경이 쓰였는지 영휘로 돌아가는 길 내내, 나도 모르게 그를 흘끔거리고는 했다. 그런데 그때마다 낯부끄럽게 어쩜 눈이 꼭 마주치는지, 아지랑이 피어오르듯 설레는 감정이 꿈틀거려 걸음을 내딛는 것조차 힘들었다.

저 사람 때문이 아니다. 그와 함께 사라졌던 비단 화첩이 나타나 옛 기억과 함께 그때의 감정이 떠올라 그런 것이라며 나는 내 마음을 해명하려 했다. 그랬는데 이채명의 저택에서 그가 날 지키려 눈을 가리고 제 품으로 끌어당기는 순간, 목구멍으로 울컥하는 것이 치밀어 올랐다.

설마……. 설마, 하는 마음에 몇 번이고 그를 자세히 살펴봤지만 얼굴 중앙에 자리한 흉터가 날 헷갈리게 만들었다. 선한 눈과 희끗하게 웃을 때 드러나는 입매가 퍽 닮았지만 나는 그것이 내 그리움이 만들어 낸 잔영인지, 아닌지 확신할 수가 없었다.

"행수께서는 뭐든 너무 진지하게 받아들이시니, 이거 무서워서 농으로라도 괜한 소리를 못하겠습니다."

"그거 아십니까? 이렇게 손가락 사이로 햇살을 받아 보면 어쩐지 자신이 굉장히 특별해지는 것 같답니다. 한번 해 보십시오."

꼭 시험당하는 기분이었다. 그와 비슷한 말과 행동을 하는 이 사내가 네가 찾던 그 사람인지 맞춰 보라고 누군가 날 시험하는 것만 같았다.

"다⋯당신⋯누⋯누구예요?"

"행수님께서 말씀해 주십시오. 나는⋯⋯ 누구입니까?"

잃어버리고 살던 감정이 다시금 내 마음에 찾아드는 것을 보며 마지막으로 그가 맞는지 확인하려 했다. 그런데 그는 되레 자신이 누구냐며 내게 물어왔다. 어째서 속 시원히 자신의 정체를 밝히지 않고, 빙빙 돌리는지 야속한 마음에 울음이 쏟아져 나왔다. 그것을 막으려고 입가로 손을 가져가자 손목에 차고 있던 약혼 팔찌가 모습을 드러냈다.

"그 팔찌는 행수님께 소중한 것입니까?

나는 황급히 팔찌를 가렸다. 7년 동안, 내가 아닌 홍정주를 기다렸느냐 묻는 것 같아 당황스러웠다. 그런 것이 아니라고 변명을 하려 했지만 갑작스런 재회에 추스르지 못한 감정은 입조차 제대로 떼지 못하게 만들었다.

그때, 그가 자신의 팔에 감긴 천을 풀어 보였다. 그리고 내가 차고 있는 팔찌와 꼭 한 쌍을 이루는 것을 보이며 이렇게 말했다.

"저는 과거의 기억이 없습니다. 제가⋯⋯ 홍정주라는 사람입니까?"

시험에 들었다고 생각했었는데⋯⋯. 사실 진짜 시험은 아직 시작도 하지 않은 것이었다.

자신이 홍정주냐 묻는 그의 물음에 나는 어찌 대답해야 할지를 몰랐다.

홍정주라고 대답해야 할까? 내 약혼자라고⋯⋯. 아니면 진실을 이야기해 줘야 할까?

과연 어느 것이 옳은 선택인지, 누가 속 시원히 설명해 줬으면 좋을 것 같았다.

"어…어째서 그렇게…새…생각하셨는지 모르겠지만…다…당신은… 호…홍…홍정주가…아… 아니에요."

내 첫 선택은 진실을 말하는 것이었다.

"그럼…… 결국, 저는 당신한테는 아무 의미 없는 사람입니까?"

그럴 리가, 그럴 리가 없지 않은가! 약혼자가 아니어도 당신은 내게 소중한 사람이다. 그것을 말하려고 했지만, 이미 울음이 먼저 자리한 내 목에서는 어떤 말도 나오지 않았다.

기억이 없다는 그에게 복잡 미묘한 나와 그의 사이를 어떻게 설명하고 이해시켜야 할지……. 답답함에 울음만 속절없이 터져 나올 뿐이었다.

아무 의미 없는 사람이냐는 그의 말에 어떤 대꾸도 하지 못한 것이 밤새 마음에 걸려 나는 잠을 이룰 수가 없었다. 아침이 되어 소학천이 날 찾아왔을 때, 나는 진실을 말한 첫 번째 선택을 후회했다.

"행수님, 그놈들이 말입니다. 제양서 데려온 이상한 그 두 놈이 도망 쳤습니다."

자신이 아무 의미 없는 사람이냐는 물음에 끝내 답을 하지 못한 것이 실수였다. 그가 또다시 내 눈 앞에서 사라진 것이다. 기껏 네게 다시 기회를 주었더니 이리 흘려버리느냐, 하늘님의 꾸중이라도 들은 것처럼 나는 그를 찾아 정신없이 밖으로 뛰쳐나갔다.

그의 이름은 중요한가? 그가 어떤 사람이었고, 어떻게 살았었는지를 굳이 기억해야 하는가? 내가 그를 좋아하고, 그가 내게 의미 있는 사람이 되고파 한다면 망설일 이유가 없지 않은가?

마침내 그를 범소 관아에서 찾았을 때, 나는 망설이지 않고 그를 껴안았다.

다시는 놓치지 않으리라. 그가 어떤 이름으로 불리든 상관없다. 그는 그일 뿐이다.

나는 정조 있는 여인도 아니고, 착하지도 않다. 저주받았다 손가락질해도 좋고, 사악하다 욕해도 좋다. 누가 뭐라 하건 내 선택은 확고했다.

세상 만인을 속여 맘 졸이며 살게 되더라도 나는 평생 그와 함께 하는 길을 택할 것이다.

그러니 앞으로 그는…….

＊

"이…이 사람의 이름은 홍정주…제…제 약혼자입니다."

영백이 다시 한 번 힘주어 말하며 당재영을 밀쳤다. 찰나의 정적이 내궁을 휘돌고 갔다.

"무…… 무슨 소리야?! 이 사람은 장륜이라고. 왜 자꾸 남의 지아비를 네년의 약혼자라고 우기는 것이야?"

효화가 바락바락 소리를 질렀지만 영백은 그것을 튕겨 내기라도 하는 것처럼 동요 하나 없이 의연했다. 이 모든 것이 국혼을 파기하려는 황제의 농간이라 여겼던 당재영은 영백의 등장에 갑자기 머리가 복잡해졌다.

"정말 이자가 당신의 약혼자요?"

"…네."

"아니야!"

당재영의 물음에 효화와 영백이 동시에 대답을 했다. 당재영의 눈썹이 꿈틀대며 두 여인을 번갈아 바라보았다. 그들의 대조되는 대답만큼 그 또한 누구의 말이 사실인지 헷갈려 하는 것 같았다.

"어제 내 앞에서 기억을 찾았다고. 그렇지? 넌 장륜이잖아."

효화가 그의 어깨를 잡고 흔들며 채근했다. 그는 대답 대신, 굳게 다문 입처럼 눈을 질끈 감아 버렸다. 그것을 가만 지켜보던 영백이 슬며시 효화를 옆으로 밀며 그의 손을 잡았다.

"다…당…당신은 누구죠?"

영백의 차분한 물음에 내궁에 다시 침묵이 감돌았다. 영백의 목소리에 그는 슬쩍 눈을 떴지만, 차마 그녀의 얼굴을 마주하지는 못했다. 대신 자신의 손을 잡은 가녀린 영백의 손을 지그시 바라보았다.

영백이 손가락들이 곰살 맞게 움직이며 그의 손등을 살살 어루만져 주었다. 그녀의 손가락이 제 손등을 간질일 때마다 아스라이 번지는 따스함이 목구멍까지 치밀었다.

그가 머뭇대며 피하던 시선을 들어 올리자 영백이 모습이 고스란히 그의 눈에 들어왔다.

푸르른 나뭇잎 사이를 헤치며 청아하게 머리 위를 비추던 햇살같이 청명한 영백의 미소가 어둡게 움츠렸던 그의 마음을 흔들었다. 그윽하게 자신을 눈에 담고 있는 그녀는 무엇에도 흔들리지 않고 있었다.

"이봐, 묻잖아. 어서 대답해. 네놈은 누구냐?"

당신이 누구냐는 영백의 물음에 그가 선뜻 대답하지 못하고 주저하자, 그것이 못내 의심스러웠던 당재영이 대답을 재촉했다.

"호…… 홍정주! 나는 홍정주요!"

그가 영백의 손을 꼭 붙들며 이리 대답하자 그녀가 싱긋 눈웃음을 지어 보였다. 작은 눈짓에 불과한 눈웃음이었지만 그의 눈에는 그것이 더없이 환해 보였다.

八.
그대에게 이르는 길

순후경은 제 맞은편에 앉은 당재영의 얼굴을 탐탁지 않게 바라보았다. 나이에 맞지 않게 골난 아이처럼 입을 삐죽 내밀고 있는 것이 꼴사나워 보이기까지 했다.

순후경은 전에 없이 찌푸린 얼굴로 당재영의 이번 행동을 질책했다.

"대인께서 원래 한 번 불붙으면 물불 안 가리시는 성정인 건 알고 있었지만, 요 근래 모습은 적이 실망스럽습니다. 무엇 때문에 그렇게까지 조급해하신 겁니까? 찬찬히 살피며 기다리면 될 것을 왜 이리 덤비지 못해 안달이세요. 긴 인고의 시간을 끈기 있게 잘 버티신 분께서 꼬리에 불붙은 개처럼 이리 뛰고, 저리 날뛰시니……."

직설적인 순후경의 일침에 뾰루퉁해 있던 당재영이 눈썹을 실룩이며 그를 힐끔 쳐다봤다. 궤궤(几几)한 눈빛으로 말이 심한 것 아니냐 주의를 주었지만, 순후경은 굴하는 기색 없이 되레 짧게 혀를 차며 응수했다.

"쯧쯧. 친위대를 이끌고 내궁으로 짓쳐 들어가시다니요! 민심을 얻기 위해 가현주에서 절도사로 보낸 세월이 아깝습니다. 차라리 처음부터 황제를 밀어 버리시지 그러셨습니까?"

"순후경!"

"자중하시란 말씀입니다. 국혼은 미뤄진 것이지, 취소된 것이 아니지 않습니까? 어찌 하루, 이틀을 참지 못해 당장에 나를 부마로 삼으라, 황제를 위협하시느냐 이 말입니다. 그렇게 하면 백성들과 다른 조정신료들에게 대인은 난신(亂臣)으로 낙인찍히실 것이고, 그러면 대인을 제후로 삼고 싶지 않은 황제에게 명분만 실어 주는 것임을 왜 모르십니까?"

"이건 황제가 먼저 시작한 일이오. 멋대로 국혼을 미루고, 그것을 파기하려고 죽은 장륜까지 끌어들였는데 가만 지켜보라고? 그럴 수는 없소. 게다가 그 작자가 장륜인지 아닌지 당장 확인할 생각도 않고 내궁으로 데려가다니……. 거기서 뭔 수작을 부릴지 알고."

"제가 대인께서 이삼 일만 참으셨어도 이리 쓴소리를 하지 않았을 것입니다. 아무리 국혼이 미뤄졌다고는 하나, 황제가 장륜의 생환을 공식적으로 발표하지도 않았는데 고작 하루를 못 참고, 발끈해서 괜한 오해를 살 행동은 왜 하십니까?"

순후경은 쓴소리를 계속했더니 입 안이 꺼슬꺼슬해지는 느낌이었다. 그는 찻잔을 들어 입 안에 차를 한 모금 머금었다.

"남녀 사이는 하루면 만리장성도 쌓네. 그대가 보지 못해 그러지, 공주의 눈빛이나 행동이 얼마나 끈적끈적했는데. 그런데 둘을 같은 궁 안에 둔다? 큰일 날 소리."

순후경은 머금었던 차가 코로 역류하는 것을 느꼈다. 사람은 접시 물에도 코가 빠져 죽는다는데 순후경은 먹던 차에 질식할 뻔했다. 그는 제 얼굴을 소매로 가리고 늙고 여윈 몸뚱이를 한참 동안 쿨럭였다. 그리고 천천히 숨이 고르며 당재영을 한심스레 쏘아봤다.

"그러니까 결국, 공주님 때문이었습니까?"

당재영은 아무 대꾸도 하지 않았지만 멀뚱한 그의 눈은 그것이 아니면 무엇 때문이겠느냐 되묻는 듯했다.

'경국지색'이라더니……. 원대한 야망을 좇아 냉철하고 집요하게 살아온 이 사내를 공주가 아이처럼 만들었다는 사실이 순후경은 기가 막혔다.

"내 수중에 다 들어온 것을 눈앞에서 놓칠 수는 없지. 한 번 품어 보지도 못했는데."

완고하게 팔짱을 낀 모습이 앞으로 다가올 일전을 준비하는 사람처럼 보였다. 순후경이 고개를 가로저으며 다시 찻잔을 들었다.

"그렇다면 한 남자를 두고 서로 제 지아비라 우기는 두 여인 중에서 누구의 말이 사실인 것처럼 보였습니까? 일단 본인은 자신이 홍정주라고 했다지요?"

내궁으로 밀고 들어간 이야기는 젖혀두고, 순후경은 이 사달을 일으킨 홍정주 혹은 장륜일지 모르는 사내에 대해 물었다.

"글쎄. 정확히 말하자면 갈팡질팡했어. 진영백이라는 그 여자가 나타나기 전까지는 자신이 홍정주인지 장륜인지 선택하지 못하고 머뭇거린 느낌이랄까. 내가 이상하게 생각하는 점은 바로 그것이야. 7년 동안 생사조차 묘연했던 사람이 갑자기 기억을 잃고 나타난 것도 의심스러운데, 홍정주일 수도 장륜일 수도 있다니 말이 안 되잖아? 어쩌면, 애초에 그놈은 장륜도 홍정주도 아닌 제삼자일 수도 있어."

대개의 사람들이 그자가 장륜이냐 홍정주냐를 놓고 고민할 때, 당재영은 그 사내의 등장 자체에 의혹을 제기했다.

"그것이 무슨 뜻입니까?"

"갈팡질팡했던 것이 단순히 기억이 불분명해서 그런 것 같지가 않았어. 기억이 불분명한 것보다 둘 중에 어떤 것을 선택해야 할지 망설이는

것 같았다고나 할까. 그걸 보니 문득 이런 생각이 드는 거야. 그는 홍정
주도 장륜도 아닐 수도 있다…….”

“둘 다가 아니라면 그자의 정체는 대체 무엇이란 말씀입니까?”

“어느 뜨내기 같은 놈이 홍정주의 약혼 팔찌를 습득한 뒤에 진영백에
게 접근한 것이지. 여기저기서 풍문으로 들은 이야기를 토대로, 기억을
잃은 약혼자 행세를 한 거야. 그런데 알다시피 홍정주와 함께 장륜도 행
방불명되지 않았는가? 그놈이 홍정주인 척하려 끼워 맞춘 이야기 중에
아마 장륜의 이야기도 섞여 있었던 것이지. 그걸 들은 공주님께서는 그
자를 장륜이라 착각한 것이고. 놈은 어쩌면 정인을 잃은 여인들의 그리
움을 이용해 사기를 치는 한낱 모리배일 수도 있어.”

순후경이 입가로 가져가던 찻잔을 내려놓았다. 충분히 생각해 볼 만
한 가설이었다. ‘홍정주냐, 장륜이냐’ 묻는 틀에 너무 갇혀 있다 보니
둘 다 아닐 수 있다는 것을 간과하고 있었다.

“대인의 말대로라면 그가 마지막에 자신이 홍정주라고 주장한 이유는
뭔가요?”

“제 놈도 헷갈렸겠지. 자기가 알고 있는 자잘한 정보가 장륜의 것인
지, 홍정주의 것인지 확실히 구분할 수 없었던 거야. 갈팡질팡한 것도
그 때문이 아니었을까? 헌데, 가만히 생각해 보니 자신을 부마이자 대장
군이었던 자로 사기 치기에는 여러모로 위험부담이 큰 거야. 그래서 마
지막에 자신을 홍정주라고 주장한 것이지.”

제법 그럴듯한 가설이었다. 홍정주가 기억을 잃고서 7년이나 헤매다
가 우연치 않게 진영백 앞에 나타났다는 이야기보다는 이편이 훨씬 타
당성 있어 보였다.

“그래서 말인데 그치의 과거 행적이 어떤지 궁금하군. 진영백을 만나
기 전까지 어디서, 무엇을, 어떻게 하고 지낸 놈인지 한번 자세히 조사

해 봐. 내 친위대를 밟아 놓을 정도면 과거가 예사롭지는 않을 것 같거든."

경국지색에 눈이 멀어 제 모습을 잃고 사리분별도 못하는 칠푼이가 되었을까 봐 걱정했는데, 그것이 제 기우였구나 싶어 순후경은 느긋하게 차향을 즐겼다.

당재영과 순후경이 홍정주인지, 장륜인지 모를 사내를 의심하고 있는 사이에 황제는 모처에서 은밀히 운보와 그를 만났다.

"자네를 뭐라고 불러 줘야 할까?"

황제가 착잡한 심경을 드러내며 물었다. 장륜은 입술을 자근거리며 그 대답을 회피했다. 잃어버렸던 기억을 드디어 찾았지만, 그로 인해 자신이 염원하던 행복은 더 멀어지고 있었다. 황제와 장륜 사이의 공기가 침울해지자 옆에서 지켜보던 운보가 마뜩지 않은 표정을 지었다.

"그러시는 폐하께서는 이 사람을 뭐라고 부르고 싶으신지요?"

황제의 의중을 알아내려고 운보는 그에게 먼저 답을 청했다. 황제는 대답하기에 앞서 복잡한 속내를 고르듯 짧은 숨을 몇 번에 나눠 쉬었다.

"장륜……."

운보는 눈을 치며 황제를 노려봤다. 그는 내궁에서 자신이 했던 말을 황제가 하나도 이해하지 못한 것 같아 분통이 터질 것만 같았다.

"폐하께서는 변한 것이 하나도 없군요."

"짐이 무엇을 잘못했기에 변해야 하지?"

자신이 그런 말을 들어야 할 이유가 없다는 듯이 황제가 조소를 지었다.

"대장군의 생사가 불투명해진 후, 군부에서 폐하의 곁을 떠난 인재가 몇이었습니까? 또, 당재영의 군대가 영휘로 짓쳐들어왔을 때, 폐하를 위해 싸운 자는 몇이었습니까?"

조소를 지었던 황제가 입을 굳게 다물었다. 운보의 말본새가 마뜩지 않았지만, 그는 운보를 꾸짖을 만한 마땅한 답을 가지고 있지 않았다.

장륜이 사라진 뒤로 관직을 그만둔 것은 운보만이 아니었다. 장륜이 대장군이 되면서 군부의 요소요소에 배치했던 인재들이 상당수 빠져나 갔다. 그러했기에 당재영이 거병하여 영휘로 진격했을 때, 속수무책으로 당했던 것이다.

"사람들이 왜 대장군을 따랐는지 아십니까? 고강한 무예를 가지고 있 어서? 전투에서 지지 않아서? 아니요. 져 줘야 할 때를 알았기 때문입니 다. 그러나 폐하께서 다르십니다. 누구보다 완벽해야 하고 다 이겨야지 만 직성이 풀리시지요. 그래서 남의 실수는 용납지 않으면서 자신의 잘 못은 은폐하려 하십니다. 아시겠습니까, 폐하? 이기는 것은 통쾌하고 즐 거운 일이지만 항상 이기려고만 들면 주위에는 꺾어야만 할 적만 남을 뿐입니다."

황제는 떨리는 입술을 꾹 깨물었다. 운보는 그런 황제의 모습을 보며 말을 이어 나갔다.

"그때, 그는 이미 폐하께 한 번 져 드렸습니다. 제 마음은 산산이 부 서져, 나락으로 떨어졌음에도 불구하고 말입니다. 그런데도 폐하께서는 이번에도 그에게 또 져 달라 떼를 쓰실 것입니까?"

자신의 말뜻을 알아들었다고 생각했는데…….

그래서 당재영이 그를 데려가려 할 때, 막아서 준 것이라 여겼는 데…….

아무래도 그는 변하지 않은 것 같았다. 답답함에 운보는 울분을 담아 소리쳤다.

"마음대로 하십시오. 아무리 그러셔도 소인이나 진 행수는 이 사람을 홍정주라고……."

"끝까지 들어!!"

황제가 호통을 치며 운보의 말을 끊었다.

"네가 장륜이니까 이렇게 만나 이야길 듣는 것이다. 홍정주였으면 짐이 이렇게 몰래 만나 주는 일 따위는 아예 없었어. 그러니 지금은 장륜으로서 잠자코 내 말을 들어."

소슬하게 말을 끝맺는 황제의 어조가 의미심장했다. 발끈했던 운보도, 상심해 고개를 돌렸던 장륜도 황제의 용안을 가만히 응시했다.

"자네가 홍정주라 주장하는 이유가 뭔지, 짐도 천치가 아닌 이상 대충 아네. 진영백과 그대의 사이는 예전부터 낌새가 있었으니까. 하지만 그렇다고 해서 자네를 그냥 홍정주라고 인정해 버릴 수는 없어. 그날 효화 앞에서 자네가 장륜의 기억을 드러낸 이상 그 아이가 호락호락 넘어갈 리 없고, 당재영 그 독사 같은 자도 무슨 수작인가 파헤치려고 난리를 피울 테니까. 그리고 무엇보다 자네가 홍정주로 살아도 된다는 확신이 먼저 필요하네."

"확신이야 폐하께서 약혼 선물로 주신 증표도 있고, 약혼녀인 진 행수가 이 사람을 홍정주라 굳게 믿는다 하면 어느 누가……."

운보가 장륜이 홍정주라고 주장해도 이상할 것 없는 증거들이 이렇게 많다고 말을 늘어놓았지만 황제는 손사래를 쳤다.

"아니, 그런 것 말고……. 정말 모르겠나? 허허 참. 진영백이나 자네나 이자를 홍정주로 살게 하려는 엄청난 계획을 꾸며 놓고 정작 중요한 것은 간과하고 있었구먼?"

운보와 장륜이 어리둥절하게 서로의 눈치를 살폈다. 운보는 영백과 자신이 뭘 간과했다는 것인지 열심히 머리를 굴렸지만 그것이 선뜻 떠오르지가 않았다.

"진짜 홍정주의 행방."

황제의 짤막한 대답에 운보는 숨이 턱 막혔고, 장륜은 몸이 경직되었다.

"말해 보게. 그는 어떻게 되었는가? 강계전투에서 자네와 홍정주만 부대에서 이탈해 행방불명되었었네. 자네는 기억을 잃고 7년 동안 헤맸다지만, 홍정주 그는 어떻게 되었는가? 그의 마지막 행방을 아는 사람은 자네가 유일할 터인데 그는 살아 있는가?"

그렇다. 장륜이 홍정주로 살려면 일단 진짜 홍정주가 부재(不在)해야 한다. 하지만 장륜이 살아 돌아온 이상, 그 또한 언제든 살아서 돌아올 가능성이 열려 있는 것이다.

운보는 그것을 간과한 것이 모두 제 불찰인 양 이마를 감싸 쥐었다.

"그래, 자네는 그자가 어떻게 되었는지 알고 있는 것인가?"

재차 황제가 홍정주의 행방에 묻자, 운보도 장륜의 입에서 어떤 답이 나올지를 초조하게 기다렸다. 그런데 어찌 된 것인지 장륜은 바짝 얼어붙어 불안하게 가쁜 숨만 내쉬고 있었다. 마치 궁지에 몰린 사람처럼⋯⋯.

"왜 그러는데? 그가 살아 있는 거야? 어디 있는데?"

조급한 마음에 운보가 장륜의 어깨를 흔들며 답을 채근했다. 그러자 불안하게 눈동자를 굴리던 그가 고개를 가로저었다. 마치 자신을 휘두르고 있는 혼란스런 감정을 털어 내려는 것만 같았다.

"아⋯⋯ 아직 거기까지는 기억이 나지 않았습니다."

뭔가 맥이 풀리는 답변이었다. 황제는 쓸쓸하게 입맛을 다셨고, 운보는 가만히 장륜의 얼굴을 살폈다. 그는 싱거운 답을 내놓은 것이 무안한 것처럼 왼쪽 귓불을 겸연쩍게 매만졌다. 이를 발견한 운보의 눈빛이 흔들렸다.

"자네가 진영백의 약혼자 홍정주로 살려고 한다면, 이 문제를 확실히 처리하지 않으면 안 되네. 나머지는 그다음에 생각할 일이고."

황제는 그들에게 지금 가장 시급한 일은 홍정주의 행방과 생사를 알아내는 것임을 재차 강조했다. 그리고 전에 없이 인자하고 온후한 형색으로 장륜에게 말했다.

"내 자네라면 얼마든지 져 줄 준비가 되어 있으니 뭔가 떠오르는 것이 있으면 주저 말고 곧바로 내게 알려주게. 그래야 짐도 그에 맞춰 준비를 하지 않겠나."

결국, 황제의 의중은 장륜의 선택을 지지하고 돕겠다는 것이었다. 그리고 흔들림 없이 굳건한 황제의 낯빛은 그것이 진심이라는 것을 확인시켜 주는 듯했다.

황제가 그의 선택을 지지하고 도와주겠다고 한 것만으로도 큰 수확인데, 어째서인지 장륜은 집으로 돌아오는 길 내내 불안한 모습을 보였다. 이따금씩 옆머리를 쥐며 바들바들 떨다가 이를 꾹 깨물며 의연한 척하더니, 다시 나락으로 떨어지는 사람처럼 눈을 질끈 감았다.

자꾸 그런 행동을 반복하자 운보는 그를 조용한 곳으로 데려갔다.

"너 뭔가 생각난 것이 있는 거지?"

그가 단도직입적으로 물었다. 그러자 말하기 두려워하면서도, 물어봐 주기를 기다렸던 것처럼 장륜은 운보의 팔을 붙잡고 간절한 눈빛을 보냈다. 여기까지 걸어오는 동안에도 얼마나 괴로워했던 것인지 운보의 팔을 잡은 장륜의 손이 파들파들 떨리고 있었다.

"운보야. 어…… 어떡하지. ……아무래도…… 아무래도…… 내가 홍정주를 죽인 것 같다."

아까부터 그가 어떤 기억을 떠올려 놓고는 숨기고 있다 생각했는데,

설마 이런 내용이었을 줄이야. 운보는 말이 잘 나오지 않는 목구멍으로 침을 억지로 밀어 넣으며 제 팔에 의지해 떨고 있는 그를 진정시켰다.

"확실해? 정말 그런…… 기억이 떠오른 거야?"

간신히 목소리를 쥐어짜 내 말했지만, 말하는 중간에 목이 메었다. 장륜은 자신이 떠올린 기억에 오류가 없는지 다시 되짚어 보려는 것처럼 눈을 꼭 감고 머리를 쥐어 잡았다.

검날을 통해 전해지던 손끝이 저릿한 촉감, 검이 부딪칠 때마다 나던 소름 끼치게 날카로운 금속음, 미친 사람처럼 자신을 비웃던 홍정주의 얼굴이 머릿속에서 뒤죽박죽 엉켰다 떨어지기를 반복했다.

'내가 부러워 미칠 것 같더냐? 하하하.'

'그래! 부럽다. 그 여인을 아내로 맞을 수 있는 네놈이!!'

분노를 터트리며 자신이 그를 향해 검을 비껴 들고 달려드는 모습이 불꽃처럼 눈앞에서 터졌다. 그러자 장륜은 숨이 멎었던 사람처럼 '흐읍' 하는 소리와 함께 휘청했다. 운보가 쓰러질 뻔한 그를 간신히 붙잡아 세웠다.

"그가 죽은 것을 확인했어? 그의 죽음을 본 것이 확실히 기억난 거야?"

운보는 일부러 네가 죽였느냐를 묻지 않고, 그가 죽은 것을 보았는지를 물었다. 황망한 얼굴을 하고서도 기억을 더듬던 장륜이 천천히 고개를 저었다.

"그건 아니야. 내가 그자에게 죽일 듯이 덤벼들어 몰아붙였던 것만 기억나."

"됐어. 그럼 아직 모르는 거야. 확실히 밝혀지지 않은 이상 네가 죽였다고 단정할 수는 없어. 그러니 그렇게 생각하지 마."

"하…… 하지만 내가 정말 죽일 기세로 공격했어. 너무 화가 나서…… 정말 죽이고 싶었어. 만약, 내가 정말로 그자를 죽였다면…….
내가 어떻게 송 부인의 아들인 척하고 살 수 있어? 그 사람한테도 어떻
게 이런 나랑…….”

“어금니 꽉 깨물어.”

두서없이 넋두리를 해 대는 장륜에게 운보가 싸늘한 말을 쏘아붙였
다.

어금니를 깨물라니 무슨 뜻인가? 넋두리를 하느라 머리를 감싸 쥐고
있던 장륜은 그 뜻 모를 소리에 고개를 들었다. 그 순간, 눈앞이 번쩍하
더니 턱에서부터 시작된 통증이 머리끝까지 타고 올라가 정신을 얼떨떨
하게 만들었다.

얼마나 세게 친 것인지 운보도 장륜을 때린 자신의 주먹을 요란스레
털고 있었다.

“확실히 다 밝혀질 때까지 싹 다 잊어버려. 그리고 생각날 때마다 나
한테 오늘 맞은 거 떠올리면서 또 잊어. 확실치도 않은 것에 괜한 죄책
감을 갖고 머뭇대기라도 한다면 그땐 더 맞을 줄 알아. 지금은 진 행수
만 생각해. 그녀는 세상 사람들을 모두 기만해서라도 너랑 함께하는 쪽
을 택했어. 그런 그녀 마음은 편할 것 같아?”

입안이 비릿한 것이 피가 흐르는 듯했다. 하지만 덕분에 확실히 정신
은 맑아졌다.

장륜이 손바닥으로 입가에 흐르는 피를 닦으며 고개를 끄덕였다. 청
승맞게 굴던 모습이 사라지자 이제야 좀 후련하다는 표정으로 운보가
어깨를 늘어트렸다.

“그런데 전부터 궁금했는데 너 네가 어떻게 홍정주라고 생각하게 된
거야?”

운보의 질문에 장륜은 신비롭게 빛나던 파란 눈동자를 떠올렸다. 자

신에게 실제와 다른 과거를 알려 주고, 영백과 만나게 도와줬던 그 파란 눈의 사내를 말이다.

기억이 어느 정도 돌아온 지금, 장륜은 문득 그가 낯익은 기분이 들었다. 마치 아주 예전부터 그를 만났었던 것만 같았다. 아직 희뿌연 기억의 안개 너머에 어렴풋이 남아 있는 어느 앳된 소년의 모습이 그런 생각을 들게 만들었다.

"그래⋯⋯. 파란 눈⋯⋯. 그자가 내 물건을 갖고 있었어."

"물건? 어떤 거 말이야?"

"영백이 내게 보낸 서신과 비단 화첩. 그것을 보고 내가 어렴풋이 기억을 되찾았거든. 그런데 그것들은 분명 내가 항상 지니고 다녔는데 어떻게⋯⋯."

그는 아직도 그것들이 제 품 안에 있는 것처럼 가슴께를 손으로 더듬었다.

장륜은 손톱을 깨물며 부분, 부분 돌아온 자신의 기억과 파란 눈과 만났던 겨울밤의 일을 떠올렸다. 그리고 조각 맞추기라도 하듯 그것들을 모두 조합해 파란 눈의 의도가 무엇인지 파악하려 했다.

'파란 눈은 내가 홍정주이고, 영백이 내 약혼녀라고 했다. 팔찌 때문에 날 진짜 홍정주로 본 것일까? 아니면 다른 의도가 있어 기억이 없는 날 속인 것일까?'

속인 것이든 아니든, 화첩과 서신을 가지고 있는 이상 그가 자신과 홍정주 사이의 일을 알 확률이 높았다.

"그자를 만나야 해."

"그자가 누군데?"

"아직 확실치는 않지만⋯⋯ 홍정주의 생사와 행방을 알지도 모르는 '파란 눈'."

이 혼란을 잠재울 실마리를 '파란 눈'이 갖고 있을 것이다. 그 사실에 장륜과 운보는 누가 먼저랄 것도 없이 마른침을 삼켰다.

"거…거기서들…뭐…뭐하고 계세요."

심각한 이야기를 나누던 두 사람은 생각지도 못한 목소리에 흠칫 놀라 고개를 돌렸다. 굽어진 골목길 끝에서 영백이 자신들을 발견하고는 그쪽으로 걸어오고 있었다. 황제를 만나러 간 사람들이 좀체 돌아오지를 않자, 기다리다 못한 영백이 찾으러 나온 모양이었다.

그들 가까이로 다가온 영백은 장륜의 얼굴을 보자, 눈을 휘둥그레 떴다.

"어…얼…얼굴이… 왜…왜…."

살짝 핏기가 어리고 부어오른 그의 입과 뺨을 영백이 안쓰럽게 어루만졌다. 그것이 쓰라렸는지 장륜이 '씁' 하며 얼굴을 구기자, 영백은 제가 그런 것처럼 어쩔 줄 몰라 했다. 그러자 얼굴을 구겼던 장륜이 흘끗 곁눈질을 하더니, 방긋 웃으며 운보를 가리켰다.

"아! 이거요? 얘한테 맞은 거예요."

안쓰러움과 미안함에 움츠렸던 영백이 그 말에 미간을 찌푸리며 운보를 빤히 쳐다보았다. 영백이 의아함과 함께 왜 때렸느냐 원망하는 눈초리를 보내자, 운보가 겸연쩍게 뒷목을 쓸었다. 어색한 미소로 이 상황을 모면해 보려고도 했다. 그런데도 영백이 책망의 눈길을 거두지 않자 운보가 하늘을 보며 푸념했다.

"와! 이거 편 없는 사람은 어디 서러워서 살겠나."

✻

수레에 몸을 싣고 어딘가로 향하고 있던 효화는 신경질적으로 손톱

끝을 잡아 뜯었다.

그는 분명 장륜이다. 그런데도 황제는 자신이 '홍정주'라는 그의 주장을 받아들여, 장륜과 진영백이 함께 돌아가는 것을 윤허했다. 함께 말이다……

"장륜입니다. 장륜이라고요. 흉터를 가리고 보면 그의 모습을 확실히 볼 수 있습니다. 게다가 그날 밤, 그 사람이 자신에게 매몰차게 굴었던 것에 대해 내게 원망과 울분을 쏟았단 말입니다. 홍정주가 그런 말을 했을 것이라고 생각하십니까? 장륜이 분명합니다. 장륜이니까 내가 그를 두고 홍정주와……"

"입 다물지 못해. 그것이 무슨 자랑이라고 떠들어 대, 떠들어 대길. 이제 나이도 적잖이 먹었으면 천지분간 정도는 해야 할 것이 아니냐. 설령 그가 그런 말을 했다 치더라도 지금 그 말을 장륜이라는 증거로 내세우겠다는 거야, 뭐야? 네가 장륜을 두고 홍정주와 내연 관계였다고 이제 와 만천하에 까발릴 것이냐고?"

황제는 이런 이유를 들어 그를 진영백에게 주고 자신의 주장은 묵살했다.

처음 자신과 홍정주의 관계가 알려졌을 때부터 고결하고 지엄한 황실의 명예를 지키려 별 해괴한 짓을 꾸몄던 황제다. 그런 그가 장륜의 정체를 밝히자고, 이제 와 그때의 추문이 세상에 까발려지게 하지 않을 것이다.

그러나 그것은 어디까지나 황제의 입장일 뿐이다. 효화는 황제나 황실의 체면 따위보다 제 자존심이 더 중요했다. 순진한 척, 아무것도 모르는 척하며 또 자신의 것을 빼앗아 가려는 영백을 효화는 가만히 둘 수가 없었다.

"기가 막혀. 장륜의 아내는 엄연히 나라고. 천지분간 못 하는 것이 누군데. 말더듬이 년이 또 이런 식으로 내 것을 가로채려 하는군."

분기를 참지 못하고 손톱을 잡아 뜯는 손에 힘을 주자 손톱 끝이 부러졌다. 그녀가 부러진 손톱을 보며 짜증스레 혀를 찼다. 그와 함께 수레가 멈추며 밖에서 시종이 아뢨다.

"공주님, 도착하였습니다."

수레에 내려져 있던 발이 올라가고 효화가 수레에서 내렸다. 그녀는 내린 곳을 흘끔 훑어보고는 곧바로 안으로 들어섰다. 시종이 그녀의 방문을 하인에게 알리자, 그 집 주인이 허겁지겁 뛰어나와 효화를 맞았다.

"아니, 공주마마 여기는 어쩐 일로……."

집에서 쉬고 있던 어사중승 고호열(高皓說)은 난데없는 공주의 자택 방문에 깜짝 놀랐다. 그는 허둥지둥 예를 갖춰, 공주를 제 집 안으로 안내했다.

관직에 올라 있다 해도 공주와 만날 일은 그다지 많지 않았다. 그래서 공주와 친분이 있던 것도 아닌데 그녀가 관청이 아닌 자신의 집으로 직접 행차할 일이 무엇인가 싶어 고호열은 좀 당혹스러웠다.

"미리 알려 주셨다면 준비를 좀 했을 텐데 대접이 소홀할까 싶어 송구스럽나이다."

땀을 비실비실 흘리며 고호열은 효화의 눈치를 살폈다. 하지만 그녀는 싱긋 웃으며 우아하게 손을 내저었다.

"무슨 그런 말씀을요. 이 사람이 어사중승의 집에 대접을 받고자 찾아왔겠습니까? 대인을 찾아온 이유는 긴히 부탁드릴 일이 있어서입니다."

"부…… 부탁이요? 어떤 일을 말씀하시는 것인지?"

고호열은 '부탁'이라는 그녀의 말에 못내 찜찜한 기분이 들었다. 오라비인 황제를 두고 별다른 친분도 없는 자신을 찾아와 부탁할 일이라……

어쩐지 황제에게는 차마 말할 수 없는 난감한 일일 것만 같았다. 그의 생각대로 효화의 고운 얼굴에 수심과 슬픔이 한가득 드리워지며 기막힌 말이 나왔다.

"제 지아비를 되찾는 일에 어사중승의 도움을 좀 받고 싶습니다."

"지아비이라 하심은…… 당재영 절도사를 말씀하시는 것이옵니까?"

국혼이 예정된 만큼 당재영을 떠올리는 것이 무리는 아닌데 효화는 그를 흘겨보았다. 수심을 한가득이고도 고왔던 그녀의 얼굴이 일순간 표독스럽게 변하자, 고호열은 움찔했다.

"절도사와는 혼례조차 올리지 않았는데 어찌 그가 제 지아비가 된단 말입니까!"

"그럼…… 설마? 장륜 대장군을 말씀하시는 것이옵니까?"

이미 죽은 자를 되찾겠다니! 그렇지 않아도 공주가 당재영과의 혼인을 탐탁지 않게 여긴다는 소문은 들어 알고 있었지만, 자신에게 죽은 자를 되찾게 해 달라니 고호열로서는 난감할 따름이었다.

"공주마마, 허나 대장군께서는 이미 7년 전에……"

"살아 있어요, 그 사람. 살아서 돌아왔는데 기억을 잃었답니다. 그래서 지금 엉뚱한 여인이 그를 제 약혼자로 착각해 데려가 놓고 돌려주지 않고 있어요. 그러니 어사중승께서 이 사람을 위해 치서시어사*를 배정해 주고 공정한 판단을 내려줬으면 해요."

고호열은 뭐라 선뜻 대답하지도 못하고 붕어처럼 입만 벙긋거렸다. 효화는 그런 고호열에게 떼라도 쓰는 것처럼 방실방실 웃어 보였다.

며칠 뒤, 황제는 어사중승이 올린 상소를 보고 기함을 했다. 세월이 지나도 변치 않는 효화의 막무가내가 이 시점에서 또 일을 어지럽게 만

---

*치서시어사·의문스런 사건을 법률에 의거해 판단하는 일을 함.

들자, 황제는 분노보다는 피곤함을 느꼈다. 이제 더는 혈연이라는 이유로 감싸 주는 것이 벅찰 지경이었다.

어사중승 고호열이 올린 상소 내용은 이러했다. 효화공주의 말에 의하면 현재 '홍정주'라 불리는 사내가 부마인 장륜으로 의심되는 바, 그가 홍정주인지 장륜인지 판가름해 달라는 청을 했다는 것이다. 그래서 어사중승인 그가 이 사건을 조사하고 판결할 치서시어사를 임명을 해도 되겠느냐며 황제의 윤허를 청했다.

"제 치부가 온 천하에 알려져도 그가 장륜이라는 것을 밝히겠다는 생각이냐? 지기 싫어서 객기를 부리는 것도 정도가 있지. 멍청한 것!"

황제는 어사중승에게 좀 더 신중히 검토해 봐야겠다며 치서시어사에 관한 윤허를 미루었다. 그리고 태감에게 운보와 장륜을 은밀히 만날 수 있게 준비해 두라고 일렀다.

모처에서 장륜과 운보를 은밀히 다시 만난 황제는 효화가 소를 제기했고, 곧 치서시어사가 임명되어 어사부에서 조사가 들어갈 것임을 전했다.

"효화가 직접 어사중승을 찾아가 의문을 제기한 이상, 내 독단으로 이것을 막기는 좀 힘들 것 같네. 조사가 시작되는 것은 늦출 수는 있겠지만……. 흐음, 그래서 혹여 끝까지 홍정주인 척할 자신이 없다면 진소저와 함께 이곳을 떠나 남몰래 사는 것은 어떻겠나?"

영백과 함께 떠나 남 모르게 살아도 된다니…….

황제가 이렇게까지 배려해 줄지 몰랐던 장륜은 그 말에 고마움을 느꼈다. 한때 황제에 의해 휘둘려져 살기도 했지만, 공주를 두고 부마가 다른 여인과 연정을 주고받은 사실을 알면서도 새로운 삶을 꾸리라 용인해 주기란 황제의 입장에서 쉬운 결정이 아니었다.

"말씀은 감사드리오나, 저희들이 도망을 가게 된다면 남겨진 가족들은 계속 의혹의 시선을 받으며 살아야 할 것입니다. 게다가 정신이 온전치 못한 어머니를 모시고 타지를 떠돌기에는……."

장륜은 말을 하다 말고 멈추었다.

어머니라니……. 자신이 홍정주인 줄 알고 살다 보니, 어느 덧 송 부인을 어머니라 부르고 제 삶에서 그녀를 배제치 않게 된 사실이 장륜은 낯설면서도 묘한 기분이 들었다.

허나, 이상하게도 황제나 운보는 그가 송 부인을 어머니라고 부른 것에 크게 개의치 않는 눈치였다. 오히려 황제는 고개를 끄덕이며 그의 고충을 공감해 주기까지 했다.

"그럼 어사부의 조사를 받을 생각인가? 허점이 드러나지 않게 잘할 수 있겠어? 무엇보다 짐은 진짜 홍정주의 행방이 어떤 변수를 만들어 낼지 몰라 더 걱정이네. 아직도 그에 관해 뭐 기억나는 것이 없는가?"

황제의 물음에 장륜은 번쩍하고 자신이 그에게 검을 들고 덤벼들던 기억이 섬광처럼 터져 나왔다. 살기를 품고 덤벼들던 악귀 같은 제 모습에 그는 몸서리를 쳤다.

머릿속은 뒤죽박죽 혼란해지고, 심장이 불안스레 쿵덕대는데 갑자기 그 혼돈 속에서 신비롭게 빛나는 파란 눈동자가 선연하게 떠올랐다. 그와 함께 혼란했던 머리와 마음이 안정을 찾으며 명쾌해졌다.

"그 점에 관해 한 가지 청이 있사옵니다. 폐하, 어사부의 조사를 받기 전에 제양으로 가 사람을 좀 찾았으면 합니다만……."

"사람? 누구 말인가? 설마……! 홍정주?"

"그는 아닙니다만, 어쩌면 그의 행방에 대해 알지도 모르는 사람입니다. 하다못해 소신이 '홍정주'라 주장할 만한 정보와 증거를 가지고 있는 자라, 여러모로 보탬이 될 것입니다."

운보는 장륜이 이야기하고 있는 자가 일전에 말한 파란 눈의 사내라는 것을 알아챘다.

"그자가 대관절 누구인데?"

"아직 확실치는 않사옵니다만, 그자는 소신의 물건을 가지고 있었고 이 팔찌 또한 알아보았습니다. 아무래도 부대에서 이탈한 소신과 홍정주에게 있었던 일을 아는 자일 것 같사옵니다. 그래서 그것을 확인하고자 그를 찾으려고 합니다."

확실한 것은 없고 모두 추측에 불과해, 찾아야 할 이유가 명확해 보이지 않았다. 아무래도 자신이 홍정주를 죽였을지도 모른다는 사실을 밝히지 않으려다 보니 말은 모호해질 수밖에 없었다.

그것을 추궁할 법도 한데 황제는 잠시 고심하더니 짐짓 목소리를 깔았다.

"찾아볼 가치가 있는 사람이기는 하겠군. 그런데 '홍정주'라 주장할 만한 정보와 증거라니, 그 뜻인즉슨 어사부의 조사를 받게 되더라도 '홍정주'라는 주장을 절대 굽히지 않겠다는 뜻인가?"

"……그것 또한 확언드릴 수는 없사옵니다. 만약 우려했던 최악의 사태가 발생한다면 아마 끝까지 '홍정주'라고 주장하기가……."

생각만으로도 가슴이 먹먹한지 그가 목 너머로 메이는 숨을 억지로 밀어 넣었다.

최악의 사태란 것이, 그가 진짜 홍정주를 죽였을 때의 상황을 뜻한다는 것을 운보는 알고 있었다. 그를 죽여 놓고 그 사람의 신분으로 사는 것은 장륜의 성정에 비추어 볼 때, 견디기 힘든 일일 것이다. 하지만 이를 모르는 황제는 그가 말하는 최악의 사태가 홍정주가 살아 있었을 때를 가정하는 줄 알았다.

"그래, 그가 살아 있다면 '홍정주'라고 계속 주장하기에는 불안한 구석이 있지. 만약 정말 그러하다면 어쩔 것인가?"

운보는 문득 허탈한 기분이 들었다. 서로 다른 가정을 두고 이야기하고 있음에도 결국 어떤 가정이든 장륜에게는 모두 고난일 뿐이었다.

장륜도 그리 생각했는지 굳은 얼굴로 한동안 말없이 서 있기만 했다.

"……편치 못한 상황이 될 것입니다. ……힘들고, 어려울 것이 분명합니다. ……그러나 소신은 되돌아가거나 멈출 수가 없사옵니다. 상황이 최악으로 치달아 견디기 벅차더라도 진영백에게 갈 수 있다면 정면 돌파할 생각이옵니다. 폐하."

자신이 보게 될 진실이 두려워 잠시 움츠리기도 했었다. 하지만 영백은 자신과 함께하기 위해 세상 모두를 기만할 생각까지 했었다. 설혹, 참담한 진실 때문에 그녀와의 사이에 가시밭길이 놓인다 해도 장륜은 그 길을 걸어서 영백에게 갈 것이다.

7년. 이름도 얼굴도 기억나지 않는 사람 때문에 뜻 모를 그리움에 목말라 했었다. 아무리 해도 채워지지 않는 공허함에 무료한 시간을 보내던 나날을 그는 분명히 기억하고 있었다.

그리고 그것이 채워지던 빛나는 순간도…….

영백을 잊고 살던 7년간, 제 자신이 어떠했는지 그는 똑똑히 기억하고 있었다. 그 무엇이든 그보다 더한 고통은 없을 것이다. 그러니 정면 돌파다.

※

상서령 순후경은 공주가 그 '사내'가 누구인지 판별해 달라는 청을 어사부에 넣었다는 소식을 듣고 냉큼 당재영에게 달려갔다. 내궁에서 소란을 피운 뒤로 자중하고 있던 당재영은 그 소식에 실소를 금치 못했다.

"그러니까 황제의 명도 아니고 외압도 아닌, 공주가 직접 어사중승을 찾아가 이 문제를 조사해 달라 부탁했다 이것인가?"

야살스럽게 말하는 당재영의 표정은 분노나 실망과는 거리가 있어 보였다. 그는 마치 적수에게 도전을 받은 것처럼 호승심에 불타고 있었다. 절대로 공주가 원하는 대로 일이 흘러가게 두지 않겠다는 듯이 말이다.

"정말 포기를 모르시는 분이시군. 어지간히도 나와 혼인하기 싫으신 모양이야. 흐흐. 그런데 자꾸 그렇게 나오시니 오히려 더 승부욕이 생기지 않는가. 이거 기필코 이 사람의 아내로 삼아야겠는걸."

이 상황을 즐기는 듯한 당재영의 모습에 순후경은 되레 더 불안해졌다. 가현주를 영지로 받아, 제후가 되어 자치적 통치권을 얻는 것이 목표였던 당재영이다. 그리고 효화공주와의 혼인은 그것을 얻기 위한 일종의 수단에 불과했다. 그런데 어느 순간부턴가 목표가 효화공주가 되고 제후의 자리가 그에 따르는 부산물이 되어 가는 듯했다.

"전에 내가 알아보라 했던 것은 어찌 되어 가고 있나? 그가 진영백을 만나기 전, 어떤 행적을 보였는지 알아낸 것이 좀 있는가?"

"진영백이 그를 제양에서 만나 데리고 왔다는 내용 말고는 딱히 이렇다 할 만한 것은 없습니다. 제양에서도 그에 대해 아는 이들이 없었습니다."

"그 화련 상단 쪽 사람들을 찔러 보지 그랬어. 장사치이니 돈이면 혹하지 않겠는가. 진영백에 대해서도 잘 알 테고. 상단 행렬에 함께 참여한 사람이 누구 있을 것 아니야?"

"글쎄요. 생각처럼 쉬웠으면 벌써 뭔가를 알아내도 알아냈겠죠."

순후경이 차를 들어 호로록 한 모금 머금고는 옅은 한숨을 내쉬었다.

이미 전부터 '홍정주'라 불리고 있는 자에 대해 조사하라고 친위대를 풀었지만 이렇다 할 정보는 얻지 못했다. 화련 상단의 소학천을 비롯해 상단에 있는 자들 중 누구도 영백과 '홍정주'라 불리는 사내에 대해 쉬이 입을 여는 이가 없었다.

시종 미소를 잃지 않고 공손한 태도로 당재영의 친위대를 대하면서도 원하는 답은 끝내 들려주지 않는 것이 장사치들치고는 입이 굉장히 무거웠다. 아마 그들 서로 간의 의리만큼은 웬만한 의협들 못지않은 것 같았다.

"뭔 입들이 저리들 무거워. 장사치는 돈이면 다 된다는 말도 다 거짓말인가 봐."

"화련 상단 놈들 중에서 돈에 궁할 놈이 어디 있겠어. 화련 상단에 오래 붙어 있으면 방태경이라는 작자가 여느 관리들 못지않은 대우를 해 준다는데."

"보는 눈도 많고 조정 여러 대신들과 연도 닿아 있는 상단이니, 힘으로 윽박지를 수도 없고 어떻게 정보를 얻는담."

"에구구, 영휘에서 놈에 대해 뭘 알아내는 것은 헛수고일 듯싶으이. 뭘 좀 알 것 같은 놈들은 전부 입을 다물고 있으니."

당재영과 순후경의 닦달에 매번 상단 사람들에게 접근하기는 하지만 이렇다 할 정보는 하나도 건지지 못하자 친위대원 둘이 노점 평상에 앉아 푸념을 늘어놓았다. 그들이 싸구려 탁주를 들이켜며 어디 가서 그자의 이전 행적을 알아보나 걱정하는데 초라한 행색의 한 남자가 슬그머니 그들 곁으로 다가왔다.

"저 나리님들. 소인이 옆에서 가만히 말을 듣고 있자니, 아무래도 이 놈이 나리님들의 귀를 솔깃하게 할 만한 이야기를 알고 있는 것 같습니다."

당재영의 친위대들은 은근슬쩍 저들 대화에 끼어드는 말소리에 일시에 고개를 그쪽으로 돌렸다. 시선이 제 쪽으로 몰리자 생글생글 웃는 낯빛의 양설이 그들을 향해 겸손한 태도로 인사부터 했다.

"뭐하는 놈이기에 남의 대화에 허락도 없이 끼어드는 것이냐?"

"아! 저 말입니까? 저는 나리들께서 캐묻고 다니는 그 '홍정주' 라는 사내와 함께 제양에서부터 동행하여 온 사람입니다. 좀 더 솔깃한 이야기를 하나 더 말씀드린다면, 저는 그의 지난 7년이 어찌 되는지 말씀드릴 수 있습니다. 그가 어떻게 '홍정주' 가 되었는지 그 과정을 설명드릴 수 있다 이 말입니다."

말투는 예의 바르고 아부하는 듯했지만 내용만큼은 짐짓 '내가 이런 사람인데 너희들 어쩔 테냐?' 하고 재는 것만 같았다. 탁주 사발을 들고 멀뚱멀뚱 자신을 쳐다보기만 하는 당재영의 친위대를 보니 어째 양설의 말을 믿지 못하는 듯했다. 양설은 피식 웃으며 그 자리를 떠나려고 했다.

"제가 잘못 알았나 봅니다. 관심이 있으실 줄 알았는데……."

자기는 손해 볼 것 없다는 투로 옷자락을 떨치자 친위대원 중 한 명이 급히 그의 옷자락을 붙잡았다.

"자네가 한 말에 거짓은 없겠지?"

"물론입니다, 나리."

양설이 입술 끝을 실룩이며 간사하게 알랑거렸다.

범소 성문 앞에서 유사를 버려두고 도망친 뒤로도 양설은 유사를 쭉 살폈다. 딱히 그가 걱정되어서라기보다는 훗날 시퍼런 눈깔에게 붙잡혔을 때, 제 목숨을 건질 만할 변명거리를 챙기기 위해서였다.

양설은 그가 범소 관병들에게 끌려가는 것도 보았고, 얼마 지나지 않아 말더듬이 행수와 함께 관아를 나온 것도 보았다. 또 그들이 함께 영휘로 가 유사가 '홍정주' 가 되어 말더듬이 행수의 약혼자로 사는 것도 보았다.

흉측한 흉터를 가진 고세협곡의 도적이었던 유사가 하루아침에 화련 상단의 행수, 진영백의 약혼자가 되어 지극한 애정과 보살핌을 받게 된 것이다.

'이것이 유사가 성취할 목적이라고? 말도 안 돼. 어째서 녀석에게 만!!'

양설은 그가 영휘에서 지내는 모습을 보고 자신에게 전하라던 시퍼런 눈깔의 명이 고까워졌다. 그런 와중에 요 근래에 양설은 암암리에 나도는 이상한 소문을 하나 들었다. 누구라고 콕 집어 말하지는 않았지만 어떤 여인의 약혼자가 사실은 행방불명된 장륜이라는 것이다. 그것을 확인하느라고 당재영과 공주의 국혼이 미뤄졌다고 말이다.

장륜이 누구인가? 효화공주의 남편이며 남연 백성들에게서 추앙받던 대장군이 아니던가. 양설은 어떤 여인의 약혼자가 유사를 의미한다는 것을 눈치챘다. 그 음침하고 아무것도 없는, 심지어 제 진짜 이름조차 기억 못 하는 녀석이 번듯한 집에 약혼녀와 친구까지 있다는 것만으로도 배알이 꼴리는데 이제는 공주의 남편이라고?

그건 말이 안 된다. 유사는 유사다.

자신과 함께 7년여를 도적질하며 바닥에서 굴러먹던 놈이 갑자기 한때는 대장군이었으며 부마이고, 설령 그것이 아니더라도 부유한 상단의 행수인 여인을 약혼녀로 두고 무한한 애정을 받는 사람이니 인정할 수가 없었다. 유사에게만 벅찰 찬란한 인생을 선택할 기회가 주어지는 것이 그는 너무 불공평했다.

그러다 우연치 않게, 양설은 당재영의 부하들이 유사의 지난 행적을 알아보고 다닌다는 사실을 알게 되었다.

'유사만 새로운 인생을 살 기회를 얻다니……. 나라고 그러지 말라는 법은 없잖아?'

양설은 자기 스스로 인생의 반전을 줄 새로운 기회를 얻고자 했다.

유사를 이용해서 말이다. 그리고 지금 그 기회를 줄 이가 제 앞에 앉아 있었다.

당재영은 초라한 행색의 남자를 의심스런 눈초리로 훑어보았다. 행색은 초라한데 뭐가 그리 당당한 것인지 제 앞에서도 주눅 든 기색 없이 연신 싱글벙글한 것이 약간 마음에 들지 않았다.

"그래, 네가 홍정주라는 그자와 과거부터 연이 있었다고? 뭐하던 작자였느냐?"

"그전에 먼저 소인에 대해 편견을 가지지 않겠노라 약조하시겠습니까?"

속 시원히 털어놓아도 모자란 판에 편견을 가지지 말라는 요구부터 한 것이 못마땅했는지 당재영은 눈썹을 찌푸렸다. 당재영의 성정을 잘 아는 순후경은 그가 발끈하기 전에 먼저 나서 그러겠노라 답한 뒤, 홍정주라 칭하는 남자의 과거에 대해 말하라고 했다.

"홍정주라고 말씀들 하시지만 제게는 유사라는 이름이 더 친숙합니다. 그와 저는 고세협곡 도적떼에 몸담고 있었죠."

도적떼라는 말에 당재영은 물론이고, 이번에는 순후경까지 주름진 이마가 더 깊게 패이게 인상을 썼다. 둘의 얼굴에는 불신의 빛이 역력했다. 이쯤이면 조급할 만도 한데 양설은 빙싯빙싯 웃으며 좀 전에 한 약속을 상기시켰다.

"이래서 제가 편견을 갖지 말아 달라 부탁드린 것입니다."

살짝 머쓱해진 순후경이 분위기를 바꾸기 위해 양설에게 질문을 던졌다.

"그래, 고세협곡에서 도적질을 하던 자네들이 어떻게 제양에서 진 행수를 만난 것인가? 진 행수 말로는 그곳에서 짐꾼으로 일하던 자네들을 우연히 만났다고 하던데."

"우연이요? 크크크. 우연일 리가 있겠습니까. 진 행수는 모르겠지만 그건 유사의 의도적인 접근이었습니다. 아니, 정확히 말하자면 어떤 사람의 지시에 의한 것이었습니다."

양설의 행색과 작위적인 말투가 꺼림칙해 별 기대를 가지지 않았던 당재영은 그가 꺼낸 놀랄 만한 이야기에 표정이 변했다.

양설은 자신의 이름조차 기억 못 하던 사내가 유사라는 이름의 도적이 된 이야기에서부터 어느 겨울밤, 산채를 급습한 파란 눈의 사내에 대한 이야기까지 조금의 머뭇거림도 없이 긴 이야기를 장황하게 풀어 놓았다.

"그 파란 눈의 사내가 기억이 없는 유사를 은밀히 제 막사로 데려가 뭐라고 쏘삭댄 뒤로 놈은 예전과 달라졌습니다. 마치 세뇌라도 당한 것처럼 그는 자신이 그 여행수의 약혼자라고 철석같이 믿었지요. 맞습니다. 아마도 세뇌가 분명할 것입니다. 그자의 섬뜩할 정도의 파란 눈을 보고 있자면 그 명을 거역하지 못하거든요. 그 때문에 저도 유사의 뒤를 따라가 그가 여행수의 약혼자로 자리 잡는지 확인하라는 지시를 따르게 되었던 것입니다."

"그럼, 그자가 차고 있던 팔찌는? 팔찌도 그자가 준 것이냐?"

"……예, 그렇습니다. 그 뒤에는 제양으로 우리를 데려가 그 여행수의 상단 행렬에 들어갈 수 있는 여건을 만들었고요."

"무엇 때문에? 그자가 무엇 때문에 너희들에게 그런 일을 시킨 것이냐?"

"그건 모르겠습니다. 소인이 말씀드리지 않았습니까. 세뇌를 당했다고요. 그런데 범소쯤에서 소인은 세뇌가 풀려 도망칠 수 있었지만 유사는 아직도 세뇌에 빠져 있는 것 같았습니다. 무슨 지시를 받았는지, 파란 눈의 의도가 무엇인지는 유사가 세뇌에서 깨어나게 되면 자연 알게 되지 않겠습니까?"

양설이 범소에서 있었던 일을 이야기하자, 당재영은 단번에 양설의 말에 신뢰감을 드러냈다. 그가 홍정주에 관한 이야기를 처음 듣게 된 것이 범소의 현령을 통해서였다. 시기상 양설이 한 말과 자신이 범소에서 경험했던 것이 일치하자 당재영은 더는 양설을 의심하지 않았다.

게다가 이자가 말한 내용은 일전에 자신이 추론한 가정과 거의 일맥상통하지 않는가. 제 생각이 역시 옳았다며 당재영은 양설의 말을 사실이라고 확신했다.

양설은 진실과 거짓을 교묘히 섞어 가며 당재영의 마음에 의혹을 불러일으켰다. 완전히 거짓이라면 말에 허점에 드러나겠지만 진실 위에 거짓을 보태니, 이야기는 더욱 신빙성 있어 보였다. 양설은 거짓도 진실처럼 믿게 만드는 자신의 세 치 혀에 새삼 감탄했다.

"그런데 자네는 이런 기막힌 이야기를 이제야, 그것도 나에게 알리는 이유가 무엇인가?"

"솔직히 이대로 외면하고 내 갈 길이나 가자, 생각 안 한 것도 아닙니다. 그러나 애꿎은 여인이 죽은 약혼자가 살아 돌아온 줄 알고 속고 사는 것이 가련했습니다. 또, 그로 인해 나라 경사에 적잖은 파장이 있는 것 같아 보여……."

양설이 말끝을 흐렸다. 그는 당재영을 좀 더 흔들어 볼 요량으로 은근슬쩍 그와 공주의 국혼이야기를 흘려 넣었다. 대번에 당재영이 눈을 가늘게 뜨며 불쾌한 빛을 보였다.

"그래서 누군가에게 이 일을 알려 바로잡아야 한다고 생각했지만, 도적 출신인 제 말을 믿어 줄 이는 아무도 없을 것 같았고……. 그래서 전전긍긍하던 차에 정의롭고 영민하신 당 대인의 소문을 듣고 이리 용기를 낸 것입니다."

양설은 당재영을 치켜세우는 아부로 이야기의 화룡점정을 찍었다. 하지만 당재영은 제 칭찬에도 심각한 표정으로 턱수염만 쓸었고, 순후경은 마실 생각도 없는 찻잔만 공연히 매만지고 있었다. 언뜻 보면 반응이 시원찮아 보였지만 그들이 심란해한다는 것 자체가 이미 양설의 말을 믿고 있다는 증거였다.

양설은 남몰래 회심의 미소를 지었다.

앞으로 양설에게 물을 것이 더 많다며, 당재영은 그를 영휘에 있는 자신의 저택에 머무르게 하고 좋은 옷과 식사를 대접하라고 명했다.

양설이 방에서 나가고 순후경과 단둘이 남게 된 당재영이 조심스럽게 물었다.

"자네가 보기에는 어디까지 믿을 만하다고 보는가?"

"양설이라는 자의 전적이 못 미덥기는 하지만 처음 말을 꺼낼 때부터 그 점을 숨기지 않고 밝혔다는 것이 엉큼스럽지는 않은 것 같습니다. 무엇보다 그가 들려준 이야기가 '홍정주'라 불리고 있는 자의 의심스런 부분들을 상당수 해소시켜 주다 보니, 믿음이 가는 것은 어쩔 수 없군요."

당재영도 순후경의 말에 공감했다.

게다가 그 파란 눈의 사내의 의도가 무엇인지는 모르겠지만 사람을 세뇌시키는 신이한 능력이 있다는 말이 그를 더 꺼림칙하게 만들었다.

"어찌하시겠습니까? 폐하께 이 일을 알리고 그자를 추궁해야 하지 않을까요?"

순후경의 말을 잠자코 듣던 당재영은 문득 공주가 어사중승에게 이 일을 조사해 달라 의뢰한 것이 썩 나쁘지 않은 선택이란 생각이 들었다.

"황제 폐하께서 치서시어사 임명을 윤허하면, 그때 본격적으로 이 일을 수면 위로 끌어 올리도록 하지. 아예 추국청을 세워 진실을 규명할 수 있게 말이야. 그래도 혹시 모르니 유사라는 놈이 세뇌에서 깨어나 도망치지 않도록 주의를 기울이게."

홍정주냐? 장륜이냐? 아니면 도적 유사인가?

당재영은 모리배의 사기쯤으로 여겼던 일에 어쩌면 더 거대한 음모가 도사리고 있을지도 모른다는 사실이 자못 걱정이 되었다.

✳

영백은 빠진 것이 없나 꼼꼼히 장륜의 짐을 확인하면서도 영 마음이 개운치가 않았다. 그 때문에 떠날 채비를 마치고 겉옷을 여미는 그의 모습을 보며 입술만 깨물었다.

얼마 전, 황제와 만나고 온 뒤로 그는 운보와 함께 제양으로 사람을 찾으러 가야 하다고 했다. 복잡한 이 문제를 해결할 실마리를 가진 사람이라고 하는데, 자신은 또 아무것도 못하고 그가 떠나는 것을 지켜봐야 한다는 사실이 영백은 답답했다.

영백이 물끄러미 그를 바라보다 상의 뒷자락이 허리끈에 걸려 말려들어간 것을 보고는 슬며시 다가가 그것을 정리해 주었다. 뒤에서 영백의 기척을 느낀 그가 돌아보며 엷게 웃었다. 영백이 빤히 그 모습을 들여다보다 물기 어린 한숨을 내쉬었다.

"나…나도…가…같…같이 갈까 봐요."

제양이라면 누구보다도 자신이 잘 아는 곳이니, 사람을 찾는 데 도움이 되지 않겠느냐고 말했지만 그는 가만히 고개를 가로저었다.

"왜…왜요? …지…진실이…어…어떻든지…나…난……."

영백은 이미 장륜에게 들어 그가 제양으로 가야 하는 이유를 알고 있었다.

기억이 없는 그에게 홍정주라 알려 준 사람. 자신이 그에게 보냈던 서신들을 가지고 있었다는 파란 눈의 사내. 그리고 그와 자신을 만나게 도와줬다는 의문의 인물.

장륜은 어쩌면 그가 자신이 아직 기억하지 못한 진실을 알고 있는 것 같다고 했다. 그에게서 그날의 진실을 확인하려 한다고 했다. 정말 그가 홍정주를…….

불안한 기운이 마음에 서리자 그녀가 가볍게 어깨를 떨었다. 영백의 불안을 느낀 것인지 장륜이 조용히 그녀의 머리카락을 뒤로 넘기며 얼굴을 어루만졌다.

"폐하께서 일부러 어사부의 조사를 늦추면서까지 주신 기회예요. 만약 당신마저 영휘를 비우면 자칫 우리가 도주한 것으로 보일 수 있어요. 그러면 당신 가족들에게 해가 될 수도 있고요. 무엇보다 파란 눈의 사내가 어떤 자인지 확실치 않은데 그런 곳에 위험하게 무턱대고 당신을 데려갈 수는 없어요."

황제는 장륜과 운보가 파란 눈의 사내를 찾을 수 있도록 일부러 치서시어사의 임명을 늦추며 시간을 끌어 주었다. 그 안에 빠르게 이 일을 처리하려면 운보와 둘이 가는 것이 더 나았다. 더군다나 제양에서의 일이 어찌 급변할지 모르는데 영백을 그런 곳에 데려가는 것은 너무 위험했다.

그의 말대로 자신이 여기 있는 것이 옳다는 것을 알지만 영백은 못내 아쉬워 얄궂게 그의 옷깃을 매만졌다.

"그…그럼…어…언제…언제 돌아오나요?"

이런 바보 같은 질문이 있나!

영백은 자신이 내뱉고도 스스로가 한심스러워 옷깃을 매만지던 손을 움켜쥐었다. 자신들의 앞날을 좌우할 중요한 인물을 찾으러 가는 사람을 잡고, 애처럼 보채다니…….

그것이 창피해 영백이 그의 가슴에 얼굴을 묻었다. 그러자 장륜은 그런 영백의 어깨를 다정하게 끌어안아 제 품에 가뒀다.

"얼마가 걸릴지는 확신할 수 없어요. 그 사람을 만나 결과가 꼭 좋으리라는 보장도 없고요. 그러나 하나는 분명히 약속할 수 있어요. 어떤 결과가 기다리고 있든 난 반드시 당신 곁으로 돌아올 겁니다. 아무리 참담한 일이 기다리고 있어도 물러서거나 주저하지 않고…… 돌아올 겁니다. 그러니 우리가 또 헤어지게 되지 않을까 하는 불안은 갖지 말고 기다려요. 이건 그냥…… 함께하기 위한 과정일 뿐이니……."

영백이 불안해하는 바가 뭔지를 잘 아는 장륜이 그녀의 등을 다정하게 쓸었다.

단순히 그녀를 안심시키기 위해 거짓말을 한 것이 아니었다. 제양으로 가 파란 눈의 사내에게서 혹여 자신이 홍정주를 죽였다는 것을 확인받게 되고, 결국 자신이 정체가 무엇인지 만천하에 발각된다 해도 그는 영백을 포기할 생각이 없었다. 치러야 할 대가가 막중하고 비난과 조롱이 난무해 수많은 상처를 입게 돼도 심장이 뛰는 한은 영백의 곁에 있을 방도를 강구하고 강구할 것이었다.

그가 슬며시 제 품에 안긴 영백을 내려다보자 그녀가 편안한 표정으로 그의 가슴에 얼굴을 묻고 있었다. 영백은 강직한 장륜의 심장 소리를 들으며 반드시 자신의 곁으로 돌아올 것이라는 그의 말에 믿음을 보였다.

영백이 내뱉는 여린 숨이 그의 가슴을 간질였다. 미풍에 잔잔한 수면이 일렁이듯 장륜 마음에도 고요한 파장이 일었다. 그는 자신의 품에 안긴 영백의 얼굴을 감싸안았다. 단아한 그녀의 얼굴을 지그시 바라보던 그가 천천히 고개를 기울여 그녀의 입술 위에 자신의 입술을 포개었다.

미미하게 떨리는 영백의 부드러운 입술 사이로 매끄러운 혀끝이 느껴지자 가슴속에 남아 있던 일말의 불안감마저 사라졌다. 초근초근 스미는 영백의 보드레한 온기를 제 입술에 각인시키려는 것처럼 그는 그 감촉을 느끼고, 또 느꼈다. 그렇게 서로에 대한 열망으로 뜨거워진 숨을 나누며 둘은 자신들이 반드시 함께할 것임을 확신하려 했다.

*

"그자가 영휘를 떠났다고? 언제?"

당재영은 부하의 보고에 씨억씨억한 얼굴을 잔뜩 찌푸렸다. 세뇌당한 그자에게서 눈을 떼지 말라고 일렀거늘, 영휘를 떠난 지 이틀이 지난 후에야 그가 없어진 것을 알았다니, 제 부하들의 무능에 신경질이 났다.

아직 치서시어사가 정해지지 않았고 조사도 시작되지 않았지만, 그의 실체에 대한 의혹이 이는 이때에 영휘를 떠나는 것은 충분히 의심을 살 행동이었다.

당재영은 턱밑을 쓸다 부하에게 양설을 데려오라고 명했다.

"유사가 영휘를 떠났다고요?"

제법 놀라는 티를 내며 양설이 심각한 표정을 지었다. 그 모습이 썩 어울리지는 않았지만 그래도 이 사안이 범상치 않다는 사실을 나타내기에는 충분한 것 같았다.

"네가 보기에는 세뇌가 풀린 것 같은가?"

"그 여자 행수 곁을 떠난 것을 보면 가능성이 아주 없다고는 할 수 없습니다. 정확한 것은 그를 붙잡아 봐야 알 수 있겠죠."

"그렇다면 바로 그자 뒤를 쫓을 수 있게 추격대를 조직하고……."

"잠시만요!"

양설은 당재영의 말을 가로막았다. 뭔가 긴히 할 말이 있는 것처럼 말을 잘라 놓고는 그는 품 안에 손을 넣은 채, 뭔가를 만지작거렸다.

그는 지금 시퍼런 눈깔에게서 받은 기묘한 나무패를 만지며 계산 중이었다. 여기서 당재영이 유사를 쫓아 잡아들이면 자신의 위치는 그저 정보원에 지나지 않게 된다. 거기다 잡혀 온 유사가 자신의 말이 거짓이라며 반박하고 나서서, 언쟁이 일게 되면 당재영의 확고한 신뢰를 얻는 것이 녹록지 않을 수 있었다.

더 큰 미끼를 던져야 했다. 단번에 당재영의 측근에 버금가는 신임을 얻을 만한 정보를 그에게 줘야 했다. 결심이 서자, 양설은 특유의 작위적인 미소를 지어 보였다.

"일전에 말씀드렸다시피 유사는 꼬리에 지나지 않습니다. 꼬리를 붙잡고 늘어져 봐야 시간만 오래 걸릴 뿐입니다. 차라리 이 기회를 이용해 머리를 치시지요."

그러고는 품속에서 기묘하게 생긴 나무패를 꺼내 보였다.

치서시어사 임명을 미루면서까지 장륜에게 시간을 벌어 주려 했던 황제는 상서령 순후경의 보고에 당혹스러움을 감출 수가 없었다. 당재영이 '홍정주'라고 사칭한 자를 추포하기 위해 친위대를 이끌고 영휘를 떠났다는 것이다.

"무엇 때문에 절도사가 그자를 쫓는단 말이오?"

"그의 수상쩍은 행적에 관해서 이미 예전부터 고변이 있었사옵니다. 또, 마침 어사부에서 그에 관해 조사가 있을 것이라 하여 굳이 밝히지 않고 조사가 시작될 때를 기다렸사옵니다. 헌데, 의혹을 받고 있는 자가 갑자기 영휘를 떠났습니다. 이는 스스로 사실이라 인정하는 것과 무엇이 다르겠사옵니다."

"억측이오. 아직 치서시어사는 임명되지도 않았고, 어사부의 조사가 시작되지 않은 이상, 그는 어디든 갈 수 있는 자유의 몸이란 말이오!"

"자유의 몸일 수는 있겠지요. 하지만 의혹을 받고 있는 자가 이렇게 갑자기 쥐도 새도 모르게 사라지는 것은 의심해 봐야 할 일입니다. 또, 영휘를 비롯한 여러 관문들을 손쉽게 빠져나가 순식간에 남연을 떠난 것은 여러모로 수상쩍은 일입니다. 이는 그자를 돕는 배후가 있을지도 모르는 이야기입니다."

배후를 들먹이자 황제는 말을 아꼈다. 자신이 여기서 너무 강하게 역성을 들면 장륜이 영휘와 관문들을 속히 빠져나갈 수 있도록 한 흑막의 배후가 저임을 드러내는 꼴이 되어서였다. 거기다 자신이 어사부의 조사를 늦추려 일부러 치서시어사 임명까지 미루고 있다는 것을 알게 되면 상황은 더 골치 아파질 것이다. 자칫 이 모든 것이 당재영을 몰아낼 자신의 간계였다는 의심을 받을 수 있기 때문이다.

"소신은 절도사께서 그자를 잡아 오는 즉시 추국을 할 수 있게 준비를 하고자 합니다. 허니, 폐하께서는 굳이 치서시어사를 임명하시지 않아도 될 것 같사옵니다. 소신이 직접 그를 추국하여 진실을 밝힐 것이니 말입니다."

통보에 가까운 순후경의 발언에 황제는 기가 찼다. 황제인 제게 말 한 마디 없이 추국까지 결정을 하다니 무례하기 그지없는 행태였다. 일이 이렇게 되자 황제는 당재영 일파가 잘 알아보지도 않고 전쟁의 상흔을 안고 돌아온 이를 무고했다는 비난을 받게, 그가 '홍정주'라는 것을 입증할 만한 완벽한 증좌를 갖고 오길 바랐다. 그래서 저만 잘난 줄 알고 무도하게 날뛰는 저들의 코를 납작하게 만들었으면 했다.

그 무렵, 어사중승 고호열은 효화를 만나러 황궁에 왔다.

그는 자신을 직접 찾아와 청을 넣을 만큼 효화가 장륜을 그리워하고 있다고 여겼다. 그러니 남의 약혼자가 제 남편일지 모른다며 가려 달라고 청을 한 것이 아니겠는가. 고호열은 그런 효화의 갸륵한 마음이 안타까워, 현재 급변한 상황을 그녀에게 알려 주려 했다.

"그래서 말입니다, 공주님. 치서시어사에게 이 일을 판결케 하는 것은 어려울 듯싶습니다. 상서령께서 직접 추국을 진행하시겠다고 하니……."

"그가 정말로 도망간 것인가요? 진영백을 두고?"

"벌써 범소를 지나 국경을 넘었다는 이야기가 있사옵니다."

효화는 국경을 넘었다는 어사중승 고호열의 말에 '흐음' 하는 소리를 내더니 이내 심드렁해했다. 삐딱하게 어깨를 늘어트리고 시선을 새치름하게 돌린 모습이, 처음 그에게 찾아와 남편을 되찾고 싶다며 애타게 청하던 때와는 사뭇 달랐다.

"진영백을 두고 갔다 이 말이지……."

혼잣말처럼 중얼거리더니 효화가 자리를 털고 일어났다. 그녀는 이제 아무래도 상관없다는 듯 어깨를 으쓱했다.

"내가 사람을 잘못 본 듯싶군요. 추국을 받아야 할 정도로 의혹 많은 사내를 그이라고 착각하다니, 이 사람이 지아비에 대한 그리움이 꽤나 깊었나 봅니다."

말은 그렇게 하면서도 어째 태도는 그와 반대였다. 몸을 가볍게 늘이며 기지개를 펴는 것이 아쉬움이나 슬픔보다는 홀가분함과 만족스러움이 느껴지는 모습이었다.

잠시 후, 어사중승으로부터 효화가 장륜인지 판단해 달라는 청이 실수였다며 이를 철회했다는 말을 전해 받고 황제는 허탈해했다. 판을 여기까지 벌려 놓은 이가 누구인데, 이제 와 잘못 본 것 같다는 말로 은근슬쩍 발을 빼다니…….

황제는 누이동생이 얄미우면서도 착잡한 마음을 금할 수가 없었다. 무릇 제 사람이다 주장하려면 이런 상황에서 더 진심을 보여야 할 터인데, 효화에게는 그런 것이 없었다.

황제가 효화에게 바란 진정 어린 반응을 보인 여인은 정작 따로 있었다.

"사…상…상서 영감!"

교자(轎子)를 타고 집으로 돌아온 순후경은 불쑥 집 앞 대문 옆에서 뛰어나온 웬 여인의 등장에 흠칫 놀랐다.

"…누구신지?"

"화…화련 상단의 행수…지…진영백이라고 합니다. …호…홍정주의…야…약혼녀이지요."

영백이 침착하게 제 소개를 했지만 그녀의 얼굴은 당혹감에 파랗게 질려 있었다.

순후경은 영백이 자신을 왜 찾아왔는지 대충 짐작이 갔다. 추국당할 처지에 놓인 제 약혼자의 안위를 걱정하는 모습이 그녀의 얼굴에 역력히 드러나 있었다.

"예, 진 행수. 어쩐 일로 이 사람을 찾아오셨습니까?"

"제…제 약혼자를…추…추포하려고 한다고 들었습니다. …추…추국이 있을 것이라지요. … 허…헌데…아…아무래도…여…여기에는…오…오해가…이…있는 것 같습니다."

영백이 더듬대면서 제 약혼자를 두둔하는 것을 순후경은 가만히 지켜보았다.

상단에 몸담고 있어 당재영과 자신이 추국을 준비한다는 것을 다른 이들보다 빨리 안 모양인데, 그렇다고 해서 여인의 몸으로 홀로 자신을 찾아와 이렇게 해명까지 할 줄은 몰랐다.

세간에 알려지기로 7년이나 약혼자의 정신 나간 노모를 돌보며 기다렸다더니, 약혼자에 대한 의리와 애정이 참으로 깊은 듯했다. 그런데 이런 절개 있는 여인이 '유사'라는 도적에게 속아 가련한 연정에 불을 지피고 이리 마음고생을 하고 있다니, 순후경은 마음 한 켠이 아렸다.

"약혼자를 위하는 소저의 마음은 참으로 감동적입니다만, 소저······. 소저는 지금 속고 계십니다. 그자는 홍정주가, 소저의 약혼자가 아닙니다. 세뇌당한 일개 도적 나부랭이에 지나지 않습니다. 이 사람과 절도사는 그자에게 홍정주인 척하게 하여, 소저에게 접근시킨 놈을 잡으려고 이러는 것입니다."

"세···세···세뇌요? ···그···그게···무···무슨···누···누가···그···그런 짓을···제···제게 한단 말입니까. ···그···그럴 리 없습니다."

그래, 부정하고 싶을 테지. 순후경은 놀라 황망하게 흔들리는 여인의 눈동자를 보며 안쓰러움을 담아 혀를 끌었다.

"그자들의 의도야 잡아 조사하면 알게 될 테지요. 소저에게 이런 말을 하게 되어 미안하지만, 지금이라도 현실을 직시하십시오. 한시라도 빨리 진실을 알고 마음을 다잡는 것이 오히려 도움이 될 것입니다."

순후경이 이리 충고하며 자리를 뜨려 하자 영백이 그의 옷자락을 잡아당겼다. 그녀는 계속 믿을 수 없다는 듯 고개를 가로저으며 물었다.

"그···그···그럴 리 없습니다. ···제···제게···그···그런 짓을 해 득 볼 것이···뭐···뭐가 있다고···누···누가 그런 짓을 한답니까. ···자···잘···잘못 아신 것일 겁니다."

"믿지 못하시는 마음은 이해합니다만, 그자가 파란 눈의 사내에게 세뇌를 당했다는 고변이 있었습니다. 고변에 의하면 얼추 정황도 들어맞고요. 아직 그 파란 눈의 사내가 무슨 의도를 갖고 그런 것인지는 알 수 없지만, 그것을 알아내기 위해서라도 소저의 약혼자인 척한 '유사'라는 도적놈을 잡아야 합니다. 그러니 미련을 버리십시오. 그자는 소저의 약혼자가 아닙니다."

순후경은 큰 충격을 받아 금방이라도 무너져 내릴 것 같은 영백이 딱해 사정을 설명하고 위로를 건넨 뒤, 자신의 집으로 들어갔다.

말을 더듬으면 사람들은 으레 순박하고 아둔할 것이라고 여기고는 한다. 효화 같은 이들은 그것을 조롱하지만 순후경 같은 이들은 측은해한다. 반응은 다르지만 이 둘의 공통점이 있다면 말더듬이는 생각도 행동도 더딜 것이라고 여겨 방심한다는 것이다.

영백은 일부러 더 어수룩하고 처연하게 순후경에게 매달렸다. 갑자기 당재영 일파가 그를 추국하겠다는 이유가 무엇인지, 그에 대해 어디까지 알고 있는지 살피기 위해서였다.

그들은 장륜이 기억을 잃었을 때 불렸던 '유사'라는 이름과 '파란 눈의 사내'에 대해서 알고 있었다. 이상한 점이 있다면 '파란 눈의 사내'가 불순한 의도를 가지고 장륜을 세뇌시켜 자신에게 접근시켰다고 생각하고 있다는 것이다.

누군가 가운데서 농간을 부리고 있는 듯했다. 그러고 보니 고변이 있었다고 했다. 그 고변을 한 사람은 장륜이 '유사'라고 불렸던 사실을 알며 '파란 눈의 사내'의 존재를 알고 있을 것이다. 순간, 영백의 머릿속에서 장륜과 함께 짐꾼으로 지원했던 양설이라는 작자의 얼굴이 떠올랐다. 시종 능글맞은 태도로 자신을 관찰하는 것 같은 시선이 거슬리던 그자가 말이다.

영백은 마음이 급해져 그대로 제양으로 갈 것처럼 괜스레 빠르게 걸음을 옮겼다.

그에게 당재영이 쫓고 있다는 사실을 알려 주어야 했다. 양설이 믿을 만한 사람이 아니라는 사실이라도 알려 주어야 했다. 아니, 어쩌면 파란 눈의 사내를 찾는 것이 가장 좋은 방법일지도 모르겠다. 장륜도 당재영도 결국 궁극적으로는 그를 찾으려 하고 있으니 말이다.

하지만 파란 눈의 그 사내를 어디서 찾는단 말인가?!

영백은 부지런히 걸음을 옮기고는 있지만 어디서 어떻게 시작해할지 몰라 막막했다.

그때, 정처 없이 떠돌던 그녀의 걸음이 멈췄다.

'파란 눈의 사내가 서신을 가지고 있다고 했다. 그런데⋯⋯.'

그녀는 얼이 나간 사람처럼 길 한복판에 멍하게 서 있다가, 자신의 머리를 손으로 쥐어박았다. 그리고 이내 바람처럼 화련 상점을 향해 달려갔다.

"소⋯소 전인! 다⋯단⋯단주님⋯어⋯어디에 계세요?"

영백은 상점에 들어서자마자 소학천을 붙들고 방태경의 소재를 물었다.

단주의 행방을 묻다니 소학천은 멀뚱하게 서 있다, 농처럼 너스레를 떨었다.

"행수님도 참, 단주님이 어디 있는지 제가 어찌 알겠습니까. 단주님 계시고 싶은 곳에 계시겠지요. 이번에는 또 뭐에 빠지셨는지 그 누가 알겠습니까. 허허허."

방태경은 화련 상단의 단주였지만 그의 행방은 오로지 그 자신만 안다고 해도 과언이 아니었다. 취미도 다양하고, 관심 분야도 폭넓어 대륙을 두루두루 돌아다니며 자기가 원하는 것을 수집하러 다녔기 때문이다. 그래서 그가 있는 곳을 알고 싶으면 뭐에 관심이 있는지를 알면 된다는 우스갯소리가 있겠는가.

"여⋯연통⋯연통은 보내셨죠? ⋯그⋯그것들을⋯보⋯보여 줘요."

영백이 다급하게 손을 흔들며 방태경이 보낸 연통을 보여 달라고 했다.

방태경은 자신이 갈 행선지를 딱히 주위에 알리지는 않았지만, 주기적으로 상단에 자신의 안부를 알리는 연통을 보내고는 했다. 그것으로나마 지나간 지역은 알 수 있을 것이었다. 영백은 소학천에게서 건네받은 연통들과 함께 지도를 펼쳤다.

연통을 확인하며 지도에 방태경이 지나간 곳을 표시했다. 그리고 지도를 쭉 훑어보다 영백이 한곳을 짚었다.

"용화(蓉和)요? 단주님이 거기 계시다고 생각하시는 겁니까?"

영백이 확신하듯 짧게 고개를 끄덕였다.

"다…단주님…이…이번 관심사는…수…술인 듯싶어요. …아…아마…지…지금…요…용화로 가고…계…계실 거예요."

영백의 말이 일리 있다 싶었다. 정말 방태경의 지나간 곳은 명주(名酒)를 빚는 주가(酒家)들이 있는 곳들이었다.

"하지만 어떻게 다음이 용화라고 확신하십니까?"

"요…용화주가는…연꽃이…져…져 갈 때쯤…연…연잎을 따…새…새 술을 담급니다. …그…그때 자신들 주가의…술…술 중 최상품을 꺼내 제를 올리거든요. …지…지금이 그 시기예요."

술 한 병을 수집하는데도 최상품으로 얻으려 하는 방태경의 성격을 생각하면, 그는 지금쯤 용화에 가 있을 것이었다.

"그런데 단주님은 왜 찾으십니까?"

소학천은 영백이 방태경을 다급히 만나려는 이유가 뭔지 궁금해 물었지만 그녀는 아무 대꾸도 하지 않고, 그대로 상점을 떠나 용화로 향했다.

영백은 바보같이 까맣게 잊고 있던 자신이 원망스러웠다. 장륜을 제양에서 다시 만났을 때, 자기가 그곳에 왜 갔었는지를 까맣게 잊고 있었다니 바보 같았다.

방태경이 비단 화첩을 가지고 있었다. 자신이 장륜에게 만들어 주었던 비단 화첩을······.

'겨울손님'이 그간의 의리를 지켜 준 것에 대한 보답으로 준 비단 화첩이라 했다. 그리고 파란 눈의 사내가 자신이 장륜에게 보낸 서신을 가지고 있었다고 했다. 화첩과 서신은 모두 장륜이 가지고 있었고, 필경 그것들은 마지막까지 함께 있었을 것이다.

이것이 무엇을 의미하겠는가?

'파란 눈의 사내'가 '겨울손님'이었던 것이다.

방태경은 처음부터 그의 계획에 동참하고 있었던 것이다. 파란 눈이 제양에서 장륜을 자신에게 의도적으로 접근시킨 것이 계획의 시작이 아니라, 자신이 그를 만나러 제양으로 가게끔 방태경에게 미끼를 던졌던 것부터가 이 계획의 시작이었던 것이다. 화첩을 보여 줬을 당시에는 겨울손님을 만나게 해 줄 수 없다더니 얼마 되지 않아, 그와 거래하라며 자신을 제양으로 보낸 것부터가 그 증거다.

처음부터 단주를 찾았다면 쉬웠을 일을······.

영백은 제 말처럼 더딘 뒤늦은 깨달음을 한탄했다.

九.
진실의 대가

운보는 이맛살을 찌푸리며 못마땅한 표정을 지었고 장륜 또한 고개를 비스듬히 기울인 채, 마뜩지 않은 표정으로 맞은편에 앉은 사람을 바라보았다.

저 혼자 탁상에 놓인 음식을 입 안 가득 밀어 넣으며 넉살스럽게 웃는 양설의 모습을 두 사람 모두 탐탁지 않게 여겼다.

"진짜 저놈 믿을 만한 놈이긴 하냐?"

운보는 벌써 몇 번째 같은 질문을 장륜에게 던졌다. 그리고 그때마다 장륜은 똑같은 대답을 할 수밖에 없었다.

"지금은 믿어 볼 수밖에 없어."

장륜 일행은 제양에 도착하고 나서 '파란 눈의 사내'가 자신을 데리고 왔었던 객잔으로 가 그의 소재에 대해 물었지만, 객잔 주인은 자신은 그런 사람을 본 적이 없다고 잡아뗐다. 장륜이 물러서지 않고 그를 어떻게 해야 만날 수 있는 지를 캐묻자, 주인은 결국 그들을 내쫓았다. 그래서 할 수 없이 제양의 다른 곳을 수소문하며 그에 대해 아는 자가 없는지를 수소문하고 다녀야 했다. 결과는 암담했다.

운보는 일이 이리되면 고세협곡 쪽으로 가봐야 하는 것 아니냐고 했지만 그러기에는 시일이 너무 촉박했다. 그때, 그들 앞에 나타난 것이 양설이었다.

"유사! 이제야 나타나다니. 범소에서 네놈이랑 떨어지고 나서, 여기로 올 거라고 생각하고 기다리고 있은 지가 얼만데 왜 이리 늦었냐?"

그는 범소에서 자신이 장륜을 혼자 두고 도망간 것이 아니라 피치 못할 사정으로 떨어진 것처럼 이야기했다. 양설은 장륜을 계속 유사라고 부르며 다시 만난 것을 무척 반가워했지만 장륜의 표정은 떨떠름했다.

"미안하지만 널 만나러 온 것이 아니야. 난 기억을 찾았고, 고세협곡으로 돌아갈 생각도 없어. 나와 함께 돌아가려고 여기서 기다렸다면 미안하네. 난 다른 일이 있어서 이만……."

여기서 노닥거릴 시간이 없다는 듯 돌아서려는데 양설이 그의 팔을 붙잡았다. 능글거리는 표정은 어디로 가고 그가 냉소를 지으며 말했다.

"이런, 나도 딱히 네가 좋아서 기다린 것은 아니야. '시퍼런 눈깔'이 나에게 널 지켜보라고 시켰거든. 상황에 따라서는 널 자신에게 데려오라면서 말이야."

"뭐? 그럼 너는 그자를……. '파란 눈'을 만날 수 있다는 것이야?"

양설이 제 품에서 기묘하게 생긴 나무패를 꺼내 장륜의 눈앞에서 흔들어 보였다.

지금은 믿을 수밖에 없었다. 지푸라기도 잡는 심정으로 장륜은 양설을 따라나섰다.

파란 눈의 사내를 죽어도 모르겠다며 잡아떼던 객잔 주인은 양설이 내민 나무패를 보자, 객잔 안에 있는 은밀한 방으로 그들을 안내했다. 그리고 자신이 연락을 취할 때까지 이곳에서 조용히 기다리라고 했다.

하지만 며칠이 지나도 그는 나타날 기미가 없었다. 객잔 주인은 그저

기다리라고만 할 뿐 다른 말은 일절 들려주지도 않았고, 그들에게 따로
관심을 주지도 않았다.

양설은 무척 태평했지만 시일이 촉박한 장륜과 운보는 속이 타들어
갔다.

"그런데 둘은 무슨 사이?"

입맛이 없어 손도 안 댄 장륜과 운보의 밥까지 제 위 속에 다 밀어
넣은 양설이 빙싯대며 물었다. 운보가 '끙' 하는 신음 섞인 소리와 함께
아니꼬운 말투로 답했다.

"오랜 친구요. 가족 같은 사이니, 혹여 무슨 뒤탈 있을까 걱정이라면
염려 놓으시오."

"아…… 친구……."

빙싯대며 웃던 양설의 낯빛에 조소가 어렸다. 그는 공중에 젓가락을
빙빙 돌리며 의뭉스런 눈짓을 했다.

"진짜요? 이놈이 댁의 친구가 확실한가요? 얼굴이 저런 몰골인데도
알아보겠어요? 흐흐흐. 히야, 대단하네. 약혼녀도 생기고, 친구도 생기
고……. 그래서 다시 도적으로 돌아갈 일 없다…… 한 것이로군."

양설은 슬며시 고개를 내리깔며 뒷말이 잘 들리지 않게 작은 소리로
야기죽거렸다. 그 모양새가 영 꺼림칙한 장륜과 운보가 서로 눈치를 살
피는데 그때, 방문이 열렸다.

"오셨습니다."

객잔 주인이 짤막한 말을 내뱉고는 방을 나갔다. 그리고 그 뒤로 두
명의 호위를 대동한 신비스런 파란 눈의 사내가 방 안으로 들어섰다.
내심 양설을 믿지 못했던 운보는 정말로 파란 눈의 사내가 나타나자 놀
라움에 저도 모르게 그자의 얼굴을 빤히 바라보았다. 파란 눈의 사내는
그 시선이 마음에 안 든 것인지 미간을 찌푸리며 고개를 삐딱하게 기울

였다.

"예상치 못한 손님이 한 명 더 있었군."

그의 차가운 말에 양설이 벌떡 일어나 그에게 자리를 내어 주었다. 그는 빙긋빙긋 웃으며 야살스러운 말로 파란 눈의 비위를 맞추려 했다.

"유사의 옛 친구입니다. 의도치 않게 유사와 좀 떨어져 있는 사이 그가 친구를 대동해 나타난지라……."

양설이 굽실대며 말했지만 파란 눈의 사내는 그의 불성실함을 책망하듯 싸늘하게 노려보았다. 그리고 양설이 내어 준 장륜의 맞은편 자리에 가 앉았다.

"어째서 날 찾았지? 왜? 그녀가 자네를 받아들이지 않든가."

그가 탁상에 비스듬히 기대어 앉으며 물었다. 장륜은 시리도록 파란 그의 눈에 거울처럼 자신의 모습이 반사되는 것을 응시하며 답했다.

"당신에게서 내 과거에 대해 확인하고 싶은 것이 있어서 말이야."

장륜의 답에 파란 눈은 살포시 눈을 내리깔며 뭔가를 생각하더니 비스듬히 기울여 앉았던 자세를 고쳐 잡았다.

"흠, 기억이 좀 돌아왔나 보군. 그냥 아무것도 모른 채, 내가 알려 준 것이 진실인 줄 알고 희희낙락하며 살았으면 더 편했을 텐데. 아쉽군."

파란 눈은 장륜을 향해 묘한 웃음을 흘렸다. 그 말인즉슨, 파란 눈은 장륜을 홍정주로 착각한 것이 아니었다. 운보는 속을 알 수 없는 기묘한 사내가 어쩐지 꺼림칙했다. 하지만 장륜은 흡사 예전부터 알던 사이인 것처럼 그에게 거리낌 없이 할 말을 했다.

"글쎄……. 내가 홍정주라 믿으며 사는 것이 편했다면 이렇게 널 찾아오는 일도 없었겠지. 기억이 없다는 것 때문에 불안해서 타인의 기억에 의존했더니, 오히려 내 자신의 존재만 더 불확실해지더군."

장륜이 모호한 답변을 내놓으면서 슬쩍 양설을 흘끔거렸다.

아무래도 같은 방에 있는 양설의 존재가 속내를 말하기 방해가 된다는 눈치였다. 그것을 눈치챘는지 파란 눈의 사내가 슬며시 자신의 뒤 켠에 서 있는 양설을 무심히 바라보았다. 그것은 마치 여기는 네놈이 낄 자리가 아니니 자리를 비켜 달라는 뜻 같았다. 양설은 그것이 불쾌했지만 어설픈 미소를 지으며 조용히 밖으로 나갔다.

　양설이 나가고 나자 파란 눈의 사내가 다시 탁상에 몸을 기대었다.

　"그래, 이제 내게 뭘 원하는 것이지?"

　"진실……. 아직 불완전한 내 기억을 채워 줄 진실을 원해. 모든 것이 확실하게 기억나지는 않지만……. 너와 내가 처음 만난 건 고세협곡이 아니었어. 그렇지?"

　파란 눈이 알 듯 말 듯 한 눈웃음을 지어 보였다.

　"나와 홍정주가 강계절벽에서 싸우던 날……. 그때…… 네가 거기에 있었어. 그래서 말인데, 그날……. 내가 홍정주를……."

　돌아올 답을 먼저 걱정하는 것처럼 장륜이 조심스럽게 말을 이어 나갔다.

　홍정주와 싸울 때 그 자리에 파란 눈이 있었다니! 그 이야기를 오늘 처음 들은 운보의 눈이 휘둥그레졌다.

　"죽였냐고?"

　머뭇거리느라 확실히 맺지 못한 장륜의 말을 받아, 끝맺으며 파란 눈이 히죽 웃었다. 히죽 웃는 그 모습에서 장륜은 언뜻 예전의 그 모습을 본 듯했다. 아직도 앳된 구석이 남아 있기는 했지만, 장륜의 기억 속에 그는 이보다 훨씬 더 어린 소년의 모습을 하고 있었다.

　"네 질문에 답하기에 앞서 나도 하나만 묻지. 너는 나를 믿을 수 있겠는가? 내가 어떤 사람인지 알긴 아는 거야?"

　시일이 촉박하다 보니, 자신들의 급한 일만 생각했다. 하지만 파란 눈의 말대로 그의 정체도 제대로 모르면서 그가 하는 말이 진실인지 알 수 있을까?

운보는 내심이 걱정이 되었지만, 장륜은 큰 동요가 없어 보였다.

"네가 누군지 아직은 잘 몰라. 그리고 네가 믿을 수 있는 사람인지, 아닌지도 확신할 수 없어. 하지만 네가 기억을 잃고 헤매는 날 그녀에게 보내 주었고, 내가 그 사람 곁에 있을 수 있는 답도 갖고 있어. 그리고 그것이 진영백이라는 여인에게 갈 수 있는 유일한 길이라면 뭐가 되든, 나는 계속해서 두들길 것이다. 해답을 얻기 위해."

파란 눈은 장륜의 확고한 모습에 흡족해하는 것 같았다.

"재미있군. 흐음……. 그럼 내가 어디서부터 이야기를 꺼내야 할까? 혹시 강계에서 네가 홍정주를 구하기 위해 옥윤 평야로 달려왔던 것은 기억하나?"

장륜이 눈동자를 굴리며 기억을 더듬다 이내 고개를 끄덕였다.

"그때……."

쾅 하는 소리와 함께 벌컥 문이 열리며 방 안에 있던 사람들이 일거에 문 쪽으로 시선을 돌렸다. 그러자 사색이 된 얼굴로 방으로 뛰어 들어온 양설이 장륜에게 성을 냈다.

"야! 너 영휘에서 대체 뭘 달고 온 거야?"

장륜이 어리둥절하게 고개를 갸웃하자, 그는 바깥을 가리키며 다급하게 말했다.

"남연의 병사들이 널 찾겠다고 밖을 들쑤시고 다니고 있다고. 얼굴의 흉터 있는 놈 모르냐면서. 왜 범소에서 개선한다고 요란 피우던…… 그래, 당재영이란 자가 널 찾고 있다고."

당재영이 들이닥치다니! 그자가 어떻게 여기까지!!

장륜과 운보는 당황스러웠다. 다른 이도 아니고 당재영이 여기에 나타났다는 것은 황제가 치서시어사 임명을 미루며 시간을 벌어 주던 것이 실패했다는 뜻이다. 즉, 당재영은 장륜의 진짜 정체가 무엇인지 제 손으로 밝히려 한다는 것이다.

아직 원하는 것을 듣지 못했는데 일이 어렵게 되었다.

"뭐합니까? 얼른 도망가지 않고요?!"

양설이 서둘러 자리를 피해야 한다며 호들갑을 떨었다. 그때 마침 객잔 주인이 방으로 들어왔다.

"자리를 옮기셔야 할 것 같습니다. 남연 병사들이 객잔으로 들어왔습니다."

당재영이 들이닥쳐도 꿈적하지 않을 것 같았던 파란 눈은 그제야 몸을 일으켰다. 객잔 주인이 방 한쪽에 있는 가구를 치우고 바닥을 들어 올리자, 아래쪽으로 내려가는 계단이 나왔다. 파란 눈은 장륜과 운보에게 따라오라는 눈짓을 한 뒤에 먼저 그 계단을 내려갔다. 그들이 모두 내려가고 나자 객잔 주인이 문을 닫았다. 그리고 그들의 머리 위쪽에서 가구 옮기는 소리가 들려왔다. 계단을 내려가 어둡고 좁은 복도를 지나자, 제양의 수로가 나왔다.

'무슨 객잔에 이런 비밀통로가 있단 말인가……..'

괴이한 객잔 내부도 그렇고, 그곳 주인의 태도도 그렇고, 그곳은 필시이 수상쩍은 파란 눈의 것인 듯했다. 보면 볼수록 해괴한 그자의 행태에 운보는 이대로 그를 따라가도 되는지 염려스러웠다.

수로로 나오자 일행들은 잠시 숨을 돌렸다. 비밀통로로 나온 만큼 당재영 일행이 자신들을 찾는 데에 시간이 좀 걸릴 것이라고 예상했던 것이다.

"흐음, 영휘에의 일이 내가 예상한 것과는 좀 다른 방향으로 흘러갔나 보군. 본 기억 없이 그냥 자신이 홍정주인 줄 알고 사는 것이 더 나을 것이라고 봤는데, 자네 말대로 거기에도 나름의 고충이 있었어."

그 와중에 파란 눈은 턱에 손을 대고는 대단한 깨달음이라도 얻은 것처럼 고개를 끄덕였다. 그러고는 장륜을 돌아보더니,

"여기서는 긴 이야기를 나누는 것은 무리일 듯싶은데 괜찮다면 나를 따라오겠나? 저들이 따라오지 못할 곳에서 네가 알고 싶어 하던 것들을 들려주도록 하지. ……거짓 없는 네 기억을……."

하고 말했다. 흔들림 없는 파란 눈동자에서는 어떠한 의혹도 찾아볼 수 없었다.

그런데 그 순간, 무리에서 벗어난 이질적인 목소리가 들려왔다.

"그래? 그거, 참! 나도 듣고 싶은 이야기로군."

파란 눈의 호위들이 자신들이 빠져나온 비밀통로 쪽에 선 자를 향해 검을 겨눴다.

제 친위대를 이끌고 나타난 당재영은 그런 저항이 같잖다는 듯이 비웃음 어린 표정을 지었다. 당재영과 그의 친위대가 자신들이 걸어 나온 통로를 그대로 따라 나왔다는 사실에 운보는 눈썹을 찌푸렸다.

"저들이 비밀 통로를 발견한 것일까? 객잔 주인은 저 파란 눈의 하수인 같던데, 설마 그가 밀고했을 리도 없고 말이야."

"저들이 그 통로를 발견했다고 하기에는 시간이 너무 또 빨라. 여기 누군가가 저들에게 단서를 남겼다고 보는 것이……."

말을 잇다 말고 장륜이 놀란 표정으로 파란 눈의 사내를 향해 손을 뻗었다. 그가 뭐라고 말을 던지기도 전에 양설이 소매에서 단검을 꺼내 파란 눈의 머리를 잡고, 그의 목에 검을 겨누었다.

"흠, 별로 놀랄 만한 반전도 아니군."

파란 눈은 자신의 목에 겨눈 단검의 칼날을 손가락으로 매만졌다. 그러자 양설이 신경질 적으로 그의 머리를 잡아당기며 위압했다.

"네 목에서 피가 뿜어져 나오는 것을 보고 싶지 않다면 가만히 있는 것이 좋을 것이다. 사람을 세뇌시켜 네 악랄한 계획을 실현시키려는 음모도 여기까지다. 절도사 나리, 보십시오. 이 해괴한 녀석이 저놈들을 또 세뇌시켜 조종할 음모를 꾸미고 있었습니다."

"뭐!?"

"푹!"

장륜과 운보는 동시에 '뭐!' 라고 외쳤고, 파란 눈은 제 목에 칼이 드리워졌음에도 작게 폭소를 터트렸다. 애들 말장난도 아니고, 세뇌니 음모니 하는 웃기지도 않는 양설의 허풍에 기가 막혔다. 대체 저런 말도 안 되는 소리를 믿는 자가 어디 있단 말인가!!

"그래. 네 말대로 소름 끼치게 파란 눈이구나. 과연 사람을 세뇌시킬 정도의 마력을 가졌을 법해. 말해라! 무슨 의도로 저자들을 이용해 사람들을 현혹시키려 했는지! 남연에 무슨 짓을 하려 한 것인지를 말이다!"

있다. 믿는 사람이 있었다.

운보는 당재영을 좋아하지는 않았지만 그래도 나름 냉철한 지휘관이라 여겼다. 헌데, 어째 오늘 저 꼬락서니를 보니, 그것이 잘못된 판단이었던 것 같았다.

파란 눈은 서슬 퍼렇게 으름장을 놓는 당재영을 향해 어깨를 으쓱했다.

"무슨 소리를 하는 건지 도통 모르겠군. 모종의 계획 같은 건 없어. 그냥 빚을 갚으려 했을 뿐이야."

"빚? 무슨 빚을 이딴 식으로 갚아. 네놈들을 영휘로 데려가 무슨 의도로 배우자를 잃은 선량한 여인들의 마음을 이용해, 이따위 짓을 벌였는지 샅샅이 밝혀 주도록 하마."

자신이 무슨 가련한 여인들의 마음까지 보듬는 정의의 사도라고…….

372

파란 눈은 허세 가득한 당재영을 보며 눈썹을 일그러트렸다. 그는 당재영과는 말이 통하지 않는다고 판단했는지 장륜에게로 시선을 돌렸다. 그리고 그를 아주 빤히 바라보았다. 그런데도 장륜이 멀거니 서 있기만 하자 파란 눈이 옅게 한숨을 내쉬었다.

"뭐하고 있어? 도망가지 않고."

날파리라도 쫓듯 그가 손을 내저으며 저희들에게 도망가라고 하자 운보는 기가 찼다. 어디서 한가락 해 먹었는지는 몰라도 아직 어려 보이는 놈의 객기가 대단하다 싶었다. 그런데 더 기가 막힌 것은 그자의 호위들이었다. 그들은 파란 눈의 말이 떨어짐과 동시에 달아나기 시작했다. 어처구니없는 그들의 행동에 당황스런 운보와 장륜은 우왕좌왕했다.

"하하. 겁쟁이 같은 놈들. 네놈들 수준이 어느 정도인지 알 만하구나."

당재영이 도망치는 자들을 향해 조롱을 퍼붓자 파란 눈이 그를 똑바로 쳐다보았다.

"무엇이냐? 설마 그 기괴한 눈으로 내게 저주라도 걸려 한 것이냐? 소름 끼치는 것."

"홋, 이거 어디서 들어 본 말 같지 않아?"

파란 눈이 당재영을 가리키며, 만난 이후로 가장 제 나이다운 표정을 장륜에게 지어 보였다. 파란 눈의 말에 장륜은 무의식 저편에서 잡힐 듯 말 듯 어슴푸레 떠다니는 기억을 잡으려고 발버둥을 쳤다.

그가 머리를 쥐어 잡으며 기억을 떠올리려 애쓰자, 파란 눈이 그를 향해 소리 없이 입만 벙긋거렸다. 기억을 더듬던 장륜은 그 입모양을 읽고선 뭔가에 현혹된 사람처럼 가만히 얼을 뺐다. 그러더니 운보의 팔을 붙잡고 냅다 달아나기 시작했다.

"인마, 왜 그래? 저놈 두고 갈 거야?"

"저게 원래 제 수법이야. 강계에서 나도 당했거든."

"강계에서 당해? 뭐야? 그럼…… 쟤 이족(夷族)이야?"

"그냥 이족(夷族)도 아니고 대족장이시다."

장륜을 따라 달리면서도 운보는 믿기지가 않는지 연신 뒤를 돌아보았다. 아무리 많게 보아도 스물을 조금 넘겼을까 싶은 외모인데, 그렇다는 이야기는 7년 전 그는 십이삼 세의 아이였다는 뜻이 아닌가.

장륜이 사라진 뒤로, 자신을 비롯해 남연의 여러 장수들이 강계 수복을 꾀하려 했지만 전투를 벌일 엄두조차 내지 못하게 만든 이족의 족장이 저런 애송이였다니……. 경악스러운 사실에 자꾸 뒤를 보느라 운보의 걸음이 처졌다. 장륜은 한눈팔 새가 없다며 그런 그를 잡아끌며 재촉했다.

"어딜 도망가려 하느냐?! 내 네놈들을 절대 놓치지 않을 것이다. 기필코 네놈들의 흉악한 간계를 분쇄시킬 것이야."

장륜이 기억을 완전히 찾았나 보다. 이에 묻고 싶은 것도, 할 말도 태산같이 많은 운보였지만 당재영이 친위대를 이끌고 바짝 뒤를 쫓아오니, 일단 도망가는 데 집중하기로 했다. 하지만 딱 한 가지를 끝내 참지 못했다.

"하나만 묻자. 우리가 강계서 전투를 치를 때도 저놈이 대족장이었다는 것이냐? 아니지? 그치? 아닐 거야."

어린놈에게 제가 졌다는 것을 부정하고 싶은 운보의 처절한 물음에 장륜은 아무 대꾸 없이 그저 웃기만 했다. 그러자 운보가 허공을 향해 '아오!' 하고 소리를 내지르며 더 힘껏 달렸다. 그럴 만한 반응이었다. 7년 전, 그도 운보와 다를 바 없는 반응을 보였었으니까.

'내 이름은 하게츠. 이족들의 지도자지.'

좀 전에 파란 눈이 입을 벙긋대며 그 이름을 말해 주었을 때, 장륜은 제 기억을 가로막던 마지막 안개가 마침내 걷히는 것을 느꼈다. 그리고 그 기억 속에 아직 어린 소년이었던 파란 눈의 '하게츠'가 있었다.

❋

홍정주가 영휘로 돌아가라는 명을 어기고 전장에 끼어드는 순간부터 모든 계획이 어그러졌다.

옥윤 평야에 주둔 중인 이족들의 경계를 늦추려, 일부러 도발하고 패퇴하는 작전을 썼건만 나를 겁쟁이라고 비웃고 싶었던 것인지 홍정주는 일부러 후퇴하고 있는 중에 전장에 난입했다.

"더 이상 도망가지 마라. 적을 앞두고 도망가는 것은 수치다. 자, 나를 따르라! 이제 적에 맞서 싸워, 옥윤 평야를 탈환한다."

내가 선두에서 부대를 강계로 후퇴시키고 있을 때, 후미에서 등장한 홍정주의 말은 병사들을 혼란에 빠지게 만들었다. 후미의 병졸들로서는 그것이 대장군의 명인지, 홍정주의 단독 판단인지 알 길이 없었던 것이다. 그 때문에 강계로 후퇴하던 군단이 둘로 갈라졌다.

"대장군, 후미의 병사들이 다시 옥윤 평야로 향하고 있습니다!!"

"어째서 무엇 때문에 되돌아간단 말이냐?! 작전의 내용을 잘 숙지시키지 않았어?"

"그것이 홍정주 편 장군이 나타나 병사들을 독려해 옥윤 평야로 이끄는 바람에 작전에 혼선이 온 듯합니다."

부관의 보고에 나는 화가 치밀어 올랐지만, 그를 구원하기 위해 후퇴하던 병사들을 돌려야만 했다.

'어지간히 말 안 듣는 자식 같으니라고! 어째서 그녀와 함께할 수 있는 멋진 나날들을 포기하고 여기에 나타나 객기를 부리느냐. 여기서 전쟁을 치르는 것은 그 여인을 탐낼 수도, 마음에서 놓을 수도 없는 내 몫

이거늘…….'

내가 그토록 열망하던 것을 가질 수 있으면서, 그 가치를 소중히 여기지 않는 놈에게 나는 화가 났다. 말고삐를 다잡는 내 손에서 가죽이 비틀어지는 소리가 들려왔다.

말을 달려 옥윤 평야 쪽으로 가 보니, 홍정주로 인해 뒤처진 후미가 벌써 이족들과 전투를 치르고 있었다. 생각지도 않은 전투를 치르게 된 병사들이 적의 공격을 제대로 대처할 리가 없었다. 그런데도 홍정주는 어떻게 하라는 지시를 내리기는커녕 도망치지 말라는 헛된 말만 되풀이하고 있었다.

"대열을 벗어나지 마라! 겁먹고 대열을 벗어나는 순간 적들의 표적이된다. 대열을 지키며 적들을 대열 안으로 몰아라!"

내가 검을 치켜들며 지휘에 나서자, 그제야 훈련했던 대로 병사들이움직이기 시작했고, 공격에서도 밀리지 않게 되었다. 그리고 강계 군영에서 출병한 원군이 전장에 합류하자 이족들이 후퇴했다.

"적이 후퇴한다. 이 기회를 놓쳐서는 안 된다. 가자!!"

적이 후퇴하자 승리감에 도취된 홍정주가 병사들을 독려해 옥윤 평야로 내달렸다.

젠장! 전투를 지휘하느라 나는 가장 먼저 했어야 할 일을 놓치고 말았다.

홍정주, 저 자식을 붙잡아 입도 벙긋 못 하게 묶어 놔야 했었다. 멍청한 자식. 지금은 물러나 병력을 재정비해야 할 때이거늘, 머리는 장식으로 달고 다니는 것인지…….

나는 분별없이 날뛰는 저 자식을 적진에서 죽게 내버려 두고 싶었다. 그렇게 되면 저놈에게 그녀를 빼앗기지 않아도 되겠지?

'빼앗기지 않는다? 멍청하기는. 그렇게 욕심내고 질투해 봐야, 부마

자리에 묶인 나와는 이어질 수 없는 사이거늘, 부질없는 집착에 참 매몰찬 생각을 하고 있구나.'

황실에 묶여 뭘 어찌할 수도 없으면서, 영백만은 영원히 내 사람으로 남아 주길 바라다니 문득 내 추접스런 욕심이 창피했다. 홍정주가 인간이 덜 되기는 했지만 적어도 그와 혼인하면 황제의 비호 아래 영백이 괴소문으로 고통받는 일은 없을 것이다. 또, 그녀의 가족도 원하던 안정된 삶을 살게 될 것이다. 그것은 내가 해 줄 수 없는 일이었다. 현실을 직시한 나는 다시 병사들을 이끌고 옥윤 평야로 간 홍정주를 지원하러 갔다.

옥윤 평야에서의 전투는 예상 밖에도 싱겁게 끝났다. 우리에게 밀려난 이족의 병력들이 주둔지를 버리고 달아난 것이다. 전투에서 이긴 것이 제 공이라 생각했는지 홍정주는 기세등등하게 이족들이 버리고 간 주둔지에 들어섰다.

주둔지에는 미처 달아나지 못한 이족의 여인들과 아이들이 남아 있었다. 홍정주는 그들을 한 곳에 몰아넣고는 그 앞에서 소리쳤다.

"이렇게 맥없이 진지를 빼앗기고, 제 가족을 남겨 둔 채 달아나다니. 네놈들의 수준이 어느 정도인지 알 만하구나. 여봐라, 이 야만인들을 모조리 쓸어 그 씨도 남기지 않게 하라."

홍정주가 제멋대로 극단적인 처분을 내리자, 나는 걸음에 분노를 담아 그에게로 성큼성큼 걸어갔다. 그간 영백을 생각해 날뛰는 것을 좀 봐줬더니만 기고만장한 꼴이 아주 가관이었다. 더는 그 객기를 받아 줄 아량 같은 것이 내게 남아 있지 않았다. 그런데 내가 그를 혼내 주기도 전에 이족 사람들이 모여 있는 곳에서 피식 하고 홍정주를 비웃는 소리가 들려왔다.

"야만인이라⋯⋯. 누가 누구에게 할 소리인지 모르겠군. 남연은 얼마나 문화인이기에 양민을 죽이는 것에 아무 거리낌이 없지? 그것도 무기 하나 들지 않은 여자들과 아이들을 상대로 말이야."

비아냥거림에 홍정주의 눈이 비쭉 치솟았다. 그는 이족 무리들을 헤치고 들어가, 그 소리를 한 어린 소년의 멱살을 잡아 올렸다. 그런데 소년을 겁주려고 눈을 부라리던 홍정주가 갑자기 흠칫 놀라며 황급히 손을 놓고 뒤로 물러났다.

"괴상한 새끼……."

뭘 보고 저리 놀란 것이지? 그의 곁으로 다가서자 소년의 눈동자가 파란 하늘처럼, 푸른 바다처럼 신비스런 빛을 띠고 있는 것이 보였다. 퍽 특이하구나 싶은 생각이 드려는 찰나 홍정주가 검을 빼 들었다.

"그 재수 없는 눈깔로 날 쳐다보다니. 그 흉한 눈으로 날 저주하려한 것이냐?! 액운이 따라붙기 전에 네놈을 죽여야겠다. 이 야만인아!!"

"그만둬!"

홍정주가 빼 든 검이 소년의 머리를 반으로 쪼개기 직전에 나는 전광석화처럼 검을 뽑아 그것을 쳐 냈다. 그러자 홍정주의 검이 공중에서 빙글 돌아 땅에 처박혔다. 전투에서 검 좀 휘둘렀더니 자신이 정말 뭐라도 된 양 착각했는지 홍정주가 나를 보며 씩씩댔다.

"저 소년의 말이 틀린 것 하나 없네. 여기서 양민을 학살하면 이족들의 공분을 사, 그들이 더욱 맹렬하게 공격해 들어올 것이다. 일을 더 어렵게 만들지 마."

"흥, 뭘 겁내십니까? 맹렬히 공격해 들어오면 들어오는 대로 물리치면 될 일을……."

내가 적들을 겁내 꼬리를 내리고 있다 생각한 것인지 그자는 데퉁스럽게 샐룩댔다. 인내를 갖는 것도 거기가 한계였다. 나는 검을 홍정주의 목에 겨누고 그간 참았던 분노와 질투를 담아 그자의 목 줄기를 따라 검을 내리긋는 시늉을 했다.

"오냐, 오냐 해 줬더니 하극상을 부리는 것이 당연한 줄 아는 모양이구나. 영휘로 돌아가라는 내 명령을 어기고, 멋대로 병사들을 부려 전투까지 벌이다니. 그것만으로도 네놈 목을 여기서 쳐 버려도 할 말이 없을진대 말이야."

밉살스럽게 이죽대던 놈이 침을 꼴깍 삼키며 내 검 끝을 불안스레 쳐다보았다. 좀 전까지 천하에 둘도 없는 맹장인 척 굴더니 그 모습은 온데간데없어졌다.

생각할수록 화가 났다. 내가 어떤 마음으로 그녀를 떠나보냈는데…….내가 이 엿 같은 상황을 어떻게 참아 내고 네놈을 그녀 곁으로 보낸 것인데…….

"내분이야?"

앳되면서도 초연한 목소리가 놈에 대한 질투와 비분으로 눈이 먼 내이성을 일깨웠다. 파란 눈의 소년이 앞으로 벌어질 사태를 관망하듯 우리를 보고 있었다. 아직 어린 소년이기는 하지만 적은, 적이다. 적 앞에서 꼴사나운 모습을 보일 수는 없는지라 나는 황급히 검을 집어넣고 상황을 정리하려 했다.

"서둘러 병력을 정비하도록 한다. 원군이 올 때까지 이곳 옥윤 평야를 방어하고, 강계의 방비가 허술해지지 않도록 하려면 할 일이 많다."

뜻하지 않게 옥윤 평야를 탈환하면서 강계를 방어할 병력이 적어졌다. 이른 대비한 방책을 마련해야 했다. 나는 부관에게 이러저러한 지시 사항을 이르다 말고, 홍정주를 흘끔 노려보며 명을 내렸다.

"그리고 저 자식은 밧줄로 묶어서라도 영휘로 실어 보내 버려."

"뭐라고요?! 이럴 수는 없습니다. 대장군!!"

홍정주는 길길이 날뛰며 저를 데려가려는 부관의 손길을 피해 내 옆으로 따라붙었다. 그리고 다른 이들에게는 들리지 않게 낮은 목소리로 이를 갈며 말했다.

"지금 제 공적을 가로채실 요량입니까? 대장군은 도망치시기만 했을 뿐, 옥윤 평야를 탈환한 것은 순전히 제 공입니다. 그런데 이제 와 저를 영휘로 돌려보내시려는 겁니까?"

"공적? 명령을 무시하고 멋대로 전장에서 날뛰어, 작전을 망쳐 놓고는 공적? 네놈과 혼례를 올릴 그 여인이 아니었다면 넌 벌써 내 손에 죽었어."

일을 망쳐 놓고 뻔뻔스레 공적 타령이라니……. 나는 살기에 가까운 분기를 내뿜으며 작은 목소리로 그를 겁박했다. 억울함이 그득한 얼굴이었지만 그는 입술만 실룩일 뿐 더는 뭐라 대꾸하지 못하고 부관을 따라 강계로 돌아갔다. 여건이 마련되는 대로 그는 그곳에서 영휘로 돌아가게 될 것이다. 그리고…… 그녀와 혼례를 올리게 되겠지…….

심란함에 나도 모르게 깊은 한숨이 흘러나왔다.

"둘이 얼굴은 비슷하게 생겼는데 성격은 영 다르네. 그런데 엄연히 저자가 당신의 부하잖아. 하극상을 부리는데도 왜 가만두는 거야?"

홍정주를 처리하느라 신경 쓰지 않는 사이, 파란 눈의 소년이 내 뒤를 졸래졸래 쫓아다니고 있었다. 다른 이들은 모두 병사들의 감시하에 한 곳에 모여 있는데, 이 녀석은 아무렇지도 않게 남연 병사들이 점거한 옥윤 평야 주둔지를 어슬렁대고 있었다. 어리고 민간인이라 큰 경계를 하지 않았지만 어찌 되었건 적이니, 나는 소년에게 주의를 주었다.

"얘야, 놀라고 걱정스러운 것은 알겠는데 우리가 너희 주둔지를 점령한 이상 이렇게 막 나돌아 다니면 안 돼. 가서 다른 사람들과 함께 있어. 이 전쟁이 끝나면 그때 너희 지도자와 이 문제를 논의해 풀어주도록 할 테니."

"후훗, 풀어준다고? 너희가 이긴다는 전제하에 하는 말 같네. 내 전사들이 다시 이곳을 재탈환해 우릴 구할 것이라는 생각은 안 해 봤어?"

어린 녀석이 제 부족에 대한 자부심이 얼마나 대단한지, 말끝마다 딴죽을 걸었다. 그것이 귀엽기도 하고 우습기도 해 나는 녀석의 머리를 헝클 듯 쓰다듬으며 짓궂게 말했다.

"그렇게 되지 않길 바라야 할걸. 만약 너희가 이곳을 다시 재탈환하려고 하면 나도 내 나라를 지키기 위해서 여기 있는 네 부족 사람들을 가만히 둘 수 없거든."

아이답지 않게 너무도 차분한 녀석이라, 조금은 놀래켜 줄 요량으로 짓궂게 사나운 표정을 지어 보였건만 놈은 되레 한쪽 입꼬리를 끌어 올렸다.

"그래, 전술적으로 보면 그건 당연한 것일 테지. 그럼 나랑 한 가지 거래를 하지 않겠어? 만약 전투가 벌어지게 되면 여기 있는 내 부족 사람들의 안전을 보장해 줘. 그럼 나도 살아남은 너희 나라 사람들과 병사들의 생명을 보장해 주지."

"하…… 하하. 나 참! 너 정말 재미있는 녀석이구나. 어린놈이 책임감이 남다른 것은 기특하다만 아무리 봐도 이런 교섭은 너와 할 것이 아닌 것 같은데."

"흠, 그래서 하기 싫다는 것이야? 나중에 후회할 텐데."

영웅 놀이에 심취한 꼬맹이구나 싶었다. 그만 녀석을 다른 이족들이 있는 곳에 보내기 위해서는 이 대화를 끝내야만 했다. 나는 건성으로 고개를 끄덕이며 녀석의 놀이장단에 맞춰 줬다.

"오냐, 알았다. 알았어. 그리하마. 그러니, 그만 다른 사람들이 있는 곳으로 가 봐."

내가 손까지 내저으며 만족했으면 이제 가 보라는 신호를 줬다. 헌데,

녀석이 갑자기 그 손을 악수하듯 덥석 잡더니 의미심장한 눈빛을 보냈다.

"이걸로 교섭은 성립되었으니, 나중에 딴말하지 않길 바라겠어. 난 약속은 지키는 사람이야. 딴 놈들은 모르겠지만 너도 약속은 잘 지킬 것 같아 보여 특별히 교섭을 청한 것이니, 그리 알아 둬."

"그래, 좋게 봐 줘서 고맙다. 이거 참……."

내가 녀석과 맞잡은 손을 위아래로 흔들자 그것이 교섭의 확정을 의미하는 것처럼 소년은 그제야 만족스러워했다. 기이하고 재미있는 그 녀석 때문에 나는 야만인이라고만 생각했던 이족에 대해 달리 생각하게 되었다.

✳

수로변을 빠르게 달리다 보니, 장륜과 구운보는 앞서서 달아났던 파란 눈의 호위를 금방 따라잡을 수 있었다. 장륜은 그들의 계획이 뭔지 이미 아는 사람인 것처럼 물었다.

"나머지는 어디에 있지?"

"만경산(晩景山) 기슭에서 대기하고 있소."

"말은?"

파란 눈의 호위가 따라오라는 손짓을 하며 제양의 외곽을 향해 달렸다. 운보가 흘끔 뒤를 돌아보니, 당재영과 그의 친위대가 꽤나 끈덕지게 따라붙고 있었다. 장륜 말로는 이것이 원래 파란 눈의 수법이라는데, 운보는 그것이 어떻게 돌아가는 수법인지 전혀 감이 오지 않았다.

"무슨 계획인 거야? 나도 좀 알자."

"이족(夷族)을 이끄는 대족장이 달랑 호위 둘만 데리고 여기까지 올

거라고 생각해?"

그렇기는 하다. 아마 제양 안으로 병력을 대동하고 들어올 수는 없을 테니, 나머지는 만경산이라는 곳에 주둔시킨 모양이다. 하지만 그렇다 해도 현재 그들의 수장이 인질로 잡혀 있지 않은가.

"그런데 족장이 당재영 끄나풀에게 잡혀 있잖아. 저리 두고 와도 되는 것이야? 수장이 잡혀 있으면 섣불리 맞설 수도 없을 텐데."

"그런 걱정은 안 해도 돼. 이족들에게 있어 족장이란 개념은 우리가 생각하는 것과는 조금 다른 것 같으니까. 우리는 우리 앞가림만 하면 돼."

점점 더 알아들을 수 없는 소리만 한다. 운보는 당장 이것을 이해하겠다는 욕심을 그냥 버리기로 했다. 그사이, 파란 눈의 호위들이 제양 외곽의 낡은 민가로 그들을 데려갔다. 그곳의 문을 열자 안은 외양과 달리 마구간처럼 되어 있었다. 거기에는 세 필의 말이 매어져 있었는데 마치 이런 때를 대비해 미리 준비한 듯한 인상이었다.

장륜과 운보가 한 필에 같이 타고 호위 둘이 각기 하나씩 탄 뒤, 제양 성 밖으로 말을 몰았다. 이 정도면 당재영을 떼어 내고 안정적으로 만경 산으로 갈 수 있겠구나 싶었다. 그런데 어디서 말들을 곧바로 수배했는지, 멀리서 당재영 일행이 그들을 쫓아오고 있었다. 저 정도면 당재영의 능력도 인정해 줄 만했다.

가운데서 농간을 부리는 양설도 곁에 없겠다, 어떻게 말만 잘하면 오해를 풀 수도 있을 것 같아 운보는 말을 몰고 있는 장륜에게 당재영과 대화를 시도해 보는 것이 어떻겠느냐고 제안했다.

"어쩌다 보니 상황이 이상해지기는 했지만, 이대로 이족의 병사들과 함께 당재영의 친위대에 맞서면 내통한 것처럼 보일 수 있어. 당재영의 친위대도 남연의 병사들이라고."

"흠……. 당재영이라는 자와는 말이 통할 것 같지 않지만 뭐, 네 말 대로 이대로 저들과 싸우면 이 골을 메우기는 더욱 힘들겠지. 그래서 하게츠가 이런 방법을 써먹는 건가? 되도록 피를 보지 않고 상황을 자신에 유리하게 가져갈 수 있게 만들려고……."

"인질로 잡혀 있는데, 무슨 상황을 유리하게 가져가."

운보의 타박에도 장륜은 묘한 눈웃음만 지었다. 만경산이 가까워지자 그가 고삐를 잡아당기며 앞에서 달리고 있던 파란 눈의 부하들을 불렀다. 그리고 계획을 맞춰 보고는 그들을 앞서 보냈다.

"우리도 잡으면 돼. 인질."

파란 눈의 수하들을 보내고 난 장륜은 여전히 의구심을 버리지 못한 운보를 향해 자신만만한 미소를 지어 보였다.

얼마 뒤, 당재영 일행이 가까이 다가오자 운보와 장륜은 길 한복판에 나와 섰다. 이들을 쫓아 맹렬히 추격해 온 당재영은 떡하니 길 한가운데에 서서 자신들을 기다리고 있던 장륜과 운보를 보고 말을 멈췄다. 그는 이것들이 무슨 함정을 판 것이 아닌가 하는 의심의 눈초리로 주위를 두리번댔다.

"이야기를 좀 했으면 하는데."

자신에게 집중하지 못하고 매양 주위를 둘러보는 당재영에게 장륜이 넌지시 말을 건넸다. 그러자 당재영이 가자미눈을 하고선 코웃음을 쳤다.

"난 적과는 말을 섞지 않는다. 적과의 대화는 상대를 현혹하려는 거짓으로 난무하니까. 지금도 너희들은 내게 이야기를 하자고 하면서 뒤로는 다른 꿍꿍이를 꾸미고 있겠지. 그러고 보니 다른 두 놈이 보이지 않는구나. 그들은 어디 있느냐?"

편협한 사고를 가진 고집불통 주제에 쓸데없이 상황 판단이 빠르고 예리하다.

다루기 까다로운 사람인 것 같았지만 운보는 어떻게든 대화로 경색된 이 상황을 풀어 보고자 했다. 운보가 장륜 앞으로 나와 서며 자신을 소개했다.

"당재영 절도사, 아실런지 모르겠지만 저는 예전에 사마를 지낸 구운보라고 합니다. 절도사께서는 지금 양설이라는 자의 허언에 놀아나 오해를 하고 계십니다. 이자는 절도사께서 생각하는 그런 음흉한 속내를 가지고 있지 않습니다. 그것은 예전 이 사람과 같이 벼슬을 지냈던 제가 보장하지요."

"구운보? 구운보라면 그릇된 작전으로 전쟁을 패전으로 만들고, 나라를 위기에 몰아넣은 자가 아닌가? 그러면서도 무책임하게 스스로 벼슬을 내던지고 떠났다지? 그런 자의 보장에 무슨 신뢰가 있겠나. 오호, 혹시 파란 눈의 사내에게 저 도적놈을 세뇌시켜 달라고 부탁한 것이 네놈이냐? 강계전투로 인해 얻은 불명예를 지우려고 말이야. 죽은 망자를 불러일으키는 이따위 더러운 수작을 꾸미다니 부끄러운 줄 알게."

저것이 사람 말인지, 개 짖는 소리인지…….

운보는 화가 치밀어 올랐지만 하도 어이없고 기가 막혀 뭐라 말도 못하고 입만 벙긋댔다. 대신 뭐라고 대꾸해 주기를 바라는 것처럼 운보가 억울한 눈으로 장륜을 바라보자 그는 목을 긁적였다.

"내가 뭐랬어. 말이 통하지 않을 거랬잖아."

그때, 당재영의 병사가 그에게 다가가 귓속말로 뭐라고 전했다. 그러자 당재영이 당당하게 검을 빼 들며 외쳤다.

"주위에 다른 적은 없다. 이제 저자들을 잡아라."

언제 척후를 보냈던 것인지 주위에 매복한 적이 없다는 것을 확인한 당재영이 장륜과 구운보를 잡아들이라고 명령을 내렸다. 잡으라는 그의 외침과 함께 친위대가 덤벼들자, 장륜과 운보는 재빨리 초목이 우거진 야트막한 산기슭으로 뛰어 들어갔다. 그들은 산비탈을 타고 올라가 어느 나무 뒤에 숨어 겉옷을 벗기 시작했다.

"하여간, 태생이 잘난 놈들은 제 생각이 다 옳은 줄 안다니까. 일순간에 사람을 역적으로 만드는 것 좀 보소. 젠장!! 누가 전투에서 지고 싶어서 졌나?! 게다가 작전 실패가 왜 내 책임이야. 홍정주, 그놈이……."

옷고름을 풀며 당재영에 대한 불만을 터트리던 운보가 홍정주를 험담하다 말고 문득 말을 멈추었다. 장륜이 강계에서의 일을 모두 기억해 냈다면 그가 홍정주를 죽일 듯이 공격했던 때의 일도 생각나지 않았을까 싶었기 때문이다.

"장륜……. 강계전투가 생각이 났다면 말이야. 혹시, 네가 홍정주를 공격했던 일도 다 기억난 거야? 그의 팔찌가 네 수중에 들어간 것이 설마 네가 그를……. 아니지?"

겉옷을 벗으니 둘 다 똑같은 흰색의 저고리와 바지만 입게 되었다. 장륜은 겉옷을 찢어 내다 말고 운보의 물음에 입술을 굳게 여몄다. 그러고는 겉옷에서 찢어 낸 천으로 얼굴을 가리고 하나를 더 찢어 운보에게 건넸다.

"……응, 생각났어. 내가 그를 공격한 이유도 그 뒤의 일도……."

"그래서? 홍정주와는 어떻게 된 거야? 네가…… 진짜 죽였어?"

"……그게……."

운보는 장륜의 대답에 귀를 기울이며 그가 건넨 천으로 장륜처럼 눈만 남겨 둔 채, 얼굴을 가렸다.

※

옥윤 평야를 수복한 뒤, 나는 그곳에 머물며 적의 재공격에 대비해 만반의 준비를 갖췄다. 옥윤 평야를 지키기 위해 병력이 둘로 분산되면서 강계를 지키는 병력이 턱없이 적어지기는 했지만 곧 원군이 올 것이니, 조금만 버티면 될 것이라고 생각했다. 그래서 신호탄을 주어 위기가 있으면 옥윤 평야와 강계가 서로 도울 수 있게 했다.

그러던 어느 날이었다. 옥윤 평야에 있는 내 막사에서 눈을 붙였는데, 눈앞에 어른대는 불빛이 강해 잠이 깼다. 이렇게 불을 밝게 밝히면 적에게 주둔지의 상황이 적나라하게 보일 텐데, 그것을 알면서도 이렇게 훤히 밝히다니……. 주의를 줘야겠다 싶어 나는 밖으로 나가려 했다. 그때, 내 막사로 들어오는 부관과 마주쳤다. 훤한 불빛 탓인지 사색이 된 부관의 얼굴은 너무나도 잘 보였다.

"무슨 일인가? 어둠을 밝히기에는 불이 너무 강한 것 같은데……."

"대…… 대장군, 강계 쪽에서……."

부관이 강계 쪽을 손으로 가리키자 달처럼 떠오른 불그스름한 불빛이 보였다. 믿을 수가 없어 주춤대며 앞으로 나아가니 불그스름한 불빛 사이로 간간이 연기가 피어오르는 것이 보였다. 저 정도면 대규모 전투가 벌어지고 있을 것이 뻔했다.

어째서 공격을 받았는데 신호탄을 쏘지 않은 것인가? 아니, 그보다 이족들이 옥윤 평야를 버리고 도망간 지 얼마나 되었다고 벌써 병력을 재정비해 강계를 공격했단 말인가? 설마, 도망간 것이 아니라 우리가 쓰려했던 계책을 역이용한 것인가?!

"강계를 구원하러 가야 하는 것 아닙니까? 대장군."

부관이 떨리는 목소리로 말했지만 그건 좋은 판단이 아니었다. 자칫 구원하러 갔다 옥윤 평야마저 잃게 되면 돌아갈 곳이 없게 된다. 하지만 또, 한편으로는 아직 강계가 함락된 것이 아니라면 지금이라도 병력을 이끌고 구원하러 가는 것이 옳다는 생각이 들었다. 상황이 어떤지 알 수가 없고, 함부로 병력을 움직일 수도 없는 애매한 상황에 갈등하느라 나는 이도 저도 못했다. 허를 찔려 당황한 나머지 이 사태를 봉합할 마땅한 대책이 도무지 떠오르지가 않았다.

어두운 밤이었지만 평야 너머에서 비춰지는 강한 불빛에 이끌렸는지, 우리에게 포로로 잡혀 있던 이족의 양민들이 밖으로 나와 그것을 지켜보고 섰다. 그리고 거기에는 밤에도 푸른빛이 선연히 빛나는 파란 눈동자의 소년도 있었다.

"저들을 안으로 들여보내고 감시를 강화하게. 전황이 저들에게 유리해졌다 싶으면 돌변해 안에서 분란을 일으킬지 모르니……."

낮과 달리 소년의 파란 눈이 불길한 기분을 들게 하자, 나는 부관에게 이렇게 일렀다. 명을 받은 부관이 자리를 뜨고 나자 소년이 천천히 내게로 걸어왔다. 지금은 애들 말장난을 받아 줄 여유가 없어, 나는 미간부터 찌푸리며 저리 가라 손을 내저었다. 하지만 소년은 아랑곳하지 않고 제 할 말을 꺼냈다.

"단둘이 조용히 이야기를 했으면 하는데."

"지금은 네 장난에 장단 맞춰 줄 기분이 아니야 그러니……."

"흠, 난 시종 진지했는데 왜 내가 장난치고 있다고 생각하는 거야? 난 양측에 피해가 덜 가는 방향을 제시하려는 것뿐이야. 설마 일전의 약속을 잊은 건 아니겠지? 서로의 양민들은 해치지 않겠다던 약속 말이야. 내 수하들은 그것을 지키느라 일부러 어렵게 싸우고 있을 텐데 그걸 잊어버렸으면 곤란해."

내 눈이 잘못되지 않았다면 이 아이는 십이삼 세의 어린 소년이 분명했다. 그런데 일전에도 그렇고, 지금도 그렇고 말본새나 어휘력이 여느 성인 못지않았다. 거기다 대화를 주도해 나가며 교섭을 이끌어내는 기술 또한 예사롭지 않았다. 그냥 어른 흉내를 내는 녀석의 허황된 말이 아니었다. 조짐이 이상한 것을 느낀 내가 마른침을 삼켰다.

"너는 누구냐?"

"후, 참 빨리도 물어보네. 너희 나라 사람들은 이상한 것 같아. 겉모습만 보고 이 사람은 이럴 것이다, 저럴 것이다, 재단해 버리거든. 나만 해도 그래. 어리니까 아무것도 못 할 것이라 여기고 방심했지. 뭐, 물론 그 덕에 여러모로 편리한 점도 있었어."

"누구냐니까?!"

"내 이름은 하게츠. 너희들이 이족이라 부르는 자들의 지도자지."

소년이 이족들을 가리키며 말했다. 하지만 나는 그가 한 말의 뜻을 전혀 못 알아듣는 사람처럼 고개를 갸웃했다. 그러고는 다시 말해 달라는 것처럼 소년에게로 귀를 가져다 댔다.

"지도자라는 말 뜻 몰라? 너희 식 표현대로 한다면…… 대족장이라고 해 두지."

"ㅎㅎㅎㅎ."

믿고 안 믿고를 떠나 이상하게도 웃음부터 터져 나왔다. 내 웃음에 소년이 불쾌해할까 봐 어떻게든 멈춰 보려 했는데도 멈춰지지가 않았다. 헌데, 하게츠라는 이름의 소년은 그런 내 웃음을 따라 빙시레 웃었다.

"지금 우리 땅에서 이 옥윤 평야로 새 병력이 진군 중이다. 네놈이 도발만 하고 내뺄 때부터 너희 쪽에서 원군이 오고 있다는 것을 어느 정도 예측했어. 아마 그 병력들이 다 부딪치며 이 옥윤 평야는 시산혈해(屍山血海)를 이루겠지. 그건 별로야. 이 땅은 우리 부족이 하나의 국가로 성장할 초석이 될 곳인데 그곳에 원혼이 쌓이게 하고 싶지는 않거든. 그래서 네 하극상 부하가 쳐들어왔을 때, 이 계획을 생각해 냈지. 즉, 너희는 내 계략에 걸려든 거야."

하게츠가 조곤조곤 내뱉는 말에 내 웃음이 잦아들었다. 표정이 굳은 나를 하게츠 차디찬 파란 눈으로 지그시 바라보았다.

"어때? 이제 조용히 이야기를 나누고픈 생각이 들어? 난 약속은 지키는 사람이거든. 지금쯤이면 나의 전사들이 전투 후, 살아남은 병사와 강계의 양민들을 죽이지 않고 사로잡아 두었을 것이야. 그들을 풀어주는 대가로 강계와 옥윤 평야를 받도록 하지."

"그…… 글쎄. 양민들은 서로 맞교환이 가능한 일이고……. 무엇보다 나는 이족의 수장인 너를 데리고 있어. 또 버티면 원군도 곧 도착할 것이고. 그런데 내가 옥윤 평야와 강계를 내 달라는 그 제안을 수락할 필요가 있을까?"

반신반의하던 것도 잊고 내가 진지하게 대답했다. 그러자 하게츠가 냉소를 지으며 어두운 옥윤 평야 주둔지를 돌아보았다.

"홋, 아직 밤이라 잘 보이지 않으려나? 내일 아침 날이 밝으면 이 주둔지를 포위한 내 군대가 보일 것이야. 게다가 또 다른 부대가 이곳으로 진군 중이지. 나는 불필요하게 피를 보는 것을 좋아하지 않지만 끝내 피를 보기를 원한다면 나도 피하지 않겠어."

"그렇다면 난 널 인질로 삼아 그들을 물릴 것이다. 수장을 인질로 데리고 있다면 너의 군대가 함부로 덤벼들지는 못하겠지."

"소용없을걸. 내 백성들에게는 나라를 세운다는 신명(神命)이 이미 내려졌어. 그러니 네가 나를 그들 앞에서 찢어발긴다 해도 저들은 물러나지 않아. 오히려 그들의 분노로 이 땅에는 살육의 역사만 남겠지. 하게츠는 '다간'들을 지킬 의무가 있지만 제 육신을 위해 그들에게 희생을 요구하지 않아. 화신(化神) 하게츠에게 육신은 그저 껍데기 불과하니까."

우리가 이족이라 불리는 야만인들은 자신들을 '다간'이라고 불렀다.

그리고 그들은 스스로를 '길 잃은 대지의 후손' 이라고 칭했다. 저들의 신화에 따르면 하게츠는 이족들에게 나라를 만들어 주기 위해 인간으로 태어난 신이라고 했다.

나로서는 이해하기도 힘들고, 말도 안 되는 믿음이었지만 한 가지 확실한 것은 하게츠의 말대로 우리에게 유리한 조건은 하나도 없다는 것이었다.

"흠, 이렇게 마냥 물러나라고만 하면 땅을 빼앗기는 것 같아 고까우려나……. 그럼, 이렇게 하지. 만약 이대로 물러나 준다면 너희 백성들과 살아남은 병사들을 풀어주고, 앞으로 남연의 땅을 약탈하지 않겠다고 약속하마. 또 내가 이 땅에 저들을 위한 나라를 세우고 난 뒤에는 인접국으로 예와 도리를 다하는 이웃이 되지. 그리고 이 땅을 받은 대가를 조금씩, 천천히, 남연에 상환하도록 하마. 어떤가?"

어린놈이 퍽 그럴싸한 말로 사람을 홀렸다. 무장의 본성으로는 이대로 버티다 원군이 도착하면 한바탕 일전을 벌이라고 했지만, 하게츠의 말대로 그리되면 이 땅에는 수많은 이의 목숨이 뿌려져야 할 것이다. 현재 남연 병력의 대부분이 여기 모여 있다 해도 과언이 아니다. 이번 일전에서 힘겹게 승리를 거둔다 해도 다음을 또 막아 낸다는 보장이 없다.

지금은 하게츠의 제안을 수락할 수밖에 없었다. 그리고 날이 밝았을 때, 나는 그 생각이 옳았다는 것을 깨닫게 되었다. 어두웠을 때는 보이지 않았던 옥윤 평야 주위를 포위한 이족의 수는 상상을 초월했다.

아직 어린 소년의 몸을 가지고 있어 적에게 얕잡아 보일 것을 염려했는지, 하게츠는 자신을 전면에 내세우지 않았다. 풍채가 당당한 건장한 중년의 남자가 하게츠의 명을 받아서 병사들을 진두지휘하고 상황을 통제했다. 나 또한, 굳이 그가 이족의 수장임을 다른 부하들에게 밝히지 않았다. 그를 배려하려 했다기보다는 대장군인 나와 남연의 군대가 어린 소년에게 농락당했다는 것이 알려지면 사기가 떨어지고, 일반 백성들에게 공포와 혼란을 심어 줄 수 있기 때문이었다.

나를 비롯해 옥윤 평야에 있는 병사들은 강계로 이동했다. 그리고 그곳에서 패해 포로로 잡힌 우리 병사들과 합류했다. 그 속에는 영휘로 가지 못하고 사로잡힌 홍정주의 모습도 있었다. 결국 전쟁은 패했고, 강계와 옥윤 평야를 잃은 데다, 이제는 놈이 그녀와 혼인하는 것을 지켜보게 생겼다. 착잡한 마음을 도무지 감출 수가 없어 내 얼굴은 시종 구겨져 있었다.

살아남은 병사들이 강계에 남아 있는 남연의 백성들을 이끌고 강계를 떠나기로 했다. 떠나기에 앞서 나는 먼저, 이곳으로 오고 있는 운보와 손대웅에게 고천에서 합류하라는 전령을 보냈다. 그리고 그들에게 선발대와 함께 먼저 고천으로 가는 강계 백성들의 안전을 살피라고 명했다. 나는 선발대와 백성들이 안전하게 떠나는 것을 지켜본 뒤에 잔여 병력인 후발대를 이끌고 홍정주와 함께 강계를 떠나기로 했다.

선발대의 행렬이 끊임없이 이어져 나가는 것을 지켜보다, 나는 잠시 쉬기 위해 막사로 돌아왔다. 패배를 안고 영휘로 돌아갔을 때, 날 기다리고 있을 암담한 현실이 벌써부터 마음을 짓누르는 듯했다. 이를 달래고자 나는 그녀가 준 비단 화첩과 서신들을 꺼내 어루만졌다. 그리고 서신에 남겨져 있는 그녀의 흔적을 애틋하게 좇고 있는데, 등 뒤에서 기척이 느껴졌다.

"그건 무슨 꽃이야?"

언제 들어왔는지 내 어깨너머로 하게츠가 서신들을 물끄러미 바라보고 있었다. 내가 허겁지겁 그것들을 갑옷 안쪽으로 쑤셔 넣자, 그는 내 속을 비집고 들여다보는 것처럼 파란 눈을 들어 서신을 넣은 갑옷을 뚫어져라 쳐다보았다.

"내 제안을 받아 준 보답으로 그 하극상을 없애 줄까?"

하게츠가 눈짓으로 밖을 가리켰다. 대체 서신과 내 행동에서 뭘 느꼈기에 홍정주를 죽여 주겠다는 소리를 하는 것인지 살짝 기분이 이상했다. 하지만 아이답지 않은 서늘한 표정이 농으로 하는 소리 같지 않았다. 그런데 그보다 더 웃긴 것은 내가 그 말에 갈등을 했다는 것이다.

"하극상을 부리는데도 없애지 못하는 것을 보면 꽤나 아끼는 이인가 싶었는데, 놈을 바라보는 네 눈은 증오와 분노로 가득 차다 못해 살기가 어렸더라고. 그걸 보니, 죽이고 싶어도 죽일 수 없는 사람인 것 같아 보여서……. 대신……해 줄까?"

내가 홍정주에게 느끼는 감정을 덤덤하게 읊던 하게츠가 아까 서신을 밀어 넣은 갑옷을 고갯짓으로 가리켰다. 흡사 영백과 나, 그리고 홍정주의 관계를 아는 듯이 말이다. 나는 얼굴을 쓸어 올리며 강하게 고개를 저었다.

"살아남은 자들은 모두 풀어주기로 약속하지 않았나? 그도 반드시 살아 돌아가야 해."

하게츠는 내 말이 이해가 가지 않는지 고개를 갸웃했다. 마치 후회하지 않겠느냐 되묻는 것처럼 그의 파란 눈동자가 해맑게 빛났다. 그 모습만은 퍽 아이다워 보여, 나는 그가 이족들이 숭배하는 화신이며 대족장이라는 사실도 잊고 그의 머리를 쓰다듬었다.

"아무리 네가 화신이고 나이답지 않게 유능한 대족장이어도, 사람 사이의 감정과 관계를 모두 좌지우지할 수는 없어. 저 많은 사람들을 이끌기 위해 냉철해야 하는 것은 맞지만, 모든 인간관계를 그렇게 이성적으로만 판단하면 나중에는 네 자신이 외로워져."

처음에는 그것이 불쾌했는지 그가 살짝 눈살을 찌푸렸다. 그러면서도 곱씹어 생각해 보듯 입가의 골을 깊게 팠다.

"패장 주제에 누구에게 훈계인지……. 하지만 그 충고 고맙게 받아들이지. 그래서 네가 내 제안을 받아들인 것을 절대 후회하지 않게 만들어 주마."

그의 말대로 패배를 안겨 준 적과 친근하게 대화를 나누다 못해, 충고까지 했다는 사실이 어처구니가 없었다. 그러나 야만인이며 대화가 통하지 않는 상대라고 여겼던 이족의 수장이 실은 이렇게 어린 소년이었고, 그 소년이 화신이랍시고 인간적 감정을 배제하고 부족의 번영을 위해 제 몸을 아끼지 않는 것이 왠지 밉지 않았다.

하게츠와 그렇게 이야기를 나누고 있을 때, 갑자기 막사의 천이 걷히며 누군가가 들어섰다. 홍정주였다. 그는 나와 하게츠의 얼굴을 번갈아 보며 미묘한 표정을 지었다. 가늘게 뜬 눈으로 하게츠를 바라보는 그의 눈빛이 어쩐지 꺼림칙하기까지 했다.

"무슨 일인가?"

내가 쌀쌀맞게 물었음에도, 홍정주는 여전히 하게츠를 쏘아보며 말했다.

"이제 후발대도 슬슬 출발해야 할 것 같습니다만……."

나는 알았다며 하게츠를 돌려보내고는 홍정주와 함께 후발대를 이끌고 떠날 준비를 마쳤다. 떠나기 전, 마지막으로 강계 군영을 한 바퀴 둘러보는 것으로 우리는 아쉬움과 착잡한 마음을 달랬다.

"준비는 다 됐겠지? 그럼 이만 출발하자."

후발대가 강계 성문을 나서서 고천으로 향했다. 떠나는 중에도 이족의 병사들이 강계 부근에 경계를 서며 우리를 주시하고 있었지만 살기는 느껴지지 않았다.

성문을 빠져나오니, 성문과 이어진 산자락으로 말 그림자가 올라가는 것이 보였다. 하게츠였다. 그는 호위도 없이 홀로 산길을 따라 오르며 나를 배웅하고 있었다. 저 많은 전사들을 통제하며 아이답지 않은 냉랭한 얼굴을 하고 있지만, 저 모습은 꼭 동구 밖까지 쫓아 나오는 강아지 같았다. 나는 다른 이들이 눈치채지 못하게 슬쩍 손을 들어 그에게 작게 흔들어 주었다.

"어라? 왜 저러지? 대장군. 저길 좀 보십시오."

내 뒤에 따라오던 부관의 부름에 나는 고천으로 향하던 말머리를 잠시 멈추었다. 행렬 뒤쪽으로 누군가 말을 몰아 맹렬하게 강계 쪽으로 달려가고 있었다. 그러더니 곧 하게츠가 있는 산자락으로 말을 몰았다. 그 때문에 일부 병사들이 그를 보느라 멈춰 서고, 돌아서는 등 일사불란하게 움직이던 행렬이 흐트러지며 정체되기 시작했다.

"홍정주 편 장군께서 왜 갑자기 저기로……."

당황하기는 매한가지인 부관이 나에게 이유를 물었다. 순간, 막사로 들어서며 하게츠를 바라보던 놈의 눈빛이 떠올랐다. 설마 우리의 대화를 엿듣고 하게츠가 이족의 수장인 것을 안 것인가? 그래서 공적을 쌓으려고……?

"저런 천둥벌거숭이 같은 자식이! 행군을 멈추지 마라! 계속 이동하게 해! 내가 저놈을 데려올 테니 고천까지 멈추지 말고 서둘러 이동해."

내가 명을 내렸을 때는 이미 홍정주가 검까지 빼 들고 하게츠가 있는 산자락을 오르고 있었다. 강계 주변에서 경계를 서던 이족 전사들도 움직였다. 그들이 홍정주를 막으려고 후방에서 몰려들자 공격을 가하는 줄 안, 후미의 우리 병사들이 그들을 맞아 대응하려 했다.

"대응하지 마! 계속 앞으로 움직여라. 이곳을 빠져나가는 것이 목적임을 잊지 마라."

여기서 싸움이 나면 헛된 희생을 막기 위해 하게츠와 거래를 한 것이 무의미해진다. 나는 계속 병사들을 독려해 앞으로 나아가라 소리치면서도 홍정주를 따라 산자락으로 말을 내달렸다. 산자락을 타고 얼마를 올라가니, 하게츠와 홍정주가 탔던 말들이 보였다. 말에서 내려 대체 어디로들 간 것인지, 그들의 모습이 보이지 않았다. 나도 말에서 내려 그들을 찾아 좁은 산길을 올랐다.

홍정주가 하게츠를 해치면서 후발대와 이족의 전사들 간에 전투가 벌어지는 일을 막기 위해서라도 얼른 놈을 찾아 막아야만 했다.

저 멀리서 희미하게 기합 소리가 들려왔다. 가슴이 터져 나가고 숨통이 조여 오는 것처럼 힘들었지만 나는 산길을 뛰어 올라가는 걸음을 멈추지 않았다.

나무들 사이로 칼을 휘두르는 홍정주의 모습이 보였다. 무기를 갖고 있지 않는 하게츠는 그것을 위태롭게 피하면서도 표정에는 변화가 없었다.

"처음 봤을 때부터 심상치 않은 놈이라고 생각했어. 이족 수괴의 목을 가져가면 내가 장륜보다 낫다는 것을 황제 폐하께서도 인정하지 않고는 못 배길걸."

"흠, 나도 처음 봤을 때부터 네가 찌질한 것은 눈치챘는데 실제는 더하구나."

위험에 처해 있음에도 하게츠는 홍정주의 성질을 더 돋우었다. 그런데 뒷걸음질 치는 하게츠의 뒤쪽으로 절벽이 놓여 있었다. 그것을 몰랐는지 뒷걸음질 치던 하게츠의 발 하나가 허공 위에서 헛딛으며 몸이 휘청거렸다. 그 순간을 놓치지 않겠다는 듯, 홍정주의 칼이 매섭게 찌르고 들어갔다. 간신히 그것을 피하기는 했지만 하게츠의 몸의 중심이 뒤로 쏠리며 발이 들렸다.

차가운 산의 계곡물 소리가 들리는 절벽 아래로 하게츠가 떨어지기 직전에 나는 간신히 그의 옷 앞섶을 잡았다. 힘을 주어 그를 당기자 하게츠의 작은 몸이 가볍게 내 품으로 들어왔다. 내가 하게츠를 절벽에서 떨어진 곳으로 데려가려 하는데 홍정주가 고함을 쳤다.

"그 자식은 내 거야. 이 배신자 놈아! 네가 이족의 수장과 내통한 것을 내가 다 봤다고."

홍정주가 어깨로 있는 힘껏 내 몸을 들이박았다. 그 충격으로 나는 바닥을 좌악 쓸며 나자빠졌고, 그 때문에 갑옷을 조이는 가죽 끈이 끊어졌다.

나는 화가 머리끝까지 나, 재빨리 몸을 일으켜 세우며 그를 향해 검을 빼 들었다. 그런데 땅바닥에 흩뿌려진 하얀 종이와 비단보 같은 것이 보였다. 황급히 갑옷을 더듬거려 보니 가죽 끈이 끊어지면 안쪽에 넣어 두었던 서신들이 바닥에 떨어진 것이다.

내가 당황한 눈으로 그것을 바라보자 홍정주가 검을 겨눈 상태로 그중 하나를 주워 들었다.

"오호라! 이것이 저 징그러운 괴물 놈과 주고받은 서찰인가 보지? 이제 빼도 박도 못 할 증거가 내 손안에……."

희열에 들떠 거칠게 서신을 꺼내 본 홍정주의 얼굴에서 들떴던 환희의 빛이 천천히 사라져 갔다. 그는 이해할 수 없다는 듯이 다른 것들도 집어 들어 보았다.

"이게 뭐야?! 왜 네가 그 말더듬이 년이 보낸 서신을 갖고 있는 거야?"

물음에 답할 수 없는 나는 그저 애꿎게 메마른 목구멍으로 침만 삼켜 댔다. 혹여, 그가 서신에 담긴 속뜻을 알아챌까 싶어 걱정이 되었기 때문이다. 그러면서도 홍정주가 서신을 거칠게 흔들어 대며 바닥에 집어 던질 때마다 그것들이 잘못될까 봐 조바심이 났다. 내 아련한 연정을 추억할 것이라고 이제 그것뿐인 것을…….

서신들이 내가 이족과 내통하고 있다는 증거가 아니라는 사실에 분노한 홍정주가 비단 화첩에 마지막 희망을 건 것처럼 허겁지겁 매듭을 풀어 헤쳤다. 그러나 그 안에 있는 것은 홍정주에게 있어 하찮은 꽃에 불과한 그림이었을 것이다. 악귀, 나찰같이 험상궂은 얼굴의 홍정주가 비단 화첩을 바닥에 집어 던지며 욕지거리를 내뱉었다.

"제길! 이따위 쓸모없는 것뿐이라니!!"

분을 이기지 못한 그가 비단 화첩을 발로 밟으려 했다. 그러자 이성으로 간신히 누르고 있던 내 본심이 터져 나갔다.

"그만둬!"

나는 화첩을 밟으려는 그의 발을 향해 검을 휘둘렀다. 다행히 베지는 않았지만 그가 깜짝 놀라 뒤로 물러섰다. 그는 적을 구하고 아군을 베려 한 이상 내가 적과 내통한 것이 틀림없다고 소리쳤다. 그는 내가 일부러 전투에서 지고 이족들에게 강계와 옥윤 평야를 넘긴 것이라며, 내 파멸이 머지않은 것처럼 악다구니를 퍼부었다.

그러거나 말거나 나는 바닥에 흩어진 서신들과 비단 화첩을 집어 들어 구겨지고, 더럽혀진 것을 손으로 매만졌다. 그것을 매만지는 내 손끝이 애잔하게 떨렸다.

"모두 내게 준 것이란 말이다. 함부로 대하지 말라고……."

적과 내통했는지를 따지고 있는 와중에, 하찮은 서신에 정신 팔린 내가 이상한지 홍정주가 눈동자를 데록데록 굴리며 지난 기억을 더듬었다. 그는 혹여나 하는 표정으로 슬쩍슬쩍 검을 흔들어 보이며 말했다.

"너 설마, 그 말더듬이 년을 좋아하냐?"

실상이 어떻든 간에 나는 아직 부마의 신분이었다. 그래서 떳떳하게 그렇다고 밝히지는 못했지만 아니라고 대답하고 싶지도 않았다. 나는 말없이 서신과 화첩만 애잔하게 매만졌다. 그것으로도 대답이 충분했는지 홍정주가 광기 어린 웃음 터트렸다.

"크크큭. 남연의 사내라면 누구나 부러워할 삶을 사는 천하의 장룬이 아둔한 말더듬이 년을 맘에 품다니……. 이거 놀랠 노 자군. 말 하나 제대로 못 하는 어병하고 굼뜬 계집의 무엇이 그리 마음에 들었을꼬? 크크. 아! 설마 효화공주님의 애정을 이 몸이 차지하자, 그것이 부러워 반대급부로 그딴 맹한 년이라도 꼬셔 볼 생각을 한 것이냐. 크크큭."

"그만해……."

내가 그녀에게 연정을 품게 된 이유를 엉뚱하게 짚고 있었지만, 그보다는 영백을 말더듬이 년이니, 멍청하다니 지껄이는 것을 계속 듣고 있기 거북했다. 하지만 그는 영백을 하찮은 여인 취급하는 말을 멈추지 않으며 마음껏 비웃어 댔다.

더는 참고 들을 수가 없어 나는 하게츠에게 서신과 비단 화첩을 건네며 눈짓으로 맡아 달라는 신호를 보냈다. 그리고 검을 단단히 움켜잡았다.

'죽여 버릴 것이다. 저놈을 기필코 죽여 버릴 것이다.'

서로의 마음을 확인하였음에도 아무것도 할 수 없는 현실 때문에 천방지축 날뛰는 저놈을 억지로 참아 내려 했지만, 그 인내는 이로써 끊어졌다. 내 머릿속은 온통 놈을 죽이고 말겠다는 생각만으로 가득 들어차 있었다.

"내가 그렇게 부러워 미칠 것 같더냐? 그래서 말더듬이 년을 꼬신 것이야? 하하하."

"그래! 부럽다. 그 여인을 아내로 맞을 수 있는 네놈이!!"

날 손가락질하며 조소를 퍼붓는 그를 향해 검기를 휘두르자, 순식간에 그의 갑옷에 날카로운 검의 상흔이 자리했다. 놀란 홍정주가 뒤늦게 검을 들어 방어하려 했지만 그럴수록 내 검은 더욱 빠르고 거칠게 놈의 급소를 노리고 들어갔다. 이성을 잃자 감각이 더욱 증폭됐는지 놈의 숨소리와 심장 뛰는 소리가 더 크게 들렸다. 그것을 쫓아 내 검이 춤추듯 움직이며 놈을 죽음으로 몰아가려 했다. 홍정주는 내 공격을 막는 데 급급할 따름이었다.

그러다 돌부리에 뒤축이 걸리며 홍정주의 몸이 기우뚱했다. 놈이 균형을 잡으려 어설프게 검을 뻗대자, 나는 놈의 손목을 내리쳐 검을 떨궜다. 놈의 손목을 내려쳤던 검이 이번에는 놈의 목을 노렸다. 하지만 검은 반원을 그리며 허공을 갈랐고, 놈의 모가지는 아슬아슬하게 칼날에서 비껴 나갔다. 뒤축이 걸리며 엉덩방아를 찧은 덕에 내 일격을 피할 수 있었던 것이다.

첫 번째 일격이 실패했지만 나는 그것에 당황하지 않고, 곧바로 놈의 배를 발로 눌러 목과 갑옷 사이의 틈으로 검을 비집어 넣으려 했다. 그때 내게는 인성이라는 것이 남아 있지 않았던 것 같았다.

"장륜!"

차갑고 나지막한 부름에 홍정주의 목을 찌르려던 내 검이 멈춰 섰다. 한쪽에서 이 싸움을 지켜보던 하게츠가 침착하고 서늘한 목소리로 나를 불러 세운 것이다.

"그간 그를 죽일 수 있는 기회가 수없이 있었음에도 그러지 않았던 이유는 무엇이지?"

그의 말과 함께 아까 내가 검으로 내리쳐 찢어진 홍정주의 소매 사이로 약혼팔찌가 보였다. 내가 홍정주를 죽일 수 있었음에도 참은 이유? 그것은 영백, 영백 때문이었다.

여기서 이놈을 죽이면 그녀는 이 자식과 혼인하지 않아도 되지만, 또다시 불명예스런 멍에에 고통받아야 할 것이다. 나 또한 여기서 그를 죽이면 속이야 시원하겠지만, 그리하면 그녀의 약혼자를 살해했다는 멍에에서 내가 자유롭지 못했다. 그러면 다시는 그녀를 떳떳하게 보지 못할 수도 있다.

나는 치켜들었던 검을 내리며 그에게서 천천히 물러났다. 서서히 이성이 돌아오면서 극한으로 내몰았던 몸이 숨을 쉬려고 헐떡거렸다. 피로가 몰려왔다.

죽음의 목전까지 갔던 홍정주는 내가 뒤로 물러서자 웅크렸던 몸을 폈다. 그는 여전히 날 경계하는 눈빛으로 바라보면서도 손으로는 요대 안에서 발화통을 꺼냈다. 그러고는 갑옷 안쪽에서 뭔가를 꺼내어 재빨리 불을 붙였다. 신호탄이었다. 강계에서 터트렸어야 할 그 신호탄이었다.

"왜 네가 그것을……."

내가 말을 다 잇기도 전에 그가 신호탄을 내 얼굴을 향해 터트렸다. 눈앞에 화염이 터지며 매캐한 냄새가 코끝을 찔렀다. 귀가 먹먹하고 눈앞이 깜깜했다. 앞을 보려고 애를 썼지만 눈에는 눈물만 그득해 세상이 희뿌옇다. 더군다나 얼굴이 타들어 가는 작열감과 고통은 몸을 제대로 가누지 못하게 만들었다. 그래서 연신 비틀대는데, 누군가 내 가슴팍을 미는 것이 느껴졌다.

본능적으로 앞에 있는 것을 잡으려고 손을 뻗자 매끈하고 동그란 것이 잡혔다. 하지만 그것이 스르륵 움직이면서 내 몸도 뒤로 스르륵 넘어 갔다.

계곡을 지나는 차가운 바람을 가르며 내 몸이 빠르게 아래로 떨어지고 있었다. 그리고 이내 온몸이 욱신거릴 정도의 엄청난 충격이 가해지며 차가운 물속에 몸이 잠겼다. 그렇게 차갑고 시린 물속에서 내 기억은 사방으로 흩어져 버렸다.

*

"다행히 네가 죽인 것은 아니네. 하지만 그 개새끼가 죽었는지 살아 있는지는 결국 이족 족장만 알고 있다는 이야기네."

"응, 아마 하게츠가 알고 있겠지."

현재 장륜과 운보의 모습은 누가 누군지 잘 구분이 가지 않았다. 둘 다 상하 모두 흰옷만 입고 있었고, 겉옷을 찢어 만든 같은 복면으로 얼굴을 가리고 있었다. 그들은 그 복색으로 산의 나무 사이를 오가며 여기 나타났다, 저기 나타나기를 반복했다. 잠시, 같은 나무 뒤에서 만나 숨을 고르며 대화를 나눌 때 빼고는 그들은 잽싸게 몸을 움직이며 산의 이곳저곳을 누볐다.

그들이 이렇게 하는 이유는 당재영 친위대에게 혼란을 주기 위해서였다.

7년 가까이 고세협곡에서 미끼를 했던 경험을 토대로 장륜은 저들이 이 산에 자신들 말고도 다른 사람이 있다고 믿게 만들려고 했다. 다른 복병은 없을 것이라고 확신했을 텐데, 흰 옷에 복면을 쓴 자들이 산 여기저기에서 나타나자 당재영의 친위대는 당황했다. 그들은 장륜과 구운보를 잡기 위해 산에 올랐지만 어디서 튀어나올지 모르는 흰 옷의 복면 사내들을 의식해 그들을 쫓을 생각도 하지 못하고 무기만 손에 쥔 채, 엉거주춤 서 있었다.

장륜과 운보는 하게츠의 부하들이 만경산에 대기시킨 병사들을 데리고 이 부근을 포위할 때까지 시간을 벌어야 했다. 그러나 이족과 당재영의 친위대 사이에 전투가 벌어져 살상이 일어날 상황은 또 피해야 한다.

『적을 압박할 상황을 조성하고 교섭을 이끌어 낸다.』

하게츠의 이 같은 방법을 따르려면 교섭을 이끌어 낼 대상이 필요했고, 그 대상을 생포해야만 했다. 바로 당재영을 말이다.

산 위쪽에서 운보가 부지런히 움직이는 동안, 장륜은 날랜 몸놀림으로 친위대원들의 시선을 현혹시키면서 조금씩 산 밑으로 내려오고 있었다. 나뭇가지 사이로 말 위에 올라 짜증스런 표정을 하고 있는 당재영의 모습이 힐끔힐끔 보였다.

현재 그의 곁을 지키고 있는 호위는 3명. 저들을 제압한 뒤, 단숨에 당재영을 사로잡을 방법을 장륜은 머릿속으로 그려 보았다. 그러고는 산비탈을 미끄러지듯 달려 내려갔다. 점점 가속도가 붙으며 빨라지자 장륜은 있는 힘껏 땅을 박차 몸을 날렸다.

산 아래서 상황을 살피던 당재영은 부스스 나무가 흔들리는 소리에 고개를 돌렸다. 그 순간, 산비탈 나무들 사이로 하얀 그림자가 불쑥 튀어나왔다. 그가 깜짝 놀라 칼자루에 손을 얹는데 햇빛에 반사된 하얀 그림자의 검광(劍光)이 먼저 그의 눈으로 쏟아졌다.

눈이 부셔 급히 고개를 돌리자, 당재영의 귓가에 '챙' 하는 짧고 굵은 금속음이 몇 차례 들려왔다. 아직 시야가 제대로 돌아오지 않았음에도 당재영은 서둘러 눈을 떴다. 하지만 이미 그때는 서늘한 검기가 그의 목 줄기에 드리워져 있을 때였다.

"잡았네."

자신의 말 등 뒤에 걸터앉아, 검을 겨눈 남자의 서늘한 말 한마디에 당재영은 등골이 오싹했다.

❋

그 무렵, 하게츠는 양설과 함께 제양 부근에 있는 모처에 감금되어 있었다.

장륜을 뒤쫓기 전, 당재영은 친위대원 두어 명을 남겨 두며 양설에게 제양 외곽에 있는 은신처로 그를 데려가라고 명령했다.

은신처는 제양성에서 좀 떨어져 있는 한적한 숲속에 있는 허름한 물레방앗간이었다. 물레방앗간 옆에는 분홍색 꽃잎에 실핏줄 같은 무늬가 놓여진 꽃들이 하늘대며 보이지 않는 바람을 그려내고 있었다.

"흠, 꽃이 예쁘군. 잠시 꽃구경 좀 해도 되겠나?"

하게츠는 자신이 포로 신세라는 것도 잊고 유유자적 물레방앗간 부근을 산책했다. 그리고 휘파람을 불며 제 머리 위를 빙글빙글 도는 작은 새에게 손가락을 내밀어 불렀다. 새가 내려와 앉자, 그는 신비스런 파란 눈동자로 새와 교감하는 것처럼 가만히 있었다.

"이제 그만하고 얼른 들어가!"

찜찜한 기분이 든 양설이 하게츠의 팔을 거칠게 잡아끌어 안으로 데려갔다.

허름한 물레방앗간으로 들어가자, 십여 명의 친위대원들이 그곳에서 대기하고 있었다. 양설은 자신이 절도사의 명으로 왔다며 그들을 제 부하 부리듯이 대했다. 그들에게 하게츠를 물레방앗간에 결박하라고 명령하며 잘 감시하라는 잔소리까지 했다. 하게츠를 물레방앗간 기둥에 결박한 친위대원들은 자신들의 상관인 척, 거들먹거리는 양설이 꼴 보기 싫어 이맛살을 찌푸리며 모두 밖으로 나가 버렸다.

그들이 밖으로 나가자 물레방앗간 안에는 자연스레 하게츠와 양설, 단둘만 남게 되었다. 양설은 문득 자신을 빤히 쳐다보는 하게츠의 파란 눈이 두려워졌다.

"왜 유사였지? 왜 유사에게만 새로운 삶을 살 기회를 준 것이야? 똑같이 도적질하던 처지였는데 왜 그놈만 가족과 친구, 연인이 있는 윤택한 삶을 살 수 있게 해 주려는 것이야?"

두려움을 견디려 양설은 먼저 입을 열었다. 그의 말은 꼭 이 모든 일이 네 탓이라고 원망하는 듯한 어조였다.

"착각이 심하군. 그것은 그 스스로 노력해서 얻은 삶이다. 내가 한 일이라고는 잠시 길을 잃은 자에게 방향만 가르쳐 준 것뿐이지. 날 배신한 이유가 하잘것없는 질투 때문이었나? 쓸데없는 감정과잉이었군."

"흐흐, 노력해서 얻은 삶? 거짓말도 노력에 들어가나 보지?"

"거짓말? 무슨 거짓말?"

"홍정주도 아니면서 그 사람인 척해, 그의 약혼녀와 신분을 가로채려 한 것 말이다. 넌 기억을 잃은 도적놈에게 가짜 기억을 씌불여 홍정주인 양 굴게 만들었잖아. 그런 의미로 네가 그를 세뇌시켰다는 내 말도 아주 틀린 것은 아니라고. 안 그래?"

양설이 자신을 변명하면서 하게츠의 얼굴 앞에 단검을 대고 왔다 갔다 했다. 그에게 위협을 줘 보려 한 것이었지만, 하게츠는 오히려 그의 눈만큼이나 새파란 웃음을 지어 보였다.

"흠, 정말 그러네. 어떻게 보면 세뇌긴 해. 그런데 나도 아주 거짓말을 한 것은 아니야. 그는 홍정주가 아니지만 홍정주여야만 하는 자이거든."

"그게 무슨 헛소리야? 나도 세뇌시킬 셈이냐?"

"세뇌가 아니고, 진실이라고 해 두지. 원한다면 그 진실을 들려줄 수도 있지만 그것을 네가 감당할 수 있을지 모르겠어. 그 대가가 무척 혹독하거든."

하게츠가 양설이 쥔 단검보다 더 날카로운 눈웃음을 지어 보였다. 그것은 도발이었다.

"흥! 그런 허언에 겁먹을 이 양설이 아니다. 말해 봐! 얼마든지 감당해 주지. 그 진실의 대가를."

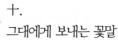

十.
그대에게 보내는 꽃말

수레바퀴가 거친 길을 도르륵 소리를 내며 힘겹게 달리고 있었다.

자잘한 돌부리에 걸려 바퀴가 덜컹댈 때마다 수레의 균형이 흐트러지며 안에 타고 있던 사람들의 몸이 튀어 올랐다.

"어허, 이것 참. 이러다 수레 부서지지 않을까 걱정이오? 진 행수, 속도를 좀……."

방태경은 마부에게 수레의 속도를 좀 늦추게 하는 것이 어떻겠느냐고 말을 꺼냈다가 흘끔 자신을 바라보는 영백의 시선에 입맛을 다시며 뒷말을 흐렸다.

방태경은 용화주가가 행하는 제례에 참가하려고 용화에 갔었다. 용화주가에서 내놓는 최상의 술을 구하기 위해 일부러 그때를 맞춘 것이었다. 그런데 생각지도 못하게 그곳에서 영백을 만났다.

"진 행수가 여기 어쩐 일이오? 이 용화에 진 행수가 관심 가질 것이 무엇이 있다고."

"…다…단주님이요."

싱긋 웃으며 저를 찾아 여기까지 왔다는 영백의 대답이 그는 놀랍고

의아했다. 자유분방한 방태경은 상단 사람들에게 자잘한 지시 같은 것을 내리지 않는다. 각각 맞는 역할을 부여하고 최대한 자율성을 보장했다. 그래서 자신이 화련 상점으로 갈 때 빼고는 굳이 찾아와 보고할 일 자체를 만들지 않았다.

"어허허, 진 행수가 무슨 일로 날 찾아왔을까? 거참, 궁금하구먼."

궁금하다는 방태경의 말이 끝나기 무섭게 영백은 그대로 그를 자신이 타고 온 수레에 밀어 넣었다. 그러고는 자신도 곧바로 수레에 올라 마부에게 출발하라고 지시했다. 방태경은 얼떨결에 수레에 오른 데다 영문도 모르고 어딘가로 끌려가게 되자, 흡사 납치라도 당하는 기분이었다.

"진 행수, 대체 이게 무슨 짓인가?!"

"다…단…단주님. …겨…겨울손님을…마…만…만나게 해 주십시오."

그가 짐짓 근엄하게 꾸짖었지만, 초승달 같은 눈썹 아래에 자리한 영백의 단아한 눈은 무척 단호했다.

"어허허. 그게 무슨……. 그분이 어디 만나고 싶다고 해서 만날 수 있는 분인가?"

"다…단주님…그…그 동안…저…저 같은 사람을…사…상단에서 일할 수 있게…해…해 주셔서 …저…정말 감사드려요."

겨울손님에 대해 이야기하다 말고, 영백이 뜬금없이 감사 인사를 전했다. 말투도 조곤조곤하니 유한데 방태경은 어쩐지 불안감이 조금씩 엄습해 왔다.

"그…그 고마움 때문에…지…지금 전 참고 있는 겁니다. …다…단주께서 겨울손님과 짜고…저…절 일부러 제양에 보낸 것 알고 있습니다. …호…혹시 예전부터 그런 것이십니까? …아…압화를 핑계로…저…절 찾으시고…상단에 받아들여 주신 것이…서…설마…."

말을 잇지 못한 것이 아니었다. 말하지 않았을 뿐이었다. 영백은 그가 자신을 속였다는 것에 대해 실망감을 드러내고 있었다. 방태경은 잘못한 사람처럼 자세를 고쳐 앉았다.

"아, 아니. …과…과거 일은…이…이제 됐습니다. …그…그러니 더 이상…저…저에게…수… 숨기지 말고 이야기해 주십시오. …저…전… 겨…겨울손님을 꼭 만나야 합니다. …저…저번에 만난 가짜가 아니라… 지…진짜 겨울손님을 찾아야 합니다. …파…파란 눈의 사내를요."

겨울손님이 파란 눈을 가졌다는 것까지 영백이 알고 있자 방태경은 입가를 가만히 쓸었다. 더 발뺌해 봐야 무의미할 것 같았다. 영백은 더 듬대는 말로 방태경에게 지금 영휘에서 겨울손님에 대한 조사가 진행 중이라고 전했다. 그가 간악한 흉계를 꾸미고, 자신의 약혼자가 거기에 연루되었다는 혐의로 추국이 열릴 것이고, 그 때문에 당재영이 그들을 잡으러 제양으로 갔다는 설명도 해 주었다.

"당재영? 가현주 절도사 말인가? 그…… 그러면 곤란한데."

못내 말하기를 망설이던 방태경은 당재영이 겨울손님을 잡으러 갔다 는 말에 화들짝 놀라했다.

당재영이 누구인가! 남연 내에서도 이족 배척에 가장 적극적인 자가 아니던가.

"그럼 지금 우리도 제양으로 향하고 있는 겐가?"

방태경도 결심이 섰는지 영백에게 지금 제양으로 가고 있는지를 물었 다. 영백이 고개를 끄덕이자, 그는 옷 안쪽에 매단 비단 주머니에서 뭔 가를 꺼내 만지작댔다. 기묘하게 생긴 나무패였다. 그는 그것을 제양에 도착할 때까지 손에서 놓지 않았다.

제양에 도착한 그들은 일전에 영백이 겨울손님을 만났던 객잔으로 갔 다. 헌데, 무슨 일이 있었는지 객잔 분위기는 뒤숭숭했고 방태경이 찾는 객잔 주인의 모습은 보이지 않았다. 객잔 주위에 몰려 있는 사람들에게 물으니, 일단의 무리들이 누군가를 잡기 위해 이 객잔에 들이닥쳤다는 것이다. 벌써 당재영이 이 객잔까지 들이닥쳤다는 사실을 알고 방태경은 허탈하게 나무패를 만지작거렸다. 그러더니 주위를 살핀 뒤, 영백을 사람이 없는 한적한 곳으로 데리고 갔다. 그는 별다른 설명 없이 소매에서 새끼손가락 크기의 작은 나무 피리 같은 것을 꺼내 불었다. 그것이 무슨 의미인지 영백으로서는 알 수는 없는 노릇이었지만 방태경은 지치지 않고 계속해서 그것을 불어 댔다.

얼마나 불었을까? 파드득하는 소리와 함께 작은 새 한 마리가 방태경에게 날아들었다. 그가 손을 들자 새는 그 위에 앉아 순진무구한 표정으로 고개를 갸웃갸웃했다. 방태경은 그런 새의 꽁지깃 안에 손가락을 넣고 만지작거렸다.

"이게 뭐지? 진 행수 이것이 무슨 의미 같은가?"

방태경이 꽁지깃에서 꺼낸 것을 들고 영백에게로 다가왔다. 방태경의 손바닥 위에는 꽃잎 몇 개가 놓여 있었다. 살짝 시들어 구부러진 꽃잎을 살살 펴 보니, 여린 분홍빛 꽃잎에 실핏줄 같은 무늬가 있었다.

"이 새는 겨울손님과 내가 서로 연락을 취하는 새라네. 꽁지깃에 서신을 넣는 작은 통이 있는데 그 안에 이 꽃잎이 들어 있었어. 그런데 겨울손님이 '꽃말'에 대해 좀 아시는데 통 안에 이 꽃잎을 넣었다는 것은 무슨 의미가 있어 그리한 것 아니겠나?"

그의 설명에 영백은 꽃잎을 더욱 유심히 살펴보았다.

"나…낮달맞이꽃?"

"응? 달맞이꽃이면 꽃말이……."

"기…기다림 그리고……아…아니에요. …이…이건…꼬…꽃말이랑은…사…상…상관없는 것 같아요. …나…낮달맞이꽃은 낮에 꽃이 피어서…이…이것이 달맞이꽃인 줄 아는 사람은 별로 없죠. …꼬…꽃말 때문에…너…넣은 것이라면…구…굳이 낮달맞이꽃으로 할 필요가…….”

달맞이꽃과 낮달맞이꽃의 꽃말은 같다. 꽃말 때문에 넣은 것이라면 굳이 사람들에게 잘 알려지지 않은 낮달맞이꽃을 쓸 리가 없다.

장륜과 겨울손님이 당재영과 조우했고, 그에게 쫓기고 있다면 어쩌면 이것은 꽃말을 나타내는 것이 아니라 자신들의 위치를 나타내려 한 것인지도 모른다. 꽃잎의 상태를 보면 약간 시들기는 했지만 마르지는 않았다. 이것을 넣어 둔 지 오래되지 않았고 제양에서 가까운 지역이라는 이야기다.

영백은 제양 부근에 낮달맞이꽃이 많은 지역이 어디인지를 기억해 내려고 머리를 굴렸다.

“특이한 꽃을 사들이신다지요? 이 꽃은 얼마에 사시렵니까?”

영백은 불현듯 제양에서 자신에게 꽃을 팔러 왔던 거지가 생각났다. 그는 뿌리까지 캐낸 낮달맞이꽃을 내밀며 기대에 찬 눈으로 영백을 바라보았다. 돈을 주고 사들일 만한 꽃은 아니었지만 며칠은 굶주린 듯한 그에게 꽃값으로 푸짐한 식사를 대접했다.

“꼬…꽃이…예…예뻐 사 주기는 하네만…크…큰 값어치는…어…없으니 배나 채우시게.”

희귀한 꽃은 아니지만 화사하게 핀 것이 예뻐 영백이 낮달맞이꽃을 보며 미소를 지었다. 그러자 곁에서 음식을 허겁지겁 입으로 쑤셔 넣던 거지가 코를 실룩대며 말했었다.

“꽃이 마음에 드시면 제양성 밖에 백랑(柏浪)이라는 개천을 따라 올라가십시오. 가다 보면 숲이 나오는데 거기에 이 꽃이 아주 흐드러지게 펴 있습니다.”

영백은 과거 들었던 말에서 낮달맞이꽃이 많이 핀다는 곳을 기억해 냈다. 장륜과 겨울손님이 그곳에 있을 것이라는 보장은 없지만 현재로서는 가장 유력한 곳이었다. 영백과 방태경은 다시 수레에 올라 그들이 있을지 모르는 숲을 찾아 백랑천을 따라올라 갔다.

일이 급박하게 흘러가자 묘한 긴장감이 수레 안에 감돌았다.

✳

7년 전, 강계절벽에서 장륜이 떨어진 이후로 하게츠의 마음에는 한 가지 의문이 자리했다.

그는 왜 기껏해야 종이 쪼가리에 불과한 서신과 비단 화첩 때문에 이성을 놓고 분노했을까? 그것을 왜 소중히 품에 넣고 다녔으며, 상하지 않게 맡아 달라고 자신에게 부탁까지 한 것인지 하게츠로서는 이해가 되지 않았다.

그는 홍정주가 부럽다고 했었다. 그 여인을 아내로 맞을 수 있는 놈이 부럽다 했다.

무장으로서의 실력으로 보나, 인격으로 보나 장륜이 그를 부러워할 만한 것은 전혀 없었다. 그런데 그런 장륜이 홍정주에게 부러움을 느끼게 만든 여인은 어떤 사람일까? 대체 어떤 여인이기에 그가 이성을 잃고 무모해지게 만들었는지 궁금했다.

하게츠는 그 이유를 좇았다. 그가 남긴 서신과 절벽에서 들었던 말을 토대로 '진영백'이라는 여인을 알기 위해, 그는 남연의 대상(大商)인 방태경에게 접근했다.

일단, 흥미를 불러일으킬 만한 것이라면 뭐든 격 없이 대하는 성격의 방태경은 하게츠의 푸른 눈과 기이한 이력에 관심을 보였다. 그래서 그가 이족이라는 것을 알면서도 흔쾌히 벗이 되어 주었다. 그는 하게츠의 부탁으로 진영백이라는 여인에 대해서도 조사해 주었고, 그녀를 화련 상단에서 일하게도 해 주었다.

"공자의 부탁으로 상단에 들이기는 했지만, 사람이 꽤 야물고 괜찮습니다. 허허."

"그런가? 헌데, 일전에 내가 물어보라 한 것은 알아보았는가?"

하게츠는 방태경에게 서신과 화첩마다 장식된 노란 꽃의 의미가 무엇인지 영백에게서 알아올 수 있는지를 물어보았다.

"아! 꽃말 말씀이시군요."

"꽃말?"

"예. 꽃과 나무에는 숨겨진 의미가 있는데 그것을 꽃말이라고 하더이다. 그 노란 꽃의 이름은 달맞이꽃이라 하는데 그 꽃말이…… 기다림과 말없는 사랑이랍니다."

기다림과 말없는 사랑이라…….

장륜이 서신과 화첩을 목숨처럼 품었던 것도 저 '꽃말' 때문이었겠지…….

하게츠는 저도 모르게 입가가 너울거리는 것이 느껴졌다. 묘한 감정이 일렁이며 늘 잔잔하고 무심하기만 했던 마음에 뭔가가 움트는 기분이었다.

"그녀는 가끔 교역을 다녀오고 나면 회한에 젖어 우울해하고는 하는데 같이 간 녀석들에게 물어보니, 교역을 나가서 누군가의 행방을 찾는 것 같다고 하더이다. 그런데 그 결과가 늘 시원치 않은지 그 때문에 종종 그렇게 우울해한다는군요. 아무래도 행방불명된 약혼자를 찾고 다니는 것이 아니겠습니까?"

방태경으로부터 영백의 근황을 간간이 전해 듣던 하게츠는 그녀가 아직도 그를 포기하지 못했다는 것을 깨달았다. 다른 이들 눈에는 그것이 홍정주를 그리는 것처럼 보였겠지만, 아마 그녀가 찾는 사람은 장륜일 것이다.

그것이 몇 년이나 갈까? 하게츠는 시간이 지나면 지날수록 그녀의 연정 또한 사그라들 것이라 여겼다. 그러나 몇 년의 시간이 흘러도 여인은 여전히 그가 살아 돌아오기를 기다렸다. 교역상이라는 직분을 이용해 이곳저곳 다니면서 그녀는 그의 행방을 좇았다.

'한 번 보고 싶구나. 저 둘이 함께하는 것을.'

자신을 내던지면서까지 그녀가 제게 준 연정의 증표를 지키려 했던 장륜과 몇 년이 지나도 그를 기다리는 영백을 보며 하게츠는 이러한 생각을 했다. 허나, 장륜이 죽은 이상 그것은 부질없는 망상에 불과했다. 결코 일어날 수 없는 일인 것이다.

그러나 운명은 그것을 비웃기라도 하듯 하게츠에게 뜻밖의 만남을 선사했다.

1년에 한 번, 그는 방태경의 도움으로 아직 토대가 완전히 잡히지 않은 자신의 나라에 필요한 물품들을 사들였다. 그런데 그것을 운반하던 선발대가 도적떼에게 습격을 당했다.

하게츠는 곧바로 도적떼의 산채를 찾아내 급습했다. 물품도 물품이지만 그 짐 속에 있던 꽃말이 숨겨진 서신들을 되찾아야만 했다.

거기서 그를 만났다. 화상으로 인해 생긴 흉측한 흉터가 인상을 달라지게 했고 기억도 잃었지만, 그는 영백의 서신을 소중히 품고 있었다. 하게츠는 웃음이 났다. 말더듬이 여인만이 미련스레 그를 기다린 것이 아니었다. 제 이름조차 잊어 먹고 방황하면서도 그는 미련스레 그 여인에 대한 감정을 놓지 않고 있었다.

'재미있구나.'

하게츠는 오랜 시간 떨어져 있었음에도 더 견고해진 그들의 감정이 흥미로웠다. 그러던 가운데 기억을 잃은 장륜이 손목에 특이한 옥팔찌를 찬 것이 보였다. 영백에 관해서 방태경에게서 많은 것을 전해 들은 하게 츠는 저 팔찌의 정체에 대해서도 알고 있었다.

'저것이 황제가 진영백과 홍정주의 약혼을 기념해 특별히 제작한 팔 찌인가. 아마도 그날 절벽에서 홍정주가 밀었을 때, 같이 떨어졌었나 보 군.'

장륜이 팔찌를 갖고 있는 것을 보자 하게츠는 문득 이것이 자신이 궁 금해했던 모습을 볼 수 있는 기회라는 생각이 들었다.

"너는 홍정주다. 진영백이라는 여인이 네 약혼녀지."

하게츠는 기억이 없는 그에게 거짓말을 해 홍정주의 인생을 그의 것 인 것처럼 믿게 했다.

궁금했다. 과연 진영백은 이 남자가 홍정주라고 생각할까? 아니면, 장륜이라는 것을 알아볼까? 또 설사 알아본다 해도 얼굴이 저 지경이 된 그를 계속 좋아해 줄까?

또 궁금했다. 과연 기억을 잃은 장륜은 진영백을 알아볼까? 예전처럼 여전히 설레고 좋아할까?

하게츠는 태어난 이래 처음으로 가슴 속에서 정체를 규정지을 수 없 는 묘한 감정에 애가 타는 것을 느낄 수 있었다. 그저 저들이 만나서 어 떻게 서로를 알아보는지 직접 눈으로 확인하지 못하는 것이 아쉬울 따 름이었다. 그래서 입담 좋고 나서기 좋아하는 양설에게 그들의 재회를 보고 듣게 한 뒤, 자신에게 보고하라 지시했다.

그것을 완수했을 때, 그에 상응하는 보상을 해 주겠다고 약속까지 했 건만……

"내가 사람을 잘못 본 것이지. 그냥 지켜만 보면 되는 간단한 일조차 못하는 이를 선택했으니 말이야. 대단치도 않은 자신을 어떻게든 남보다

414

우위에 두려고 귀를 틀어막고 눈을 가리는 꼴사나운 놈인 것을 몰라봤다."

무덤덤한 얼굴이었지만 하게츠의 말에는 뼈가 있었다. 그가 끝까지 장륜의 과거를 부정하고 그를 일개 도적인 유사로 남기려 하는 것이 열등의식에 사로잡힌 질투에 불과하다고 비아냥대는 투였다. 그의 말이 틀렸다면 양설 또한 비웃음으로 응수했겠지만 본심이 꿰뚫리자 창피하기는 했는지 얼굴이 벌게졌다.

"유…… 유사가 장륜이든 대장군이든 알 게 뭐야. 어쨌든 거짓말을 한 것은 사실이잖아. 홍정주도 아니면서 그의 약혼녀를 빼앗고 사람들을 우롱했으니 죄를 지은 거야. 흥, 이러다 진짜 홍정주라도 나타난다면……."

"후후후."

본심은 들켰지만 어떻게든 자신의 행동에 정당성을 부여하려고 양설은 부단히도 주절댔다. 그런데 그것을 듣고 있던 하게츠가 비웃음을 터트리며 그를 하찮게 바라보았다.

"머리가 저렇게 나쁘니, 생각하는 수준도 이 정도인 것이지. 내가 강계절벽에서 있었던 일을 이야기한 뒤로 홍정주의 행적에 관해 한 마디라도 한 적이 있었나?"

그랬다. 유사의 과거 이야기와 하게츠의 의중만 생각하느라 양설은 어느 순간부터 그가 진짜 홍정주에 대해서는 일절 이야기하지 않았다는 것을 신경 쓰지 못했다. 일순 불안감이 엄습한 양설이 가볍게 몸을 떨자 하게츠의 파란 눈이 또다시 서늘한 빛을 내며 반짝였다.

"겉으로 보이는 것이 그 사람의 전부라고 생각하는 사람들이 있지. 홍정주도 그 사람들 중 하나였어. 어리니 힘이 없을 것이다. 무기가 없으니 쉽게 제압할 것이다. 그렇게 생각했지. 그는 내가 이 기이한 파란 눈 하나 때문에 '다간' 들의 우두머리가 되었다고 생각했나 봐. 그래서 아마 나 정도는 손쉽게 제압할 것이라고 여겼겠지. 지금의 너처럼."

하게츠가 양설에게 자신의 두 손바닥을 들어 보였다. 기둥에 묶여 있어야 할 두 손이 자유로웠던 것이다. 얼떨떨하게 그것을 지켜보던 양설은 깜짝 놀라 칼자루를 움켜쥐고 그에게 겨누었다. 그러자 하게츠는 자신에게 겨누어진 양설의 검 끝에 손가락을 대고 장난스럽게 흔들었다.

"이 몸은 화신(化神)이기에 피를 보는 것을 좋아하지 않지. 신성해야 할 몸이라 그런 것도 있지만 자칫 스스로 통제가 안 될 정도 흥분해 날뛸 수가 있거든. 그 때문에 어지간하면 난 머리만 쓰고 뒤는 수하들에게 맡겨. 하지만 그런 나도 가끔은 사람을 죽여야 할 때가 있어. 그게 언제일 것 같아?"

하게츠가 검 끝을 흔들던 손가락을 멈추었다. 그런데도 검은 여전히 덜덜거리며 떨리고 있었다. 잔뜩 겁을 먹은 양설이 부들부들 떨리는 팔을 진정시키려 애썼지만 떨림은 멈추지 않았고, 그것은 고스란히 검 끝까지 전해져 점점 더 심하게 떨리고 있었다.

"그…… 그럼, 홍정주는……."

"내 손에 피를 묻힌 것은 지금껏 두 번밖에 없었어. 그중 한 번은 홍정주를 없앨 때였고, 또 한 번은 오늘이 될 거야."

해맑은 웃음을 지으며 하게츠가 성큼성큼 양설의 곁으로 다가왔다. 그는 극렬하게 검을 휘두르며 그가 다가오는 것을 막으려 했지만 어째서인지 거리는 계속 좁혀질 따름이었다.

✽

백랑천을 따라 수레를 몬 방태경과 영백이 거지가 말했던 그 숲에 다

다랐다.

숲은 나무가 빽빽히 자라 그 안으로는 수레를 가지고 들어갈 수가 없었다. 그래서 숲 안쪽으로 들어가려면 걸어서 가야했다.

"헌데, 진 행수. 이렇게 우리가 가는 것이 도움이 되겠소? 무기도 없고 호위도 없는데 이렇게 가 봐야 뾰족한 수가……."

숲으로 들어서기 전에 방태경이 걱정스레 말했다. 일리 있는 말이다. 그의 안위를 걱정하느라 다급한 마음에 쫓아오기는 했지만 이대로는 별다른 도움이 되지 못할 것이다. 주먹 쥔 손을 불안스레 이로 자근대던 영백은 숲 바닥에 떨어져 있는 잔가지들을 보았다. 간밤에 바람이 세게 불었던 것인지 숲 바닥에 자잘한 나뭇가지들이 꽤 많았다. 그런 데다 축축한 숲 바닥에는 이끼가 자라고 있었다.

"마…말…말을…가…가지고 가요."

한참 고심하던 영백이 무슨 방책이 떠올랐는지 이렇게 말했다. 그러고는 손수건을 꺼내 수레 안에 비치된 등잔 기름을 먹였다.

조심스레 말을 끌고 그들이 개천을 따라 숲 안으로 들어서자, 얼마 뒤 나무 사이로 지금은 쓰지 않는 물레방앗간이 보였다. 그리고 그 옆으로 예전 거지가 말했던 것처럼 낮달맞이꽃이 흐드러지게 피어 있었다.

"저들이 당재영의 부하들인가?"

방태경이 물레방앗간 근처에서 저들끼리 시시덕대느라 바쁜 친위대를 가리켰다. 영백이 고개를 끄덕이자 방태경은 이상하다는 듯 미간을 찌푸렸다.

"그런데 생각보다 숫자가 너무 적지 않아?"

정말로 그러했다. 당재영이 열 명 안팎의 인원만 데려왔을 리가 없을 텐데, 그 숫자가 너무 적었다. 그들은 여유로운 모습이었지만 이따금씩 물레방앗간을 흘끔대는 모양새가 아무래도 그 안에 누군가를 감시하는 듯했다.

당쟁영의 무리가 두 패로 갈려진 것 같았다. 여기 있는 자들은 인질을 감시하고, 나머지 친위대원들이 당재영과 함께 누군가를 추격하고 있을 수 있다. 꽃을 보낸 것이 '겨울손님'이니 아마 저 물레방앗간에는 그가 있고 장륜이 당재영에게 쫓기고 있을 공산이 컸다.

그가 여기에 없을지도 모른다는 사실에 실망할 법도 한데 영백은 빨리 '겨울손님'을 구해 그가 어디 있는지 알아내야 한다는 생각뿐이었다.

"가…감…감시하는…사…사람이…저…적어서 다행이네요."

그녀는 안에 받쳐 입은 무명치마를 길게 찢어 한쪽은 말꼬리에 달고 다른 한쪽에는 등잔 기름을 먹인 손수건으로 잔가지들을 비처럼 묶어 달았다. 그리고 그 사이사이에 이끼를 끼어 넣었다.

영백은 방태경에게 발화통을 건네며 자신이 물레방앗간 주위에다 불 붙인 이끼로 연기를 피울 테니, 그때 그도 말꼬리에 매달은 나뭇가지에 불을 붙여, 말을 숲 안으로 내달리게 하라고 했다.

영백은 상단에서 대금을 치르기 위해 가지고 다니는 전표(錢票)를 이용해 이끼에 불을 붙였다. 습기를 머금은 이끼는 불은 잘 붙지 않고 연기만 모락모락 피어올랐다. 영백은 연기가 피어오르는 이끼들을 물레방앗간 주변, 여기저기에 가져다 놓았다.

물레방앗간 부근서 연기가 슬금슬금 피어오르자, 방태경은 나무를 감싼 손수건에 불을 붙였다. 그리고 말 엉덩이를 치려는데…….

"으아아악!"

단말마의 비명이 숲의 고요를 깼다. 숲에 내려앉았던 새들이 한 번에 푸드덕 하늘 위로 날아올랐다. 물레방앗간에서 들려온 소리였다. 시시덕대던 당재영의 친위대원들이 일순간 물레방앗간으로 시선을 돌리며 다들 그곳으로 향했다.

418

뜻하지 않은 돌발 변수에 때를 놓친 방태경은 지금 말의 엉덩짝을 쳐야 하나, 말아야 하나를 고민했다. 그런데 영백이 불붙인 이끼들에서 피어난 연기가 점점 더 짙어지고 있었다. 방태경은 더 주저 않고 말의 엉덩이를 세게 때리며 외쳤다.

"부……불. 불이야!! 불이다!"

놀란 말이 긴 울음을 내며 숲을 내달리자 꽁지에 붙은 나뭇가지가 내뿜는 그을린 연기가 바람에 날리며 숲 전체로 퍼져 갔다. 그러자 물레방앗간으로 몰려가던 친위대원들이 걸음을 멈추고 두리번거렸다. 숲에서 뿌연 연기가 스멀스멀 피어오르고 살짝 매캐한 냄새도 났다.

"기습인가! 저 괴물 놈의 부하들이 습격해 온 것일 수 있다. 몇 명은 여기 남고, 나머지는 날 따라와. 확인해 보자."

친위대원 중 예닐곱이 무슨 일인지 확인하기 위해 서로 흩어져 주위를 살피러 갔고 남은 이들이 물레방앗간으로 들어갔다. 나무 뒤에서 이를 지켜보던 영백은 그 틈에 재빨리 물레방앗간 쪽으로 달려갔다. 그리고 안을 기웃거리려는데 당재영의 친위대원 한 명이 갑자기 밖으로 뛰어나왔다. 깜짝 놀란 영백은 황급히 몸을 물레방앗간 벽 뒤로 숨겼다. 긴장감에 심장이 얼마나 쿵쾅대는지 그 소리가 너무 커, 저들에게도 들리는 것이 아닌가 걱정이 될 정도였다.

"이 새끼 어디 간 거야. 분명 안에 있었는데!"

몹시 당황한 기색이 역력한 친위대원은 좌우를 두리번대면서도, 영백의 기척은 전혀 눈치채지 못했다. 그는 숲으로 들어간 동료들을 향해 달려가며 소리쳤다.

"인질이 도망쳤다. 인질이 도망쳤어. 주위를 찾아봐!!"

도망? 도망쳤다고? 영백은 그 소리에 몸을 낮춰 물레방앗간 안을 흘끔 들여다보았다. 두 명의 친위대원들이 심각한 표정으로 바닥에 쭈그리고 앉아 누군가를 내려다보고 있었다. 영백도 눈을 가늘게 뜨며 그자가 누구인지 확인하려고 했다. 헌데, 그자의 얼굴은 완전히 뭉개져 누구인지 알아볼 수가 없었다. 끔찍한 광경에 영백은 비명이 새어 나오려는 입을 틀어막았다. 그러다가 덜컥 저것이 장륜이나 운보면 어쩌나 싶은 걱정에 그녀는 저도 모르게 다시 확인하려고 몸을 일으켰다.

"들키고 싶은 거요?"

영백은 제 옆에서 갑자기 누군가 이렇게 소곤대며 소매를 잡아당기자, 경련을 일으키듯 몸을 떨었다. 그러자 길고 곱상한 손이 그녀의 입을 막으며 '쉿' 하는 소리가 들려왔다. 영백이 그자의 얼굴을 확인하려고 고개를 돌리자 그녀의 입을 막았던 손도 스르륵 내려갔다. 그리고 푸른 하늘처럼 청명한 눈동자가 그녀의 눈을 빤히 들여다보고 있었다.

"겨…겨울손님…?"

파란 눈의 앳된 청년이 차가우면서도 부드러운 함소를 내보였다. 만나고 싶었고, 만나야만 했었던 자가 이렇게 앳되고 젊을 줄은 상상도 못 했던 영백이 순간 멍한 표정을 지었다.

"그런데 여기는 어떻게 알고 왔지?"

파란 눈이 고개를 갸웃하며 묻는 바람에 멍했던 영백이 정신을 차렸다.

"다…단주…단주님과 함께…새…새에게…나…낮…낮달맞이꽃을…."

"흐음, 그것이 낮달맞이꽃이었나? 기이한 인연이군."

영백은 사람의 마음을 뒤흔드는 신비스런 파란 눈을 빤히 바라보았다. 그러자 파란 눈도 영백을 무척 신기하게 마주 보았다. 그 묘한 시선에 기분이 이상한 것도 잠시, 영백은 지금 여기서 이러고 있을 때가 아니라는 것을 깨달았다.

"어…어서, 여…여길 떠나죠. …빠…빨리 그이를…차…찾아야 해요."

영백은 친위대원들이 돌아오기 전에 빨리 물레방앗간에서 떠나자며 황급히 하게츠의 손을 잡아끌었다. 마치 전쟁터에 나선 병사처럼 비장한 영백의 모습에 하게츠는 낮게 웃음을 끌었다.

방태경이 비단 화첩을 이용해 꾀어냈을 때도 별다른 의심도 없이 바로 자신을 만나러 제양으로 달려오더니, 지금도 한낱 여인의 몸으로 날선 병사들과 마주할지 모르는 이곳으로 찾아 들어왔다. 검을 쓸 줄 아는 것도 아니고, 강한 호위를 언제든 대동할 수 있는 엄청난 권력을 가진 것도 아니건만 그의 안위와 관련된 일에는 무모하다 싶을 정도로 용감한 그녀가 신기했다.

"그가 그리도 좋은가?"

하긴, 이리 묻는 것이 무슨 의미가 있겠는가. 그녀는 이미 행동으로 모든 것을 보여 줬거늘……. 하게츠는 제 손을 잡은 달리는 영백의 훈훈한 온기가 정겹다는 듯이 흐뭇한 표정을 지었다.

"저기! 놈이 저기 있다!"

물레방앗간에 남아 있던 친위대원 중 하나가 영백과 하게츠를 발견하고 소리쳤다. 영백은 더 빨리 달리려고 애썼지만 피로할 대로 피로해진 다리는 뻣뻣해져 제 속도를 내지 못하고 있었다. 그때, 그녀 앞으로 '휙' 하고 검은 그림자 나타나 막아섰다.

"이거 네년 짓이었냐?! 요망한 수를 쓰다니."

당재영의 친위대원이 아직도 연기를 뿜어내는 이끼를 집어던지며 분노를 드러냈다. 눈치를 살피다 영백이 재빨리 그의 옆으로 빠져나가려 하자, 다른 친위대원이 나타나 그 앞을 가로막았다.

"뭐야? 이년 그때 객잔에서 흉물스런 놈이랑 함께 있던 말더듬이 년 아니야? 오호라, 이 녀석을 구하려고 한 것 보니 네년도 그놈과 한패였구나."

윗머리가 뭉텅한 것이 객잔에서 장륜에게 당했던 친위대원 중 한 명이었다. 그가 악감정을 실어 영백의 손목을 거칠게 잡아챘다. 빠져나오려 영백이 격렬히 팔을 흔들었지만 그 친위대원은 가소롭다는 듯, 한쪽입꼬리를 실룩였다. 그런데 그때, 영백의 손목을 잡은 그 친위대원의 팔도 누군가가 잡아 비틀었다. 그 악력이 엄청났는지 고통과 신음으로 점철된 기괴한 소리가 그의 입에서 흘러나왔다.

"힘자랑을 하고 싶나?"

하게츠의 눈에서 살기 어린 푸른빛이 섬광처럼 스쳤다. 그의 표정이점점 더 무심해질수록 친위대원은 더욱 고통스러워했고 고통을 참다못해 결국, 영백의 손목을 놓아주었다. 그제야 하게츠도 비틀었던 친위대원의 팔을 놓아주었다. 얼마나 세게 잡았던 것인지 뒤틀린 옷은 찢어져있었고, 그 안의 살은 빨갛게 부어올라 있었다.

"이 요망스런 것이!!"

제 동료가 고통스러워하는 것을 본 다른 친위대원이 칼을 빼 들어 하게츠를 겨누었다. 그럼에도 그는 별로 놀래지도, 겁먹지도 않았고, 피할기미도 보이지 않았다. 친위대원이 치켜든 검의 날카로운 칼날이 허공에서 번뜩이며 하게츠에게 내려쳐지려는 순간, 영백이 팔을 뻗어 그의 앞을 막고 나섰다.

무의미한 짓이었을지도 모른다. 좀 전만 봐도 하게츠가 저보다도 더강할 수 있음에도 영백은 본능적으로 몸이 움직였다.

'쓸데없는 짓을 한 것일까? 그가 무사한지 아직 확인도 못 했는데…….'

찰나의 순간, 영백은 서늘한 칼날이 제 몸에 그릴 통증을 떠올리며눈을 감았다. 하지만 아무리 기다려도 그 통증은 오지를 않았다.

"늦었어."

"이렇게 일을 벌이고 있을 줄은 몰랐지."

담담하지만 타박하는 것이 확실하게 느껴지는 하게츠의 말과 낯익은 목소리에 영백은 눈을 떴다. 그러자 그녀의 눈에 잔뜩 겁먹은 얼굴로 칼을 치켜든 채, 옴짝달싹 못 하고 서 있는 당재영의 친위대원 모습이 보였다. 그의 목에는 차가운 검 끝이 닿아 있었고 그것이 인후를 지그시 누르고 있어 살짝 피가 배어 나오고 있었다. 자칫 잘못 움직였다가는 목이 꿰뚫릴 상황이었다.

영백은 그자에게 겨눠진 검을 따라 천천히 시선을 옮기며 뒤를 돌아보았다. 그러자 하게츠의 어깨너머에서 친위대원을 향해 검을 내지르고 있는 장륜의 모습이 보였다.

그는 영백의 얼굴을 살피며 안도의 한숨을 내쉬더니 약간 성이 난 듯 미간을 찌푸렸다.

"기다리라고 했는데. 위험하게 여기에는 왜 왔어요?"

"기…기다리기만 하면…더…더…오…오래 걸리니까. …내…내가 조금이라도…옴…움직이면…더…더…빠…빨리 만날 수 있잖아요."

그녀가 초승달 같은 눈웃음을 짓자 미간을 찌푸렸던 장륜의 얼굴에도 훈훈한 웃음이 번져 나갔다.

"흠, 서로 연정을 갖게 되면 원래 주위 시선 따위는 신경 쓰지 않는가 보지?"

의도치 않게 영백과 장륜의 사이에 선 하게츠가 불쑥 이렇게 물었다. 보통은 그런 위치에 서 있게 되면 머쓱해하거나 민망해하는데 그는 그것을 무척 흥미로워하는 표정이었다.

영백은 민망한듯 하게츠의 호기심 어린 시선을 피해 장륜의 뒤 켠으로 돌아가 섰고, 장륜은 헛기침을 했다.

"그래서 일은 어떻게 해결됐어?"

"보시다시피."

하게츠의 물음에 장륜이 어깨를 으쓱하며 주위를 빙 둘러보자, 숲 여기저기에서 스멀스멀 사람들이 걸어 나왔다. 그중 몇몇의 손에는 아까 숲으로 들어갔던 당재영의 친위대들이 잡혀 있었다. 그리고 숲에서 나온 사람들은 하게츠를 보자 일제히 고개를 숙였다.

"널 잡으려 했던 그 작자는?"

"운보가 데리고 있어. 일단 그를 사로잡기는 했지만 이 일을 어떻게 매듭지어야 할지는 솔직히 모르겠다."

"흠, 그래……. 어쨌든 내가 벌인 일이니, 내가 수습해야겠지. 그럼 가 볼까."

별거 아닌 투로 덤덤하게 자기가 해결하겠다며 하게츠가 걸음을 옮기려 하자, 장륜이 그를 붙잡으며 나지막하게 말했다.

"그전에 묻고 싶은 것이 있어. ……내가 절벽으로 떨어진 후, 홍정주는 어떻게 되었지?"

좀 불안한지 그는 제 혀로 입술을 핥았고 영백은 슬며시 장륜의 손끝을 쥐며 시선을 내리깔았다. 표정만으로는 대체 무슨 생각을 하는지 짐작할 수 없는 하게츠였다. 그의 파란 눈이 한 번씩 깜박일 때마다 그는 영백과 장륜을 번갈아 보았다.

"그럼, 나도 묻지? 그의 존재가 지금 너희에게 중요한가?"

두루뭉술한 질문에 둘 다 선뜻 대꾸를 하지 못하고 눈치를 살폈다. 그때, 영백이 내리깔았던 눈을 들어 하게츠의 파란 눈을 똑바로 응시했다. 그리고 장륜의 손을 더욱 꼭 잡았다.

한때는 사람들의 수군거림이 무서웠고, 그들의 비판과 비난이 두려워 몸을 사리며 제 존재를 부정하기도 했었다. 하지만 영백은 이제 그런 것이 무섭지 않았다. 송 부인을 봉양하며 불식시켰던 「저주받은 말더듬이 신부」의 망령이 깨어나고, 설혹 홍정주가 살아 돌아온다 해도 그녀는 변하지 않을 것이었다. 이것만이 모두를 위한 길이라며 짊어졌던 책무를 벗어 던지고 철저히 이기적으로 자신이 그토록 바랐던 단 하나만을 생각할 것이었다.

자신의 손을 꼭 쥔 영백의 손에서 전해지는 결연한 감정이 복잡했던 장륜의 머릿속을 맑게 해 주었다. 그는 영백의 손을 깍지 껴, 제 곁으로 당겼다.

이를 보던 하게츠의 입꼬리가 아슴아슴하게 호를 그렸다.

"확고한가 보군? 그렇다면 내가 굳이 대답할 필요는 없겠지. 그자의 생사에 관한 것은 그냥 내게 맡기고, 너희는 너희 갈 길을 가."

의미심장한 대답을 남기며 하게츠가 몸을 돌려 숲 밖으로 향했다.

終.
의심할 여지없는……

  영휘에서 추국을 준비하던 순후경에게 당재영으로부터 영휘로 돌아간
다는 연락이 왔다. 그가 파란 눈의 사내와 유사라는 도적을 잡아 돌아올
것이라 의심치 않았던 순후경은 그를 맞을 준비를 하였다.

  "상서령 어른, 국경에서 전령이 왔습니다. 절도사께서……."

  "뭔가? 무슨 일인데 그런가?"

  "정체불명의 군대를 대동하고 국경을 넘으셨답니다. 당재영 절도사시
기에 국경 관문을 개방하기는 하였으나, 대규모 병력이 영휘로 향하고
있으니 이를 알려야 할 것 같다고……."

  "혹, 절도사의 친위대를 말하는 것이 아니냐?"

  당재영의 친위대를 보고 이야기가 와전이 된 것이라 여긴 순후경이었
다. 하지만 부하는 심각한 얼굴로 잠시 숨을 고르더니, 조심스럽게 말을
이었다.

  "친위대가 아니랍니다. 알지 못하는 수상한 병력이라는데 문제는 이
소식을 들으신 황제 폐하께서 절도사의 의중을 의심하고 계시다는 겁니
다. 폐하께서는 절도사께서 역심을 품고 반란을 일으키려 한다고 생각하

십니다. 그래서 직접 군을 이끌고 응대하시겠다고…….”

“무슨 그런 말도 안 되는!!”

지금의 지위를 얻기 위해 7년 가까이 가현주에 머물며 때를 기다린 당재영이다. 그가 이런 무모한 방법으로 그동안 쌓은 것을 일거에 무너트릴 리 없다. 순후경은 급히 이 오해를 풀기 위해, 해명을 하러 황제를 만나러 갔다. 하지만 황제는 단호하게 순후경의 알현을 거절했다. 낌새가 불안하자 순후경은 자신을 막는 내관과 호위들을 뚫고 기어코 황제의 집무실 안으로 뛰어 들어갔다.

“무엄하오, 상서령! 이게 무슨 짓이요. 지금 심정으로는 당재영과 한통속인 그대 또한 옥사에 처넣고 싶은 것을 간신히 참고 있거늘!!”

“죽을죄를 지었나이다, 폐하. 허나 이 노신, 어떻게든 이 오해를 풀어야 하겠기에 무례를 무릅쓰고 대전으로 뛰어들었나이다.”

“흥, 오해? 한 번 했던 것을 두 번은 못 하려고. 나라가 위기에 봉착했을 때마다 완력으로 짐을 압박해 권력을 쟁취한 그대들이 아니오? 이번에도 공주의 떼로 부마와 제후 책봉이 늦어지자 또 힘으로 쟁취하려는 것 아니냔 말이오? ‘홍정주’의 진위를 놓고 말도 안 되는 꼬투리를 잡더니 결국 이렇게 본심을 드러내는구려.”

“아닙니다, 폐하. 절도사께서는 절대로 그런 의도를 가지고 계시지 않사옵니다. 믿어 주시옵소서.”

늘 고고한 표정으로 앉아 차를 홀짝였던 순후경은 마르고 늙은 몸뚱이를 바닥에 납작 엎드려 황제에게 읍소했다. 그러나 황제는 냉랭했다.

“경황이 없어 얼떨결에 당했던 그때와는 다를 것이오. 짐은 두 번이나 당하지 않을 것이외다. 여봐라! 비장(飛將)들에게 병사들을 준비시키라 하라.”

황제는 자신의 곁에서 수행 중인 강초에게 이렇게 이르고는 순후경을 남겨 둔 채, 집무실 빠져나갔다. 침묵과 불안한 기운만이 남은 황제의 집무실에서 순후경은 주체 못 할 정도로 쿵쾅대는 심장과 쉬어지지 않는 숨을 고르려고 무던히도 노력했다.

"대…… 대체, 무슨 일이…… 무슨 일이 있었던 겁니까. 대인."

순후경은 힘없이 바닥에 주저앉아 혼잣말을 중얼거렸다.

그 무렵, 범소 거리로 위용 넘치는 군대가 행군을 하고 있었다. 행렬 선두에는 당재영이 말을 타고 가고 있었고, 그의 곁에는 신비스런 파란 눈을 가진 청년이 말머리를 같이 하고 있었다. 그 뒤로는 장륜과 영백, 운보가 말을 타고 따르고 있었다.

당재영은 도통 이해가 되지를 않았다. 비록 자신이 현재 남연의 최고 권력자이기는 하지만 수상쩍은 군대를 이끌고 나타났는데도 관문마다 아무 경계도 없이 문을 열어 주다니, 기가 찰 노릇이었다. 당재영은 제 곁에서 말머리를 함께하고 있는 파란 눈을 흘끔거렸다.

"네…… 네놈이 이족(夷族)의 수장이라고!!"

백랑천 숲속에서 하게츠의 정체를 알게 된 당재영은 자신이 인질로 잡혀 있다는 것도 잊고, 그를 향해 칼을 빼 들었다. 그러자 순식간에 그를 둘러싼 하게츠의 병사들이 당재영을 향해 칼을 겨누었다. 하게츠는 당재영의 칼을 손가락으로 잡아 옆으로 돌리며 말했다.

"이야기를 좀 나누고 싶군."

"난 적과는 말을 나누지 않는다. 적이 하는 말의 태반은 거짓……."

"정말이지, 제멋에 겨워 사는 자로구먼."

이 와중에도 기고만장한 당재영이 한심하다는 듯 하게츠가 말을 잘랐다. 무표정한 그의 얼굴에 피곤한 기색이 어릴 정도로 하게츠는 당재영과 더 말 섞기를 꺼려하는 것 같았다.

"좋아. 당신은 꽤나 고집불통인 듯하니, 내 직접 남연으로 가 그대의 황제 앞에서 모든 의혹을 풀기로 하지. 그렇게 하면 만족하겠나?"

함께 남연으로 가 준다고? 이게 과연 진심인지 의심스런 당재영이 눈을 새치름하게 떴다.

"믿든 안 믿든 한 번 시도해 보는 것이 그대에게는 나쁠 것이 없을 텐데? 뭐, 정히 그것이 싫다면 이대로 그대를 인질로 삼아, 남연 황제와 그대의 몸값에 대해 교섭을……."

"아…… 알겠소. 그리합시다."

당재영은 황급히 하게츠의 제안을 받아들였다. 그는 자신이 하찮은 계략에 속아 이족의 인질이 되고 한심스럽게 몸값을 주고 풀려 나는 일은 상상도 해 본 적이 없다. 만약 그런 일이 벌어진다면 그동안 쌓은 위엄이 무너지는 것은 물론이요, 효화가 자신을 얕잡아 볼 것이 틀림없었다. 그러니 하게츠의 제안을 받아들이는 것이 그에게는 최선의 방도였다.

그런데……

"이 군대를 지금 남연으로 끌고 가겠다 이 말이오?!"

당재영은 남연으로 가 의혹을 해명하겠다던 이족의 대족장이 전투를 벌여도 될 정도의 병력을 이끌고 가려 하자 기함을 했다.

"내게 적대적인 사람을 따라가는데 혼자 갈 것이라 생각했는가? 가는 길에 그대와 그대의 수하들이 날 어떻게 할 줄 알고."

하게츠는 당연하다는 듯이 덤덤한 얼굴로 자신의 병력을 이끌고 남연으로 향했다. 결국, 당재영과 그의 친위대는 하게츠 병력들에게 감시를 받는 인질과 다를 바가 없는 상태로 그들과 함께 남연으로 돌아가게 된 것이다.

'관문에서 저 많은 외부 병력을 받아 줄 리 없다. 그때 기회를 봐서 저 괴상망측한 녀석을 처리해야겠어.'

남연으로 향하는 내내 머리를 굴린 당재영은 관문에 당도하면 뾰족한 수가 생길 것이라고 여겼다. 하지만 웬걸, 관문에 도착해 운보가 '가현주 절도사 당재영'이라는 소개를 올릴 때마다 관문은 스스럼없이 그들에게 길을 내어 주었다. 아무리 자신이 남연의 권력을 틀어쥐고 있는 실세라 해도 그렇지, 이렇게 쉽게 문을 열어 줄지는 그조차도 예상치 못했다.

관문이 쉽게 길을 내어 주니 행군 속도는 점점 빨라졌고 이내 영휘 부근에 이르게 되었다. 그러자 영휘 성문 앞에 황제의 군대가 사열하여 서 있는 것이 눈에 들어왔다.

"역적, 당재영은 들으라. 또다시 군사를 이끌고 영휘로 와 황권에 도전하다니! 그 죄를 네가 알렷다. 황제 폐하를 이처럼 능욕하고 나라의 지엄한 국법을 가벼이 여긴 죄는 죽음으로서 갚아야 할 것이다."

맹하고 얼뜨기만 한 줄 알았던 강초가 황제를 대신해 제법 당차게 큰 목소리로 또박또박 당재영의 죄명을 알려 주었다. 당혹스러운 당재영은 거리가 많이 떨어져 있음에도 불구하고 손을 내저으며 아니라고 소리쳤다.

"아니야. 이들은 내 군대가 아니란 말이다. 이족(夷族)의 대족장이 '홍정주'와 관련된 모든 의혹을 풀기 위해서 그의 군대를 이끌고 온 것이란 말이다. 이봐! 뭐라고 말 좀 해 보게. 폐하께서 오해하시지 않는가?"

"무슨 오해? 나와 내 군대는 그대를 따라 영휘로 온 것이 맞는데."

하게츠가 고개를 옆으로 기울이며 자신과는 상관없다는 듯한 태도를 취하자, 당재영은 아연실색했다. 이대로는 자신이 이족과 내통해 군사를 일으킨 것 같은 모양새가 될 판이었다. 그가 적잖이 당황한 빛을 보이자 하게츠의 파란 눈동자가 빛났다.

"이러면 어떨까? 내가 남연의 황제와 대화하여 그대에게 얽힌 모든 의혹을 풀고 그대의 명예를 지킬 수 있게 도와주지. 대신 내가 말하는 중간에 어떠한 딴죽도 걸지 않겠다고 약속하겠나?"

선택의 여지가 없었다. 악마와 계약을 하는 것 같은 기분이었지만 당재영은 천신만고 끝에 제 손에 넣었던 모든 것들을 한순간 물거품으로 만들 수 없었다.

당재영의 암묵적인 동의하에 하게츠는 남연의 황제 은시우에게 대화를 나눌 것을 청했다. 그리고 영휘 도성 밖 평야에 임시로 쳐진 천막에서 두 지도자의 회담이 열렸다.

"이 몸은 그대들이 이족(夷族)이라 부르는 '다간'의 대족장 '하게츠'라고 하오. 지난날의 악연이 있음에도 대화를 거부치 않은 남연 황제의 도량에 먼저 찬사를 보내는 바입니다. 내가 절도사 당재영을 따라 이곳까지 오게 된 것은, 남연의 황제께서 이 사람에게 몇 가지 의혹과 오해를 가지고 있다 들었기 때문입니다. 남연의 황제께서는 그것들을 소명(疏明)할 기회를 주실 수 있는지요?"

하게츠를 따라 회담장 따라 들어온 당재영은 그가 혹여 이상한 소리라도 할까 조마조마했다. 하지만 저보다 갑절은 나이가 많을 남연의 황제를 상대로 그가 막힘없이 대화를 이끌어 나가자 조금 마음이 놓였다.

"지난날, 이 나라의 영토를 함부로 침노하여 강탈한 주제에 이제 와의혹과 오해라? 그나저나 몇 년을 이족들을 배척하고 경계했던 절도사가 그 수장에게 소명할 기회를 주려 직접 영휘까지 데려올 줄은 몰랐소."

흘끔 당재영을 쏘아보는 황제의 눈빛에는 의심과 책망의 기운이 가득했다. 당재영이 이를 해명하려고 입을 벙긋하자 하게츠의 파란 눈동자가 서늘한 푸른빛을 발했다.

"아까 한 약속을 잊었는가?"

낮고 무거운 목소리로 약속을 상기시키자 당재영은 입을 꾹 다물었다.

"남연 황제의 말씀대로 이 사람이 남연의 영토를 침노한 것을 부정치 않겠습니다. 허나 사실, 이 사람은 그에 대한 보상과 관계 회복을 위한 노력도 꾀했다는 것을 알아주었으면 합니다. 뜻하지 않은 불상사로 인해 그 노력을 선보일 기회도 없이 골만 더 깊어진 것이 안타까울 따름이지만 말입니다."

"뜻하지 않은 불상사?"

황제가 미간을 좁히자, 하게츠가 옆에 있는 수하에게 눈짓을 해 뭔가를 일렀다. 수하는 천막 밖으로 나가 장륜을 데리고 들어왔다. 황제의 눈동자가 하게츠와 장륜 사이를 오가며 그들 관계에 대해 의심 어린 눈빛을 보냈다.

"남연의 황제께서는 강계와 옥윤 평야를 잃기는 하셨지만, 그에 비해 생각 외로 인명 피해가 적었던 것을 기억하시는지요? 사실 그 이면에는 남연의 대장군인 장륜의 용단이 있었습니다. 서로 피 흘리며 끝까지 싸워 원하는 바를 이룰 수도 있었겠지만, 나와 대장군은 그 땅에 피의 역사를 쓰는 대신 거래를 하기로 했습니다. 우리가 옥윤 평야에서 터전을 잡아 나라를 일구게 되면 그때, 그 땅값을 남연에 상환하기로 말입니다. 그리고 그 증표로서 강계에 남아 있던 남연 병사들과 백성들의 안전을 보장하기로 약조했지요."

하게츠가 강계전투 당시 장륜과 자신 사이에 있었던 거래를 털어놓자, 당재영은 놀라 입을 다물지 못했고 황제는 못마땅했는지 무릎에 얹은 두 주먹을 꼭 쥐고 있었다.

"남연의 황제께서는 그 같은 결단이 마음에 드시지 않을지 모르나,

이 사람은 대장군의 그 같은 아량과 인품에 탄복했습니다. 그래서 남연의 좋은 이웃이자 우방으로 지낼 뜻을 품게 되었고, 그 신의를 지키고자 노력했습니다. 남연 황제께서 아실는지 모르겠지만 강계전투 이후로 나의 군사들이 남연의 경계를 침노한 적이 없고, 내 백성들이 남연의 땅을 약탈한 적도 없습니다. 물론, 남연 쪽에서는 그 뒤로도 우리가 호시탐탐 영토를 노린다며 선동하는 이가 있어 계속해서 날을 세웠지만 말입니다."

하게츠가 당재영을 넌지시 바라보았다. 그것이 꼭 이족의 공격으로부터 자신이 나라를 지켰다는 허명으로 권력의 명분을 삼았던 그를 비꼬는 것만 같았다.

"사실, 남연과 화해할 기회는 이미 오래전에 있었지만 어쩌다 보니 일이……. 참으로 안타까운 일입니다. 그때, 불상사로 장륜 대장군이 허망하게 세상을 등지지만 않았어도……."

하게츠의 말에 회담장은 일순 경직되었다. 그의 말뜻은 곧 장륜이 이세상 사람이 아니라는 뜻이 아닌가? 그것은 장륜 또한 예상치 못한 발언이었다. 자신을 죽은 사람으로 만들면 지금 자신의 존재는 어떻게 설명해 납득시키려는 것인지, 장륜은 자못 하게츠의 뒷말이 궁금했다.

"장륜이…… 대장군이 죽은 것이 확실하오?"

장륜이 버젓이 살아 있다는 것을 알면서도 황제는 큰 충격을 받은 것처럼 목소리를 낮게 깔았다. 하게츠는 애도를 표하듯 말없이 눈을 감고 고개를 숙였다가, 이내 무겁게 끄덕였다.

"어떻게…… 그는 어떻게 죽은 것이오?"

하게츠가 슬쩍 장륜을 향해 눈길을 던지고 난 후, 천천히 입을 열었다.

"그전에 한 가지, 남연의 황제께서 약조를 해주었으면 하는 것이 있

433

습니다. 7년이 훌쩍 지난, 과거의 일에 대해 잘잘못을 따지지 않겠다고 말입니다. 다시 밝혀 두지만 나는 누군가를 심판하거나 처단하기 위해 이곳에 온 것이 아니라, 화해를 청하고자 온 것임을 알아주었으면 합니다."

그리고 이어서 하게츠가 황제에게 들려준 이야기는 장륜의 몸을 움찔움찔하게 만들었다.

"이 사람과 대장군 사이의 합의를 몰랐던 어떤 이가 강계를 빼앗긴 것에 울분을 참지 못하고 철군 도중 저를 해하려 하였습니다. 그리고 대장군은 이를 말리러 왔다가, 그만 실수로 그자의 얼굴에 신호탄을 쏘아 버렸지요. 얼굴에 화상을 입은 그자는 몸을 가누지 못하고 절벽으로 떨어질 뻔했습니다. 다행히 대장군이 급히 그를 구해 냈습니다만……. 그 자신은 그대로 절벽 아래로 떨어지고 말았지요."

마치 방금 일어난 일을 전하듯 하게츠의 목소리가 낮게 가라앉았다. 그 때문인지 천막 안에도 비통한 분위기가 흘렀다.

"그 후, 나는 나를 해하려 했던 그자에게 대장군과 나눴던 합의에 대해 설명해 주었습니다. 그러자 그는 자신의 오해로 대장군이 해를 입고 시신마저 수습하지 못하자, 죄책감을 견딜 수 없었는지 정신을 놓고 미쳐 날뛰었습니다. 그런 그를 남연으로 인도코자 했지만 갑자기 자취를 감춰 버리는 바람에 그러지를 못했습니다. 그리고 7년 후, 이 사람은 고세협곡에서 기억을 잃고 도적 무리에 섞여 있던 그를 우연히 발견하였습니다. 바로 여기 있는 홍정주 장군을 말입니다."

저와 홍정주의 이야기를 교묘히 바꾼 데다, 그럴듯한 거짓을 섞은 허황된 이야기였는데도 장륜은 그것이 진짜 자신의 이야기인 것처럼 울컥해 눈가가 촉촉해졌다. 무심한 표정과 말투로 이렇게 사람의 심금을 들었다 놓았다 하다니. 하게츠의 말재간이 보통이 아니었다.

"거…… 거짓말. 모두 그대의 말뿐이지, 명확한 물증이 하나도 없지 않은가?!"

딴죽을 걸지 않겠다는 약속을 어기고 당재영이 하게츠의 말에 반박하고 나섰다. 무심하기는 했지만 네놈이 그럴 줄 알았다는 듯 하게츠가 작게 한숨을 내쉬었다. 그러고는 제 수하에게 고갯짓을 하자, 그가 하게츠에게 어떤 나무함을 건넸다.

"이것은 홍정주 장군이 사라지기 전, 우리 진영에 놓고 간 물건입니다. 그의 약혼녀가 그에게 보낸 서신들이지요. 확인해 보십시오."

나무함에는 '진영백'이라는 이름이 적힌 서신 봉투들이 들어 있었고, 내용 또한 이족에서 변조해 썼다고 보기에는 어려울 정도로 개인적인 일상이 담겨 있었다.

당재영은 놀라움을 금치 못하는 눈빛으로 장륜을 쳐다보았다. 이제 그의 눈에 장륜의 모습은 완전히 홍정주처럼 보였을 것이다.

하게츠는 장륜의 손끝을 살짝 잡아 제 옆으로 끌어당겼다. 그리고 마지막 쐐기를 박았다.

"이자는 한때, 나를 죽이려 하였던 자입니다. 그러나 내가 이자를 남연으로, 그의 약혼녀 곁으로 보낸 것은 모두 장륜 대장군이 내게 보여 주었던 신의에 감응했기 때문입니다. 비록 뜻하지 않은 사고로 그분께서 명을 달리하였지만, 남연의 황제께서는 그 책임을 여기 있는 홍정주 장군에게 묻지 않았으면 합니다."

간곡한 청을 하는 것처럼 하게츠가 살짝 고개를 숙였다.

"그는 이미 7년간 죄책감을 안고 타지를 방황하며 고통받을 만큼 받았습니다. 고결하신 장륜 대장군의 성정에 비추어 본다면 황제께서 이 일로 그를 벌하는 것을 원치 않을 것입니다. 만약 남연의 황제께서 이분께 더는 책임을 묻지 않으신다면 이 사람은 대장군이 베푼 아량과 신의에 따라 남연의 좋은 이웃이자, 신의 있는 동맹이 될 것입니다. 하여, 남연 황제의 권위에 도전하는 자는 이 하게츠의 병사들이 용인치 않을 것입니다."

하게츠가 말을 마치며 당재영을 향해 무심한 눈빛을 던졌다. 당재영은 새파란 빛이 저를 쏘아보자 시선을 피했다. 황제의 권위에 도전하는 자가 누구를 일컫는 것인지 회담장 안에 있던 사람들 중 모르는 이는 아무도 없었다.

황제의 입꼬리가 움실대더니 이내 의미심장한 미소가 얼굴 전체로 퍼져 나갔다.

✼

"재담(才談)에 소질이 있는 줄은 몰랐네."

남연의 황제와 회담을 마치고 나오는 하게츠에게 장륜이 의외라는 듯이 말했다. 그러자 하게츠의 파란 눈이 무심하게 그에게로 향했다. 비아냥댈 의도는 아니었는데 어째 하게츠가 불쾌해하는 것 같아, 장륜은 멋쩍게 턱밑을 긁적였다.

"그냥, 네가 한 말이 너무 진짜 같아서, 나도 사실이라고 믿을 **뻔했거든**……."

"그게 무슨 뜻이야?"

걸음을 옮기던 하게츠가 우뚝 멈춰 섰다. 그리고 꾸짖기라도 하려는 것처럼 허리춤에 손을 얹고 장륜을 **빤히** 쳐다봤다.

"내가 한 말이 진짜가 아닌 것 같아? 믿을 뻔했다니? 장륜이라는 사람은 이제 죽고 없어. 지금 내 앞에 있는 자는 기억을 잃고 7년이나 방황한 끝에 제 배필인 진영백을 찾아온 남자고. 내 말이 틀린가?"

항상 무심한 그에게서는 쉽게 찾아볼 수 없는 화가 난 표정이었다. 하게츠의 말은 장륜으로서의 네 과거가 어떠했고, 어떻게 홍정주가 되었는지를 따지지 말라는 뜻이었다. 즉, 자신이 지어낸 설정에 완벽히 몰입하라는 당부였던 것이다.

"명심해. 네가 홍정주로서, 진영백의 배필로서 충실하고 치열하게 산다면 설령 진짜가 돌아온다 해도 아무도 네 존재를 의심하지 않아. 알겠어?"

"……그래, 맞아. 네 말이 진리다."

갓 스물을 넘기기는 했을까? 앳된 얼굴을 하고선 몇 백 년 인생을 산 사람처럼, 삶에 대해 조언하는 하게츠를 보며 장륜은 어이없는 웃음을 흘렸다. 어쩐지 자신이 '화신(化神)'이라던 그의 말을 믿게 될 것만 같았다.

"그나저나 남연에서 귀빈에게 베푸는 연회는 어떠한가? 흠, 고작 밥이나 먹는 자리면 실망스러울 것 같은데……. 황궁 안에는 볼만한 특이한 것이라도 있는가? 남연의 황궁쯤이면 방태경이 수집한 것들보다 더 진귀한 것이 많겠지?"

근엄하게 자신을 꾸짖을 때는 언제고 하게츠는 금세 남연의 황제가 저를 위해 베풀 연회에 흥미를 보였다. 처음 경험하는 황궁 연회에 대한 기대로 하게츠가 호기심 어린 파란 눈을 반짝이자, 장륜은 종잡을 수 없는 그의 성격에 실소가 흘러나왔다.

남연의 황제 은시우는 지난날의 은원을 잊고, 앞으로의 관계를 개선하는 뜻에서 하게츠를 궁으로 초대해 연회를 베풀기로 했다. 하게츠는 물론, 영백과 장륜도 그 자리에 초대를 받았지만 그들은 연회에 가기 전, 먼저 서둘러 집으로 갔다.

의복을 바꿔 입기 위한 것도 있지만, 뜻하지 않게 말도 없이 두고 온 송 부인이 잘 있는지 살피기 위해서였다. 남천이 곁에서 잘 보살폈겠지만 심적으로 영백에게 많은 것을 기대는 송 부인이 혹, 불안해하고 있지 않을까 걱정이 되었기 때문이다.

역시나 영백이 집으로 들어서자마자 송 부인은 와락 그녀에게 달려와 안겼다. 어디 간다 말도 없이 왜 집에 안 왔냐며 그녀는 아이처럼 칭얼댔다. 그러고는 영백의 뒤 쪽에 선 장륜을 흘끔거리더니, 영백이 남천과 이야기를 나누는 사이 은근슬쩍 그에게 다가왔다.

"내가 아저씨가 우리 정주 아니라고 그래서 집을 나갔던 거야? 그러지 마! 아저씨가 집 나가니까 색시도 집을 나가잖아. 이제부터는 내가 다른 사람들한테 아저씨가 우리 정주라고 할 테니 어디 가지 말고 색시랑 여기 꼭 있어. 알았지?"

그의 귓가에 이렇게 소곤거리고는 다짐을 받아 내려는 것처럼 새끼손가락을 걸었다. 우습기도 하면서 한편으로 마음이 애잔해 그가 가만히 고개를 끄덕이자, 늘 아이 같던 송 부인이 인자한 미소를 지으며 그의 머리를 쓰다듬었다.

천애고아로 부모의 정을 모르고 자란 그는 송 부인의 다정한 손길에 가슴이 먹먹해졌다. 은근하고도 따스한 기운이 눈 밑까지 치고 올라오며 코끝이 시큰해졌다.

"걱정 마세요. 이제 어디 안 가요. 여기가 제 집인데요. ……어머니."

장륜이 그렇게 제가 꿈꾸던 삶에 한층 더 가까워져 가고 있을 때, 황제 또한 자신이 새롭게 꾸려 나갈 정국을 구상하며 벙싯벙싯 웃고 있었다.

하게츠를 위한 연회를 준비하면서 황제의 얼굴에 연신 웃음꽃이 피어오르자, 강초가 무슨 말을 하고 싶어 입이 근질근질했다. 그는 조용히 황제의 뒤를 따르다가 주위에 아무도 없는 것을 확인하고는 조심스럽게 물었다.

"폐하, 정말 이족과 화친을 하여도 상관없사옵니까? 그래도 놈들은 우리 영토를 빼앗은 놈들인 데다, 인명피해가 적기는 했다 해도 어쨌든 전쟁을 벌였던 사이인데……."

"원래 오늘의 적이 내일의 동지가 되고, 오늘의 동지가 내일의 적이 되는 것이니라. 아까 그자가 한 말 너도 듣지 않았느냐? 빚을 진 것이니 상환하겠다고. 아니, 벌써 상환에 들어간 것이나 다름없다. 흐흐, 세상에! 실상을 다 아는 나조차도 끔벅 넘어갈 정도였는데, 당재영은 오죽했을꼬."

얼마나 속이 다 시원한지 황제는 저 속 깊은 곳에서부터 웃음을 끌어내듯 키득거렸다.

영휘 성문 밖, 평야에서 열린 회담은 애초부터 황제와 하게츠가 짜 맞춘 일종의 연극이었다. 하게츠는 장륜과 함께 백랑천에서부터 이 계획을 짰다.

먼저, 방태경을 영휘로 보내 강초에게 이 계획을 알리게 했다. 그리고 강초가 이를 황제에게 알리고, 황제는 국경관문에서 하게츠 군대가 아무런 제재 없이 통과할 수 있도록 조치했다.

이 연극은 당재영이 쥔 권력을 약화시키기 위해 만든 함정이었다. 그가 거병하여 황제를 압박해 권력을 얻었음에도 일부 백성들의 지지를 얻을 수 있었던 것은 그가 없으면 이족의 공격을 막을 수 없다는 인식 때문이었다.

하지만 이족을 배척하는 것으로 민심을 샀던 그가 이족의 대족장을 영휘 코앞까지 이끌고 온 것은 지난날의 행적을 모두 뒤집는 행위였다. 더군다나 화친을 맺은 하게츠가 자신들은 강계전투 이후로 더 이상 남연을 공격할 의사가 전혀 없었다고 밝힌다면, 이족으로부터 나라를 지킨 영웅이라는 그의 허상은 벗겨지게 될 것이었다.

　마지막으로 화친의 대가로 하게츠가 언제든 황제가 원하면 우방으로서 도우러 올 것이라 했으니, 더 이상 가현주에 있는 당재영의 군대를 두려워할 필요도 없었다.

　"딴죽을 걸지 않겠다던 약속을 지키지 않았으니, 나는 그대의 명예를 지키기 위한 어떤 말도 하지 않겠다. 그리고 또 하나, 만약 남연 황제에게 무슨 변고가 일어난다면 신의에 따라 내 군대가 움직일 것이다. 널 쫓아서 말이다. 그러니 처신을 잘 해야 할 것이야."

　하게츠의 으름장에 아무 말도 못 하던 당재영을 떠올리자 황제는 짜릿할 정도로 통쾌함을 느꼈다. 황제의 기분이 무척 좋아 보이자 강초가 또 조심스럽게 물었다.

　"그런데…… 폐하, 이족의 수장인 그자의 말대로…… 이제는 대장군을…… 그러니까…… 음, 다시 돌아온 홍정주를 진짜라고 인정하여 주실 것입니까?"

　"인정하고 자실 것이 무엇이 있겠느냐. 모든 정황을 아는 확실한 증인이 있고, 그의 약혼녀가 맞다 인정하는 데다, 팔찌와 서신 같은 물증 또한 확실한데 뭘 더 의심하겠어."

　"그…… 그렇죠. 헤헤."

　이제 안심이라는 듯 강초가 헤실헤실 웃었다.

　"자, 영휘까지 찾아든 손님을 대접하려면 바쁘다. 어서 서두르자꾸나. 그 뒤에 국혼까지 치르려면 일정이 빠듯하다."

　"예? 국혼이라니요? 설마, 공주님과 절도사의? 그렇다면 절도사를 제후의 자리에 앉히실 생각이십니까?"

　"창창한 누이동생을 마냥 혼자 둘 수는 없지 않느냐. 가현주 전체를 영지로 줄 수는 없지만 내 누이동생의 배필이 되어 준다면 영휘에서 멀리 떨어진 자그마한 곳에 영지를 주고 제후로 삼는 것도 나쁘지 않겠지. 사람이 오만하기는 하지만 능력이 없는 것은 아니니까."

"진심이십니까?"

권력을 쥐고 오만하게 군 당재영에게 칼을 갈았던 황제였는데, 그의 날개를 꺾었음에도 계획했던 국혼과 제후 책봉을 진행하겠다니 강초는 어리둥절했다.

"이러저러한 일을 겪다 보니 짐도 배운 바가 많구나. 때로는 져 주는 것이 더 큰 보답으로 돌아올 수 있다는 사실을 이번에 깨우쳤어."

황제는 오만한 당재영을 완전히 몰락시킬 기회가 왔지만, 이번에는 져 줄 생각이었다.

그에게 쌓인 악감정을 지우고, 편견을 버리고 보면 당재영은 오만하고 고집 세기는 해도 냉철하고 추진력 있는 인재였다. 이 나라를 위해 쓸모가 있는 자인 것이다.

이기려고만 해서는 주위에는 적밖에 남지 않는다고 했던 운보의 말이 어쩐지 그날따라 마음 깊이 와 닿은 황제였다. 그래서 그는 하게츠를 위해 연 연회에서, 며칠 내로 준비를 마쳐 효화와 당재영의 국혼을 열 것임을 공표했다.

나락으로 떨어진 기분으로 연회에 참석했던 당재영은 황제의 공표를 믿을 수가 없었다. 처음에는 황제가 자신을 망신 줄 상황을 만들려고 그러는 것이리라 여기기도 했다. 하지만 국혼에 앞서 가현주보다 작은 곳에 봉토를 주어 제후로 책봉하자, 그 말이 곧 허언이 아닐지 모른다는 생각이 들었다. 그리고 마침내 효화와 혼례를 올리고 그녀를 제 아내로 맞게 되자, 당재영은 황제의 배포에 감읍하여 오만했던 자신의 지난날을 돌아보게 되었다.

혼례를 올리고 난 뒤, 붉은 천으로 만든 꽃과 휘장이 드리워진 수레를 타고 효화는 영휘를 떠나, 당재영이 제후로 책봉된 영지로 가게 되었다. 가현주보다 먼 곳으로 떠나게 되자 효화는 장륜에게 처음 시집을 때보다 더 많이, 더 서럽게 울었다.

물론, 처음부터 효화가 순순히 이 혼인을 받아들였을 리 없다. 그녀는 연회장에서 황제가 국혼을 공표했다는 소식을 듣자마자 단걸음에 달려와 이를 따졌다.

"누구 맘대로 제가 당재영이랑 혼인을 합니까?"

"본디 약속되었던 바이고, 또 찾아보니 그만한 배필감도 없더구나."

"지금 장난하십니까? 장륜, 장륜이 엄연히 살아 있는데 멀쩡한 지아비를 두고 다른 남자에게 재취라니요. 농이 지나치십니다."

"누가 농을 하고 있는지 모르겠구나. 장륜이 어디 있다는 것이야? 이미 이족의 대족장으로부터 그의 죽음을 확인받았거늘, 죽은 망자까지 끌어들여 생떼를 쓰다니……. 쯧쯧."

"거짓말하지 마. 그 사람 진영백이랑 영휘로 돌아온 것 다 알아. 계속 홍정주인 척하려나 본데 내 눈은 못 속여. 그는 분명……."

"홍정주지. 그의 약혼녀는 물론, 여러 증거와 정황들이 다 그렇게 말하고 있어. 무엇보다 네 스스로 어사중승에게 청을 철회하면서 아무래도 잘못 본 것 같다 하지 않았느냐? 착각한 것 같다고."

효화의 입술이 가늘게 떨렸다. 그녀는 고개를 절레절레 흔들며 부정하려 했지만 황제의 말 중 틀린 말은 하나도 없었다. 황제는 효화에게로 다가와 그녀의 어깨를 작게 토닥였다.

"혹시 모르지 않느냐. 비록 장륜과는 마음이 맞지 않아 혼인 생활이 평탄치 못했지만, 당재영과는 합이 잘 맞을지도……. 후후. 그런데도 정히, 네가 장륜을 끝까지 지아비로 섬기고자 한다면 그 뜻을 존중해 향적산(向跡山) 봉우리에 그의 사당을 짓고 그곳에서 평생 추모하며 살게 해

주마. 그리하겠느냐?"

몸을 바들바들 떨며 효화의 두 눈 가득 물이 차올랐다. 황제는 그것을 부드럽게 훔쳐 주며 제 누이에게 오라비로서 마지막 조언을 건넸다.

"당재영에게 가거라."

이미 울고 있는 와중임에도 새삼 그때의 일이 떠오르자, 효화는 수레 밖까지 들리게 더 큰 소리로 울어 댔다. 그러자 수레 옆에 달린 창이 열리며 곁에서 말을 타고 가던 당재영이 얼굴을 보였다.

"막 혼인한 신부가 무엇이 그리 서러워 우십니까?"

"흐윽, 흑. 후회하게 해 줄 거야. 날 아내로 맞게 된 것을 후회하게 만들어 줄 거야. 당신. 으으윽흑. 와아앙."

"그거 참 기대되는군요. 제후로서 하사받은 봉토가 낯선 곳이라 저도 적응하는 데 시간이 좀 걸릴 것 같았는데, 공주님 덕에 무료할 일은 없겠습니다. 이거 기대가 되니 어서 빨리 우리가 함께할 보금자리로 가는 길을 재촉하고 싶어졌습니다."

당재영이 야릇한 시선을 효화에게 던졌다. 부담스러울 정도로 자신의 몸을 훑는 그의 시선에 연신 울음을 뽑아내던 효화가 슬금슬금 몸을 움직여 수레 구석 깊숙이 기대었다. 천하에 무서울 것이 없는 안하무인의 은효화가 포식자를 마주한 초식동물처럼 겁먹은 모습을 보이자 당재영은 호탕한 웃음을 터트리며 흡족해했다. 그러고는 행렬을 이끄는 수하들에게 속도를 높이라고 명했다.

당재영과 은효화 부부가 그들의 보금자리가 있는 곳으로 향하고 있을 때, 영휘에 있는 진관영의 저택에도 붉은 천이 드리워지고 고소한 음식 냄새가 담장을 넘어 들었다.

오랜 시간이 걸려 이런 경사를 맞이하게 되자, 한껏 들뜬 소백이 집 앞까지 나와 까치발을 들고 길 너머에서 올 누군가를 기다렸다.

잠시 후, 요란한 음악소리와 함께 백마를 타고 가마를 진 행렬이 나타나자 만면에 웃음을 띤 소백이 집 안으로 뛰어 들어갔다.

"옵니다, 와요!"

그의 외침에 그렇지 않아도 부산한 진관영 집안이 더욱 들썩였다. 음악소리가 점점 가까워져 올수록 진관영 일가와 축하를 위해 모인 하객들 사이에 웃음이 넘쳐났다.

대문 앞에서부터 시작된 사람들의 웅성거리는 소리가 봄기운이 바람을 타고 번지듯 점점 집 안으로 향했다. 그와 함께 붉은색 결혼예복을 차려입은 풍채 당당한 사내가 모습을 드러냈다. 얼굴 중앙에 흉측스런 흉터가 자리하고 있기는 했지만 환한 미소에 선한 눈매를 가진 그를 볼썽사납다고 여기는 사람은 아무도 없었다.

"어이구 훤하구먼. 얼굴에서 광채가 나는 것 같네. 킥킥."

"아, 저리 좋은 티를 팍팍 내니 그리 보이는 게지. 히히히."

짓궂은 농이 오가기는 했지만 악의나 험담은 담겨 있지 않았다. 시종 즐겁고 유쾌한 분위기 속에 안채의 문이 열리며 붉은 천을 머리에 쓴 신부가 걸어 나왔다. 그러자 헤실헤실 웃던 그도 문득 긴장이 몰려오는지, 슬쩍 혀로 입술을 핥았다.

붉은 치맛자락을 살랑이며 그녀가 자신으로 곁으로 사뿐히 다가오자, 심장이 빠르게 뛰며 호흡마저 가빠 왔다. 정신이 아득해지는 것이 쓰러질 것 같아, 그는 깊게 숨을 들이쉬었다. 그러자 그녀의 향긋한 내음이 깊게 들이쉰 숨 사이로 배어들어 왔다.

그는 이미 여러 번 마주했던 얼굴임에도 불구하고, 붉은 천 아래 가려진 그녀의 얼굴이 보고 싶어 애가 달았다.

그때, 소백이 나란히 선 두 사람의 곁으로 다가와 붉은 천으로 그들의 손목을 마주 묶은 뒤, 양가 부모님이 기다리고 있는 방으로 데려갔다. 그 짧은 거리도 왜 이리 길고, 먼 것처럼 느껴지는지 그의 걸음이 점점 빨라졌다. 속도를 맞춰 걸어야 했던 영백이 슬며시 붉은 천에 함께 묶인 그의 손을 쓸었다.

"나…나…나…어…어디…도…도망 안 가요."

사근사근한 목소리로 이렇게 읊조리자, 그는 붉은 천 아래 얼굴을 감춘 그녀를 흘깃 쳐다보았다. 그녀도 그를 흘끔 쳐다보았는지, 스르륵 흔들린 붉은 천 사이로 매끈한 그녀의 목선과 진주로 장식된 검은 귀밑머리가 보였다. 그가 갑자기 떨리는 숨을 내쉬며 그녀의 손을 움켜잡았다.

"갈 때, 가더라도 난 데리고 가시오……."

그의 귓가에 얼핏 웃음소리가 들렸던 것 같았다. 그 뒤, 혼례식이 어떻게 끝났는지 솔직히 하나도 기억나지 않았다. 정신을 차렸을 때는 운보가 신방 앞에서 자신의 양어깨의 옷 솔기를 다듬어 주고 있었다.

"오늘 여기서 하루를 묵고 내일 빙장, 빙모께 인사를 드린 후에 신부를 데리고 너희 집으로 가서 사당에 제를 올리면 끝나. 뭐, 별거 없지. 그리고……첫날밤은 말이다……."

아직도 긴장으로 경직되어 있던 그에게 남은 혼례 일정을 상기시키던 운보가 첫날밤 이야기에 비실비실 웃었다.

"신방에 가면, 머리에 덮은 천과 머리 장신구를 먼저 내려 줘. 그게 생각보다 꽤 답답하고 무게가 나가는 것이라, 이고 있기 힘들어. 그리고 신부 옷은 여기를……."

"돼…… 됐어. 다 알아. 장가도 안 간 녀석이 아는 척은……."

운보와 이런 이야기를 나누는 것이 못내 쑥스러운지 그가 급히 말을 막았다. 그러자 운보가 눈을 가늘게 뜨며 물었다.

"진짜 다 알아?"

"알아. 진짜 안다니까……."

그가 신경질적으로 대구하면서 재빨리 왼쪽 귓불을 쓸었다. 운보는 가볍게 혀를 차며 '저, 저 거짓말하는 꼬락서니하고는' 하고 웅얼거렸다.

"후회하지 말고 잘 들어. 신부 옷은 다른 것하고 다르게 여기 목 뒤에 있는 매듭을 풀지 않으면 안 돼. 알겠냐? 목뒤에 있는 매듭이야."

다 안다고 큰소리칠 때는 언제고 그는 저도 모르게 '아' 하는 소리를 냈다. 그러다 문득 궁금했는지 눈썹을 샐그러트리며 물었다.

"그런데 너는 그것을 어찌 아는 거냐?"

운보가 '글쎄' 하고 능글맞은 웃음을 흘리며 어깨를 으쓱하더니, 곧바로 그를 신방 안으로 떠밀었다. 운보에게 밀려 마음의 준비도 못하고 얼떨결에 방 안에 들어선 그는 생각보다도 더 고요한 분위기에 잠시 망설였다. 주춤주춤 안으로 걸어 들어가 방 중앙을 가르는 붉은 휘장을 들어 올리자, 침상 위에 다소곳이 앉아 있는 그녀의 모습이 보였다.

너무 빨리 뛰어서 멈춰 버린 것이 아닌가 싶은 심장이 파르르 떨려왔다. 이런저런 생각으로 머릿속은 뒤죽박죽인데 어느새 그의 몸은 침상에 걸터앉은 그녀 앞에 가 있었다.

운보가 말한 대로 붉은 천을 먼저 벗기자, 영백의 어깨가 살짝 움츠러들었다. 그녀도 그를 바로 마주하기가 어색했는지, 붉게 단장한 입술을 자근거리며 속눈썹이 길게 드리워지도록 고개를 내리깔았다. 그는 입 안에 더 이상 넘길 침이 남아 있지 않은데도 묘한 떨림을 참아 내려, 자꾸 침을 꼴깍거리게 되었다.

그녀의 머리에 꽂혀 있던 많은 장신구를 뽑아내고 나자 검은 머리가 어깨 밑으로 출렁이며 내려앉았다. 잠시 숨을 고른 뒤, 그가 영백의 얼굴을 손등으로 살며시 쓸었다. 그리고 천천히 그녀의 고개를 들어 올리자, 수줍게 고개를 내리깔았던 그녀가 눈을 들어 그를 바라보았다. 두려

움도 고민도 없는 잔잔한 미소가 그를 반긴다. 그도 더 이상 망설이지
않았다.

그는 천천히 몸을 기울여 영백의 입술에 제 것을 가져다 대었다. 긴
장으로 메말랐던 입술을 촉촉하고 부드럽게 감싸는 나긋나긋한 입맞춤
을 나누며 그가 영백의 어깨를 지그시 밀어 넘기자, 영백의 등이 자연스
럽게 침상 위에 누여졌다.

'목 뒤에 매듭. 목 뒤에 매듭.'

영백의 입술과 얼굴, 목덜미를 오가며 달뜬 숨을 토해 내던 그는 운
보가 말한 매듭을 찾느라 애를 먹었다. 가까스로 매듭을 찾기는 했건만
문제는 그것이 다가 아니었다. 대체 어떤 구조로 된 것인지 아무리 노력
해도 좀체 그것이 풀리지가 않았다. 매듭이 제 뜻대로 되지 않자 점점
조급해진 그가 괜스레 운보에게 화풀이를 했다.

'바보같이 매듭의 존재만 알려주면 어쩌자는 거야. 푸는 법을 말해줬
어야지.'

그의 손이 영백의 목 뒤와 어깨 언저리에서 부질없이 맴돌았다. 성질
에 못 이겨 제 앞섶만 잡아채니, 점점 그의 옷만 풀어 헤쳐지는 형국이
었다. 그런데 그때, 매듭을 풀려고 안달난 그의 손등 위로 뭔가 가녀리
고 부드러운 것이 스치고 지나갔다. 그리고 툭 하고 매듭이 풀리며 신부
옷이 스르륵 흘러내렸다. 하얗고 매끄러운 어깨선이 수줍게 드러났다.

그토록 풀려고 애쓰던 매듭이 그녀의 손짓 한 번에 풀려 버리자 놀랐
는지, 그가 휘둥그레진 눈을 들어 영백을 바라보았다.

"왜…왜요? …마…말…말더듬이라…해…행동도…느…느릴 거라 생
각했어요?"

'픽' 하는 헛웃음이 입술 사이로 새어 나왔다. 그는 다시 영백에게로
몸을 기울이며 여린 웃음처럼 그녀의 귓가에 대고 속삭였다.

"그럴 리가……."

그리고 다시 영백의 입술을 탐미(耽味)하며 그녀를 제 품 안에 폭 감싸 안았다. 바람에 몸을 터는 나무처럼 영백이 가는 웃음을 터트리자 품에 안은 그녀의 몸이 미미하게 떨리는 것이 느껴졌다. 그렇게 품 안에서 느껴지는 기분 좋은 온기를 포근하게 감싸 안자, 좀 전까지 고요하고 적막하기만 했던 신방에 훈훈한 기운이 감돌며 아늑한 느낌이 드는 것 같았다.

문득, 묘한 꽃향기가 그의 코끝을 스치고 지나갔다. 그것이 그녀의 몸에서 나는 것인지, 마침내 맺어진 인연의 결실에 취해 착각한 것인지는 모르겠지만 그는 그마저도 영혼에 새겨 넣어 영원토록 기억할 생각이었다.

- 完